23년 역사를 이룬
LG글로벌챌린저만의 특별한 도전기

청춘, 세상에 옳은 미래의 씨앗을 뿌리다

2017년
LG글로벌챌린저
대원들 지음

조선북

도전할 수 있는 젊음은 아름답다

LG글로벌챌린저의 특별한 세계 도전기인 『청춘, 세상에 옳은 미래의 씨앗을 뿌리다』의 출간을 진심으로 축하하며 환영한다. 2010년 『세상의 중심에서 도전을 외치다』, 2011년 『뜨겁게 도전하고, 거침없이 뛰어라』, 2012년 『도전하여 행복했던, 열정으로 뜨거웠던』, 2013년 『세상과 나를 바꿀 최고의 꿈』, 2014년 『꺼내야 열정이고 떠나야 청춘이지』, 2015년 『세계를 꿈꾸며 열정으로 걷다』, 2016년 『청춘들에게만 허락된 도전, 세상 밖으로 떠나다』에 이어 여덟 번째로 세상에 나온 챌린저들의 이야기가 가슴을 뛰게 만든다.

1995년 LG 21세기 선발대를 첫걸음으로 LG글로벌챌린저가 벌써 23년을 맞이했다. 23년간 대한민국의 발전과 세계화에 발맞춰오며 꾸준히 대학생들의 사랑을 받아온 LG글로벌챌린저는 대한민국 대표기업 LG가 이끄는 대한민국의 대표적인 해외탐방 프로그램으로 우리 젊은이들이 과감히 세계를 향해 도전하고 대한민국의 젊은 열정을 세계로 전파하며 동시에 세계를 포용하여 미래의 글로벌 리더로 성장할 수 있는 밑거름이 되어주고 있다. 또한, 피 끓는 청춘에게 설레는 가슴을 안고 세계를 향해 마음껏 꿈을 펼칠 수 있는 한마당을 열어 세계 속에서 현재의 대한민국을 확인하고, 다시 한국 속에 세계를 열어가는 젊고 싱싱한 미래 잔치이기도 하다.

처음부터 이 행사에 기꺼운 마음으로 참여해 오면서 LG에게 진심으로 고마운 마음을 품어 왔다. 내가 오랜 세월 『먼 나라 이웃나라』를 통해 우리 젊은이들에게 보여주고 싶었던 드넓은 세계와 그 속에서 대한민국이 이룩했던 위상을 LG가 현실적으로 가능케 해 주고 있기 때문이다.

선발된 젊은 대원들이 세계를 누비며 몸소 겪고 느끼고 배워 온 정보, 지식과 경험은 우리나라 미래발전을 위한 소중한 재산이다. 이 재산은 당사자와 LG만의 것이 아니라 온 국민, 모든 청년이 함께 누려야 할 귀중한 공동의 가치이다. 이렇게 귀중한 경험, 공동의 가치를 올해도 한 권의 책으로 엮어 대한민국의 밝은 미래에 한발자국 다가갈 수 있게 되어 더할 나위 없이 기쁘고 대견하다. 부디 이 책이 모든 독자들에게 글로벌 대한민국의 내일을 열어 갈 소중한 자산이 되기를 기원한다.

매년 뜨거운 축사를 전하며 우리 대한민국의 성공 사례 및 노하우를 세계에 전파하는 '베푸는 LG글로벌챌린저'가 되었으면 좋겠다는 바람을 보내왔다. 우리나라는 그 어떤 나라보다 단기간에 과학·통신·경제·경영·사회·문화 분야에서 무궁한 발전을 거두었고, 원조를 '받던' 나라에서 '주는' 나라로 성장했기 때문이다. 2014년 LG글로벌챌린저 20년을 맞이하여 국내에서 공부하는 외국인 유학생들에게 대한민국의 선진사례와 전통문화를 탐방할 수 있는 기회를 제공한 지 4년이 지난 지금 탐방학생들을 통해 많은 유학생들이 '더 깊은 한국'을 알아갈 수 있게 되었다. 이는 진정으로 '함께하는 글로벌 챌린징'을 실천하고 발전하게 된 것이다.

세상에는 열정 없이 이루어진 위대한 것은 없다.

2017년, 그 무더웠던 여름날의 날씨보다 뜨겁게 도전했던 LG글로벌챌린저 대원들의 열정은 우리 온 대한민국의 미래를 향한 발걸음으로 돌아올 것이다. 여러분의 도전을 사랑한다.

2017년 12월
덕성여자대학교 총장 이원복

나의 미래를 단단하게 만드는
현재를 선물합니다

20대를 살아가고 있는 여러분은 과거, 현재, 미래의 세 가지 시제 중 어느 때에 가장 관심이 많은가요? 대부분 어떻게 될지 모르는 '미래'라고 답할 것입니다. 보고 싶어도 보이지 않고, 알고 싶어도 도무지 알 수 없는 것이기에 그 관심은 더 클 수밖에 없고, 우리는 이 미래에 관한 이야기를 너무도 많이 하며 살고 있습니다.

보이지 않는 미래를 준비하는 바람직한 자세는 '있을까', '없을까'의 예측의 문제로 대하는 것이 아니라, '만들까', '말까'의 실천의 문제로 대하는 것이라고 생각합니다. 미래는 오롯이 현재의 선택이 차곡차곡 쌓여 만들어지는 것이지, 현재의 선택과 전혀 무관하거나 독립적으로 존재하는 것이 아니기 때문입니다. 하기에 행복한 미래를 만들기 위해서는 현재의 선택과 실천에 집중해야 합니다. 이것이 미래를 위해 우리가 할 수 있는 전부라고 할 수 있습니다.

이처럼 행복한 미래를 위해서는 현재의 선택이 아주 중요합니다. 미래를 위해 많은 것을 선택하고 실천해야 하는 시기에 선 여러분에게 LG글로벌챌린저로서의 경험은 분명 큰 도움이 될 것입니다.

사람마다 선택의 상황과 처지는 다를 수 있지만 선택한 바에 몰입하여 흘린 땀의 가치와, 그로 인해 다음 선택 앞에 섰을 때 더 넓은 시야가 확보되리라는 사실은 크게 다르지 않습니다. 현재의 선택과 실천을 소중히 하며 행복한 미래를 만들어가는 데 이 책이 작은 역할을 하길 바랍니다. 감사합니다.

2017년 12월
㈜대학내일 대표이사

contents

PART 1

People [사람]

청춘,
세상에 옳은 미래의
씨앗을 뿌리다

LG챌린저스란?

도전, 대학생이 가질 수 있는 무한한 가능성의 시작!

"당신은 챌린저입니까?"

역사

LG챌린저스의 역사는 1994년으로 거슬러 올라간다. LG는 국내 최초로 대학생 기자를 통한 대학생 정보지인 〈인간존중〉을 1994년 4월에 발간했다. 1995년 1월 럭키금성에서 LG라는 새로운 이름을 단 이후, 제호를 미래의 얼굴로 변경하였고 PC통신 〈천리안〉에 「미래의 얼굴」 포럼을 개설하게 되었다. 「미래의 얼굴」은 2002년 가장 먼저 온라인 웹진 형태를 갖췄고, 2009년에는 또 다시 가장 먼저 블로그형 오픈 플랫폼인 〈LG러브제너레이션〉으로 개편했다. 그리고 2015년에는 〈LG챌린저스〉로 개편하여, 더욱 다양한 콘텐츠를 제공하며 넓은 시야를 갖추고 자신의 브랜드를 가진 당당한 대학생 문화를 만드는 데 선도하고자 한다.

대학생 스스로 탐험하고 꿈꾸면서 진정한 가치를 발견하는 온라인 채널 LG챌린저스.

LG가 오랜 시간 대학생과 소통한 경험을 토대로, 대학생들의 치열한 도전과 혁신을 통한 성취의 순간을 응원하는 채널이다.

역할

LG챌린저스는 오늘의 이슈를 20대의 눈으로 바라보며, 내일의 다양함을 개척해 가는 청춘의 도전, 그리고 더 나은 삶을 위한 대학생의 혁신을 나누는 커뮤니케이션 온라인 허브로 다양한 콘텐츠를 제작하여 공유한다. LG글로벌챌린저, LG드림챌린저, LG소셜챌린저를 홍보하고 홈페이지를 통해 모집·선발하여, 프로그램 참가자들의 준비 과정, 탐방 & 캠프 현황 등에 대한 내용을 콘텐츠화하여 공유한다. 또 LG이슈와 대학생 문화 콘텐츠를 제작하고, LG 채용 일정 및 직무·조직문화 관련 콘텐츠 링크를 (정보 미러링) 통해 대학생이 필요한 양질의 정보를 제공한다.

① LG글로벌챌린저

1995년 <LG의 고객은 세계입니다>라는 슬로건 아래, '고객을 위한 가치창조', '인간존중의 경영'이라는 경영 이념과 함께 LG의 세계화 의지를 상징화하는 과정에서 기획되었다. LG글로벌챌린저는 대학(원)생들이 직접 탐방활동의 주제 및 국가를 선정한다는 점에서 단순한 해외여행이나 견학과는 차별화되어 대학생들이 보다 넓은 세상에서 새로운 가치를 창조할 수 있도록 지원하는 프로그램이다.

LG글로벌챌린저는 2017년까지 759개 팀, 2,895명의 챌린저 대원을 배출했으며, 연평균 21:1의 높은 경쟁률을 기록하고 있다.

전 세계적 금융위기의 불황 속에서도 LG의 젊은 꿈을 키우는 한결 같은 사랑의 마음으로 국내 최고의 대학생 해외 탐방 프로그램의 대명사로 나아가고 있다.

② LG드림챌린저

2009년에 시작된 국내 최초의 비전 수립 캠프로, 대학교 새내기들이 대입과 함께 취업을 고민하고 취업을 위한 스펙 쌓기에만 몰입하여 정작 '자신의 꿈'에 대하여 고민할 수 있는 시간을 갖지 못하고 있는 상황에서 LG드림챌린저는 대학교 1학년 신입생들이 '나 다운 꿈'을 찾고, 자기주도적으로 대학 생활과 인생을 설계할 수 있도록 도와주는 프로그램이다. 2박 3일, '진짜 나만을 위한 72시간' 속에서 신입생들이 스스로를 돌아보고, 현재를 나누며, 미래를 꿈꿀 수 있도록 LG드림챌린저는 젊은 꿈을 키우는 사랑을 실천하고 있다.

③ LG소셜챌린저

LG소셜챌린저는 '20대의 눈으로 오늘을 바라보고, 도전과 혁신으로 내일을 만듭니다'라는 슬로건으로 LG에 대한 크고 작은 이야기 그리고 세상 속 다양한 이슈를 콘텐츠로 만들고, 캠페인으로 확장하여 실천한다. LG챌린저스 사이트 및 소셜 채널을 통해 캠페인 콘텐츠와 영상을 더 널리 알리는 경험을 통해 같은 꿈을 꾸는 대학생들과 함께 꿈을 향해 한 단계 더 성장할 수 있도록 지원하는 프로그램이다. 혼자 또 같이, LG와 함께.

작지만 큰 변화, 일상적이지만 혁신적인 변화를 만들기 위해 LG소셜챌린저는 끊임없이 도전하고 있다.

세계로 뻗어나가는 LG글로벌챌린저

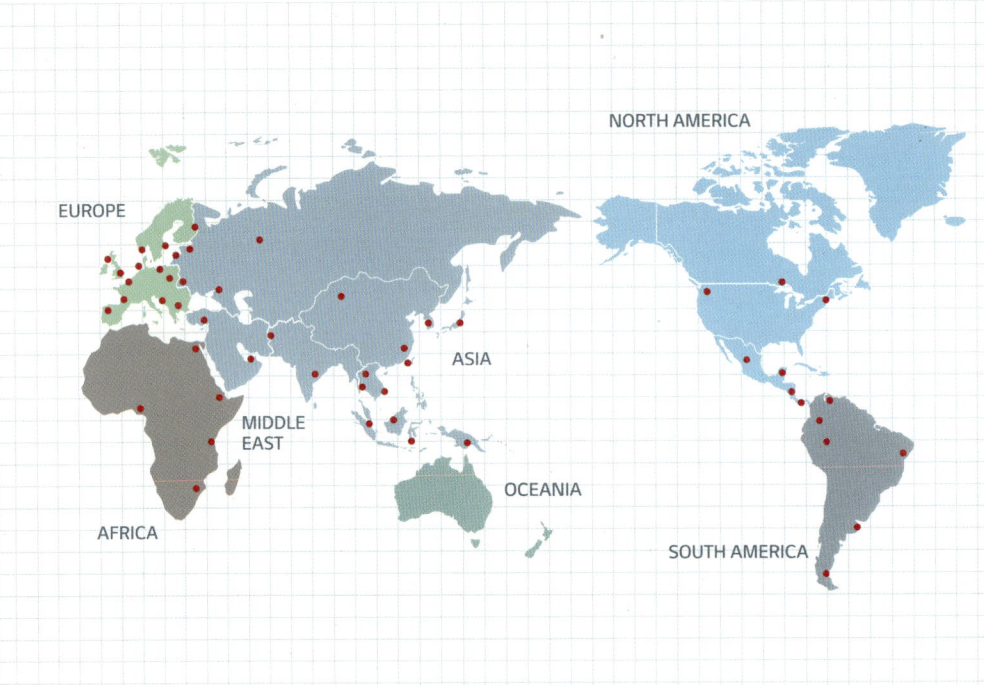

NORTH AMERICA

EUROPE

ASIA

MIDDLE EAST

AFRICA

OCEANIA

SOUTH AMERICA

총 66개국, 927개 도시로 떠나다!

LG글로벌챌린저 프로그램의 가장 큰 장점이자 매력은 자유롭게 탐방지를 선정하여 세계로 떠날 수 있다는 것이다. 여행 위험지로 통제된 곳이 아니라면 세계 어느 곳이든 가서 보고 배울 수 있다. LG글로벌챌린저 대원들은 23기에 이르기까지 총 66개국, 927개 도시를 탐방하였다. 그중에는 겹치는 곳도 있으니 이것까지 감안하면 훨씬 많은 장소를 탐방했다고 할 수 있다.

세계로 떠나고 싶은가? 그리고 그곳에서 쉽게 경험할 수 없는 것을 보고 배우고 싶은가?

정답은 바로 LG글로벌챌린저에 있다.

번호	나라	도시	번호	나라	도시
1	과테말라	과테말라시티 외 2	34	에티오피아	아디스아바바 외 1
2	그리스	아테네 외 2	35	엘살바도르	산살바도르
3	나이지리아	아부자	36	영국	런던 외 83
4	남아프리카공화국	케이프타운 외 2	37	오스트리아	빈 외 7
5	네덜란드	암스테르담 외 35	38	요르단	암만
6	노르웨이	오슬로 외 9	39	우즈베키스탄	타슈켄트 외 2
7	뉴질랜드	웰링턴 외 3	40	이란	테헤란 외 5
8	대만	타이베이	41	이스라엘	예루살렘 외 12
9	덴마크	코펜하겐 외 20	42	이집트	카이로 외 5
10	독일	베를린 외 87	43	이탈리아	로마 외 17
11	라오스	비엔티안 외 1	44	인도	뉴델리 외 5
12	러시아	상트페테르부르크 외 1	45	인도네시아	자카르타
13	루마니아	피테슈티	46	일본	도쿄 외 54
14	말레이시아	쿠알라룸푸르 외 1	47	중국	베이징 외 20
15	멕시코	멕시코시티 외 4	48	체코	파라하 외 1
16	모잠비크	베이라 외 1	49	칠레	산티아고 외 2
17	미국	워싱턴 D. C. 외 259	50	카자흐스탄	아스타나 외 1
18	베네수엘라	카라카스	51	캐나다	오타와 외 15
19	베트남	하노이 외 5	52	케냐	나이로비 외 1
20	벨기에	브뤼셀 외 8	53	코스타리카	산호세 외 10
21	브라질	브라질리아 외 6	54	콜롬비아	산타페데보고타 외 1
22	스웨덴	스톡홀름 외 16	55	탄자니아	아루샤 외 1
23	스위스	베른 외 21	56	태국	방콕 외 1
24	스코틀랜드	에든버러 외 2	57	터키	이스탄불 외 2
25	스페인	마드리드 외 14	58	페루	리마 외 1
26	슬로베니아	메틀리카	59	포르투갈	리스본
27	싱가포르	싱가포르	60	폴란드	바르샤바
28	U. A. E	두바이 외 2	61	프랑스	파리 외 42
29	아르헨티나	부에노스아이레스	62	핀란드	헬싱키 외 8
30	아이슬란드	레이캬비크	63	한국	서울 외 46
31	아일랜드	더블린 외 4	64	헝가리	부다페스트 외 1
32	에스토니아	탈린	65	호주	시드니 외 10
33	에콰도르	키토 외 1	66	홍콩	홍콩 외 1

미래를 위해 공부하는 LG글로벌챌린저

미래를 위한 공부를 하다!

LG글로벌챌린저 탐방 주제는 무척 다양하다. 올해는 크게 이공과 인문 분야로 나눠 선발하였다. 매년 시대의 흐름을 반영한 신선한 주제들이 공모되며 탐구 깊이도 깊어지고 있다.

2014년부터는 LG글로벌챌린저 20년을 맞아 국내에 거주하는 외국인 유학생들을 대상으로 한 '글로벌' 분야가 신설되었다. 한국을 넘어 전 세계가 함께하는 명실상부한 'Global' Challenger로 발돋움하게 된 것이다. 글로벌 분야는 국내에 거주하는 외국인 유학생들을 대상으로 하며, 이들에겐 10박 11일간 대한민국의 우수사례를 탐방할 수 있는 기회가 제공된다.

서울 30개 대학

건국대학교, 경희대학교, 고려대학교, 광운대학교, 국민대학교, 덕성여자대학교, 동국대학교, 명지대학교, 상명(여자)대학교, 서강대학교, 서울과학기술대학교, 서울교육대학교, 서울대학교, 서울시립대학교, 서울여자대학교, 서울예술대학교, 성균관대학교, 성신여자대학교, 세종대학교, 숙명여자대학교, 숭실대학교, 연세대학교, 이화여자대학교, 중앙대학교, 한국예술종합학교, 한국외국어대학교, 한국항공대학교, 한성대학교, 한양대학교, 홍익대학교

경기 12개 대학

가톨릭대학교, 가천대학교, 경기대학교, 경원대학교, 경찰대학교, 단국대학교, 아주대학교, 인천대학교, 인하대학교, 한경대학교, 한국항공대학교, 한국산업기술대학교

강원 4개 대학

강원대학교, 경동대학교, 춘천교육대학교, 한림대학교

경상 17개 대학

경남대학교, 경북대학교, 계명대학교, 금오공과대학교, 대구대학교, 동서대학교, 동아대학교, 부경대학교, 부산외국어대학교, 부산대학교, 영남대학교, 울산대학교, 울산과학기술대학교, 인제대학교, 포항공과대학교, 한국해양대학교, 한동대학교

충청 13개 대학

공주교육대학교, 공주대학교, 배제대학교, 우송대학교, 청운대학교, 청주대학교, 충남대학교, 충북대학교, 카이스트, 한국교원대학교, 한국기술교육대학교, 한국교통대학교, 한국정보통신대학교

전라 4개 대학

원광대학교, 전남대학교, 전북대학교, 조선대학교

전국 80개 대학(원)이 참여하다!

LG글로벌챌린저는 대학생들을 위한 도전이자 하나의 축제이다. 전국의 모든 대학생을 대상으로 하며 2017년 23기까지 총 80개 대학교의 학생들이 참여했다. 대체로 서울, 경기, 경상도에 분포한 대학교의 참여도가 높으나 그 외 지역에서도 참여율이 꾸준히 늘고 있다. LG글로벌챌린저의 기회는 누구에게나 열려 있다. 대학생이라면 주저하지 말고 도전해 보라. 꿈을 향한 열정과 도전 의식, 노력만 있다면 누구나 LG글로벌챌린저가 될 수 있다.

* 총 80개 대학 중 상명여자대학교와 상명대학교는 통일시킴(1996년도부터 상명여자대학교가 상명대학교로 변경됨)

LG글로벌챌린저의 2017년

모집·선발

**모집 및 홍보,
캠퍼스 설명회**

3~4월

LG글로벌챌린저는 매년 온·오프라인을 통해 대대적으로 모집 홍보를 진행하고 있다. 새 학기가 되면 톡톡 튀는 포스터와 함께 선배 챌린저들이 직접 경험한 내용을 바탕으로 특별한 Tip을 전하는 패기 넘치는 캠퍼스 설명회를 진행한다. LG글로벌챌린저 지원은 공식홈페이지(www.lgchallengers.com)를 통해 인터넷 접수로 진행하며, 4월 말에 마감된다(뜨거운 열정으로 똘똘 뭉친 예비 LG글로벌챌린저라면 4월이 끝나기 전에 인터넷을 통해 접수해야 한다).

**서류 심사 및
면접 심사**

5~6월 초

LG글로벌챌린저 서류 심사 및 면접 심사의 핵심은 '어느 팀이 더 참신한 주제로 논리적인 탐방 계획을 세우고 성실히 준비했는가'이다. 공정하고 객관적인 평가를 위해 해당 분야의 전문성을 갖춘 LG임직원뿐 아니라 각 분야의 저명한 교수님들이 심사위원으로 위촉되어 평가를 진행한다. 서류 심사는 탐방계획서만을 가지고 평가하고, 면접 심사는 팀원 모두가 참석하여 질의 응답을 하는 형태로 진행된다. 모든 심사는 학교명, 팀원의 이름 등이 노출되지 않는 블라인드테스트로 진행되어 심사의 공정성을 더한다.

발대식 및 탐방활동

<table>
<tr><td>발대식 &
사전 교육

6월 말</td><td>발대식에는 매년 LG그룹 회장단과 임직원들이 참석하여 그 해에 선발된 챌린저들을 축하하고 응원한다. 발대식 이후에는 LG임직원들의 교육을 전담하는 LG인화원으로 이동하여, 글로벌 매너부터 팀워크 강화 등 해외 탐방에 필요한 소양을 갖출 수 있는 Premium Training을 받는다.</td></tr>
</table>

각 팀은 여름 방학 기간을 활용해 7월 15일부터 8월 31일 사이에 각자 정한 주제와 계획에 따라 13박 14일 동안(글로벌 분야 10박 11일 한국) 탐방을 떠난다. 탐방에 소요되는 항공권 및 탐방비는 LG에서 전액 지원한다. 챌린저들은 세계 곳곳을 누비며 LG글로벌챌린저로서의 자부심을 느낄 수 있는 경험을 하게 된다. 또한 해외 탐방 기간에는 LG챌린저스 사이트와 SNS 개인페이지 내 인터넷 중계 페이지를 통해 탐방 활동 모습과 에피소드를 생생하게 전한다.

해외 및 국내 탐방 7~8월

탐방을 위해 그동안 준비했던 모든 것을 쏟아 내는 시기이며, 그 안에서 다양한 것을 보고 느낄 수 있다. 단순한 여행이 아니라 탐방 및 인터뷰를 통해 세계 곳곳에서 문화와 사람들을 만남으로써 더욱 시야를 넓힐 수 있도록 해준다. 일정에 따라 틈틈이 관광도 할 수 있으므로 체계적인 계획과 현지 돌발 상황에 대한 순발력이 요구된다. 단, 중간중간에 챌린저들을 위한 미션이 주어지므로 이 또한 수행해야 한다.

**탐방
공유회**

9월 중순

해외 탐방을 모두 마치고 돌아오면 LG글로벌챌린저 대원들이 모여 서로의 탐방 기록을 공유하는 시간을 갖는다. 이 자리를 통해 각 팀의 탐방 내용, 재미있는 에피소드, 해당 탐방 지역만의 이야기를 공유하고, 성공적으로 탐방을 마치고 돌아온 것에 대해 서로 축하해 준다.

보고서 심사 & 시상식

**보고서
심사**

10월 초

해외 탐방을 마치고 한 달 동안 탐방 보고서를 쓰는 시간이 주어진다. 심혈을 기울여 작성한 탐방 보고서는 공정성과 객관성을 최우선으로 하여 심사를 받게 된다. 1차 심사는 탐방 보고서 내용을 자체로, 2차 심사는 탐방 보고서 PT를 통해 이루어진다.

시상식

11월 초

시상식에서는 1년 동안의 챌린저 활동 결과물에 대한 시상이 이루어지며, LG그룹 회장단을 비롯해 임직원들이 참석하여 성공적인 활동의 마무리를 축하해준다. 대상 1팀, 최우수상 3팀, 우수상 3팀, 특별상 4팀에 대한 시상이 진행되며, 대상 및 최우수상 그리고 우수상을 수상한 7팀에게는 LG글로벌챌린저 최고의 특전이라고 할 수 있는 'LG 입사 자격증 및 인턴 기회'가 주어진다.

단행본 출간 & 홈커밍데이

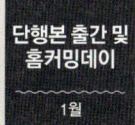

**단행본 출간 및
홈커밍데이**

1월

LG글로벌챌린저 활동의 마무리! 챌린저들이 탐방을 하면서 보고, 듣고, 느낀 것에 대한 이야기가 책 안에 고스란히 담겨 그 다음 해 1월에 출판되며, 그 달 OB챌린저까지 모두 모이는 홈커밍데이 파티가 열린다. 한 해가 지났다고 챌린저 활동이 끝나는 것이 아니다. '챌린저 플러스'라는 OB모임에 소속되어 그 후에도 관련 활동에 참여하며 LG글로벌챌린저로서의 명예와 자부심을 이어 나간다.

멘탈에 헤딩 | 연세대학교   뚝심 | 계명대학교   SHIP | 영남대학교

People

Part 1

[사람]

PIER 39

인공지능, 정신 건강의 새로운 길잡이가 되다

팀명(학교)	멘탈에 헤딩 (연세대학교)
팀원	노승아, 문지희, 이순봉, 이영섭
기간	2017년 7월 18일~2017년 7월 31일
장소	미국
	1. 보스턴 (패턴스 앤드 프리딕션 Patterns & Prediction)
	2. 보스턴 (뉴로렉스 Neurolex)
	3. 보스턴 (선라이즈 헬스 Sunrise Health)
	4. 워싱턴 D.C. (미국 국립정신보건원 NIMH, National Institute of Mental Health)
	5. 캘리포니아 (개절리 연구소 Gazzaley Lab.)

유례없는 기술의 발전으로 우리는 편안한 삶을 살고 있지만, 정신적 행복도도 함께 높아졌는지는 미지수다. 특히 한국의 경우 2011년 이후 자살이 주요 사망 원인 중 4위권을 차지해왔다. 한국인의 정신 건강 상태가 위험한 수준이라는 여러 연구들이 있지만, 실상 정신 질환 환자들을 위한 정신 보건 서비스는 제대로 제공되지 못하고 있다. 정신 질환에 대한 부정적인 인식과 높은 치료비로 인해 정신 의료 서비스를 이용하는 비율은 17%에 불과하며, 치료 역시 단발성으로 이루어지고 있다.

진정한 웰빙은 몸과 마음을 모두 관리할 때 얻을 수 있다. 이에 우리는 정신 보건 서비스의 지속성, 접근성, 수용성을 개선할 방안이 필요하다고 생각했고, 그중에서도 <u>인공지능(AI, Artificial Intelligence)</u>* 기술을 정신 의료 서비스와 결합할 수 있는 방안에 주목했다. 그리고 인공지능 기술이 정신 건강 개선을 위해 어떻게 활용되는지 알아보기 위해 두 영역 간의 융합 연구가 활발한 미국으로 향했다.

● SNS와 모바일 데이터를 통해 정신 건강 위험도를 분석하다

패턴스 앤드 프리딕션(Patterns & Prediction)은 빅데이터 분석을 이용해 예측형 분석 솔루션을 제공하는 기업이다. 특히 군인들의 정신 건강 위험도를 실시간으로 예측하는 더크하임 프로젝트(Durkheim Project)로 잘 알려져 있는데, 이는 군인들의 SNS와 문자메시지를 분석해 자살 위험을 감지하는 <u>머신러닝</u>** 알고리즘을 활용한 것이다. 우리는 먼저 더크하임 프로젝트의 연구 실장이자 패턴스 앤드 프리딕션의 주요 파트너인 인공지능 전문가, 크리스 폴린(Chris Poulin) 씨를 만나보기로 했다.

---

* **인공지능_** 인간의 지각, 추론, 학습 능력을 컴퓨터 기술을 이용하여 구현하는 것
** **머신러닝_** 컴퓨터에게 사람과 같은 지능을 부여하기 이전에, 컴퓨터가 스스로 학습할 수 있는 능력을 부여하는 인공지능의 한 분야. 방대한 양의 데이터 가운데 비슷한 것끼리 묶어내고, 서로 관계있는 것들의 상하구조를 인식하여 이것을 바탕으로 앞으로의 행동을 예측하는 기술을 말함

첫 탐방 기관인 패턴스 앤드 프리딕션을 찾아가는 발걸음에는 기대만큼이나 걱정도 가득했는데 아니나 다를까, 첫 탐방은 순탄치 않았다. 우버 택시 기사의 실수로 약속 장소에 20분이나 늦게 도착한 것이다. 하지만 폴린 씨는 길을 잃었을까 봐 걱정했다며 우리를 더 반갑게 맞이해주었다.

인터뷰가 시작되자 폴린 씨는 "미군에서도 정신 건강 문제가 심각하다"며 탐방 주제에 깊이 공감한다고 말했다. 이어 정신 보건 서비스에 인공지능 기술을 도입하기 위해서는 어떤 기술적 요소가 필요한지, 의료 정보 보안 시스템은 어떻게 구축하는지, 그리고 우리의 주제가 한국에서 성공하기 위해선 어떤 점을 고려해야 하는지 등에 대해 자세하게 설명해주었다.

인터뷰를 마친 우리는 책까지 선물로 받았다. 『행동 정신 의료 분야에서의 인공지능 기술(Artificial Intelligence in Behavioral and Mental Health Care)』이라는 제목으로, 탐방 전 주제 탐구를 위해 읽어보려던 책이었기에 더욱 감사했다. 더욱이 표지에 팀원 모두의 이름과 함께 응원의 메시지까지 담겨 있어 감동은 배가되었다. 자신이 연구하는 분야에만 몰두한 것이 아니라 이에 관심을 갖는 타국의 대학생들과도 적극적으로 소통하는 모습에 진정한 전문가의 열정을 느낄 수 있었다.

마지막으로 폴린 씨는 우리의 짧은 일정을 아쉬워하면서 보스턴의 맛집까지 추천해주었다. '멘탈에 헤딩' 팀이 남은 탐방 일정을 성공적으로 마치길 바란다는 응원도 잊지 않았다. 지각으로 시작했던 첫 인터뷰를 무사히 마치고서야 비로소 우리는 보스턴의 온화한 날씨와 사람들의 온정을 한껏 느낄 수 있었다.

● 스타트업의 도전정신이 엿보이던 곳, 뉴로렉스

첫 탐방 인터뷰를 무사히 마치고, 큰 자신감을 얻은 우리는 다음 날이 밝자 뉴로렉스(Neurolex)에서 진행될 인터뷰를 위해 스타트업 기업들이 모인 혁신 센터, 매스 챌린지(Mass Challenge)로 향했다.

1_ 웅장한 워싱턴 기념탑의 모습
2_ 워싱턴 기념탑에서의 팀원 단체 사진. 한국분을
   우연히 만나 사진을 부탁했다
3_ 보스턴 항구에서 어딘가를 보고 있는 영섭, 승아,
   순봉 대원. 평화로운 정경이 신기하기만 하다

　뉴로렉스는 목소리 분석을 통해 <u>조현병</u>*의 위험을 감지하는 프로그램을 고안
한 곳이다. 이 프로그램은 높은 정확성이 입증되었으며 전문의들을 보조할 수
있는 도구로 큰 관심을 받고 있다.

　뉴로렉스의 짐 슈뵈벨(Jim Schwoebel) 대표님이 나타나자 우리는 상상했던 것
보다 젊은 그의 모습에 크게 놀랐다. 편한 옷과 선글라스 차림으로 나타난 대표
님은 환한 웃음으로 일일이 악수를 청하며 매스 챌린지 곳곳을 안내해주셨다.

　본격적인 인터뷰가 시작되자 대표님은 사업을 시작하게 된 계기부터 도전 과
정, 지금에 이르기까지의 이야기를 차근차근 들려주셨다. 자신의 형이 조현병
초기 증상으로 힘들어할 때, 병원에선 뚜렷한 진단을 받지 못한 상태였지만 형

---

* 조현병_사고, 감정, 지각, 행동 등 인격의 여러 측면에 걸쳐 광범위한 이상 증상을 일으키는 정실 질환

과의 통화에서 확연히 이상한 점을 느낀 것이 이 사업을 시작하게 된 계기라고 말문을 열었다. 이런 경험으로 정신 질환을 보다 효과적으로 진단할 수 있는 방안에 큰 관심을 갖게 됐고, 인공지능을 이용해 목소리를 분석하는 연구를 시작했다는 것이다.

대표님은 뉴로렉스의 목소리 분석 시스템이 어떻게 작동하는지 직접 보여주시기도 했다. 또 미국과 한국 의료 제도의 차이를 언급하며, 한국에서 인공지능 기술을 정신보건 서비스에 도입하려면 어떤 제도적 장벽을 넘어야 하는지에 대한 조언도 들려주셨다. 자신의 아이디어가 사회를 변화시키고 있다는 자신감과 지치지 않는 도전정신을 엿볼 수 있었던 짐 슈뵈벨 대표님과의 인터뷰는 우리에게 많은 에너지를 주었다.

그룹 테라피로 정신 질환을 치유하는 선라이즈 헬스

우연히도 보스턴에서 약속된 세 차례의 인터뷰가 모두 보스턴 디자인 센터에서 진행됐다. 그중에서도 두 차례는 벤처 기업의 올림픽이라고 불리는 '보스턴 매스 챌린지(Boston Mass Challenge)' 본부에서 이루어졌는데, 이는 미국에서 정신보건 서비스의 전망이 밝다는 증거이기도 했다.

그곳에서 만난 선라이즈 헬스(Sunrise Health)의 설립자인 슈레닉(Shrenik) 씨와 라비(Ravi) 씨 또한 정신보건 서비스와 인공지능 기술의 결합이 앞으로 더 유망하다고 생각하고 있었다. 그들은 우리가 탐방한 기업들 외에도 이 주제와 연관된 사업과 연구를 이어가는 스타트업이 많다고 알려줬다. 그들은 또 선라이즈 헬스가 개발한 애플리케이션, '선라이즈(Sunrise)'에 대해 서로 설명해줬다. 우리는 그들이 제공하는 온라인 치료 요법, 그룹 테라피(Group Therapy)가 어떻게 작용하는지, 장점은 무엇인지, 그리고 온라인으로 정신 질환을 관리할 경우의 한계를 어떻게 보완할 수 있는지에 대해 배울 수 있었다.

라비, 슈레닉
[Sunrise Health]

Q 선라이즈 헬스의 메인 서비스인 그룹 테라피의 특별한 장점은 무엇인가요?

A 의사와 일대일로 하는 통상적인 면담 치료에 비해 그룹 테라피는 타인의 가치 판단과 낙인 효과에 대한 두려움이 비교적 덜합니다. 특히 경찰관, 퇴역 군인 등의 특수한 집단들은 대개 자체적인 사회 구조(Social Structure)를 형성하고 있기에, 같은 집단 사람들이 모이면 서로에게 정서적 지지가 되어줍니다. 더불어 그룹 테라피는 세 가지 장점이 있습니다. 첫째 고립감 감소, 둘째 반응의 정상화이며, 셋째 경험의 공유입니다. 긍정적인 정서와 경험적 지지 때문에 그룹 테라피 세션은 재참여율이 굉장히 높습니다. 우리는 이러한 그룹 세션의 심리적·사회적 효과와 인공지능의 의료적 정확성을 결합하고자 했습니다.

Q 선라이즈 헬스의 온라인 서비스가 정신 질환 치료의 궁극적인 해결책이 되리라 생각하시나요? 또 온라인 서비스를 오프라인 서비스와 통합해 제공할 계획이 있습니까?

A 보통의 정신 질환 상담과 치료 세션은 일주일에 한 번 정도여서 병원에 가지 않는 날에는 고립감을 느끼기 쉽죠. 우리는 이 세션을 가상화해 흐름이 끊기지 않도록 유도합니다. 또 치료 과정에 익숙하지 않은 사람들이 보다 쉽게 치료를 받아들이게 할 수도 있죠. 그룹 테라피 활동을 하다 보면 치료에 대한 거부감이 줄어 상담사와의 직접적인 만남이 쉽게 성사되기 때문입니다. 정말 시급한 도움이 필요한 사람들이 적극적으로 치료와 상담 서비스를 찾는 데 도움을 줄 수 있다는 이야기입니다. 따라서 근본적으로 오프라인 서비스와 통합되어 있다고 할 수 있습니다. 이용자들이 서로 도울 수 있는 환경을 조성하고 있고, 문제가 심각하거나 대면 치료를 받고 싶은 사람들에게 오프라인 치료를 지원하고 있다는 점에서 그렇습니다.

어느 때보다 진지하게 인터뷰에 열중하는 영섭, 순봉, 지희 대원의 모습

미국의 정신보건 연구를 이끄는 미국 국립정신보건원

워싱턴 D.C. 근처에 위치한 미국 국립보건원(NIH, National Institute of Health)은 미국 보건복지부 산하의 의료 연구 기관이다. 우리가 탐방한 미국 국립정신보건원(NIMH, National Institute of Mental Health)은 NIH에 속한 기관으로, 특별히 정신질환과 뇌 과학 분야만 연구하고 있다. 우리나라에도 국가 주도의 정신 질환 연구 기관이 존재하지만 규모가 작고 많이 알려져 있지 않으며, 대부분의 서비스가 수도권에 편중되어 있는 실정이다.

보스턴에서의 바쁜 일정을 차례로 마무리한 다음이라 워싱턴 D.C.로 향하는 팀원들의 마음은 한결 가벼웠다. 하지만 미국 정부 기관을 방문한다는 긴장감이 마음 한편에 새롭게 자리했다. NIMH에서 만난 그레고리 파버(Gregory Farber) 박사님은 긴장한 우리를 정말 친절하게 대해주셨는데, 이메일을 통해 미리 보내놓은 질문들에 대한 답까지 아주 자세하게 준비해두고 계셨다. NIMH에서 데이터를 관리하고 중소기업의 연구를 지원하는 일을 맡고 계시기에 우리가 궁금해한 제도적 지원 현황에 대해 알아보는 데 큰 도움이 됐다.

특히 인공지능 기술을 정신 질환 치료에 사용하는 것을 긍정적으로 보셨는데, 산재한 데이터를 한곳에 모아 관리할 수 있다면 효과적인 질환 관리가 가능할 것이라는 이유였다. 어려우면서도 방대한 내용을 쉽게 풀어 설명해주시고 즉석에서 던진 다양한 질문에도 바로바로 명쾌하게 대답해주시는 모습을 보며 어떤 분야의 전문가가 된다는 것이 얼마나 멋진 일인지 절감했다.

함께 사진을 찍은 후에도 박사님은 추가적인 질문이 있으면 언제든지 이메일로 물어보라고 덧붙이셨다. 2시간의 긴 인터뷰를 마친 후였지만 친절한 박사님 덕분에 숙소로 돌아가는 발걸음이 가벼웠다.

EPISODE

미국 가는 비행기, 놓칠 뻔한 사람 누구?

탐방 여정이 시작되는 첫날 아침, 우리 팀은 미국행 비행기에 오르지 못할 뻔했다. 전날 새벽까지 숙소 예약 문제로 골머리를 썩었던 팀원들은 아침에 일어나 비몽사몽간에 이영섭 대원에게 연락을 했으나, 아무리 전화를 하고 메시지를 보내도 연락이 닿지 않았다. 그 소식을 들은 노승아 대원은 먼저 인천공항으로 가 출발에 필요한 절차를 밟았고, 문지희 대원과 이순봉 대원은 이영섭 대원이 사는 하숙집으로 찾아갔다. 이영섭 대원은 미리 싸놓은 짐을 발치에 두고 잠들어 있었다고 한다.

다행히 모두가 비행기 이륙 전에 공항에 도착하긴 했지만, 이어진 잔여석이 없어 모두 떨어져서 앉게 되었다. 시작은 좌충우돌이었지만 이후의 일정은 모두가 더 열심히 노력한 덕분에 순탄했고, 지금까지도 그때의 일을 웃으면서 이야기하고 있다.

탐방대원 후기

노승아

LG글로벌챌린저 활동을 통해 해보지 않은 것들, 어렵다고 생각했던 일들에 적극적으로 도전하는 기회를 가졌습니다. 요청이 퇴짜를 맞아도, 연락이 끊겨도, 논리적으로 빈틈이 생겼을 때도 끊임없이 이어간 시도는 스스로 규정했던 저의 한계를 뛰어넘는 값진 경험이 됐습니다. 학기 중에도 탐방 기간에도 언제나 책임감을 갖고 성실하게 함께해준 팀원들에게 정말 고맙다고 전하고 싶습니다.

문지희

도전하기 전부터 고민만 하고, 무엇하나 특출한 점 없다고 생각했던 제가 LG글로벌챌린저를 통해 스스로 느끼기에도 성장했다는 사실에 뿌듯할 따름입니다. 각자의 힘을 모아 여기까지 온 우리, 최고라고 당당히 말하고 싶습니다. 그 경험을 공유하고 있는 23기 LG글로벌챌린저 대원들도 모두 최고입니다.

이순봉

이번 여름은 팀워크란 무엇인지 깨달을 수 있었던 소중한 시간이었습니다. 처음엔 막막하기만 했던 서류 제출부터 후기를 쓰는 지금까지 무사히 지나올 수 있었던 건 모두 팀원들 덕분입니다. 기쁨도 많고 고난도 많았지만 그만큼 많은 걸 배웠다고 생각합니다. LG글로벌챌린저를 위해 모든 것을 불태웠던 이번 여름은 앞으로도 제 인생의 중요한 순간으로 기억될 것입니다.

이영섭

팀에 뒤늦게 합류했기에 팀원들에게 피해를 주지 않기 위해 노력했는데, 어느새 여정의 끝에 도달하니 시원섭섭합니다. 문과생 네 명이 쓴 인공지능에 대한 보고서가 누군가에게는 어설플 수도 있지만, 수많은 난관을 묵묵히 헤쳐 나갈 수 있었던 것은 '세상을 바꿀 수 있다'는 희망 때문이었습니다. 더불어 목표를 향해 뜨겁게 도전할 기회를 가질 수 있어 행복했습니다.

1 **각 팀원의 장점을 꼼꼼하게 파악하라**

팀을 꾸릴 때는 서로 보완이 되는 사람들과 만나야 한다. 보완이 된다는 데는 성격뿐만 아니라 각자의 업무적 특기도 포함되는데, LG글로벌챌린저 활동에는 실질적으로 영상 편집, 글쓰기, 문서 디자인 등의 다양한 능력이 요구되기 때문이다. 우리 팀은 개개인이 서로 다른 장점을 지니고 있었기 때문에 좋은 팀워크를 유지할 수 있었다. 물론 협력하는 자세가 바탕이 되었기에 가능한 일이기도 했다.

또 외국어 능력은 팀원 모두가 갖추어야 한다. 탐방은 예측할 수 없는 일의 연속이며, 인터뷰에서 더 많은 정보를 얻기 위해서는 모든 팀원이 적극적으로 소통 가능해야 한다. 팀원 한 사람이 인터뷰의 통로 역할을 맡는다면, 탐방이 원활하게 진행되지 않을 수 있다. 우리 팀은 모두가 준수한 외국어 실력을 가지고 소통했기에 탐방 과정 자체를 즐길 수 있었다.

2 **팀 스케줄은 미리, 꼼꼼하게 짜두자**

탐방 이후 최종 보고서 작성까지 주어진 시간은 한 달. 넉넉한 시간 같지만 사실 그렇지 않다. 탐방 이후 시차 적응은 물론, 팀원 개개인의 스케줄로 인해 다 같이 모일 시간을 만드는 것이 힘들기 때문이다.

따라서 탐방 전, 팀원 전체가 모여 보고서 작성 스케줄을 미리 짜는 것을 추천한다. 우리 팀의 경우 '문제 제기, 해결 방안, 탐방 내용, 결론'이라는 4단계로 보고서 내용을 미리 구상했고, 각 단계별로 마감일을 정해 차근차근 보고서를 준비했다. 각 팀원의 여행, 대외 활동 등의 스케줄을 미리 고려해 넉넉하게 일정을 잡아놓으면 나중에 마감에 쫓겨 서두르는 일이 없을 것이다.

뚝심
계명대학교

아기와 양육자 모두를 위한
울음 개선 솔루션

팀명(학교) 뚝심 (계명대학교)

팀원 권문기, 김채은, 이상민, 이성찬

기간 2017년 8월 12일~2017년 8월 25일

장소 스웨덴, 영국, 프랑스, 이탈리아
1. 스톡홀름 (베이비본 Babybjorn)
2. 런던 (버벡대학교 Birkbeck University)
3. 런던 (런던대학교 University of London)
4. 런던 (케임브리지대학교 Cambridge University)
5. 파리 (영아인지과학연구소 Laboratoire de Sciences Cognitives et Psycholinguistique)
6. 비첸차 (잉글레시나 Inglesina)

'울음'은 아기가 배고픔이나 기타 불편함을 호소할 때 쓰는 비언어적 의사표현으로, 자연스러운 신체 현상이다. 아기의 울음에 즉각적으로 반응하고 달래주면 아기는 효율적인 반응 체계를 형성할 수 있다. 하지만 울음을 오래 방치하면 콩팥의 부신피질에서 코르티솔이라는 스트레스 호르몬이 분비되고, 이 호르몬은 아기의 성장과 정서 발달에 치명적일 수 있다는 연구 결과도 발표되었다. 또 아기의 울음은 음향학적으로도 불쾌감을 일으키는 주파수 대역인 2,000~5,000헤르츠(Hz)에 속해 있어, 주양육자에게도 스트레스가 된다.

우리 팀은 아기의 울음을 달랠 수 있는 효과적인 방법이 없을까 고민하던 차에 태평양소아청소년과의원(Pacific Ocean Pediatrics)의 소아과 전문의 로버트 해밀턴(Robert Hamilton) 박사가 제안하는 자궁 속 환경과 유사한 아기의 자세에 대해 알게 되었다. 신생아의 울음을 그치는 데 도움이 되는 자세에서 영감을 받은 우리 팀은 아기가 앞으로 기댈 수 있는 새로운 형태의 바운서 프로토타입을 1차로 제작했고, 실제 적용 가능성을 확인하기 위해 육아 커뮤니티를 통해 14명의 아기를 모집해 실험을 진행했다. 그리고 모의실험을 통해 아기의 울음을 그치는 데 효과가 있음을 확인할 수 있었다. 우리는 제품의 검증과 활용 방안에 대해 더 많은 정보를 얻기 위해 세계적인 유아용품 브랜드와 아기 연구소 등이 있는 유럽으로 떠났다.

● 의학적 접근을 통해 제품을 개발하는 스웨덴 브랜드, 베이비본

바운서와 아기띠를 개발하는 베이비본(Babybjorn)은 50년 전통의 스웨덴 육아용품 브랜드로, 인체공학 전문가와 소아정형외과 의사가 함께 제품을 개발하고 있으며, 현재 유럽과 일본에서 바운서 판매율 1위를 차지하고 있는 곳이다. 우리는 바운서를 제작할 때 유의해야 할 점과 우리의 아이디어를 제품화할 수 있는 가능성 등에 대해 배우기 위해 장장 14시간에 걸쳐 스웨덴으로 향했다.

베이비본을 섭외하는 과정은 쉽지 않았다. 우리 팀이 최종적으로 LG글로벌

어렵게 섭외한 베이비본에서 첫 인터뷰가 끝나고 신이 난 팀원들

챌린저 대원으로 선발된 이후에도 몇 번이나 인터뷰를 요청했지만 계속해서 거절당했고, 결국 한국 본사를 찾아 직접 부탁하고서야 힘겹게 미팅 약속을 잡을 수 있었다. 하지만 스웨덴에 도착해서도 시련은 끊이지 않았다. 약속 시간보다 3시간 전에 출발했으나 도무지 해석할 수 없는 스웨덴 글씨들은 버스와 지하철 사이에서 우리를 방황하게 만들었고, 결국 택시를 타고 미팅 시간보다 약 40분 늦게 본사에 도착했다. 그럼에도 불구하고 기술혁신팀의 데이비드 탈렌(David Thalén) 씨는 지각한 우리를 반갑게 맞이해주었다.

베이비본은 실용성과 최첨단 설계를 바탕으로 제품을 만드는 기업이다. 우리가 베이비본의 탐방을 그토록 추진한 이유는 제품 디자인 과정에서 소아정형외과 의사들과 협업을 하는 것으로 유명하기 때문이다. 아기의 몸은 빠른 속도로 성장하기 때문에 제품을 기획할 때 성장기 아기의 신체적 특징을 고려한 접근이 필수적이다. 우리 팀이 처음으로 1차 프로토타입을 제작하고 많은 부모들과 전문가들의 의견을 수집했을 당시, 제품의 안전성과 전문성에 대해 많은 지적을 받았었다. 이런 문제를 해결하기 위해서라도 베이비본에서 아이디어를 제품화할 때 안정적이고, 효율적으로 만드는 방안에 대한 정보를 얻고 싶었다.

인터뷰는 다행히도 순조로웠고, 탈렌 씨는 세세하게 답변해주었다. 심지어 의학적인 내용이 담긴 질문에는 좀 더 정확한 대답을 주겠다면서 미국의 소아정형외과 의사와 즉석에서 통화를 하고서야 답을 했다. 탈렌 씨 덕분에 그동안의 궁금증을 속 시원하게 해결할 수 있었다.

첫 인터뷰를 끝내고 베이비본 직원들의 과분할 정도로 친절한 배웅을 받으며 건물 밖으로 나왔다. 돌이켜보니 지구 반대편의 낯선 환경에서도 도전하고 그 어떤 것이든 이뤄낼 수 있음을 깨닫게 해준 소중한 첫 인터뷰였다.

● 아기의 뇌를 연구하다, 버벡대학교 베이비랩

런던에서의 인터뷰를 앞둔 날 아침, 해가 뜨기 한참 전부터 이미 모두 눈을 뜨고 있었다. 버벡대학교(Birkbeck University)에서 예정된 인터뷰를 최종적으로 검토하기 위해서였다. 예약해둔 숙소는 킹스 크로스 역 부근으로, 교통편이 굉장히 좋아 버벡대학교의 베이비 랩(Baby Laboratory)까지 걸어서 이동할 수 있었다.

버벡대학교의 베이비 랩은 의학적 관점에서 초정밀 실험 도구로 아기들의 뇌를 연구하는 연구소다. '영유아의 물리적 접촉에 의한 정서 반응'과 관련된 프로젝트를 진행 중이었는데, 우리는 이 프로젝트의 총괄 책임연구원인 레슬리 터커(Leslie Tucker) 교수님과 인터뷰를 했다.

인터뷰는 연구실 곳곳을 돌아다니며 진행되었다. 터커 교수님은 실험실 곳곳을 하나하나 보여주며 설명해주셨는데, 운 좋게도 프로젝트에 참여한 부모가 아기와 함께 실험을 진행하는 모습도 볼 수 있었다. 교수님은 실험이 끝난 후 우리가 직접 실험실에 들어가 뇌파 실험이 어떻게 진행되는지 체험해보게 해주셨다.

터커 교수님의 세심한 배려 덕분에 우리는 아기의 뇌파와 아이 트래킹(Eye Tracking)*에 대한 다양한 실험에 대해 배울 수 있었다. 또 아기가 안정감을 느끼

---

* 아이 트래킹_ 눈동자의 움직임을 포착해서 시선의 위치를 알아내는 기술

는 요소들에 대한 정보와 우리의 1차 프로토타입의 각도 조절 부분을 어떻게 개선할지에 대한 정보까지도 얻을 수 있었다.

모든 인터뷰를 마치고 갑자기 사라지신 교수님은 어디선가 '버벡 베이비 랩 (Birkbeck Baby Lab)'이라고 적힌 분홍색 아기 티셔츠를 들고 나타나 우리에게 하나씩 선물로 주셨다. 모든 아기가 행복한 세상을 만들고 싶다는 터커 교수님의 진심이 느껴졌던 이번 인터뷰를 통해 우리 역시 선정한 주제의 궁극적 목표를 다시 한 번 생각할 수 있었다.

🎈 아기 울음의 비밀을 파헤치다, 케임브리지대학교

케임브리지대학교(Cambridge University) 심리학과의 빅토리아 레옹(Victoria Leong) 교수님은 유아 발달 인지 전문가로, 다양한 영유아 관련 연구를 진행하는 분이다. 우리는 레옹 교수님으로부터 영유아의 발달 과정과 아기의 울음에 대해 조금 더 깊이 있게 배우고 싶었다. 레옹 교수님은 우리가 접하기 어려웠던 여러 연구 사례의 예시를 들며 적극적으로 정보를 전해주셨다. 아기 울음이 양육자만을 힘들게 한다고 생각했는데, 설명을 듣고 나니 실은 아기에게 더 큰 영향을 주고 있다는 사실을 알게 되었다. 아기가 울 때 분비되는 스트레스 호르몬인 코르티솔은 아기의 뇌세포를 손상시키고 성장을 방해하는 등 많은 문제를 일으키고 있었다. 교수님의 설명을 들은 우리는 아기의 울음을 단시간 내에 멈추도록 도와주는 것이 정말 중요하다는 확신을 다시 한 번 가질 수 있었다.

그렇게 정신없이 인터뷰를 하던 도중, 한 연구원이 다음 미팅 일정을 알리기 위해 교수님을 찾아왔다. 한창 이야기꽃을 피우던 우리는 벌써 지나간 2시간이 흘러갔다는 것에 놀라며 아쉽게도 작별인사를 나눠야 했다.

● 세계 45개국에 제품을 수출하는 이탈리아 기업, 잉글레시나

유모차와 유아 식탁 의자로 유명한 이탈리아 브랜드 잉글레시나(Inglesina)의 본사는 이탈리아 북동부의 아름다운 도시 비첸차에 위치하고 있다. 세계적인 브랜드답게 어마어마한 규모에 압도되었는데, 회사 내부에 쇼룸까지 갖춰져 있었다.

세일즈 부서 전체를 관리하는 매니저 마우로 바반(Mauro Barban) 씨는 먼저 우리를 쇼룸으로 안내했다. 쇼룸은 다음 시즌의 품평회를 위해 일부 VIP 바이어들에게만 선공개되는 곳인데, 멀리서 온 우리를 위해 기꺼이 관람을 허락해준 것이다. 바반 씨는 부스 하나하나를 돌며 잉글레시나의 역사, 제품, 기술, 디자인에 대해 상세히 설명했다. 설명에 심취해 한창 고개를 끄덕이고 있을 때, 갑자기 낯익은 한 외국인이 말을 걸어왔다. 바로 잉글레시나의 CEO 루카 토마시(Luca Tomasi) 씨였다. 휴가 중임에도 우리의 방문 소식을 듣고 회사에 오신 것이었다.

1_ 레슬리 터커 교수님,
베이비 랩 실험
참가자와 함께

2_ 맥주 한 잔으로
서로를 격려하는
시간

3_ 잉글레시나에서
인터뷰를 마친 후
루카 토마시 씨와
함께

감사한 마음과 함께 동영상으로만 보던 인물을 실제로 만나니 신기한 기분도 들었다.

쇼룸 소개가 끝난 후, 응접실에서 인터뷰를 진행했다. 토마시 씨는 유아용품을 기획하는 데 있어 인체공학적 접근이 왜 중요한지, 상업성을 가지기 위한 디자인은 어떤 관점에서 접근하는지, 어떤 소재를 사용하는지 등에 대해 친절히 이야기했다. 우리 팀이 기존 제품들과는 차별화된 새로운 관점에서 접근해 제품을 고안한 것이 흥미롭다고 하면서 "아직은 구조적으로 걱정되는 부분들이 있지만, 더 개발해볼 가치가 충분한 아이디어"라는 조언도 남겼다.

루카 토마시 씨의 배웅을 받으며 기차역으로 향하는 동안 마지막 조언을 되새기면서 구체화되고 보완해야 할 부분에 대해 이야기를 나눴다. 불확실성 속에서 싹튼 우리의 아이디어가 이번 탐방을 계기로 점점 또렷해지고 있음을 느낄 수 있었다.

EPISODE

프랑스 옹플뢰르에서 만난 우리의 멜로디, 아리랑!

수많은 인상주의 예술가들의 사랑을 독차지한 도시, 프랑스 옹플뢰르에서 벌어진 일이다. 홍합 요리와 사과주를 먹으며 한창 거리의 낭만과 여유로움을 즐기고 있을 때, 어디선가 익숙한 멜로디가 들려왔다. 바로 '아리랑'이었다.

소리가 들려오는 곳을 바라보니 저 멀리서 한복을 입은 사람들이 보였다. 한국의 아름다운 소리를 해외에 알리기 위해 이 외진 마을까지 찾아온 한국인

프랑스 옹플뢰르에서 아리랑을 알리고 있던 한국인들과 함께

들을 만난 것이다! 생각지도 못했던 곳에서 아리랑 멜로디를 듣자 가슴이 벅차올랐다. 아주 오랜만에, 타지에서 들은 아리랑은 우리가 지금껏 들어왔던 것보다 훨씬 더 흥과 멋이 넘쳤다. 잊고 있던 우리 음악의 아름다움을 다시금 느낀 하루였다.

레슬리 터커
[Birkbeck University]

Q 영유아가 안정감을 느낄 수 있는 요소로는 무엇이 있나요?

A 첫째로 아기의 본능적 자세를 이야기할 수 있습니다. 처음 태어난 아기는 생리적 굴곡 상태인 C자 형태의 자세를 취하게 됩니다. 약 10개월 동안 엄마의 배속에 있었던 신생아에게는 이 자세가 가장 익숙하고 편안하게 느껴집니다. 생후 100일까지는 이러한 굴곡 상태를 유지해주는 것이 아기에게 안정감을 준다는 연구 결과가 있습니다.

둘째로는 엎드린 자세가 있습니다. 아기는 앙와위 자세(Supine Position)*와 엎드린 자세(Prone Position)를 통해 위아래가 있다는 것을 느끼고 신체 도식을 확인하게 됩니다. 이에 따라 본능적으로 모로 반사**가 발달하게 되는데, 울고 있는 아기를 엎드려 눕히면 모로 반사를 멈추고 차분해집니다.

셋째로, 접촉(터치)이 있습니다. 사람과의 접촉이 가장 좋지만, 물건과의 접촉도 긍정적인 결과를 줄 수 있습니다. 무엇이든 만지고 빠는 상호작용을 통해 유아는 안정감을 느끼며, 사물을 인지하는 감각이 발달합니다.

넷째로, 적당한 전정기관***의 자극이 필요합니다. 엄마의 양수 속에서 나온 지 얼마 되지 않은 유아는 가만히 있으면 오히려 불안감이 가중됩니다. 적당한 리듬감으로 부드럽게 흔들어주며 전정기관에 자극을 주면 안정감을 느낄 수 있습니다.

---

* **앙와위 자세**_ 신체의 후면을 바닥에 붙이고 얼굴을 위로 한, 똑바로 눕는 자세
** **모로 반사**_ 신생아의 반사운동 중 하나로, 누워 있을 때 여러 상황에 의해 자극을 받으면 팔과 다리 그리고 손가락을 펼쳤다가 다시 자신의 몸 쪽으로 움츠리는 것을 말하는데 모로 반사와 같은 신생아의 반사운동은 출생 후 3개월이 지나면 자연스럽게 사라짐
*** **전정기관**_ 귀의 가장 안쪽 부분인 내이에 위치해 머리의 수평, 회전 운동 등을 감지해 중추평형기관에 전달하는 기관이며 신체의 균형을 유지함

탐방대원 후기

권문기

시작부터 보고서 작성을 끝내기까지, 소중한 사람들과 함께 많은 것을 경험하면서 성장할 수 있었습니다. 나를 찾아주고 함께해준 소중한 사람들, 그대들은 나의 친구이자 스승입니다. 감사하고 사랑합니다.

김채은

꿈만 같았던 LG글로벌챌린저 합격! 하지만 탐방을 가기까지 모든 것을 우리 스스로 계획하고 준비해야 했기에 어려움도 많았습니다. 밤낮없이 바쁜 날들의 연속이었지만 그 모든 순간들은 제겐 새로운 경험이자 배움의 과정이었습니다.

이상민

설렘 가득한 봄날에 세 명의 팀원을 만났고, 뜨거운 여름날에 유럽을 뛰어다녔습니다. 뜨거운 열정으로 봄과 여름을 함께 보낸 소중한 세 벗들과 함께 가을날을 느끼고 있습니다. 겨울이 되고 해가 바뀌어도 이어갈 소중한 인연입니다.

이성찬

진정성 있는 도전은 언제나 아름답습니다. LG글로벌챌린저를 통해 지식과 경험, 그리고 사람까지 얻을 수 있었습니다. 진정성을 가지고 함께했기에 모든 순간들이 아름다웠습니다.

네 가지 생각, 한 가지 배려

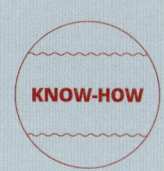

❶ 배려 하나면 팀워크도 튼튼!

탐방만큼이나 여행 과정에서 팀워크를 유지하는 것은 중요하다. 우리는 탐방 기간 동안 하루 종일 함께 지내면서 트러블이 생기지 않을까 걱정을 했다. 높디높은 에펠 탑, 멋진 야경 속 타워 브리지를 보면서도 팀원 모두가 서로 다른 생각을 하는 것처럼 말이다. "빨리 사진 찍자!", "여기선 진짜 맥주 한잔해야 해!", "에펠탑 열쇠고리 사러 가자!", "쇼핑은 언제 가?" 실제로 같은 장소에서, 동시에 팀원 각각이 한 이야기다. 모두가 원하는 것이 이처럼 다르니 트러블이 생길 수도 있지만, 우리 팀은 달랐다. 정해진 시간에 저 네 가지 모두를 해내버린 것이다. 팀원들이 모두 서로를 배려하고 이해하려고 노력했기 때문에 가능한 일이었다고 생각한다.

❷ 두드려라, 섭외의 문이 열릴 것이니!

꼭 가보고 싶었던 해외 기업이 두 곳 있었는데, 이 두 곳을 섭외하기가 정말 어려웠다. 연구소는 피드백이 빠르고 섭외가 비교적 수월하게 이루어진 반면, 기업 섭외에는 이메일만 300여 통을 보내야 했다. 같은 사람에게 3일에 한 번씩 보내기도 하고, 다른 부서의 사람에게 돌아가면서 보내보기도 했는데, 300통의 메일을 보내 답장은 단 다섯 통. 그마저도 자기의 담당이 아니라는 답장뿐이었다. 하지만 이 두 기업 탐방을 포기할 수 없었기에 여러 방면으로 다시 접근을 시도했다. 그중 가장 효과적이었던 방법이 한국 지사를 통한 섭외였다. 두 기업 모두 한국에 지사를 두고 있었는데, 그곳에 전화를 하거나 직접 찾아가 부탁해 마침내 두 기업 모두 인터뷰할 수 있었다.

부작용 없는 임상 시험의 열쇠,
인체의 소프트웨어화

팀명(학교)	SHIP (영남대학교)
팀원	권영웅, 서정철, 안경수, 이승훈
기간	2017년 7월 17일~2017년 7월 30일
장소	미국

1. 샌프란시스코 (인텔 Intel)
2. 보스턴 (매사추세츠공과대학교 MIT, Massachusetts Institute of Technology)
3. 바하버 (잭슨 연구소 The Jackson Laboratory)
4. 워싱턴 D.C. (미국 국립보건원 NIH, National Institutes of Health)

의학 발전과 신약 개발을 위해서는 인간을 대상으로 하는 임상 시험이 불가피하다. 이런 긍정적인 효과에도 불구하고 때때로 윤리 문제를 야기한다는 점에서 임상 시험은 오랫동안 연구자들의 고민거리였다. 임상 시험의 윤리 문제는 한 기관이나 국가를 초월하는 국제적 해결 과제이기에 전 세계 연구자들은 동물 실험 및 새로운 대체 실험 등으로 안전한 임상을 도모해왔지만, 이 역시 또 다른 윤리 문제와 안전성 문제에서 야기하기에 완벽한 해결책이라고는 할 수 없는 상황이다.

이에 우리는 인체의 소프트웨어화를 통한 임상 시험의 새로운 패러다임에 주목했다. 그리고 이에 대해 더 많은 배움을 얻기 위해 세계에서 가장 많은 생명 정보 자료를 가지고 있으며, 최고의 인공지능 기술을 보유한 미국을 방문했다.

● 인텔에게서 인공지능에 대해 듣다

우리가 제시하고자 하는 임상 시험 프로그램 'SHIP(Softwarized Human Information Program, 소프트웨어된 인체 정보 프로그램)'는 소프트웨어화된 인체 정보를 통해 컴퓨터로 임상 시험이 가능하도록 만든 프로그램이다. 즉 SHIP는 디지털 임상 시험을 위한 프로그램으로, 인체와 관련된 복잡한 정보를 다루기 위해 데이터들을 모아 새로운 정보를 예측하는 인공지능 기술이 필수다. 이에 인공지능 기술에 대한 자문을 구하기 위해 인공지능 분야에 투자를 아끼지 않는 인텔(Intel)에 인터뷰를 요청했다.

우리는 인텔 본사에서 인공지능 분야 엔지니어인 셰어 베르첼리(Cher Vercelli) 씨를 만났다. 베르첼리 씨는 인텔이 현재까지 인공지능 분야에 뛰어들기 위해 어떤 노력을 했는지, 그리고 현재 보유한 기술과 앞으로의 발전 가능성에 대해 이야기 해주었다. 또한 우리가 하려는 SHIP 모델에 대해서는, 불가능하지는 않지만 임상 시험처럼 오차가 없어야 하는 분야에 활용하려면 바탕이 되는 기본 데이터가 충분히 많아야 한다고 조언해줬다.

대장균 세포, '첼로'로 말하다

매사추세츠공과대학교(MIT, Massachusetts Institute of Technology)는 설립 이래 공학, 이학, 건축학, 인문과학 분야에서 수많은 공적을 쌓고 유능한 과학자들을 배출했다. MIT를 향하던 날, 비가 엄청 쏟아져서 탐방 전부터 힘이 다 빠졌지만 우여곡절 끝에 MIT에서 연구 중이신 신종현 박사님을 만날 수 있었다. 신종현 박사님은 보이트(Voigt) 연구실에서 세포 프로그램 언어인 '첼로(Cello)'를 만드신 분인데, 우리의 프로젝트와 연관성이 있어 만남을 청했다.

신종현 박사님은 먼저 첼로가 무엇인지 자세히 설명해주셨는데, 간단한 회로를 통해 세포들끼리의 상호작용을 알 수 있었다. 박사님께 우리의 프로젝트에 대한 자문도 구했는데, 박사님은 불가능한 것은 아니고 단지 그 과정이 힘들 뿐이라며 응원해주셨다.

1_ 잭슨 연구소
관계자들과 함께
2_ MIT에서 만난
신종현 박사님과
인터뷰를 마치고
3_ 빅데이터
전문가 브라운
씨를 가운데로
모시고!

신종현
[MIT Voigt Laboratory]

Q 먼저 첼로가 무엇인지에 대해 간단하게 설명 부탁드립니다.

A 첼로는 셀 로직(Cell Logic)의 줄임말입니다. 작은 서킷 보드(Circuit Board)들을 모아 전기회로에서 구현한 것처럼, 그 개념을 생물학에 적용한 것입니다. 물리적 장치(Device)에서는 기본적으로 '0'이나 '1', 혹은 참(On), 거짓(Off) 등으로 변환해 그 장치의 기능을 가져오는데, 생명체에서는 그 역할을 첼로가 한다고 생각하면 됩니다. 즉, 첼로는 사용자가 원하는 입력값(Input)과 결과값(Output)을 구현할 수 있도록 어떤 디자인 서킷(Design Circuit)을 써야 하는지 알려주는 프로그램입니다.

Q 첼로의 대장균 세포 회로를 60개 구현하셨는데, 그중 45개만 성공했습니다. 어떤 문제가 있었나요?

A 생물학의 기본 출발점은 DNA 시퀀싱(DNA Sequencing)*을 통한 유전자 발현(Gene Expression)**입니다. 예를 들면 A 유전자와 B 유전자를 결합할 때 프로모터(Promoter)***라는 유전자 접착제가 필요합니다. 그런데 서로 다른 두 개의 프로모터가 필요할 때가 있습니다. 전기회로 측면에서 생각하면 A 유전자와 B 유전자 사이에 다양한 논리 회로들이 있어도 오류 없이 신호가 잘 통과됩니다. 하지만 생물학적 회로에서는 A 유전자와 B 유전자 사이에 두 개의 프로모터가 나란히 있으면 신호가 통과돼야 하는데, 실제로 그렇지 못하는 경우도 있습니다. 그런데 첼로를 만들 때는 뚫고 지나간다고 계산을 했기 때문에 몇 개는 오류가 발생하게 된 것입니다.

---

* **DNA 시퀀싱_** DNA 분자 내에서 DNA 사슬의 기본 구성 단위인 뉴클레오타이드의 정확한 순서를 결정하는 과정
** **유전자 발현_** 표현형 발현이라고도 하는데, 유전자 위에 있는 정보가 실제로 생체 내에서 번역되어 기능적으로 발현되는 것을 말함
*** **프로모터_** 촉진 유전자로, DNA에서 RNA를 합성하는 단계의 시작에 관여하는 유전자 상류 영역을 가리킴

● 잭슨 연구소에서 생물의학 연구의 가치를 느끼다

가까운 모텔에서 잠을 청한 우리는 다음 날 오전 9시에 생명공학 연구소인 잭슨 연구소(The Jackson Laboratory)를 방문했다. 잭슨 연구소는 세계에서 가장 큰 생명공학 연구소다. 이곳에서 SHIP처럼 인공지능을 이용해 생물학적 알고리즘을 만들고 있다는 피터 로빈슨(Peter Robinson) 교수님을 만나기 위해 찾아갔다.

4시간 가까이 고속도로를 달려 연구소에 도착한 우리는 피터 로빈슨 교수님께서 전출 가게 되어 만날 수 없다는 소식을 들었다. 허탈해하는 우리에게 배아 줄기세포 연구를 하는 브라운 연구실(Brown Lab)의 연구원, 스리 라물루 풀라구라(Sri Ramulu Pullagura) 씨가 연구소를 안내해주겠다고 제안했다.

1929년에 설립된 독립적이고 비영리적인 생물의학 연구 기관인 잭슨 연구소는 질병을 정복하기 위한 게놈 솔루션 연구를 진행하고 있다. 세계 최초로 생물의학 연구에 쓰일 모델로 생쥐를 채택했고, 비영리 기관으로서는 흔치 않게 수백만 달러의 후원금으로 연구를 하고 있으며, 유럽과 아시아에도 분원이 있다.

생쥐를 통해 얻은 정보로는 질병에 대한 정확한 게놈 솔루션을 찾기 어렵지 않냐는 우리의 질문에 풀라구라 씨는 생쥐가 사람의 유전자 구조와 97% 유사성을 가지고 있기 때문에 신뢰성 있는 연구를 진행할 수 있다고 답했다. 또한 18종의 생쥐를 이용해 연구하므로 정확도가 상당히 높은 편이라고 덧붙였다.

풀라구라 씨의 도움으로 연구실과 실험실을 탐방하면서 이른 시간부터 많은 사람이 연구에 몰두하는 모습을 볼 수 있었다. 이곳에서 15년째 연구 중이라는 풀라구라 씨는 잭슨 연구소가 많은 노벨상 수상자들을 배출했으며, 교육기관의 역할도 한다고 말했다. 다양한 해외의 교육기관들과도 협력하고 있는데, 인터뷰 당시 한국의 이화여자대학교 학생들도 여름 방학을 맞아 몇몇 연구팀과 동반 연구를 하고 있다고 했다. 아름다운 자연 속에 위치한 연구소에서 즐기며 일하는 멋진 사람들이 기억에 많이 남는 시간이었다.

미국 국립보건원에서 의학·생명 데이터 관리 기술을 보다

SHIP는 데이터 기반의 예측 프로그램이기 때문에 많은 데이터를 처리하고 관리하는 기술이 필수적이다. 그래서 세계에서 가장 많은 의학, 생명 관련 데이터를 보유하고 있는 미국 보건복지부 산하 기관인 미국 국립보건원(NIH, National Institutes of Health)에 방문하기로 했다.

삼엄한 보안 검색대를 통과하니 외부인 인솔자 샤론 로빈슨(Sharon Robinson) 씨가 푸근한 인상으로 맞이해주었다. NIH는 중요한 자료들을 지하 깊은 곳에 보관하고 있는데, 폭격을 받거나 건물이 무너졌을 때 자료를 안전하게 지킬 수 있도록 설계됐다는 이야기를 듣고 미국의 섬세한 기술 수준을 실감했다.

지하 데이터 센터에 접근이 허락된 우리는 빅데이터 전문가인 토니 브라운(Tony Brown) 씨를 만나 방대한 양의 의학 데이터를 다루는 방법과 시설에 대한 설명을 들을 수 있었다. 전기장치들에 전력을 안정적으로 공급하기 위한 설비와 엄청난 수의 에어컨을 보니 여타 기관들과의 차이가 느껴졌다. 브라운 씨는 세계 곳곳에서 NIH의 의학 데이터에 접근하는 건수가 초당 수백 건에 달한다고 말했다. 또한 이곳에서는 외부의 자료 검색 접근을 모니터링하고 매 순간 늘어나는 데이터들을 관리하기 위해 관리 알고리즘을 수시로 바꾸고 있으며, 새로운 전자장치들을 자주 들여온다고 했다.

NIH는 세계에서 가장 방대한 의료 데이터를 보유하고 있을 뿐만 아니라 가장 큰 임상 시험 센터와 병원을 운영하는 것으로도 유명하다. 인터뷰 후 임상 시험 센터를 둘러보며 희귀 질환 케이스를 경험해 본 의사들이 많아 환자들에게 양질의 의료 혜택을 제공하고 있으며, 훌륭한 교육기관의 역할도 하고 있어 노벨상 수상자들도 종종 배출하고 있다는 점도 알았다. 인류의 건강 증진을 위해 끊임없이 연구하고 노력하는 NIH 같은 기관이 우리나라에도 있으면 좋겠다는 바람이 생겼다.

LG글로벌챌린저 23기로 활동하면서 어느 때보다 멋진 한 해를 보냈습니다. 주어진 과제를 팀원들과 함께 해내는 것이 어떠한 도전인지, 얼마만큼의 끈기를 필요로 하는 것인지 대학 생활 막바지가 되어서야 제대로 느껴볼 수 있었고 함께해준 친구들이 있어 해낼 수 있었습니다. 모두에게 고맙습니다.

권영웅

도전과 새로운 만남이 좋아서 지원한 LG글로벌챌린저 활동으로 3월 초부터 하루도 빠짐없이 탐방 계획을 짜는 데 몰두했고, 그 과정과 결과는 뿌듯했습니다. 쉽지 않은 상황에서도 서로 다른 네 명이 하나의 목표를 향해 기획하고 발로 뛴 활동들은 소중한 경험으로 남았습니다. 많은 것을 볼 수 있는 순간과 자신감을 갖도록 기회를 준 LG글로벌챌린저와 함께한 팀원들에게 감사의 말을 전하고 싶습니다.

서정철

LG글로벌챌린저 모집 공고를 우연히 보고, 지금 팀원이 된 친구들에게 연락했던 것이 기억납니다. "나, 이거 하고 싶은데, 같이 할래?" 이 한마디가 지금의 우리 팀을 만들었고 준비 과정부터 마지막 순간까지 엄청난 에너지를 LG글로벌챌린저에 쏟아부었습니다. 4학년이라는 부담감에서 벗어나 무언가에 나를 던져 마지막 대학생활을 열정적으로 보낼 수 있었다는 것이 정말 행복했습니다.

안경수

갈수록 현실과 타협하고 도전의 의미를 잊어가던 날들 속에서 시작된 LG글로벌챌린저 활동으로 2017년은 제게 가장 의미 있는 한 해가 되었습니다. 팀원들과 탐방 계획을 세우고 탐방을 다녀왔다는 것이 아직도 믿기지 않을 정도입니다. 오랜 시간 지치지 않고 끝까지 함께 해준 우리 팀원들에게 정말 고맙습니다.

이승훈

서로 배려하고
끝까지 함께하는 것이 중요하다!

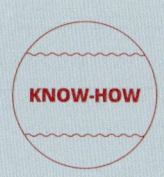

① 솔직함과 배려는 팀워크 유지에 가장 중요한 키포인트

우리 팀은 원래 아는 사이였기에 서로 친해지는 과정이 필요하지 않았다. 하지만 친분이 있든 없든 주제 선정부터 만만치 않은 준비 과정들이 잇따르고 트러블 역시 발생하기 마련이다. 우리 팀은 좋은 것은 좋다, 역시 아닌 건 아니라고 서로 솔직하게 말해주며 다툼이 생기지 않도록 했다.

특히 학교 시험기간과 일정이 겹칠 때는 힘들어도 함께 새벽까지 남아 자료를 조사하고 탐방 기관을 섭외했다. 끈기가 없으면 중간에 포기하고도 남을 정도로 힘든 과정이니, 시시때때로 으쌰으쌰 서로를 북돋아주는 배려의 말도 잊지 말자.

② 난관이 닥치면 생각을 유연하게 바꿔라

고심해서 주제를 정해도 또다시 겪는 난관이 있으니, 바로 탐방 기관 섭외다. 우리 팀은 긍정적인 답변이 몇 번은 올 것이라고 안일하게 생각하고 있었다. 하지만 섭외 요청에 돌아온 답은 '어렵다' 뿐이었다. '기술적인 부분이 기밀 사항이라 도와줄 수 없다'는 메일을 받을 때마다 주제를 바꿔야 할지 고민했다. 하지만 시각을 바꿔 전문가 입장에서 '왜 도와줄 수 없을까?', '어느 정도면 규정에 어긋나지 않을까?' 생각해보았고, 허용 가능한 범위 내에서 얻을 수 있는 것은 무엇인지 고민했다.

그리고 이런 고민들을 토대로 인터뷰 내용에 관해 구체적으로 적은 메일을 다시 하나둘 보내며 도움을 요청해보니 긍정적인 답변이 돌아오기 시작했다. 관점을 바꾸어 문제를 해결하려 하지 않고 그 자리에서 포기했다면, 우리는 다른 주제를 선정하고 같은 문제를 겪었을 것이다.

똑똑한 T세포,
자가면역질환을 치료하다

팀명(학교) T-wise (한동대학교)

팀원 김정민, 김휘, 이소정, 황기근

기간 2017년 7월 23일~2017년 8월 4일

장소 프랑스, 스페인, 독일, 영국
  1. 파리 (셀렉티스 Cellectis)
  2. 파리 (피에르앤드마리퀴리대학교 Pierre and Marie Curie University)
  3. 니스 (티엑스셀 Txcell)
  4. 바르셀로나 (면역관용 유도 세포 치료제 개발을 위한 유럽연구공동체 Action to Focus and Accelerate Cell-based Tolerance-inducing Therapies)
  5. 마인츠 (요하네스구텐베르크마인츠대학교 Johannes Gutenberg Mainz Universität)
  6. 런던 (킹스칼리지런던 King's College London)

<u>자가면역질환*</u>은 체내의 면역 세포가 자신의 몸을 외부의 침입자로 인식하여 공격하는 질병이다. 하지만 현재의 의약품 수준으로는 우리 몸을 공격하는 세포만을 선택적으로 억제하기가 불가능해 전반적인 면역 시스템을 억제하게 된다. 이러한 약제는 병의 근본 원인을 해결하지 못하기 때문에 평생 동안 복용해야 하며, 정상적인 면역 세포의 기능까지 손상시키는 등 수많은 부작용이 뒤따른다. 환자는 부작용을 치료하기 위해 또 다른 약물을 복용하게 되고, 그 약물은 또 다른 부작용을 유발하니 평생 약물과 그 부작용으로 인한 끝없는 전쟁을 치러야 하는 것이다. '이 악순환을 멈출 순 없을까?', '이 전쟁을 끝낼 수 있는 열쇠는 없는 것인가?' 우리는 그 답을 찾기 위해 자가면역질환을 치료하는 연구와 임상 적용이 활발하게 이뤄지고 있는 유럽으로 떠났다.

하나의 세포가 항암제가 되기까지, 그 비밀을 엿보다

프랑스 파리에 위치한 셀렉티스(Cellectis)는 체내에 들어온 외부 침입자를 공격하는 T세포로 암세포를 죽이는 세포 치료제를 만드는 곳이다. 기존에는 환자 자신의 면역 세포를 꺼내어 조작한 후 다시 넣어주는 방법으로 치료가 이루어졌지만, 이곳에선 건강한 공여자의 T세포를 제품화해 모든 암 환자들에게 적용 가능한 항암 세포 치료제를 만드는 방법을 연구 중이다. 우리는 이곳에서 자가면역질환 세포 치료제가 범용적으로 사용될 가능성을 찾을 수 있다고 생각했다.

셀렉티스에서 우리의 끊임없는 질문을 받아주신 장 샤를 에피나(Jean-Charles Epinat) 박사님은 우리만큼이나 열정적이고 또 유쾌한 분이셨다. 더구나 세포 치료제가 직접 만들어지는 비밀스러운 실험실까지 안내해주셨다. 중요한 연구가 진행되는 실험실은 예민한 공간이기 때문에 내부 방문은 상상도 못했는데, 박사님은 현미경 같은 간단한 기구 조작은 물론이고 사진 촬영까지 허용하는 등

---

* **자가면역질환_** 면역 시스템의 이상으로 체내의 면역 세포가 자신의 몸을 외부 침입자로 인식해 공격하는 질병

편안하게 실험실을 둘러볼 수 있도록 배려해주셨다.

실험실에서 가장 놀라웠던 것은 세포 치료제가 되기 위해 배양되고 있는 T세포들이었다. 1리터 정도의 팩을 빽빽하게 채운 밝은 아이보리색의 덩어리를 실제로 보니 우리도 세포 치료제를 만들 수 있을 거라는 자신감이 솟아올랐다.

● 잃어버린 면역 균형을 찾아서

피에르앤드마리퀴리대학교(Pierre and Marie Curie University)를 방문하던 날, 우리는 무척 떨고 있었다. 인터뷰가 약속된 데이비드 클라츠만(David Klatzmann) 박사님은 HIV 바이러스를 발견하는 데 기여한, 세계적으로 저명한 과학자이시기 때문이다. 그토록 고대했던 박사님과의 만남. 두근두근! 쿵쾅쿵쾅! 아직 심장 박동도 진정되지 않았는데 박사님께서는 질문을 하러 간 우리에게 도리어 질문을 하셨다. "당신이 꿈꾸는 10년 뒤의 모습은 무엇인가요?"

아무런 과학적 업적도 없고 논문조차 써본 적 없는 우리에게 미래를 물어주시다니, 정말 감동이었다. 우리는 자가면역질환 치료법을 찾기 위해 공부하고 있다고 말하며, 그렇게 현재와 미래의 과학자 사이에 대화가 시작됐다.

우리 몸에는 크게 두 종류의 면역 세포가 존재한다. 하나는 체내로 들어온 침입자를 무차별적으로 공격하는 자연 면역 세포이며, 다른 하나는 과거에 침입했던 병원체가 다시 침입했을 때 이를 기억하고 더 강경하게 대응하는 후천성 면역 세포다. 그리고 후천성 면역 세포는 다시 두 부류로 나뉜다. 하나는 외부 침입자에 대한 면역반응을 일으키는 부류이고, 나머지 하나는 활성화된 면역반응을 억제하는 부류다. 전자를 효과성 T세포라고 하며, 후자를 조절 T세포(Treg)*라고 한다. 정상적인 상황에서 이 둘은 적절한 균형을 이루고 있는데, 특정할 수 없는

---

* **조절 T세포_** 면역억제 기능을 통해 면역 시스템의 면역관용을 유지하는 세포

원인에 의해 조절 T세포가 결핍되어 면역 균형이 깨지면 자가면역질환이 발생하게 된다.

그렇다면 조절 T세포의 수를 늘리면 자가면역질환을 치료할 수 있지 않을까? 답은 '그렇다' 이다. 클라츠만 박사님은 조절 T세포만을 선택적으로 증가시킬 수 있는 세포 신호 전달 물질을 이용해 체내의 깨진 면역 균형을 다시 회복시키는 연구를 하고 계신다. 2017년 7월 「면역학 저널(The Journal of immunology)」에는 조절 T세포를 사용한 쥐 실험에서 자가면역성 안구 질환 치료에 성공한 박사님의 연구가 소개됐는데, 이는 조절 T세포를 이용한 자가면역질환 치료가 가능함을 보여준다.

1_ 'T-wise' 팀의
   시그니처 포즈는
   어디서나 계속된다!

2_ 택시가 멋대로
   내려준 곳에서
   에펠 탑을 지나
   숙소로 돌아가는
   길

● 자가면역반응이 발생한 부위에 조절 T세포를 집중시켜라!

프랑스에서 마지막으로 방문한 티엑스셀(TxCell)은 프랑스 남부 지중해 연안의 니스에 위치하고 있다. 니스의 철자는 '즐거운', '멋진'이라는 의미를 가진 영어 '나이스(nice)'와 같은데, 그 이름만큼이나 다정한 풍경이 시선이 닿는 곳마다 펼쳐져 있었다.

티엑스셀은 가장 중요한 탐방 기관이었다. 자가면역질환을 위한 면역 세포 치료제를 연구하는 회사이기 때문이다. 티엑스셀은 우리를 위해 3단계로 구성된 체계적인 미팅을 진행해주었다. 먼저 커뮤니케이션 매니저인 캐롤라인 컴(Caroline Courme) 씨가 티엑스셀 소개와 함께 현재까지의 연구 상황에 대해 프리젠테이션을 해주었고, 다음으로는 티엑스셀 공정 부서의 부회장인 피에르 하이멘딩어(Pierre Heimendinger) 씨가 연구 시설을 견학시켜 주고 세포 치료제를 만드는 세부적인 공정에 대해 설명해주었다. 마지막으로 티엑스셀의 이사장이자 수석 연구원인 프랑수아 메이에(François Meyer) 씨, 세포공학 부서 부회장 리주(Li Zhou) 씨와의 질의응답으로 일정이 마무리됐다.

현재 티엑스셀에서 연구 중인 자가면역질환 치료제는 환자의 혈액에서 얻은 조절 T세포에 체내의 특정 부위에 위치시킬 수 있는 <u>키메라 항원 수용체</u>(CAR, <u>Chimeric Antigen Receptor)</u>* 유전자를 삽입, 자가면역반응이 일어난 부위에 조절 T세포가 머물면서 면역반응을 억제하는 원리를 바탕으로 하고 있다. 현재 임상에서는 크론병에 적용되고 있는데, 향후 5년간 자가면역질환 치료제 시장이 연간 5% 이상 성장할 것으로 예측되기 때문에 티엑스셀의 치료제는 큰 잠재성을 가지고 있다. 그리고 이 말은 곧 범용성 키메라 항원 수용체 조절 T세포(Universal CAR-Treg) 치료제도 큰 잠재력을 가지고 있다는 것을 의미한다. 한국에서 온 대

---

* **키메라 항원 수용체_** 원하는 항원과 결합 가능하게 인공적으로 만든 세포 수용체

프랑수아 메이에, 리 주
[TxCell]

Q 키메라 항원 수용체 조절 T세포(이하 CAR-Treg)를 이용한 세포 치료제의 억제 수준은 어떻게 측정할 수 있습니까?

A CAR-Treg 세포 치료제의 억제 수준은 생체 외(in vitro)와 생체 내(in vivo), 이렇게 두 가지 실험을 통해 측정할 수 있습니다. 생체 외 실험에서는 효과기 T세포와 조절 T세포를 공동 배양한 뒤 효과기 T세포를 분리해 활성 정도와 세포 분열 정도를 측정함으로써 조절 T세포의 억제 수준을 측정할 수 있습니다. 만약 CAR-Treg의 억제 효과가 크다면 효과기 T세포의 활성과 분열이 억제될 것입니다. 그리고 생체 내 실험에서는 해당 질병에 대한 동물 모델을 만들고 CAR-Treg 세포 치료제를 주입합니다. 이를 통해 치료제의 약효를 확인함으로써 억제 수준을 측정할 수 있습니다.

Q CAR-Treg가 지속적으로 증식하면 면역력을 억제해 기타 감염이나 암을 유발할 수 있습니까?

A 일반적인 면역 억제제를 사용한다면 감염에 대한 우려가 있겠지만, 조절 T세포는 그렇지 않습니다. 또 만약 키메라 항원 수용체에 의한 조절 T세포의 지속적인 증식을 우려한다면 그럴 가능성은 낮다고 말하고 싶습니다. 왜냐하면 CAR-Treg 치료제는 체내 상황을 판단하여 필요한 시기에만 활성화되기 때문입니다. 마치 조절 T세포가 자신이 언제 활성화되고 비활성화될지를 아는 것처럼 행동하는데, 비활성화 시기에는 CAR를 세포 내부로 숨겨두어 신호를 받아도 활성화되지 않습니다. 결국 CAR-Treg는 과도한 면역억제로 발생할 수 있는 바이러스 감염이나 암 유발 가능성을 줄임으로써 궁극적 목표인 면역 균형을 회복시키는 셈입니다.

학생을 위해 각 부서의 부회장님들이 총출동해주신 니스에서의 탐방은 정말이지 'nice!' 그 이름만큼이나 황홀했다.

● 면역거부반응을 막음으로써 치료제의 효과를 입증하다

이번 탐방에서 가장 기억에 남는 일정 중 하나로 런던에서의 시간도 빼놓을 수 없다. 빗방울이 떨어지는 '런던스러운' 날씨 속에서 우리는 마지막 탐방지인 킹스칼리지런던(King's College London)으로 향했다.

영국은 신사의 나라라고 하지 않았던가! 한 손에는 테이크아웃 커피, 다른 손에는 가방을 든 댄디한 정장의 남성들이 비바람에도 아랑곳없이 걸어가는 모습은 우리의 시선을 사로잡기에 충분했다.

킹스칼리지런던에서 만난 지오반나 롬바르디(Giovanna Lombardi) 박사님은 장기이식을 했을 때 환자의 몸에서 나타나는 면역거부반응을 조절 T세포를 이용해 막는 연구를 진행 중이라고 하셨다. 예를 들어 기증자의 신장이 환자의 몸에 이식되면 환자의 몸은 기증자의 신장을 외부의 것으로 인식해 공격하는데, 이 부위에 조절 T세포를 넣어주면 신장이 이식된 부위에서 발생하는 면역거부반응을 조절 T세포가 억제하는 것이다.

롬바르디 박사님이 계시는 곳은 그동안 방문했던 기관과 차별화된 점이 있었는데 바로 연구실, GMP(Good Manufacturing Practice) 인증, 병원의 협력이 한 곳에서 이루어지고 있다는 것이었다. GMP 시설 바로 옆에는 조절 T세포를 이용해 장기이식 거부반응 치료의 임상 시험에 참여하는 환자들의 입원실이 위치해 있었다. 본인의 연구가 실제 환자 치료에 적용되는 모습을 보는 것은 생명과학자로서 굉장히 보람이 큰 일일 것이다. 언젠가 기초연구와 임상 연구가 함께 이루어지는 시설에서 환자를 위해 연구하는 우리의 모습을 꿈꾸며, 그렇게 유럽 탐방을 마무리했다.

● 아무도 알지 못하는 길, 함께이기에 내디딜 수 있었던 한걸음

"우리는 답을 찾을 것이다. 늘 그랬듯이"라는 영화 〈인터스텔라〉의 대사 한마디에 감동받아 자가면역질환을 면역 세포로 치료하겠다는 우리의 용감한 도전은 시작되었다. 물론 쉽지 않았다. 어려움이 왜 없었으랴. 서로 다른 넷이 모였으니 빈번하게 의견충돌이 일어났고, 가끔은 서로에게 상처주는 말로 눈물을 흘리기도 했다. 많은 밤을 지새워야 했고, 논문은 아무리 읽어도 충분하지 않았다. 우리의 능력으로는 해결하지 못할 문제에 손을 댄 것은 아닌지, 가끔은 불안하기도 했다. 하지만 그럴 때마다 우리가 걸어가는 길에 분명 답이 있을 것이라는 믿음과 확신을 되새겼다.

EPISODE

Mission Possible! 바르셀로나 공항을 탈출하라!

바르셀로나에 도착한 우리를 맞아준 것은 구름 한 점 없는 푸른 하늘과 화창한 날씨, 그리고 공항 버스와 택시의 파업이었다. 모든 팀원의 따가운 시선이 약속이나 한 듯 렌터카를 반대하던 한 명의 대원에게로 쏠렸다. 쾌청한 날씨와 따뜻한 햇살도, 1시간 가까이 지속되니 더는 즐겁지 않았다. 공항을 빠져나갈 수 있는 수단을 찾아보니 단 하나, 바로 트램이 있었다. 그렇게 트램을 향한 우리의 기약 없는 기다림이 시작되었다.

이미 두 대의 트램이 역으로 들어왔어야 하는 시간이 지났지만, 트램이 올 기미는 전혀 없었다. 비행기에서 내리는 관광객들이 늘어나면서 역은 점점 북적거리기 시작했다. 설상가상으로 유럽의 자유분방한 흡연 문화는 주변 공기를 뿌옇게 물들여갔고, 비흡연자들로 구성된 우리는 숨 쉬기도 힘들어졌다. 오늘 안에 숙소로 들어갈 수는 있을지 좌절하던 그때, 멀리서 우렁찬 바퀴 소음이 들렸다. 바로 트램이었다! 평소에는 그렇게 시끄럽게만 느껴지던 바퀴 소음이 얼마나 반갑게 들던지! 승객들로 꽉 차 발 디딜 틈도 없이 불편한 트램 속에서 우리는 잃어버렸던 웃음을 되찾았다.

김정민

즐거워하기도 하고 힘들어하기도 하며 나의 옳은 미래를 차근차근, 그리고 치열하게 그려나가다 보니 어느덧 2017년의 거의 다 지나갔습니다. 다시는 경험할 수 없는 특별한 시간들로 똘똘 뭉쳐졌던 LG글로벌챌린저. 이를 통해 얻은 가장 큰 깨달음은 옳은 미래란 결코 나 혼자서 만들 수 없다는 것입니다. 함께했던 우리 팀원들과 함께 조금은 다른 듯, 또 조금은 같은 듯 옳은 우리의 미래를 꿈꿉니다.

김휘

처음에는 쉬울 줄만 알았던 도전. 이렇게 온 힘을 쏟아야 할지 미처 예상하지 못해 가끔은 포기하고 싶기도 했습니다. 팀장으로서의 자격이 없는 것 같아 팀원들에게 미안한 마음이 들 때도 있었습니다. 그럼에도 부족한 팀장과 끝까지 함께해준 팀원들 덕분에 무사히 마칠 수 있었습니다. 팀이라 극복할 수 있었다는 말이 더 맞습니다. 가까운 미래에 자가면역질환이 해결될 그날을 꿈꿔봅니다.

이소정

LG글로벌챌린저 활동은 잃어버린 저의 모습을 되찾게 해주었습니다. 막연하게 '유럽에 가보고 싶다'라던 상상도 현실이 되었고, 논문에서만 보던 학자들과 실제로 대화도 나누고 돌아오니 하루의 공부를 다 끝내고 침대에 누우며 그리던 '자가면역질환을 치료하겠다'라는 꿈이 더욱 선명해집니다. 여러 번의 실패에 위축되었던 시간을 뒤로하고 웃음 많던 원래의 모습으로 돌아온 사실에 기쁘기도 합니다.

황기근

LG글로벌챌린저는 안정성만 추구하던 제게 도전 정신을 심어주었고, 그 과정에서 받은 응원은 자신감이 됐습니다. 지난여름 내내 팀원들과 지내면서 티격태격 싸우기도 하고, 서로를 북돋아 주기도 했는데 그러면서 팀워크가 무엇인지 확실하게 배웠습니다. 앞으로 인생에 도전할 일들은 이보다 더 클 텐데, 그때마다 LG글로벌챌린저를 뒤돌아보게 될 것 같습니다. 기회가 된다면 꼭 도전해보길 추천합니다.

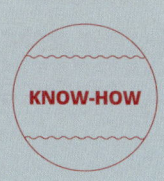
① 배려와 냉정함을 균형 있게 유지하자

많은 LG글로벌챌린저들은 말한다. 탐방 주제 선정부터 보고서 작성까지, 끊임없는 협동이 중요하다고. 물론 협동은 중요하다. 하지만 협동하는 방법에는 정해진 답이 없기에 각 팀이 알아서 찾아야 한다.

우리가 찾은 협동의 방법은 배려와 냉정함을 균형 있게 유지하는 것이었다. 효율적으로 일하기 위해 우선 각자 소화 가능한 능력의 범위와 서로의 장단점을 관찰했다. 서로가 부족한 부분을 보완하기 위해서였다. 그리고 일에 대한 태도가 흐트러지지 않도록 힘들 때는 배려를, 나태해질 때는 냉정하게 따끔한 일침을 가했다. 이것은 개인이 개인에게 하는 말이 아니기에 팀 전체의 입장에서는 건강한 동기가 부여됐고, 결과적으로 우리 팀은 서로에게 더 신뢰를 심어주는 공동체가 될 수 있었다.

② 전문가 인터뷰, 도전의 끈을 놓지 말자!

많은 LG글로벌챌린저 팀이 그랬겠지만, 우리 팀 역시 인터뷰와 기관 탐방을 위해 프랑스의 각종 기관과 접촉하는 과정에서 많은 실패의 고배를 마셔야 했다. 인터넷에 드러난 모든 직원들은 물론, 회사 CEO에게도 메일을 보냈지만 쉽지 않았다. 연이은 실패에 프랑스어를 하는 친구를 섭외하여 여러 번 국제 전화를 시도하기도 했다. 이런 과정은 두 달이 넘게 이어졌다.

하지만 우리는 포기하지 않았다. 마침내 해당 기관의 커뮤니케이션 담당자와 연락이 닿았고, 일정대로 탐방까지 마칠 수 있었다. 우리의 무기는 포기하지 않는 끈기였다고 말하고 싶다.

장애와 관계없이 여행은
누구나 갈 수 있어야 한다

팀명(학교) 바꿈 (연세대학교)

팀원 양주희, 윤혜지, 이희영, 정규록

기간 2017년 7월 15일~2017년 7월 28일

장소 영국, 벨기에, 스페인
1. 런던 (영국관광청 Visit Britain)
2. 반스터플 (캘버트 재단 엑스무어 지부 Calvert Trust Exmoor)
3. 헤멜 헴프스테드 (스노빌리티 Snowbility)
4. 브뤼셀 (국제복지관광협회 ISTO, International Social Tourism Organization)
5. 바르셀로나 (바르셀로나 관광청 Barcelona Tourisme)
6. 마드리드 (접근 가능한 마드리드 Accessible Madrid)

교통 약자의 이동 편의 증진법이 시행된 지 10년이 지났지만, 한국에서 장애인이 자유롭게 여행하는 것은 여전히 요원하다. 신체적 장애와 관계없이 모든 사람들이 관광지, 식당, 숙박 시설을 이용할 수 있어야 한다는 '접근 가능한 관광*'의 개념이 그동안 많이 확산되기는 했으나, 아직까지 가시적인 성과는 찾아보기 힘들다. 신체 건강한 이들에게는 아무것도 아닌 작은 턱 하나가 장애인에게는 거대한 장벽처럼 느껴질 수 있기에, 장애인의 이동권을 연구할 때는 좀 더 세심하고 조심스러운 접근이 필요하다. 우리 팀은 접근 가능한 관광이 이미 비즈니스 차원에서도 성공을 거두고 있는 유럽에서 장애인 전문 여행사 설립 방안과 접근 가능한 관광의 활성화 방안을 배워 오기로 했다.

🔴 국가, 하나의 브랜드가 되다

영국관광청(Visit Britain) 국내 여행 부서 과장인 앤서니 피클(Anthony Pickles) 씨와 만나기로 한 곳은 영국관광청 주변의 한 카페였다. 첫 인터뷰를 잘해내고 싶은 마음에 전날에 잠도 못 자고 준비한 터였다. 약속 시간이 되자 카페 입구에 나타난 젊고 훤칠한 영국 신사의 모습에 나이 지긋한 중년의 아저씨를 상상하고 있던 팀원들의 얼굴에는 뜻밖이라는 표정이 떠올랐다.

피클 씨는 소프트 파워**의 중요성에 대해 설명하며, 21세기는 국가를 브랜드화하여 하나의 관광 상품으로 만들 수 있는 시대라고 강조했다. 실제로 1950년대에 영국을 방문한 해외 관광객은 2,000만 명에 그쳤으나 2010년대에는 1억 5,000명을 돌파했는데, 2012년 런던 올림픽과 패럴림픽을 유산으로 삼아 '변화하는 영국, 역동하는 도시 런던'의 이미지를 하나로 모아 브랜드화한 결과였다. 런던은 현재 전 세계에서 가장 많은 사람들이 방문하는 도시 중 하나로 성장했다.

---

* **접근 가능한 관광**_ 관광을 둘러싼 각종 장애 요소를 제거해 모든 사람의 관광 향유권을 보장하는 조치
** **소프트 파워**_ 군사력이나 경제 제재 등의 물리적 힘으로 표현되는 '하드 파워'에 대응하는 개념으로, 명령이 아닌 자발적 동의에 의해 얻어지는 능력을 뜻함

1_ 영국 신사 피클 씨와의
   짧지만 강렬했던 인터뷰

2_ 롭 롯 씨가 특수 리프트
   장비가 설치된 차량을
   보여주고 있다

3_ 정규록 대원,
   스노빌리티에서
   페더스톤 씨에게
   명예로운 스키 배지를
   하사받다!

● 장애가 강점이 되는 곳, 우리도 만들 수 있을까?

우리의 다음 목적지는 장애인에게 승마, 활쏘기, 암벽 등반 등의 체험 활동을 제공하는 장애인 재활 시설이었다. 영국 반스터플에 위치한 캘버트 재단 엑스무어 지부(Calvert Trust Exmoor)의 대외협력팀장인 롭 롯(Rob Lott) 씨는 우리에게 자신이 몰고 온 중형 버스를 보여주었다. 버스 뒤에는 휠체어가 탑승할 수 있도록 특수 리프트 시설이 설치되어 있었다. 처음 보는 특수한 차량에 모두 입이 딱 벌어졌다.

캘버트 재단에서 본 수많은 체험 활동 중에서는 단연 승마가 압권이었다. 자폐증을 가진 아이들은 정면을 똑바로 응시하지 않고 시선을 회피하는데, 오히려 이런 행동이 말들에게는 친근감의 표시로 해석될 수 있다고 했다. 생각지 못한 부분에서 장애가 오히려 강점이 될 수 있다는 사실을 배웠다. 숙소로 이동하는 기차에서 어쩌면 우리는 무의식중에 장애인들을 모든 면에서 도움을 필요로 하는 무기력한 사람이라고 생각하고 있지는 않았는지 곱씹어보았다. 그리고 캘버트 재단에서 보고 배운 것처럼 장애가 오히려 강점이 될 수 있는 분야가 있음을 세상에 보여주고 싶다는 의욕이 솟구쳤다.

● '할 수 없음(disability)'이 아니라 '할 수 있음(ability)'에 초점

판버러 지역에서 하루를 묵은 뒤, 스노빌리티(Snowbility)가 있는 헤멜 헴프스테드로 가는 택시를 탔다. 스노빌리티는 지체장애인, 자폐아 등 장애가 있는 사람들에게 스키 강습을 가르쳐주는 실내 스키장이다. 연이은 인터뷰와 계속된 이동에 지친 팀원들이 모두 꾸벅꾸벅 조는 사이, 택시는 어느덧 스노빌리티에 도착했다. 먼저 스노빌리티의 스키 강사 리처드 페더스톤(Richard Fetherston) 씨가 우리를 반갑게 맞아주었다.

페더스톤 씨는 품속에서 팸플릿을 꺼내 보여주었는데, 거기에는 한 소년이 환하게 웃으며 기네스 메달을 들어 보이고 있었다. 페더스톤 씨는 해리라는 이름을 가진 이 소년이 자폐증을 앓고 있음에도 불구하고 스키에 취미를 붙였고, 24시간 동안 스키를 타서 세계에서 가장 스키를 오래 탄 사람으로 기네스 메달을 땄다고 설명했다. 우리는 그의 이야기를 들으며 장애(Disability)를 가졌다고 생각한 사람들이 사실은 그 누구보다 뛰어난 능력(Ability)을 보유한 것일 수도 있다는 사실을 깨달았다. "이 기관의 이름이 스노빌리티인 이유도 바로 그것 때문이죠." 페더스톤 씨는 우리와 작별 인사를 나누며 말했다. "장애인은 무얼 못 한다는 것 대신 다른 무얼 할 수 있다는 것을 보여주고 싶었어요." 이 말은 히드로 공항으로 가는 내내 우리에게 큰 울림으로 다가왔다.

🔴 접근 가능한 관광에서 중요한 것은 참여자들 간의 네트워크

벨기에에 도착한 바로 다음 날, 국제복지관광협회(ISTO, International Social Tourism Organization)의 대외협력팀장 찰스 벨린저(Charles E. Belanger) 씨와의 면담이 예정되어 있었다. 떨리는 마음으로 ISTO 건물로 들어가니 뜻밖의 얼굴이 우리를 반겨주었다. 이메일로 장애인 여행에 관한 조언을 해주었던 캐서린 코스비(Catherine Cosby) 씨였다. 코스비 씨는 장애인 가족이 스키, 스노보드 등 여가 활동을 즐길 수 있도록 지원하는 영국의 비영리 단체 스키 투 프리덤(Ski 2 Freedom)의 CEO로 우리 팀이 영국에 있는 동안에는 스위스에서 열리는 장애인 스키 대회 때문에 아쉽게 인터뷰를 하지 못했었다. 그런데 우리 팀이 ISTO 인터뷰를 위해 벨기에로 온다는 소식을 듣고, 스위스에서 벨기에로 넘어와 우리를 기다리고 있었던 것이다.

ISTO는 유럽 내 장애인 관광 단체들과 네트워크를 구축하고 있으며, 정기적으로 관광 포럼을 주최하고 있다. 지난 2016년 10월에는 ISTO가 주최한 '통합을 통한 관광 부흥 - 제26회 관광 총회'가 크로아티아의 수도 자그레브에서 3박 4일간 진행되었다. 총회에는 이스라엘, 스페인 등 전 세계의 관광 단체들이 참가하여 '모두를 위한 관광', '관광 약자를 위한 관광 정책' 등에 대한 주제로 토론을 나누었다.

"모든 분야가 다 그렇지만 관광, 그중에서도 접근 가능한 관광 분야는 참여하고 있는 사람의 숫자가 적기 때문에 서로 협력하는 것이 매우 중요합니다." 벨린저 씨의 이야기에 이어서 코스비 씨도 거들었다. "제가 '바꿈' 팀을 만나기 위해 벨기에로 온 것도 한국과 협력할 수 있는 네트워크를 구축하기 위해서입니다." 그렇게 벨기에에서의 인터뷰는 단순한 기관 탐방으로 그친 것이 아니라, 한국으로 돌아온 이후에도 지속 가능한 협력 네트워크 구축의 계기가 되었다.

🔴 유럽의 대표 관광지로 우뚝 서기까지, 바르셀로나에서 배우다

스페인의 바르셀로나 관광청(Barcelona Tourisme)은 바르셀로나 시의회와 바르셀로나 시내의 민간 기업들이 공동으로 참여하고 있는 민관 컨소시엄이다. 우리는 바르셀로나 관광청에서 접근성 업무를 담당하고 있는 마리아호세 아니아 (Maria-Jose Ania) 씨를 만나 관광청에서 진행 중인 다양한 관련 업무에 대해 들었다. 바르셀로나 관광청은 다양한 해외 관광객들을 위한 맞춤형 여행 프로그램을 제공함으로써 높은 수익을 얻고 있으며, 그 수익을 다시 바르셀로나 시내의 관광 인프라에 재투자해 바르셀로나 시를 유럽의 대표적인 관광 도시로 우뚝 서게 했다.

한국의 경우 문화체육관광부에서 주도하는 열린 관광지* 사업과 2017년 초에

---

* **열린 관광지**_ 장애인, 어르신, 영·유아 동반 가족 등 모든 관광객들이 제약 없이 이용할 수 있는 관광지를 말하며 문화체육관광부는 매년 5~6곳의 열린 관광지를 선정하여 홍보하고 있음

시작한 평창 무장애 관광도시* 사업은 모두 민간 기업의 역할이 빠져 있다. 바르셀로나처럼 한국에서도 기업들이 정책 결정 과정에 참여할 수 있다면 지속 가능한 정책을 시행하는 데 도움이 되지 않을까? 아니아 씨와의 인터뷰는 바르셀로나의 성공 비결을 알아보는 동시에 우리나라의 상황을 되돌아볼 수 있는 귀중한 시간이었다.

● 휠체어 타고 마드리드 시내 여행하기

바르셀로나를 떠나 마지막 행선지인 마드리드에 도착했다. '바꿈' 팀과의 인터뷰가 예정된 '접근 가능한 마드리드(Accessible Madrid)'는 휠체어를 타거나 거동이 불편한 사람들에게 마드리드 시내 여행 상품을 제공하는 장애인 전문 여행사다. 접근 가능한 마드리드의 CEO, 아르투로 가리도(Arturo Garrido) 씨는 우리가 묵고 있는 숙소 앞으로 직접 픽업까지 와주었다.

이윽고 가리도 씨와 함께하는 마드리드 시내 탐방이 시작되었다. 일행 모두 휠체어를 타고 마드리드 왕궁, 프라도 미술관, 마요르 광장 등 곳곳을 돌아다녔는데, 단 한 번도 턱에 막히거나 울퉁불퉁한 도로를 경험하지 못했다. 이 경험으로 휠체어를 타고도 전혀 불편함 없이 쾌적하게 여행할 수 있다는 사실이 놀라웠다. 특히나 횡단보도에 접한 도로는 연석에 경사로가 있어 위험하지 않게 건너갈 수 있었다.

가리도 씨와 반나절의 여행을 마친 뒤 근처 식당에 들러 가볍게 맥주를 한잔 기울였다. 한국에서도 장애인들이 자유롭게 여행할 수 있으면 좋겠다는고 하자 아르투로 씨가 말했다. "위대한 변화는 언제나 미약한 점 하나로부터 시작되기

---

* **평창 무장애 관광도시**_ 문화체육관광부가 행정자치부, 보건복지부, 국토교통부, 평창조직위원회, 강원도, 강릉시, 평창군, 정선군, 한국관광공사 등과 함께 진행하는 사업으로, 2018 평창동계패럴림픽 개최 도시(평창, 강릉, 정선)의 민간 시설과 공중화장실의 장애인 접근성을 개선하는 사업

마련이죠."

하지만 단순히 점을 찍는 것에 그쳐서는 안 된다. 뜻을 함께하는 사람들, 같은 이상을 공유하는 사람들과 협력해야 한다. "제각기 떨어져 있는 점들을 하나로 이을 때 비로소 거대한 변혁의 물결이 일어날 거예요." 아르투로 씨는 건배를 제의했다. "한국의 변화를 위해, 그리고 '바꿈' 팀을 위해!"

1, 2_ 휠체어에 탄 채로 아르투로 가리도 씨와 함께 마드리드를 여행하는 우리 팀

아르투로 가리도
[Accessible Madrid]

Q 접근 가능한 마드리드는 타깃 고객층이 어떻게 되나요?

A 우리의 주요 고객은 이동에 제약이 있는 여행객과 그들의 가족이나 친구로 구성된 여행 동반자들입니다. 수요층은 지체장애인, 노약자, 임산부 등으로 다양합니다. 마드리드에서 접근 가능한 관광 여행사는 우리 여행사가 유일합니다. 덕분에 10억 명 이상의 잠재 고객이 있는 거대한 블루 오션에서 독점적 수익을 창출하고 있습니다. 전체 고객 중 95%를 차지하는 해외 관광객을 위해 투어와 웹사이트 정보, 블로그 등 모든 서비스에서 영어와 스페인어를 모두 지원합니다.

Q 접근 가능한 투어 상품을 기획할 때 가장 중요하게 고려해야 할 요소는 무엇인가요?

A 여행 코스를 구성할 때는 세 가지를 기억해야 합니다. 관광지의 접근성, 화장실, 그리고 주차 공간입니다. 접근 가능한 여행을 위해서는 가장 먼저 여행지와 여행지를 잇는 경로의 접근성이 충분히 확보돼야 합니다. 접근성이 완벽해도 정작 숙소에 승강기가 없으면 5층에 있는 객실까지 갈 수 없는 것처럼 말입니다. 다음은 장애인 화장실에 주목해야 합니다. 여행 경로를 구상할 때는 2~3분 내에 접근 가능한 화장실이 어디에 있는지 항상 숙지해둬야 합니다. 마지막으로 휠체어 리프트 버스를 주차할 만한 공간이 필요합니다. 고객이 한 번에 이동할 수 없는 먼 거리라면 리프트 버스로 이동해야 하기 때문입니다.

🔴 위대한 변화는 작은 물결로부터 시작된다

"장애인들이 왜 여행을 가야 하지? 우선 의식주부터 갖춰야 하지 않나?"
아직도 LG글로벌챌린저 면접장에서 들었던 질문이 잊히지 않는다. 그 짧은 질문에 장애와 빈곤을 동일시하는 편견과 여행은 사치라는 관점, 그리고 장애인에게 필요한 것은 실생활에 필요한 복지뿐이라는 사회의 고정관념이 모두 담겨있었다.

우리는 유럽에서 배우고 들은 것들을 정리해 한국의 모든 여행사, 문화체육관광부, 한국관광공사 등에 전달할 예정이다. 정부, 관광객, 그리고 민간 업체 등 관광업계의 중요한 키 플레이어들이 함께 협력할 수 있는 네트워크를 구축한다면 멀리 흩어진 점들이 연결되리라 생각한다. 점들이 하나의 선으로 이어질 때, 비로소 잠잠한 물결은 거대한 파도가 될 것이다. '바꿈' 팀의 탐방이 위대한 변화의 시작점을 찍는 여행이었음을 믿어 의심치 않는다.

EPISODE

여긴 어디? 우린 누구?

바르셀로나에서 인터뷰 일정을 마친 우리는 시내 전경이 한눈에 보이는 분케르에 올랐다. 노을을 바라보며 미리 준비한 하몽 샌드위치에 상그리아를 한 잔씩 기울였는데, 정신을 차려보니 어느새 밤 11시가 훌쩍 넘어 있었다. 서둘러 우버 택시를 불렀으나 아무리 호출해도 택시는 오지 않았다. 설상가상으로 길을 잃어 지도를 보려고 했으나 데이터 연결이 미비했고, 최근에 염산 테러가 일어난 곳이 분케르 주변이라는 사실이 머릿속을 스치며 온몸에 소름이 일었다. 오들오들 떨며 거리를 한참 걷고서야 마침내 지나가는 택시 한 대를 기적적으로 발견할 수 있었고, 숙소에 돌아온 우리의 옷은 온통 땀에 흠뻑 젖어 있었다.

양주희

시간이 이렇게 순식간에 지나간 건 수험생 시절 이후 처음입니다. 직접 해외 현장에서의 성공 사례들을 탐방하고 한국으로 돌아와 평창에서 현장 조사를 진행하면서 모두를 위한 '접근 가능한 관광'이 한국에도 얼마나 필요한지 절감했습니다. 대한민국도 하루 빨리 모두의 삶에 기분 좋은 변화와 강한 울림을 줄 수 있는 나라로 성장하길 바랍니다.

윤혜지

2017년은 LG글로벌챌린저 활동으로 충만한 한 해였습니다. 수업이 끝나면 어김없이 모여서 막차가 끊길 때까지 준비했던 1차 서류, 밤을 지새우며 진행한 해외 탐방, 30일 동안 팀원들과 함께 먹고 회의하고 자며 최종 보고서를 썼던 시간을 되돌아보면 함께 해내지 못할 것은 없다는 생각이 강해집니다. 힘들었다는 점에서도, 뜻깊었다는 점에서도 인생 최고였던 LG글로벌챌린저를 잊지 않겠습니다!

이희영

추운 겨울부터 뜨거운 여름까지 함께한 팀원들에게 무엇보다 고맙다는 말을 하고 싶습니다. LG글로벌챌린저를 통해 소중한 사람들을 만나, 그들과 무언가를 원 없이 해보았다는 점이 가장 좋았습니다. 하나의 주제에 대해서 이야기를 하다 밤도 새보고, 하루에 8시간이 넘도록 인터뷰를 하는 등 합심하여 무언가에 '행복하게 미칠 수 있는 기회'는 LG글로벌챌린저에서만 경험할 수 있는 소중한 시간이었습니다.

정규록

2017년 초부터 준비했던 '바꿈' 팀의 프로젝트가 드디어 결실을 맺어갑니다. 단순히 상상에 불과했던 생각이 유럽을 여행하면서 구체적인 형태를 갖출 수 있었다는 사실과, '바꿈' 팀 모두가 함께 더 넓은 세상을 여행할 기회가 생겼다는 점에 LG글로벌챌린저에게 감사드립니다. 마지막으로 탐방 기간 내내 잠도 제대로 못 자가며 인터뷰를 정리하고, 다시 다음 인터뷰를 준비한 팀원들이 정말 자랑스럽습니다.

해외 네트워크를 적극 활용하라!

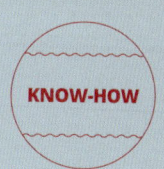

① 해외 탐방 시 전문가 네트워크를 활용하라!

방문할 해외 탐방 기관을 일일이 정하는 것은 막막한 작업이다. 가장 좋은 방법은 이미 인터뷰 요청을 한 인터뷰이에게 물어보는 것이다. "저희가 선생님을 뵈러 그곳에 가려 하는데, 혹시 부근에 이 주제와 관련해 방문할 만한 기관이 더 있을까요?" 이렇게 정중하게 메일을 보낸다면 도와주지 않을 사람은 없을 것이다. 다만 LG글로벌챌린저가 어떠한 프로그램인지, 그리고 어떤 탐방 주제로 그 지역에 방문하는지를 명확하게 밝혀야 구체적인 조언을 얻을 수 있다.

우리는 이 방법으로 스키 투 프리덤의 CEO인 캐서린 코스비 씨에게 영국, 벨기에, 스페인에 있는 접근 가능한 관광 전문가들과 기관들을 추천받았다. 또 코스비 씨의 소개로 연락을 드렸다는 인사로 이메일을 시작함으로써, 언제나 호의적인 답변을 얻을 수 있었다.

② 그날의 인터뷰는 그날 정리하자!

해외 탐방을 가면 인터뷰를 하는 동안 녹음을 할 수도 있지만, 녹음을 허락하지 않는 기관도 이따금 존재한다. 따라서 인터뷰가 끝난 뒤 3시간 이내에 인터뷰 내용을 정리하지 않으면 현장의 생생함을 전달하기 힘들다. 또 녹음을 했다 하더라도 2~3시간에 달하는 인터뷰 내용을 모두 듣고 정리하기에는 시간이 턱없이 오래 걸리며, 결과적으로 보고서 작성에 필요한 시간이 부족해진다. 따라서 인터뷰 후 그날이 지나기 전에 핵심을 간추려서 정리해놓는 것이 좋다.

우리도 하루에 두 곳 이상 인터뷰를 진행한 경우에는 밥도 먹지 못하고 인터뷰 정리만 한 적도 있다. 이런 점까지 고려한다면 인터뷰는 하루에 최대 한 곳만 진행하는 것이 추후 인터뷰 내용을 정리하기에도 편하고 스케줄을 관리하기도 쉽다.

POO쉬POO쉬 | 한양대학교   아쿠아포닉스 | 이화여자대학교   오란비 | 명지대학교

Uponge | 부경대학교   레츠파래 | 국민대학교   사체업자 | 충북대학교

Environment

Part 2

[환경]

똥의 기똥찬 변신,
인분으로 에너지를 만들다

팀명(학교) POO쉬POO쉬 (한양대학교)

팀원 박미린, 박유경, 박지은, 이윤정

기간 2017년 7월 24일~2017년 8월 6일

장소 미국, 캐나다
1. 시애틀 (빌 앤드 멜린다 게이츠 재단 Bill & Melinda Gates Foundation)
2. 세드로울리 (자니키 바이오에너지 Janicki Bioenergy)
3. 더럼 (듀크대학교 Duke University)
4. 토론토 (토론토대학교 University Of Toronto)
5. 밴쿠버 (메트로 밴쿠버 Metro Vancouver)

우리나라는 2030년까지 총 에너지의 20%를 신재생에너지로 보급한다는 목표를 세우고 신재생에너지 선진국으로 나아가기 위해 노력 중이다. 하지만 신재생에너지 중 국내 주력 사업인 태양광과 풍력 발전은 날씨의 영향을 크게 받아 전력 공급량이 일정하지 않다. 게다가 아직 대체재가 없는 석유는 전량 수입하고 있다. 안정적으로 전력을 공급할 수 있다는 면에서도 기저 에너지원인 동시에 바이오디젤, 바이오가스 등 연료를 만들 수 있는 바이오에너지가 꼭 필요하다.

그렇다면 우리 곁에 있지만 인식하지 못한 바이오에너지원은 무엇이 있을까? 바로 '인분'이다. 인분을 광물이라고 한다면 도시는 광산이다. 우리 근처에 분포하고 있는 인분의 운반, 저장, 처리 인프라를 활용하여 에너지를 만든다면 새로운 발전소를 건설하는 것보다 친환경적이고 경제적일 것이다. 우리는 이미 인분의 가치를 깨닫고 인분으로 전력과 바이오원유를 생산하는 기술을 연구 중인 미국과 캐나다의 기관들을 탐방했다.

● 인분의 가치를 발굴한 빌 앤드 멜린다 게이츠 재단

10시간의 비행 끝에 도착한 첫 번째 탐방 도시는 시애틀이었다. 시애틀은 미국 북서부에 위치한 항구도시로 날씨가 온난했다. 한국에서 덥고 습한 날씨에 지쳐 있던 우리는 시애틀의 쾌적하고 청량한 날씨 덕에 기분 좋게 탐방을 시작할 수 있었다.

인분으로 전력과 바이오원유를 생산하는 기술을 연구하는 기관들을 탐방하기에 앞서, 인분과 관련된 문제들과 인분의 가치에 대해 알아볼 필요가 있다고 느꼈다. 이런 이유로 빌 앤드 멜린다 게이츠 재단(Bill & Melinda Gates Foundation)의 홍보관을 방문해 인분을 위생적으로 처리하는 기술과 프로젝트 등을 살펴보고 이를 통해 어떻게 인분의 가치가 빛을 발하는지 알아봤다.

재단에 도착하자 아이, 어른 할 것 없이 다양한 사람들이 홍보관을 둘러보고 있었는데, 이곳에서 옴니 프로세서(Omni Processor)라는 모형을 봤다. 옴니 프로세서는 자니키 바이오에너지(Janicki Bioenergy)에서 개발한 기계로, 인분으로 전력과 식수를 생산한다. 인분을 안전하게 처리하는 동시에 전력을 생산하여 돈까지 벌 수 있는 옴니 프로세서에 다시 한 번 감탄했다. 빌 앤드 멜린다 게이츠 재단은 이후에 탐방한 듀크대학교(Duke University), 토론토대학교(University Of Toronto), 자니키 바이오에너지에 연구비를 지원하고 있었다. 빌 앤드 멜린다 게이츠 재단과 우리의 연결고리를 찾은 것 같아 괜히 흐뭇한 마음으로 다가올 시련을 모른 채 즐겁게 숙소로 돌아갔다.

자니키 바이오에너지에서의 인터뷰 실패를 통해 배운 끈기

둘째 날은 탐방 일정 중 가장 중요한 자니키 바이오에너지와의 인터뷰가 예정돼 있었다. 아직 시차에 적응하지 못했지만 첫 인터뷰라 설레는 마음도 있고,

옴니 프로세서 모형을 마주하다

세드로울리에 위치한 자니키 바이오에너지는 숙소에서 2시간 거리에 있기에 이른 아침부터 발걸음을 재촉했다.

무사히 회사에 도착하여 인터뷰를 약속했던 제프 그라프(Jeff Graf) 씨에게 전화를 걸었다. 하지만 그는 전화를 받지 않았다. 다섯 번이나 통화를 시도했지만 모두 실패였다. 갑자기 식은땀이 주르륵 나면서 머릿속이 하얘졌다. 우리에게 가장 중요한 인터뷰인데 여기서 포기할 수 없다는 생각이 들어 무작정 회사 안으로 들어갔다. 인포메이션 담당자에게 우리의 상황을 설명했더니 그라프 씨의 소속 부서로 연락해줬다. 사색이 된 우리에게 미소를 지어주며 안심시켜주던 담당자를 아직도 잊을 수 없다.

알고 보니 그라프 씨는 예정에 없던 출장을 떠났고, 그 사실을 우리에게 알려주지 않았던 것이다. 인터뷰가 가능한 사람이 있는지 문의했지만 사전에 약속하지 않으면 인터뷰를 할 수 없다는 대답이 돌아왔다. 결국 아무런 소득 없이 소중한 5시간이 그렇게 날아갔다.

다시 숙소로 돌아와 늦은 점심으로 햄버거를 먹으며 이 사태를 어떻게 해결할지 논의했는데, 때마침 한 통의 메일이 도착했다. 인포메이션 담당자가 그라프 씨에게 우리의 얘기를 해줬다며 미안해하며 오늘 저녁에 전화로 인터뷰를 하자고 제안했다. 우리는 먹던 햄버거도 제쳐둘 정도로 기뻐했다. 인터뷰는 저녁 6시, 전화 인터뷰는 직접 만나는 것보다 어려운 점이 많기에 시애틀 관광도 포기하고 인터뷰 준비에 박차를 가했다. 드디어 고대하던 시간이 다가오고 저녁 5시 55분에 전화를 걸었다. 하지만 그는 또 전화를 받지 않았다. 1시간 동안 무려 30여 통의 전화를 걸었지만 무의미했다. 절망감에 사로잡혀 저녁을 먹을 생각도 못 했다. 우리의 첫 번째 인터뷰는 그렇게 실패로 돌아가는 듯 했다.

다음 날 아침 듀크대학교가 있는 더럼으로 가기 위해 공항으로 떠나는 길, 어제와 같은 일이 없도록 듀크대학교의 인터뷰이에게 인터뷰 확인 메일을 보내기로 했다. 또다시 받은 메일함에 떠 있는 제프 그라프 씨의 이름을 보고 우리는 분노와 기쁨을 동시에 느꼈다. 가족이 아파 응급실에 가서 전화를 못 받아 미안하다는 내용이 담겨 있었다. 물론 우리가 인터뷰를 요청하는 입장이긴 했지만 계속되는 인터뷰 실패에 서운한 마음이 들기도 했다. 하지만 결국 메일로 인터뷰를 진행하게 되었고, 옴니 프로세서에 대한 정보를 얻는 데 성공했다. 시애틀에서의 실패를 통해 우리는 어떤 시련이 찾아와도 극복해낼 수 있는 끈기를 얻었지만, 더럼 행 비행에 오르며 언젠가는 자니키 바이오에너지에 가 옴니 프로세서에서 나온 물을 '원샷' 하며 인터뷰 실패의 한을 풀자고 다짐했다.

● 새로운 분뇨 처리 방식을 개발한 듀크대학교

듀크대학교에 들어선 순간 어마어마한 캠퍼스 크기에 놀라지 않을 수가 없었다. 주민들이 '듀크빌리지(Duke-Village)'라고 부를 정도로 캠퍼스는 규모가 크고 잘 짜여 있었다. 인터뷰 장소는 허드슨 홀로, 우버를 타고 허드슨 홀 앞까지 갈 수 있을 줄 알았지만 부득이하게도 그렇게 하지 못했다. 미리 지도를 인쇄해 오길 잘했다는 생각이 들었다. 하지만 그런 생각도 잠시, 지도가 있었음에도 불구하고 허드슨 홀로 가는 길은 멀고도 험난했다. 지나가는 학생에게 도움을 청했지만, 3년째 학교를 다니고 있다던 그도 길을 잘 모르겠다고 하는 것이 아닌가. 1시간 전에 학교에 도착했지만 헤매고 또 헤매다가 제시간에 겨우 도착할 수 있었다.

함께해주신 분은 도시환경공학과 마크 데슈세스(Marc Deshusses) 교수님으로, '개발도상국의 위생 기술을 개선하기 위한 프로세스의 설계, 분석 및 적용'이 주된 연구 관심사라고 하셨다. 최근에는 공기와 물, 그리고 분뇨와 같은 고형 폐기물을 처리하기 위한 새로운 공정을 연구하는 데 집중하고 있으며 개발에도 성공했는데, 이름하여 '초임계수 산화(SCWO, Super-Critical Waste Water

Oxidation)를 통한 분뇨 처리 기술'이라고 하셨다.

　기존 분뇨 처리 방식은 처리 공정을 다 거치고 난 후에도 슬러지(Sludge, 하수 처리 과정에서 생긴 침전물)가 남아 이를 비료로 재활용하거나 소각 또는 매립을 해야만 했다. 하지만 이 기술을 이용하면 몇 십초 만에 분뇨를 산화시켜서 처리할 수 있다. 또한 초임계수 산화 반응에서 나오는 열을 다시 회수해 공정에 사용하기 때문에 분뇨를 처리하는 동시에 자가발전을 할 수 있고, 더 나아가 전력을 생산할 수 있다. 이것은 혁신적인 공정이다. 우리는 이 새로운 인분 처리 기술에 대한 정보를 더 얻기 위해, 그리고 이것을 한국에 있는 중랑물재생 센터에 적용할 수 있는지 알아보기 위해 데슈세스 교수님과 인터뷰를 했다.

　인터뷰를 마친 후 교수님은 한국에서 여기까지 왔는데 그냥 돌려보낼 수는 없다면서 우리를 그 설비가 있는 곳으로 안내해줬다. 1,000여 명의 인분을 처리할 수 있는 플랜트 시설을 직접 볼 수 있게 된 것이다. 설레는 마음으로 교수님을 따라갔는데, 분뇨 냄새에 당황하지 않을 수 없었다. 실험중이라 냄새가 났던 모양인데, 신기하게도 처리 공정에서는 이 냄새가 하나도 나지 않았다. 우리가 본 플랜트는 아직 연구가 진행 중이었기 때문에 아쉽게도 전력을 생산하지는 못한다고 했다. 하지만 현재 교수님은 분뇨를 처리하면서 전력까지 생산할 수 있는 모델을 설계하고 있다고 하셨다.

　사실상 우리의 첫 인터뷰였기에 무척 긴장했으나, 그런 우리를 반갑게 맞아주신 마크 데슈세스 교수님 덕분에 수월하게, 그리고 무사히 마칠 수 있었다.

● 화장실 개혁을 통해 위생적인 세상을 꿈꾸는 토론토대학교

미국에서의 일정을 끝마친 후 우리는 캐나다 토론토로 이동했다. 화창한 날씨 때문인지 여유로움이 느껴졌다. 다음 날 점심과 함께 간단하게 시내 관광을 한 후 인터뷰를 위해 토론토대학교로 향했다. 미국 학교 평가전문 매체인「US 뉴스 앤 월드 리포트(U.S. News & World Report)」의 세계 대학 순위에서 토론토대학교는 캐나다 국내 1위를 차지했다. 우리가 인터뷰 했던 유링 청(Yu-Ling Cheng) 화학공학과 교수님은 글로벌 엔지니어링(Global Engineering)사의 화장실 개혁 연구의 주 연구원으로 활동하고 있다. 이러한 기술을 바탕으로 글로벌 엔지니어링은 빌 앤드 멜린다 게이츠 재단의 '화장실 재발명 프로젝트(Reinvent the Toilet Challenge)'에 참여해 투자를 받고 있다고 한다.

토론토대학교는 캐나다에서의 첫 탐방지였기 때문에 감회가 새로웠다. 청 교수님은 우리 팀이 사전에 보낸 제안서를 읽어봤으며, 듀크대학교 마크 데슈세스 교수님의 프로젝트에 대해서도 알고 있다는 인사말로 우리를 따뜻하게 맞아주셨다. 본격적으로 시작한 인터뷰에서 교수님은 간단한 기술과 함께 현재 인도에 설치되어 있는 모델에 대해서 설명하셨다. 기존 화장실은 많은 물과 하수 설비가 필요할 뿐 아니라 하수 처리 공정에도 많은 자본이 필요하지만 토론토대학교에서 연구 중인 화장실은 이러한 문제를 해결할 수 있다고 했다. 또한 하수 설비가 되어 있지 않고 비위생적인 화장실로 인해 많은 질병이 발생하는 개발도상국에 큰 도움이 될 것이라고 덧붙이셨다.

청 교수님이 연구하고 있는 인분 처리 방식은 필터를 사용하는 대신 인분이 기계에 유입될 때 최대한 고체와 액체가 접촉되지 않도록 하는 방법이다. 가장 주목할 점은 이 설비는 초기 에너지만 투입하면 인분이 계속 유입되는 한 외부 에너지 없이 자체적으로 설비를 가동할 수 있다는 것이었다. 하지만 가정에 설치되었을 경우, 휴가 혹은 외부인의 방문 등 설비로 유입되는 인분의 양이 일정하지 않기 때문에 이를 조절하기 위한 저장 공간이 필요하다고 했다. 생소한 내용이 있었지만 교수님의 친절한 설명 덕분에 인분 처리 기술을 잘 이해할 수 있었고 더불어 왜 화장실이 바뀌어야 하는지에 대해서 생각해볼 수 있었다.

교수님과의 인터뷰를 마치고 우리는 잠시 토론토대학교를 둘러보기로 했다. 방학이어서 그런지 많은 학생들을 볼 순 없었지만 캠퍼스의 분위기는 느낄

1_ 토론토대학교 앞에서
   그저 신난 4인방

2_ 첫 인터뷰를 무사히
   마친 기념으로 데슈세스
   교수님과

3_ 듀크대학교에서 기계
   설비를 보고 흥분한
   공대생들

수 있었다. 웅장한 건물 앞의 잔디밭에서는 축구가 한창이었고, 한편에서는 실험복을 입은 학생들이 빠른 발걸음으로 건물 안으로 향하고 있었다. 교정을 자유자재로 다니는 청설모의 모습에서 토론토의 여유로움과 활기를 느끼며 우리의 또 하나의 일정을 마무리했다.

캐나다의 폐기물 처리를 책임지는 메트로 밴쿠버

마지막으로 방문한 기관은 밴쿠버의 안나시 섬에 위치한 메트로 밴쿠버(Metro Vancouver)다. 메트로 밴쿠버는 밴쿠버의 폐기물 처리를 담당하는 곳으로 우리는 하수처리장을 탐방할 계획으로 이곳을 방문했다.

메트로 밴쿠버는 패터슨 역에서 5분 거리에 있다. 미리 약속이 되어 있던 크리스 우(Chris Woo) 씨와 1층에서 만났는데, 만나자마자 그가 "안녕하세요"라고 한국말로 인사를 건네는 바람에 깜짝 놀라고 말았다. 알고 보니 그는 캐나다에 살고 있는 한국인이었다. 탐방 전까지 영어로만 메일을 주고받았기 때문에 그가 한국인일 거라고 전혀 생각하지 못했고, 한국을 떠난 지 2주 정도 됐기 때문에 오랜만에 보는 한국인이라 더욱 반가웠다. 우리가 함께 근무하는 폴 카도타

메트로 밴쿠버의 하수처리장을 탐방하고 있다

(Paul Kadota) 씨에게 연락했을 때부터 관심을 가져 탐방을 돕기로 했다고 한다.

차를 타고 30분 정도 달려 안나시 섬 하수처리장에 도착했는데, 차에서 내리자마자 분뇨와 하수로 인한 냄새 때문에 모두가 코를 틀어막았다. 인분을 주제로 한 우리의 탐방에서 벗어날 수 없는 굴레였다. 냄새를 피해 서둘러 건물로 들어간 후 폴 카도타 씨를 만났다. 카도타 씨는 하수처리 시설의 총괄적인 소개와 퍼시픽 노스웨스트 국립연구소(PNNL, Pacific Northwest National Laboratory)와 함께하는 바이오원유 생산 프로젝트에 대해 설명했다. 1시간 반 정도의 미팅을 마친 후 그들과 함께 하수처리 시설을 한 바퀴 돌아봤는데, 미리 자세한 설명을 들었기에 각 시설의 역할을 하는지 더 잘 이해할 수 있었다.

마지막 탐방지여서 조금 지쳐 있었지만 그들의 정성어린 자료와 설명, 우리의 프로젝트에 대한 적극적인 관심에 마음이 따뜻해졌다.

쨍한 하늘과 어우러진 아름다운 시애틀의 전경

폴 카도타
[Metro Vancouver]

Q PNNL과 어떻게 협력하게 되었나요?

A 물환경연구재단(WERF, Water Environment Research Foundation)에서 주최한 포럼에 참석한 적이 있습니다. 조류를 이용해 바이오원유를 만드는 연구를 진행 중인 PNNL 소속의 박사를 만났다 연구에 필요한 미생물을 배양해야 한다는 소식을 들었습니다. 하수처리장에는 미생물이 많으므로 이를 이용해 같이 연구를 하면 좋겠다고 판단했습니다. 현재 저희는 PNNL 측에 다양한 종류의 슬러지를 제공하며 협력 중입니다.

Q 바이오원유 생산 프로젝트의 현황은 어떻나요?

A 현재 PNNL에서 벤치스케일 테스트(Bench-scale Test, 실험실과 같은 작은 규모의 공정 테스트)를 마쳤고, 유기 폐기물로 바이오연료를 만드는 업체인 제니퓨엘(Genifuel)은 세 개의 파일럿 시스템을 성공적으로 지었습니다. 결과적으로 인분으로 바이오 원유를 만드는 것이 적합하다는 사실을 알아냈습니다. 이 테스트에서는 열수 액화 기술(HTL, Hydrothermal Liquefaction)과 촉매 열수 가스화 기술(CHG, Catalytic Hydrothermal Gasification)을 검증했고 세 종류의 원료(1차 슬러지, 2차 슬러지, 소화 슬러지)에 대해 개별적으로 진행했습니다. HTL을 통해 만든 바이오원유의 생산량은 1차 슬러지가 가장 많았습니다. 공정 시간이 비교적 짧고 바이오원유와 가스의 탄소 함량이 많은 1차 슬러지가 최적의 원료입니다.

이 기술의 실행 가능성을 더 정확히 알아보기 위해선 오랜 기간의 파일럿스케일 테스트(Pilot-scale Test, 벤치스케일 테스트의 다음 단계로 실제로 적용하기 전에 소규모로 작동해보는 테스트)를 진행해야 합니다. 파일럿스케일의 플랜트는 안나시 섬의 하수처리장에 건설될 예정입니다. 바이오연료를 생산하는 최종 플랜트의 예상 건설지는 아이오나 섬에 위치한 하수처리장입니다.

● 몸소 느낀 탐방의 가치

미국과 캐나다에서의 2주는 도전, 실패, 성공, 행복을 모두 담은 소중한 시간이었다. 인분으로 에너지를 생산하는 플랜트를 한국에 건설하겠다는 목표를 가지고 도전한 여정 속에서 실패해서 넘어진 적도 많았다. 하지만 슬픔, 절망을 털어내고 다시 일어나 성공적으로 인터뷰들을 해냈고 행복하게 웃으면서 탐방할 수 있었다. 인터뷰에 응해준 교수님, 박사님뿐만 아니라 곤경에 처했을 때 흔쾌히 도와줬던 따뜻한 마음을 가진 사람들 모두 이번 탐방 성공의 숨은 일등 공신이다. 우리는 그렇게 다섯 번째 비행을 마지막으로 탐방을 마쳤다.

EPISODE

시애틀판 주유소 습격 사건

피곤한 몸을 차에 싣고 숙소로 가는 길에 보이는 전망대 스페이스 니들(Space Needle)을 비롯한 시애틀의 마천루는 그간의 피로를 잊게 해줬다. 그리고 대원들의 머릿속에는 주유소에 들러야 한다는 사실이 떠올랐다.

주유소에 도착했을 때는 칠흑 같은 어둠이 찾아 온 후였다. 서둘러 주유를 해야겠다고 생각했지만 온통 의미를 알 수 없는 버튼에 주유소에 딸린 편의점에 도움을 요청하기로 했다. 편의점 문을 연 순간, 알 수 없는 기류에 얼어붙고 말았다. 편의점 안의 사람들은 오밤중에 들어온 어린 동양인 여자 둘을 호랑이굴에 들어온 새끼 양을 보듯 쳐다보았다. 그 짧은 찰나 대원들의 머릿속에는 잔인하고 무서운 영화의 온갖 장면들이 스쳐 지나갔다. 떨리는 손을 감추고 옆의 직원에게 도움을 요청했는데 우려와는 달리 그 직원은 친절하게 주유 방법을 알려줬다. 그렇게 주유를 마친 후 감사의 의미로 팁을 건네자 그 직원은 아버지 같은 미소를 지으며 그저 자신의 일을 했을 뿐이라고 말하는 것이었다. 그 천사 같은 모습에 대원들은 겨우 긴장을 풀 수 있었고 그제서야 편의점 안의 사람들이 그저 볼일을 보러 온 평범한 사람들로 보이기 시작했다.

박미린

우연히 LG글로벌챌린저라는 프로그램을 알게 되어 한 학년 후배인 팀원들과 함께하게 되었습니다. 저를 친구처럼 챙겨주기도 하고 언니라고 배려해주기도 한 팀원들에게 감사의 말을 전합니다. 마지막 학교생활을 LG와 함께하게 되어 기쁘며 저도 LG처럼 옳은 미래로 향하도록 끊임없이 노력하고 성장하겠습니다.

박유경

LG글로벌챌린저로 활동하면서 도전이란 무엇인지 몸소 깨달을 수 있었습니다. 처음에는 주제 선정조차 어려웠는데, 탐방을 다녀온 뒤에는 생각이 달라졌습니다. 생각보다 아직 해결해야 할 과제가 많아 보였고 그것이 제가 앞으로 도전하고 싶은 주제들이 되었습니다. LG글로벌챌린저 활동은 끝이 났지만 스스로 도전하는 챌린지는 끝나지 않을 것입니다.

박지은

오직 탐방 주제와 패기를 보고 선발한다는 점에서 LG글로벌챌린저는 다른 대외 활동과 달랐습니다. 그 믿음은 모든 능력이 보통인 저를 한 단계, 아니 그 이상 발전시켜 줬습니다. 덕분에 넓은 세상을 경험하고 제 자신을 돌아볼 수 있었습니다. 실패에 대한 자신감도 배가됐습니다. 마지막으로 팀장으로서 미숙한 저를 도와준 유경이와 존중해준 미린 언니와 윤정 언니 모두 사랑합니다.

이윤정

LG글로벌챌런저를 통해 다양한 경험을 하면서 더 큰 세상이 있음을 알게 됐습니다. 팀원들과 같이 탐방 계획서, 면접, 보고서를 준비하면서 힘들고 지치기도 했지만 끝까지 달려올 수 있었습니다. 이번 방학은 어느 때보다 뜻깊은 시간들로 꽉꽉 채워서 보냈습니다. 이제는 어떤 어려움이 있더라도 잘 헤쳐 나갈 수 있다는 자신감이 생겼습니다.

사소하면 사소한 대로 나눈다

❶ 역할 분담은 타협 대신 운에 맡긴다!

역할 분담이나 순서를 정해야 할 일이 있을 때, 우리는 무조건 가위바위보 혹은 사다리 타기로 정했다. 가장 납득하기 쉬우면서도 빠른 방법이라고 생각했기 때문이다. 탐방 다니면서 우리가 정한 역할은 세 가지였다. 보안관, 지역 담당, 짐꾼. 보안관은 여권, 비자처럼 중요한 문서와 물건을 관리한다. 지역 담당은 한 지역을 맡아 그곳의 교통 상황, 맛집, 동선 등을 파악하는 일을 했다. 그리고 짐꾼은 탐방 다닐 때에 필요한 포켓 와이파이, 삼각대, 인터뷰에 필요한 물품들을 들었다. 이 모든 것을 사다리타기로 깔끔하게 정했다. 그리고 매일 씻는 순서, 잠자리 위치 선정까지 가위바위보로 정했다. 유독 한 대원이 가위바위보를 못 해 계속 꼴찌를 한 일도 있었지만, 승부의 세계는 냉정한 법. 승복하고 받아들여야 했다.

❷ 기관 섭외에 중요한 건 타이밍!

기관 섭외는 탐방에서 매우 중요하다. 우리 팀은 한 사람씩 여러 기관을 맡아서 연락했다. 메일을 보낼 때에는 최대한 압축해서 핵심만 보내고, 탐방 가는 나라의 시차까지 고려해서 메일을 보낼 때 예약 설정을 해두기를 권한다. 특히 출근 시간 가까이 메일을 보낼수록 응답률이 높았다. 그래도 답장이 안 올 수도 있는데 그럴 때에는 직접 전화를 하는 것이 현명하다. 해당 나라의 현지 시간에 맞추어서 전화를 하는 것은 쉬운 일이 아니었다. 잠이 덜 깬 새벽에 영어로 전화를 해야만 했던 상황이 곤혹스러웠지만, 탐방 준비에는 필수적이었다. 어플만 깔면 인터넷 환경에서 무료로 전화가 가능하니 시간과 노력만 투자한다면 얼마든지 할 수 있다.

물고기, 채소를 기르다

팀명(학교)	아쿠아포닉스 (이화여자대학교)
팀원	강소현, 김새봄, 서문아영, 이지수
기간	2017년 8월 1일~2017년 8월 14일
장소	미국
	1. 뉴욕 (오코 팜 Oko Farm)
	2. 올랜도 (디즈니 월드 Disney World)
	3. 올랜도 (펜테어 Pentair)
	4. 휴스턴 (서스테인어블 하베스터스 Sustainable Harvesters)
	5. 휴스턴 (휴스턴대학교 University of Huston)
	6. 휴스턴 (선샤인 팜 Sunshine Farm)

화학제품과 푸드 마일리지(Food Mileage)*의 증가는 우리의 먹거리 안전성을 위협하고 있다. '빨리', '많이'에만 중점을 두고 먹거리를 생산하면서 먹거리의 가치와 환경문제는 등한시하게 되었다. 이에 우리는 친환경 농법 '아쿠아포닉스(Aquaponics)'에 주목했다. 아쿠아포닉스는 '어류 양식(Aquaculture)'과 '수경 재배(Hydroponics)'를 합친 단어로, 물고기 분비물을 이용해 식물을 키우는 수경 재배 형식의 신(新)농법이다. 아쿠아포닉스 농법은 일체의 화학비료를 투입하지 않는 것은 물론, 폐쇄 장치 내에서 물이 순환하기 때문에 환경 변화에 크게 영향을 받지 않는다. 따라서 우리는 아쿠아포닉스를 통해서라면 친환경적이며 안전한 먹거리를 안정적으로 생산할 수 있을 거라고 생각했다. 게다가 신 농법 아쿠아포닉스는 시스템 관리가 쉽기 때문에 인력이 모자란 한국의 농업 상황에 매력적이다. 이에 우리팀은 우리나라에 맞는 아쿠아포닉스 기술과 도입 방안을 알아보기 위해 미국으로 탐방을 떠났다.

🔴 뉴욕 한복판에 농장이 있다고?

첫 탐방 장소인 오코 팜(Oko Farm)은 뉴욕 브루클린에 있는 아쿠아포닉스 농장이다. 첫 인터뷰를 앞두고 오코 팜까지 시간에 맞춰 잘 갈 수 있을지, 의도한 대로 상대방에게 질문이 잘 전달될지 등 걱정과 긴장의 연속이었다. 구글 맵에 의지해 숙소가 있는 맨해튼에서 출발, 브루클린에 위치한 농장을 찾았는데, 그 어디에서도 농장은 보이지 않았다. 분명 농장 앞에 세 개의 큰 나무가 있다는 설명도 들었는데, 아무리 돌아다녀도 찾을 수 없었다. 당황한 우리는 처음으로 전화를 시도했다. 외국에서의 첫 통화, 얼마나 가슴이 떨리던지! 통화 후 다행히도 설명에 따라 오코 팜을 찾았고, 이곳의 운영자인 예미 아뮤(Yemi Amu) 씨

---

* **푸드 마일리지_** 1994년 영국의 환경운동가 팀 랭(Tim Lang)이 최초로 제시한 것으로, 식품 수송 거리가 증가할수록 환경오염은 커지고 식품 안정성은 떨어진다는 개념. 값이 커지면 수송에 소요되는 에너지가 크다는 것을 의미하며, 따라서 환경에 미치는 영향도 커짐을 나타내는 간접적 지표

를 만날 수 있었다. 아뮤 씨는 우리를 반갑게 맞아줬고, 아쿠아포닉스 시스템에 대해 천천히 그리고 아주 쉽게 설명해줬다.

예상과 달리 오코 팜에서는 작물을 판매하지는 않고, 교육과 투어 프로그램만 진행 중이었다. 아쿠아포닉스로 재배한 작물의 유통과 시장에 대한 정보는 기대한 만큼 얻을 수 없었지만 실제로 아쿠아포닉스 농장을 도시에서 운영하고, 교육의 장으로 활용한다는 점을 확인했다.

투어와 인터뷰를 마친 우리 팀은 한국에서 준비해온 선물을 그녀에게 전했다. 한복이 그려진 엽서와 LG글로벌챌린저 부채, 그리고 작은 손거울이었다. 며칠 후 오코 팜 홈페이지가 업데이트됐는데, 거기에는 아뮤 씨가 우리와 함께 찍은 사진이 업데이트 되어 있었다. 아마도 그녀 역시 우리와의 만남을 좋은 기억으로 간직한 듯했다.

● 디즈니 월드, 아쿠아포닉스를 대중에게 소개하다

디즈니 월드와 아쿠아포닉스의 만남! 과연 누가 상상이나 할 수 있었을까? 인터넷에서 플로리다 주 올랜도에 위치한 디즈니 월드에서 아쿠아포닉스 시스템을 볼 수 있단 사실을 발견했을 때, 우리는 세계적으로 유명한 테마파크에 이런 시설이 있다는 사실에 놀랐다.

디즈니 월드에 도착하자마자 체험적 미래 도시라는 테마를 가진 앱콧(Epcot) 파크로 향했다. 올랜도의 날씨는 매우 습하고 뜨거웠지만, 우리의 열정을 꺾기에는 부족했다. 우리는 설레는 마음으로 탑승 기구인 '리빙 위드 더 랜드(Living with the Land)'에 몸을 실었다. 리빙 위드 더 랜드는 배를 타고 천천히 이동하며 효율적이고 자연 친화적인 농업 기술이 적용된 온실을 구경하는 탑승 기구다. 그곳에서는 아쿠아포닉스가 미래의 농업 기술 중 하나라는 사실을 디즈니 월드 방문객들에게 명료한 언어로 소개하고 있었다.

디즈니 월드에서 만난 아쿠아포닉스 시스템

우리는 아쿠아포닉스 시스템이 이렇게 훌륭하게 구현돼 있다는 사실이 매우 흥미로웠다. 어류 탱크에 가득한 물고기와 줄 맞춰 자라고 있는 상추가 아직도 기억 속에 선명하게 남아 있다. 아쿠아포닉스를 접했지만, 그만큼 강렬한 순간은 다시 없을 것이다.

● 아쿠아포닉스 설비 회사의 판매 전략을 배우다

펜테어(Pentair)는 양식업 관련 장비 기술 회사인 아쿠아틱 에코시스템스(Aquatic Eco-Systems Inc.)와 수질 관리 설비 회사인 포인트 포 시스템스(Point Four Systems Inc.)의 합작회사로, 현재 150개국의 소비자가 이용하는 수경 설비 분야에서 세계적으로 명성을 떨치고 있다. 디자이너와 공학자, 생물학자, 기술자 등 다양한 전문가들이 이끌어가고 있기 때문에 인터뷰가 꼭 성사되기를 고대했던 기업 중 하나였다. 이곳은 아쿠아포닉스 시스템 설계뿐 아니라 설치에 필요한 장비와 기술을 공급하고 교육 서비스까지 제공해 소비자들이 성공적으로 시스템을 운영하도록 도와주고 있다. 우리가 방문한 곳은 올랜도에 위치한 펜테어 플로리다 지점이었다.

먼저 펜테어의 아쿠아포닉스 총담당자인 제이슨 다나허(Jason Danaher) 씨를 만나 시스템을 둘러보고 인터뷰를 진행했다. 다나허 씨는 아쿠아포닉스 설명회를 위해 제주도에 가본 적이 있다고 말하며, 회사 내 농장을 소개해줬다. 280제곱피트 규모의 소규모 농장에서는 로메인 상추, 배추, 셀러리, 양파, 꽃, 가지, 바질, 고추, 여주, 박 등 규모에 비해 매우 다양한 작물들이 재배되고 있었다. 덕분에 아쿠아포닉스로 재배 가능한 작물의 종류를 익힐 수 있었다. 또 다나허 씨는 펜테어에서 판매하는 설비들로 구성된 아쿠아포닉스 시스템을 보여주며, 각 설비의 원리와 가격 등에 대해 일일이 설명해줬다. 기본 설비는 다른 농장들과 비슷했지만, 좀 더 다양한 가격대의 설비들이 구비돼 있다는 점이 특징이었다.

농장을 둘러보면서 질문을 주고받았지만 다시 회사에 들어가 인터뷰를 진행했다. 다나허 씨는 이전에 연구 경력이 있어서인지 아쿠아포닉스의 기본 원

다나허 씨가 필터 뚜껑을 열어 내부를 보여주고 있다

리나 의의, 경제적 효율성 등에 대해 전문적인 답변을 해줬다. 무엇보다 현재 판매 전문가로도 일하고 있기 때문에 아쿠아포닉스의 다양한 설비 가격, 농장 운영비, ph 조절기 같은 자잘한 상품들에 대해서도 자세하게 설명해주었다.

● 아쿠아포닉스, 환경 제약을 극복하는 씨앗이 되다

휴스턴에 위치한 서스테인어블 하베스터스(Sustainable Harvesters)는 아쿠아포닉스를 이용해 상추를 재배·판매하는 농장이다. 우버를 타고 초록의 목초지 사이로 끝없이 이어지는 도로를 따라 달리다 보니 넓은 목초지 옆에 온실 농장이 나타났다.

우리는 이곳에서 매튜 브라우드(Matthew Braud) 씨를 만났다. 이 농장의 공동 창업자인 앤드류 앨비스(Andrew Alvis) 씨와 함께 대학교 학부 과정에서 농업 경영을 전공했는데, 그 후 버진아일랜드대학교에서 다시 아쿠아포닉스 농법을 배우고 휴스턴으로 돌아와 이 농장을 운영하기 시작했다고 했다.

브라우드 씨는 인사를 나누자마자 바로 농장 곳곳을 소개해줬다. 농업 경영 전공자답게 우리가 가장 궁금해했던 생산 효율성, 작물 재배 주기와 생산량, 투자 비용 회수 기간, 작물 포장 및 판매·유통 과정 등 실질적인 부분에 대해 피부에 와 닿도록 상세하게 설명해줬다. 아쿠아포닉스를 한국에 도입할 경우 농부와 소비자들을 설득하는 방법에 대해서도 구체적으로 조언해줬다.

투어와 인터뷰를 마친 후, 브라우드 씨는 한국에 돌아가서 참고하라며 서스테인어블 하베스터스의 상표가 붙은, 로컬 마트로 유통되는 상추의 포장 용기를 선물해줬다. 너무 빠른 설명에 그 내용을 다 기억하지 못할까 봐 걱정도 했지만, 마지막까지 세심하게 배려해준 브라우드 씨 덕분에 탐방을 잘 마무리할 수 있었다.

아쿠아포닉스, 식품 안정성을 고민하다

서스테인어블 하베스터스 탐방이 끝나자마자 우리는 다음 인터뷰를 위해 부랴부랴 우버를 타고 휴스턴대학교(University of Huston)로 향했다. 다들 녹초가 돼서 한숨을 돌릴 때쯤, 제이 닐(Jay Neal) 교수님을 만날 수 있었다. 닐 교수님은 휴스턴대학교 분교인 슈거랜드 캠퍼스(Sugar Land Campus)의 부교무 처장으로, 다양한 이력을 가진 분이셨다. 텍사스A&M대학교(Texas Agricultural and Mechanical University)에서 식품미생물학 박사 학위를 취득한 뒤 15년간 식음료 산업 분야에서 활동했으며, 휴스턴의 한 레스토랑에서 매니저로 근무한 경력도 있었다. 고등학생을 대상으로 아쿠아포닉스 체험 프로젝트를 진행한 것을 계기로 본격적으로 아쿠아포닉스 연구를 시작한 뒤, 휴스턴커뮤니티대학교(Huston Community College)와 협력해 3년간 시스템 연구를 진행하셨다고 했다.

제이 닐 교수님은 굉장히 유쾌한 성격으로, 우리를 살갑게 대해주셨다. 하지만 교수님을 섭외하는 과정은 당황의 연속이었다. 출국하는 날 제이 닐 교수님에게 첫 답장이 왔고, 뉴욕에서 탐방을 시작할 즈음에 구체적인 일정이 정해져서 안도의 한숨을 내쉬었다. 이때만 해도 놀랄 일은 다 지나간 줄 알았는데, 인터뷰 4일 전에 또다시 만나는 시간을 30분가량 당기고 싶다는 연락을 받았다. 알고 보니 우리에게 이화여자대학교를 졸업한 고윤(Yoon Koh) 교수님을 깜짝 소개 해주기 위해 인터뷰를 30분 앞당기신 것이었다. 타지에서 모교 선배님을 만나 정말 영광이었고, 덕분에 긴장을 푼 채 즐겁게 인터뷰를 진행할 수 있었다.

제이 닐 교수님은 식품 안정성의 관점에서 아쿠아포닉스에 대해 연구하셨는데, 아쿠아포닉스의 원리 중 핵심인 박테리아의 과학적 원리와 그 안정성에 대해 중점적으로 설명해주셨다. 또 아쿠아포닉스를 바라보는 학계의 관점과 전망에 대해서도 알려주셨는데, "아쿠아포닉스가 현 농업 상황의 훌륭한 보충

대선배님과의 깜짝 만남을 기념하며 한 컷!

제가 될 수 있을 것"이라는 말씀이 인상 깊었다. 제이 닐 교수님과의 인터뷰는 우리 보고서의 방향을 잡는 데도 길잡이가 됐다.

● 탐방보다 힐링을 선물 받은 선샤인 팜

선샤인 팜(Sunshine Farm)은 마지막 인터뷰가 진행될 농장이었다. 우리에게 처음부터 가장 호의적으로 답장해줬던 기관이었기 때문에 팀원들이 내심 가장 기다린 탐방지이기도 하다. 선샤인 팜에 방문하기로 한 날 아침, 농장주 리사 젠킨스(Lisa Jenkins) 씨는 농장까지 우리를 데려다주겠다며 호텔로 픽업을 와주기까지 했다. 교통편이 열악한 휴스턴에서 택시로만 이동해야 했기에 우리에게는 엄청난 행운이자 친절이었다.

젠킨스 씨는 농장 방문객 중 우리만큼 멀리서 온 사람은 없었다며, 남편인 짐 젠킨스(Jim Jenkins) 씨도 우리의 방문을 기다리고 있다고 했다. 남편이 우리

아쿠아포닉스로 재배된 농작물로
차려진 점심을 함께 했다

를 위해 농장 청소까지 했다며 농담을 던지자 금세 분위기가 부드러워졌고, 우리는 설레는 맘으로 농장으로 향했다.

농장에 들어서자마자 농장 지킴이인 당나귀와 양, 토끼, 오리 등이 우리를 마중 나왔다. 상상 속에나 있던 평화로운 농장의 모습이 눈앞에 펼쳐진 것이다. 짐 젠킨스 씨는 농장을 보여주는 동안 재배 중인 허브나 채소를 따 먹어보라고 권하기도 하고, 경운기를 몰고 와 타보라고도 했다. 우리는 경운기를, 그것도 미국의 텍사스 주에서 생애 처음으로 탈 것이라곤 상상도 못했다며 한바탕 웃었다. 리사 젠킨스 씨는 직접 만든 샐러드와 당근케이크를 내주었고, 농장의 직원이 사냥한 사슴 고기로 점심까지 차려줬다.

이어진 인터뷰 중 가장 기억에 남았던 것은 쉰이 넘은 나이임에도 불구하고 유튜브나 책자 등을 통해 지속적으로 아쿠아포닉스에 대해 공부하고 시스템을 발전시키고자 노력하는 열정이었다. 우리 팀에는 농업이나 어업 관련 전공자가 없었기에 탐방을 준비하면서 아쿠아포닉스에 대해 이해하는 데 한계를 느끼기도 했는데, 시행착오를 두려워하지 않는 그와의 인터뷰를 통해 용기를 얻을 수 있었다. 젠킨스 씨 부부는 탐방 후에도 우리와 종종 연락을 주고받으며 휴스턴이란 곳을 우리에게 각별한 장소로 기억하게 만들어줬다.

짐 젠킨스
[Sunshine Farm]

Q 아쿠아포닉스에 대한 전망을 어떻게 보시나요?

A 양식업자들은 어류 사육보다는 과정에서 발생하는 폐수 처리를 더 걱정합니다. 아쿠아포닉스는 이런 우려에 대한 해답도 됩니다. 또한 아쿠아포닉스 시스템을 도입하게 되면 어류뿐 아니라 농작물도 함께 재배할 수 있어 양식업자들이 이중 수입원을 가질 수 있다는 매우 매력적인 요소까지 있습니다. 즉 폐수를 정화시켜 물을 재사용한다는 점에서 친환경적이고, 한 시스템으로 두 가지 수입을 얻을 수 있다는 점에서 경제적이며 효율적인 산업이 될 것입니다.

또 아쿠아포닉스는 토양이 없는 곳에서도 재배가 가능해 생산량을 증대할 수 있습니다. 아쿠아포닉스가 전통적인 농사를 대체할 것이라고 생각하진 않지만 훌륭한 보충제가 될 것이고, 이는 기존 농업 방식과 엄청난 차이를 만들 것입니다.

Q 아쿠아포닉스 시스템이 어떤 사회적 이슈에 기여한다고 생각하시나요?

A 사회적으로 큰 이슈인 물 부족 문제 해결에 아쿠아포닉스가 기여할 수 있습니다. 아쿠아포닉스는 한 번 가동되면 물이 순환하기 때문에 증발량만큼만 물을 추가해주면 되므로, 물의 총사용량이 적습니다. 우리가 일상에서나 다른 농법으로 농사를 할 때 낭비하는 물의 양과 비교하면 매우 경제적이죠. 이는 아쿠아포닉스가 현재 물 부족 국가에서 주목받는 이유이기도 합니다. 특히 우리 농장의 경우 빗물을 저장해 활용하고 있는데, 이 또한 식량 생산을 위한 효율적인 물 사용 방법이라고 할 수 있습니다. 우리는 빗물을 검정 탱크에 저장해 활용하는데, 검은색은 햇빛을 차단해 물에 녹조류나 병충해가 생기는 것을 막아 빗물을 오랫동안 보관할 수 있게 합니다. 그뿐만 아니라, 이 탱크에 모인 물은 영양분이 아주 풍부합니다.

막연히 꿈꾸던 일도 현실이 될 수 있음을 LG글로벌챌린저를 통해 알았습니다. 해외에서의 경험이 적었지만 이번 기회로 새로운 세상을 보았고, 자신감과 도전 정신도 자랐습니다. 탐방을 준비하면서, 탐방을 하면서, 탐방을 정리하면서 더 성장했고, 예전보다 더 현명한 자세로 세상에 임할 수 있을 것 같습니다.

강소현

LG글로벌챌린저는 준비 과정에서부터 탐방을 하고, 보고서를 완성하는 순간까지 잊지 못할 뜻깊은 경험을 선물해줬습니다. 탐방이 아니었다면 몰랐을 더 넓은 세상을 봤고, 자신감을 얻었습니다. 이 모든 과정을 함께하며 용기를 준 팀원들! 많이 사랑합니다.

김새봄

LG글로벌챌린저에 선발되고 탐방을 준비하는 동안 과연 내가 잘할 수 있을까 걱정이 앞서기도 했습니다. 하지만 팀원들과 함께 서로 의지하면서 지낸 2주간의 탐방은 그 어떤 여행보다도 값진 경험이었습니다. 탐방 기간 동안 많이 부족한 저를 끊임없이 북돋워주고 의지해준 팀원들 덕분에 '할 수 있다'는 자신감을 얻었습니다.

서문아영

처음으로 발 디딘 미국에서 방문했던 장소들, 만난 사람들과의 에피소드만으로도 몇 페이지는 채울 추억으로 남았습니다. 단순한 관광이었다면 느끼지 못했을 경험이기에 더욱 선명하게 기억에 남습니다. 탐방 기간은 2주였지만, 탐방을 준비하고 다녀와서 보고서를 완성하기까지 5~6개월의 시간 동안 버팀목이 되어준 팀원들, 모두 대단하다고 전하고 싶습니다.

이지수

역할 분담이 공평해야 부담이 없다

❶ 역할은 분담하고, 책임감은 공유하는 것이 효율적!

우리 팀은 다른 팀에 비해 조금 독특했다. 네 명 전부 같은 학과 동기 혹은 선후배였다는 점도 그렇고, 그럼에도 불구하고 탐방 계획서 준비 과정에서 비교적 적게 만났다는 점이 더욱 그러하다. 이는 강소현 팀장이 역할 분담을 조화롭게 해준 동시에 팀원 각자가 책임감을 갖고 본인 몫을 해줬기 때문에 가능했고, 결과적으로 매우 효율적인 방식이었다. 미팅 날마다 날짜, 역할, 사람 이름을 적을 수 있는 칸을 만든 표를 출력해왔고, 항상 다들 비슷한 양의 과제를 가지고 돌아가 맡은 일에 집중했다. 그리고 다시 만날 때는 모두가 각자 맡은 부분에 대해 충분히 노력해보고 왔기 때문에 함께 수정하면서 완성도 높은 탐방 계획서를 만들 수 있었다.

❷ 될 주제는 된다는 자신감!

우리 팀은 각자 조사한 주제를 모아서 투표로 주제를 정했다. 최종 후보 두 개가 선정되었고, 이 중 주변 지인이나 지도 교수님과 상의하며 처음 말했을 때 사람들의 흥미를 끄는 것 혹은 다른 팀들이 시도하지 않을 것 같은 주제를 선택하기로 했다. 그래서 선택된 주제가 바로 아쿠아포닉스였다.

사실 농업이나 어업이 전공도 아니고 조언을 구할 곳도 없어 처음에는 막막하기도 했다. 하지만 '우리가 전문가가 되면 되지 않겠느냐'는 마음을 가지고 서류와 면접을 준비했고, 이런 자신감이 합격으로 이어졌다. 다른 팀들에 비해 비교적 늦은 4월부터 준비했던 우리 팀이 좋은 결과를 얻을 수 있던 것도, 바로 주제에 대한 믿음과 자신감 덕분이 아닐까 생각한다.

오란비
명지대학교

업사이클링으로
섬마을에 식수를 공급하다

팀명(학교) 오란비 (명지대학교)

팀원 양승현, 이건호, 조찬송, 허윤정

기간 2017년 7월 23일~2017년 8월 5일

장소 이탈리아, 스페인, 영국, 독일
1. 로마 (와카 워터 Warka Water)
2. 아르코 (아쿠아필 Aquafil)
3. 테네리페 (니에블라구아 Nieblagua)
4. 테네리페 (테네리페 수자원공사 CIATF, Consejo Insular de Aguas de Tenerife)
5. 런던 (런던 동물협회 ZSL, Zoological Society of London)
6. 런던 (인터페이스 Interface)
7. 뮌헨 (아쿠아로니스 Aqualonis)

대한민국은 삼면이 바다로 둘러싸인 나라로, 많은 섬을 가지고 있다. 우리나라에는 487개의 유인도(有人島)가 있는데, 이 중 많은 섬들은 지리적 특성상 상수도 발달이 어렵다. 이런 이유로 섬에 거주하는 주민들은 안정적인 식수 공급에 어려움을 겪고 있으며, 가뭄 시에는 심각한 피해를 입고 있다. 우리는 섬 마을 주민들에게 적합한 안정적 식수 공급 방안이 필요하다고 생각했고, 공기 중에서 물을 얻을 수 있는 기술을 찾고자 했다. 안개에서 물을 얻어내는 기술을 접했으나 국내의 섬에서 구현하기 위해서는 기술, 자재, 정책에 대한 많은 고민이 필요했다. 우리는 버려진 폐어망을 활용해 안개를 수집하는 구조물을 만들어 주민들에게 식수를 제공하는 <u>업사이클링(Up-cycling)*</u>을 실현하고 싶었고, 필요한 지식을 얻기 위해 해당 기술을 가지고 있는 각종 기업과 정부기관을 탐방하러 유럽으로 떠났다.

● 이탈리아에서 인생의 쓴맛을 느끼다

14일간의 탐방이 시작되는 곳. 우리는 설렘과 기대감을 안고 첫 행선지인 이탈리아 로마에 도착했다. 아름다운 로마의 모습은 우리의 탐방 활동도 아름답게 진행되리라는 기대를 갖게 만들었지만, 숙소에 짐을 풀고 섭외한 기업에 확인 연락을 시작했을 때부터 이탈리아는 쓴맛을 보여줬다.

처음 탐방하고자 한 기업은 와카 워터(Warka Water)였다. 와카 워터는 낮과 밤의 기온차로 이슬이 맺히는 원리를 이용해 동력 없이 물을 얻는 구조물을 만드는 곳으로, 경제적인 어려움을 겪는 아프리카 주민들을 위해 이 구조물을 설치해주는 비영리 기업이다. 우리의 프로젝트에 엄청난 영향을 주었기에 와카 워터는 매우 중요한 탐방 기관이었고, 많은 시간과 공을 들여 섭외한 곳이었

---

* **업사이클링_** 업그레이드(Upgrade)와 리사이클링(Recycling)의 합성어로, 사용 후 버려지는 제품들을 단순하게 재활용하는 리사이클링을 넘어 새로운 가치를 부여해 새로운 제품으로 재탄생시키는 것

다. 하지만 탐방 2일 전, 와카 워터의 디자인과 운영을 담당하는 아투로 비토리(Arturo Vittori) 씨가 갑자기 미팅을 하기 어렵다는 메일을 보내왔다. 여태껏 긍정적인 반응을 보였던 비토리 씨가 순식간에 돌변하자 크게 당황했지만, 다시 정중하게 요청하면 수락해줄 것이라는 생각으로 계속 연락을 시도했다. 그러나 이전과는 다르게 짜증 섞인 투로 우리가 방문하는 게 자신에게 어떤 이익이 되는지에 대해 묻고 재차 미팅을 거절했다. 로마에 도착하면 긍정적으로 해결될 수도 있을 거라 믿었던 설렘과 기대감은 현실의 벽을 만나 쓴맛으로 변했다.

와카 워터와의 인터뷰가 무산되자 이미 섭외된 곳도 확정이 돼야 한다는 사실을 깨닫고 추후 일정을 위해 탐방 기관들을 대상으로 재확인 작업에 들어갔다. 두 번째 탐방 기관이었던 이탈리아의 폐어망 리사이클링 기업, 아쿠아필(Aquafil)에 메일을 보내고 담당자에게 확인 전화를 걸었다. 그런데 웬일인지 담당자는 전화를 받지 않고, 이메일을 통해 지금은 휴가기간이라 만나기 어렵다는 답장만 보냈다. 만남을 약속했던 기관과의 약속이 또 한 번 틀어지자 우리 팀은 큰 혼란에 빠졌다. 이대로라면 유럽까지 나와 아무런 소득 없이 돌아갈 수도 있겠다는 위기감이 팀원들을 덮쳤다.

연이어 쓴맛을 봤다고 좌절만 할 수는 없었다. 이를 전환점 삼아 남은 일정을 확실하게 정리하고, 약속된 다른 기관과의 미팅도 다시 확인했다.

비록 성사되지는 않았지만 이탈리아에서 느낀 좌절을 남은 일정을 위한 예방주사로 생각하고, 우리는 다음 탐방지인 스페인으로 떠났다. 미리 확인하는 신중한 자세와 탐방 중에는 어떠한 일도 발생할 수 있다는 교훈을 품고 말이다.

● 세상에서 가장 순수한 물을 파는 니에블라구아

우리의 두 번째 탐방지인 스페인의 테네리페는 카나리아 제도에 속한 섬으로, 본토와는 상당히 멀리 떨어진, 아프리카 모로코 서쪽에 자리 잡고 있다. 이 섬에서 우리는 공기 중에서 물을 얻는 기술을 배우고자 해무를 수집하고 이를 식수로 만들어 판매하는 기업인 니에블라구아(Nieblagua)를 탐방했다. 니에블라구아는 섬 주변의 해무를 자신들이 만든 구조물로 모아 식수로 만들고, 주변 레스토랑과 일본에 있는 고급 레스토랑에까지 공급하고 있었다.

먼저 모든 업무를 총괄하고 있는 도미닉 레이필드(Dominic W. Layfield Hernandez) 씨를 만났다. 그는 우리가

니에블라구아의 안개 수집기 앞에서 찰칵!

방문하기 전부터 테네리페에서 편안하고 안정적으로 탐방할 수 있도록 세심하게 신경을 써줬고, 후에 테네리페 수자원공사(CIATF, Consejo Insular de Aguas de Tenerife)를 방문했을 때에도 우리 곁에서 통역을 맡아주었다.

레이필드 씨의 배려는 인터뷰 당일에도 계속됐다. 하나라도 더 많은 정보를 주기 위해 제품의 유통 라인을 담당하는 안토니오 푸리노스(Antonio F. Purrinos Corbella) 씨와 안개 수집 장치의 디자인을 담당한 리카르도 길(Ricardo H. Gil Casanova) 씨와 함께하는 자리를 만들어준 것이다. 그들은 자신들이 판매하는 두 가지 제품 라인과 물을 수집하는 과정이 담긴 영상, 그리고 왜 이러한 방식으로 물을 만들어 팔게 됐는지에 대해 자세하게 설명해줬다. 또 안개 수집 구조물이 설치된 곳으로 우리를 데려가 눈으로 보고 손으로 만질 수 있는 기회를 주었다.

특히 디자이너인 리카르도 길 씨는 이틀 동안 우리와 함께하며 자신의 디자인 철학과 더불어 해무를 효과적으로 물로 만들 수 있는 원리와 기술에 대해

쉽게 설명해줬다. 또한 앞으로 우리가 세우게 될 구조물을 이용해 섬에서 가장 효과적으로 물을 얻을 수 있는 방법에 대해서도 많은 조언을 해줬다.

니에블라구아는 영리를 추구하는 기업임에도 우리에게 자신들의 주요 자료와 정보를 아낌없이 내줬다. 우리에게 더 많은 내용을 알려주려고 노력하는 모습을 보면서 그들이 단순히 이윤만을 위해 이 사업을 진행하는 것이 아님을 느낄 수 있었다. 이는 앞으로 우리가 이 프로젝트를 진행하며 추구해야 하는 가치관에 대해 다시금 생각하는 계기가 되었다.

이들과 함께한 1박 2일 동안 공기 중에서 물을 얻는 기술에 대한 자신감과 더불어 이것이 섬마을 주민들에게 안정적인 식수 공급원이 될 것이라는 확신을 가질 수 있었다. 덕분에 이곳에서 보고 배운 내용을 바탕으로 국내에 적합한 구조물의 디자인을 고안할 수 있었다.

● 테네리페 섬의 수자원은 주민들이 관리한다

테네리페 섬의 수자원과 상수도를 관리하는 테네리페 수자원공사(CIATF, Consejo Insular de Aguas de Tenerife)는 주민들에게 안전한 식수와 용수 공급을 담당한다는 점에서 우리나라의 수자원공사와 유사한 기관이지만, 중앙정부와 테네리페 주민이 공동으로 운영한다는 점이 특징이자 차이점이다.

과거 테네리페는 우리나라의 섬들과 마찬가지로 생활용수가 부족했는데, 다양한 용수 공급 방안을 마련하고 체계적으로 상수도를 관리함으로써 현재는 물 부족 문제를 모두 해결한 상태다. CIATF가 이에 핵심적인 역할을 했다.

CIATF는 한국의 대학생들이 머나먼 나라까지 찾아와 하나라도 더 배우려고 애쓰는 모습에 많은 관심을 가져줬다. 그들은 섬에서 물을 얻는 방법과 상수도 관리에 대해 자세하게 설명해줬다. 그리고 자신들의 설명을 혹시나 제대로 이해하지 못했을까 봐 염려하면서, 메일로 관련 영상이나 정보들을 보내주고

도미닉 레이필드
[Nieblagua]

Q 니에블라구아의 '안개 수집' 기술에 대해 자세히 설명해주세요.

A 안개 수집 기술은 단어 그대로 자연적으로 발생하는 안개를 수집해 물을 만드는 기술입니다. 테네리페 섬에 발생하는 해무가 그물에 부딪혀 생기는 충격에 의해 물방울이 되면, 중력에 의해 밑으로 떨어지는 물을 모아 제품을 생산합니다. 이 장치는 가동이나 제작 과정에서 동력이 필요 없고, 환경을 파괴하는 요소를 사용하지 않기 때문에 장기적인 관점에서 물을 모으기에 아주 좋습니다. 하지만 이 장치로 물을 생산하기 위해서는 안개와 바람이 필수입니다. 물을 만드는 원료인 안개와 자연 동력인 바람이 없다면 그물에 물을 맺히게 할 수 없습니다. 다행히 테네리페는 일정한 방향으로 무역풍이 불기 때문에 큰 문제 없이 해무를 이용해 물을 생산할 수 있습니다.

Q 이 사업의 목표와 추구하는 가치는 무엇인가요?

A 니에블라구아는 이제 막 사업을 시작하는 단계입니다. 현재 물을 생산하는 다른 기업들 중 몇몇 기업이 우리의 방법으로 생산하는 것을 고려하고 있습니다. 또 많은 섬들이 우리가 사용하는 기술에 대해 문의를 하고 있습니다. 최종적으로 식수, 생활용수, 농업용수 등으로까지 사용될 수 있도록 노력해야 한다고 생각합니다. 그렇게 되면 앞으로 이 기술은 도서 지역 물 부족 해결의 좋은 열쇠가 될 것입니다.

또한 우리는 환경에 부정적인 영향을 주지 않고자 노력하고 있습니다. 안개가 식수로 사용될 수 있다는 것과, 그렇게 만든 물이 양질의 수자원임을 증명하고 있습니다. 물은 미래의 '블루 골드(Blue Gold)'입니다. 가능성을 가진 미래 사업에 참여하고 있어 자랑스럽고, 동시에 막중한 책임감을 느끼고 있습니다.

CIATF의 활동이 정리돼 있는 책까지 선물로 줬다.

이곳에서 우리는 아무리 좋은 기술과 아이디어가 있더라도 근본적으로 정부의 제도나 프로세스가 올바르게 구축되어 있어야 큰 효과를 거둘 수 있음을 깨달았다. 그리고 장기적으로는 반드시 정부 기관의 지원이 필요하다는 사실도 다시금 깨달았다. 이렇게 우리는 기술과 제도에 대한 답을 얻고 테네리페를 떠나게 됐다.

자연과 함께하는 미래를 그리는 런던 동물협회

런던 동물협회(ZSL, Zoological Society of London)는 전 세계의 환경과 자연 생태계를 지키기 위해 노력하며 다양한 분야의 기업들과 함께 친환경 프로젝트를 진행하는 기관이다. 1828년에 문을 연, 세계에서 가장 오래된 동물원인 런던 동물원 역시 런던 동물협회에서 운영하고 있다.

섬 지역 물 부족 해결 주제를 가진 우리 팀이 왜 갑자기 동물협회를 방문하게 됐을까? 그 이유는 ZSL이 버려진 폐어망에서 섬유를 뽑아 카펫으로 만드는 네트-웍스(Net-works) 프로젝트에 참여하고 있기 때문이다. 네트-웍스는 친환경 카펫 타일을 만드는 인터페이스(Interface)와 폐어망에서 섬유를 뽑는 기술을 가진 아쿠아필(Aquafil), 그리고 ZSL이 함께 진행 중인 프로젝트로, 주민들로부터 폐어망을 수거해 그 대가를 지불함으로써 지역 경제에 큰 도움을 주고 있다. ZSL은 이 프로젝트에서 지역사회와의 커뮤니케이션과 환경문제에 대한 조언을 담당하고 있었다.

네트-웍스의 운영 책임자인 페리노즈 다네시페이(Farinoz Daneshpay) 씨는 프로젝트의 방향성과 그들이 원하는 사회의 모습, 그리고 왜 이러한 프로젝트 참여하고 있는지에 대해 차근차근 설명해줬다. 그들은 단순히 폐어망을 재활용해 해양 환경 개선에 힘쓰는 것을 넘어, 경제적인 어려움을 가진 지역사회까지 살릴 수 있는 방향에 집중하고 있었다. 우리는 다네시패이 씨의 이야기를 들으며 그들이 이 프로젝트를 단순히 마케팅 활동으로 생각하는 것이 아니라, 미래의 후손들을 위해 책임감을 가지고 운영하고 있다는 것을 느낄 수 있었다. 그 어떤 요소보다 환경을 중요하게 생각하는 그들의 가치관을 보고 느껴서인지 탐방을 마치고 돌아서는 길에 마음이 따뜻했다.

1, 2_ 인터뷰를 거절한 탐방기관 앞에서 무작정 기다리는 순간과, 결국 인터뷰에 응해준 ZSL의 운영 책임자와 함께

● 미션 제로! 탄소 배출 0%를 추구하는 인터페이스

런던에서 두 번째로 방문한 곳은 세계 카펫 타일 시장에서 꾸준하게 1위 자리를 지키고 있는 인터페이스(Interface)의 런던 쇼룸이다. 인터페이스는 네트-웍스 프로젝트를 주도하는 기업으로, 폐어망에서 뽑아낸 섬유로 카펫 타일을 만들고 판매하는 역할을 하고 있다.

인터페이스의 브랜드 담당자인 존 쿠(Jon Khoo) 씨는 우리에게 그들의 기업 정신과 환경에 대한 사명을 들려줬다. 인터페이스는 처음엔 친환경과는 거리가 먼 카펫 기업이었다. 질 좋은 카펫 생산과 성공적인 사업 확장을 통해 세계

엄청나게 많은 카펫 타일 샘플 앞에서

108

1위의 카펫 기업이 됐지만, 환경적으로는 많은 탄소를 배출하고 엄청난 양의 폐기물을 발생시키는 기업 중 하나였다. 하지만 한 고객이 던진 "인터페이스는 환경을 위해 무엇을 하고 있는가?"라는 질문에 창업주인 레이 앤더슨(Ray Anderson) 전 회장은 자신의 방향성이 틀렸다는 생각을 하게 되었고, 그때부터 친환경적인 방향으로 사업을 전환하기 시작했다. 인터페이스는 현재 다양한 친환경 제품군을 만들어내고 있으며, 또한 2020년까지 탄소 배출 0%를 목표로 지속 가능한 발전을 위해 노력하고 있다. 실례로 그들이 폐어망에서 얻은 섬유를 이용해 만든 카펫은 거의 완전하게 재활용이 가능하다고 한다.

친환경적인 요소 없이도 이미 1위 기업으로 성공적인 시간을 보내고 있던 인터페이스가 시간적·금전적인 손해를 감수하고 업사이클링 사업을 진행하는 모습에서 단순한 사회공헌 차원이 아니라 진심으로 환경을 생각하는 기업의 모습을 엿볼 수 있었다.

또한 이러한 재활용 제품을 우선순위에 두고 구매해주는 소비자들이 바로 친환경적 기업 정신을 지킬 수 있는 원동력이라는 생각이 들었다. 재활용 제품에 대한 거부감이 많은 한국 사회에 인터페이스가 던져주는 메시지는 환경을 위한 경영, 그리고 지속 가능한 개발을 위해서는 기업과 소비자가 함께 책임감을 가지고 행동해야 한다는 것이었다. 이 메시지를 가슴에 담은 채, 런던에서의 시간을 마무리했다.

🔴 물이 부족한 곳은 어디든지 달려가는 아쿠아로니스

우리의 마지막 탐방지인 아쿠아로니스(Aqualonis)는 독일 뮌헨에 있는 작은 기업으로, 피터 트라우트바인(Peter Trautwein) 교수님이 CEO로 있는 안개 수집 기업이다. 트라우트바인 교수님은 대부분의 시간을 물이 부족한 지역에 안개 수집 장치를 설치해주고 그에 대한 교육을 하며 보낸다고 하셨다. 안개 수집 장치가 설치되는 지역은 주로 아프리카나 남미의 빈곤한 물 부족 지역이다.

교수님은 오랫동안 많은 안개 수집 장치를 디자인했으며, 지금도 계속해서 더 많은 물을 수집할 수 있는 장치를 만들기 위해 노력하고 있다고 하셨다. 그러면서 한국의 섬에 어떤 디자인이 적합할지 우리가 직접 실험해볼 수 있도록 가지고 있는 3D 메시까지 제공해주셨다.

또 교수님은 다양한 안개 수집 장치들의 장단점과 지형, 기후 특성에 따른 차이점 등을 자세히 설명해주셨다. 테네리페에서 우리가 방문한 기업에 대해서도 알고 계셨다. 마지막으로 한국의 섬 기후에 맞는 구조물을 설치하는 것이 가장 중요하다는 조언도 잊지 않으셨다.

아쿠아로니스와의 인터뷰를 끝내고 나오는 길에 피터 트라우트바인 교수님을 유럽 탐방 마지막에 만난 것이 정말 다행이라는 생각이 들었다. 지금까지 탐방하며 배운 내용들을 최종적으로 정리하고 구체적인 디자인을 생각해볼 수 있는 기회가 되었기 때문이다.

짧았던 2주간의 탐방은 이전의 다른 여행과는 다른 모습으로 우리에게 다가왔다. 국내에선 사용되지 않고 있는 안개 수집 기술에 대해 자세히 알게 된 것은 물론, 환경에 피해를 주지 않기 위해 노력하는 친환경 기업들을 방문하면서 우리의 업사이클링 구조물이 어떠한 모습으로 세워져야 하는지에 대해 방향을 잡을 수 있었기 때문이다. 앞으로 진행될 우리의 물 부족 해결 프로젝트가 국내 섬마을에 어떤 영향을 줄지 아직은 확신할 수 없지만, 이번 탐방을 통해 얻은 많은 경험과 소중한 인연은 항상 큰 힘이 되어 우리의 프로젝트 속에 녹아들 것이다.

목말 타기가 쉽지 않았지만 이렇게 찍은 사진이 표지에 사용되다니 보람이 있다

노력과 우연 그리고 행운이 깃든 인터뷰

ZSL과의 인터뷰가 있었던 날, 사실 우리 팀은 인터뷰에 대한 확답을 받지 못했었다. 하지만 지푸라기라도 잡는 심정으로 사무실로 향했고, 당연히 미리 약속이 되지 않은 미팅은 불가능했다. 우리는 어쩔 수 없이 사무실 앞 화단에 옹기종기 모여 앉아 혹시나 하는 마음으로 앞으로의 일정을 논의하고 있었다.

그렇게 약 2시간이 지났을까, 갑자기 이건호 대원이 누군가를 발견하고 달려가기 시작했다. 그가 발견한 사람은 우리가 만나고자 했던 네트-웍스 팀의 니콜라스 힐(Nicholas Hill) 박사님이었다. 원래는 재택근무를 하지만 그날만 특별히 회의가 있어 출근한 박사님을 운 좋게 만났고, 박사님의 도움으로 프로젝트의 운영 담당자인 다네시패이 씨와 인터뷰를 할 수 있었다. 인터뷰를 포기하지 않고 현장을 방문한 의지와 이건호 대원의 눈썰미가 합쳐져 기적과도 같은 만남을 이루어낸 것이었다. 게다가 다네시패이 씨도 신혼여행을 마치고 출근한 첫날이었다.

노력과 우연, 그리고 행운이 겹치면서 우리는 간절히 희망했던 인터뷰 기회를 얻을 수 있었다. 긴 시간이 지나도 기적과 같았던 그날 하루를 절대 잊을 수 없을 것 같다.

양승현

두 번째 도전 끝에 23기 LG글로벌챌린저에 합격했기에 그 누구보다 기쁜 마음으로 활동을 시작했습니다. 어려움도 있었지만 동생인데도 팀장이라고 존중해준 건호 형, 항상 듬직한 6년지기 친구 찬송이, 홍일점 윤정이까지 우리 팀과 함께했기에 고마웠고, 마지막까지 가능했다고 생각합니다.

이건호

앞으로 살면서 가장 가슴 벅찼던 때가 언제인지 되돌아본다면 LG글로벌챌린저에 도전한 2017년이 아닐까 싶습니다. 탐방 계획서 작성부터 면접, 그리고 탐방까지 어느 하나 쉬운 것이 없었지만 그 모든 것이 잊지 못할 추억이 됐고, 앞으로도 원동력이 될 것 같습니다. 함께해준 팀원들도 정말 고맙습니다.

조찬송

새로운 꿈을 꾸기엔 너무 늦었다고 생각했던 4학년 마지막 학기가 대학 생활 최고의 순간으로 바뀌었습니다. 항상 팀원들을 챙기느라 고생한 팀장 승현이, 사진과 영상 편집으로 고생한 건호 형, 그리고 홍일점으로 남자들 사이에서 힘들었을 윤정이, 후회 없는 대학생활을 만들어준 LG글로벌챌린저에게도 진심으로 감사합니다.

허윤정

스물여섯 살, 새로운 도전이 두려웠지만 우연히 도전한 LG글로벌챌린저는 스스로의 한계를 깨게 해준 감사한 기회였습니다. 팀원들과 함께 울고 웃으며 온전히 도전에 몰입할 수 있었던 순간순간들이 그 자체로 큰 행복이었고, 벅찬 시간이었습니다. 홍일점이라며 챙겨준 팀원들에게도 고맙다는 말을 전하고 싶습니다!

완벽은 없다!
불완전, 불안감을 역이용하라!

1 새로운 주제도 좋지만 해결된 문제도 다시 보자

우리 팀의 경우 공기 중의 물을 잡아내 섬마을의 물 부족 문제를 해결하는 주제를 선정했다. 사실 현재 섬에서는 해수 담수화를 통한 용수 공급이 이미 대안으로 사용되고 있으며, 빗물을 이용한 시설도 용수 공급의 한 축을 담당하고 있다. 하지만 해수 담수화는 높은 초기 비용과 이용에 따른 누적 비용 발생으로 주민들에게 큰 부담을 주고 있었으며, 빗물은 여름철에 강수량이 집중되기 때문에 갈수기에는 큰 도움이 안 되는 상황이었다.

이처럼 겉으로 보기에는 이미 해결된 것 같지만 깊이 보면 완벽하지 않은 해결책인 경우가 많다. 이렇게 넓게, 세세히 고민해본다면 주제는 얼마든지 찾을 수 있다.

2 마인드 컨트롤, 불안감을 역으로 이용하자!

주제를 선정하고 계획서를 작성하다 보면 '다른 팀과 주제가 겹치지는 않을까?' '혹여나 그 팀이 더 완벽하게 준비하지는 않았을까?' 계속 불안한 생각이 들기도 한다. 하지만 이런 걱정은 선정이 될 때까지 항상 곁에 머물러 있는 동반자와 같다. 불안감 때문에 초조해하기보다는 불안하니 더 충분하게 준비하겠다는 생각을 가져보자. 기계적인 완벽이 아니라 다방면으로 준비하고 아이디어를 낸다면 조금은 편안한 마음으로 도전할 수 있을 것이다.

모든 부분이 완벽한 계획서는 없다. 완벽하지 않다는 불안감을 역이용한다면 더 나은 결과물을 얻을 수 있을 것이다.

SOLA-R
경희대학교

폐태양광 패널,
새로운 가치를 찾다

팀명(학교) SOLA-R (경희대학교)

팀원 권호진, 박다원, 엄태균, 허다은

기간 2017년 8월 9일~2017년 8월 22일

장소 이탈리아, 독일, 벨기에
1. 코사토 (사실 SASIL)
2. 할레 (프라운호퍼 연구소 Fraunhofer Center for Silicon Photovoltaics)
3. 츠비카우 (로저 케미 Loser Chemie)
4. 데사우로 슬라우 (독일 환경청 Umwelt Bundesamt)
5. 브뤼셀 (유럽연합 집행위원회 환경부 European Commission Environment Directorate-General)

회의를 하다 무심코 창밖을 바라보다가 학교 건물 교내 옥상 곳곳에 꽤 많은 태양광 패널이 설치되어 있다는 사실을 알게 되었다. 태양광은 에너지 고갈 걱정이 없는 친환경 무공해 에너지 자원이다. 기술이 발전하며 태양광 패널의 효율이 높아지고 있어 화석연료의 대체 자원으로도 더욱 각광받고 있다. 과거에 비해 신재생에너지 활용이 점점 더 활성화되고 있다는 사실에 뿌듯함을 느낀 것도 잠시, 문득 '이 수많은 패널들은 영원히 사용할 수 있는 것인가?'라는 궁금증이 생겼다.

이 궁금증을 해결하는 과정에서 탐방 주제를 발견하게 되었다. 유리와 알루미늄, 실리콘, 납, 은, 구리 등의 소재로 이루어져 있는 태양광 패널의 수명은 약 25년이다. 수명이 다한 패널을 땅에 매립해버리면 중금속 오염의 위험이 크다. 앞으로 더 많은 태양광 패널이 설치될 전망이지만, 급증하는 폐패널의 처리에 대한 논의는 그 속도를 따라가지 못하고 있다. 적절한 대비책이 준비되지 않는다면 근 30년 이내에 폐태양광 패널로 인해 환경오염과 매립지 부족, 자원 낭비 등의 문제를 야기하게 될 것이다.

우리는 폐태양광 패널을 재활용해 새로운 가치를 창출할 수 있는 3R 체계(Recovery: 회수, Recycle: 재활용, Regulation: 규제)를 제안하고자 한다. 폐태양광 패널을 재활용하면 환경오염을 막을 수 있을 뿐만 아니라 폐패널에 들어 있는 유가금속들을 다시 사용해 경제적 이득을 얻을 수 있다. 유럽은 이미 폐패널 재활용 산업이 어느 정도 자리 잡고 있으며 제도를 통해 재활용을 의무화하고 있기에 유럽에서 폐태양광 패널 재활용 제도와 기술 등이 어떻게 작용되고 있는지 자세히 알아보기 위해 탐방을 떠났다.

폐태양광 패널을 남김없이 재활용하는 기업, 사실

첫 탐방은 이탈리아 밀라노 인근의 소도시 코사토에서 시작됐다. 대중교통과 택시가 없어 많은 주민들의 도움으로 겨우 도착한 사실(SASIL)은 산업 폐기물을 재활용 및 재사용함으로써 이윤을 추구하는 회사다. EU에서 '폐태양광 패널 100% 재활용'을 목표로 2012년부터 진행한 FRELP(Full Recovery End Life

사실의 CEO 라몬 씨에게 직접 설명을 듣는 중

Photovoltaic) 프로젝트에 참여했고, 현재 폐태양광 패널의 재활용에 관한 연구를 지속적으로 진행하고 있다.

직접 입구까지 나와 우리를 기다린 사실의 CEO 로도비코 라몬(Lodovico Ramon) 씨는 재활용에 대한 열정이 대단했다. 5시간이 넘는 인터뷰 시간 동안 우리는 FRELP 프로젝트의 공정과 재활용 기술에 대해 자세하게 배울 수 있었다. 또 공장을 돌아보며 재활용 공정을 직접 관찰할 수 있었다.

라몬 씨는 지금 당장은 폐패널이 적다고 생각할 수 있지만, 앞으로 기하급수적으로 증가할 것이기 때문에 폐패널을 재활용하는 방안이 반드시 필요하다고 강조했다. 그린 에너지인 태양광 에너지가 폐패널로 인해 오히려 환경오염을 일으키는 주범이 되어서는 안 된다며, 앞으로 발생될 문제를 미리 예측하고 해결하기 위해 노력하고 있다고 덧붙였다.

인터뷰를 진행하는 동안 라몬 씨가 자신의 프로젝트에 대해 큰 자부심을 갖고 있음을 느낄 수 있었다. 그동안 기업가는 무엇보다 수익을 우선시해야 한다고 생각해왔는데, 환경을 보호하기 위해 노력하는 라몬 씨를 보면서 우리는 새로운 기업가의 자세를 배울 수 있었다.

● 태양광 패널의 모든 것을 연구하는 프라운호퍼 연구소

아름답고 조용한 독일의 한 마을 할레에는 태양광 산업의 미래를 밝히고 있는 연구소가 있다. 태양광 관련 연구를 진행하고 있는 프라운호퍼 연구소(Fraunhofer Center for Silicon Photovoltaics)가 그 주인공이다. 공립 연구소인 이곳은 연구 기관이지만 실험실 연구에 그치지 않고 실제로 산업용 태양광 패널을 생산하고 재활용을 통한 사후 처리 기술까지 구현하고 있는 것이 특징이다. 이곳에서 우리는 태양광 재활용을 담당하고 있는 피터 돌드(Peter Dold) 박사님을 만날 수 있었다.

인터뷰의 시작은 박사님의 프레젠테이션으로 시작되었다. 돌드 박사님은 우리에게 독일의 태양광 패널 기술 및 연구 현황, 연구 방향 등에 대해 들려주셨는데, 여러 태양광 패널과 소재를 직접 가져와 보여주셔서 더 쉽게 이해할 수 있었다.

독일의 태양광 산업은 어느 나라보다 먼저 발전했으며, 관심도도 높은 편이다. 돌드 박사님은 독일은 자원이 풍부하지 않기 때문에 재활용을 통한 자원 획득에 앞장서고 있다고 설명하셨다. 한국도 자원이 부족한 국가 중 하나로, 태양광 산업에 대한 관심도도 높아지고 있다. 인터뷰를 하다 보니 독일의 폐태양광 패널 산업 현황이 더욱 궁금해졌고, 향후 탐방을 통해 더 많은 정보를 얻을 수 있을 거라 기대하며 인터뷰를 마무리했다.

피터 돌드

[Fraunhofer Center for Silicon Photovoltaics]

Q 폐태양광 패널 재활용은 어떤 경제적 효과가 있나요?

A 독일은 자원이 없는 국가입니다. 모든 원자재를 해외에서 수입해서 가공해야 하며, 이 때 드는 비용이 어마어마합니다. 하지만 이미 수명이 다한 제품에 사용된 원자재를 추출해 다시 사용할 수 있다면 수입에 드는 비용이나 원자재를 새로 가공함으로써 소모되는 에너지를 아낄 수 있습니다. 비슷한 이유로 한국 역시 자원이 없는 국가이기 때문에 재활용 산업이 자리를 잘 잡는다면 경제적으로 큰 몫을 해낼 수 있을 것이라고 생각합니다.

Q 한국과 같이 태양광 패널 사후 처리 시스템을 처음 구축하는 단계의 국가가 가장 중요하게 고려할 점은 무엇인가요?

A 제도, 수거, 재활용 처리 등 모든 시스템을 처음 구축하는 경우에는 그 국가의 지리적·상황적 특성에 맞는 시스템을 모색하는 것이 가장 중요합니다. 먼저 문제가 무엇인지 파악한 후 국내에 비슷한 문제점은 없는지, 있다면 그것을 어떻게 해결해가고 있는지 주목하는 것이 가장 효과적입니다. 만약 현재의 문제와 과거에 있었던 문제가 접점을 이룬다면 이미 구축되어 있는 해결 방안을 최대한 활용해 접근하는 편이 쉽습니다.

태양광
패널을 함께
보며 진행된
피터 돌드
박사님과의
인터뷰

재활용 기업의 생존 방법을 찾다, 로저 케미

프라운호퍼 연구소와 협력도 했던 로저 케미(Loser Chemie)는 화학적 공정을 연구하는 기업이다. 원래 태양광 관련 사업을 주로 하는 회사는 아니었지만, 폐태양광으로부터 새로운 가치를 찾아달라는 패널 제조업체의 제안으로 사업에 뛰어들었다. 현재는 재활용 기술 특허를 내고 폐태양광 패널을 재활용하는 기업으로 성장하고 있다. 이곳에서 우리는 CEO인 볼프람 팔츠쉬(Wolfram Palitzsch) 씨를 만나 폐태양광 패널 재활용 산업에 있어 사기업의 역할과 방향에 대해 들을 수 있었다.

폐태양광 패널을 재활용하기 위해서는 우선 폐태양광 패널 회수가 선행돼야 한다. 충분한 패널을 모으지 못한다면 재활용을 하더라도 손익분기점 이상의 수익을 내기가 어렵기 때문이다. 로저 케미에서는 간단한 방법으로 수거를 처리하고 있었다. 국가로부터 <u>친환경 기업 인증*</u>을 받아 소비자로부터 신뢰를 쌓고, 소비자가 필요할 때 직접 연락을 취해 폐패널에 회수하는 방식이었다. 로저 케미는 주로 B2B 비즈니스를 하기 때문에 폐패널의 양은 충분하다고 했다. 마지막으로 팔츠쉬 씨는 폐패널에서 얻을 수 있는 자원의 가치가 생각보다 높기 때문에 충분한 수익성을 낼 수 있으며, 간단한 공정을 개발하고 연구하는 것이 중요하다고 조언했다.

아직 한국에는 폐패널을 재활용하는 데 뛰어든 기업이 없다. 수익성 문제로 진입을 어려워하고 있기 때문이다. 하지만 로저 케미의 수익 모델에 대해 배우고 나니 앞으로 나올 많은 폐패널의 확보와 적절한 기술 개발이 함께 이루어진다면 기업 또한 다양한 역할을 할 수 있을 것이라는 확신이 들었다.

---

* **친환경 기업 인증_** 독일의 경우 전기·전자제품을 재활용할 수 있는 업체를 엄선해 친환경 인증 마크를 부여하며 환경적, 기술적, 경제적 조건을 충족하는 기관만이 이 인증을 받을 수 있음

선진 제도를 도입, 운영하는 독일 환경청

독일 환경청(Umwelt Bundesamt)은 독일 환경부에 소속된 기관으로, 환경에 관한 다양한 데이터를 모아 환경부에 과학적이고 전문적인 조언을 하거나, 환경적으로 위해하거나 환경법을 위반하는 행동이 일어나는지 감시하며 위반할 시 법적 대응을 담당한다. 인터뷰를 위해 환경청을 찾은 우리를 환경청 소속의 마티아스 파비앙(Mattias Fabian) 씨가 반갑게 맞아주었다. 독일에는 EU 위원회에서 만든 <u>전자 쓰레기</u>*와 관련된 지침, <u>WEEE(Waste Electrical & Electronic Equipment)</u>**를 토대로 만들어진 독일식 법 '일렉트로 G(Elecktro G)'가 있는데, 파비앙 씨는 이 법의 시행을 위한 다양한 연구 및 감시를 맡고 있었다.

우리가 폐태양광 패널 재활용 시스템을 구축하기 위해 가장 중요하다고 생각하는 것은 바로 '제도'다. 제대로 된 제도가 구축되지 않으면 기술 연구와 같은 여러 노력이 빛을 내기 힘들기 때문이다. 그 중요성을 일찍이 인지한 독일은 제도를 이미 구축해 실행하고 있었다.

파비앙 씨는 환경을 보호하는 것이 무엇보다 중요하다고 이야기했다. 폐패널의 문제는 단순히 수익을 낼 수 있는가 없는가하는 문제가 아니라, 환경 보호 차원에서 접근해야 한다는 말이었다. 흔히들 태양광 패널이 친환경적인 에너지 공급 방식이라 생각하지만, 폐태양광 패널에 대한 관리가 마지막까지 철저히 이루어져야만 진정한 의미의 신재생에너지의 활용임을 다시 한 번 깨달았다.

---

* **전자 쓰레기_** 낡고 수명이 다한 여러 가지 형태의 전기·전자제품을 지칭하는 표현. 유럽과 달리 우리나라에서는 법적으로 '전류나 전자기장에 의해 작동하는 기계·기구'만을 전기·전자제품으로 규정하고 있어 폐태양광 패널은 이에 포함되지 않으므로, 곧 국내에서 폐패널의 처리 의무가 법적인 영향력 밖에 있음을 의미함
** **WEEE_** WEEE 지침은 유럽에서 전기·전자폐기물이 문제로 대두되던 2012년에 제정되었으며, 이 지침에서는 본래 대형 가전, 소형 기기, 디스플레이 설비만을 대상으로 친환경적 처리를 의무화하고 있었는데, 2012년부터 태양광 패널도 전기·전자 폐기물로 취급하도록 개정해 폐태양광 패널 처리에 대한 제도·회수·기술적 인프라를 구축하도록 했음

● EU 가입 국가의 환경 규제를 담당하는 유럽연합 집행위원회

유럽연합 집행위원회(European Commission)는 EU의 행정부 역할을 담당하는 기구로, 각종 정책을 입안하고 결정된 정책을 회원국이 적절히 실행하는지 감독하는 곳이다. 집행위원회의 환경부에서 우리는 WEEE 지침과 전기·전자제품 유해 물질 사용 제한 지침(RoHS, Restriction of the Use of Hazardous Substances)을 담당하는 미쉘 카노바(Michele Canova) 씨와 캐롤리나 차즈보르코바(Karolina

1_ 로저 케미에서 함께 자료를 보며 폐패널 재활용에 대한 설명을 듣고 있다
2, 3_ 기차에서도 멈출 줄 모르는 파비앙 씨와의 인터뷰와, 마무리 후 박다원 대원, 허다은 대원, 파비앙 씨,
슈트로벨트 씨, 엄태균 대원이 함께 찍은 사진

팀명 'SOLA-R'이 적힌 깃발을 든 엄태균, 박다원, 허다은 대원

Zazvorkova) 씨를 만날 수 있었다.

RoHS는 전자제품의 생산과 공급 과정에 있어 환경에 미치는 영향을 사전에 관리하는 것이고, WEEE는 그런 제품들이 수명을 다했을 때 환경에 미치는 영향을 최소화하는 사후 처리에 관한 지침이다. WEEE 지침은 전자 쓰레기를 함부로 처리할 경우 그 안에 함유되어 있는 구리나 납 같은 성분이 유출되어 인간과 환경에 안 좋은 영향을 끼칠 수 있기 때문에 만들어졌다. 하지만 환경 관련 지침이라고 해서 환경에 미치는 영향만을 고려해 만들어진 것은 아니다. 독일을 포함한 EU 대부분의 국가는 현재 대부분의 유가금속을 수입에 의존하고 있는데, 전자제품들을 효과적으로 재활용할 경우 폐제품에서 뽑아낸 금속을 통해 수익을 창출할 수도 있고, 나아가 새로운 제품을 만드는 등의 경제적 이익도 추구할 수 있다.

카노바 씨는 폐태양광 패널이 WEEE 지침에 편입된 지 얼마 안되었다고 했다. 다른 전자제품에 비해 폐기되는 수량이 매우 제한적이기 때문인데, 원활히 WEEE 지침이 적용되기 위해서는 데이터를 활용한 수거, 공정 인프라 구축과 정확한 수거를 위한 시민들의 참여가 필수라고 덧붙였다.

인터뷰가 마무리되어 갈 즈음 두 분이 갑자기 인터뷰를 1분만 중단할 수 있냐며 양해를 구했다. 인터뷰가 이뤄진 날은 8월 18일로, 13명이 사망하고 100명이 넘는 사람들이 피해를 입은 바르셀로나 테러 사건의 다음 날이었다. 유럽을 상대로 한 테러가 늘어나면서 희생자들을 추모하기 위해 EU에서는 '묵념의 시간(Moment of Silence)'이라는 추모식을 진행한다. 12시 정각이 되자 웅성웅성하던 복도가 조용해지면서 사람들이 가던 길을 멈춰선 채 1분간 묵념을 진행했고, 우리도 일련의 사건들로 희생된 분들을 생각하며 묵념에 동참했다. 추모의 시간이 지나자 사람들은 다시 일상으로 돌아왔다. 평화의 가치에 대해 생각하게끔 한 짧지만 소중한 시간이었다.

EPISODE

이탈리아에서 히치하이킹을

대망의 첫 기관을 방문하러 가던 날, 우리는 부푼 마음으로 기차를 타고 이탈리아의 작은 마을 코사토로 향했다. 원래는 기차역에 도착해 탐방 기관까지 택시를 타고 갈 계획이었지만, 도착하자마자 온몸으로 느껴지는 고요함과 평화로움이 우리를 불안하게 만들기 시작했다. 간신히 할아버지 한 분을 찾아 여쭤봤더니, 역시나 슬픈 예감대로 이곳에 택시는 없다는 대답이 돌아왔다. 금세 약속 시간 30분 전으로 다가왔고 차로는 10분 거리지만 걸어가면 1시간이 훨씬 넘게 걸린다는 마을 사람들의 대답으로 인해 우리는 히치하이킹을 하기로 결심했다. "브루스넨고 갑니다, 도와주세요!(Brusnengo, Help!)"가 적힌 분홍색 종이를 들고 달려오는 차를 향해 정신없이 헬프를 외쳤지만 아무도 우리 앞에 멈춰주지 않아 절망하고 있을 때, 우리 뒤에 있던 가게에서 아주머니 한 분이 걸어 나오셨다. 일전에 길을 물어봤던 아주머니셨는데, 우리가 안쓰러워 보였는지 데려다준다고 하셨다. 그렇게 아주머니 덕분에 간신히 제 시간에 도착해 첫 인터뷰를 성공적으로 진행할 수 있었다. 그리고 며칠 후, 우리는 메일함에서 사실의 대표님이 보내신 '마중 나와주길 원하냐'고 물어보는 내용의 메일을 뒤늦게 발견했다.

새로운 분야, 새로운 세계, 새로운 가치를 찾을 수 있었던 시간이었습니다. 그리고 대학 생활의 마지막 활동이자 마지막 기회였습니다. 새로운 과제에 도전하는 설렘을 느낄 수 있는 LG글로벌챌린저! 2017년을 대표하는 기억으로 남았습니다.

권호진

LG글로벌챌린저 활동은 생소하기만 했던 이공계 분야의 주제에 대해 누구보다 깊게 파고들 수 있는 아주 값진 시간을 선물해주었습니다. 세상이 필요로 하는 융·복합 인재가 되기 위한 좋은 훈련이었습니다!

박다원

LG글로벌챌린저는 고민만 한가득인 채 방황하던 저에게 앞으로의 삶에 대해 생각할 시간을 준 소중한 경험이었습니다. 나중에 이 책을 펼쳤을 때 조금 더 밝은 미래를 위해 힘쓰는 사람이 되어 있다면 행복할 것 같습니다. 함께해준 팀원들에게도 감사합니다.

엄태균

때때로 앞길이 아득하기만 했던 활동도 어느새 끝이 보입니다. 책상에 앉아 공부하고 유명 관광지를 돌아보는 것을 넘어, 직접 발로 뛰며 탐방하는 값진 기회를 만나 행복했고, 대학 생활 막바지에 함께 소중한 경험을 나눈 팀원들이 있어 또 한 번 행복합니다.

허다은

나도 너도, 관계자도
모두가 하나씩은 전문가!

① 역할 분담, 나를 알고 팀원을 알자!

우리 팀은 팀원 각각의 강점을 잘 파악해 역할을 분담함으로써 효율적으로 탐방을 진행할 수 있었다. 각자의 역할을 나누어 잘하는 분야에 중점을 두고 탐방을 준비했는데, 기획을 잘하는 팀원, 디자인을 잘하는 팀원, 영어 인터뷰를 진행하는 팀원, 그리고 방향 감각이 탁월한 팀원 등 각자의 강점을 발휘해 성공적으로 탐방을 마칠 수 있었다. 이렇게 서로의 성향과 강점을 잘 파악하고 적합한 역할을 분담한 다음 신뢰를 바탕으로 함께하면 항상 좋은 팀워크를 유지할 수 있다.

② 주제 선정, 전문가의 추천을 받아보자!

사전 조사를 하며 공부한 논문의 '참고 문헌'에 주목한 것이 우리 팀의 기관 선정 노하우다. 전문가가 참고한 자료라면 그만큼 신빙성이 있다는 뜻! 또 해당 국가의 공공 기관 관련 부서에 탐방할 만한 기관 추천을 부탁하는 것도 좋은 섭외 방법이다. 우리는 그렇게 사용된 참고 문헌을 발행한 기관과 공공 기관의 추천을 받은 곳을 중심으로 섭외를 시도했다. 시간 여유가 있을 땐 시차에 구애받지 않는 전자우편으로, 탐방 시작 한 달 전 시점부터는 직접 전화를 해 섭외를 부탁하는 것이 효과적이다.

인공 광합성으로
신의 영역에 도전하다

팀명(학교) 그리닝 (국민대학교)

팀원 김용호, 김윤주, 이길아, 이윤수

기간 2017년 8월 15일~2017년 8월 28일

장소 미국
1. 뉴욕 (국제연합본부 United Nations Headquarters)
2. 롤리 (노스캐롤라이나주립대학교 North Carolina State University)
3. 보스턴 (하버드대학교 Harvard University)
4. 샌프란시스코 (인공광합성합동연구소 JCAP, Joint Center for Artificial Photosynthesis)

현재 세계는 화석연료 고갈에 대비해 새로운 대체 에너지를 찾는 데 몰두하고 있다. 우리는 에너지 고갈 문제, 환경 문제를 해결할 수 있는 새로운 대체 에너지에 대해 고민했고, 오랜 조사 끝에 인공 광합성 기술에 대해 알게 되었다.

인공 광합성은 식물의 광합성을 모방한 원리로 이산화탄소, 물, 햇빛을 받은 태양전지가 청정에너지를 생산하고, 궁극적으로 인간에게 유용한 화합 물질을 만들어내는 기술이다. 오직 물, 이산화탄소, 햇빛만을 사용하기 때문에 청정하며 고갈될 우려가 없다는 점이 가장 큰 장점이다. 또 이산화탄소를 자원화한다는 점에서 다른 대체 에너지와 차별화되고, 환경문제를 적극적으로 해결할 수 있다. 우리는 만약 인공 광합성 기술을 이용해 대체 에너지는 물론 포도당을 생성할 수 있다면 빈곤과 기아에 시달리는 개발도상국들의 식량 부족 문제까지 해결할 수 있을 것이라 생각했다.

우리의 최종 목표는 인공 광합성 기술을 이용해 에너지 고갈 문제와 환경문제, 그리고 식량 문제까지 모두 해결 가능한지 확인하는 것이다. 현재 이에 대한 연구가 어느 정도 진척되고 있는지 알아보기 위해 우리는 인공 광합성 분야에서 가장 선진화된 기술을 보유하고 있는 미국으로 향했다.

식량 문제에 대처하는 국제사회의 노력

14시간의 비행 끝에 처음으로 도착한 곳은 세계 경제, 문화, 무역의 중심지 뉴욕이었다. 뉴욕의 상징 중 하나인 옐로 캡(Yellow Cab)을 볼 때마다 마치 미국 드라마의 한 장면을 보는 듯한 느낌도 들었다.

뉴욕에 도착한 다음 날, 시차 적응이 덜 된 몸을 이끌고 국제연합본부(United Nations Headquarters)를 방문했다. 국제연합본부를 방문한 이유는 에너지, 환경, 식량 문제를 해결하기 위해 세계가 함께 어떠한 노력을 기울이고 있는지 전문가의 자문과 자료를 바탕으로 정확히 파악하고 싶어서였다.

우리는 국제연합본부 소속의 문두리 공보정보관을 만나 내부 투어를 시작했다. 투어를 통해 UN의 역사와 역할에 대한 설명을 들은 후, 세계의 에너지·환경·식량 문제에 대해 UN이 맡고 있는 역할에 대해 배울 수 있었다.

UN은 현재 세계식량계획(WFP, World Food Programme)*, 유엔환경계획(UNEP, United Nations Environment Programme)** 등 다양한 산하기관을 두어 각 문제를 해결하기 위해 노력하고 있다. 세계식량계획은 굶주리는 사람들에게 식량을 원조하고, 유엔환경계획은 국제사회가 환경의 변화에 따라 적절한 조치를 취할 수 있도록 협력을 촉구하는 등의 활동을 하고 있다. 하지만 UN의 노력에도 불구하고 아직 많은 문제들이 해결되지 못한 채 남아 있다. 도쿄의정서, 파리기후협약 등 각지에서 다양한 규범들이

1_ 국제연합 본부 앞 대형 지구본을 배경으로 성공적인 첫 탐방을 기원하며
2_ UN본부 역대 사무총장의 사진 사이에서 만난 반기문 전 사무총장님 사진 앞에서

만들어지고 있지만 경제적 손실을 감수해야 하기에 잘 지켜지고 있지 않아 그 효과가 미미하다는 것을 알 수 있었다. 우리는 단순히 규범을 만들어 강요하는 것 이상으로, 다른 방향에서 문제에 접근할 필요가 있음을 다시 한 번 실감했다.

---

* **세계식량계획**_ 세계 식량 안보와 극빈국의 농업 개발 문제, 식량 개발에 관한 정책토의, 식량 원조 모금, 개발도상국의 식량 자급 정책에 관한 지원을 하는 UN 산하 기구
** **유엔환경계획**_ 환경 문제를 다루는 UN 산하 국제기구

● 인공 광합성으로 포도당 생성이 가능할까?

뉴욕을 떠난 우리는 따뜻한 햇볕과 여유가 넘쳐흐르는 노스캐롤라이나의 조용한 마을, 롤리로 이동했다. 뉴욕에서 롤리까지는 그레이하운드 버스로 14시간이 걸리는데, 야간 버스로 이동하면 숙박비를 아낄 수 있다는 생각에 저녁 10시 30분에 출발하는 버스를 예매했다. 그렇지만 결과적으로 좋은 선택은 아니었다. 롤리에 후 도착한 하루 종일 냉방병과 피로에 시달렸기 때문이다.

롤리는 동화 속에 나올 듯한 작고 조용한 시골 마을이었다. 마천루의 뉴욕과 달리 단독주택으로 이루어져 있었는데 우리 숙소도 그중 하나였다. 영화에서나 볼 수 있는 넓고 안락한 내부가 아직도 생각난다.

다음 날 우리는 하오 루(Hao Lu) 박사님과의 인터뷰를 위해 노스캐롤라이나 주립대학교(North Carolina State University)를 방문했다. 하오 루 박사님은 인공 광합성 기술을 이용해 포도당 생산 연구를 진행하고 계신 분이다.

우리는 박사님께 인공 광합성 기술을 이용해 포도당 생성이 가능한지, 만약 가능하다면 어떤 조건이 요구되는지 여쭤보았다. 박사님께서는 아주 미세한 양이지만 이산화탄소를 이용해 포도당을 만들어냈다고 답해주셨다. 하지만 지속적으로 포도당을 생성하기 위해서는 광원, 온도, RuBP***와 ATP****의 초기 농도가 특정한 조건을 만족해야 하기 때문에 까다로운 데다 비용 문제도 있다고 덧붙이셨다. 포도당 생성 연구는 극초기 연구 단계이기 때문에 이러한 한계는 어쩌면 당연하며, 향후에는 이러한 한계들을 충분히 극복할 수 있다는 말로 인터뷰를 마무리하셨다. 박사님의 마지막 말에서 우리는 인공 광합성 기술을 이용해 식량 문제 해결에 한 걸음 더 가까워지고 있음을 알 수 있었다.

*** RuBP_ 식물의 암반응 과정에서 이산화탄소 수용체로 작용하는 물질로, 포도당 생성을 이끄는 역할을 함
**** ATP_ 탄수화물이나 지방과 같은 저장 연료가 분해되면서 얻어지는 물질로, 생물이 살아가는 데 필요한 에너지를 제공함

하오 루
[North Carolina State University, Weaver Laboratories]

Q 하오 루 박사님의 대표 논문이자 연구 주제인 '단백질 기반의 인공 광합성 시스템에서 포도당 합성' 연구의 중요성과 그 필요성에 대해 알려주세요.

A 인공 광합성 분야는 매우 광범위해서 연구 분야가 다양합니다. 저는 에너지 생산 연구에 주력하고 있는 대부분의 연구소들과 다르게 포도당 생성에 초점을 맞추고 연구를 진행하고 있습니다. 인공 광합성은 명반응과 암반응, 두 부분으로 나눌 수 있습니다. 명반응에서는 태양전지가 빛을 이용해 ATP를 합성하고, 암반응에서는 빛을 사용하지 않고 ATP를 사용해 포도당을 생성하는데, 저의 연구는 이 전체적인 과정을 다루고 있습니다. ATP의 사용량에 따른 포도당의 생산량을 확인하는 것이 주된 목표인데, 포도당 생산량은 ATP뿐만 아니라 빛의 양과 온도에도 영향을 받습니다. 쉽게 말하자면 다양한 조건에서 포도당 생산량을 비교하는 것이 이 연구의 핵심입니다.

Q 인공 광합성 기술로 포도당 생산이 가능할까요?

A 물론 가능합니다. 연구 진행 과정에서 이산화탄소와 물을 사용해 포도당을 생산할 수 있다는 것을 확인했습니다. 하지만 여러 가지 조건으로 인해 포도당 생산이 쉽지는 않습니다. 예를 들면 포도당 생산을 위해서는 단백질이 필요한데, 어떤 단백질의 가격은 매우 비싸고, 또 다른 단백질은 약 4~5도의 저온일 때만 활성화됩니다. 이러한 조건을 충족시켜 인공 광합성을 통한 포도당 생산을 상용화하는 것이 저의 최종 목표입니다.

하오 루 박사님과의 인터뷰 현장

인공 광합성 분야의 최고 권위자인 노세라 교수님의 등장에 모두가 긴장!

● 인공 광합성의 무한한 가능성을 확인하다

미국독립전쟁의 심장이자 오랜 역사를 가진 보스턴은 고풍스러운 건축물과 붉은 벽돌로 인해 여타 도시들과는 다른 분위기를 자아내고 있었다. 역사가 깊은 보스턴에는 유명한 대학들이 많은데, 그중 하나가 우리가 방문한 하버드대학교(Harvard University)다.

　우리는 인공 광합성 분야에서 최고 권위자라고 불리는 다니엘 노세라(Daniel Nocera) 교수님의 연구실에 방문했다. 바이오닉 잎(Bionic Leaf)*과 인공 비료**생산에 대한 정보를 얻기 위해서였다.

---

* **바이오닉 잎_** 인공 잎의 표면에 박테리아를 결합한 바이오태양전지로, 인공 잎은 에너지만 생산할 수 있지만 바이오닉 잎은 박테리아의 종류에 따라 생산할 수 있는 화학물질의 수가 매우 다양함
** **인공 비료_** 원래 인공 비료는 질소, 인, 칼륨 등을 포함한 광물질의 비료를 의미하나, 바이오닉 잎으로 생산된 인공비료는 암모니아로 구성되어 있음

노세라 교수님은 다른 인공 광합성 연구 기관과 다르게 인공 잎(Artificial Leaf)*
이 아닌 바이오닉 잎에 초점을 두고 연구를 진행하고 있다. 인공 잎은 인공 광
합성 연구에 사용되는 가장 기초적인 태양전지로, 물과 이산화탄소를 이용해
에너지를 생산한다. 하지만 이산화탄소를 이용하기 위해서는 탄소와 산소의
이중결합을 풀어야 하는데, 이때 보다 높은 에너지가 요구된다. 노세라 교수님
은 이 문제를 해결하기 위해 인공 잎의 표면에 박테리아를 추가로 결합한 바이
오닉 잎을 개발하셨다. 태양전지 표면에 주입된 특정 박테리아가 호흡을 통해
생장하면서 인간에게 유용한 화학물질을 제공하는 것이다.

노세라 교수님과의 인터뷰를 통해 우리는 인공 광합성 태양전지 표면에 랄
스토니아 유트로파(Ralstonia Eutropha) 박테리아를 주입하면 인공 비료를 생산
할 수 있고, 크산토박터(Xanthobacter) 박테리아를 주입하면 바이오플라스틱을
생산할 수 있다는 사실을 알게 되었다. 박테리아의 종류가 달라질 때마다 각기
다른 화학물질을 생산할 수 있다니! 인공 광합성 기술은 우리의 예상보다 무궁
무진한 가능성을 가지고 있었다.

🔴 인공 광합성의 한계를 극복하다

뉴욕에서 샌프란시스코까지는 비행기로 6시간이 소요된다. 오랜 비행 후 샌프
란시스코에 도착한 우리를 마중 나온 것은 바람이었다. 바람이 시도 때도 없이
불어왔는데, 이런 바람은 샌프란시스코를 떠나는 날까지 지속됐다. 그래서 우
리는 샌프란시스코를 바람의 도시라고 불렀다. 또 샌프란시스코는 세계에서
여름이 가장 추운 도시답게 8월의 한여름에도 15도 안팎의 날씨를 자랑했다.

우리가 샌프란시스코에서 인공 광합성 에너지 부분에서 세계 최고의 기술

---

* **인공 잎**_ 카드 정도 크기의 첨단 태양전지로, 자연 광합성의 10배에 이르는 효율로 물을 산소와 수소로 분리할 수
있으며 이때의 수소는 친환경 연료로도 사용 가능함

을 가지고 있으며 수많은 관련 기관과 협력 연구를 진행하고 있는 인공광합성합동연구소(JCAP, Joint Center for Artificial Photosynthesis)를 방문했다. JCAP는 햇빛을 이용해 물을 분해해서 수소를 생산하고, 생성된 수소를 에너지원으로 사용

JCAP 실험실을 탐방하며 관련 기술에 대한 소개를 열심히 듣는 길아, 윤주, 용호 대원

하는 것에 초점을 맞춰 연구를 진행하고 있다. 현재 인공 광합성의 가장 큰 한계는 효율이 낮다는 것이기에 인공 광합성 분야를 가장 오랫동안 연구한 JCAP에서 이 문제에 대해 어떻게 접근하고 있는지 알아보고 싶었다.

우리는 JCAP에서 직접 실험실을 돌아다니며 현재 진행 중인 실험에 대해 설명을 듣고 장비들을 직접 관찰했다. 연구원인 프란시스 홀(Frances Houle) 씨는 현재 JCAP에서 연구 중인 인공 광합성 태양전지의 효율이 평균적으로 10% 정도이며, 상용화가 되기 위해서는 20% 이상이 되어야 한다고 설명했다. 또한 다양한 환경에서도 일정하게 작용할 수 있는 안정성과 1만 시간 이상의 수명도 중요한 고려 사항이라고 덧붙였다. 효율을 높이기 위해서는 태양전지가 다양한 영역의 빛의 파장을 흡수할 수 있도록 물질의 구조를 변경해야 하는데, JCAP에서는 이를 위해 물리, 화학, 반도체, 재료 등 다양한 분야의 전문가들이 협력해 기술 개발에 몰두하고 있다.

아직 걸음마 단계인 인공 광합성 기술의 상용화 가능성을 엿본 한편, 훌륭한 연구 환경과 인력, 가능성에 대한 아낌없는 투자가 연구의 성과로 귀결된다는 것을 새삼 깨달은 탐방이었다.

김용호

LG글로벌챌린저는 인생의 전환점이 된 활동입니다. 인생에서 새로운 것에 도전할 수 있는 용기를 얻을 수 있는 좋은 기회였습니다.

김윤주

매순간이 낭만 그 자체였습니다. 우연히 발견한 논문 하나 때문에 얼굴도 나이도 모르는 사람을 만나기 위해 지구 반대편까지 떠났던 그 순간들을 아직도 잊을 수 없습니다.

이길아

보이지 않는 사소한 배려가 옳은 미래를 만듭니다. 팀원들과 함께 상대방의 입장에서 먼저 생각하고 배려했기에 더 좋은 결과가 있을 것이라 생각합니다.

이윤수

누군가는 무모한 도전이라 생각할 수 있습니다. 저 역시 확신은 없었지만 열정은 가득했기에 무모하게 지구 반대편으로 떠났고, 결국 이렇게 후기를 남기게 되었습니다.

생각을 넓히면 다른 길이 보인다!

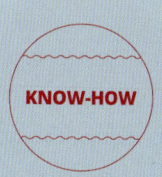

① 주제 선정, 응용하고 확장해보자

참신한 아이디어를 바탕으로 주제를 선정하는 것도 훌륭하지만 그것이 어렵다면 기존에 나와 있는 기술들을 응용·확장하는 것도 좋은 방법이다. 우리 팀의 주제인 인공 광합성은 기존에 존재하는 기술이지만, 에너지 영역을 넘어 식량 생산의 가능성까지 영역을 확장했기 때문에 합격할 수 있었던 것 같다.

② 탐방 기관 섭외, 대표 번호보다는 담당자 번호를 찾자

탐방 기관을 섭외하는 것은 매우 어렵고 힘든 일이다. 아마 연락한 기관의 90% 이상에서 답신이 오지 않을 가능성이 크다. 그럴 때에는 사이트 대표 번호나 이메일로 연락을 하기보다는 연구원들에게 연락을 돌리는 것이 더 좋은 방법이 될 수 있다. 각 연구원들의 전공과 소속되어 있는 부서에 대해 미리 조사한 뒤, 이를 바탕으로 정중하게 연락해보자. 혹시 한국 분이 소속되어 있다면 사정을 설명하고 그분의 도움을 받는 것도 좋은 방법이다.

바나나,
천연 생리대로 다시 태어나다

팀명(학교) 우리한테 반하나 (성신여자대학교)

팀원 전다은, 조은영, 주은영, 최혜진

기간 2017년 8월 6일~2017년 8월 19일

장소 독일, 영국
1. 라이프치히 (세이덴트라움 Seidentraum)
2. 크레펠트 (크레펠트 섬유박물관 Krefeld Textilmuseum)
3. 플린트 (나이스팍 Nice-pak)
4. 리즈 (부직포혁신연구센터 NIRI, The Nonwovens Innovation & Research Institute)
5. 런던 (공정무역재단 Fairtrade Foundation)
6. 런던 (유럽 일회용품 및 부직포 연합 EDANA, European Disposables & Nonwovens Association)
7. 런던 (흡수체위생용품 제조자연합 AHPMA, Absorbent Hygiene Products Manufacturers Association)

생리대는 여성의 필수품이자 의약외품으로 안전성이 필수적이다. 그러나 현재 우리나라에서는 일회용 생리대의 독성 물질 논란으로 소비자들의 불안감이 높아져 있는 상황이다. 그래서 우리는 안전성이 확보된 새로운 생리대에 대한 고민을 시작하게 됐고, 그 결과 천연섬유, 특히 바나나 섬유로 만든 일회용 천연 면 생리대라는 아이디어를 생각해내게 되었다.

바나나 섬유는 흡습성이 우수하기 때문에 생리대에 적합한 소재인 데다, 버려지는 바나나 줄기와 잎으로 만들기 때문에 친환경적이다. 이렇게 안전과 환경, 두 요소가 모두 충족된 바나나 생리대는 소비자의 불안감을 종식시키고 생리대 시장에서 새로운 패러다임을 열 수 있을 것으로 예상했다. 우리는 바나나 섬유를 포함한 천연섬유에 대한 이해를 도모하고, 생리대로의 상품화 가능성을 알아보기 위해 13박 14일의 탐방을 떠나기로 했다. 친환경 제품에 대한 인식이 높고, 천연섬유 제품이 상용화돼 있는 독일과 영국을 탐방 국가로 선정했다.

🔴 바나나 섬유의 가치를 재확인하다

라이프치히는 독일 작센 주 남서부에 위치한 공업 도시로, 아름다운 경관을 자랑한다. 우리가 출발한 프랑크푸르트 역에서 라이프치히까지는 3시간이 걸리는 조금 먼 여정이었지만, 첫 인터뷰를 앞두고 있었기에 그 시간도 큰 설렘으로 다가왔다.

세이덴트라움(Seidentraum)은 바나나 섬유를 포함한 여러 천연섬유를 판매하는 1인 기업으로, 우리는 이곳의 대표인 마티아스 랭거(Matias Langer) 씨와 인터뷰를 했다. 랭거 씨는 우리를 반갑게 맞이하며, 천연섬유의 종류와 각각의 생산 공정에 대해 설명해주었다. 또한 우리의 질문에 매우 정성스럽게 답해주고, 조언을 아끼지 않았다.

인터뷰를 통해 우리는 바나나 섬유가 바나나의 줄기와 잎으로 만들어지기 때문에 가격이 낮고 실크와의 혼방도 가능하다(부드러운 질감을 얻기 위해 필요한 과정이다)는 정보를 알게 됐다. 그는 천연 제품은 특별히 더 안전성과 친환경성을 증명할 수 있는 인증 과정이 매우 중요하다고 조언했다.

인터뷰가 끝난 후, 랭거 씨는 사무실에 있는 섬유들을 직접 보여주며 섬유의 이름과 원재료에 대해서 꼼꼼히 설명했다. 순전히 섬유에 대한 관심으로 사업을 시작했다는 말처럼 섬유를 만지는 손길 하나하나에서 관심과 애정이 느껴졌다. 많은 양의 섬유를 관리하고 판매하는 건 쉽지 않은 일이기에 감탄이 절로 나왔다. 랭거 씨가 우리 프로젝트에 보여준 애정에 감사하면서도 한편으로는 무거운 책임감이 느껴졌다.

사실 첫 탐방 기관인지라 설렘과 기대만큼 걱정도 많았는데, 랭거 씨의 친절과 배려 덕분에 걱정은 눈 녹듯 사라졌다. 우리는 다음을 기약하며 라이프치히를 두 눈에 담아 돌아왔다. 세이텐트라움은 아름답게 빛나는 라이프치히만큼 우리에게 소중하고 뜻깊은 첫 탐방 장소로 기억에 남아 있다.

다양한 천연섬유 샘플을 챙겨주는 마티아스 랭거 씨

● 독일의 섬유 역사를 한눈에 볼 수 있는 크레펠트 섬유박물관

우리는 섬유의 역사를 비롯한 배경지식을 배우고자 크레펠트 섬유박물관 (Krefeld Textilmuseum)에 다녀왔다. 크레펠트는 독일 노르트라인베스트팔렌 주에 있는 도시로, 독일의 섬유 산업이 시작된 곳이다. 대도시일 것이라는 예상과는 달리 매우 평화롭고 정적인 도시였는데 역에서 박물관까지 걸어가는 길목 하나하나가 전부 동화 속에서 튀어나온 것처럼 예뻤다.

　섬유박물관은 마을 주민들과 친환경 섬유를 보기 위해 찾아온 관광객들로 매우 북적였다. 크레펠트가 섬유 산업의 시작점인 것을 방증하듯, 이 박물관에는 다양한 섬유가 전시되어 있었는데, 섬유로 만든 공예품과 미술 작품의 수도 상당했다. 섬유를 생활용품뿐 아니라 예술로 활용하는 크레펠트 사람들의 지혜에 절로 감탄사가 나왔다. 그리고 여러 가지 천연섬유가 가방이나 옷, 브로치, 스카프 등으로 활용된 것을 보면서 우리가 이 프로젝트에서 염두에 두었던 제품을 생리대 외에 여러 산업으로까지 확장할 수 있지 않을까 하는 생각도 해보았다.

'우리한테 반하나 팀 왔다 갑니다 ^_^' 크레펠트 섬유박물관에 남긴 글

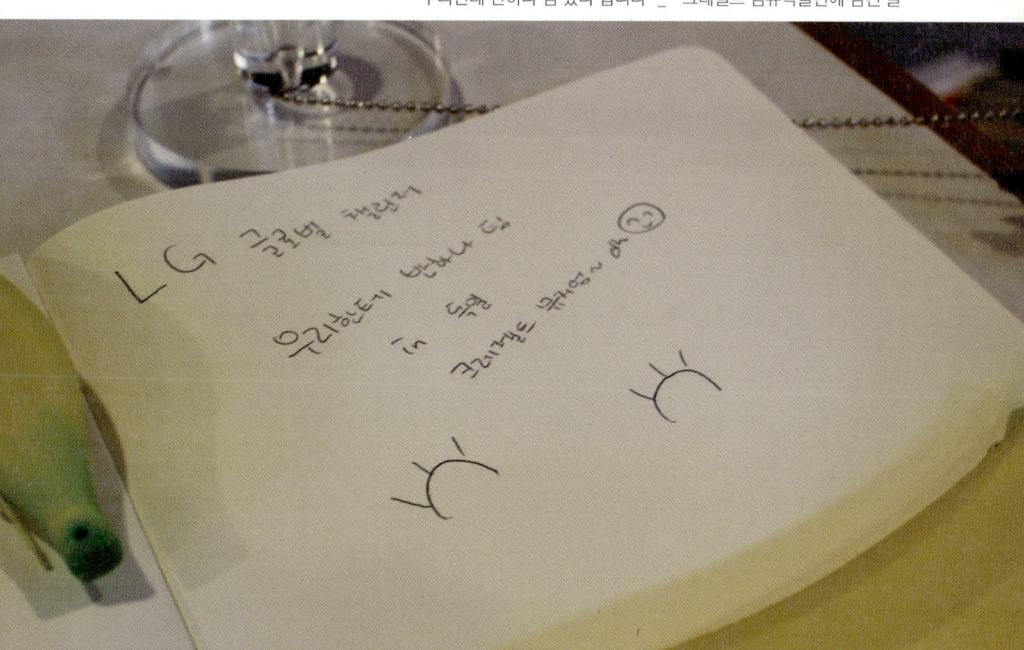

생리대 소재가 되는 부직포를 배우다

물티슈를 전문으로 생산하는 기업인 나이스팍(Nice-pak)은 영국 웨일스 지역의 플린트라는 도시에 위치해 있다. 웨일스 지역의 영어는 평소 우리가 듣던 것과는 억양이 매우 달랐기 때문에 처음 이곳에 도착했을 때는 무척 당황했지만 그만큼 보통의 영국과는 다른, 고유한 개성이 있는 멋진 도시로 느껴졌다.

우리는 나이스팍의 마케팅 매니저인 이안 앤더슨(Ian Anderson) 씨를 만나 위생용품 생산에 필요한 다양한 정보를 얻을 수 있었다. 나이스팍에서 전문적으로 생산하고 있는 물티슈의 원료는 워터 젯(Water Jet)*으로 만든 스펀레이스(Spunlace)** 부직포로, 앤더슨 씨는 물티슈를 포함한 위생용품 생산에 있어 가장 중요한 것은 바로 착용감이라고 말했다. 소비자가 제품을 사용했을 때 촉감이 부드럽고 이질적이지 않아야 한다는 것이었다. 특히 생리대는 여성의 몸 가운데 가장 예민한 피부에 닿기 때문에 물티슈보다 더 세밀한 과정이 필요하다고 조언했다.

그는 우리의 아이디어인 바나나 생리대에 대해 마케팅 측면에서 기존의 일회용 생리대와는 분명한 차별성을 가질 것이며, 바나나 생리대만의 장점을 소비자에게 정확하게 전달하는 작업이 관건이 될 것이라고 조언했다. 또 현재 유럽에서도 지속 가능 물질에 대한 연구가 계속 진행 중인데, 이런 시점에서 바나나 섬유를 포함한 천연섬유는 좋은 예시가 될 것 같다는 말로 응원해줬다. 앤더슨 씨의 모습에서 우리는 종사자로서의 노련함과 자신의 회사와 제품에 대한 자부심을 느꼈다.

---

* **워터 젯**_ 높은 수압을 이용해 서로 다른 섬유를 결합시켜 부직포를 만드는 과정을 말하는데, 수압에 따라 부드러움의 정도가 달라짐
** **스펀레이스**_ 티슈의 조직이 촘촘하여 피부에 자극이 없고 부드러운 고급 부직포로, 고압의 물의 흐름으로 섬유를 엉키도록 하여 섬유 손상이 거의 없음

나이스팍에서의 인터뷰로 우리는 위생용품 시장에 대한 정보를 얻는 동시에 우리의 프로젝트에 대해 다시 한 번 책임감과 가치를 느꼈다. 기차 예약 시간 때문에 서둘러 플린트를 떠나는 우리 가슴속에는 바나나 생리대의 구체적인 생산 모델에 한 발 더 가까워졌다는 뿌듯함이 가득 차올랐다.

● 바나나 섬유의 제품화 가능성을 찾으러 가다

부직포혁신연구센터(NIRI, The Nonwovens Innovation & Research Institute)를 방문하기 위해 우리는 영국 웨스트요크셔 카운티의 리즈로 향했다. 리즈는 곳곳에 위치한 대학교와 대형 쇼핑몰, 거리에서 공연하는 사람들로 활력이 넘치는 도시였다. 이곳은 부직포로 유명한 도시여서 부직포 연구 기관도 많았다.

우리는 그중에서도 리즈대학교 산학 기관으로써 부직포를 전문적으로 연구하고 있는 NIRI에 방문했다. 리즈대학교는 1874년부터 섬유 연구 개발을 시작했으며, NIRI는 천연섬유인 대마 섬유로 부직포를 만들었다. 우리는 많은 것을 배울 수 있으리라는 기대를 안고 이곳을 방문했다.

NIRI에서 비즈니스 디렉터를 맡고 있는 매튜 티퍼(Matthew Tipper) 씨는 직접 부직포에 대해 알기 쉽게 설명해줬다. 섬유의 부직포 결합 방식은 크게 세 가지 종류가 있는데, 첫 번째는 니들 펀칭(Needle Punching)***과 같은 기계 결합, 두 번째는 섬유를 같이 녹이는 열 결합, 세 번째는 섬유를 서로 접착시키는 화학적 결합이다. 티퍼 씨는 만약 바나나 섬유로 부직포를 만들기 위해서는 우선 바나나 섬유의 고유한 성질에 맞는 결합 방식을 선택해야 한다고 알려줬다.

그는 설명을 마친 후에 우리에게 '단웹(Dan-web)'이라는 기계를 보여줬는

*** **니들 펀칭_** 침판(바늘)이 상하 왕복하며 섬유를 결합하여 부직포를 생산하는 기술

매튜 티퍼
[The Nonwovens Innovation & Research Institute]

Q 바나나 섬유로도 부직포를 만들 수 있을까요?

A 물론 가능합니다. 천연섬유, 특히 목재 섬유와 같은 경우 2~4밀리미터로 길이가 매우 짧습니다. 또한 긴 섬유라도 짧게 자른다면 가능합니다. 이 때문에 이를 활용하기 위해 사용되는 공정은 종이를 만들 때와 비슷한 제조 과정을 거칩니다. 하지만 부직포는 공기를 이용한 에어레잉이라고 불리는 공정을 이용한다는 것이 차이점입니다. 부직포를 만들 때 자주 사용하는 기계는 에어레잉 공정이 도입된 단웹이라는 기계인데, 이 기계에 짧은 바나나 섬유를 넣으면 부직포를 만들 수 있습니다.

여태껏 보지 못했던 부직포 제조 과정을 기계를 통해 상세히 보여주는 티퍼 씨에게 너무나도 감사했다

데, 이는 에어레잉(Air-Laying)* 기법을 활용해 각종 위생용품에 쓰이는 부직포를 생산하는 기계였다. 티퍼 씨는 직접 단웹을 작동해 부직포가 만들어지는 과정을 보여줬다. 인터넷에서만 보던 과정을 현장에서 직접 보니 매우 신기했다. 이 기계를 사용해 바나나 섬유와 같은 천연섬유로 부직포를 만들 수 있는지 물어보자 "물론 가능하다"라는 확신이 찬 대답이 돌아왔다.

NIRI에서의 시간은 순식간에 지나갔다. 종종 농담을 섞어가며 친절하게 설명해준 매튜 씨는 우리의 프로젝트에 큰 도움이 되어주었다. 특히 우리 프로젝트 제품이 상용화가 된다면 꼭 거쳐야 할, 위생용품에 쓰이는 부직포 테스트 시 주의 사항 같은 내용은 피부에 와 닿는 실질적인 조언이었다.

🔴 생산자와 소비자, 모두를 만족시키는 제품을 위해

우리의 프로젝트는 소비자의 안전을 보장할 뿐만 아니라, 원재료인 바나나 섬유를 생산하는 노동자들의 정당한 이익까지 보장해주는 것을 목표로 했다. 즉 생산자와 소비자 모두를 만족시키는 생리대를 만드는 것이 우리의 최종 목표이자 비전이다. 그래서 바나나 섬유를 수입하는 과정에서 개발도상국 생산자의 경제적 자립과 지속 가능한 발전을 지원하는 공정 무역에 대해 생각하게 됐다.

바나나는 열대기후에 속하는 국가 중 특히 개발도상국에서 많이 생산되며, 공정 무역이라는 이슈의 대표 품목 중 하나다. 우리는 바나나처럼 바나나 섬유 또한 공정 무역이 가능한지에 대해 알아보고 싶었다. 그래서 이에 대한 전문 지식을 가지고 있는 영국의 공정무역재단(Fairtrade Foundation)에 방문하기로 했다.

런던 도심에 위치한 공정무역재단에 도착하자 사전에 메일로 연락했던 클

---

* 에어레잉_ 공기를 이용해 섬유층을 형성시켜 부직포를 생산하는 기술

레어 부스(Clare Booth) 씨가 우리를 맞이해줬다. 클레어 씨는 우리에게 사무실 곳곳을 소개해줬다. 넓은 사무실에는 홍보 팀, 교육 팀, 바나나 팀, 카카오 팀 등 다양한 팀이 있었다. 사무실에 들어가자마자 모두 우리를 반갑게 맞으며 공정 무역의 의미와 개발도상국 생산자의 이익을 배려하기 위한 각 팀의 업무에 대해 소개해줬다. 공정무역재단은 현지 생산자들과 직접 커뮤니케이션을 하며 그들의 상황을 정확하게 파악하고 있었고, 페이스북이나 인스타그램과 같은 SNS를 활용해 공정 무역의 중요성을 대중에게 알리고자 노력하고 있었다. 각자의 업무에 대해 설명하는 팀원들의 모습에서 자신의 일에 대한 열정이 엿보였다. 이들의 모습 속에서 우리는 바나나 생산국의 생산자들을 배려하지 않고서는 이 프로젝트를 제대로 진행할 수 없다는 점을 깨달았다.

이어서 바나나 부문 매니저인 리나 카마두(Leena Camadoo) 씨와 인터뷰를 진행했다. 카마두 씨는 많은 나라에서 아직 바나나 줄기와 잎을 가방이나 바구니로 만드는 데 그치고 있으며, 만약 이 섬유들을 이용한 생리대가 만들어진다면 정말 흥미로울 것이라고 말했다. 또한 우리가 생각한 바나나 섬유를 이용한 일회용 생리대가 아직까지도 생리 기간 중에 많은 불편함을 겪고 있는 개발도상국의 여성들에게 진정 도움이 될 것이라며 진심으로 응원했다.

공정무역재단 직원들은 모두 따뜻한 분위기를 풍겼다. 그래서인지 우리도 인터뷰 내내 마음 편히 그들과 이야기를 나눌 수 있었다. 공정 무역 제품을 하나하나 소개해주며 우리에게 많은 것을 알려준 그들의 모습이 아직까지도 생생하다. 우리도 프로젝트를 진행하면서 초심을 잃지 않고 공정 무역의 가치를 가슴속에 새겨야겠다고 생각했다.

실무자들이 말하는 바나나 생리대의 상용화 가능성

탐방 마지막 날, 우리는 유럽 일회용품 및 부직포 연합(EDANA, European Disposables And Nonwovens Association)의 관리자인 피에르 위츠(Pierre Wiertz) 씨를 만났다. 그는 고맙게도 우리와의 인터뷰를 위해 벨기에에서 런던까지 건너와 주었다.

위츠 씨는 기존의 합성섬유 대신 천연섬유로 만드는 부직포에 대해서 긍정적인 반응을 보였다. 또한 아직 대학교를 졸업하지도 않은 우리가 바나나 섬유로 만드는 생리대를 고안한 것에 매우 놀라워했다. 그는 우리가 프로젝트를 생각하게 된 계기를 듣고, 현실성 있는 예상 모델에 대해서 많은 조언을 해줬다.

위츠 씨, 스튜어트 씨와의 동시 인터뷰를 진행하기에 앞서 두 분을 사진 센터로 모시는 센스!

그는 유럽의 일회용 부직포 전반을 연구하는 기관의 관리자답게 생리대 후처리 과정의 중요성, 제품 제조뿐 아니라 유통 시장에서 살아남기 위해 필요한 사항 등 현실적으로 우리가 놓치기 쉬운 작은 부분까지 세심한 조언을 아끼지 않았다. 그는 일회용 생리대를 만들기 위해서는 부직포의 안전성 검사가 필수적이며, 특히 피부와 바로 닿는 생리대의 톱 시트(Top Sheet)는 습하지 않아야 한다고 강조했다. 또 혈액의 역류를 막기 위한 많은 실험과 연구가 선행되어야 한다고 재차 언급하며 일회용 생리대 구조가 구체적으로 그려진 안내 책자를 우리에게 선물로 주기도 했다.

위츠 씨와 함께한 마지막 인터뷰에는 흡수체위생용품 제조자연합(AHPMA, Absorbent Hygiene Products Manufacturers Association)의 책임자인 트레이시 스튜어트(Tracy Stewart) 씨도 함께했다. 영국에 머무는 우리를 위해 위츠 씨가 소개해준 인터뷰이였다.

스튜어트 씨는 AHPMA의 책임자답게 한국의 일회용 생리대 독성 물질 논란에 큰 관심을 보였다. 또한 우리의 주제에 대해서는 안전과 더불어 생리대를 제조할 때의 환경 문제도 고려해야 할 부분임을 지적했다. 또한 생리대의 경우 지속적 공급이 매우 중요하기 때문에 소비자들에게 안전하고 꾸준하게 공급할 수 있는 제품이 되어야 한다고 강조했다. 우리의 주제가 시장에 실현될 때 바나나 생산국이 가질 수 있는 이익에 대해서는 여러 기업의 사회 공헌 활동을 예로 들며 방향성을 제시했다. 그녀는 완전히 새로운 제품을 만들어낸다는 것엔 많은 어려움이 있을 테지만, 젊은 학생들의 도전을 응원한다는 메시지를 전했다.

피에르 위츠 씨, 트레이시 스튜어트 씨와 함께한 인터뷰는 바나나 생리대의 상용화에 대해 심도 있게 생각할 수 있는 소중한 기회였다. 그들에게서 얻은 조언과 응원의 메시지는 목표를 향해 나아가는 과정에서 매우 중요한 역할을 할 것을 확신할 수 있었다.

● 더 넓은 세상에서 가능성을 찾다

안전한 생리대를 만들겠다는 일념 하나로 뭉친 우리 네 사람은 모든 것을 함께 하며 즐겁게 탐방에 임했다. 탐방 기간 동안 예상치 못한 어려움 속에서도 서로 의지하고 함께 해결해 나갔기에 무사히 탐방을 마칠 수 있었다.

독일과 영국에서 우리에게 잊지 못할 경험을 선사해준 인터뷰이들에게도 정말 감사하다. 의지는 충만하지만 아직 실질적인 지식이 많이 부족한 우리에게 그들은 꼭 필요한 정보들을 차근차근 짚어주었고, 때로는 미처 생각지도 못했던 점을 알려주기도 했다. 인터넷으로만 보던 섬유 생산 기계와 섬유들, 각 분야의 권위자인 인터뷰이들을 직접 두 눈에 담는 순간순간이 새로운 감동으로 다가왔던 여정이었다. 이번 탐방을 통해 주제에 대한 우리의 이해는 더욱 알차고 깊이 있어졌다. 더 넓은 세상을 바라보고, 그곳에서 새로운 사람들을 만나 얘기를 나눈 뜻깊은 시간이었다.

탐방대원 후기

전다은

LG글로벌챌린저를 준비하는 과정 자체가 처음으로 대외 활동을 하는 저에게는 하나의 도전이었고, 무엇과도 바꿀 수 없는 소중한 경험이었습니다. 잘해낼 수 있을지 항상 걱정이 많았지만 곁에 팀원들이 있어서 다행이었습니다. 함께해준 소중한 팀원들에게 정말 고맙다고 말하고 싶습니다.

조은영

2017년을 돌아볼 때마다 영원히 떠오를 소중한 LG글로벌챌린저! 우리들만의 잊지 못할 추억들을 가진 것만으로 행복한 하루하루였습니다! 프로젝트를 준비하고 탐방을 진행하며 많은 사람들과 행복한 1년을 보낼 수 있었음에 감사합니다.

주은영

LG글로벌챌린저 23기로 활동하게 된 2017년은 정말 의미 있는 한 해였습니다. 원래 아는 사이였지만 함께하며 새로운 면을 알아갔고, 함께하는 도전의 의미에 대해서도 생각하게 됐습니다. 서로가 의지하지 않았다면 해낼 수 없을 도전, 빛나는 경험들을 잊지 않고 앞으로 삶의 원동력으로 삼겠습니다.

최혜진

젊음은 도전할 수 있는 자들이 누릴 수 있는 특권이라 했습니다. 좀처럼 뜻대로 되지 않는 상황들이 이어졌지만, 팀원들과 함께였기에 모든 것이 즐거운 추억으로 남았습니다. 짧다면 짧고, 길다면 긴 14일간의 탐방은 평생 잊히지 않을, 가장 빛나는 시절로 기억될 것입니다.

힌트는 가까운 곳에 숨어 있다

① 가까운 곳에서, 경험 속에서 실마리를 찾자!

초반에 여러 차례 회의를 하면서 만족스러운 탐방 주제가 생각나지 않았고, 주제 선정 과정에 몇 번 수정을 거치기도 했다. 그렇게 연일 회의를 하던 중, 바나나 껍질을 보며 '이렇게 버려지는 자원을 활용해보면 어떨까' 하는 생각을 하게 됐다. 알아보니 바나나 껍질이 섬유로서의 가능성이 있었고, 마침 팀원 중 한 명이 생리통 때문에 쓰러졌던 경험이 있어서 일회용 생리대와 이를 접목시키는 것이 어떨까 하는 아이디어에 이르렀다. 전문적이고 특이한 주제를 선정할 수도 있겠지만, 우리 주변에서도 충분히 주제를 찾을 수 있다. 일상 속에서 찾아낸 이런 주제는 단순하고 쉽기 때문에 배경 지식이 없는 사람도 쉽게 이해할 수 있다는 장점이 있다. 그야말로 보물은 의외로 가까운 곳에 숨어 있었다!

② 한국말은 끝까지, 구체적으로!

14일 동안 탐방을 진행하다 보면 시차 적응도 해야 하고, 언어도 다르기 때문에 체력적으로나 정신적으로 힘이 든다. 그럴 때 팀원들이 일을 분담하고 수행하는 과정에 대한 의사소통이 원활하게 이뤄지지 않으면 일을 두 번, 세 번 하게 되는 경우가 발생한다. 그렇기 때문에 일을 나눌 때 '이 부분은 이렇게 해줬으면 좋겠다'고 직접적이고 구체적으로 말을 해주는 것이 훨씬 효율적이다. 이렇게 구체적으로 이야기를 해서 일을 나누면 일이 중복되거나 누군가 불만을 가지는 걸 미연에 방지할 수 있다. 무엇보다 체력이 낭비되지 않기 때문에 이러한 소통 방식은 탐방 기간 동안 우리의 컨디션과 팀워크를 유지하는 비결이었다.

뒤끝 없이 깔끔하게,
바다의 기름을 쏙쏙 흡수하다

팀명(학교) Uponge (부경대학교)

팀원 류호정, 박강현, 이현재, 표민정

기간 2017년 8월 7일~2017년 8월 20일

장소 미국
1. 시카고 (아르곤 국립연구소 Argonne National Laboratory)
2. 뉴욕 (센트럴파크 Central Park)
3. 텍사스 (텍사스테크대학교 Texas Tech University)
4. 워싱턴 D.C. (야생동물보호협회 Defenders of Wildlife)

선박 사고는 한번 일어나면 인명 피해도 크고 기름 유출까지 동반하기 때문에 여러 측면에서 타격이 매우 크다. 최근 몇 년 사이 발생한 태안과 여수의 기름 유출 사고는 우리에게 많은 숙제를 안겨주었다.

기름 유출 사고에서 가장 신속하게 대응해야 하는 부분은 바로 기름을 제거하는 일이다. 현재 다양한 방제 기술들이 개발되어 있지만, 효율성과 경제성 때문에 실제 사고가 났을 때는 흡착포와 같은 일회용 방제 도구들이 여전히 많이 사용되고 있다. 문제는 다 쓴 흡착포의 처리 방식에 있다. 사용된 흡착포들은 태우거나 땅에 묻는데, 그로 인해 대기오염, 토양오염 등 새로운 2차 오염이 일어난다. 태안 원유 유출 사고 당시에 사용된 흡착포만 약 330톤인데, 우리나라에서는 매년 200건 이상의 유류 사고가 발생하고, 연간 60톤 이상의 흡착포가 쓰이고 있다. 우리 팀은 방제 작업 이후 생기는 쓰레기들로 인한 2차 오염을 줄일 수 있는 방안에 대해 고민하다, 기존의 일회용 흡착포를 대신할 수 있는 친환경 소재의 방제 도구에 관심을 갖게 되었다. 그리고 제품의 소재와 기술력 등을 더 알아보기 위해 미국으로 탐방을 떠났다.

● 신개념 스펀지를 개발한 아르곤 국립연구소

시카고에 위치한 우리의 첫 방문 기관인 아르곤 국립연구소(Argonne National Laboratory)는 원자력 연구 및 개발, 기초과학과 에너지, 생명과학, 국가 안보 분야에서 다양한 연구를 진행하는 과학 연구소다. 우리는 기름을 흡수하는 스펀지인 올레오 스펀지(Oleo Sponge)*에 대해 배우기 위해 찾았다.

첫 인터뷰를 하러 가는 길이라 팀원들 모두 설레는 마음을 감출 수 없었다. 유흡착제인 올레오 스펀지 개발자 중 한 명인 에드워드 배리(Edward Barry) 씨의

---

* **올레오 스펀지_** SIS 기술로 코팅한 스펀지로, 물을 흡수하지 않으면서 기름을 더 많이 흡수할 수 있고, 300번 이상 재사용되므로 폐기물 발생을 줄어듦

우리의 전화를 받고 한걸음에 마중 나온 배리 씨

설명에 따르면 액체를 잘 흡수하는 스펀지의 특성에 착안, 물이 아닌 기름만 흡수하면 좋겠다는 생각으로 이 기술을 개발하게 되었다고 한다. 스펀지에 친유성 분자를 코팅시켜서 기름을 흡수하는 기술로, 올레오 스펀지는 300번 이상 재사용되며 기름까지도 재활용 가능한 것이 큰 장점이다. 생긴 것은 일반 스펀지와 동일했는데, 코팅 기술 하나로 그런 대단한 능력을 갖게 된다니 놀라울 따름이었다.

우리는 배리 씨의 설명을 들으며 올레오 스펀지의 효율적인 적용 환경과 넘어야 할 한계, 기술 개발에 있어 전문가가 가져야 할 마음가짐과 자세를 배울 수 있었다. 배리 씨는 또 스펀지를 직접 들고 나와 우리가 만져보고 사진도 찍을 수 있도록 해주었다. 올레오 스펀지는 아직 상용화된 제품이 아니라서 현재는 미국의 연구소에서만 만날 수 있다.

● 세계인의 휴식처에서 시민들의 생각을 만나다

우리는 유류 사고의 2차 오염 문제와 같은 환경문제를 고쳐나가는 데 있어 시민들의 인식 변화와 관심이 중요하다고 생각했다. 우리는 미국 시민들뿐만 아니라 다양한 관광객들이 모이는 뉴욕의 센트럴파크에서 시민 인식 조사를 해보기로 했다.

전날 밤 만든 스티커 패널을 가지고 설문 조사를 시작했다. 유류 사고에 얼마나 관심이 있는지, 2차 오염에 대해서는 알고 있는지, 시민 활동에 참여해본 적이 있는지 등을 물어봤다. 미국 시민들은 유류 사고에 대해서 관심이 꽤 있

에드워드 배리
[Argonne National Laboratory]

Q 올레오 스펀지는 갯벌, 호수, 바다 중 어느 지역에서 유용하다고 생각하시나요?

A 바다에서 가장 적합할 것 같습니다. 바다처럼 물이 흐르는 곳에서는 물의 흐름에 따라 계속해서 기름이 자동적으로 흡수되기 때문입니다. 스펀지가 아무리 물을 스스로 빨아들여도, 물 흐름에 의해 기능이 향상되는 것이 더 효율적입니다.

Q 2차 오염을 막으려면 흡착제가 재사용 가능하거나 친환경 소재여야 한다고 생각합니다. 올레오 스펀지의 소재는 무엇이며, 재사용은 가능한가요?

A 올레오 스펀지는 <u>폴리우레탄</u>*이라는 합성 소재에 우리의 기술인 <u>순차적 침윤 합성 (SIS, Sequential Infiltration Synthesis)</u>** 코팅 기술을 적용한 것으로, 친환경 소재는 아닙니다. 폴리우레탄은 합성 소재이지만 자연 소재보다 튼튼하고 재사용이 많이 됩니다. 친환경 소재를 썼다면 재사용 빈도가 확연히 낮았을 것입니다. 저희는 재사용 가능성과 효율성에 좀 더 초점을 두고 개발했습니다. 소파나 의자의 스펀지는 주로 폴리우레탄을 사용하기 때문입니다. 처음에 우리 연구는 폐폴리우레탄 활용을 염두에 두고 실험을 진행했습니다. 폴리우레탄 폼에 SIS 기술로 코팅하면 되므로 재활용이 가능하다고 생각합니다.

---

* **폴리우레탄_** 올레오 스펀지에 이용되는 발포 폴리우레탄은 우레탄폼이라고도 하며 여러 가지 굳기를 가지는데, 자동차 내장재에서 침구 매트리스에 이르기까지 다양한 용도로 쓰인다. 무발포 우레탄은 조형물을 만드는 데 주로 이용됨
** **순차적 침윤 합성_** 순차적 침투를 이용한 다공성 흡수 기술을 말하며, 자석에 클립을 붙이면 클립이 계속 꼬리를 물고 붙는 것과 비슷한 원리로, 다공성 구조인 스펀지에 이기술을 적용하면 친유성 분자가 흩어진 기름들을 흡수하게 됨

었지만, 2차 오염에 대해 아는 사람은 많지 않았다. 그래도 2차 오염이 무엇인지 궁금하거나 적극적으로 물어보는 사람들이 꽤 있었다. 우리는 이 설문 조사를 통해 생각보다 시민들이 환경문제와 유류 사고 등에 관심이 많다는 것을 알 수 있었다. 2차 오염이 사람들에게 잘 알려지지 않았을 뿐, 일단 알려지면 관심이 집중되어 문제 해결에 도움이 될 것이라는 기대감을 갖게 된 날이었다.

● 목화로 만든 파이버 텍트의 기능을 직접 체험하다

마지막 인터뷰를 진행하기 위해 텍사스 주 러벅으로 향했다. 러벅은 목화 재배와 가축 방목이 발달한 곳이다. 세계적인 규모의 재배 시설을 갖추고 있어 목화 거래 중심지로도 유명하다.

그곳에서 우리는 미국에서 두 번째로 큰 대학교인 텍사스테크대학교(Texas Tech University)를 방문, 목화를 이용한 흡착포를 연구 중인 세샤드리 람쿠마르(Seshadri Ramkumar) 교수님을 만났다. 람쿠마르 교수님은 우리가 한국에서 섭외를 진행할 당시, 가장 연락을 잘 받아주고 흔쾌히 만나주겠다고 하신 분이었다.

교수님은 실험실에서 동료 한명 한명에게 우리를 소개해주셨고, 중국인 대학원생 칭(Ching) 씨와 함께 실험실 투어도 할 수 있도록 배려해주셨다. 실험실 구경이 끝난 후 람쿠마르 교수님은 굉장히 열정적으로 자신의 기술인 '파이버 텍트(Fiber Tect)'를 보여주며 설명을 해주셨다.

파이버 텍트는 목화를 가공한

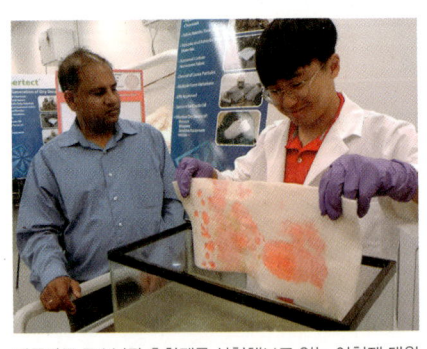

람쿠마르 교수님과 흡착제를 실험해보고 있는 이현재 대원

전 세계인을 대상으로 설문 조사 중!

후 바늘로 수백 번 찔러 압축한 흡착제다. 자연소재이기 때문에 처리 시 2차 오염을 일으키지 않으며, 더 많은 기름을 흡수할 수 있다. 우리는 직접 파이버 텍트를 이용해 물에 뜬 기름을 닦아내는 실험을 해보았는데, 기대했던 것보다 더 잘 닦여서 놀랐다. 우리 팀이 찾고 있던 좋은 흡착제 기술을 발견한 느낌이었다.

● 유류 사고의 또 다른 피해자, 동물들

워싱턴 D.C.에 위치한 야생동물보호협회(Defenders of Wildlife)는 다양한 환경 문제와 사회문제로 인해 야생동물이 받는 피해를 최소화하기 위해 노력하는 시민 단체다. 근처에는 내셔널 지오그래픽(National Geographic), 자연교육협회 (National Education Association) 등도 있다. 야생동물보호협회는 시민 단체임에도 규모가 매우 컸는데 규모만큼 영향력도 크지 않을까 하는 생각이 들었다. 문 앞에는 야생동물을 수호하는 단체답게 늑대와 잠자리, 표범 동상도 있었다.

야생동물보호협회에서는 제이미 라파포트 클라크(Jamie Rappaport Clark) 씨와의 짧은 인터뷰를 통해 우리는 유류 사고 시에 야생동물이 어떤 피해를 입는지에 대해 알 수 있었다. 클라크 씨는 2010년에 일어난 배 폭발 사고인 '딥워터 호라이즌(Deepwater Horizon)'을 예로 들어 설명했는데, 당시에 엄청난 기름이 유출되어 수많은 바다의 야생동물과 식물이 죽음을 맞았다고 한다. 인간에 대한 피해에만 관심을 집중해왔던 우리의 좁은 시각이 넓어지는 순간이었다.

우리는 센트럴파크에서 진행한 설문 조사에 대해 클라크 씨에게 이야기해주며, 시민들이 잘모르는 2차 오염 문제를 어떻게 알리면 좋을지 조언을 구했다. 그녀는 온·오프라인을 통해 시민들을 많이 만나고 자료를 만들어 배포하라는 등의 효율적인 방법을 알려줬다.

시카고의 광활한 넓이에 놀랐지만, 황홀한 야경에 더 놀랐다!

🔴 푸른 바다를 지키는 것이 우리의 밝은 미래

2차 오염에 대해 이야기하면 많은 사람들이 고개를 갸우뚱한다. 이러한 문제를 접한 적이 거의 없기 때문이다. 우리 팀 역시 주제를 정하고 나서도 자료가 부족해 애를 먹었다. 하지만 꿋꿋하게 우리는 주제에 관한 확신을 가지고 해결점을 파고들었다. 전문가들이 우리 주제를 인정해주고, 인터넷에 '2차 오염'을 검색하면 우리 팀이 나올 때의 그 희열은 말로 다 설명할 수가 없다.

우리가 만난 전문가들은 자신의 기술에 대한 소신과 열정이 있었고, 그것이 우리가 가장 배워야 할 점이라고 생각한다. 우리가 탐방한 곳 외에도 더 많은 연구소에서 전문가들이 연구를 계속하며 더 나은 미래를 그려가고 있다. 우리도 탐방을 통해 우리도 언젠가는 그들과 같은 개발자가 될 수 있다는 자신감을 얻을 수 있었다.

2017년의 여름, 우리 팀은 최고의 시간을 보냈다. 우리가 연구한 이 주제가 잊히지 않고 많은 사람들의 관심을 받아서 푸른 바다를 오래도록 지킬 수 있기를 바란다.

EPISODE

지구 반대편에서 날아왔는데 '연구소 출입 불가'라니요?

아르곤 국립연구소에 도착했을 때, 우리는 청천벽력 같은 소식을 들었다. 연구소 내부에 들어갈 수 없다는 사실을 알게 된 것이다. 약 3주 전에 미리 방문 신청을 해야 하는데, 우리 팀은 신청이 안 되어 있다고 했다. 우리와 연락했던 담당자가 허가를 받아놓겠다고 말했었기에 당연히 잘 되어 있을 줄 알았는데, 중간에 그가 다른 동료에게 인터뷰를 넘기면서 제대로 전달되지 않아 일이 틀어져버린 것이다. 결국 우리는 카페에서 인터뷰를 진행해야 했다. 머나먼 미국 땅까지 왔는데 정작 연구소 내부에 발도 들이지 못하니 정말 허무했다. 그나마 인터뷰를 무사히 마칠 수 있었던 것에 감사하며 아쉬운 발걸음을 돌렸지만, 이날 일을 통해 좀 더 꼼꼼히 챙기지 못했던 우리를 반성했고, 모든 인터뷰와 미팅 약속은 다시 한 번 잘 확인해야 한다는 큰 교훈을 얻었다.

탐방대원 후기

LG글로벌챌린저 활동은 최고의 보람과 동시에 최고의 고난을 안겨줬습니다. 이제 돌아보니 그 시간들은 버릴 것 하나 없는 추억으로 남았습니다. 함께 해 준 팀원들과 바쁜 일정을 이해하며 응원해준 가족과 친구들 정말 사랑합니다. 아직도 도전을 고민하는 사람이 있다면 무조건 도전하세요.

류호정

작은 호기심으로 시작한 LG글로벌챌린저가 제 1년을 바꾸는 시작점이 될지 몰랐습니다. 제가 2017년에 가장 잘한 일은 LG글로벌챌린저가 된 것, 그리고 저희 팀원과 함께한 것이 아닐까 싶습니다. LG글로벌챌린저 23기는 마지막을 향해 달려가고 있지만, 소중한 추억은 영원할 것 같습니다.

박강현

팀 내에서 유일하게 선배인 저를 불편해하지 않고 힘든 여정을 함께해준 팀원들에게 정말 감사하다는 말을 전하고 싶습니다. 힘들기도 했지만, 사실 즐거웠던 일들이 훨씬 더 많았기에 충분히 값지고 의미 있는 시간으로 남았습니다.

이현재

새싹이 피어나던 봄날, LG글로벌챌린저를 준비하며 설레던 우리가 어느덧 낙엽이 지는 가을을 맞이하게 됐습니다. 혼자서는 할 수 없던 일들을 함께 힘을 합쳐 해내며 꿈같은 시간을 보냈습니다. 어려운 점도 많았지만 하나하나씩 해결해 나가는 과정에서 조금씩 성장하는 나를 만날 수 있었습니다. 보고서를 쓰며 함께 밤을 지새웠던 우리 팀원들에게 고마움을 전합니다.

표민정

우리는 여유를 필요로 하고, 여유를 즐긴다

1 우리의 일정은 항상 유동적, 여유는 필수!

우리 팀은 근거지를 부산에 두고 있기 때문에 탐방 교육이나 발대식 등의 일정이 있는 날이면 새벽에 출발해서 밤늦게 귀가해야 했다. 그마저도 KTX를 탔다고 가정했을 때의 상황이다. 버스를 타면 비용은 적게 들겠지만 대신 엄청난 시간이 걸린다. LG글로벌 챌린저에 도전하는 지방 대원이라면 생각보다 서울에 갈 일이 많으니 미리 일정을 잘 확인해두는 것이 좋다.

일정이 다가오면 차편을 예약해두는 것도 중요하다. 주말에는 차표가 매진되는 경우가 많기 때문이다. 이동 시간이 긴만큼 변수가 생겼을 때, 그로 인한 타격도 매우 크다. 해외 일정만큼이나 지방 대원에게는 국내 일정도 중요하다는 것을 염두에 두자!

2 기관 섭외에 생각보다 유용한 팩스!

메일을 잘 확인하지 않는 기관의 경우 팩스를 적극 활용했다. 학교의 학과 사무실을 이용하면 팩스 정도는 보내주니 비용도 들지 않는다. 우리는 이번 경험을 통해 생각보다 외국 사람들이 메일을 잘 확인하지 않는다는 것을 알 수 있었다. 게다가 시차 때문에 전화를 걸기도 쉽지 않았다. 대부분의 기관에서 팩스 기계는 켜져 있고 당사자에게 서류가 전해질 확률이 높다. 그렇게 우리는 메일을 확인하지 못한 기관의 담당자에게 팩스로 답장을 받을 수 있었다. 아쉽게도 실제 만남에는 실패했지만, 팩스가 유용한 연락 수단이라는 사실을 알게 됐다.

파래로 안전하고
따뜻한 세상을 만들다

팀명(학교) 레츠파래 (국민대학교)

팀원 성나현, 안예린, 이지혜, 최소희

기간 2017년 8월 1일~2017년 8월 14일

장소 독일, 네덜란드, 프랑스, 영국
1. 다름슈타트 (패시브 하우스 협회 Passiv haus Institut)
2. 암스테르담 (AEB 암스테르담, Afval Energie Bedrijf Amsterdam)
3. 브레스트 (아이소셀 ISOCELL)
4. 런던 (친환경건축인증 민간기구 BRE, Building Research Establishment)

스티로폼이라고 알려져 있는 화학합성 유래 단열재는 제작 과정에서 발포 가스를 사용해 대기오염을 유발하고, 폐기 후 땅속에 매립할 경우 500년 이상 분해되지 않으며, 비스페놀 A와 같은 유독 물질을 배출해 토양을 오염시킨다. 하지만 이러한 위험성에도 불구하고 화학합성 유래 단열재는 저렴한 가격 대비 뛰어난 성능으로 국내 단열재 시장에서 60% 이상의 점유율을 차지하고 있다. 우리는 안전한 보금자리를 위해 좀 더 친환경적인 건축자재가 필요하다고 생각했다.

우리는 친환경 단열재에 대해 알아보던 중 셀룰로오스 단열재에 대해 알게 됐다. 셀룰로오스 단열재는 목재로부터 추출한 셀룰로오스 섬유를 가공한 단열재로, 제작부터 사용 후 폐기되는 과정까지도 환경오염을 일으키지 않으며, 재활용이 가능하다는 장점을 가지고 있었다. 그리고 조사 과정에서 파래에서도 셀룰로오스를 추출할 수 있음을 알게 되었다.

다양한 원료 중에서도 특별히 파래에 집중한 이유는 해수의 부영양화*로 인해 현재 제주도에서만 한 해 1만 톤이 넘는 파래가 과잉 발생하고 있기 때문이다. 이상 증식한 파래는 어장을 황폐화시키는 한편, 악취를 풍기고 미관을 해쳐 관광산업에도 타격을 주고 있다. 우리는 파래의 주요 성분인 셀룰로오스로 종이를 제작하고, 이를 셀룰로오스 단열재로 활용한다면 친환경 단열재를 개발하는 것은 물론, 이상 번식된 파래를 효율적으로 처리하는 일석이조의 효과를 얻을 수 있을 것으로 예상했다. 그리고 이 아이디어를 좀 더 개발, 보완하기 위해 친환경 건축을 선도하고 있는 유럽으로 탐방을 떠났다.

🔴 녹색 건축의 중심, 독일을 찾아가다

첫 번째 탐방 기관은 독일 다름슈타트에 위치한 패시브 하우스 협회(Passiv haus Institut)였다. 색다른 유럽의 건물들을 찬찬히 마음속에 담으며, 우리는 프랑크푸

---

* **부영양화**_ 호수나 하천에 질소나 인 등이 섞인 더러운 물이 흘러들면 이를 영양분으로 하는 플랑크톤이 크게 번식해 수질이 오염되는 현상으로, 물속의 산소가 없어지고 물 밑바닥에 침전물이 쌓이며 악취를 풍기게 되어 물고기가 살 수 없어짐

르트 근교에 위치한 패시브 하우스 협회로 향했다.

'패시브 하우스'는 첨단 단열 공법을 이용해 냉난방에 쓰이는 에너지의 낭비를 최소화한 건축물을 가리킨다. 패시브 하우스를 접할 기회가 없었는데, 이곳에서 패시브 하우스가 어떤 방식으로 에너지를 절감하는지 체험해볼 수 있었다.

무더운 여름이었지만 협회 내에는 선풍기나 에어컨은 물론 환한 불빛조차 찾을 수 없었다. 우리의 인터뷰이인 에드워드 로즈(Edward Lowes) 씨는 그 이유에 대해 독일의 비싼 전기세 탓이라고 했다. 비싼 전기세 때문에 독일인들은 일상 속에서 에너지 절약을 습관화하게 되었고, 그 결과 독일이 현재 패시브 하우스 산업의 중심이 될 수 있었다는 것이다. 로즈 씨는 패시브 하우스가 되기 위한 기준에 대해서도 상세히 설명해주었는데 에너지 절감을 위해서는 효율적인 단열재 사용이 필수라고 덧붙였다. 이런 설명들을 듣고 난 후 우리는 이전과는 다른 시선으로 건축물을 다시 한 번 찬찬히 살피게 되었다.

첫 기관 방문이라 설렘과 동시에 부담감도 있었지만, 이날의 인터뷰는 우리의 주제에 대해 다시 생각해보고, 남은 탐방에 대한 마음가짐을 새롭게 다지는 계기가 되었다. 그리고 일면식 없는 타국의 학생들에게 전문적인 지식과 자신의 철학을 전해준 에드워드 로즈 씨에게 더없이 감사했다.

● 모든 폐기물을 재활용하는 AEB 암스테르담

네덜란드는 재활용 선별률*이 아주 뛰어난 국가로 알려져 있다. 우리는 쓰레기의 98%까지 재활용할 수 있는 시설과 기술을 보유하고 있는 암스테르담의 재활용 기업, AEB 암스테르담(Afval Energie Bedrijf Amsterdam)을 찾아가 관련 정보를 얻기로 했다.

---

* **재활용 선별률**_ 재활용 선별률은 재활용 시 각각의 자원이 종류별로 제대로 분류되어 배출된 정도. 더욱 세부적인 선별로 재활용 효율을 높이기 위해 네덜란드에서는 분류 기계를 통해 세부적이고 체계적으로 분리하고 있음

해외 탐방 첫 인터뷰가 진행된 패시브 하우스 협회에서

AEB 암스테르담으로 가는 길은 수월하지 않았다. 도시 외곽에 위치해 있어 숙소에서 먼 데다 미리 구입해둔 교통 정기권도 사용할 수 없었다. 어렵게 인터뷰 기회를 얻은 만큼 우리는 인터뷰 준비를 철저히 해갔다.

AEB 암스테르담에서 홍보를 맡고 있는 우리의 인터뷰이, 수잔나 반 데르 하이데(Susanna van der Heide) 씨는 재활용 선별 후의 쓰레기를 어떻게 처리하는지, 모든 과정을 하나하나 잘 설명해줬다. 인터뷰를 통해 우리는 이곳에서 1차적으로 폐기물을 체계적으로 분류하는 공정을 통해 선별률을 높이고, 2차로 폐기물을 다시 분류 처리함으로써 쓰레기 재활용률을 98%까지 끌어올리고 있다는 것을 알게 되었다.

네덜란드의 재활용 기술이 어떻게 지금처럼 발전할 수 있었냐는 우리의 질문에 그녀는 다음과 같은 대답을 들려줬다. "네덜란드는 유엔기후변화협약 당사국총회와 같은, 재활용을 하는 국가들의 규약에 참여하고 있기 때문입니다." 강요에 의해서가 아니라 좀 더 나은 환경을 후손들에게 물려주기 위해 재활용

1_ 인터뷰 후, 다시 소개를 받아 극적으로 인터뷰가 이뤄진 PRN 앞에서 한 컷
2_ 진지한 모습으로 프랑스 맛집을 추천해주고 있는 모니카 코레 씨

에 힘쓰고 있다는 의미였다. 무언가 엄청난 대답을 기대했던 우리는 원론적인 대답에 다소 허무하기도 했지만, 그 말이 바로 정답이라는 생각이 들었다. 이 것저것 계산하지 않고 가장 올바르다고 생각되는 일을 원칙대로 할 때, 단기적으로는 이익이 불분명할지라도 장기적으로는 분명 사회가 발전하는 방향으로 나아가게 될 것이다.

인터뷰가 끝난 후 그녀는 우리의 제품을 위해 PRN(Papier Recycling Nederland)이라는 종이 재활용 협회의 전문가를 소개해주었다. 또 우리가 숙소로 돌아가기 편하도록 도심지까지 가는 회사 버스를 탈 수 있도록 도와주었다. 그녀의 배려에 감동하며, 네덜란드가 지금처럼 평화롭고 자유로운 나라가 된 동력을 조금이나마 엿볼 수 있었다.

셀룰로오스 단열재의 가능성을 보여준 아이소셀

유럽은 우리나라에 비해 셀룰로오스 단열재의 연구 수준이 높고 시장 규모가 크다. 오스트리아, 독일, 프랑스 등지에 셀룰로오스 단열재 개발 회사가 위치해 있는데, 우리는 셀룰로오스 단열재의 시장성과 개선점을 조사하기 위해 오스트리아에 본사를 둔 아이소셀(ISOCELL)의 프랑스 지사를 찾아갔다.

수십 년간 셀룰로오스 단열재를 개발해온 아이소셀의 프랑스 지사는 프랑스 서부의 브레스트에 위치해 있는데, 여러 번 인터뷰 요청 메일을 보냈지만 답장을 받지 못한 상태에서 무작정 브레스트로 찾아갔다. 인터뷰를 못하게 되면 경비와 시간을 허비하는 상황이었지만, 아이소셀과 꼭 인터뷰를 하고 싶다는 생각에 한 번 부딪쳐보는 것으로 의견이 모였다. 이동하는 중에 지푸라기를 잡는 심정으로 전화를 걸어 다시 한 번 정중히 부탁했는데, 우리가 브레스트로 왔다는 얘기를 들은 담당자는 고맙게도 인터뷰를 승낙해줬다. 방문 당시 프랑스는 휴가철이었기 때문에 기술 담당자인 모니카 코레(Monika Corre) 씨만 회사에 남아 있었는데, 덕분에 셀룰로오스 단열재의 기술적 측면에 대해 많은 정보를 얻을 수 있었다.

우리는 코레 씨와 인터뷰하며 셀룰로오스 단열재에 대해 인터넷 검색으로는 알 수 없는 많은 정보를 얻고 상세한 내용을 파악할 수 있었다. 현장에서 들은 아이소셀 제품의 성능과 경쟁력, 시장 규모를 토대로 우리는 셀룰로오스 단열재의 가능성에 대해 더 큰 확신을 갖게 됐다. 코레 씨 역시 해조류를 첨가한 셀룰로오스 단열재에 흥미를 보이고 가능성을 확인해 주었기에 우리의 프로젝트 진행은 한층 더 탄력을 받게 됐다.

● 한국의 건축이 나아가야 할 방향을 제시하다, BRE

마지막 탐방 기관이었던 친환경건축인증 민간기구 BRE(Building Research Establishment)는 모든 기관을 통틀어 가장 수월하게 섭외가 이루어진 곳이다. BRE는 이름 그대로 건설 기술 전반에 걸쳐 연구를 진행하는 곳이다. 건축물의 에너지 사용량과 건축 소재의 친환경성에 대한 인증, 세분화된 등급에 따른 화재 안정성에 대한 인증을 시행하고 있으며, 새로운 건축 재료를 개발하는 일도 담당한다. 마침 이곳의 유일한 한국인인 구성한 박사님이 우리가 원하는 인터뷰 대상이었기 때문에 쉽게 미팅 약속을 잡을 수 있었다.

구성한 박사님은 현재 '브리엄*(BREEAM, Building Research Establishment's Environmental Assessment Method)'이라는 친환경 건축 인증 제도를 담당하는 부서에서 건축 환경과 화재 관련 업무를 담당하며 화재안전기사로서 자문을 제공하고 있다. 또 한국과 관련된 일이라면 주제, 분야 가리지 않고 참여하고 있기 때문에 영국의 친환경 건축 프로세스를 조사해 한국에 적용하기 위한 방안을 모색하고자 한 우리의 탐방 목적에 적절한 조언을 주실 수 있었다.

구 박사님은 우리나라의 건축 법규가 이미 전 세계적으로도 강력한 수준이라고 하셨다. 문제는 외국의 것을 그대로 도입해 우리 실정에 안맞는 경우가 많다는 것. 이런 법규들을 한국 실정에 맞게 조정하는 과정이 필요하다고 지적하셨다. 또, 건설 현장에 투입되는 사람들이 전문 기술을 갖추지 못한 경우가 많고, 건설 과정에서 감시와 책임 제도가 없기 때문에 공사 시방서와 시공서가 복잡하게 느껴질 경우 임의로 시공하는 기술자들이 많은 것이 가장 심각한 문제라고 덧붙이셨다. 탐방에 대한 이야기도 많이 나누었지만 인생 목표나 유학 생활에 대한 조언을 들을 수 있어 더욱 의미있는 대화였다. 박사님의 조언 중에서 "더 넓은 세상에 가서 많은 경험해보면 생각의 범위와 깊이가 달라진다"라는 말이 가장 기억에 남는다.

---

* **브리엄_** 세계 최초의 친환경 건축물 인증제도. 공인된 성능 척도를 활용해 건축물의 사양, 설계, 구조 및 용도를 평가하며 성능에 따라 5개의 등급으로 평가함

구성한
[Building Research Establishment Research Establishment]

Q 일반적인 패시브 하우스와 BRE에서 추구하는 제로 <u>에너지 건축물**</u>의 차이점은 무엇인가요?

A 친환경 건축이란 소비 에너지에 중점을 두는 건축과, 제작 과정부터 사용 후 폐기 과정까지 전 과정의 에너지 사용량 및 방출된 이산화탄소의 양에 중점을 두는 건축, 두 가지로 나눌 수 있습니다. 예를 들어 패시브 하우스는 소비 에너지의 효율만을 중시하는 한편, BRE가 추구하는 제로 에너지 건축물은 건축물의 소비 에너지 효율뿐만 아니라 건축 소재의 재활용 가능성이나 폐기 후 처리 과정에 대한 친환경성 여부 등 보다 넓은 개념에서 친환경적인 건축물에 대한 기준을 세우고 있습니다.

** **제로 에너지 건축물**_ 고단열 건축 자재와 신재생에너지를 결합해 외부 에너지의 유입을 최소화한 건축물. 에너지 절약을 목표로 하는 '패시브 하우스'와 건축물에 필요한 에너지를 자체적으로 조달하는 '액티브 하우스'의 개념을 포괄함

탐방대원 후기

성나현

LG글로벌챌린저라는 이름에 걸맞게 정말 '도전'하는 시간을 보냈고, 이 경험은 절대 잊지 못할 것입니다. 프로젝트를 진행하며 협업의 중요성을 알게 되었고 한층 더 성장할 수 있었습니다. 무작정 도와달라는 요청에도 선뜻 도움의 손길을 내밀어준 분들과 자신의 분야에서 최선을 다하는 분들 모두 존경합니다.

안예린

탐방 활동으로 새로운 일에 도전하는 것을 겁내지 않는 힘이 생겼습니다. 특히 인터뷰이 섭외 과정이 가장 기억에 남습니다. 세계적인 전문가들임에도 타국 학부생의 인터뷰 요청을 받아주고 전문적인 정보뿐만 아니라 앞으로 삶을 살아가는 태도에 대한 조언도 아끼지 않고 들려주셨기에 여러모로 가장 값진 경험이 되었습니다.

이지혜

주제 선정부터 탐방과 실험, 그리고 보고서를 작성하는 모든 과정에서 수많은 사람들로부터 도움과 조언을 얻었습니다. 물론 위기와 좌절도 있었지만, 포기하지 않을 수 있었던 것은 팀원들이 있었기 때문입니다. 매일같이 하루 중 가장 오랜 시간을 만나 회의하고, 끼니를 거를 때도 많았지만 온통 즐거운 기억으로 가득합니다.

최소희

정말 많이 배웠습니다. 처음엔 많이 달랐지만 가족처럼 함께하며 점점 닮아가던 팀원들과 평생 잊지 못할 추억을 쌓았습니다. 서로의 전공을 접목시켜 가며 이론을 만들고 실제로 활용해본 경험 역시 영원히 잊지 못할 것 같습니다. 내 안의 열정을 넘치게 꺼낼 수 있도록, 그리고 최선을 다할 수 있도록 기회를 준 모두에게 정말 감사합니다.

정보를 융합해 주제를 찾자

① 돌발상황에도 배려와 웃음을 잃지 말자

주제 선정부터 보고서 작성까지 팀원들과는 매일같이 얼굴을 마주하고 오랜 시간을 함께해야 한다. 그 과정에서 팀원들 간에 트러블이 생길 수도 있다. 하지만 프로젝트를 진행하며 스트레스를 받고 2주간의 해외 탐방으로 몸과 마음이 지쳐 있을 때에도 우리는 단 한 번도 다투지 않았다. 서로를 배려하고 농담으로 유쾌한 분위기를 유지했기 때문이다. 웃음기 가득한 회의 분위기를 만들면 팀원들이 다양한 아이디어를 내놓게 된다. 또 해외에서 예상치 못한 위기에 맞닥뜨려도 배려와 웃음을 잃지 않으면 의외로 쉽게 해결할 수 있다.

② 주제 선정, 신문에 힌트가 있다

우리 팀의 주제는 서로 생각을 나누는 회의 과정 중에 선정됐다. 컴퓨터공학부이자 정보 수집력이 뛰어난 팀원은 신문 기사를 통해 바다의 골칫거리지만 훌륭한 자원이 될 수도 있는 파래에 대해 알아왔고, 또 다른 팀원은 파래로 종이를 만들 수 있다는 정보를 가져왔다. 또 어떤 팀원은 폐지를 재활용하면 단열재가 될 수 있다는 아이디어를 생각해왔다. 이런 생각들은 최근의 신문 기사에서 많은 힌트를 얻은 것이었다. 다양한 정보들을 융합하면 결국에 좋은 주제를 만들어낼 수 있다.

사체업자
충북대학교

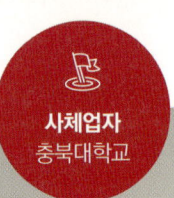

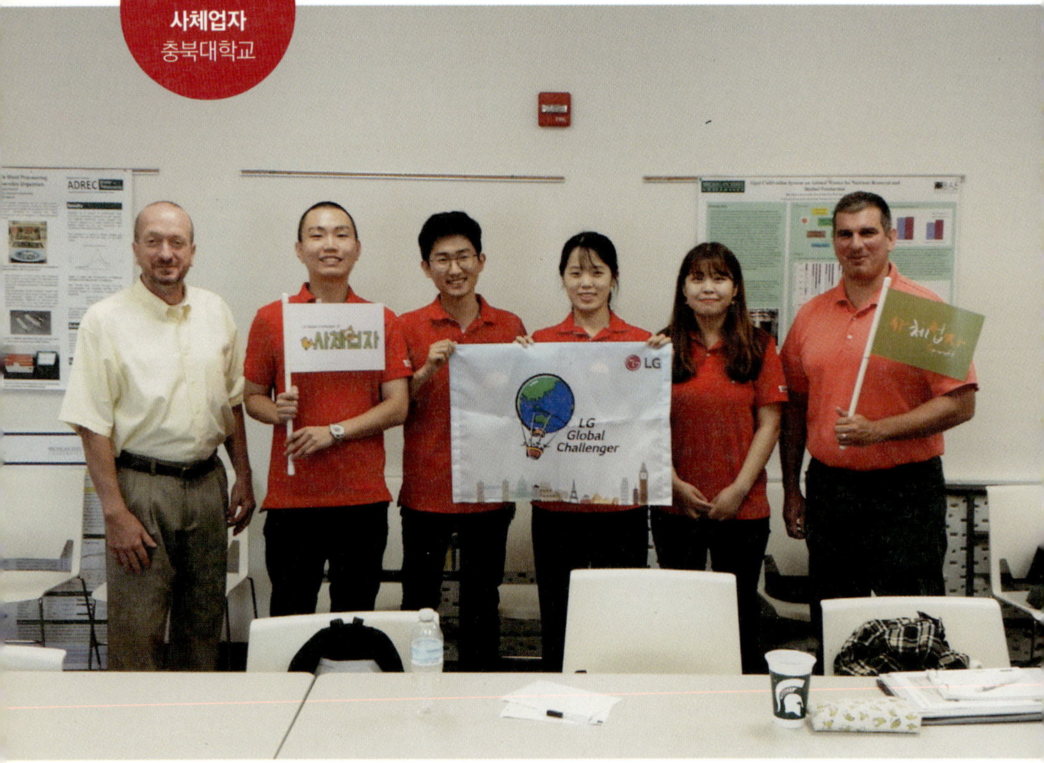

혐기성 미생물로 동물 사체를 처리하자

팀명(학교) 사체업자 (충북대학교)

팀원 구다영, 김동희, 오승규, 이상이

기간 2017년 7월 16일~2017년 7월 29일

장소 미국
1. 이스트랜싱 (미시간주립대학교 Michigan State University)
2. 워싱턴 D.C. (미국농무부 USDA, United States Department of Agriculture)
3. 덴버 (미국 국립신재생에너지연구소 National Renewable Energy Laboratory)
4. 로스앤젤레스 (미국 LA 보건부 Los Angeles County Department of Public Health)

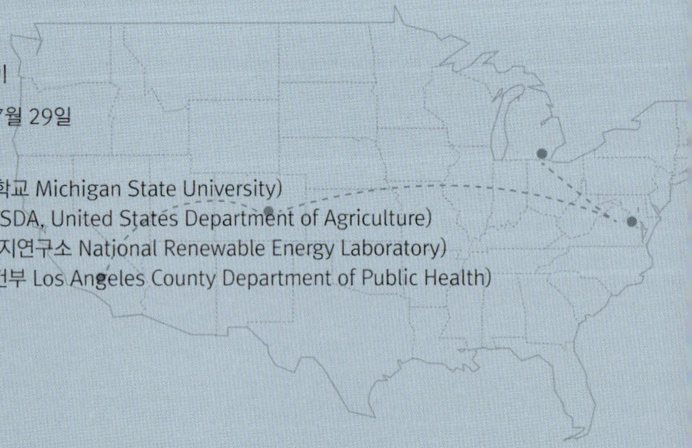

2016년 11월 16일, 국내에서 고병원성 조류인플루엔자(AI)가 발생했다. 그로 인해 발생 시기인 11월부터 2017년 4월까지, 946개의 농가에서 가금류 3,787만 마리가 살처분 됐다. 살처분된 동물들은 대부분 땅에 묻었는데, 날씨가 따뜻해지면서 침출수 유출과 악취 문제를 일으키고 있다. 더 큰 문제는 조류 인플루엔자가 발생할 때마다 대책으로 살처분과 매몰이 반복되고 있으며, 개선되지 않고 있다는 점이다. 우리는 해결책을 찾던 중, 혐기성 미생물을 활용해 사체를 처리하는 방식에 주목하게 되었다.

혐기성 미생물은 산소 없이 생존하는 세균이다. 사체를 분쇄한 후에 혐기 소화조에 넣으면 장내 미생물에 의해 사체가 분해된다. 분해 과정에서 생성되는 메탄가스로 전기를 생산할 수 있고 부산물은 비료로 사용할 수 있다. 폐기물의 해양 투기가 금지되고 석유 에너지가 고갈되고 있는 현 시점에서 혐기성 미생물을 이용한 <u>사체 처리 방식*</u>은 새로운 대안으로 각광받고 있으며, 미국과 유럽에서는 이미 가축 분뇨와 음식물 쓰레기를 처리하여 경제적 가치가 있는 정도의 <u>바이오가스**</u>를 얻고 있다. 우리 팀은 가축 사체의 <u>혐기성 소화***</u>와 관련해 사체 운송과 처리 방법의 결정 과정 등을 배우기 위해 미국으로 향했다.

🔴 기술적·경제적 타당성에 확신을 준 미시간주립대학교

미시간주립대학교로 가는 길은 굉장히 떨렸다. 첫 인터뷰 장소인 데다, 탐방 기관을 결정하기도 전부터 꼭 방문하고 싶었던 곳이기 때문이다. 미시간주립대학교의 데일 로제붐(Dale Roseboom) 교수님에게 먼저 연락했는데, 교수님께서 다나 커크(Dana Kirk) 교수님을 소개해주셔서 두 분을 같이 만날 수 있었다. 미시간주립대학교의 혐기성 소화 연구 및 교육 센터(Anaerobic Digestion

---

* **사체 처리 방식**_ 구제역이나 조류인플루엔자 감염이 의심되는 사체를 처리하는 방식을 말하는데, 다양한 방식이 존재하지만 우리나라에서는 주로 매몰 처분을 하고 있음

** **바이오가스**_ 혐기성 미생물이 내놓는 부산물로, 우리 주제에서는 메탄가스를 말함

*** **혐기성 소화**_ 산소가 없는 환경에서 미생물이 물질을 분해하는 과정

미시간주립대학교 내에 있는 경기장, 너무 커서 다 담아낼 수 없다면 G6의 광각 모드로~

Research and Education Center)에서는 실제로 사체 처리 실험이 이루어지고 있어 우리 주제의 타당성을 확인할 수 있었다.

　로제붐 교수님은 우리나라에서 당연하게 이루어지고 있는, 사체에 미생물을 투입하는 방법에 대해 단호하게 그럴 필요가 없다고 말씀하시면서, 혐기성 소화 방식이 경제적으로 타당하다고 알려주셨다. 또한 우리가 생각한 모델은 미생물의 특성 때문에 한계가 있다 지적하셨다. 인터넷이나 책으로 공부하기에는 한계가 있기에 전문가에게 직접 물어 보고 연구 현장을 견학하지 않았다면 배울 수 없었을 내용이었다. 더불어 탐방 전에 조사를 통해 힘들게 얻은 지식들을 다시 한 번 확인하고 궁금증까지 해소할 수 있었던 시간이었다.

다나 커크, 데일 로제붐
[Michigan State University]

Q 혐기성 소화가 다른 사체 처리 방법보다 좋은 점은 무엇인가요?

A 혐기성 소화는 부산물을 얻을 수 있는 방법일뿐더러 다른 방법에 비해 악취를 풍기지 않습니다. 또한 퇴비화 처리에 비해 유동적인 것이 장점입니다. 질병 때문이 아니라, 정상적인 상황에서 죽은 동물의 사체가 혐기성 소화를 사용하기에 가장 적절하다고 생각됩니다. 병원성 미생물을 관리하는 측면에서 가장 용이하기 때문입니다. 병원성 미생물에 감염되었을 가능성이 있는 사체의 경우, 고온 환경에서 생존할 수 있는 혐기성 미생물을 이용하면 병원성 미생물을 죽일 수 있습니다. 예를 들어 혐기 소화조의 온도를 일정 온도 이상 높이면 고온 균인 혐기성 미생물은 사체를 분해하며 생존하고, 병원성 미생물은 죽게 됩니다. 혐기성 소화 시설을 이용하면 농장 내에 격리할 수 있다는 것 또한 장점입니다.

Q 혐기성 소화 방식이 경제적인 측면에서 경쟁력이 있나요?

A 경쟁력이 있다고 봅니다. 물론 설치 비용은 시설의 크기와 설치 위치에 따라 다양합니다. 미네소타의 한 소화조를 예로 들면, 일반적으로 소화조의 수명은 15년 정도 됩니다. 소화조에서 생성되는 바이오가스를 이용해 전기를 만들어 판매하면 3~5년 정도만에 손익분기점에 도달한다고 합니다. 독일에도 800개 정도의 소화조가 있고, 수익을 얻으며 운영되고 있습니다. 작은 농장에 설치한 소화조는 온도를 높여주는 시설이 없어 해가 떠 있을 때에만 미생물의 활성이 높아집니다. 이때 바이오가스를 생성하는데, 이익은 적은 편이지만 손해를 보지는 않습니다.

● 넓은 토지를 지녔음에도 다양한 사체 처리 방식을 시도하는 미국

미국농무부(USDA, United States Department of Agriculture)는 '건전한 공공 정책과 최상의 과학적 운영을 통해 음식과 농업, 자연 자원 등을 안전하게 관리'하는 것을 목표로 한다. 우리가 방문한 USDA 산하 기관인 동식물검역소(APHIS, Animal and Plant Health Inspection Service)는 미국의 농업과 자연 자원 보호 업무를 담당하는 곳으로, 이곳에서 우리는 동물 사체 처리에 관한 일을 전담하고 있는 로리 밀러(Lori Miller) 씨를 만날 수 있었다. 우리가 탐방 전에 인터뷰를 요청했던 많은 사람들이 밀러 씨를 소개해줬을 정도로 그는 사체 처리 분야에서는 미국 내 최고의 전문가로 알려져 있다.

밀러 씨와의 인터뷰 시간은 아침 10시. 워싱턴 D.C.의 엄청난 러시아워를 뚫고 인터뷰 15분 전에 간신히 USDA APHIS에 도착했다. 버지니아 주에서 사체 처리를 담당하고 있는 개리 플로리(Gary Flory) 씨도 같이 나와 있었다. 당시 날씨가 40도에 가까웠기 때문에 밀러 씨는 오전에 사진을 먼저 찍자고 제안하셨다.

사진을 찍은 후 우리는 미국의 전반적인 사체 처리 방법과 정책, 그리고 미국에서 새로 시도되고 있는 시스템에 대해 이야기를 나누었다. 미국은 국토가 넓기에 매몰 처분이 주를 이룰 줄 알았는데 그렇지 않아서 놀라웠다. 우리는 플로리 씨가 진행하고 있는 퇴비화(Composting) 처리라는 사체 처리 방법에 대해서도 배울 수 있었는데, 이는 현재 미국에서 가금류 사체 처리에 주로 이용하는 방식이라고 했다. 처리 속도가 빠르고 2차 감염 위험을 최소화한 것이 장점이었다. 이곳에서 우리는 미국에서 사체 처리를 얼마나 중요하게 여기고 있으며, 다양한 시도를 하고 있는지 배울 수 있는 시간이었다.

6시간이나 인터뷰가 진행되자 밀러 씨는 식당에서 크랩 케이크(Crab Cake)를 사주셨고, 미국의 관광지에 대해서도 설명해주셨다. 인터뷰이와 주제 이외에 가벼운 이야기를 나누며 친근함까지 느낀, 새로운 경험이었다.

더워지기 전에 먼저 사진을 찍자고 제안했던 센스 있는 밀러 씨와 플로리 씨

● 신재생에너지연구소에서 바이오가스의 가능성을 탐구하다

미국 콜로라도 주의 주도, 덴버는 우리가 세 번째로 방문한 도시다. 저녁에 도착한 덴버는 다른 지역과 다르게 거리에 사람이 많았고, 날씨가 쾌적했다. 지쳐 있던 우리는 작은 도시의 평온한 분위기 속에서 잠시나마 편안함을 느낄 수 있었다.

덴버에는 미국 국립신재생에너지연구소(NREL, National Renewable Energy Laboratory)가 있다. NREL은 1974년 태양광 에너지 연구를 위해 설립된 곳인데, 현재는 신재생에너지의 효율에 관한 연구를 하고 있다. 에너지국에 소속되어 있으며, 주로 사기업과 계약을 맺어 연구를 진행하고 기술 이전을 하고 있다. 우리는 NREL의 최고 선임 연구원인 로버트 발드윈(Robert Baldwin) 씨를 만날

신재생에너지 시설을 견학하는 동안 안전을 위해 보호 장비는 필수랍니다

수 있었다. 바이오가스를 연구하는 발드윈 씨에게 우리는 바이오가스의 가치, 한계, 해결책 등에 대해 질문했다. 1시간에 걸친 인터뷰 동안 발드윈 씨는 그림을 그려주며 열정적으로 설명했고, 참고가 될 만한 책자와 매뉴얼도 건넸다. 그야말로 '아낌없이 주는 나무'라는 별명이 어울렸다. NREL의 시설을 견학하는 동안 우리는 그곳에 근무하는 한국인도 만날 수 있었다. 관광지가 아닌 국가 기관에서 한국인을 만나게 되니 반가울 따름이었다.

🔴 LA 보건부에서 즉흥 인터뷰가 성사되다

마지막 인터뷰를 남기고 우리는 두 가지의 실수를 했다. 분명히 질병통제 예방센터(CDC, Centers for Disease Control and Prevention)로 알고 갔는데 그곳은 LA 보건부(Los Angeles County Department of Public Health)였으며, 탐방일이 26일인 줄 알았지만 27일이었던 것이다. 연락 과정에서 우리의 착오가 있었다. 다행인 점은 LA 보건부가 CDC와 같이 공중 보건을 관리하고 있는 곳이라 인터뷰를 진

NREL 입구에서 사진 한 장. 파란 하늘과 잘 어울리는 색깔의 NREL 로고

행할 수 있었고, 원래 만나려던 분은 없었지만 대신 같은 사무실에서 일하는 제이미 미들턴(Jamie Middleton) 씨와 인터뷰를 진행할 수 있었다.

LA 보건부에서는 인수공통전염병*을 관리하고 있는데, 수의사의 관리 아래 사람에게 감염될 수 있는 질병을 관리하는 동시에 대중의 인식 전환을 위해 여러 프로그램을 진행하고 있었다. 이곳에서 우리는 구제역이나 조류인플루엔자가 발생했을 때 지방정부 차원과 연방정부 차원에서 질병을 어떻게 통제하고 있는지 들을 수 있었다. 우리 주제의 단점인 사체의 이동 문제에 대한 의견 또한 들을 수 있었다. 갑자기 인터뷰가 진행되었음에도 친절하게 응해준 미들턴 씨 덕에 성공적으로 탐방을 마칠 수 있었다.

---

* **인수공통전염병**_ 사람과 동물이 공통적으로 감염될 수 있는 질병

조류인플루엔자와 구제역으로 축산 농가가 많은 피해를 입는 모습을 보며 현실적인 해결 방안을 찾고 싶었습니다. 전문가들의 이야기를 들을 수 있는 기회는 저를 자극했고, '이 주제를 어떻게 풀어나가면 좋을까?' 끊임없이 고민하게 되었습니다. 이런 기회를 누구나 가질 수는 없음을 알기에 응원해주신 모든 분들께 감사드립니다.

구다영

최근 가장 열심히 한 일을 꼽으라면 LG글로벌챌린저 활동일 것입니다. 평소 관심 있던 분야를 직접 정해서 탐방할 수 있다는 장점 덕분에 힘든 줄도 모르고 열심히 준비할 수 있었습니다. 탐방 과정에서 팀원들과 보낸 시간들은 남은 대학 생활 동안 좋은 추억으로 간직하겠습니다.

김동희

LG글로벌챌린저를 준비하면서 2년간 알고 지낸 팀원들과 의미 있는 일을 함께한다는 것이 정말 행복했습니다. 탐방을 하는 동안 많은 것들을 배웠고, 많은 고민들을 해결했습니다. 혼자일 때는 그냥 '재밌는 애'지만 우리 팀원들과 함께 있으면 소속감이 생기고 제 가치가 빛나는 것 같습니다. 동희 형, 상이 누나, 다영, 모두 사랑해요!

오승규

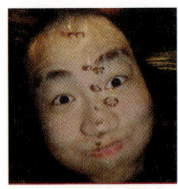

탐방 계획서 작성부터 보고서 제출하기까지, LG글로벌챌린저를 통해 2017년을 알차게 보낼 수 있었습니다. 오랜 기간 친하게 지내온 동기들과 소중한 추억을 함께 만들 수 있어서 기뻤고, 이번 기회에 서로를 더 잘알게 되었습니다. 마지막으로 다툼 없이 탐방을 마칠 수 있어서 모두에게 고맙다고 전하고 싶습니다.

이상이

될 놈 될, 안 될 안!

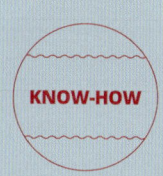

KNOW-HOW

1 **다투지 마라, 될 놈도 안 된다**

수개월의 준비 기간과 2주간의 탐방 동안 멤버들 간에 다툼이 빈번하게 생긴다. 할 일
이 많아 스트레스가 급증하거나 해외에 나가게 되면 심리적으로 모두가 예민해지기 때
문이다. 다행히도 우리는 오래 알고 지내왔기에 큰 문제는 없었지만 사람들이 모여 하
는 일이니만큼 의견이나 성격이 안 맞으면 자연스럽게 갈등은 생기기 마련이다. 이럴
때는 쌓아놓지 말고 바로바로 갈등을 해결하는 것이 중요하다.

또한 팀원들의 성격을 서로 잘 파악하고 있어야 한다. 누가 어떤 행동하는 것을 싫어하
는지, 대체적으로 어떤 팀원끼리 성격이 좀 안 맞는지 등을 알아둔다. 그리고 서로 중재
역할을 하도록 노력한다. 싸움은 굉장히 사소한 것에서부터 시작되는데, 이를 잘 중재
해줄 팀원이 있다면 큰 싸움을 방지할 수 있다.

물론 LG글로벌챌린저 대원이 되고 탐방을 가는 것은 중요하다. 그러나 소중한 친구를
잃는다면 얻는 것보다 잃은 것이 더 많은 탐방이 되지 않을까.

2 **포기하지 마라, 될 놈은 된다**

충북대학교에 재학 중인 우리 팀은 면접 당일 아침에 시험을 본 다음 기차를 타고 상경
했다. 면접을 준비할 시간이 불충분했고 한 질문에서 계속 막혀 제대로 대답도 못 했다.
합격하면 신기한 일이라고 말할 정도로 면접을 망쳤다고 생각했지만, 우린 LG글로벌
챌린저 23기로 선발 되었고, 탐방을 다녀왔다. LG글로벌챌린저를 준비하는 동안 합격
할 수 있을지, 잘하고 있는 게 맞는지에 대해 많은 의구심이 들 것이다. 하지만 선택한
주제에 확신이 있고 열심히 준비했다면 불안해하지 말고 자신감을 갖자. 될 사람은 분
명 된다.

괭생이모자반, 골칫덩어리에서 펄프로 재탄생하다

팀명(학교) Sea-With (한국산업기술대학교)

팀원 강민지, 박혜린, 이도경, 이은하

기간 2017년 8월 9일~2017년 8월 22일

장소 독일, 네덜란드, 스웨덴
1. 프랑크푸르트 (독일연방 공인시험기관 ISEGA)
2. 프라이부르크 (스마트파이버 에이지 Smartfiber AG)
3. 제일란트 (네덜란드 왕립해양연구소 NIOZ, Royal Netherlands Institute of Sea Research)
4. 스톡홀름 (네티 Naty)
5. 순스발 (에스시에이 SCA)
6. 헤이르휘호바르트 (홀티메어 Hortimare)

최근 제주와 남해안에 괭생이모자반이 해류를 따라 대량으로 유입되고 있어 문제다. 괭생이모자반은 3~5미터 길이의 질기고 긴 해조류로, 갑작스럽게 중국에서 발생해 우리나라와 일본으로 밀려들고 있으며, 그 양이 한 해 약 3,000톤 정도로 조업과 항해에 지장을 주는 큰 골칫덩이다. 해안에 밀려와 쌓이기 때문에 악취의 원인이 되는데, 수거도 문제지만 거름이나 비료 말고는 마땅한 활용 방안이 없다는 것이 더 큰 문제다. 우리는 괭생이모자반 문제를 어떻게 해결할 수 있을지 고민하다가, 괭생이모자반에 '셀룰로오스'라는 성분이 존재한다는 것에 착안해 괭생이모자반을 펄프로 만들어보면 어떨까 하는 아이디어를 생각해냈다.

기존에는 대부분 목재를 이용해 펄프를 제조하기 때문에 환경 피해를 일으키며 지속 가능하지 않다는 단점이 있다. 곡물을 원료로 펄프를 만들 수도 있지만, 이 역시 곡물 가격 폭등의 원인이 된다는 단점이 있다. 그러나 괭생이모자반으로 펄프를 만들게 되면 늘어나는 괭생이모자반을 효율적으로 처리할 방법이 생기는 것은 물론, 기존 방법에 비해 친환경적이다. 우리는 쓰레기 취급 받는 괭생이모자반을 쓸모 있는 펄프로 변신시키기 위해 유럽 주요 국가의 펄프 생산 기업과 해조류 연구소로 탐방을 떠났다.

🔴 바다의 청정 자원 해조류, 섬유가 되다

첫 탐방지는 자동차의 도시로 유명한 프랑크푸르트였다. 이 도시에서는 택시부터 버스까지, 모든 대중교통 차량이 우리가 익히 알고 있는 고급 브랜드의 자동차여서 신기했다.

처음으로 방문한 기관은 해조류를 이용해 섬유를 제조하는 스마트파이버 AG(Smartfiber AG)였다. 이 기업은 괭생이모자반과 동일한 <u>갈조류</u>*인 아스코필룸 노도숨(Ascophyllum Nodosum)을 이용해 섬유를 제조하고 있는데, 여러 기관

---

* **갈조류**_ 미역, 다시마, 감태와 같은 갈색을 띠는 해조류로 괭생이모자반이 속해 있음

으로부터 친환경 섬유인증을 받은 바 있다.

우리를 밝은 미소로 맞아준 건 총괄 매니저인 마티나 핑켄(Martina Finken) 씨였다. 핑켄 씨는 스마트파이버 AG에 대해 설명해준 다음 이곳에서 만든 섬유의 샘플을 보여주었다.

해조류 섬유로 만든 펄프는 생각보다 다양하게 활용되고 있었는데 청바지, 속옷 등에 활용 가치가 높은 소재로 유럽에서 널리 알려져 있었다. 우리는 동일한 갈조류인 괭생이모자반 펄프를 이용해 섬유를 만드는 게 가능할지 물어보았는데, 기대 이상의 긍정적인 반응을 보여주었다.

핑켄 씨는 갈조류가 가지고 있는 항균성과 같은 기본적인 기능을 이용하고, 괭생이모자반이라는 생소한 원료가 소비자들에게 친근하게 다가갈 수 있는 방법만 연구한다면 괭생이모자반 펄프는 충분히 가능성이 있다고 말했다. 인터뷰가 끝난 후 우리의 연구를 꼭 성공시켜 나중에 독일로 펄프를 보내달라는 인사를 건네며 자사의 갈조류 섬유와 이를 이용해 만든 제품들까지 우리에게 선물했다. 우리는 핑켄 씨와 인터뷰하는 내내 그녀가 자신의 연구에 대한 확신과 자부심을 가지고 있다는 것을 느낄 수 있었다. 그녀에게서 받은 긍정의 에너지의 힘으로 더욱더 연구에 박차를 가해야겠다는 다짐을 안고 돌아왔다.

안녕~ 내가 바로 괭생이모자반이야!

● 비목재 펄프의 시장 경쟁력을 배우다

스웨덴은 최고급 펄프를 생산하는 것으로 유명한 국가다. 목재가 아닌 옥수수를 사용해 친환경적인 방식으로 펄프를 제조하는 네티(Naty)는 친환경 유기농 기저귀와 생리대로 한국 소비자들에게도 선풍적인 인기를 끌고 있다.

스톡홀름의 중심에서 멀지 않은 곳에 위치한 네티에서 CEO 마를렌 샌드버그(Marlene Sandberg) 씨를 만났다. 친환경 옥수수 펄프 제조를 위해 5년간 연구 개발에 몰두해온 샌드버그 씨는 우리에게 화학물질 사용을 최소화한 친환경적인 비목재 펄프가 시장에서 경쟁력을 갖추게 되었다고 설명해주었다. 그녀를 통해 우리는 어떤 제품이든 기본적으로 환경과 사람에게 해를 끼치지 않는 것이 매우 중요하다는 점을 배울 수 있었다.

친환경 옥수수 펄프로 만든 네티의 기저귀를 들고

우리는 이곳에서 실제로 판매하고 있는 기저귀와 생리대를 만져보며 민감한 소비자들을 위해 펄프가 어떤 조건을 갖춰야 하는지 상세히 배울 수 있었다. 그녀는 앞으로도 새로운 친환경 원료가 지속적으로 개발되어야 한다고 강조했다. 우리는 그녀가 철저히 소비자들의 입장에서 생각하는 기업가라는 것을 알 수 있었다.

샌드버그 씨는 인터뷰를 마친 후 밝은 미소로 함께 사진을 찍어주었고, 우리의 사진을 간직하고 싶어 했다. 숙소로 돌아가는 길에 본 사진 속에는 샌드버그 씨는 물론 팀원 네 명 모두 행복한 미소를 띠고 있었다. 그녀가 우리에게 보여준 세심한 배려와 밝은 미소는 아직도 잊히지 않는다.

● 해조류 생태계를 연구하는 네덜란드 왕립해양연구소

자연을 소중히 여기고 보존할 줄 아는 네덜란드는 해양뿐 아니라 해양 자원만을 연구하는 국가기관이 따로 있다. 네덜란드 왕립해양연구소(NIOZ, Royal Netherlands Institute of Sea Research)가 바로 그곳이다. 왕립해양연구소에서는 해조류 생태계뿐만 아니라 해조류 응용 연구도 함께 진행한다. 현재는 네덜란드의 명문 대학인 바헤닝언대학교(Wageningen University)와 협력하여 해조류 연구뿐만 아니라 해조류를 다양한 방법으로 응용하기 위한 연구를 진행 중이다. 우리는 왕립해양연구소와 인터뷰 후 바헤닝언대학교의 담당자와도 인터뷰를 진행했다.

네덜란드 왕립해양연구소에서 해양학 관련 연구를 담당하고 있는 알렉산더 에빙(Alexander Ebbing) 씨는 우리에게 해조류의 주용성과 자원으로서의 가치에 대해 설명한 후, 현재 자신이 진행하고 있는 '수조를 이용한 해조류 양식'의 연구 내용과 관련 산업에 대해서도 설명해줬다.

수조를 이용한 해조류 양식은 지속적인 해조류 양식을 위한 실험실 수준의 연구인데, 우리는 안정적으로 괭생이모자반을 확보하는 방안으로 양식 방법을 고려 중이었기에 에빙 씨의 설명이 많은 도움이 됐다. 지속적인 양식을 위한 방안은 실제 괭생이모자반 양식 방식과 흡사했다. 또한 에빙 씨로부터 효율적인 양식을 위해서 필요한 제반 사항들에 대해서도 배울 수 있었다.

에빙 씨는 단순히 질문에 답변해주는 것만 아니라 우리에게 질문을 여러 번 던지며 우리의 연구에 많은 도움을 주려 노력했다. 우리는 이날의 인터뷰를 통해 괭생이모자반이라는 자원에 대해 더욱 확신을 가질 수 있었고, 우리나라에도 독립된 해조류 연구 기관이 필요함을 절감했다.

해양 자원 연구가 활발한 NIOZ. 우리나라에도 이런 연구 기관이 필요함을 깨달았다

마를렌 샌드버그
[Naty]

Q 비목재 원료를 이용해 펄프를 만들게 된 계기가 무엇인가요?

A 현재 생산되는 펄프의 약 90% 이상이 목재를 원료로 만들어집니다. 하지만 최근 지구 온난화와 같은 문제로 환경 규제가 강화되면서 산림 벌채가 억제되고 있는 실정입니다. 이로 인해 펄프의 주원료인 목재 공급이 어려워지면, 결과적으로 펄프 가격 상승을 초래합니다. 이러한 문제를 해결하고자 비목재 원료를 개발하게 되었습니다. 비목재 원료는 피부 습진의 저항력을 높여주고 피부 보습을 도와줘 민감한 사람들도 마음 놓고 쓸 수 있을 정도로 피부 자극이 적습니다. 환경적으로는 생분해성이 뛰어나다는 장점을 가지고 있습니다.

Q 갈조류인 괭생이모자반을 이용한 펄프가 시장에서 경쟁력을 가질 수 있을까요?

A 한국은 수입 친환경 펄프를 많이 사용하는 것으로 알고 있는데, 이로 인해 가격이 더 증가해 친환경 펄프가 비싸다는 인식을 갖고 있는 것 같습니다. 괭생이모자반 펄프를 한국 내에서 제조할 경우 원료 가격이나 공정에 드는 비용이 감소하기 때문에 충분한 경쟁력을 갖출 수 있습니다.

만약 세계 시장까지 진출하고 싶다면 기존 펄프와 차별화되는 강점을 갖춰야 합니다. 괭생이모자반이라는 원료의 성분을 잘 이용해 소비자들에게 특별함을 보여주는 펄프를 만든다면 충분히 경쟁력을 가질 수 있을 것으로 예상됩니다.

첫날부터 호되게 한 수 배우다

탐방 첫 인터뷰 날, 오전에 인터뷰를 끝내
고 오후에 다른 기관으로 가기 위해 렌터카
를 주차해둔 곳으로 갔다. 그런데 차 앞 유
리에 독일어로 적힌 종이가 놓여 있었다.
지나가던 할아버지께 해석을 여쭤보니 주
차 전 주차 티켓을 구매해 앞 유리에 올려
놓아야 하는데, 그러지 않아서 10유로의
벌금을 내야 한다는 내용이었다. 기관에 찾
아가 10유로를 낸 후, 우리는 놀란 마음을
가라앉히기 위해 잠시 카페에 들렀다.

우리는 서로를 다독이며 '처음이라 잘 몰라
서 일어난 일이다, 나중에 이 일을 에피소
드에 꼭 쓰자'고 농담을 나눴다. 그리고 다

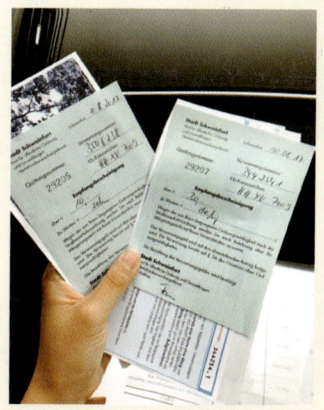

지금은 벌금이 무슨 '1+1'이냐며 웃지만
당시에는 농담도 안 나오던 벌금 통지서

시 출발하려고 하는데, 카페 앞에 주차한 차에, 또 그 종이가 놓여 있는 것이었다! 이번
에는 무려 30유로의 벌금이 청구돼 있었다. 도대체 영문을 몰라 다시 벌금을 내는 기
관에 찾아갔고, 담당자는 '너희는 왜 또 왔니?'라는 표정으로 우리를 쳐다봤다. 담당자
에게 그 종이를 내밀자, 안쓰러운 눈빛으로 우리가 차를 주차 칸에 제대로 맞추지 않아
30유로를 내야 한다고 설명했다. 우리는 모두 우울해졌고, 결국 다시 한 번 벌금을 냈
다. 이번에는 전과 같이 농담을 주고받을 수 없었다. 그렇게 첫날부터 호되게 배운 탓인
지, 어쩐지 그 후의 탐방 일정이 어렵지 않게 느껴졌다.

강민지

LG글로벌챌린저, 이 단어 하나만 보고 달려왔고, 견뎌왔고, 행복했습니다. 가끔은 머리를 쥐어짜야 했고, 세상을 다 가진 듯 행복하게 웃기도 했습니다. 청춘이기에, 그리고 든든한 LG가 우리 옆에 있었기에 가능한 일이었습니다. 처음이라 서툴고 어색했던 제게 응원을 아끼지 않던 친구들, 가족, 그리고 팀원들, 정말 감사하고 사랑합니다.

박혜린

LG글로벌챌린저 덕분에 눈부신 2017년을 보냈습니다. 발전해가는 자신을 보며 앞으로 어떤 일이든 자신 있게 해나갈 수 있는 원동력을 얻었습니다. 배고프면 예민해지는 저와 함께 1년이라는 짧기도, 길기도 한 시간 동안 가족보다 더 많은 시간을 보낸 우리 팀원들, 정말 사랑합니다.

이도경

학업뿐 아니라 취업 준비로 막막했던 4학년이기에 LG글로벌챌린저는 말 그대로 용기가 필요한 도전이었습니다. 그러나 4년간 같이 걸어온 친구들이 손을 잡아주고, 함께해주었기에 지금까지 열심히 달려올 수 있었습니다. 전보다 더 큰 어른으로 만들어준 LG와 서로 힘이 되어주고 이끌어준 민지 언니, 은하, 혜린이에게 감사하단 말을 전하고 싶습니다.

이은하

카페에서 수다를 떨다 "얘들아 해볼래?"라는 말로 시작된 LG글로벌챌린저 도전은 평생 잊지 못할 2017년을 만들어주었습니다. 무언가를 하고자 하는 열정으로 이렇게 열심히 한 적이 있을까 싶을 정도로 뿌듯하고 기분 좋은 시간이었습니다. 탐방 계획서를 작성한 순간부터 지금에 이르기까지, 매일을 같이 살듯이 함께한 우리 팀원들, 정말 고맙고 또 고맙고 사랑합니다.

사랑하라! 그리고 도전하라!

① 서로 의지하고 사랑하라!

LG글로벌챌린저 도전자라면 탐방 계획서를 작성하기 시작하면서부터 탐방 보고서를 완성하기까지, 팀원들과 가족보다도 더 많은 시간을 함께하게 될 것이다. 팀원들끼리 서로 이해하고 사랑하는 것은 무엇보다도 중요하다. 중요한 것은, 함께 머리를 맞대고 주제를 탐구하는 시간뿐 아니라 함께하는 식사처럼 사소한 시간들이 팀워크에 큰 영향을 미친다는 점이다. 따라서 단순히 LG글로벌챌린저 대원이 되기 위한 모임이 아니라 진심으로 서로 사랑하고, 아껴주고, 이해할 수 있는 팀워크를 만들어나가는 것이 중요하다. 여정의 고비마다 어려움이 있겠지만 의지할 수 있는 팀원들과 힘든 일을 헤쳐 나가다 보면 오히려 추억이 될 것이다.

② 도전을 두려워하지 말라

'도전'이라는 단어와 LG글로벌챌린저는 처음부터 끝까지 뗄 수 없는 관계다. 도전을 위한 용기를 내는 것이 쉽지만은 않다. LG글로벌챌린저가 되기 위해 주제를 선정하는 것부터 기관들과의 연락 및 섭외, 그리고 탐방의 순간까지, 모든 것이 도전이다. 도전을 두려워하는 순간 LG글로벌챌린저의 의미는 사라진다. 하지만 용기 있게 자신감을 가지고 한 도전의 결과는 어마어마하다. 두려워하지 말고 용기를 가지자! LG글로벌챌린저가 되어 경험한 세계는, 앞으로 더 넓은 세상으로 나아갈 수 있는 발판이 될 것이다.

인공 광합성을 통해
녹색 도시를 구현하다

팀명(학교) 숲속을 샅샅이 (한양대학교)

팀원 강민철, 김태하, 박혜진, 배병희

기간 2017년 7월 22일~2017년 8월 4일

장소 오스트리아, 독일, 네덜란드, 벨기에
1. 비엔나 (슈피텔라우 쓰레기 소각장 Spittelau Waste Incineration Plant)
2. 포츠담 (라이프니츠 농업공학·바이오경제협회 ATB, Leibniz Institute of Agricultural Engineering and Bio-economy)
3. 괴팅겐 (윤데마을 Jühnde-Bio-Energy-Village)
4. 마스트리히트 (휘이겐 시설자문유한회사 Huygen Installation Advisors Private Company)
5. 겐트 (겐트대학교 Ghent University)

우리는 같은 학교 환경 봉사동아리에서 봉사 활동의 일환으로 도시 정화 활동을 하고 있었다. 하지만 좀 더 적극적인 활동을 해보고 싶어 LG글로벌챌린저에 지원했고, '삭막한 도시의 모습을 보다 생산적으로 바꿀 순 없을까' 하는 물음에서 이번 도전을 시작하게 되었다.

도시의 빌딩은 에너지 소비의 주범으로, 환경을 파괴하는 데 많은 비중을 차지하고 있다. 우리는 빌딩이 에너지를 소비하는 주체에서 생산하는 주체가 될 수는 없을까 고민했고, 인공 광합성이라는 새로운 신재생에너지 기술을 도입해 제로 에너지 빌딩을 기획해보고자 했다. 더 나아가 에너지 타운을 기획함으로써 지역 단위의 에너지 자립을 실현해보고 싶었다. 이에 대한 가능성을 알아보고 발전시키기 위해 신재생에너지 연구가 활발히 이루어지고 있으며, 널리 보급되어 있는 유럽으로 떠났다.

● 아름다운 외관을 자랑하는 비엔나의 슈피텔라우 쓰레기 소각장

오스트리아 비엔나에 도착하면, 멀리서도 눈에 띄는 건물이 하나 있다. 마치 예쁜 미술관처럼 생긴 이 건물은 바로 쓰레기 소각장이다. 슈피텔라우 쓰레기 소각장은 1992년에 오스트리아 국민들이 사랑하는 화가이자 건축가인 훈데르트바서(Hundertwasser)가 화재로 손상된 건물을 재건축해 만든 곳이다.

훈데르트바서의 작품이라는 것 외에도 비엔나 시민들이 이 쓰레기 소각장을 좋아하는 이유가 또 하나 있다. 재건축을 통해 혐오 시설 이미지를 가지고 있던 쓰레기 소각장이 관광지로 탈바꿈했을 뿐만 아니라, 열과 전기를 생산해 인근 주민에게 무상으로 공급하고 있기 때문이다. 슈피텔라우에서는 대체적으로 일반 쓰레기와 음식물 쓰레기의 혼합물을 태우고 있으며, 쓰레기를 태운 열로 지역난방을 공급하고 쿨링 시스템을 통해 냉수도 공급한다.

우리는 이곳에서 방문객들을 위한 가이드로 일하고 있는 바레치 게오르그(Baresch Georg) 씨를 만났다. 우리는 동시간대 가이드 투어를 신청한 오리건대

여기가 미술관일까, 쓰레기 소각장일까. 비엔나 시민들이 아끼는 슈피텔라우 쓰레기 소각장

학교(Oregon University) 학생들과 함께 시내 곳곳의 쓰레기를 실은 트럭들이 출입하는 공간, 쓰레기를 모아놓은 벙커, 그리고 이를 관리하는 관리통제실 등 일반인들은 출입할 수 없는 구석구석을 살펴보고 상세한 설명을 들었다. 퇴근 시간이 지났는데도 우리의 질문에 답하느라 가장 늦게 퇴근했던 게오르그 씨의 친절에 정말 감사했다. 비엔나 시민으로서, 슈피텔라우 쓰레기 소각장을 운영하는 사람 중 한 명으로서 자부심을 갖고 있는 그의 모습을 보며 우리도 슈피텔라우 쓰레기 소각장과 같은 시설을 만들고 싶다는 생각이 들었다.

● 버려지는 음식물 쓰레기로 바이오매스를 만드는 ATB

포츠담에 위치한 라이프니츠 농업공학·바이오경제협회(ATB, Leibniz Institute of Agricultural Engineering and Bio-economy)는 버려지는 음식물 쓰레기를 바이오매스로 전환하는 연구를 하는 곳이다. 자원을 효율적으로 활용하기 위한 지속 가능한 기술과 더불어 음식, 원료, 에너지를 생산하기 위한 생물학적 시스템을 개발하고 있다. 우리는 인공 광합성 생산물인 바이오매스를 활용할 수 있는 방법을 알아보고자 이곳을 찾았다.

ATB에서 우리는 열처리 및 바이오 전환 기술(미생물과 효소를 통한 분해 기술)을 이용해 농산물을 젖산, 바이오숯, 바이오가스로 전환하는 기술을 연구하고 있는 요아힘 베너스(Joachim Venus) 교수님을 만날 수 있었다. 교수님과의 인터뷰를 통해 바이오매스*를 태울 때 생산되는 이산화탄소를 줄일 수 있는 주요 콘셉트인 탄소 중립에 대해 배울 수 있었다.

베너스 교수님께서는 사무실에서도 손수 홍차와 커피를 타주시고, 인터뷰가 끝난 후에는 연구소를 나와 우리가 버스를 타고 떠나는 순간까지 배웅해주셨다. 또 교수님은 우리와의 만남을 연구소에서 발간하는 책에 담고 싶다며 사진을 보내달라고 요청하셨다. 따뜻했던 교수님과의 인터뷰 시간은 베를린에서 가장 기억에 남는 순간이었다.

괴팅겐의 친환경 에너지 타운, 윤데마을

윤데마을까지 가는 길은 우리의 여정에서 가장 험난했던 기억으로 남아 있다. 괴팅겐 시내의 호텔 예약에 문제가 생겨 호텔을 다시 예약하기 위해 여기저기 뛰어다녀야 했고, 호텔에서 윤데마을까지 가는 택시를 잡는 것 또한 매우 어려워서 약속 시간에 늦을까 봐 내내 전전긍긍했다. 여러모로 윤데마을에 도착하기 직전까지 긴장감의 연속이었다.

그렇게 택시를 타고 겨우 도착한 윤데마을은 영화에서 보던 독일 시골 마을의 모습 그 자체였다. 윤데마을은 독일 최초의 친환경 에너지 타운이다. 재생 가능하며 저장이 쉬운 바이오매스를 통해 열과 전기를 생산, 이산화탄소 발생

---

* **바이오매스_** 에너지원으로 사용되는 식물이나 동물 같은 생물체로, 바이오매스를 에너지원으로 하면 적은 자본으로도 개발이 가능하고, 지구 어느 곳에서나 얻을 수 있으며 환경 친화적이라는 것이 장점. 그러나 넓은 면적의 토지가 필요하며, 자원량의 지역적 차이가 크다는 단점이 있음

량을 '0'의 수준으로 줄여 에너지 자립마을을 구현하는 데 성공했다. 윤데마을에는 750명의 주민과 일곱 명의 농부, 200마리의 돼지, 450마리의 소, 800헥타르의 나무, 1,500헥타르의 경작지가 있는데, 돼지와 소로부터 가축 분뇨를 얻고 나무와 경작지에서 목초와 우드 칩을 생산하고 있었다. 정말 작은 마을이라 1시간만 걸어도 마을을 다 돌아볼 수 있을 정도였다.

우리는 이곳에서 투어 가이드인 브링크만(Brinkmann) 씨를 만나 마을의 에너지 시스템과 운영 방식에 대해 더 자세히 들을 수 있었다. 이산화탄소 배출 감소를 통해 환경에 기여하는 것은 물론, 관련된 일자리를 창출하고 마을 문화를 재정립한 윤데마을의 이야기를 들으며 이상적인 공동체의 모습을 살펴볼 수 있었다.

윤데마을은 시내로 통하는 교통편이 많지 않아 이동이 매우 어려웠는데, 브링크만 씨는 직접 교통편까지 알아봐주었다. 마을을 만든다는 것은 기술적인 측면뿐 아니라 그 속에 사는 사람들의 삶을 담아내는 일임을 실감한 시간이었다.

● 제로 에너지 빌딩을 위한 교육 활동을 엿보다

네덜란드의 마스트리흐트는 작지만 유서 깊은 도시다. 이 도시에 위치한 휴이겐 시설자문유한회사(Huygen Installation Advisors Private Company)는 제로 에너지 빌딩 건설·보수를 위한 교육 및 인증 플랫폼(PROF/TRAC)을 통해 제로 에너지 빌딩 설계와 디자인 분야에 종사하는 전문가들을 훈련하고 교육하는 곳이다. 이곳에서는 건축과 기술 분야 전문가들을 위한 개방형 교육 플랫폼 및 자격 체계를 개발해 다른 분야에 대한 소통 장벽을 극복할 수 있는 솔루션을 제공하고 있었다.

우리는 이곳에서 프로젝트 담당자인 피터 옵트 벨트(Peter Op't Veld) 씨를 만났다. 우리가 LG글로벌챌린저라고 하니 피터 씨는 LG와 프로젝트를 진행한

LG와 프로젝트를 함께했던 인연으로 더 반가워하던 피터 옵트 벨트 씨

적 있었다며 매우 반가워했다. 그리고 대화를 시작하기 전 우리의 프로젝트에 대해 먼저 관심을 가지고 물었다.

벨트 씨는 프로젝트 교육과 함께 프로젝트 전반을 동시에 관리하는 일도 하고 있기 때문에 프로그램이 건설 과정에서 어떠한 영향을 끼치는지, 전문가들을 가르치는 입장에서 느낀 점은 무엇인지 등에 대해 다양한 관점에서 설명을 해주었다. 우리 프로젝트의 관점에서 친절하게 설명 해줘서 이해하기도 쉬웠을 뿐 아니라, 매우 유익했다.

🔴 제로 에너지 빌딩을 구축하고 있는 겐트대학교

겐트대학교(Ghent University)는 벨기에 겐트에 위치한 작은 대학교로, 하이브리드 지오탭스(Hybrid GEOTABS) 프로젝트를 담당하는 윔 보이든스(Wim Boydens) 교수님이 계신 곳이기도 하다. 하이브리드 지오탭스 프로젝트는 땅에 묻혀 있는 파이프로 냉온수를 펌핑해 건물의 온도를 관리함으로써 제로 에너지 빌딩

브링크만
[Jühnde-Bio-Energy-Village]

Q 윤데마을은 어떤 방식으로 운영되나요?

A 윤데마을에는 바이오가스 발전소팀, 에너지 플랜트팀, 난방 발전소팀, 우드팀, 온수 네트워크팀, 하우스 테크팀, 공동 협력팀, 운영팀의 총 8개의 조직이 있습니다. 윤데마을은 가축 분뇨, 목초 등의 바이오매스를 혐기성 소화를 통해 바이오가스(메탄)로 전환합니다. 바이오가스를 통해 전기와 열을 생산해 윤데마을에 사용한 후, 잉여의 전기와 열은 외부 기업에 판매함으로써 수익을 창출합니다.

윤데마을을 운영하는 데 가장 중요한 요소는 바이오매스입니다. 식물, 땅, 소와 돼지의 분변 등 여러 에너지 원료가 있으며, 태양에너지는 식물에 저장되기 때문입니다. 또 바이오가스를 태워서 나오는 이산화탄소를 작물이 흡수하고 작물은 다시 바이오매스가되기 때문에 이산화탄소 중립이 가능해집니다. 비료 생산도 가능합니다. 바이오가스는 태워서 열을 생산할 수도 있고, 증기 시스템을 이용하면 전기도 생산할 수 있습니다.

Q 친환경 에너지를 이용해 얻은 효과에는 어떤 것들이 있나요?

A 첫 번째로 경제적 효과입니다. 바이오가스 플랜트 운영을 통해 수익을 얻는 동시에, 화석 연료 구입에 쓰이던 비용이 지역 내에 머무름으로써 마을 경제가 활성화되었습니다. 에너지 작물 재배로 인한 수익도 증대했습니다.

두 번째로 정책적 효과입니다. 연간 3,500톤의 이산화탄소 배출이 감소했는데, EU의 2050년 이산화탄소 배출 감소 목표를 이미 달성했습니다. 또 2006년 유로 솔라상(Euro Solar Prize)을 수상하며 세계 최초 에너지 자립 마을로서의 명성을 획득했습니다.

한편 새로운 고용도 창출했는데, 플랜트 운영자 두 명과 더불어 전문 투어 가이드 14명을 교육하여 관광 회사를 설립해 마을 문화를 재정립하며 삶의 질을 향상시켰습니다. 부가적으로 연간 약 30만~40만 유로의 관광 수익을 내고 있습니다.

을 구현하는 것이다. 교수님은 그중에서도 지열 제로 에너지 빌딩의 모니터링 및 관리 시스템에 대해 연구하고 있었다.

하이브리드 지오탭스 프로젝트의 특징은 지열을 이용하여 에너지를 절약할 수 있는 패시브 건물을 구현하는 것으로, 건물의 냉난방을 해결할 수 있지만 전기를 생산하기 힘들다는 한계점을 가지고 있었다. 이 프로젝트에서는 제어 입력 및 응답을 예측하는 데 'MPC(Model Predictive Control)'라는 모델 예측 제어 시스템을 사용하고 있었는데, 우리는 이 시스템이 실시간으로 최적화된다는 것을 알게 되었다. 이 MPC 기술과 우리 프로젝트의 인공 광합성을 결합했을 때 어떤 빌딩이 구현될 수 있을지 한국에 돌아가 더 조사하고 싶어졌다.

마지막 탐방이었지만 교수님의 열정 덕분에 피로로 사그라들던 우리의 탐방 에너지에 다시 불이 붙었다. 쉬는 날이었음에도 학교에 나와 오랜 시간 인터뷰에 응해주신 교수님께 헤어질 때까지 감사하단 말만 몇 번을 했는지 모르겠다.

젠틀한 윔 보이든스 교수님과의 인터뷰를 기념하며 한 컷

탐방대원 후기

강민철

LG글로벌챌린저를 통해 다양한 경험을 하고 진취적인 활동을 할 수 있었습니다. 더불어 졸업하기 전 LG글로벌챌린저를 통해 잊지 못할 추억을 만들 수 있었습니다.

김태하

LG글로벌챌린저 대원으로 활동하다 보니 어느새 평소 제가 할 수 있다고 생각한 것보다 더 많은 것을 해내고 있었음을 깨달았습니다. LG글로벌챌린저는 저에게 자신감을 준 고마운 프로그램입니다!

박혜진

옳은 미래를 찾아 떠났던 과정이 앞으로 살아가면서 저에게 큰 원동력이 될 것 같습니다. 많이 배우고 느꼈으며, 팀원들과의 잊지 못할 추억을 쌓고 정말 행복했습니다.

배병희

처음에는 해외여행을 가고 싶어서 시작한 마음이 컸지만, 되돌아보니 그 이상의 것을 배우게 되어 더욱 뜻깊습니다. 함께 고생한 팀원들, 꿈같았던 유럽 여행, 다 같이 발전시킨 우리 주제까지, 정말 기억에 남는 추억입니다.

사고는 유연하게, 실천은 끈질기게

KNOW-HOW

① 여러 문제를 동시에 해결할 수 있는 주제가 좋다

우리 팀의 주제는 '인공 광합성 기술을 통한 제로 에너지 빌딩과 에너지 타운 실현'이다. 역대 수상작들을 보면 한 주제를 통해 동시에 여러 문제를 해결하려 한 것을 엿볼 수 있다. 우리 역시 이 주제를 통해 이산화탄소 배출과 에너지 문제를 동시에 해결하려고 했다. 이런 면에서 주제를 선정할 때에는 각 팀원들의 전공을 융합하는 것이 향후 진행하는 데 편하고 수월하다. 우리 팀도 에너지 공학 전공자와 실내 건축 디자인 전공자가 있어 이 둘을 융합해 주제를 잡았다.

② 기관 섭외, 열 번 찍어 안 넘어가는 나무 없다

기관 섭외가 초기 제안서를 쓸 때 가장 힘든 부분일 것이다. 우리는 주제에 매우 적합한 1순위 기관을 쭉 나열한 후 우선 이메일로 컨택했다. 이때 이메일은 지메일(Gmail)을 쓰는 것이 좋다. 다른 메일을 쓰면 스팸 처리가 될 수 있기 때문이다. 지메일을 쓸 때 수신자가 메일을 읽었는지 확인해주는 기능도 함께 쓰면 좋다.

물론 읽지 않는다고, 또는 읽었는데 답장이 오지 않는다고 해서 실망 하지 말자. 또 보내면 된다! 그래도 안 되면 전화를 하자. 시차가 있기에 밤샘은 기본이지만 열 번 찍어 안 넘어가는 나무는 없다. 하지만 최종까지 1순위 기관을 섭외하지 못한다면 포기 하지 말고 2순위 기관에 연락해야 한다.

첵길만 걷자 | 고려대학교   살어리랏다 | 한국외국어대학교   스무살 | 경희대학교

Society

Part 3 　　　　　　　　　 [사회]

팩트체킹을 팩트체크 하다

팀명(학교)	쳌길만 걷자 (고려대학교)
팀원	노현홍, 배륜, 소민희, 임찬주
기간	2017년 7월 23일~2017년 8월 5일
장소	미국
	1. 필라델피아 (팩트체크닷오알지 Factcheck.org)
	2. 워싱턴 D.C. (미국언론재단 API, American Press Institute)
	3. 워싱턴 D.C. (더 팩트 체커 The Fact Checker)
	4. 워싱턴 D.C. (폴리티팩트 Politifact)

영국의 옥스퍼드 사전은 2016년 11월, 올해의 단어로 '탈진실(Post-truth)'을 선정했다. 탈진실은 우리나라의 상황과도 무관하지 않다. SNS의 발달로 가짜 뉴스의 전파 속도는 더욱 빨라졌고, 정치인들의 무책임한 발언들은 시민들에게 혼란을 주었다. 최순실 게이트와 사상 최초의 대통령 탄핵을 경험하면서 우리 사회는 극도의 혼란에 빠졌고, 온갖 거짓 정보가 난무하면서 국민들은 촛불 집회와 태극기 집회로 분열됐다. 일부 언론이 확인되지 않은 정보들을 사실인 것처럼 보도하면서 갈등을 부추겼고, 국민은 언론 전체에 실망했다.

신문방송학과 재학생으로 이루어진 우리 팀은 무너진 언론의 신뢰 문제를 해결하는 데 기여하고 싶었고, 생애 처음으로 투표권을 행사하는 대선을 앞두고 '무엇이 진실인지', '누구의 말을 믿을 수 있는지'를 알고 싶었다. 그러던 중 언론의 신뢰를 회복하고 진실과 거짓을 가리기 위한 노력의 일환인 '팩트체크'를 알게 됐고, 팩트체킹이 일시적 유행으로 지나가는 것이 아니라 우리 사회에 정착될 수 있는 방안을 연구해보고자 탐방을 떠났다.

● 팩트체킹, 언론사의 그늘에서 벗어나다

우리 팀은 미국에 도착한 바로 다음 날 첫 번째 탐방기관인 팩트체크닷오알지(Factcheck.org)를 방문했다. 팩트체크닷오알지는 미국 펜실베이니아대학교의 지원을 받아 2004년 설립한 미국 최초의 팩트체킹 기관이다. 팩트체크닷오알지는 펜실베이니아대학교의 애넌버그 공공 정책 센터(APPC, Annenberg Public Policy Center)를 통해 재원을 마련하는데, 언론사의 산하 기관으로 존재하는 우리나라의 팩트체킹 기관들과 어떤 점에서 다를지 궁금했다.

또한 이곳에서는 매년 네 명의 펜실베이니아대학교 학생을 선발해 1년 동안 팩트체크닷오알지의 업무를 도우며 팩트체킹을 배울 수 있는 일종의 인턴십 프로그램, 학생 펠로십(Student Fellowship)을 운영하고 있다. 우리 팀은 이 프로그램이 어떻게 운영되며 학생들은 어떠한 방식으로 팩트체킹에 참여하는지 알고 싶었다. 그래서 처음 팩트체크닷오알지에 연락했을 때 일주일 동안 직접 학생 펠로십에 참여 가능한지 물어봤었다. 그 당시만 해도 긍정적인 반응을 보여줬기 때문에 필라델피아에서 일주일 동안 머물기로 결정했는데, 출국 며칠 전에야 하루의 인터뷰만 가능하다는 연락을 받았다. 갑작스런 일정 변경으로 인해 우리는 다른 기관들에 연락해 인터뷰가 가능할지 급히 알아봤지만, 모두 거절당했다.

하지만 아쉬움도 잠시, 하루라도 인터뷰에 응해준 사실에 감사했고 성공적인 인터뷰를 위해 이른 아침부터 준비했다. 간단하게 식사를 하며 인터뷰 질문지를 보고 또 보며 가상 인터뷰를 해보는 것은 물론, 꼭 배워 올 핵심 내용들도 다시 한 번 정리했다.

날씨는 화창하고 약속 시간보다 일찍 도착해서인지 펜실베이니아대학교의 캠퍼스를 걸으며 기분이 한껏 들떴지만 약속 시간이 다가오자 다시 긴장됐다. 마침내 우리는 기관장이자 인터뷰이인 유진 케일리(Eugene Kiely) 씨와 만났다. 케일리 씨는 우선 다른 팩트체커들을 소개하며 학생들이 일하는 공간도 구경시켜 주었다. 투어를 마친 우리는 케일리 씨의 사무실에 앉아 본격적으로 인터뷰를 시작했다.

케일리 씨는 팩트체크닷오알지는 APPC에서 재원을 지원받고, 더불어 독자들의 후원을 받아 운영된다고 설명했다. 그는 투명함(Transparency)을 강조하면서, 기관의 재원 운영과 팩트체킹의 모든 과정을 독자들에게 모두 공개하는 것이 매우 중요하다고 강조했다. 실제로 팩트체크닷오알지 홈페이지에는 APPC에서 지원받은 금액과 지원금이 어떻게 사용되는지에 대해 상세히 공개되어 있다. 또한 개인 기부자라 할지라도 일정 금액 이상을 낸 경우에는 이름이 공개된다.

팩트체크닷오알지는 APPC의 지원을 받아 재정이 안정됐기 때문에 팩트체킹에 집중할 수 있었다. 다른 기관들과 달리 조회 수나 사람들의 반응을 크게 신경

1_ 케일리 씨의 이야기를 한마디라도 놓칠까 경청! 또 경청!
2_ 팩트체크닷오알지의 학생 펠로십에 참여하고 있는 세이들 씨와 함께

쓰지 않고, 마치 공공기관처럼 팩트체킹만을 담당하면서 지금까지 지속할 수 있었던 것이다. 유진 케일리 씨는 팩트체킹 기관은 투명해야 독자들에게 신뢰 받을 수 있고, 독자들로부터 신뢰 받아야 팩트체크는 의미가 있다고 설명했다. 이러한 설명을 듣다 보니 한국의 팩트체킹 기관들을 재정적으로 안정시킬 방법이 없을까 하는 고민이 생겼다.

비록 직접 펠로십에 참여하지는 못했지만 운 좋게도 그 시간에 일하고 있던

펠로십 참여자인 시드니 셰이들(Sydney Schaedel) 씨와 이야기 나눌 수 있었다. 언론인이 되고 싶은 꿈이 있어 학생 펠로십에 지원했다는 그녀의 업무는 주로 팩트 체킹에 필요한 자료를 수집하고 독자들의 문의에 답하는 것, 그리고 간단한 이슈에 대해 직접 기사를 작성하는 것이었다. 셰이들 씨는 펠로십에 참여한 것에 크게 만족하고 있으며, 졸업한 후에도 계속 저널리즘 관련 직업을 이어가고 싶다고 말했다. 이런 설명을 들은 우리는 학생들에게는 실무를 경험하게 해주고, 팩트체킹 기관에도 실질적 도움을 주는 학생 펠로십 프로그램이 한국에서도 가능할지 고민해보기로 했다.

● 팩트체킹, 더 나은 방법을 연구하다

우리의 두 번째 탐방기관은 워싱턴 D.C.에서 차로 20분 정도 걸리는 알링턴(Arlington)에 위치한 미국언론재단(API, American Press Institute)이었다. API는 팩트 체킹을 포함해 미국 저널리즘에 대해 전반적인 연구를 진행하는 곳이다. 다른 탐방기관처럼 직접 팩트 체킹을 하는 곳은 아니지만, 미국 팩트체킹의 역사와 관련 연구들에 대한 설명을 듣다 보면 새로운 관점에서 팩트체킹을 바라볼 수 있으리라 기대했다.

예상보다 일찍 도착한 우리들은 질문지를 보고 연습을 거듭했다. 약속 시간 10분 전에 제인 엘리자베스(Jane Elizabeth) 씨에게 연락하고 사무실로 올라가자 환영과 함께 미국 팩트체킹에 관한 프레젠테이션이 시작됐다.

먼저 미국에서 팩트체킹이 생겨나게 된 배경부터 들을 수 있었는데, 정치 광고가 활발한 미국의 초기 팩트체킹은 정치 광고의 진위를 가리기 위해 1988년에 등장했다고 한다. 그러다 2004년 대선을 앞둔 2003년에 앞서 탐방했던 팩트체크닷오알지가 설립됐고, 4년 뒤 다음으로 탐방할 더 팩트 체커(The Fact Checker)와 폴리티팩트(Politifact)가 등장하면서 본격적으로 팩트체킹이 발전하기 시작했다고 한다.

설명을 들은 후 우리는 직접 준비한 한국 팩트체킹의 현황에 관한 슬라이드 노트를 보여주었다. 현재 한국의 팩트체크는 중립적이지 못하다는 비판을 듣고 있으며 대부분 대선 기간에만 이루어진다고 설명하자 그녀는 미국의 팩트체킹 기관들 역시 이러한 현상들을 이미 경험했고, 지금도 해결해야 하는 과제라고 말했다. 중립적이지 못하다는 비판을 극복하기 위해서는 투명하게 운영해야 한다고도 덧붙였다.

제인 엘리자베스 씨가 보여준 통계 자료에 의하면 팩트체크 기사에 대한 조회 수, 즉 사람들의 관심은 대선 기간에만 집중되기 때문에 수요와 공급 법칙에 의해 대선 기간에 팩트체킹이 집중되는 것은 자연스러운 일이었다. 하지만 엘리자베스 씨는 지속적으로 팩트체킹을 해나가야 기관에서도 더욱 적절한 판단을 내릴 수 있고, 팩트체크 기사를 읽은 사람들은 관련 기사를 더 찾아서 읽는다는 연구 결과도 있듯, 팩트체킹이 언론사의 트래픽 수를 증가시켜 줄 수 있다고 강조했다. 장기적인 실리 측면에서도 팩트체킹을 지속할 유인이 있다는 귀중한 조언이었다.

인터뷰가 끝나기 직전, 우리는 API 기관장인 톰 로젠스틸(Tom Rosenstiel) 씨와 잠깐 만나 인사를 나누는 기회를 갖게 되었다. 로젠스틸 씨는 전공 수업 때 이름을 많이 들었던 분이었는데, 실제로 만나게 되어 신기했다. 인터뷰가 끝난 후 엘리자베스 씨는 도움이 필요할 때 언제든 연락하라는 말과 함께 많은 자료를 챙겨주었다.

1_ 홀란 씨가 폴리티팩트 멤버십 프로그램에 관해 설명하고 있다

2_ 폴리티팩트의 상징 오바미터

● 팩트체킹, 독자들에게 다가가다

마지막 일정으로 폴리티팩트(Politifact)를 방문했다. 팩트체크닷오알지, 더 팩트 체커와 함께 3대 팩트체킹 기관으로 꼽히는 폴리티팩트는 템파 베이 타임스(Tampa Bay Times)의 산하 부서로, 2007년에 설립됐다. 오바미터(Obameter)*, 펀딧팩트(Punditfact)** 등의 콘텐츠를 개발한 것은 물론, 페이스북 라이브와 같은 다양한 접근 방식이 이슈가 되면서 현재 가장 번창한 팩트체킹 기관으로 인정받고 있다. 우리는 이곳에서 가성비가 떨어진다는 이유로 대선 기간에만 잠깐 유행처럼 팩트체킹을 하다가 중단하는 한국 언론사의 풍토를 개선할 수 있는, 지속적인 팩트체킹을 위한 방안을 배워 오기로 했다.

먼저 폴리티팩트 워싱턴 지사의 편집자인 앤지 드로브닉 홀란(Angie Drobnic Holan) 씨의 안내를 받아 내부를 둘러보았다. 한국에서 팩트체킹을 공부하기 위해 온 학생들이라는 소개에 다른 사람들도 환영의 인사를 건넸다.

폴리티팩트는 초기에는 템파 베이 타임스에 의존했지만, 지금은 스스로 자립 가능한 정도에 이르렀다고 한다. 폴리티팩트는 영리 기관으로, 인터넷 광고를 게시하고 멤버십 프로그램을 운영하면서 독자들에게 후원을 받고 있었다. 광고를 수주하고 독자 후원을 받을 수 있을 정도의 브랜드 영향력을 쌓아간 과정에 대해 묻자, 앤지 씨는 많은 사람들에게 폴리티팩트를 알리기 위해 노력한 결과라고 답했다. 팩트체커들이 여러 TV 프로그램에 출연해 팩트체크 한 결과를 알리기 위해서 노력했고, 오바미터와 펀딧팩트 등의 새로운 콘텐츠도 사람들에게 필요한 내용을 더 잘 전달하기 위한 연구의 결과로 개발된 것이라고 설명해주

---

* **오바미터_** 오바마 대통령의 공약 이행 정도를 추적하는 폴리티팩트의 콘텐츠로, 최근에는 트럼프오미터(Trump-O-Meter)를 통해 트럼프 대통령의 공약 이행을 추적함
** **펀딧팩트_** 정치인의 발언을 검증하는 폴리티팩트와 구분해, 토크쇼 호스트나 유명 작가 등 정치인을 제외한 유명 인사의 발언을 검증하는 폴리티팩트의 코너

었다. 팩트체크 기사가 아무리 좋은 내용을 담고 있더라도 사람들에게 전달되지 않는다면 진실을 밝힐 수 없다. 더 정확한 근거를 확보하고 공정하게 판단하는 것도 중요하지만, 사람들에게 어떻게 전달할지에 대한 고민도 게을리해서는 안 된다는 점을 배웠다.

좋은 말씀에 대한 감사의 의미로 우리는 LG에서 준 부채와 따로 준비해 간 티스푼을 선물했다. 홀란 씨는 그 자리에서 포장을 뜯어보더니 환한 미소로 고맙다고 말하며 폴리티팩트 로고가 담긴 스티커와 펀딧팩트라는 글씨가 적힌 펜을 선물로 주었다.

화기애애한 분위기 속에서 우리의 마지막 탐방은 끝났다. 세계적인 팩트체킹 기관들을 방문하고 세계적인 팩트체커들과 인터뷰하면서 팩트체킹이 특별한 것이 아님을 느낄 수 있었다. 전문 인력이 필요하지만, 전문 기술이 필요한 일은 아니라는 말이다. 우리 사회를 위한다는 사명감을 가지고 지속적으로 팩트체킹을 하는 사람들이 늘어난다면, 우리나라에서도 팩트체킹이 충분히 발전할 수 있겠다는 생각이 들었다.

피노키오 지수가 만들어지는 더 팩트 체커에 걸린 피노키오 그림

글렌 케슬러
[The Fact Checker]

Q 팩트체킹이 사회에서 어떤 의미를 가진다고 생각하시나요?

A 팩트체킹은 보완의 성격이 강합니다. TV나 신문 보도에서는 찾아볼 수 없는 세부적인 정보들까지 전부 제공하기 때문입니다. 예를 들어 의료보험에 관한 뉴스라면 우리는 독자들에게 모든 논쟁거리들에 대해 사실 여부를 말해주고, 사실 혹은 거짓으로 판단한 이유와 더불어 의료보험 정책과 제안들에 대해 더 깊이 설명합니다. 따라서 일반 뉴스를 보면서 우리의 기사를 함께 읽는다면 의료보험이라는 주제에 대해 더 깊게 이해할 수 있습니다. 단순히 정치인들의 말이 사실인지 거짓인지를 구별하는 데 그치지 않고, 복잡한 정치 이슈들을 잘 설명하여 사람들이 이슈에 대해 더 잘 알 수 있도록 하는 것이 팩트체킹의 궁극적인 역할입니다.

Q 거짓 정도를 나타내는 지수로 '피노키오 지수'를 개발해 사용하고 있는데, 이 지수가 주관적이라는 일부 걱정에 대해서 어떻게 생각하고 계신가요?

A 피노키오 지수가 주관적이라는 비판에 대해서는 인지하고 있습니다. 그렇지만 우리가 지수를 사용하는 이유는 판단의 핵심 요점이 무엇인지 독자들이 쉽고 간단하게 알 수 있는 방법이기 때문입니다. 팩트체킹은 사실과 거짓을 판단하는 일이기 때문에 우리뿐만 아니라 대부분의 기관들이 주관적이고 편향적이라는 비판을 항상 받습니다. 이러한 비판을 줄이기 위해서 가장 중요한 것은 '투명성'입니다. 판단에 이르기까지의 팩트체킹 과정을 독자들에게 모두 공개하고, 왜 이러한 판단을 내렸는지 설명해야 합니다. 또한 피노키오 지수 같은 지표를 사용한다면 일관성을 유지하는 자세도 필요합니다. 구체적인 기준을 정해 일관되게 판단을 내려야만 독자들이 우리의 지수를 신뢰할 수 있습니다.

군대 전역 후 캠퍼스에서의 첫 학기를 하얗게 불태우게 해준 LG글로벌챌린저! 열정을 다 바쳤지만 아직도 부족함은 없는지 돌아보게 됩니다. 더불어 주변 사람들의 소중함과 고마움을 깨닫게 해준 귀한 시간이었습니다.

노현홍

주제 선정부터 보고서까지, LG글로벌챌린저에 도전한 모든 순간이 낯설고 힘들었지만 값진 경험으로 남았습니다. '첵길만 걷자' 팀과 함께 걸어온 2017년 여름은 제 인생의 가장 소중한 챕터가 될 것 같습니다!

배륜

팀원들과 탐방을 준비하며 정말 지쳤다 싶을 정도로 힘든 날도 있었습니다. 하지만 함께 해냈다는 뿌듯함이 남아 행복합니다. 추억과 값진 교훈을 얻게 해준 LG글로벌챌린저, 정말 잊지 못할 것입니다.

소민희

3월에 팀원들과 모인 게 엊그제 같은데 5개월의 시간이 빠르게 지나갔습니다. 탐방을 준비하면서도, 시작하고도, 마무리하면서도 힘든 때가 많았지만 돌이켜보면 그 과정 하나하나가 저에게 정말 잊지 못할 경험이었습니다.

임찬주

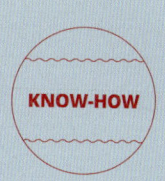
❶ 가장 자신 있는 주제를 선정해라

LG글로벌챌린저로 선발되기 위해서는 주제가 정말 중요하다. 실제로 모든 팀들이 주제 선정에 가장 많은 공을 들이는데, 참신한 주제가 경쟁력 있다는 생각에 낯선 주제만을 찾는 이들이 많다. 그러나 원래 등잔 밑이 어두운 법. 잊지 말자. 본인의 전공이 본인에게는 익숙하지만 다른 사람들에겐 신선할 수 있다는 것을. 또한 가장 자신 있는 주제를 선택해야 더 깊은 이해가 가능하고, 이해의 정도가 탐방의 질을 좌우한다.

❷ 가장 믿음직한 친구들과 함께해라

성공적인 탐방을 위해 각 분야의 전문가와 팀을 이루는 경우가 있다. 하지만 오랜 기간 호흡을 맞춰본 친구들, 그중에서도 이왕이면 주제와 밀접한 분야의 친구들과 함께하길 권한다. 1년 여 과정에서 가장 중요한 것은 일명 '멘탈 잡기'다. 지친 순간 기댈 수 있는, 엉뚱한 말도 눈치 보지 않고 꺼낼 수 있는 친구들을 찾는 것이 중요하다. 최고와 최고의 만남보다는 각자가 최고의 역량을 발휘할 수 있을 때 최고의 팀이 된다.

도시의 빈집, 누구의 것인가

팀명(학교) 살어리랏다 (한국외국어대학교)

팀원 박정현, 이재선, 전찬혁, 주도성

기간 2017년 7월 16일~2017년 7월 29일

장소 일본
1. 야나가와 (야나가와 시청)
2. 기타큐슈 (기타큐슈 시청)
3. 후쿠오카 (미요시 부동산)
4. 가가와현 쇼도 섬 (쇼도 섬의 정)
5. 가가와현 쇼도 섬 (토디, TOTIE)
6. 도쿄 (하기소 HAGISO, HAGI Studio)
7. 도쿄 (시나 토 이페이 Sheena & Ippei)
8. 도쿄 (국토교통성)
9. 요코하마 (요코하마 호스텔 빌리지)

전 세계 많은 도시에서 점점 빈집이 늘어나고 있다. 유럽의 경우 빈집이 1,100만 채가 넘어가는 추세며, 가까운 국가인 일본의 경우 820만 채를 넘어가고 있는 실정이다. 우리나라도 2015년 기준, 조사된 빈집만 107만 채를 넘어섰다. 우리나라의 주택 보급률은 2008년에 이미 100%를 넘었는데, 이로 인해 빈집도 계속해 증가하면서 빈집 활용의 필요성이 대두되고 있다.

빈집으로 인한 사회적·경제적 문제들도 좌시할 수 없는 실정이다. 과거 살인범 김길태의 경우 부산의 한 빈집에 은거해 경찰의 눈을 피해 숨어 있었고, 한 노숙자가 빈집에서 가스 버너로 난방을 하던 중 화재가 일어나 근처 집까지 불이 번질 뻔한 일도 있었다. 이런 뉴스만 보더라도 빈집을 사유 재산이 아니라 지역 사람들이 함께 신경 써야 할 공공재로 봐야 한다는 것을 알 수 있다.

빈집으로 인한 문제의 심각성을 인식하고 일찍이 해결에 앞장서온 일본의 경우, 민관이 적절히 협력해 최고의 시너지 효과를 거두고 있다. 우리는 빈집 활용의 다양한 사례를 배우고 이를 우리나라에 적용하기 위해 일본의 주요 도시들을 탐방했다.

빈집을 체험형 주택으로 활용, 인구 재유입에 성공하다

첫 탐방지인 야나가와 시는 일본 남부 규슈 지방의 소도시다. 뱃놀이와 아름다운 자연으로 유명한 야나가와는 빈집을 활용한 체험형 주거 시설인 '모에몬 하우스(もえもん House, 서로 사이좋게 사용하는 집)'를 운영하여 인구 재유입에 성공했다.

탐방이 있는 날, 야나가와 시청의 계장 노구치 타카미츠(野口 貴光) 씨와 계원 카와시마 다이키(川島 大輝) 씨가 직접 마중 나왔다. 순박한 이웃집 아저씨 같은 인상의 노구치 씨는 우리를 사무실이 아닌 모에몬 하우스로 바로 데리고 가주었다.

사실 우리 팀에는 일본어를 유창하게 구사하는 사람이 없었다. 미리 섭외한 통역가는 다음 탐방지인 기타큐슈에서부터 통역을 진행해주기로 했기에 모에몬 하우스 탐방이 제대로 진행될지 걱정이 한가득이었다. 하지만 야나가와에 도착해보니 이곳에서 유학 중인 한국인 고등학생 안기성 씨가 우리를 도와주기 위해 기다리고 있었다. 세심한 배려에 놀라면서 우리는 모에몬 하우스로 발걸음을 옮겼다.

노구치 씨는 모에몬 하우스의 운영 방식과 야나가와의 빈집 활용 사례에 대해 자세히 설명해주었다. 또한 한국의 상황에 대해서도 굉장히 궁금해했다.

탐방이 어느 정도 진행되었을 때 밖이 시끄러워졌다. 무슨 일인지 어리둥절해하던 우리는 한 번 더 야나가와 시에 감사하게 됐다. 시에서 우리를 위해 야나가와로 이주해 온 사람들이 만든 민간 단체인 '야나가와 사람들 모임'의 회원인 시마다 유키(島田 侑季) 씨와, 예전에 모에몬 하우스에 살았던 시드니대학교 교수 배리 쉘튼(Barrie Shelton) 부부를 초대한 것이다. 시마다 씨는 우리에게 단체 운영 방식과 더불어 민간에서 진행하고 있는 빈집 활용 사례와 방식에 대해 알려주었고, 쉘튼 부부는 자신들의 경험을 진솔하게 이야기해줬다.

예상했던 것보다 훨씬 많은 정보를 얻은 우리는 많은 선물을 건넸고, 그분들은 우리에게 좀 더 야나가와에 머물다 가라고 권유했다. 하지만 일정상 더 머물기가 어려웠기에 우리는 숙소로 돌아가야만 했다. 그렇지만 이날 받은 배려와 도움은 앞으로도 계속 기억에 남을 것 같았다.

● 기타큐슈에서 위기를 기회로 삼는 법을 배우다

후쿠오카 중심부에서 다소 거리가 있는 기타큐슈로 출발한 우리는 후쿠오카와 쇼도 섬에서 통역과 탐방을 함께 해줄 송유빈 씨를 만났다. 일본에서 대학원을 다니면서 한국어를 가르치는 송유빈 씨는 일본에 대해 잘 모르는 우리에게 귀중한 사람이었다. 그는 우리가 탐방 계획을 세울 때 경로를 같이 조사해줬고, 일본의 여러 제도나 지방에 대해 설명해줬다.

기타큐슈까지는 전철로 이동했는데, 도착하니 꽤 시간이 지나 있었다. 기타큐슈 시청의 이시마쓰 교스케(石松 亨介) 계장과 이시하라 노부타카(石原 庸隆) 주사는 우리에게 기타큐슈의 <u>리노베이션 스쿨</u>*과 경제적으로 낙후되었던 고쿠라 지역의 성공적인 개발 사례들에 대해 친절히 설명해줬다.

1963년에 다섯 개 도시가 합병되어 인구 100만 명 규모의 정령지정도시가 된 기타큐슈는 한때 공업 도시로 발전을 거듭했으나, 이후 기간산업의 쇠퇴와 함께 인구가 지속적으로 줄어들었다. 2015년 기준 약 96만 명이 살고 있는데, 중심지인 고쿠라 지역도 현저하게 쇠퇴해 주택뿐 아니라 빈 점포도 증가하기 시작했다. 이러한 문제를 심각하게 인식한 기타큐슈 시의 산업정책과는 2000년대 초반 도쿄에서 소형 오피스의 연계를 통해 민간 주도 재생 프로젝트를 시행했던 도시 프로듀서, 시미즈(清水) 씨에게 정책 구상을 의뢰했고, 이것이 현재 일본 각지로 전파되고 있는 '리노베이션 스쿨'의 계기가 됐다.

이곳의 역사에 관한 이야기를 들으며, 마음먹기에 따라 위기는 오히려 기회가 될 수 있음을 배웠다.

🔴 후쿠오카 빈집 서포트 서비스의 선두 주자, 미요시 부동산

기타큐슈에서의 일정을 순조롭게 마친 우리는 그날 오후에 지하철을 타고 다시 후쿠오카로 향했다. 미요시 부동산은 규슈 지역에 여러 지점을 가지고 있는 회사로, 규슈 지역에서 가장 규모가 큰 부동산이다.

원래는 미요시 부동산의 부장인 마에다 테쓰야(前田 徹也) 씨가 인터뷰를 하기로 했지만, 휴가 때문에 타케이 타카토시(武田 崇敏) 씨가 대신 인터뷰를 진행할 것이라는 연락을 받았다. 하지만 도착하고 보니 마에다 씨가 휴가를 반납하고

---

* **리노베이션 스쿨**_ 빈 건물을 활용하고 싶어 하는 사람들을 대상으로 빈 건물 활용 관련 전문가들이 활용에 필요한 지식, 기술을 제공하는 공·폐가를 활용한 마을 재생 프로그램. 교육이 끝난 후에는 실제로 건물을 활용할 수 있도록 소유자를 설득하거나 건물을 매입하는 것까지 도움을 주고 있음

타케이 씨와 함께 우리의 인터뷰에 응해줬다. 게다가 우리가 일본어 통역이 없을 것이라고 생각했는지, 영어가 가능한 직원을 미리 대기시켜두었다. 일본인들의 사려 깊은 배려에 다시 한 번 감동한 순간이었다.

타케이 씨는 우리에게 미요시 부동산에서 진행하고 있는 빈집 관리 서비스와 더불어 일본의 빈집 증가 추세 및 이에 대처하는 기업의 입장에 대해 이야기해줬다. 일본의 경우 빈집이 증가하는 상황이라 정부 차원에서 빈집 소유와 관리 여부에 따라 세금을 부과한다. 미요시 부동산에서는 지속적으로 빈집을 관리하지 못할 상황(입원, 출장 등)에 처한 사람들을 위해 저렴한 가격으로 빈집 관리 서비스를 진행하고 있었다.

인터뷰를 마치고 부동산 로비에서 사진을 찍기로 했다. 이전 탐방 기관에서의 사진들은 대부분 인터뷰에 응해준 공무원이나 전문가들이 중심에 있었지만, 마에다 씨는 손님들이 중심이 되어야 한다며 우리를 중심으로 사진을 찍어주었다. 우리는 홀가분한 기분으로 후쿠오카에서의 탐방을 마칠 수 있었다.

● 오사카의 과거와 현재가 같이 살아 숨 쉬는 가라호리 지구

한국과 달리 일본은 섬이라는 지리적 배경 때문에 외부의 침입이 적었다. 개혁이나 해외 문물의 유입도 긴 시간을 두고 과거의 것을 지키면서 이루어졌다. 짧은 시간에 과거의 것을 제대로 지키지 못한 채 진행되었던 한국의 개혁과는 큰 차이가 있다.

후쿠오카에서 동쪽으로 비행기를 타고 오사카로 이동했다. 더위는 여전했지만, 후쿠오카와는 다른 대도시의 모습을 볼 수 있었다. 특히 도톤보리나 유니버셜 스튜디오 재팬(Universal Studio Japan)과 같은 관광 명소가 많았다.

가라호리 지구는 오사카 시 중심부에 위치해 있다. 과거 도요토미 정권의 중심부였던 오사카 성이 근처라 그런지, 많은 관광객들이 오사카 성과 함께 찾고

한 장의 사진에 넣기 힘들 정도로 거대한 규모를 자랑하는 오사카 성의 모습

있는 지역이다. 가라호리 지구에서 가장 유명한 곳은 '렌(練)'이었다. 외관은 그냥 오래된 건물 같아 보였지만, 안으로 들어가니 여러 개의 가게들이 모여 있었다. 한국처럼 하나의 가게가 한 층을 다 쓰는 것이 아니라, 한 층을 여러 가게가 공간을 나눠서 사용하고 있었는데, 다양한 가게들이 좁은 공간을 효율적으로 활용하면서 시너지 효과를 내고 있는 모습이 꽤 인상 깊었다.

가라호리 지구에는 렌 외에도 옛날 가옥과 건물을 그대로 사용하는 경우가 많았다. 오래된 것은 배제하고 새로운 것을 선호하는 경향이 강한 우리나라와는 사뭇 다른 모습이었다. 옛 건물을 그대로 사용하려면 분명 여러 가지 불편함이 존재할 것이다. 그럼에도 옛날 것을 지키고 유지하려는 일본의 문화를 보면서 많은 것을 배울 수 있었다.

빈집은행을 통해 인구 재유입에 성공한 쇼도 섬

오사카에서 탐방을 마치고 체력을 보충한 우리는 신칸센을 타고 오카야마로 이동했다. 오카야마에서 신오카야마 항까지 버스를 타고 1시간, 신오카야마 항에서 다시 배로 1시간 동안의 여정을 거쳐 도착한 쇼도 섬은 빈집은행을 통해 인구 재유입을 성공시킨 섬이다.

빈집은행이란 국가, 특히 시청과 같은 지자체가 민간과 협력해 지역 내의 빈집 현황을 파악해 활용하는 제도다. 빈집을 활용하고 싶어 하는 사람과 빈집을 소유하고 있는 사람 간의 소통을 가능하게 해 일본에서 큰 성공을 거뒀고, 일본 내 거의 모든 지자체에서 시행하고 있다.

원래는 오전에 인터뷰를 진행한 후 쇼도 섬에서 운영되고 있는 비영리법인 TOTIE와의 인터뷰를 오후에 진행하려고 했지만, 쇼도 섬의 정에 도착하니

영화 촬영지로도 유명한 쇼도 섬의 아름다운 자연환경

TOTIE의 이사 오오츠카 이츠포(大塚 一歩) 씨가 이미 그곳에서 우리를 만날 준비를 하고 있었다. 쇼도 섬 정의 타츠야 무카이(向井 達也) 주사는 현재 쇼도 섬의 상황과 인구 재유입에 성공하게 된 경위를 설명해줬다.

이후 TOTIE 사무실에서 두 번째 인터뷰를 진행했다. 바닷가에 위치한 사무실은 경치가 정말로 아름다웠다. 에어컨이 없어서 조금 덥기는 했지만, 오오츠카 씨와 코사카 씨의 진솔한 이야기를 듣다 보니, 시간 가는 줄 모르고 집중하게 됐다. 특히 오오츠카 씨는 보여줄 것이 더 있다며 빈집을 개조해 만든 게스트하우스로 우리를 데려가 그곳에서 하나하나 자세히 설명해주었다. 헤어지기 전에는 우리에게 꼭 LG글로벌챌린저에서 우승하라며 격려를 아끼지 않았다.

더 머물고 싶었지만 도쿄에서의 탐방이 우리를 기다리고 있기에 아쉬운 마음을 접고 쇼도 섬에서 나오는 페리에 몸을 실었다. 막막하고 끝나지 않을 것만 같았던 우리의 탐방이 벌써 절반을 넘어서고 있었다.

🔴 빈집, 특별한 게스트 하우스가 되다

쇼도 섬에서의 좋은 추억을 뒤로하고 우리는 다카마쓰 공항에서 비행기로 도쿄에 도착했다. 일본의 수도인 도쿄에는 빈집이라고는 찾아볼 수 없을 것같이 고층 건물이 즐비했고, 마치 서울을 보는 듯한 느낌도 들었다.

지하철을 타고 센다기 역에서 내린 우리들은 하기소(HAGISO)로 향했다. 하기소는 빈집 두 채를 리모델링하여 하나는 리셉션 데스크와 식당 역할을 하는 하기소, 또 하나는 호텔 역할을 하는 하나레로 개조했는데, 두 건물을 합쳐 통상 하기소라 부른다. 하기소는 전시회 개최 등을 통해 마을의 문화 중심지 역할을 하고 있는데, 하기소의 등장으로 근처 지역의 상권이 다시 활기를 띠게 됐다.

인터뷰에 응해준 하기소의 미쓰요시 미야자키(宮崎 晃吉) 대표님은 우리에게 하기소와 하나레를 만들게 된 계기와 과정, 그리고 하기소의 향후 계획까지 자세히 설명해주셨다. 한국의 리노베이션 사례에 대해서도 많은 관심을 가지고 있던 미야자키 대표님은 오는 9월에 한국을 방문할 예정이라며, 우리와 꼭 다시 만날 수 있으면 좋겠다고 하셨다. 우리는 인터뷰 진행 하루 전에 하나레에서 묵었는데, 맛있는 조식과 숙박한 사람들에게 남기는 편지, 목욕 세트가 매우 인상 깊었다.

하기소 탐방을 마친 후 마찬가지로 빈집을 리노베이션해 운영 중인 게스트하우스, 시나 토 이페이(Sheena & Ippei)를 방문했다. 시나 토 이페이는 '돈가스 이페이'라는 이름의 돈가스 집을 리노베이션해 게스트하우스로 바꾼 곳이다. 시나 토 이페이의 히카미야마 코이치(日神山 晃一) 대표님은 이곳을 단순한 게스트하우스가 아닌, 과거의 추억을 떠올릴 수 있는 문화적 공간으로 만드는 것이 목표라고 하셨다. 실제 건물은 외부에서 내부를 볼 수 있도록 유리문으로 되어 있으며, 내부에 있는 재봉틀을 통해 과거의 기억을 떠올리게 하려는 의도가 있다고 하셨다.

처음에 숙소로 이 두 곳을 선정할 때 기대 반 걱정 반이었다. 낡은 건물을 리노베이션하여 만든 숙소이기에 안전상의 문제가 있거나 시설이 별로 좋지 않을까봐 걱정됐기 때문이다. 하지만 직접 묵어보니 생각보다 건물이 안전하고 시설 역시 최신식이라는 것을 알게 됐다. 더 많은 사람들이 이곳을 체험해본다면 빈집 활용에 대해 긍정적인 인식을 가지게 되리라는 확신도 들었다.

미쓰요시 미야자키
[HAGI Studio]

Q 빈집을 하기소로 바꾸게 된 계기는 무엇인가요?

A 하기소는 원래 2층짜리 다세대 주택이었습니다. 2000년 이후부터 거주자가 없었는데, 2006년부터는 도쿄예술대학 학생들이 무단으로 들어와 아지트로 삼고 살고 있었죠. 저도 2층의 빈 공간을 사무실로 사용했습니다. 그런데 2011년 동일본대지진 이후, 건물의 수도와 전기에 문제가 생기면서 건물 소유자가 건물을 철거하고 주차장으로 바꾸려고 했습니다. 건물을 철거하는 것이 싫었던 저는 건물의 장례식을 치러주고 싶었죠. 진짜 장례식은 아니고, 건물을 추억하자는 의미로 건물을 주제로 한 전시회를 연 것입니다. '하기와 나레 2012(Hagi and Nare 2012)'라는 이름으로 열린 이 전시회에 놀랍게도 1,500명의 사람들이 찾아왔습니다. 이 전시가 놀랄 만한 가능성을 보여주었기에 저는 소유자를 설득할 수 있었고, 결국 리노베이션을 시작하게 되었습니다. 그렇게 2013년 6월에 리노베이션이 끝났고, 하기소가 탄생했습니다.

Q 하기소는 무슨 역할을 하는 건물인가요?

A 하기소는 최소 문화 복합 시설(작은 공간에서 다양한 문화 활동을 가능하게 하는 장소)로, 2층에 총 6개의 기능을 하는 장소가 모인 건물입니다. 카페와 갤러리, 건축 사무소 등이 있는 이 건물은 평소에는 카페의 역할을 하지만, 한 달에 3주는 전시회장이 됩니다. 특히 사람들의 인식을 바꾸는 전시회나 도쿄예술대학 학생들의 졸업 전시회가 진행되며, 영화 상영이나 건축 관련 교육도 진행하고 있습니다.

🔴 빈집을 이용해서 지역을 변화시킨 요코하마 호스텔 빌리지

도쿄에서 얼마 떨어지지 않은 도시인 요코하마에서 우리가 갈 곳은 낙후된 지역으로 유명했던 코토부키였다. 코토부키는 일용직 노동자들이 모여 사는 동네로, 지금은 다소 나아지기 했지만 여전히 치안을 조심해야 할 필요가 있다고 했다.

요코하마 호스텔 빌리지는 코토라보라는 이름을 가진 협동 회사에서 일용직 노동자들의 쪽방촌을 리모델링해 만든 곳이다. 처음에는 지역 특성상 많은 사람들이 찾지는 않았지만, 이후 지역 의식 개선 프로젝트나 선거 프로젝트를 통해 코토부키의 이미지를 개선하는 데 성공했다.

요코하마 호스텔 빌리지에 도착한 우리는 각자의 방을 배정받았다. 방에는 2층 침대 하나와 자그마한 책상이 전부였다. 쪽방을 개조해서 만든 곳이라 그렇게 넓지는 않았지만, 생각보다 안락했다. 게다가 1박 2일 숙박료가 한화 3만~4만 원 정도로, 일본의 물가를 감안했을 때 굉장히 저렴했다.

아침에는 관계자인 오카베 토모히코(岡部 友彦) 씨와의 인터뷰 약속이 잡혀 있었다. 하기소와 동일하게 프런트와 숙소가 분리되어 있었기에, 우리는 프런트 건물에서 시간을 보내기로 했다. 하지만 꽤 시간이 흘렀는데도 인터뷰를 하기

1_ 코토라보 협동 회사에서 만든 요일제 카페는 한 장소에 요일별로 다른 가게가 입점한다
2_ 시나 토 이페이 한편에 놓여 있는 재봉틀이 향수를 불러 일으킨다

로 한 오카베 씨는 등장하지 않았다. 알고 보니 조모상을 당해 지방에 내려가 있었던 것이다. 갑작스러운 일로 우리와의 약속을 잊어버렸는지 별도의 연락을 해주지는 못한 것 같지만, 리셉션 데스크에서 일하고 있던 우치키 아사미(打木亜沙美) 씨가 대신 인터뷰에 응해줬다. 예상치 못한 상황에 당황해 생각나는 대로 두서없이 질문을 던지기도 했지만, 우치키 씨는 모든 질문에 성심성의껏 답변해주었다. 코토라보에 대한 전반적인 설명과 더불어 코토라보가 실시한 각종 캠페인과 프로모션, 또 다른 사업 등에 대해서도 알려줬다.

우치키 씨는 코토라보에 대한 설명을 마치고 우리에게 코토라보에서 근처에 만든 요일제 카페를 소개해줬다. 요일제 카페는 같은 장소에 요일별로 다른 가게가 입점해 운영하는 곳이었다. 맛있는 음료를 먹고 코토라보에 돌아온 우리는 우치키 씨의 배웅을 받으며 도쿄로 향했다.

EPISODE

아는 주소도 다시 보자!

후쿠오카에서 미요시 부동산과의 인터뷰를 위해 약속 장소로 가는 길이었다. 약속 시간이 거의 다 되어 약속 장소에 도착했는데, 그곳에 분명 있어야 할 사무실이 없었다. 메일에 적혀 있는 주소를 제대로 확인하지 않고 인터넷 검색만 믿고 이동했던 탓에 생긴 실수였다. 우리는 황급히 전화를 걸어 원래 약속되어 있던 타케이 씨에게 사정을 설명했고, 황급히 택시를 타고 다시 이동했다. 비싸기로 소문난 일본의 택시였기에 다소 망설여졌지만, 인터뷰에 늦지 않기 위해 어쩔 수 없었다. 결국 예정된 시각보다 10분 정도 늦게 도착했는데, 타케이 씨와 미요시 부동산의 직원들은 웃는 얼굴로 우리를 맞이해줬고, 인터뷰와 사진 촬영 요청에도 흔쾌히 응해줬다. 이후에 알게 된 사실이었지만, 처음 갔던 장소가 후쿠오카 중심부와 그리 멀지 않은 지역이었기에 기타큐슈에서 금방 이동할 수 있었던 것이다. 주소만 제대로 확인했더라면 교통비도 아끼고 좀 더 편하게 인터뷰도 진행할 수 있었던 것이다. 이 해프닝을 통해 이후 탐방 때는 꼼꼼히 주소를 확인하는 습관을 갖게 되었다.

박정현

첫 공모전이라 시작부터 LG글로벌챌린저 활동에 대한 걱정이 많았습니다. 힘든 일도, 어려운 일도 많았지만 팀원들과 함께였기에 헤쳐 나갈 수 있었고, 이번 경험을 발판 삼아 앞으로 수없이 겪을 어려움들을 극복해낼 힘도 생겼습니다. 이 과정을 함께한 팀원들에게 감사하다고 전하고 싶습니다.

이재선

'나는 여기서 어떤 역할을 하고 있지?' 무슨 일을 해도 이 질문이 항상 자신을 가로막았습니다. 특별히 잘하는 것 없이 그저 열심히만 한다고 생각했던 저에게, LG글로벌챌린저는 정체성을 찾는 기회가 되었습니다. 앞으로도 가끔은 나만의 전문성이 없어 헤맬 수도 있겠지만, 그럴 때마다 이 경험이 질문의 답을 찾는 데 도움이 돼줄 것입니다.

전찬혁

LG글로벌챌린저를 마무리하면서 처음 팀원들을 모집했던 때를 떠올려 봅니다. 시간이 지남에 따라 다들 지치고 힘들어했지만, 처음의 열정만큼은 지금까지도 변하지 않았습니다. 팀원들의 신뢰와 지원, 열정 없이는 여기까지 올 수 없었을 것입니다. 많이 부족한 팀장을 잘 도와주고 믿어줬던 도성, 재선, 정현, 정말 고맙습니다.

주도성

살면서 힘들었던 때를 말해보라고 하면 2017년을 꼽겠지만, 살면서 가장 보람 있었던 때를 말해보라고 해도 역시 2017년을 꼽을 것 같습니다. 팀장 역할을 잘해준 찬혁이 형, 어떤 일에서든 빠지지 않고 열심히 해준 재선이, 체력의 한계를 이기고 방대한 양의 디자인 작업과 사진 작업을 해치워준 정현이까지 모두 고맙습니다!

탐방에 믿음의 씨앗을 뿌려라

❶ 고기도 먹어본 사람이 잘 먹고, 길도 가본 사람이 잘 안다

LG글로벌챌린저에 도전하기 전, 학교에서 실시하는 설명회에 참가할 기회가 있다. 그곳에서 설명하는 사람들은 우리가 걸어가야 할 길을 미리 걸어본 사람들이다. '고기도 먹어본 사람이 잘 먹는다'고, 우리보다 앞서 걸었던 LG글로벌챌린저 선배들을 멘토 삼아 활동을 준비하고 진행하면 큰 도움이 될 것이다. 설명회에 참석한 사람들도 많고, 선배들 연락처를 적어 간 사람들도 많겠지만 실제로 연락하는 사람들은 거의 없을 것이라고 생각한다. 다른 학교 선배여도 좋다. LG글로벌챌린저에 먼저 도전했던 선배들에게 조언을 구해보자.

❷ 도전도, 탐방도 혼자 하는 게 아니다

탐방을 진행하거나 보고서를 작성할 때마다 항상 팀원 모두가 함께하는 것은 아니다. 사정이 생겨 누군가 빠질 때도 있다. 몸과 마음이 지치다 보면 다른 팀원이 잘하고 있을까, 혹시 핑계를 대고 놀고 있는 건 아닐까 하는 의심이 들기도 한다. 그때마다 '우리 팀원은 안 그럴 것이다. 잘하고 있을 것이다'라고 믿어주자. 팀원들은 나와 함께 같은 배를 탄 사람들이다. 그 사람들을 못 믿으면 누굴 믿을 수 있을까?

스무 살, 정치와 친해지길 바라

팀명(학교) 스무살 (경희대학교)

팀원 박수진, 심지민, 이다슬, 이재혁

기간 2017년 7월 16일~2017년 7월 29일

장소 핀란드, 독일, 영국
1. 헬싱키 (청소년교육연구소 Opinkirjo)
2. 헬싱키 (의회 Eduskunta)
3. 마인츠 (요하네스구텐베르크마인츠대학교 Johannes Gutenberg Mainz Universität)
4. 본 (연방정치교육원 BPB, Bundeszentrale für Politische Bildung)
5. 쾰른 (훔볼트고등학교 Humboldt Gymnasium)
6. 런던 (시민교육연구원 Citizenship Education)
7. 버밍엄 (버밍엄대학교 Birmingham University)

각기 다른 사람들의 다양한 생각들을 우리 삶 속에 녹여낸다는 간단한 생각으로, 필요에 의해 자연스럽게 생긴 것이 바로 '정치'다. 그런데 우리는 왜 정치와 친하지 않을까? 언젠가부터 민감한 주제라는 이유로 사람들은 정치에 대해 이야기 나누기를 꺼리기 시작했고, 서로의 생각을 알기 힘들어졌다. 국어나 영어, 수학 등의 다른 과목들처럼 제대로 배울 기회조차 주어지지 않았기에 정치는 서서히 사람들에게서 멀어졌다.

정치적 의사 결정을 할 수 있는 나이 스무 살. 국민의 의무라니 투표는 하지만, 왜 꼭 해야 하는지, 투표가 나의 삶에 어떤 영향을 미치는지에 대해서는 잘 모르는 경우도 허다하다. 우리나라에서 스무 살은 정치에 대해 알지 못하는게 당연한 나이로 여겨지지만, 유럽의 몇몇 나라에서는 어릴 때부터 정치 교육을 실시하고 있다. 청소년 시기부터 정치에 대해 고민하고 자유롭게 대화할 수 있는 사회가 된다면 좀 더 나은 미래를 그릴 수 있지 않을까 하는 질문을 갖게 되었다. 그리고 그에 대한 답을 찾기 위해 유럽의 세 국가를 방문했다.

🔴 청소년도 지역사회의 중요한 일원으로 대우받는 핀란드

핀란드는 세계 3위의 높은 민주 시민 역량을 가진 국가로, 과거부터 시민교육이 모든 교육의 바탕이 되어 시행되고 있다. 핀란드는 특히 청소년기부터 다양한 방법으로 지역사회에 참여하는 경험을 중요시한다. 우리는 핀란드에서 정치에 대한 교육이 어떻게 이루어지고 있는지, 그리고 그 교육 방법은 어떠한지 알아보기 위해 청소년교육연구소(Opinkirjo)에 방문했다.

1945년 설립된 이후로 70년 동안 핀란드 청소년 교육의 핵심적인 역할을 하고 있는 핀란드 청소년교육연구소는 우리의 첫 탐방 기관이었다. 시차 적응도 하지 못한 채 긴장되는 마음으로 아침 11시 인터뷰를 위해 새벽같이 일어났다. 핀란드의 여름 날씨는 무척 쌀쌀했다. 설렘과 긴장이 뒤섞여 부들부들 떨리는 몸으로 연구소에 도착하자 시민 교육 담당자이자 연구원인 티나(Tiina) 씨가 과

자와 커피, 따듯한 차를 내주며 우리를 반갑게 맞아주었다.

티나 씨는 핀란드에서 어떻게 시민 교육이 진행되고 있는지, 지금 연구소에서 하고 있는 고민들은 어떤 것인지 등에 대해 세세하게 알려주었다. 모국어가 아닌 영어로 대화하는 데 익숙하지는 않았지만, 같은 생각과 고민을 하고 있어서인지 신기하게도 인터뷰는 수월하게 진행되었다. 그리고 비행기로 9시간이나 떨어진 먼 나라에 우리와 같은 미래를 그리는 사람들이 있다는 사실에 큰 감동을 받았다. 여러모로 따뜻하게 대해준 티나 씨 덕분에 시작부터 자신감이 넘쳤다.

인터뷰를 마친 후 우리는 핀란드의 아름다운 거리에서 사진을 찍고, 순록 고기가 유명한 음식점에 가서 순록 고기를 주문했다. 음식은 핀란드 전통 식기인 큰 나무 그릇에 나왔다. 순록의 미묘한 향이 생경했지만, 닭고기와 소고기 사이 그 어딘가에 있는 맛을 음미하며 첫 식사도 성공적으로 마무리했다.

● 이념과 정권에 치우치지 않는 교육을 하는 나라, 독일

독일은 춥고 딱딱한 나라인 줄만 알았는데, 소도시 마인츠에 도착하자 마치 제주도에 온 것처럼 따뜻하고 포근한 느낌이 들었다. 핀란드의 쌀쌀한 날씨 때문인지 팀원 중 세 명이 감기에 걸려 있었는데, 독일에 도착하자마자 코가 뚫리고 목이 시원해지는 기적을 경험했다.

요하네스구텐베르크마인츠대학교(Johannes Gutenberg Mainz Universität)는 독일의 마인츠에 위치한 대학교로, '정치 교육학과'가 있을 정도로 인문사회학이 유명한 학교다. 우리가 만난 정치 교육학과의 커스틴 폴(Kerstin Pohl) 교수님은 요하네스구텐베르크마인츠대학교에서 독일의 정치 교육을 연구하며, 정치 수업을 담당하는 교사들을 양성하고 있었다. 폴 교수님께 현재 독일에서 정치 교육이 어떻게 이루어지고 있는지 들어볼 수 있었다.

독일에서는 수업 시간에 학생들이 정치 및 사회 현안에 대해 자유롭게 토론

독일의 정치 교육을 소개하기 위해 한국에도 초청됐던 폴 교수님

하고 고민하는 과정을 통해 정치의 의미를 알 수 있도록 교육하고 있다. 특이하게도 독일은 <u>보이텔스바흐 합의(Beutelsbacher Konsens)</u>*를 정치 교육의 원칙으로 정하고 있는데, 이 합의는 이념과 정권에 치우치지 않는 교육을 위해 1976년 서독의 보수와 진보를 망라하는 교육자, 정치가, 연구자 등이 소도시 보이텔스바흐에 모여 정립한 교육 지침이다. 폴 교수님은 "진정한 의미의 중립은 아무것도 알려주지 않는 것이 아닌, 모든 입장에 대해 알려주는 것"이라고 강조하셨다.

요하네스구텐베르크마인츠대학교의 캠퍼스는 마치 하나의 마을처럼 컸는데, 아니나 다를까 우리는 나오는 길에 방향을 잃고 말았다. 네 명이서 항상 빨간색 LG글로벌챌린저 티셔츠를 입고 다녔더니 어딜 가나 우리에게 시선이 집중됐는데, 그날은 한 남자가 우리를 따라오더니 말을 걸었다. "오, 너희 어제 왔던

---

* **보이텔스바흐 합의_** 1976년 독일의 소도시 보이텔스바흐에서 교육자, 정치가, 연구자 등이 모여 정립한 정치 교육 지침으로, 정치 교육을 위한 최소한의 조건을 정해 놓은 다음의 세 가지 원칙을 기본으로 함
1. 강제성의 금지: 교화 및 주입식 교육 금지
2. 논쟁성의 유지: 수업에서도 실제와 같은 논쟁적 상황을 드러낼 것
3. 정치적 행위 능력 강화: 자신의 정치적 상황과 이해관계를 고려한 실천 능력을 배양함

뮤지션이니?" 우리는 모두 웃음을 터뜨렸고, 우리를 예술가로 만들어준 티셔츠를 자랑스러워하며 라인 강으로 향했다.

● 영국도 한때는 우리와 같은 고민을 했었다

영국에 도착한 우리는 두 가지 때문에 놀랐는데, 하나는 여름이었는데도 날씨가 추웠다는 것이고, 다른 하나는 야경이 생각보다 무척 예뻤다는 것이다. 버밍엄대학교(Birmingham University) 교육학과에서 교직을 이수하는 학생들을 가르치고 있는 러셀 매닝(Russell Manning) 교수님은 우리에게 영국에서 이루어지고 있는 정치 교육에 대해 상세하게 설명해주셨다.

영국 역시 한때 우리와 같은 고민을 한 적이 있었다고 한다. 한국과 마찬가지로 수학, 국어, 과학 등의 주요 과목 위주로 교육이 이뤄지고 있는 데다 성취도 평가가 중요하게 여겨지다 보니, 정치가 주요 교육 과목으로 편입된다는 것에 시민들이 강하게 반발했던 것이다. 하지만 1997년, 20대의 투표율이 최저를 기록하면서 시민과 정당 모두 정치 교육의 필요성에 대해 공감하게 되었고, 결국 정치 교육을 정규 과목에 편성하게 되었다. 이들도 한때는 우리와 같은 고민을 했다는 사실에 놀라운 한편, 현재는 정치 교육을 시행하고 있다는 점에서 영국의 교육 체계가 부러웠다.

1_ 독일에서는 연령별로 정치 교육 자료를 제작하고, 전용 서점에서 이를 교사들이 구매할 수 있다

2_ 미래의 정치 교사들을 교육하는 러셀 매닝 교수님

3_ 핑크파인애플 상하복은 우리의 두 번째 단체복

조세핀 에번스
[Bundeszentrale für Politische Bildung]

Q 선생님으로서 학생들에게 '중립적'으로 정치를 가르치는 방법은 무엇인가요?

A 중립적으로 교육한다는 것은, 아무것도 가르치지 않는 것이 아니라 모든 입장에 대해 가르치는 것입니다. 저희는 정치 수업에서 교사의 중립성을 지킬 수 있도록 도와주는 보이텔스바흐 합의에 따라 학생들에게 정치 교육을 하고 있습니다. 보이텔스바흐 합의는 강제성의 금지, 논쟁성의 유지, 정치적 행위 능력의 강화, 이 세 가지 원칙으로 이루어져 있습니다. 첫 번째 강제성의 금지는 수업 시간에 강압적인 교화 교육이나 주입식 교육을 금지한다는 것입니다. 두 번째 논쟁성의 유지는 만약 사회에서 논쟁적인 현안을 다룬다면 수업 시간에도 실제와 같은 논쟁적 상황을 드러내야 한다는 것입니다. 마지막으로 정치적 행위 능력의 강화는 학생들이 학생 자신의 정치적 상황과 이해관계를 고려한 실천 능력을 기를 수 있도록 해야 한다는 것입니다.

Q 중립적인 정치 교육을 위한 연방정치 교육원(BPB, Bundeszentrale für Politische Bildung)의 역할은 무엇인가요? 또 중립적인 정치 교육을 위한 가이드라인이 있나요?

A BPB에서는 교사들을 위한 교육 자료를 만들어 배포하고 있습니다. 매년 사회 이슈와 변화하는 트렌드를 고려하여 다음 해에 꼭 학교에서 다뤄야 하는 사회 현안에 대한 5~6개의 키워드를 선정하고, 이런 키워드를 활용하여 교과서, 참고 자료, 교육 교구와 같은 다양한 자료들을 만들어 교사들에게 제공합니다.

또한 '교사의 다섯 가지 포지셔닝 모델'을 제공해 교사가 정치적으로 논쟁적인 수업을 이끌어갈 때 참고하도록 하고 있습니다. 교사의 다섯 가지 포지셔닝 모델은 무조건적인 중립 유지, 법에서 정한 원칙에 따라 대답, 다양한 의견 제시, 토론 후 교사의 의견 제시, 모든 의견에 반대 의견을 제시하는 '악마의 역할'을 맡음, 이 다섯 가지로 이루어져 있습니다.

● 정치란 다른 사람의 생각에 공감하는 것

준비를 아무리 많이 했어도 인터뷰 전에는 항상 인터뷰를 망칠까 봐 불안하고 떨렸다. 하지만 완벽한 팀워크 덕분에 인터뷰는 물론이고 여행까지 알차게 할 수 있었다. 매일 밤 우리는 잠들기 전에 대화를 나눴다. LG글로벌챌린저를 준비하면서 3월부터 매일같이 만났던 서울의 카페가 아닌, 유럽의 숙소에서 같이 웃고 이야기하다 잠들 수 있다는 게 꿈만 같았다. "이렇게 같이 살아도 좋겠다"라고 했던 말처럼, 우리는 여행 내내 그리고 보고서를 쓰고 있는 지금도 따뜻한 마음으로 함께할 수 있는 서로가 있어 좋다.

이제는 '척하면 척'이다. 워낙 많은 대화를 나누어왔기에, 서로 어떤 생각을 하는지 눈빛만 봐도 알 수 있는 것이다. 정치란 어쩌면, 이렇게 다른 사람의 마음에 공감하는 것이 아닌가 싶다. LG글로벌챌린저를 통해 여러 나라를 탐방하면서 배운 것이 많지만, 우리가 함께했던 시간 덕분에 정치의 근본적인 의미에 조금 더 다가갈 수 있었던 것 같다.

EPISODE

집주인은 친절했다, 다만 메모를 보지 못했을 뿐

런던에서 머물렀던 숙소는 정말 예뻤다. 안락한 소파와 넓은 침대, 그리고 집주인의 친절한 집 사용 설명서까지. 우리는 그 메모를 잘 읽었어야 했다. 여느 때처럼 인터뷰 준비를 하던 아침 8시 20분. 갑자기 화장실에서 비명소리가 들렸다. '보일러가 하루에 두 번 돌기 때문에 가장 나중에 샤워하는 사람은 차가운 물로 샤워를 할 수 밖에 없다'는 주인의 친절한 메모를 무시한 결과였다. 식빵을 느긋하게 먹으며 여유로운 모닝 샤워를 하려던 그 팀원은 영국의 런던에서, 3년 전 전역했던 군대를 떠올렸다고 한다. 하지만 차가운 물로 샤워를 해서일까, 재빨리 준비를 마치고 맑은 정신으로 인터뷰를 진행할 수 있었다는 후일담을 남겼다.

박수진

우리가 주제를 정하고 모두 만들어나간다는 점이 LG글로벌챌린저에 도전하게 된 이유입니다. 두꺼운 옷을 입고 처음 만났던 우리, 어느새 또 다시 두꺼운 옷을 꺼내야 할 때가 다가오고 있네요. 막내인 팀장을 믿고 따라와 준 팀원들에게 고맙고, 함께여서 꽉 찬 한 해였습니다.

심지민

졸업 전 LG글로벌챌린저에 꼭 도전해보고 싶었습니다. 같은 고민을 가진 사람들을 만나 대화하고 같이 더 나은 미래를 꿈꾸고 싶었습니다. 그래서 도전했고, 노력했고, 이뤄냈습니다. 누군가 2017년 최고의 순간을 묻는다면 "지민, 같이 LG글로벌챌린저 할래?"에 망설임 없이 "그래!"라고 팀원들이 답했던 때입니다. 사랑해요 팀원들, 그리고 LG글로벌챌린저를 통해 만난 모든 사람들!

이다슬

팀원들과 처음 만났던 날이 아직 생생한데, 벌써 프로젝트의 마무리를 위해 노력하고 있는 우리를 보면서 많은 생각을 하게 됩니다. 함께 하나의 목표를 가지고 오랫동안 무언가를 만들어나갔던 경험은 잊지 못할 것 같습니다. 앞으로 어떤 일도 잘해낼 수 있을 거라는 자신감도 생겼습니다. 소중한 추억을 선물해 준 팀원들 모두 고맙습니다.

이재혁

LG글로벌챌린저에 도전하면서 어떤 일에 열정을 쏟는 경험을 할 수 있었습니다. 대학 생활 동안 일방적으로 받는 수업에 익숙해져 있어서인지, 스스로 하나하나 과제를 완성할 때의 짜릿함은 잊지 못할 것 같습니다. 늘 밝고 쾌활한 팀원들을 만나 웃는 날이 많았던 한 해였습니다. 행복한 시간과 소중한 경험을 선물해준 LG글로벌챌린저, 감사합니다!

끝없는 대화는 언제나 옳다!

❶ 이유 있는 반대, 모두를 위한 의문

LG글로벌챌린저를 준비하고, 합격하여 보고서를 쓰고 있는 지금도 우리는 서로의 의견에 이유 있는 반대를 하고 있다. 우리 팀의 경우 각각의 개성과 장점이 뚜렷하다. 팀장인 박수진은 전반적인 흐름을 잡아가며 우리가 보고서에서 하고 싶은 얘기를 다 담을 수 있도록 이끌고, 꼼꼼한 심지민은 자료나 주장에 의문이 생기면 항상 이의를 제기해 잘못된 자료를 선택하지 않도록 도왔다. 이다슬은 제3자의 관점에서 우리의 주장만이 잘 드러나도록 과감하게 필요 없는 내용을 잘랐다. 감수성이 풍부한 이재혁은 우리가 하고 싶은 이야기가 더 잘 읽히고 마음에 스며들도록 매일 밤 글을 쓰고, 다시 고쳤다. 팀원 모두가 심사위원이 되어 계속 피드백을 거친 결과, 우리는 2017 LG글로벌챌린저에 합격할 수 있었고, 탐방도 무사히 마칠 수 있었다.

❷ 우리만의 아지트를 찾아라!

LG글로벌챌린저를 준비하다 보면 많은 시간을 팀원들과 보내게 된다. 그래서 편하게 이야기를 나누고, 다른 사람에게 폐를 끼치지도 않을 수 있는 장소를 선정하는 것이 매우 중요하다. 시원한 커피와 맛있는 케이크가 있는 카페도 좋고, 조용한 도서관 로비도 좋다. 우리 역시 이런 점과 더불어 팀원들이 의견을 자유롭게 낼 수 있고, 오래 앉아 있어도(대략 하루에 12시간) 불편하지 않은 곳을 찾고자 했다. 매일같이 이런 '스무살' 팀을 받아준 두런두런 공부방에게 23기 LG글로벌챌린저 대원이 된 영광을 돌린다.

행복한 도시로 가는
내비게이션

팀명(학교) 도시재생 아는형님 (서울시립대학교)

팀원 김지훈, 김진우, 김찬목, 장백균

기간 2017년 7월 31일~2017년 8월 13일

장소 영국
1. 런던 (런던대학교 University College London)
2. 런던 (아이디어 스토어 Idea Store)
3. 런던 (해크니 시티 팜 Hackney City Farm)
4. 런던 (쇼디치 지역사회조합 Shoreditch Community Association)
5. 런던 (해크니 질레트 광장 Hackney Gillett Square)
6. 런던 (코인 스트리트 커뮤니티 빌더스 CSCB, Coin Street Community Builders)
7. 런던 (옥소 타워 OXO Tower)
8. 런던 (로컬리티 Locality)
9. 런던 (런던정경대학교 London School of Economics and Political Science)
10. 런던 (퀸 엘리자베스 올림픽공원 Queen Elizabeth Olympic Park)
11. 런던 (코벤트 가든 Covent Garden)
12. 런던 (버로우 마켓 Borough Market)
13. 런던 (런던 광역행정청 Great London Authority)
14. 런던 (카나리 워프 Canary Wharf)
15. 런던 (도크랜드 Dockland)
16. 런던 (킹스 크로스 운영위원회 King's Cross Community Center)

당신은 어떤 곳에서 살고 싶은가? 아마도 자신을 행복하게 만드는 곳이 아닐까? 러시아의 대문호 톨스토이는 "인간의 행복에는 보편적 이유가 있다"고 했다. 우리는 그 보편적 행복이 어디에서 오는지, 답을 찾아 나섰다. 우리에게 주어진 현장은 '도시'며, 그 속에서 사람들이 어떤 모습으로 살고 있는지를 보면 정답을 찾을 수 있을 거라고 생각했다.

그동안 우리나라가 대면해온 여러 도시 문제의 롤모델로 자주 언급되었던 영국은 산업혁명 이후 우리보다 한발 빨리 제도와 정책을 마련해왔다. 특히 성공과 실패의 경계가 모호한 <u>도시재생</u>* 분야에서도 영국은 끊임없이 다양한 시도를 하고 있다. 우리는 결과물보다는 과정 속에서 '인간'을 위한 보이지 않는 가치에 집중한 영국인들의 모습을 목도했다.

이 이야기는 글로만 익힌 지식이란 새장 속에 살며 편안함에 익숙해진, 앞으로 부딪치게 될 현실이 두려워서 나는 법조차 잊어버릴 뻔한 네 명이 더 넓은 세계를 향해 날아가 겪은 이야기의 아주 작은 일부다.

🎈 도시 탐방의 첫걸음은 런던의 200년을 머금은 펍

세계적으로 유서 깊은 도시로 꼽히는 런던은 산업혁명 이후로 경제, 문화, 산업 등 다방면에서 선진 도시로서의 존재감을 유지하고 있다. 중세와 현대가 공존하는 이곳은 지금 '도시 개발'을 넘어 '도시재생'이 매우 빠르게 진행되고 있다. 한마디로 도시 분야에 있어 과거부터 지금까지 선도하고 있는 셈이다.

우리는 이런 런던에서 도시 개발자이자 도시 디자이너로서 크고 작은 도시 관련 프로젝트를 수행해온, 런던대학교(University of London)의 피터 비숍(Peter Bishop) 교수님을 만났다. 행복한 도시를 찾는다는 목표를 가졌기에 우리는 탐

---

* **도시재생**_ 인구의 감소, 산업 구조의 변화, 도시의 무분별한 확장, 주거 환경의 노후화 등으로 쇠퇴하는 도시를 지역 역량의 강화, 새로운 기능의 도입·창출 및 지역 자원의 활용 등을 통해 경제적·사회적·물리적·환경적으로 활성화시키는 것(출처: 도시재생 활성화 및 지원에 관한 특별법 제2조)

200년 역사를 간직한 펍에서 진행된 피터 비숍 교수님과의
인터뷰

방 초기부터 이 분야 최고 권위자인 비숍 교수님과 만나기 위해 전방위로 접촉을 시도했다. 다행히 출국 당일에 가까스로 인터뷰 약속을 잡을 수 있었다.

런던에 도착한 바로 그날 밤, 우리는 비숍 교수님이 자주 들르신다는 펍으로 갔다. 나중에 안 사실이지만, 이 펍은 역사가 약 200여 년에 이르는 곳이었다. 런던에서는 도시재생의 일환으로 많은 투자가 일어나고 있으며, 그에 따라 많은 곳에서 신사업들이 생겨나고 있다고 교수님은 말씀하셨다. 우리는 런던 사람들이 도시재생 과정에서 새로 생겨나고 사라지는 커뮤니티를 중요하게 생각하고 있으며, 전반적인 영국의 도시재생 또한 개발 주체와 커뮤니티의 관계성을 중요하게 다룬다는 사실을 알게 됐다. 교수님은 최근 각 지역의 문화 요소를 활용한 재생이 많이 이루어지고 있다고 덧붙이셨다.

교수님과의 인터뷰는 탐방의 첫걸음인 만큼 영국의 도시재생에 관한 큰 그림을 그릴 수 있는 의미 있는 시간이었다. 흔히 도시라는 공간을 바라볼 때 그 안의 사람, 보이지 않는 수많은 무형의 가치를 잊을 때가 많다. 그래선지 교수님의 이야기 중 각 지역이 갖고 있는 특징, 특히 문화적인 부분을 활용한 도시재생에 관한 것들이 특히 기억에 많이 남았다. 또 우리가 놀랐던 것 중 하나는 비숍 교수님이 한국에 대해서도 많이 알고 있고, 최근 우리나라가 도시를 대하는 태도와 움직임에도 많은 관심을 갖고 있다는 점이었다. 그는 한국에도 좋은 사례가 많다며, 2017년 10월에 우리나라에 방문할 예정이라고 하셨다. 우리는 기회가 되면 다시 만나자는 인사를 나누고 인터뷰를 마쳤다.

인터뷰를 마치고 쓱 둘러본 펍 곳곳에는 200년이라는 시간과 함께, 이곳을 다녀간 숱한 이들의 흔적이 머물러 있는 듯했다. 낮게 깔리는 사람들의 목소리와 이따금 들려오는 맥주잔 부딪치는 소리, 손때 묻은 테이블과 의자들, 가을의 빛깔을 머금은 에일 맥주 등 여러 이미지들이 이 공간을 완성하고 있었다. 도시를 가시적으로 구성하는 것들은 분명 건물과 차, 도로다. 하지만 그 속의 이야기를 채우는 것은 사람들과 그들의 삶일 것이다. 우리는 그들의 이야기에 귀 기울여 보기로 하면서, 머릿속으로 다음 일정을 그려봤다.

● 진정한 지역 재생의 비밀을 찾아서

바다같이 푸른 하늘에 매혹되고, 시원한 바람의 흐름에 발걸음을 맡기고서 우리는 템스 강 남쪽 사우스뱅크 지역으로 향했다. 이곳엔 푸른 하늘을 향해 고개를 쳐든 채 불굴의 의지를 보여주는 세인트 폴 대성당이 있고, 강 건너 맞은편에는 그 유명한 테이트 모던 미술관이 있다. 이 미술관과 인접한 곳이 바로 코인 스트리트 지역이다. 이곳은 산업화 이후 빠른 속도로 쇠락했으나 1970년대에 주민들의 주도로 도시재생이 시작됐고, 이것이 바로 코인 스트리트 커뮤니티 빌더스(CSCB, Coin Street Community Builders)의 첫걸음이 되었다.

우리를 맞아준 코인 스트리트의 커뮤니티 팀장인 조니 살라스(Johnny Salas) 씨는 끈질긴 인터뷰 요청 끝에 겨우 섭외가 성사됐다. 어려운 과정과 달리 살라스 씨는 메일로 주고받은 사전 인터뷰 내용 외에도 우리에게 도움이 될 만한 이야기를 많이 들려줬다.

살라스 씨는 오랜 시간 지속 가능한 도시재생의 모델을 만들어온 핵심은 바로 '수익 창출'이라고 했다. 이곳에서는 지역 주민들을 우선적으로 고용하는 정책이 동반되고 있었으며, 안정적인 지원과 함께 신규 사업을 발굴하는 등 많은 노력을 기울여 각 정책이 서로 연쇄 작용을 일으키도록 짜여 있었다.

체계가 잘 잡혀 있는 것은 물론, 법률 조언이나 마케팅 서비스, 프로젝트 관리 등 지역 주민들에게 다양한 편의를 제공하고 있다는 점이 매우 인상적이었다. 살라스 씨는 주민들에게 더 나은 환경을 제공하기 위해서는 삶의 몇 가지 요소만 꾸미는 것이 아니라 삶 자체를 바꿔야 한다고 말했다. 수익 창출이 성공적인 커뮤니티 중심 재생 사업의 비결이라는 말을 계속 들으면서, 코인 스트리트의 '코인(coin)'이라는 단어가 함축하고 있는 바를 다시 생각하게 됐다.

세인트 폴 대성당과 테이트 모던 사이에는 밀레니엄 브리지가 있다. 새 천 년을 맞던 2000년에 만들어져 템스 강 양편을 잇고 있는 이 다리는, 둥근 돔의 성당과 직각으로 솟은 미술관을 이어주고 있다. 전혀 다른 모양과 역사, 배경을 가진 둘을 이음으로써 도시에 새로운 기회와 환경이 만들어진 것이다. 이것이야말로 코인 스트리트 지역 주민들이 그려온 새로운 천 년의 모습이 아니었을까? 우리는 과연 새 천 년의 모습을 어떻게 만들어가고 있는지를 되새겨보게 된 하루였다.

코인 스트리트 지역의 규모와 도시재생에 대한 심도 있는 설명이 한창이다

242

● 주민의 시간을 사서 마음의 거리를 좁히다

서비스를 제공하는 입장과 서비스를 제공받는 입장에서 각자 원하는 시간이 서로 다르다면 어떨까? 과연 그 서비스가 제대로 혜택을 줄 수 있을까?

런던 동부의 타워 햄릿 지구에 가면 우리가 알던 런던과는 사뭇 다른 풍경이 펼쳐진다. 이곳은 이민자 밀집 지역으로, 소득 수준이 런던 평균보다 훨씬 낮다. 이곳에서 지역 주민을 대상으로 도서관 이용 실태를 조사한 결과, 주민 대부분이 일하는 시간에만 도서관이 운영된 탓에 도서관 활용에 어려움이 많음을 알게 됐다. 하지만 놀랍게도 주민 대부분이 도서관이 소중하다고 답했는데, 그들이 필요로 하는 시간과 어긋나 있는 도서관일지라도, 얼마나 소중한지를 잘 알고 있었던 것이다.

아이디어 스토어(Idea Store). 이곳은 도서관이자 도서관이 아니다. 전시관이자 전시관이 아니며, 비디오 대여점이자 비디오 대여점이 아니다. 교육 시설이지만 교육 시설 또한 아니다. 아이디어 스토어는 사실 이 모든 것이다. 한마디로 아이디어 스토어는 서비스를 제공하는 도서관이 이용자의 시간을 사는 곳이다.

에드워드 히스(Edward Heath) 씨는 아이디어 스토어 설립 초기부터 근무해온 직원이다. 그는 아이디어 스토어가 처음부터 사람들의 호응을 얻은 것은 아니라고 말했다. 설립 직후 주민들이 방문하지 않아 낙담했던 기억을 떠올리면서, 이젠 교육 프로그램을 개설하면 넘쳐나는 인원을 어떻게 수용해야 할지가 고민이라며 웃음꽃을 피웠다. 우리는 그가 지역 발전에 진심으로 보람을 느끼고 있음을 알 수 있었다. 특히 히스 씨는 평생 교육 프로그램이 갖춰진 데 큰 자부심을 가지고 있다고 했다. 주민들에게 진정으로 필요한 것이 바로 교육이라고 여기기 때문이다.

이곳은 주민에게 필요한 서비스가 그들이 '절실한 시간'에 '직접' 찾아가야 한다는 작은 아이디어에서 출발했다. 서로의 공간과 마음의 거리를 좁혀, 도시재

아이디어 스토어를 찾아줘서 고맙다던 히스 씨, 저희가 더 고마워요

생이라는 커다란 결과를 만들어낸 것이 외지 사람인 우리 마음까지 흐뭇하게 만들었다. 아이디어 스토어는 바쁘고 고단한 삶 속에서도 도서관의 가치를 알고 교육에 대한 갈증을 지지고 있던 주민들이 이뤄낸 기적이 아닐까?

누구를 위한 도시를 만들 것인가

해외에 나갔을 때 가장 적응하기 힘든 점을 꼽으라면 아마도 인터넷 속도와 전화일 것이다. 로컬리티(Locality) 직원과 우리의 첫 만남도 그 때문에 어긋났다. 이사와 정리 때문에 사무실에서 인터뷰를 할 수 없어 인터뷰이와 근처 카페에서 보기로 약속했는데, 카페 위치가 정확하게 파악되지 않아 서로 다른 장소에서 기다렸던 것이다. 인화원에서 받던 탐방 실습 교육 가운데 통화 중 돌발 상황이 발생했을 때의 대처 요령이 있었는데, 그 기억을 살려 빠르게 대처한 덕분에 제3의 장소에서 만날 수 있었다.

로컬리티는 '사람들 스스로 지역의 미래를 결정하는 공정하고 다양한 사회'를 비전으로 삼아, 지역 사회가 주도하는 주민 조직들의 네트워크를 개발하는 곳이다. 지역 공동체 스스로 지역의 현안을 해결하고 지역을 발전시키도록 조언하는 조력자 역할을 수행하며, 다양한 방법으로 지역 공동체를 지원하고 있다. 우리가 극적으로 만남에 성공한 존 윌킨슨(John Wilkinson) 씨는 이곳에서 커뮤니티 매니저로 활동하고 있었다.

월킨슨 씨는 인터뷰를 하면서, 지역 주민의 참여가 중요하다고 거듭 강조했다. 수익 창출 사업을 기반으로 주민과 함께 호흡하는 것이 무엇보다 우선한다는 것이다. 그는 참여가 먼저인지, 수익 창출이 먼저인지가 중요한 게 아니라 이 둘이 서로 필요충분조건으로 충족돼야 한다고 했다. 여기서 중요한 첫 번째 가치는 '자립(Self-help)'이다. 공공 지원금에 의존하지 않고 주민 스스로 이윤을 창출하고 이를 재투자하는 것이 바로 지속성의 핵심이다. 대부분의 지역 네트워크 관련 작업을 공공 지원으로 진행하는 우리나라가 특히 이 점을 벤치마킹해야 한다는 생각이 들었다. 인터뷰를 하면서 특히 놀랐던 점은, 서울시가 로컬리티에 직원을 파견해 교류하며, 긴밀한 관계를 맺고 있다는 점이었다.

"인생에서 중요한 것은 속도가 아니라 방향이다"라는 말이 있다. 어디 인생만 그렇겠는가? 그럼에도 우리는 빠른 속도에 매몰되어 목적과 수단을 혼동하곤 한다. 우리의 목적은 결국 행복이다. 로컬리티에서 우리는 '어떤 도시를 만들까?'보다 '누구를 위한 도시를 만들까?'에 초점을 맞추는 것이 중요함을 다시금 깨달았다.

한정된 시간 동안 많은
이야기를 듣기 위해 끊임없이
질문하는 중

존 윌킨슨
[Locality]

Q 로컬리티는 어떤 방식으로 지속 가능한 지역 재생을 하고 있나요?

A 우리는 지역 공동체의 역할 강화가 도시재생의 근본적인 해결책이라고 보고 있습니다. 이를 위해서 지역이 자립하고, 커뮤니티 역량을 강화하도록 돕는 것이 우리의 역할입니다. 공공 지원금에 의존하는 것이 아니라 다양한 비즈니스를 통해 이윤을 만들어내고, 그것을 다시 지역에 투자하는 방식입니다. 이를 위해서 우리는 지역의 자산을 이용해 이윤을 창출하고 관리하고 있습니다. 이를 위해서는 먼저 주민과 이웃, 지역에 대한 고민에서 시작해야 합니다. 즉 '어떤 지역을 만들 것인가?'보다는 '누구를 위한 도시를 만들 것인가?'에 목표의 초점을 맞춰야 합니다.

Q 서울도 최근에 지역 공동체를 통한 지역 재생이 이뤄지고 있는데, 혹시 조언해주실 만한 점이 있을까요?

A 사람들이 사는 곳은 세계 어디서나 같으면서도 또 다른 양상을 띠고 있습니다. 영국 내에도 수많은 지역 공동체들이 있고, 모두가 다릅니다. 하지만 지역 공동체가 추구하는 사람이라는 가치, 함께 협력하고 선(善)을 이루려는 노력은 전 세계가 같은 방향을 지향한다고 생각합니다. 서울에서도 이런 움직임이 일어나고 있는 것은 매우 긍정적인 신호라고 생각합니다. 그리고 앞으로도 지속적인 관심과 노력이 필요할 것입니다. 또한 공공 지원이 없을 때를 대비해 지역의 독립성을 갖추는 것은 필수적입니다. 동시에 공공과의 관계성 또한 유지해야 합니다. 지역 발전과 삶의 질 향상을 위해 협력적인 틀 안에서 모두가 행복해지는 방향으로 나아가야 합니다.

모두가 만족할 때까지, 킹스 크로스 재생 플랜

킹스 크로스 지역은 기존 산업의 쇠퇴 이후 전체적으로 슬럼화를 겪은 곳으로, 1980년대부터 재개발에 관한 논의가 시작됐다. 세계화 추세에 맞춰 하나둘 늘어나는 철도 노선, 그리고 유럽 대륙과 연결되는 유로스타의 등장은 수많은 이해관계자들을 양산했다. 자연스럽게 그만큼의 입장 차이가 있었기에 사업이 끝없이 지연되기도 했다. 킹스 크로스 지역에서 이런 논란과 대립의 해결은 바로 주민으로부터 시작됐다. 또한 그 활동의 중심에는 적극적으로 나섰던 중간 지원 조직이 있었다.

우리는 그 이야기를 킹스 크로스 운영위원회(King's Cross Community Center)의 린다 레드몬드(Linda Redmond) 씨로부터 전해 들을 수 있었다. 푸근한 인상의 그녀는 마치 옛이야기를 하듯 그동안 이 지역 주민들이 미래를 위해 어떤 노력을 해왔는지 들려줬다.

처음 논의가 시작된 1980년대부터 지금까지, 이 프로젝트는 계속 대화를 통해서 평화를 지향하며 진행되고 있다고 했다. 레드몬드 씨는 바로 이것이 수많은 이해관계자들과 주민을 만족시켜 나가는 과정이자 핵심이라고 했다. '모든 이해관계자가 합의할 수 있다면 그것이야말로 가장 완벽한 계획'이라는 말에 우리는 동감했다. "과연 평화로운 대화 말고 더 완벽한 계획이 있을 수 있겠는가?"라는 그녀의 말에는 소름이 돋을 정도였다. 우리는 이런 이야기를 하는 레드몬드 씨의 표정에서 자신의 일에 대해 가지고 있는 자부심을 느낄 수 있었다.

20년이 넘는 시간 동안 평화로운 대화로만 논의가 이뤄지는 것이 과연 가능한 일일까? 주민이 왕이 된다면 가능한 일이다. 삶의 공간은 머물고 휴식하고 사랑하는 가족과 친구들이 있는, 인생 이야기의 무대가 되는 곳이다. 그 무대에서는 당연히 여기에 살고 있는 주민이 왕의 역할을 해야 하지 않을까?

● 너와 나, 우리가 모두 행복한 도시

프로젝트나 과제 등을 하면 의례적으로 선진(先進) 사례 분석이라는 것을 한다. 늘 무언가 완성된, 잘된 것들을 보곤 했다. 이번 탐방은 책이나 인터넷으로 보는 것이 아니라 직접 두 눈으로 확인하러 간다는 것에서 차이가 있었다. 그리고 우리가 가지고 있는 선입관이나 편견을 지우고, 정말 있는 그대로를 보자는, 보다 순수한 의도를 가지고 방문했다. 그러다 보니 우리가 이전에 알고 있던 것이 사실이 아닌 경우도 있었고, 우리가 알던 내용과 딱 맞아떨어지는 경우도 있었다. 중요한 것은, 많은 정보를 책상 앞에 앉기만 해도 쉽게 얻을 수 있는 세상이라고 해도 직접 보고, 듣고, 경험하는 것과 같을 수는 없단 점이었다. 우리가 런던에서 보고, 한국으로 가져와 심으려는 것은 사람들이 만들어가고 있는 '착한 과정'이었다. 우리는 선진 사례에서 만난 착한 도시재생이라는 나무를 우리가 살고 있는 곳에 심어 뿌리내리게 하고 싶었다.

우리가 탐방 준비와 탐방 기간 동안 가장 많이 느낀 것은 무엇보다 누구와 함께하느냐가 중요하다는 점이었다. 런던을 다 아는 것 같았지만 막상 런던 곳곳을 탐방한 후에야 제대로 런던을 알게 된 것처럼, 우리 넷도 서로를 다 알고 있다고 생각했지만 탐방 기간 동안 서로를 한층 더 깊이 이해하게 됐다.

각기 다른 조각의 네 명이 모여 LG글로벌챌린저라는 퍼즐을 완성했다. 그리고 이제는 각자 행복한 도시라는 질문에 대한 답의 조각들을 맞춰나가고 있다. 사람들이 행복한 공간을 만들려는 우리는, 탐방 후 아주 행복한 시간을 보내고 있다. 우리가 만들어갈 행복한 세상이 점점 다가오고 있기 때문이다.

거리 일대가 하나의 미술품 같은 쇼디치 지역

의도치 않은 런던 범죄 현장 생중계

LG글로벌챌린저 라이브 영상을 진행할 때, 우리는 탐방 도시인 런던을 주제로 〈알쓸신잡〉이라는 TV 프로그램을 모방해보기로 했다. 일정한 루트를 정하고 그 길을 따라 걸으며 자유롭게 런던과 관련된 이야기를 하는 포맷이었다.

그런데 촬영 당일 비가 많이 왔고 바람도 많이 불었다. 그런데 그게 다가 아니었다. 계획된 루트의 절반쯤 왔을 때 차가 많이 밀리고 누군가 차 앞에 엎드려 있었다. 가까이 가서 보니 놀랍게도 그곳은 범죄 현장이었다! 경찰이 엎드린 사람을 위에서 제압하고 있는 모습을 목격한 것이다. 조금 떨어진 곳에는 누군가 심하게 다쳐 있었다. 여기저기서 경찰들이 뛰어다니고 사이렌 소리가 들려왔다. 채팅창에는 '빨리 도망가라'는 멘트가 올라왔다. 우리는 재빠르게 사건 현장에서 벗어났다. 지금이야 맘 편히 얘기하지만, 각종 테러 등으로 유럽 상황이 좋지 않았던 때라 당시엔 소름 끼치고 가슴이 철렁했다. 이 영상은 여덟 명 정도의 함께했는데, 불행인지 다행인지 마지막에 영상이 저장되지 않아 이 일은 우리 일행과 그 시청자들 사이에서만 전설로 남았다.

김지훈

사람이 행복한 도시라는 아주 당연한 목표와 가치를 가지고 탐방을 떠났습니다. 탐방 기간 동안 도시의 진정한 가치가 무엇인지에 대해 깊이 생각해볼 수 있었습니다. 경쟁적인 세상 속에서 나를 증명느라 애쓴다기보다 삶이라는 여행을 즐기는 것이 나를, 그리고 도시를 더 행복하게 만들 수 있음을 느끼고 돌아왔습니다.

김진우

23기 LG글로벌챌린저 동기들은 모두 대학 졸업과 사회 진출의 경계선에 서서 탐방을 떠났을 겁니다. 저 역시 그랬습니다. 그리고 탐방 기간 동안 꿈과 희망, 도전과 열정이 가지는 강력한 힘을 깨달았습니다. 함께한 팀원들이 있어 더욱 행복했고 책으로만 보던 수많은 사례들을 직접 눈으로 볼 수 있어 더 없이 풍요롭고, 뜻깊은 경험이었습니다.

김찬목

탐방 계획서를 쓰는 순간부터 보고서를 마무리하는 지금까지 LG글로벌챌린저로서 보낸 시간은 유독 빠르게 지나갔던 것같습니다. 주제 관련 분야를 공부하고 있는 학생으로서, 그 분야의 전문가와 기관을 탐방할 수 있었던 것은 정말 의미 있는 추억입니다.

장백균

대학교를 졸업하고 대학원에 진학하면서 이런 기회를 갖게 될 거란 생각을 전혀 못했습니다. 하지만 기회는 운명처럼 다가온다고 했던가요? LG글로벌챌린저라는 해외 탐방 프로그램이 운명처럼 다가왔고, 우린 그 기회를 잡았습니다. 그리고 지금 나는 연구실에서 이 탐방 후기를 쓰고 있습니다. 감회가 새로우면서도, 인생이란 참 알 수 없는 것 같습니다.

협력이야말로 가장 큰 무기다!

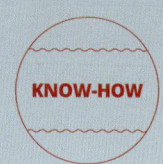

❶ 주제 선정, 토론하고 토론하고 또 토론하라!

우리 팀은 같이 있는 시간이 많았던 만큼 모이기도 쉽고 회의도 자주 했다. 하지만 주제 선정부터 탐방 계획 수립까지 모든 과정이 순탄치는 않았다. 팀원들의 성향이 각기 다르다 보니 하나로 의견을 모으기가 더 어려웠다. 이를 해결하기 위해 열린 마음으로 토론하는 시간을 자주 가졌고, 그러다 보니 한번 정한 주제와 탐방 목표, 과정이 흔들리거나 흐려지지 않고 순조롭게 앞으로 나아갈 수 있었다.

탐방 기간 중 하루 일과를 시작하기 전에 커피를 마시면서 그날의 일정과 방문 기관, 해야 할 일 등에 대해 의견을 교환하고, 탐방 후에도 그날 있었던 일들을 다 함께 이야기하면서 정리했다. 이런 시간을 규칙적으로 가지다 보니 서로 마음을 터놓고 이야기할 수 있었고, 별 감정싸움이나 문제 없이 순조롭게 마칠 수 있었다.

❷ 현지인과의 즉석 인터뷰는 이렇게!

우리의 탐방 소재는 도시와 그 속에 살고 있는 사람이었다. 도시 공간은 답사를 통해 얼마든 관찰할 수 있었지만, 사람은 달랐다. 그곳에 살고 있는 이들에 대한 이야기는 그 지역을 더 잘 알기 위해서는 핵심적인 부분이었기 때문에 꼭 듣고 싶었다. 하지만 인터뷰는 생각보다 쉽지 않았다. 빨간 옷을 맞춰 입은 동양인 청년 넷이서 말을 걸면 다들 경계하는 눈빛이 역력했다. 우리는 고민 끝에 길을 물으면서 대화를 트는 방법을 택했다. "가까운 지하철역이 어디인가요?"로 시작해서 그 지역에 대한 질문으로 이어지면 성공률이 높았다. 아, 유니폼에 있는 로고 속 강아지의 공도 컸다. 특히 현지 여성들은 이 로고가 맘에 든다면서 마음의 빗장을 풀어주기도 했다.

건축의 책임,
종이로 바로 세우다

팀명(학교) 페이퍼빌리티 (한동대학교)

팀원 박영재, 이지수, 이희성, 황석준

기간 2017년 8월 7일~2017년 8월 20일

장소 네덜란드, 프랑스, 스위스
1. 암스테르담 (픽션 팩토리 Fiction Factory)
2. 암스테르담 (김황 디자이너 사무소 Studio Hwang Kim)
3. 파리 (시게루 반 건축사무소 Shigeru Ban Architects Europe)
4. 파리 (국제환경공학학회 I2C2E, International Conference on Civil and Environmental
   Engineering Conference)
5. 제네바 (유엔난민기구 UNHCR, United Nations High Commissioner for Refugees)
6. 취리히 (리트베르크 박물관 Museum Rietberg)

우리의 도전은 한 건축가의 테드(TED, Technology Entertainment Design Conference) 영상으로부터 시작됐다. 건축가 시게루 반(しげるばん)의 강연을 통해 우리들의 삶과 생활의 터전으로서 우리가 날마다 드나드는, 대부분의 사람들에게는 너무나 당연하게 여겨지는 '집'이라는 공간이 누군가에게는 그렇지 못할 수 있음을 생각해본 것이다. 이 당연함을 누리지 못하던 사람들을 위해 구호활동의 일환으로 종이로 집을 지어주는 건축가의 모습은 우리에게 큰 영감을 줬다.

우리 팀은 난민, 빈곤층 등 주거 취약 계층을 위해 '종이 건축'이라는 개념을 해결책으로 제시하고, 궁극적으로는 우리나라에 종이 건축을 도입하고자 탐방을 계획하기 시작했다. 우리는 종이 건축의 가능성과 타당성에 대해 알아보기 위해 여러 전문 기관들을 방문해 이 분야 전문가들을 만났다. 또한 종이 건축물 사례들을 살펴보기 위해서 실제 종이 건축이 이뤄지고 있는 유럽의 현장들을 탐방했다.

두 눈으로 종이 건축의 가능성을 목격하다

탐방 첫째 날, 저녁 늦게 네덜란드 암스테르담의 숙소에 도착한 우리는 짐을 풀기가 바쁘게 바로 다음 날 있을 탐방과 인터뷰 준비를 해야 했다. '종이 집'을 실제로 만들어서 판매하고 있는 픽션 팩토리(Fiction Factory) 방문은 우리 프로젝트의 목적을 생각했을 때, 보름간의 일정 중 가장 중요한 시간이기도 했다.

우리는 아침 일찍 위켈 하우스(Wikkel House) 프로젝트가 진행되고 있는 픽션 팩토리 본사에 도착했다. 약속 시간이 되기 전에 우리는 먼저 공장 지대를 쭉 훑어보며 마음의 준비를 하기로 했다. 열심히 준비했음에도 첫 인터뷰인 데다 가장 중요한 인터뷰라 생각하니 마음을 놓을 수 없었다. 공장 틈새로 언뜻 보이는, 이미 완성되었거나 만들어지고 있는 종이 집들이 우리를 설레게 만들었다.

마침내 약속 시간이 다 되자 위켈 하우스 프로젝트를 총괄하고 있는 프로젝트 매니저 요스트 뷰이터(Joost Buiter) 씨가 우리를 반갑게 맞아주며 자신의 사무실로 안내했다. 공장 꼭대기에 있는 사무실로 향하면서 우리는 종이 집이 만들어지는 과정 전반을 눈에 담을 수 있었다. 종이 건축의 핵심 자재인 엄청난 양의 카드 보드지(Card Board)*부터 카드 보드지의 가공 공정, 종이 집의 형태가 갖춰지는 공정, 이전에는 모르고 있던 종이로 된 가구들까지, 모두 생생하게 관찰할 수 있었다.

사무실 안 역시 종이 집 프로젝트의 흔적들로 가득했다. 특히 종이 집 외벽의 여러 단면 모형들을 볼 수 있었는데, 뷰이터 씨는 지금도 더 튼튼하고 안전한 구조를 개발 중이라고 말했다. 종이로 된 모형을 실제로 만져보니 생각하던 것과 차원이 다른 단단함을 느낄 수 있었다.

뷰이터 씨와의 인터뷰를 통해 우리는 위켈 하우스 프로젝트에 대해, 그리고 종이 집을 지어 올리는 기술과 내화 구조**, 방수 등의 안정성에 대해 자세하게 배울 수 있었다. 또 우리가 계획하고 있는 종이 건축 프로젝트에 대한 실질적이고도 전문적인 조언도 얻을 수 있었다. 인터뷰를 마친 후 뷰이터 씨와 함께 공장을 견학하며 공장 안에 전시된, 실제로 완성된 종이 집에 직접 들어가봤는데, 종이로 만들어졌다는 것이 믿기지 않을 정도로 완벽했다. 종이 집은 집으로서 갖춰야 할 모든 것이 갖춰져 있었고, 그동안 종이 집에 대해 가졌던 의구심과 편견은 한순간에 깨졌다. 이곳에서 우리는 종이 집이 만들어지는 세부적인 과정 전반을 공정별로 견학하면서 종이 건축에 대한 이해도 역시 더 높일 수 있었다.

---

* 카드 보드지_ 현재 종이 건축에 가장 활발하게 활용되고 있는, 골판지 형태로 된 종이의 한 종류로서 판지(paper board)의 일종. 마분지라고도 불리는 판지는 두껍고 질기며 딱딱한 특징을 가지고 있는데, 일반적으로 1제곱미터당 150그램 이상의 중량을 가진 종이를 판지라고 말함
** 내화 구조_ 화재로부터 안전하게 설계돼 있는 건축 구조. 국내 건축법은 벽, 외벽, 기둥, 바닥, 보, 지붕, 계단 등 건축물의 주요 구조는 화재를 잘 견뎌낼 수 있게 설계하도록 규정하고 있는데 여기서 중요한 것은 단순하게 '불에 타지 않아야 함'이 아니라, 화재 발생 시 '얼마나 견뎌낼 수 있는가'를 규정하고 있다는 점임. 최근에는 기술의 발달로 새로운 건축 자재들이 개발되면서 구조 부위별 '화재 발생 시 견뎌낼 수 있어야 하는 시간'을 중점적으로 규정하고 있음

● 젊은 디자이너, 노숙자들을 위한 종이 집을 만들다

암스테르담에서의 두번째 일정은 노숙자들을 위해 종이 집을 지어 보급하는 '코쿤 프로젝트(Cocoon Project)'를 진행하며 디자이너의 사회적 책임을 보여줬던 김황 디자이너를 만나 인터뷰하는 것이었다. 우리는 외국인이 아닌, 한국인과의 인터뷰라는 사실에 한결 편하고 가뿐한 마음으로 네덜란드의 대표 기업인

1_ 실제 종이 집 앞에서 픽션 팩토리 프로젝트를 총괄하는 뷰이터 씨와 함께!
2_ 코쿤 프로젝트를 진행한 디자이너 김황 씨와 인터뷰를 마치고 한 컷

요스트 뷰이터
[Fiction Factory]

Q 종이 건축이 어떻게 '지속 가능한 건축'이 될 수 있을까요?

A 지속 가능성은 우리가 종이 건축을 고집하는 가장 큰 이유이기도 합니다. 종이는 그야 말로 지속 가능한 건축 재료입니다. 왜 지속 가능한 재료를 고집해야 하는지는 말하지 않아도 잘 알고 있으리라 생각합니다. 폐기물을 만들어내지 않는 지속 가능한 물건들 로 생활하는 것은 우리 모두의 과제입니다. 종이는 100% 재활용이 가능한 건축 재료 고, 환경 폐기물을 조금도 발생시키지 않습니다. 카드 보드지로 만든 위켈 하우스에서 꾸준히 생활했을 때, 약 30~40년 정도 지낼 수 있을 것으로 보입니다. 물론 그 후에도 종이는 얼마든지 재활용될 수 있고요.

Q 종이 건축을 한국에 도입하려는 저희 팀의 계획에 대해 어떻게 생각하시나요?

A 한국의 전통 건축물인 한옥에도 충분히 종이를 활용할 수 있을 겁니다. 재선충* 피해 목도 일반 나무들과 비교해 강도의 차이가 없다면 건축 재료로 활용해도 무방하고, 위 켈 하우스처럼 여러 개의 세그먼트(Segment)**로 이뤄진 건축을 한다면 재난이 일어 났을 때도 효과적으로 활용할 수 있습니다. 왜냐하면 세그먼트별 분할이 가능하고, 하 나의 세그먼트로도 충분히 일상생활이 가능하기 때문입니다. 재난의 규모가 크든 작 든 위켈 하우스식 주거 대비책은 어디에나 활용 가능합니다.

다만 우리는 위켈 하우스를 다른 모양으로 짓는 것엔 회의적인데, 모양을 바꾸면 제작 비용이 매우 상승하고, 지금 같은 오각형의 형태가 아닌 일자 형태의 지붕으로 바뀌면 그 무게에 의해 무너질 가능성도 있습니다. 저희 기술을 한국에서 활용하는 것에 대해 선 대환영입니다. 저희의 오픈 소스 아이디어에 다른 아이디어가 더해져 기술이 발전하 고 더 좋은 곳에 쓰이는 것에 대해 기본적으로 환영하는 입장을 갖고 있습니다. 그것이 우리가 일하는 이유이기 때문입니다.

---

* **재선충**_ 소나무 등에 기생하며 수개월 내에 소나무를 말려 죽이는 벌레
** **세그먼트**_ 하나의 집을 여러 개로 분할한 형태

필립스 본사로 향했다. 그곳에 도착해 암스테르담 전경이 내려다보이는 사무실에서 김황 씨를 만났다.

김 씨는 종이 건축 프로젝트를 진행해본 경험자로서 진심어린 조언을 해주었다. 코쿤 프로젝트를 진행하게 된 배경부터 집의 재료로 종이를 선택하게 된 이유, 종이라는 자재에 대한 생각과 더불어 건축 자재로의 가능성, 그리고 프로젝트를 하면서 가장 중시했던 것까지, 여러 이야기가 오갔다. 특히 종이의 강점과 함께 '확실한 맥락'이라는 키워드를 강조했다. 이는 실질적으로 수혜자에게 도움이 될 수 있는지를 확인하는 것이다. 그와의 만남은 종이 건축이 누구에게 어떤 역할을, 어떻게 할 수 있는지, 종이 건축이 왜 필요한지 등과 같은 본질적인 질문에 대한 답을 탐색할 수 있는 뜻깊은 시간이었다.

🔴 종이 건축이 시작된 곳을 찾아서

종이 건축을 거의 최초로 시도한 건축가 시게루 반 씨의 건축 사무소는 가장 섭외하기 힘들었던 곳이다. 결과적으로, 우리가 꼭 만나고 싶던 시게루 반 씨를 만날 수는 없었다. 그럼에도 종이 건축에 있어 상징적인 곳을 방문하지 않을 수 없었기에 무작정 건축 사무소로 향했다.

사무실은 찾았지만 굳게 닫혀 있는 문을 여는 방법을 우리가 알 리 없었다. 이대로 돌아가야 하나 싶어 좌절하기 직전, 문을 두드리던 우리에게 문 안쪽에 계시던 할아버지 한 분이 문을 열어주셨다. 그분이 아니었다면 우리는 시게루 반 건축사무소(Shigeru Ban Architects Europe)를 결코 방문할 수 없었을 것이다. 우여곡절 끝에 방문한 사무소에서 우리는 시게루 씨의 어시스턴트인 사키코 오미(さちこ おうみ) 씨를 만날 수 있었다. 다행스럽게도 사키코 씨는 아무런 약속 없이 방문한 우리에게 사무소 탐방을 허락했다.

사무실 내부는 종이 건축가의 건축 사무소답게 책상, 책장, 벽재 등 거의 모든 것들이 종이로 이뤄져 있었다. 우리는 사무소를 둘러보면서 사진으로만 보던 종이 건축 자재들과 실제 건축물의 축소 모형 등을 볼 수 있었다. 짧은 시간만 허락받았던 탓에 심층 인터뷰를 진행할 수는 없었지만, 향후 시게루 반 씨를 섭외할 수 있는 방법이나 종이 건축의 기술적인 부분에 대한 이야기들을 간단히 나눌 수 있었다. 성지 순례처럼 이곳을 방문했다는 사실 자체에 만족하기로 했다.

🔴 난민의, 난민을 위한 주거 공간을 보급하다

우리는 네덜란드, 프랑스에서의 일정을 무사히 마치고 마지막 탐방국인 스위스에서의 일정만을 남겨두게 됐다. 기차를 타고 스위스로 향하며 탐방과 인터뷰를 준비했다. 원래 유엔난민기구(UNHCR, United Nations High Commissioner for Refugees)는 인터뷰가 예정된 곳은 아니었고 방문객 신분으로 견학할 계획이었는데, 예상치 않게 그곳에서 공여 지원을 담당하고 있는 한국인 이원재 씨를 만날 수 있었다. 이런 걸 천운이라고 하는 걸까? 우리는 미리 와 있던 고등학생들과 함께 UNHCR에 대해 간략한 설명을 들은 뒤 그와 인터뷰를 진행할 수 있었다.

먼저 이 씨는 UNHCR의 활동 전반에 대해서 설명해주었다. 특히 UNHCR이 난민 구호 활동을 함에 있어 주로 난민들의 주거 환경 개선에 주력하는 이유, 난민 구호 활동을 할 때 가장 중요한 것, 기존 구호 주택(Shelter)의 문제점 등에 대해 자세한 설명이 이어졌다. 무엇보다 난민들의 입장, 즉 '수혜자의 입장'을 중요하게 고려하는지가 궁금했는데, 현실적이고 생생한 현장의 이야기를 들을 수 있었고 덕분에 우리의 프로젝트에 대해 더 깊이 생각해볼 수 있었다.

🔴 종이의 무한한 가능성을 전시하는 리트베르크 박물관

마지막 일정으로 우리는 리트베르크 박물관(Museum Rietberg)을 방문해 알베르트 루츠(Albert Lutz) 관장님을 만나 인터뷰를 진행했다. 리트베르크 박물관에서는 시게루 반 씨와의 협력 프로젝트로 '종이 전시관'을 만들어 임시 전시회를 개최하고 있었는데, 프랑스 파리에서 시게루 반 씨를 만나지 못했던 아쉬움을 조금이나마 달랠 수 있는 기회라고 생각했다. 하지만 도착해보니 우리가 방문하기 2~3주 전쯤 전시회가 끝나고 종이 전시관은 해체된 뒤였다. 알고 보니 종이 전시관은 2013년부터 2017년까지 4년째, 매년 여름 시즌 3개월 동안만 공개되

1_ UNHCR에서 난민구호활동
당시 보급했었던 임시
쉘터(Shelter) 모형

2_ 리트베르크 박물관에서 앨버트
루츠 관장님과 우리 팀 깃발을
들고

는 건물이었던 것이다. 아쉬움을 뒤로하고 우리는 루츠 관장님과의 인터뷰를 통해 파리에서 만날 수 없었던 시게루 반 씨의 흔적을 쫓았다.

우리는 그에게서 종이 건축 기술에 대한 여러 이야기들을 들을 수 있었다. 실제 전시관이 지어지는 과정을 옆에서 내내 지켜보았던 만큼 그는 전문적이면서도 현실적인 내용을 우리에게 들려줬다. 무엇보다 종이 전시관 건물을 설치하는 데는 일주일 정도가 걸리고, 종이 건축 전문가가 아닌 건축 종사자들이 건축해도 무리가 없다는 이야기가 가장 흥미로웠다. 건축 비용과 관련해서도 종이로 짓지 않았다면 약 다섯 배의 비용이 더 들어갔을 거라고 했었다. 또한 3개월 동안만 전시를 하는 이유는 다소 까다로운 스위스 건축법 때문이라고 했다. 만일 종이 건축물이 법적으로 그 이상의 기간을 인정받을 수 있다면 전시 기간을 얼마든 더 연장할 수 있을 거라고 덧붙였다.

마지막으로 루츠 관장님은 우리의 프로젝트에 대해 "정말 좋고 훌륭하다!"며 조언을 해줬다. 관장님의 응원을 받으면서 마지막 탐방을 잘 마무리할 수 있었다.

스위스 하면 떠오르는 그곳, 융프라우

신기한 힘? 신기한 함!

LG글로벌챌린저 공식 홈페이지에 있는 우리 팀의 소개 글에는 우리끼리만 알고 있는 오타가 포함돼 있다. 우리 팀에겐 신기한 힘이 있다는 것을 설명하다가 '신기한 힘'을 '신기한 함'으로 적어버린 것이다. 공식 수정을 요청할 겨를도 없었지만, 오타 그대로도 나름의 의미가 있는 것 같았기에 우리는 '그 단어'를 받아들이기로 했다. 그래서였을까? 탐방 기간 동안 오타 그대로, 그 단어 그대로 실현되는 것을 경험할 수 있었다. 마치 어떤 함에서 여러 가지 것들이 쏟아져 나오듯 신기한 에피소드들이 우리에게 펼쳐졌던 것이다.

차 지붕에 있던 지갑을 찾고 머쓱! 이것도 모두 '신기한 함'

한번은 렌터카에 기름을 넣을 때, 재정과 회계를 담당하던 팀원이 주유를 마친 후 실수로 지갑을 자동차 지붕 위에 그대로 놔두고 출발해버렸다. 이후 우리 차는 언덕을 오르고 지하 주차장으로 내려오고를 반복했는데, 지갑은 어떤 이유에선지 지붕 위에 그대로 있었고, 그 팀원은 나중에 지붕에 있는 지갑을 보고서야 자신이 지갑을 그곳에 뒀음을 깨달았다. 모든 예산이 한순간에 날아갈 수도 있었다는 사실에 모두 가슴을 쓸어내렸다. 우리는 그 순간 단어 하나를 떠올렸다. 바로 오타에서 비롯됐던 '신기한 함'을 말이다!

박영재

세상엔 다양한 사람들이 있습니다. 자신과 비슷한 사람은 있어도 똑같은 사람은 없습니다. 서로 다른 팀원들의 모습을 보면서 나 자신의 부족함을 많이 깨달을 수 있었습니다. 생각보다 부족한 면이 많았는데도 팀원이 제 부족함을 채워줬습니다. 저에게 LG글로벌챌린저는 자신에 대한 도전이었습니다.

이지수

LG글로벌챌린저는 저를 성숙하게 만드는 키트(Kit) 같았습니다. 계획을 세우고 탐방을 떠나고 팀원들과 함께하고 여러 가지 일들을 겪으면서 조금씩 자라나는 제 모습을 보았습니다.

이희성

종이 건축에 대해 아무런 지식도 없던 저를 전공자라는 이유 하나만으로 믿어준 친구들 덕분에 대학생이라면 누구나 꿈꾸는 대외 활동과 유럽 여행을 동시에 경험할 수 있었습니다. 제가 LG글로벌챌린저 대원이라는 것이 아직도 꿈만 같습니다. 오랜 시간 함께한 멋진 팀원들과 저희의 꿈을 믿고 응원해준 LG, 시작부터 우리 팀을 따라다녔던 도움의 손길들 모두에 감사의 뜻을 전합니다.

황석준

LG글로벌챌린저 대원으로서, 오래도록 간직할 소중한 추억과 기억들을 만들고 또 값진 경험들을 얻을 수 있었습니다. 제게는 너무나 과분했던 팀원들, 또 뒤에서 많은 지지와 격려를 보내주신 모든 분들 덕분에 소중한 추억이 남았다고 생각합니다.

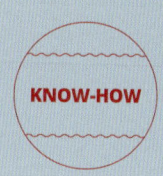

1 **미션은 미션일 뿐, 짐짝이 아니다!**

탐방과 함께 여러 가지 탐방 미션들이 부여된다. 이 미션들은 분명 탐방 기간을 더욱 풍성하게 채워나갈 수 있도록 돕는 차원에서 주어진 것이지만, 자칫 잘못했다간 탐방 기간 내내 짐처럼 따라다니며 팀워크를 해칠 수도 있다. 이럴 땐 즐기고 누린다는 심정으로 최대한 여유를 잃지 않는 것이 중요하다. 꽉 찬 일정, 지쳐가는 심신, 탐방과 인터뷰 및 보고서와 관련하여 해야 할 일이 너무나 많은 극한의 상황!

그렇지만 꼭 기억하자! 미션은 짐짝처럼 달라붙은 게 아니라는 것을. 여유를 가지고 즐겁게 누릴 수 있는 한 방법으로서 미션을 최대한 활용한다고 생각하라.

2 **보고서 제출, 벼락치기보다 차근차근 준비하자**

탐방이 끝나고 나면 실제로 가장 중요한 것이 남아 있다. 바로 보고서 작성이다. 이 시간이 오면 자칫 여유를 잃고 페이스가 무너지기 쉽다. 한 팀으로 모여 탐방을 다녀오기까지의 시간들을 쭉 되돌아보고, 즐겁게 정리한다는 생각을 가지고 보고서를 작성해보자. 팀원들과 함께한 시간의 흐름을 보고서에 차근차근 담아내다 보면 어느새 보고서는 거의 완성돼 있을 것이다. 잊지 말자, 차근차근!

아기돼지 네 마리 | 성균관대학교　　　　　　그린토피아 | 이화여자대학교

Economy

Part 4

[경제]

아즈니하 | 우송대학교   모래폭풍 | 한국외국어대학교   푸른빛소리 | 부산대학교

Don? Don't!
현금 없는 사회를 꿈꾸다

팀명(학교)	아기돼지 네 마리 (성균관대학교)
팀원	김민경, 김지현, 노혜진, 손새미
기간	2017년 7월 16일~2017년 7월 29일
장소	스웨덴, 덴마크
	1. 스톡홀름 (스웨덴 중앙은행 릭스방크 RiksBank)
	2. 비스뷔 (비스뷔 플리 마켓 Visby Flea Market)
	3. 오덴세 (바자 핀 Batzar Fyn)
	4. 코펜하겐 (넷츠 Nets)
	5. 코펜하겐 (코펜하겐 핀테크 Copenhagen Fintech)

최근 전 세계 많은 국가에서 현금 사용을 줄이고 이를 대신하는 결제 수단을 개발하고 있다. 머지않아 '현금 없는 사회'가 될 것이라는 뉴스도 심심찮게 나오고 있다. 그렇다면 현금 없는 사회란 무엇일까? 현금 사용률이 '0'이 되어, 지구상에서 현금이 완전히 사라지는 걸 현금 없는 사회라고 하는 걸까? 미래에는 정말로 그런 사회가 오는 걸까?

다수의 전문가들이 현금이 완전히 사라지는 것은 사실상 불가능하다고 말한다. 우리는 현금 없는 사회가 '현금보다 편리한 수단을 이용해 결제가 가능한 사회'라고 생각했다. 문자를 보내듯 돈을 주고받고, 두꺼운 지갑 없이도 가볍게 물건을 살 수 있는 사회. 우리는 대한민국에서 현금을 없애기 위해서가 아니라, 보다 편리한 결제 수단을 찾고자 북유럽으로 향했다.

● 현금 없는 사회로의 도약에 윤활유가 된 릭스방크

스웨덴은 17세기, 지구상에서 가장 먼저 현금(지폐)을 만든 나라다. 그리고 21세기인 지금, 가장 빠르게 현금 없는 사회로 나아가고 있는 나라이기도 하다. 스웨덴에는 현금을 대체하는 결제 수단이 많다. 처음 스웨덴을 탐방 국가로 선정한 것도 다양한 결제 수단 개발사들을 인터뷰하기 위함이었다. 하지만 애석하게도 방문 인터뷰가 가능하다고 했던 개발사들이 휴가 기간(스웨덴 사람들은 여름에 스웨디시 배케이션이라고 하는 4주 정도의 휴가를 갖는다)과 탐방 일정이 겹치자 방문 인터뷰가 불가능하다는 답변을 보내왔다. 현금 없는 사회의 선두 주자인 스웨덴 탐방을 포기해야 하나 싶을 때쯤 기대하지 못했던 중앙은행에서 긍정적 답변을 보내왔고, 우리는 대망의 첫 인터뷰를 스웨덴 중앙은행인 릭스방크(Riksbank)에서 하게 되었다.

인터뷰 당일, 신분증 검사를 한 후 출입 허가증을 받고 기다리고 있자니 인터뷰를 하기로 한 비욘 제겐도르프(Bbjorn Segendorf) 씨가 내려왔다. 탐방 전 관련 자료를 찾을 때, 스웨덴에는 합법적으로 현금을 거부할 수 있다는 기사를 많이

1_ 릭스방크의 비욘 제겐도르프 씨와의 인터뷰 분위기가 진지하다
2_ 비욘 제겐도르프 씨와 함께 찍은 단체 사진

접했기 때문에 중앙은행이 현금 없는 사회에 대해 적극적이고 주도적인 역할을 하고 있을 거라 예상했었다. 하지만 이야기를 나누다 보니 국가 기관으로서 사회 변화를 예측하는 데 있어 조금은 조심스러운 입장임을 알 수 있었다. 중앙은행은 직접적으로 나서서 사회 변화를 도모하는 대신 자연스러운 사회 변화를 인식하고 그에 맞춰 대응해나가고 있었다. 기대했던 내용과는 조금 달랐지만 제겐도르프 씨로부터 기사로만은 미처 알 수 없었던 것들에 대해 배울 수 있었다.

🔴 탐방은 새옹지마, 가장 가까이서 현금 없는 사회를 엿보다

비스뷔에서는 페이엑스(PayEx)라는 결제 회사를 방문해 인터뷰하기로 되어 있었다. 그런데 비스뷔에 가기 며칠 전부터 담당자와 연락이 되지 않더니 갑자기 담당자가 바뀌고 전화 인터뷰만 가능하다는 답변이 돌아왔다. 오로지 인터뷰 하나만을 위해 비스뷔에 가는 페리와 숙소를 다 예약했는데 불과 며칠 전에 이렇게 취소되어 버리니 허탈하고 힘이 빠졌다. 하지만 기왕 이렇게 된 거 뭐라도 해야겠다는 생각이 들었고, 비스뷔의 중심지인 알메달렌 광장에서 시민들을 대상으로 인터뷰를 진행하기로 결심했다. 마침 휴가철이라 알메달렌 광장에는 스웨덴 각지에서 온 관광객들이 많았고, 매일 벼룩시장이 열리고 있어 시민 인터뷰를 하기에는 최적의 조건이었다.

　다양한 상인들과 관광객들을 인터뷰해보니 뉴스에서 보던 것과는 조금 다른 답변들을 들을 수 있었다. 모바일 결제 서비스인 스위시(Swish)*는 여전히 개인 간 송금에 많이 사용되고 있었으며, 어느 정도 나이가 있는 소상공인들은 수수료를 내야 하는 데다 익숙하지 않다는 이유로 스위시보다는 현금을 선호하는 편이었다. 반면에 벼룩시장의 상인들과 젊은 사람들은 간편하고 쉽다는 이유로 스위시를 굉장히 선호하고 있었으며, 앞으로 더욱 많이 쓰일 것이라고 확신하고 있었다. 실제로 일반 시민들을 만나 물어보지 않으면 알 수 없는 사실들이었다. 고대하던 방문 인터뷰는 무산되었지만, 어쨌든 그 덕분에 아름다운 비스뷔를 구경하고 인터뷰를 통해 현금 없는 사회에 대한 시민들의 목소리도 직접 들을 수 있었다. 인생은 새옹지마라고 했던가. 우리의 탐방도 그러했다. 좌절도 있었지만 오히려 전화위복이 되어 더욱 큰 배움을 얻게 되었다.

● 실패도, 부딪침도 더 이상 두렵지 않다

비스뷔에서 시작된 인터뷰 악재는 오덴세에서도 계속되었다. 오덴세에서는 일요일마다 항구 근처에서 큰 야외 벼룩시장이 열리는데, 그 벼룩시장에서 모바일 페이(Mobile Pay)**를 사용할 수 있다기에 상인 인터뷰를 하려고 준비했다. 하지만 아침부터 비가 세차게 내리기 시작했고, 슬픈 예감처럼 벼룩시장은 폭우로 인해 열리지 않았다. 잠시 절망했으나 비스뷔의 경험을 되살려서 다른 인터뷰처를 찾았고, 마침 근처에 있는 대형 실내 마켓 바자 핀(Bazar Fyn)으로 향했다.

---

* **스위시_** 2012년 단스케 뱅크 등 여섯 개 시중 은행이 협력해 개발한, 전화번호를 이용한 개인 간 실시간 모바일 계좌 이체 서비스. 현재는 오프라인으로 서비스를 확대해 스웨덴 전체 인구의 절반인 약 600만 명이 사용 중임
** **모바일 페이_** 2013년, 단스케 뱅크에서 출시한 결제 시스템으로, 휴대전화 번호를 통한 개인 간 간편 송금을 기반으로 시작해 현재는 덴마크, 노르웨이, 핀란드 등 온·오프라인 5만 1,000개 상점에서 사용 가능함. 덴마크에서는 약 360만 명이 사용 중인데, 이는 덴마크 내 스마트폰 사용자의 90%를 차지하는 숫자임

스웨덴 비스뷔의 플리 마켓

천만다행으로 바자 핀 입구에는 모바일 페이 표지가 붙어 있었고, 대부분의 상점에서 모바일 페이를 받고 있었다.

　자신감이 붙은 우리는 과감하게 상인들과 손님들에게 접근, 인터뷰를 진행했는데, 모두들 굉장히 친절하게 응답해주었다. 인터뷰를 해보니 덴마크에서는 많은 사람들이 모바일 페이를 사용하고 있고, 스웨덴처럼 개인 간 송금에 그치는 것이 아니라 사업장에까지 확대되어 쓰이고 있었다. 덕분에 다음에 있을 기관 인터뷰의 방향을 잡는 데 많은 도움이 되었다. 지금의 역경이 더 좋은 결과로 이어질 수 있음을 알기에 우리는 더 이상의 실패도, 부딪침도 두려워하지 않게 되었다.

🔴 보다 편리한 결제 방법을 위해 끊임없이 고민하는 곳

코펜하겐에서의 첫 인터뷰 기관은 결제 수단 회사인 넷츠(Nets)였다. 넷츠 본사는 코펜하겐에서 버스로 1시간 거리에 있기에 넷츠로 향하기 전, 아침 일찍 일어나 인터뷰 질문지를 한 번 더 정리했다.

PR부서의 최고 관리자인 소렌 빙게(Søren Winge) 씨와 인터뷰하기로 약속을 했는데, 우연히도 우리와 만나기 전날, KBS와 같은 주제로 인터뷰를 했다고 했다. 그래서인지 빙게 씨는 그림까지 그려가며 우리가 궁금했던 내용들을 가려운 곳 긁듯이 정확히 알려주었다. 덕분에 단스케 뱅크(Danske Bank)가 만든 모바일 페이와 2016년 1월 넷츠가 출시한 <u>단코트 앱</u>(Dankort App)*의 공통점 및 차이점을 정확히 파악할 수 있었으며, 상황마다 적합한 모바일 결제 수단이 다르다는 사실도 알게 되었다.

또한 빙게 씨는 인터뷰 말미에 단코트 앱을 어떻게 사용하는지 직접 시범을 보여주었다. 화면도 켜지 않고 그저 단말기에 스마트폰을 갖다 대기만 했는데 순식간에 결제가 끝나자 모두 마치 마술 쇼라도 본 듯 감탄을 하며 박수를 쳤다. 삽입식 카드에서 비접촉식 카드로, 나아가 비접촉식 모바일 앱까지, 사용자들의 편리를 위해 끊임없이 고민하고 노력하는 기업의 모습을 엿볼 수 있었다.

핀테크** 스타트업들에게 더 많은 기회를

우리의 마지막 탐방 기관은 코펜하겐 핀테크(Copenhagen Fintech)였다. 코펜하겐 핀테크는 설립된 지 얼마 되지 않은 비영리 기관으로, 코펜하겐의 핀테크 스타트업들을 지원하고 법률적인 도움을 주며 아이디어 랩(Idea Lab)이라는 공간을 만들어 대여해주는 등의 일을 한다.

굉장히 다양한 일을 하기에 규모도 크리라 짐작했으나 의외로 평범한 곳이었

---

* **단코트 앱**_ 2016년 출시된 앱으로, 넷츠의 직불 카드인 '단코트'를 등록해서 사용하는 앱. 기존의 결제 단말기에 블루투스 호환 기기만 붙이면 사용할 수 있으며, 기존의 단코트에 적용되던 규정 등이 동일하게 적용됨
** **핀테크**_ 'Financial(금융)+Technique(기술)'의 합성어. 모바일 중심의 각종 IT 기술과 금융이 서로 융합하여 새롭게 등장한 산업 및 서비스 분야를 통칭함

소렌 빙게
[Nets]

Q 현금 없는 사회가 되어가는 상황에서 무엇이 가장 중요하다고 생각하십니까?

A 현금 없는 사회가 되기 위해 필요한 것은 크게 두 가지입니다. 첫 번째는 '안전한 디지털 인프라 구축'이고, 두 번째는 '편리함'입니다. 실제로 덴마크 사람들은 나날이 더욱 편리한 결제 방식을 추구하고 있습니다. 2년 전 비접촉 방식의 카드가 개발됐고, 현재 이러한 방식이 모바일 기기로 확대됐습니다. 이런 결제 시스템은 굉장히 빠른 속도로 퍼져나가고 있고 단기간 내에 더욱 보편화될 것입니다. 아직까지 현금을 필요로 하는 사람들이 있지만 현금의 사용 비중은 점차 줄어들 것이라 믿습니다.

Q 현금 없는 사회가 됐을 때 발생할 수 있는 디지털 취약 계층(노년, 어린이 등)의 접근성 문제는 어떻게 생각하십니까?

A 요즘 젊은 사람들은 모든 것을 휴대전화로 처리하길 원합니다. 아마 다음 세대는 휴대전화를 당연하게 하나의 결제 수단으로 인식하고, 지갑이나 카드를 전혀 필요로 하지 않을 수도 있습니다. 물론 노년층이 하루아침에 현금 대신 모바일 결제 수단을 사용하지는 않겠지만 이는 시간이 지나면 해결될 문제라고 생각합니다. 현재 40대, 50대의 중년층만 하더라도 현금을 거의 쓰지 않고 카드를 훨씬 많이 사용하는 것을 보면 알 수 있습니다.

또한 덴마크는 스마트폰 보급률이 굉장히 높은 국가 중 하나이기 때문에 어린이들을 위한 모바일 어플리케이션도 많이 출시되고 있습니다. 이를 통해 어린이들도 일찍부터 경제 시스템이나 금융에 대해 배울 수 있는 기회가 마련되고 있습니다. 이러한 노력으로 현금을 사용하지 않았을 때 발생할 수 있는 문제들을 해결해나갈 수 있을 것이라 생각합니다.

다. 안타깝게도 마침 휴가철이라 내부에 들어와 있는 스타트업이 거의 없었다. 가능하면 다양한 스타트업들과 인터뷰를 하고 싶었는데 아쉽게도 캐스퍼 외르 겐센(Kasper Jørgensen) 씨와의 인터뷰에 만족해야만 했다.

코펜하겐 핀테크를 인터뷰하다 보니 우리나라에서는 아직 핀테크 산업에 대한 지원이 상대적으로 많이 부족하다는 생각이 들었다. 다양한 사기업 및 금융기관이 코펜하겐 핀테크의 스폰서로 지원하고 있었는데, 그 과정에서 핀테크 스타트업들과 연계해 상품을 개발하는 등 상부상조하며 발전해나가고 있는 모습이 굉장히 인상 깊었다. 우리나라의 핀테크 산업이 더욱 발전하기 위해서는 이처럼 상호 공생 관계가 이루어져야 한다는 것을 다시 한 번 깨닫는 계기가 되었다.

넷츠의 적극적인 인터뷰이 덕분에 의도치 않은 강의를 들어야 했다

탐방대원 후기

김민경

외국에 가도 외국인과 말 한마디 못 하던 제가 일상 대화도 아닌, 특정 주제에 관한 인터뷰를 하는 건 LG글로벌챌린저가 되기 전에는 상상도 못했던 일입니다. 해보지도 않고 안 될 상황부터 쉽게 생각하던 저에게 LG글로벌챌린저는 엄청난 자신감과 새로운 자신을 발견할 수 있게 해주었습니다. 그 모든 순간을 함께한 지현, 혜진, 새미, 정말 고마워! 행복하자!

김지현

여러 차례 공모전에서 낙방한 상태라 LG글로벌챌린저에 지원했을 때는 자신감이 많이 떨어진 상태였습니다. 하지만 합격하면서 잃어버렸던 자신감을 되찾았고, 영어로 소통한다는 데 대한 두려움도 조금씩 사라져갔습니다. 탐방과 더불어 동갑내기 친구들과 함께 예쁜 곳을 보고 맛있는 것을 먹고 온 경험도 잊지 못할 것 같습니다. 이런 기회를 만들어준 LG, 감사합니다!

노혜진

불안한 대학 4학년에게 하늘에서 내려온 동아줄과도 같았던 LG글로벌챌린저. 매 순간 감사함의 연속이었고 놀라움의 연속이었습니다. LG글로벌챌린저가 아니었다면 만날 수 없었을 사람들, 볼 수 없었을 모습, 듣지 못했을 이야기, 이 모든 것이 너무나도 소중한 기억으로 남았습니다. 한 학기 동안 정신없이 함께 달려와준 팀원들에게도 감사의 말을 전합니다.

손새미

힘든 시간이었지만, 진심으로 대학 생활 중 가장 찬란했던 2주였습니다. 한계에 부딪힐 때도 있었지만 팀원들이 있었기에 지금까지 올 수 있었습니다. 평생 잊지 못할 추억을 만들어준 LG에 감사하고, 부족한 게 많아 미안했지만 함께 하며 좋은 시간을 남겨준 팀원들에게도 감사합니다. 앞으로 또 다른 도전을 할 때 LG글로벌챌린저를 통해서 배운 것들이 자산이 되어줄 것이라 확신합니다. 마지막으로 자신에게 수고했다고 말해주고 싶습니다. 앞으로도 파이팅!

주제는 사소한 일상에서 찾자

① 주제 선정, 일상 속의 경험에서 주제를 찾자!

LG글로벌챌린저 활동은 주제 선정에서부터 시작된다. 탐방 시작부터 보고서 완성까지 하나의 주제를 중심으로 이루어지기 때문에 주제 선정은 무엇보다 중요하다.

우리 팀은 팀장의 개인적인 여행 추억에서 주제를 찾아냈다. 예전에 덴마크를 여행했던 팀장이 푸드 트럭에서 핫도그를 사 먹고 현금을 내밀었는데, 가게 주인이 이제 덴마크인 대부분은 현금을 안 쓰고 모바일 애플리케이션으로 결제한다고 말해주었다. 이 기억에서 영감을 얻은 팀장 덕분에 우리는 쉽게 '현금 없는 사회'를 주제로 정할 수 있었다. 이처럼 일상 속에서의 사소한 경험에 속에서 주제를 찾는 것이 중요하다.

또 현실적인 방안이나 계획을 제시할 수 있는, 구체적이고 범위가 좁은 주제가 좋다. 실제로 우리 팀은 현금 없는 사회가 너무 크고 추상적인 개념이라 주제를 좁히고 정확한 정의를 내리는 과정에서 애를 먹었다.

② 네가 있어 좋다! 우리가 있어 웃는다!

4명이서 2주간 함께 탐방과 여행을 하다 보면 몸과 마음이 지쳐 예민해질 수밖에 없다. 그럴 때일수록 긍정적으로 생각하는 것이 중요하다.

우리 팀은 버스를 잘못 타서 다시 출발지로 돌아왔음에도 이상한 곳으로 가지 않아 다행이라고 웃었고, 하루는 무거운 캐리어를 이끌고 총 여덟 번이나 환승을 해야 했는데도 힘들어서 꿀잠을 잘 수 있을 것 같다고 웃었다. 다른 팀원이 실수를 하더라도, 계획된 일정에 조금 차질이 생기더라도 웃고 넘어갈 수 있는 긍정적인 마음을 가지면 여정이 무사히 끝난다. 아니, 더욱 즐거워진다.

보이지 않는 가치를
보이게 만들다

팀명(학교) 그린토피아 (이화여자대학교)

팀원 윤경민, 윤채영, 임가은, 진예정

기간 2017년 7월 26일~2017년 8월 8일

장소 덴마크, 독일, 스위스, 영국
1. 베를린 (시스테인 Systain)
2. 제네바 (유엔환경계획 산하 생태계 및 생물 다양성 경제학 프로젝트 UNEP TEEB, United Nations Environment Program The Economics of Ecosystems and Biodiversity)
3. 제네바 (세계지속가능발전기업협의회 WBCSD, World Business Council for Sustainable Development)
4. 런던 (프라이스워터하우스 쿠퍼스 PwC, Pricewaterhouse Coopers)
5. 케임브리지 (케임브리지 지속가능성리더십협회 CISL, Cambridge Institute for Sustainability Leadership)

최근 2~3년 동안 맑은 하늘을 보고 바깥 활동을 할 수 있는 날이 매우 귀하게 여겨지고 있다. 반갑지 않은 손님인 미세 먼지 탓이다. 공기청정기가 불티나게 팔리면서 깨끗한 공기를 사서 마셔야 하는 기괴한 상황까지 벌어졌다. 긴 시간 오랫동안 조금씩 파괴된 자연은 소리 없이 우리의 생존을 위협한다. 이에 우리는 '눈에 보이지 않는 자연의 가치를 보이게 만들겠다'는 비전을 갖고 국내 기업들이 운영 리스크를 관리할 수 있는 방안을 고찰해봤다.

눈에 보이진 않지만 어쩌면 가장 큰 자원일지도 모르는 '자연'을 관리하지 않으면 기업은 결국 생존의 위기에 직면한다. 실제로 현재 국내에서는 미세 먼지 문제로 디젤차 시장이 크게 위축되었고, 석탄 발전소는 폐쇄와 축소를 비롯한 사업 제재를 받았다. 이처럼 자연환경이 악화된다면 가장 큰 경제적 타격을 받는 것은 사실상 기업이다. 환경오염으로 인해 생겨난 새로운 규제나 오염된 원자재 등은 기업의 경영 이익에 직접적인 타격을 주기 때문이다. 우리는 기업들이 환경오염 문제에 현명하게 대처할 수 있는 방안으로 '자연자본회계'를 제시한다. 자연자본회계는 한국 기업들이 배출하는 부정적 외부 효과, 즉 환경오염 및 이로 인해 등장할 것으로 예상되는 새로운 규제 등을 추가적으로 계산해 이를 경영적 판단에 반영하는 방법이다. 자연자본회계는 이를 통해 기존의 경영적 판단보다 더 나은 의사 결정을 할 수 있도록 돕는다.

● 데이터 분석을 통해 기업 간의 연결 고리를 찾다

높은 벽돌 건물 안으로 들어가 고전 영화에서나 봤을 법한 낡은 엘리베이터를 타고 올라가니 첫 인터뷰 장소인 시스테인(Systain) 사무실이 등장했다. 시스테인의 수석 컨설턴트인 코듈라 빅(Kordula Wick) 씨와 동료 아흘러(Ahlers) 씨가 반갑게 우리를 맞아주었다. 두 사람은 인터뷰와 관련된 정보를 프레젠테이션까지 동원하여 설명해줄 만큼 열정적인 인터뷰이였다. 시스테인은 고객사에게 사회 문제와 환경문제에 대한 해결책을 제공하며 CSR(Corporate Social Responsibility,

기업의 사회적 책임) 활동을 장려하는 컨설팅 기업이다. 우리는 이곳에서 시스테인이 수많은 고객사들에게 어떤 방식으로 데이터를 제공하는지 알 수 있었다.

시스테인은 먼저 세계 각국의 정부가 제공하는 통계 자료를 활용해 어떤 국가의 어떤 주체(정부, 기업 등)가 어떤 환경 항목에 얼마나 의존하고 있는지, 또한 환경에 어떠한 영향을 얼마나 주는지 등을 분석하고 도표 형태로 작성해 의존도, 영향력 등을 가시화하는 작업을 진행한다. 이렇게 가시화된 자료를 살펴보다 보면 모든 국가와 기업이 환경에 의존하는 정도나 영향을 주는 정도가 끝도 없이 연결돼 있음을 깨달을 수 있다. 이처럼 한눈에 살펴볼 수 있는 연결 도표를 분석함으로써 보다 효과적인 자연자본회계 적용이 가능해진다. 이러한 도표를 작성하기 위해서는 데이터 공시가 꾸준히 이뤄져야 하고, 협의체 및 법을 통해 공시에 강제성을 부여하는 과정이 중요하다. 우리는 시스테인과의 인터뷰를 통해 우리나라 역시 데이터 공시를 강제할 수 있는 협의체를 발족하거나 기존 협의체에 참여시키려는 정부의 노력이 중요함을 배웠다.

인터뷰가 끝난 후 빅 씨는 먼저 자리를 떠났고, 우리는 아흘러 씨와 좀 더 편한 이야기를 나눴다. 그는 친한 친구들이 한국에서 공부하고 있다며 LG글로벌챌린저라는 탐방 프로그램과 우리의 탐방 주제에 흥미를 보였다. 모든 나라의 모든 기업이 연결되어 있음을 나타낸 시스테인의 데이터처럼, 모든 사람의 연결점을 따라가다 보면 표로 나타낼 수 있지 않을까 하는 생각이 들었다.

● 자연 자본 회계를 도입, 정착시키기 위해서는 무엇이 필요할까

거리마다 각국의 국기들이 펄럭이던 제네바. 우리는 그곳에 위치한 유엔환경계획 산하 생태계 및 생물 다양성 경제학 프로젝트(UNEP TEEB, United Nations Environment Program The Economics of Ecosystems and Biodiversity)와 세계지속가능발전기업협의회(WBCSD, World Business Council for Sustainable Development)에서

인터뷰를 진행했다. UNEP TEEB는 각 분야의 전문가들이 생태계 서비스에 관해 경제적 대화를 하기 위해 모인 집단으로, 정책 담당자, 기업가, 일반 시민 등 다양한 독자층의 요구를 다룬 일련의 보고서들을 발간해왔다. 해외 탐방을 떠나기 전부터 우리는 UNEP TEEB 보고서를 한국어로 번역하신 김주헌 전문관 님을 만나 이곳에 대해 많은 정보를 얻어놓았기에, 인터뷰 시간이 다가올수록 가슴이 두근거렸다. 국제연합 기구답게 여권을 맡기고 여러 가지 질문에 답변하는 까다로운 과정을 거친 후 드디어 인터뷰이인 살만 후세인(Salman Hussain) 씨를 만날 수 있었다.

1_ 한국에서 고심해서 준비해 간 선물을 기쁘게 받아준 후세인 씨
2_ 첫 인터뷰 기관인 시스테인에서의 열띤 분위기

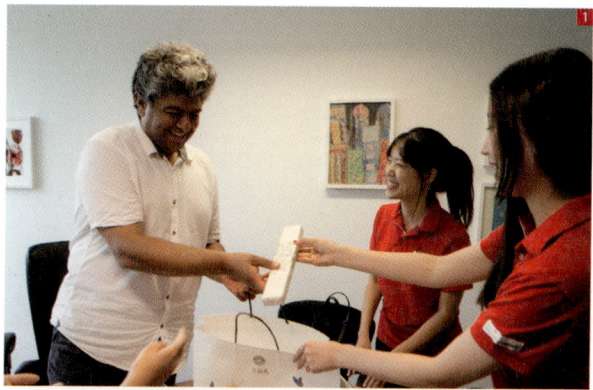

우리는 인터뷰를 통해 한국에 자연자본회계를 효율적으로 도입 및 정착시키기 위해서는 기업의 관심과 정부의 유인책이 무엇보다 중요함을 다시금 깨달았다. 후세인 씨는 자연자본회계를 도입할 경우 가장 큰 효과를 보게 될 산업군으로 농업과 식량 부문을 꼽았다. 자연자원에 대한 의존도가 크기 때문에 자연자본회계를 시행했을 때 효과 역시 가장 클 것이라는 이유였다. 산업군에 따라 자연자원에 대한 의존도가 다르므로 국내에 적용할 때 이를 고려해야 한다던 김주헌 전문관님의 조언과도 일맥상통하는 말이었다.

한편 WBCSD에서는 자연자본회계를 도입하기 위해 각 이해관계자들이 어떤 노력을 해야 하는지를 배웠다. WBCSD의 에바 자베이(Eva Zabey) 씨는 기업의 CEO와 고위 경영진이 자연자본회계를 통해 전략적이고 책임 있게 의사 결정을 하고 회사의 미래를 내다보는 의식을 갖추는 것이 매우 중요하다고 설명했다. 환경운동 단체들은 지속적으로 기업들에게 비재무적 정보를 공시할 것을 요구할 것이며, 다수의 기업들은 결국 비재무적 정보 공시에 대한 기준을 세우게 될 것이라는 예측이었다. 기업이 자발적인 논의를 거친 후에야 비로소 진정한 비재무적 정보 공시가 이뤄질 수 있는 만큼 기업 스스로 자연자본회계의 필요성을 느끼고 자발적인 논의를 진행해나가는 일이 얼마나 중요한지 다시금 깨달았다. 또 기업과 정부를 포함한 여러 이해 관계자들의 협력 없이는 자연자본회계가 제대로 이루어질 수 없다는 것도 배울 수 있었다.

더 정확하고 더 구체적인 데이터가 필요해!

런던 시티 공항에 도착하자 차가운 바람이 우리를 맞았다. 추적추적 비까지 내려 그 어떤 탐방 국가보다 춥게 느껴졌다. 숙소에 짐을 풀고 서둘러 도착한 프라이스워터하우스 쿠퍼스(PwC, Pricewaterhouse Coopers) 건물은 유리로 둘러싸인 높고 큰 빌딩으로, 세계적인 회계감사 기업의 위엄을 뽐내고 있었다. 그곳에

1_ 글로벌 기업의 위용이 느껴졌던 PwC 건물
2_ 런던에 도착하자마자 진행됐던 올리 씨와의 인터뷰

서 우리는 지속 가능성과 기후 변화에 관한 업무를 맡고 있는 올리 루이즈벨트
(Ollie Ruyssevelt) 씨를 만났다. 루이즈벨트 씨는 처음 우리가 자연자본회계라는
주제를 공부한 시기부터 많은 도움을 준 분이었다.

　루이즈벨트 씨의 사무실은 런던 경관이 한눈에 보이는 곳에 위치해 있었다.
그는 매우 구체적인 데이터를 필요로 하는 자연자본회계를 위해 여러 데이터들

중에서도 적용 가능하고 적합한 정보만을 이용해 계산한다고 밝혔다. 그리고 이 일의 궁극적인 목표는 클라이언트가 의사 결정을 할 때 자연자본회계를 적극적으로 이용할 수 있도록 돕기 위해서라고 했다.

우리는 인터뷰를 통해 자연자본회계라는 개념이 자연을 수치화하는 만큼 더 정확하고 구체적인 데이터를 적용해야 한다는 것을 깨달을 수 있었다. 루이즈벨트 씨는 인터뷰를 마치고 우리를 출구까지 배웅해주면서 한국어로 '안녕'이라고 인사해 우리를 깜짝 놀라게 했다. 그는 평소 한국 문화에 관심이 많아 한국어를 공부하는 중이며, 다음 달에는 한국을 방문할 계획이라고 했다. 한참 이야기를 나누며 런던 시내를 거닐다 보니 빽빽하게 즐비한 사무실과 바쁘게 지나가는 사람들의 모습이 서울과 참 많이 닮아 있다는 생각이 들었다.

케임브리지 역에서 걸어서 20분가량 떨어진 곳에 위치한 케임브리지 지속가능성리더십협회(CISL, Cambridge Institute for Sustainability Leadership)는 우리의 마지막 인터뷰 장소였다. 우리는 친절한 인상의 마이크 셔먼(Mike Sharman) 교수님의 안내를 받아 세미나실로 이동했다. 인터뷰 전 메일을 주고받았을 때, 셔먼 교수님은 아주 간략한 답변과 참고할 만한 자료만 보내주셔서 왠지 무서운 분일 것이라는 생각에 내심 긴장하고 있었는데, 실제 인터뷰를 해보니 직접 칠판에 자연자본회계의 단계적 절차*를 그려가며 명확하게 설명해주시기까지 했다.

CISL은 자연자본회계 방법론 연구에 집중하고 있는 곳이다. 회계감사기업 PwC가 데이터를 축적하고 기업의 유용성에 초점을 맞춘 곳이라면, CISL은 학술 단체로서 데이터를 축적하는 방법론에 대해 연구하는 곳이다. 셔먼 교수님은 자연자본회계가 각기 다른 기관들에 의해 연구가 진행됐기 때문에 연구 단체마다 접근 방식이 달라 방법론, 기준, 측정 단위 등이 통일되지 않은 상태라고

---

* **자연자본회계의 단계적 절차_** 기업이 자연 자본 회계를 적용하는 방법과 순서를 구체적으로 보여준 것으로 크게 범위 매기기(Scoping), 가치 평가(Measure and Value), 적용(Apply)의 세 단계로 이루어짐

설명했다. 이런 불편함을 해소하고자 2016년에는 드디어 <u>자연자본연합회</u>(NCC, Natural Capital Coalition)**가 발족됐고, 이로 인해 WBCSD, UNEP TEEB, 국제자연 보전연맹(IUCN, International Union for Conservation of Nature) 등 다수의 자연자본 회계 관련 단체가 처음으로 한 곳에 모여 자연자본회계에 관한 통합적 연구를 진행할 수 있게 됐다.

런던과 케임브리지에서 모두 비 오는 날씨에 데이터와 관련된 정보를 배웠기에 영국은 회색빛 데이터의 나라로 기억될 것 같다. 인터뷰 후 셔먼 교수님의 안내로 케임브리지대학교를 구경하면서 영국을 떠나는 아쉬운 마음을 달랬다.

🔴 가장 시장적인 환경보호 방법

추운 겨울에 처음 만나 뜨거운 여름을 함께 보내며 팀원들끼리 무척 가까워졌다. 무엇보다 타지에서 서로에게 의지하며 지낸 시간들이 우정을 돈독하게 만들어줬다. 긴 시간 동안 한 주제만을 공부하다 보니 탐방 주제에도 애정이 생겼다. 국내에 자료도 별로 없고 어렵고 생소한 주제이다 보니 논의하는 과정조차 쉽지 않았다. 하지만 공부를 하면 할수록 점점 다양한 질문들이 떠올랐다. '자연에 값을 매기는 것이 과연 가능한가?', '만약 그렇다면 어떤 기준과 방식으로 값을 측정할 수 있을까?' 등 무수한 질문들이 우리의 호기심을 자극했다. 함께 머리를 맞대며 수많은 토론과 고민을 통해 답을 찾으려 노력했고 그렇게 탐방을 마무리했다.

이번 탐방은 그동안 전혀 관심을 두지 않던 분야에 대해 눈을 뜰 수 있는 계기가 됐다. 새로운 곳에 관심을 돌리면서 자연스럽게 세상을 보는 시야가 더 넓어졌다. 여전히 많은 사람들이 탈시장적인 방법을 통해 환경을 보호해야 한다고

** **자연자본연합회**_ 자연자본회계의 개발을 지원하기 위한 글로벌 다중 이해관계자의 오픈 소스 플랫폼

올리 루즈벨트
[Pricewaterhouse Coopers]

Q 기업의 자원을 측정하는 기존의 방식과 환경적 영향을 고려하는 측정 방식은 어떻게 다른가요?

A PwC가 진행하는 측정 방식의 대상은 해당 기업이 사회에 가져오는 경제적 기여뿐만 아니라 물리적·사회적 영향까지 포함됩니다. 예를 들어 기업의 직원 교육은 긍정적인 사회적 가치를 창출합니다. 직원들의 업무 효율성을 높이고, 직원 개개인에게도 더 전문적인 지식을 갖출 수 있도록 만들기 때문입니다. 반면에 직원이 건물 공사장과 같은 위험한 환경에서 일한다면 부정적인 사회적 가치를 창출합니다. 직원이 다칠 확률도 크고 건강에 해로운 유해 물질 속에서 일해야 하기 때문입니다. 기존의 측정 방식이 경제적 기여에만 집중했다면, PwC에서는 이렇게 다양한 환경적인 영향까지 고려합니다.

Q 자연자본회계를 도입하는 과정에서 직면하는 어려움은 무엇이 있나요?

A 첫 번째 어려움은 객관적이고 신뢰성 있는 방법론을 구축하는 것입니다. 환경적 영향 평가와 관련해서는 규정되고 합의된 바가 없다 보니 데이터 자체에 의지해 끝없는 고민과 논의를 통해 방법론을 만들게 됩니다. 두 번째 어려움은 관련 정보를 찾기 어렵다는 점입니다. 관련 정보를 얻기 위해서는 세계적으로 다양한 경제 주체들이 이러한 정보를 기록하고 수집하는 것에 동의하고 충분한 공감대가 형성돼야 합니다.

세 번째 어려움은 필요한 데이터가 너무 많다는 것입니다. 우리가 계산해서 발표한 수치를 이용해 경제 주체들 간 의사소통이 이뤄지고 이 수치들이 의미 있는 메시지를 담기 위해서는 명확하고 신뢰성 있는 수치를 제공해야 하는데, 이를 위해서는 수많은 데이터가 필요합니다.

믿지만, 우리는 자연자본회계라는 개념을 공부함으로써 자연에 경제적 가치를 부여할 때 전통적인 접근법으로는 불분명했던 다양한 선택권이 생긴다는 것을 알게 되었다. 아는 만큼 보인다는 말이 있듯, 이제는 뉴스에서 미세 먼지, 환경 영향평가 등의 단어가 나오면 우리의 주제가 떠오르며 저절로 귀가 쫑긋해지곤 한다. 그리고 기업의 환경 관련 활동도 눈여겨보게 되었다.

EPISODE

마법의 호스트가 만든 반전

영국에 도착하기 전까지 탐방 국가의 모든 숙소는 에어비앤비 앱을 통해 예약했다. 앱을 통해 호스트와 연락을 주고받으면 되기 때문에 문제가 된 적이 없었다. 하지만 다른 사이트를 이용해 예약한 한 영국 숙소의 호스트와의 연락은 문제가 됐다. 그는 우리의 질문에는 즉각 답하지 않았지만 메일로 친절히 근처의 관광할 만한 곳을 추천해주는 마법의 호스트였다. 우리는 인터뷰 스케줄 때문에 체크인 시간보다 일찍 도착해 짐만 맡길 수 있냐는 질문 메일을 몇 번이나 보냈지만 답장을 받지 못했다. 결국 답장을 받지 못한 채 출국했고, 탐방 도중 전화도 틈틈이 했지만 그는 끝내 받지 않았다.

호스트와 연락이 닿지 않아 마음고생이 심했던 영국에서 드디어 숙소 입성!

그렇게 불안한 마음을 안고 숙소에 도착한 날 역시나 숙소엔 아무도 없었고 열쇠도 찾을 수 없었다. 무거운 캐리어를 끌고 인터뷰에 가야 하는 상황이 된 것이다. 팀원들이 돌아가며 계속 호스트에게 전화를 했지만 그는 받지 않았고, 우리는 캐리어를 끌고 버스 정류장으로 향할 수밖에 없었다. 최후의 수단으로 예약 사이트에 연락해봤는데, 그쪽에서 호스트와 직접 연락해보겠다고 했다. 그리고 인터뷰 장소로 가는 버스를 막 타려는 순간, 기적처럼 호스트로부터 전화가 오는 것이 아닌가. 기막힌 타이밍에 호스트와 연락이 닿아 다행히도 짐을 풀고 가벼운 몸으로 인터뷰 장소로 향할 수 있었다.

탐방대원 후기

윤경민

'대외 활동 끝판왕'이라는 소문답게 LG글로벌챌린저는 예상보다 제출할 것, 준비해야 할 것이 많았습니다. 이 힘든 과정을 전공도 성격도 제각각인 팀원들이 함께했고, 끝까지 함께한 모두에게 고맙습니다. 반대되는 성향의 팀원들끼리 모였기에 서로의 부족한 점을 채워줄 수 있었고, 그 과정에서 서로에게 많이 배웠습니다. 그래서 더욱 함께한 추억을 잊지 못할 것입니다.

윤채영

멋모르고 시작했던 LG글로벌챌린저 활동이 끝나고 저는 큰 자신감을 얻었습니다. 주제에 대해 깊게 고민해보고, 토의해보고, 연구 후 결과물까지 제작하는 기나긴 과정에는 말도 많고 탈도 있었지만 많이 배우고 성장했습니다. 이렇게 값지고 잊지 못할 2017년을 함께 만들어준 가은이, 경민 언니, 예정 언니 모두 정말 감사합니다.

임가은

LG글로벌챌린저 도전은 제 인생과 가치관을 바꾸어놓은 일들 중에 하나입니다. 주제를 찾고 팀원들과 서로 부족한 점을 채워주며 탐방 계획서를 쓰던 때부터 해외에서 인터뷰를 진행하고 최종 탐방 보고서를 쓰기까지 정말 많은 것을 보고 배웠습니다. 함께해준 팀원들에게 고마운 마음을 전합니다.

진예정

세 번의 실패와 한 번의 합격 통지. 제 대학 생활은 곧 LG글로벌챌린저 대원이 되기 위한 도전의 역사입니다. 누군가 '네 번의 도전, 그 원동력이 무엇이냐'고 묻는다면 주저하지 않고 '성장의 기쁨'이라고 답하겠습니다. 만만치 않은 서류 전형 과정만 거쳐도 훌쩍 성장한 자신을 발견할 수 있을 것입니다. 실패해도 배움은 남습니다. 아직 도전을 망설이고 있는 누군가에게 이 말을 전하고 싶습니다. 지금 도전하세요, 그리고 즐기세요!

끊임없는 의심이
주제를 더 탄탄하게 한다!

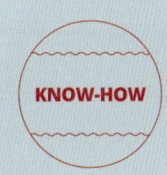

① 설득력 있는 주제를 찾고, 필요성에 대해 끊임없이 묻자!

LG글로벌챌린저가 되기 위해서는 설득력 있는 주제를 제시하는 것이 필수다. 설득력 있는 주제란 다음 두 가지 조건을 만족하는 것이다. 첫 번째는 주제에 대한 연구의 필요성이 명확해야 한다. 두 번째는 해외에서 선진 사례를 찾을 수 있고, 주제에 대한 내용을 잘 배워 올 수 있다는 확신이 있어야 한다.

우리 팀은 각자 다양한 아이디어들을 제시하고, 이를 리스트로 정리해 앞서 말한 두 가지 기준에 따라 주제를 걸러냈다. 이렇게 주제가 선정되면 정말로 해외 탐방이 필요한 주제인지 끊임없이 의심하고 연구하면서 기획서를 논리적으로 작성해야 한다. 중간에 아이디어 리스트를 정리한 것은 기존에 선택한 주제를 후에 철회하게 될 경우, 새롭게 시작하는 데에 큰 도움을 준다.

② 역할 분담은 각자의 강점을 최대한 활용하자!

다양한 능력을 갖춘 팀원들로 구성되어 있을수록 LG글로벌챌린저 활동을 진행하는 데 큰 도움이 된다. 필요한 능력은 기획서 및 보고서의 흐름과 구조를 잡을 수 있는 논리, 주제를 설득할 수 있는 화술, 영어 능력, 영상 촬영과 편집 기술, 디자인 감각 등이 있다. 우리는 이러한 강점들을 두루 갖춘 팀원들로 팀을 구성하기 위해 팀원을 모집할 때 해당 능력을 파악한 후 팀원을 선정했다. 한 사람이 모든 능력을 갖추기는 힘이 드니, 팀원 각자의 강점을 살려서 강력한 팀을 만든 것이다. 물론 LG글로벌챌린저 활동에 대한 '열정'은 모든 팀원들이 갖추고 있어야 할 기본적인 요소다.

한국의 의료 산업,
중동으로 가는 실크로드를 타다

팀명(학교) 아즈니하 (우송대학교)

팀원 박주보, 이연희, 조수경, 한상미

기간 2017년 8월 12일~2017년 8월 22일

장소 아랍에미리트
1. 아부다비 (우리들병원 Wooridul Spine Center)
2. 라스알카이마 (세이크 칼리파 전문병원 Sheikh Khalifa Specialty Hospital)
3. 아부다비 (한국보건산업진흥원 Korea Health Industry Development Institute)

우수한 의료 기술과 저렴한 진료비 덕분에 한국은 전 세계에서 수많은 의료 관광 환자들이 찾는 나라가 되었다. 2015년 보건복지부 한국보건산업진흥원에서 발표한 자료에 의하면, 한국으로 의료 관광을 오는 환자가 가장 많은 나라는 중국이며, 아랍에미리트(UAE, United Arab Emirates)는 12위였다. 그러나 1인당 평균 진료비가 가장 높은 나라는 UAE로, 1위를 차지한 중국보다 약 8배나 많은 의료비를 지출했다.

UAE는 경제력에 비해 의료 시설 및 전문 인력이 부족한 편이라 해외로의 의료 관광을 선호한다. UAE 정부까지도 국내에서 해결하기 힘든 질병을 가지고 있는 자국민에게 질병의 등급에 따라 항공료, 진료비, 타국에서의 생활비 등을 일정 금액 지원하기 때문에 UAE의 환자들은 병원에서 제안하는 고액의 검사 및 치료를 부담 없이 따르는 편이다. UAE 정부 역시 지원만으로는 한계가 있음을 자각하고 있기에 해외투자를 적극 유치 중이다. 이에 따라 의료 분야도 다른 나라에서의 진출을 다방면으로 수용하고 있으며, 이는 UAE가 우리나라 보건 의료 서비스 산업이 도약할 수 있는 거대한 발판이 될 수 있음을 의미한다. 의료 서비스의 해외 진출은 국내 의료진의 신뢰도를 높여 한국으로 오는 의료 관광 환자를 늘릴 수 있을 뿐 아니라 국가 이미지 제고에도 도움이 된다. 이러한 세태에 발맞춰 우리는 한국의 의료 서비스를 어떻게 중동으로 진출시킬 것인지, 또 UAE의 환자들을 어떻게 한국으로 유치할 수 있을지 조사하기 위해 UAE로 탐방을 떠났다.

● 우리나라 최초! 팀 형식으로 UAE에 진출한 우리들병원

UAE는 일곱 개의 아랍 토후국*으로 이루어진 나라로, 수도는 아부다비다. 우리의 첫 탐방 기관은 아부다비의 의료 기관인 헬스 포인트(Health Point) 안에 있는 우리들병원(Wooridul Spine Center)이었다. 우리들병원은 한국에서부터 팀이

---

* **토후국_** 부족의 수장 등 토후가 지배하는 나라 또는 지역을 말하며 현재 아랍에미리트연방의 구성국, 오만이슬람왕국, 카타르 등이 있음

었던 의사들이 그대로 진출한 특별한 경우로, 헬스 포인트 안의 여러 의료 분야 중 척추를 전문으로 담당하고 있었다. 우리는 현지인들을 상대로 의료 서비스를 제공하는 이곳을 탐방하며 중소 병원의 중동 진출 현황에 대해 파악해보고 싶었다.

첫 방문이니만큼 걱정 반 설렘 반이었던 아침, 우리는 LG글로벌챌린저의 상징인 빨간색 티셔츠를 입고 병원으로 향했다. 맞게 찾아온 것인지, 미팅 약속은 잘 되어 있는지, 걱정을 한가득 안고 기다리던 우리를 맞아준 것은 헬스 포인트의 마케팅 담당자인 로셸 모레일스(Rochelle Morales) 씨였다. 모레일스 씨는 회의가 지연돼 병원 탐방과 인터뷰가 조금 늦춰졌다며 사과의 말을 전했고, 기다리는 시간 동안 아침을 사주고 싶다며 우리를 식당으로 데려갔다. 우리는 탐방 기간 내내 아침을 잘 먹지 않았는데, 이곳에서 먹은 아침은 UAE에서 먹은 얼마 안 되는 아침 중 단연코 최고였다.

그렇게 배부른 기다림을 마치고 난 후, 우리들병원의 윤국로 본부장님과 헬스 포인트의 칼라 크리스티얀스도틀(Kolla Kristjansdotirr) 간호부장님을 만났다. 먼저 우리들병원뿐만 아니라 헬스 포인트 전반에 대해 상세한 설명을 듣고 우리나라의 종합병원과 비슷한 UAE의 의료 환경을 체험해보았다. 남자 환자와 여자 환자의 진료 대기실이 구분되어 있는 점 등 문화적 차이도 발견할 수 있었다.

호텔로 돌아가기 전, 모레일스 씨는 여자 넷으로 이루어진 우리의 다음 탐방지가 꽤 멀다는 것을 알고 여성 택시 기사를 예약해주었다. 감동은 거기서 끝나지 않았다. 호텔에 돌아오니 모레일스 씨가 보낸 선물이 도착해 있었는데, 헬스 포인트의 이름이 새겨진 물병, USB, 공책, 메모지, UAE 국기를 본뜬 스카프 등이었다. UAE의 더운 날씨와 시차 때문에 피곤한 하루였지만, 피로가 싹 달아날 만큼 크게 감동했다.

1_ 사랑스러운 모레일스 씨와 하트! 하트!
2_ 우리들병원에서의 잊지 못할 아침식사

🔴 위탁 운영의 대표적인 사례, 셰이크 칼리파 전문병원

아부다비에서의 첫 탐방을 성공적으로 마친 우리는 모레일스 씨가 소개해준 택시를 타고 다음 탐방지로 이동했다. 우리의 목적지는 스알카이마라는 도시였는데, 서울대학교 병원이 위탁 운영 하고 있는 셰이크 칼리파 전문병원(Sheikh Khalifa Specialty Hospital)이 위치한 곳이었다. 믿을 만한 사람이 소개해준 여성 택시 기사 덕분에 우리는 도로에서의 4시간을 마음 편히 보낼 수 있었다.

우리는 셰이크 칼리파 전문병원을 이틀 동안 탐방했다. 첫날은 우리와 메일을 주고받았던 간호사 박은정 씨에게 병원의 연혁과 위탁 운영을 맡게 된 배경에 대한 설명을 듣고, 병원 구석구석을 둘러보며 간호사와 의사 등 의료진과 인터뷰하는 시간을 가졌다. 서울대학교 병원은 셰이크 칼리파 전문병원을 위탁 운영 할 기관을 찾는 공고에 지원해 선정되었고, 5년간의 계약 기간이 끝나면 재계약하는 형식으로 운영하고 있었다.

이튿날 우리는 간호 실습복을 입고 실습에 임했다. UAE로 떠나기 전날까지 한국 병원에서 실습을 하고 왔던 터라, 조금 더 쉽게 한국과 UAE의 병원 시스템의 차이를 비교할 수 있었다.

실습을 해보니 UAE의 병원은 한국의 병원보다 환자의 혈압과 과거 병력, 주 증상 등을 더욱 상세하게 조사하고, 여성 환자들을 진료할 때는 남자인 의사가 들어가도 되는지, 된다면 준비할 시간을 얼마나 제공하면 되는지 등을 먼저 물어본 후 진료를 시작했다.

간호사님은 그 이유를 대다수가 이슬람교를 믿기 때문이라고 설명해주셨다. 실습을 하며 외국인 간호사들도 만났는데, 서울대학교 병원이 위탁 운영을 하면서 도입하게 된 전산 시스템이 아주 편리하고 유용해서 자국에도 도입됐으면 한다는 이야기를 해주었다.

셰이크 칼리파 전문병원에는 예상보다 한국 의료진이 많았고, 이곳저곳에서 한국 문화나 시스템을 느낄 수 있었다. 식당에서 육개장을 보았을 때는 반가움보다 놀라움이 앞섰고, 맛을 보았을 때는 반가움과 놀라움에 행복감이 더해졌다. 화장실에서도 한국 문화를 느낄 수 있었는데, '에티켓 벨'이 한국어로 쓰여 있는 것을 발견하고는 우리 넷 모두 웃음을 터뜨렸다.

우리는 이틀간의 병원 탐방과 실습을 통해 병원의 운영 체계를 알아보면서 여러 면에서 신선한 충격을 받았다. 오랜 시간 정맥주사를 맞아야 하는 환자를 위한 실내외의 정원, 남녀가 분리된 병동, 왕족만을 위해 따로 설계된 병실과 엘리베이터 등 병원의 환경과 규모는 우리를 놀라게 하기에 충분했다. 단순히 눈으로 보는 것을 넘어 직접 몸으로 부딪쳤기에 그 차이를 더욱 잘 알 수 있었다. 이런 보람찬 경험을 뒤로하고 우리는 다음 탐방을 위해 아부다비로 향했다.

돈이 아무리 많아도 왕족이 아니면 들어갈 수 없는 왕족 전용 병실 중 하나!

🔴 중동 진출을 꿈꾼다면 한국보건산업진흥원을 통하자

한국보건산업진흥원(Korea Health Industry Development Institute) 아부다비 지사는 해외 환자 유치, 의료 진출과 의료관광 활성화를 위해 UAE 정부와 협력하고 있는 공공 기관으로, 우리는 UAE로 진출하기 위해서는 실제적으로 어떤 준비가 필요하고 또 어떤 어려움이 있는지 알아보기 위해 이곳을 찾아갔다.

한국보건산업진흥원에서 만난 이수경 지사장님은 우리를 따뜻하게 맞이해 주셨고, 편안한 환경에서 인터뷰를 진행할 수 있게 도와주셨다. 우리의 인터뷰이 중 유일한 한국인이었던 그녀는 한국산업진흥원이 하는 일과 현재 UAE에 진출해 있거나 철수한 병원들에 대해 설명해주셨고, 기대했던 것보다 훨씬 많은 정보를 얻을 수 있었다.

지사장님의 설명에 의하면 중동으로의 진출과 국내 중동 환자 유치는 우리나라의 우수성을 세계적으로 알릴 수 있는 기회라 할 수 있었다. 하지만 현재 한국

한국보건산업진흥원에서 열심히 인터뷰 중인 수경, 상미, 연희 대원

의료계는 낮은 브랜드 인지도와 자본 조달의 한계, 해외 진출 경험 부족으로 인해 UAE 진출이 더딘 상황이며, 한국으로 의료 관광을 오는 중동 환자들 역시 언어와 음식 때문에 많은 불만을 제기하고 있다는 것을 알게 되었다. 이런 문제점을 보완하기 위해 이곳에서는 분야별 컨설팅을 통해 진출을 원하는 기관과 기업에게 각종 정보를 제공하고, 진출 기업과 현지 기업의 회의나 협상에 참여하는 등 많은 노력을 하고 있었다.

인터뷰가 끝난 후 우리 팀은 지사장님과 근처의 필리핀 음식점으로 향했다. 그곳은 지사장님이 즐겨 찾는 해산물 전문점으로 정말 맛있어서 모두들 폭식을 하고 말았다. 인터뷰에서 알게 된 내용을 바탕으로 향후의 개선과제 등을 고민하면서 일정을 마무리하기 위해 다시 두바이로 향했다.

이수경
[Korea Health Industry Development Institute]

Q 한국의 의료 산업 수출 현황과 향후 전망에 대해서 알고 싶습니다.

A 한국 의료 서비스 산업이 세계적으로도 경쟁력이 있는 건 분명하지만 현재 유가 하락세가 지속되면서 UAE의 재정 상황이 굉장히 안 좋기 때문에 당분간 좀 지켜봐야 할 것 같습니다. 헬스 포인트의 우리들병원이나 셰이크 칼리파 전문병원처럼 성공한 사례들을 보면, 모두 정부의 지원을 받거나 정부와 함께 운영하고 있다는 것을 알 수 있습니다. 이곳에서 어느 사업 하나가 자리 잡을 때까지는 대략 2~3년 정도 소요되기 때문에 민간 파트너들이 장기적으로 투자하기는 쉽지 않습니다. 공동 투자나 조인트 벤처 등의 비즈니스 모델이 좀 더 확대되어야 향후 전망이 더 밝아질 것으로 예상됩니다.

제약 분야의 경우 이곳 사람들은 복제 약보다 오리지널 약을 선호하기 때문에 복제 약에 관한 수요가 적습니다. 하지만 UAE 보건예방부와 한국보건산업진흥원에서 우리나라의 제약 사업을 확대시키기 위해 우리나라 신약의 우수성, 공장 관리 등을 이곳 담당자들에게 보여줄 준비를 하고 있습니다.

의료 기기 같은 경우, 우리나라는 치기공 분야가 훌륭하기 때문에 현재 치과용 의료기기 전문 기업인 덴티움(Dentium)이 이곳에 진출했으며, 씨젠(Seegene)이라는 진단시약 개발 회사도 진출해 있습니다. 의료 기기는 개발 기간이 다른 분야에 비해 길지 않기 때문에 UAE로의 수출 여지가 좀 더 있어 보입니다.

박주보

"우리도 LG글로벌챌린저 한번 해볼까?"라는 말에서 시작된 도전이 평생 잊지 못할 최고의 한 해를 선사할 줄은 꿈에도 몰랐습니다! 모든 게 선물 그 자체였던 LG글로벌챌린저 활동으로 더 넓은 세상을 만났고, 사랑할 힘을 찾았습니다. 모든 것에 '할 수 있다'를 붙이면 안 될 일이 없음을 알게 해준 시간에 감사합니다.

이연희

'사망년'이라 불리는 3학년으로 정신없는 한 해를 보낼 줄 알았는데, 그 어느 때보다 뜨거운(열정으로나 날씨로나) 여름이었습니다. 저는 이 뜨거운 도전이 청춘에게만 허락된 것이라고 생각하지 않습니다. 청춘은 도전할 수 있을 때까지라고 생각합니다. LG글로벌챌린저로 시작할 수 있었던 이 도전을 저는 앞으로도 멈추지 않을 것입니다.

조수경

9박 10일의 탐방을 통해 제 시야가 얼마나 좁았는지, 세상이 얼마나 넓은지 알 수 있었습니다. 또한 탐방을 통해 얻은 값진 경험들은 절대 잊을 수 없을 것 같습니다. '우리가 할 수 있을까?'라는 생각을 '우리는 할 수 있다'로 바꿔준 LG글로벌챌린저, 이 모든 과정을 함께 달려온 우리 팀원들, 사랑합니다!

한상미

대외 활동에는 관심 없고, 학교도 지친 마음으로 다니고 있던 시간이 LG글로벌챌린저 활동으로 꿀같이 바뀌었습니다! 수경이, 주보 언니, 연희 언니와 함께해서 더 행복했고, 평생 추억하게 될 좋은 시간이었습니다. 학기랑 병행하느라 어느 때보다 바쁘게 생활하고 있지만, 어느 때보다 행복하다고 단언합니다!

❶ 규칙 선정으로 짜증을 원천봉쇄하라!

짧은 시간이라고는 할 수 없는 2주간의 탐방 중에 가장 중요한 것은 바로 팀워크다. 여행 내내 언제나 즐거울 수는 없다는 것을, 분명 힘든 순간이 있고 지치고 쉬고 싶을 때가 있다는 것을 우리 모두 알고 있다. 하지만 지치고 짜증날 때 그것을 입 밖으로 내놓는 것은 우리 모두를 힘들게 할 뿐이다! 그래서 우리 팀은 탐방을 가기 전에 한 가지 규칙을 정했다. 가장 단순하지만 가장 필요했던 단 한 가지 규칙은 바로 '짜증나도 짜증내지 않기'였다. 이 규칙이 있었기에 우리는 9박 10일 동안 즐겁고 행복한 시간을 보낼 수 있었다.

❷ 하늘 아래 특별한 주제 없다!

LG글로벌챌린저에 도전하는 모든 이들이 겪는 첫 어려움은 주제 선정일 것이다. 우리는 특별하고 눈에 띄는 주제를 선정하려고 하기보다는 우리 주변에서 찾을 수 있는, 우리에게 가장 익숙한 주제를 선정했다. 익숙한 소재면 경쟁력이 없지 않냐고? 우리 팀은 면접 때 심사 위원님께 "제가 심사했던 지난 5년간의 주제 중에 가장 참신한 주제였어요"라는 평을 들었다. 우리는 가장 익숙한 곳에서 주제를 찾았고, 평소에도 관심이 있었던 부분이기에 더 즐겁게 탐방에 임할 수 있었다. 여러분도 주변을 잘 둘러본다면 여러분을 LG글로벌챌린저로 만들어줄 최상의 주제를 찾을 수 있을 것이다.

한국형 할랄 화장품,
아랍을 넘어 세계로

팀명(학교) 모래폭풍 (한국외국어대학교)

팀원 성윤지, 이동현, 정하영, 조예진

기간 2017년 7월 28일~2017년 8월 10일

장소 아랍에미리트, 이집트, 요르단
1. 두바이 (아랍에미리트 표준측량청 ESMA, Emirates Authority For Standardization and Metrology)
2. 카이로 (주카이로 한국문화원 Korea Cultural Center in Cairo)
3. 카이로 (이집트 코스메틱 컴퍼니 ECC, Egypt Cosmetic Company)
4. 카이로 (코트라 KOTRA)
5. 암만 (요르단 식품의약청 JFDA, Jordan Food and Drug Administration)
6. 암만 (요르단대학교 University of Jordan)
7. 암만 (타지몰 Taj-Mall, 메카몰 Mecca-Mall, 이스티클랄몰 Istiqlal-Mall)

우리나라는 세계에서 인정받는 화장품 대국이다. 고품질의 제품을 합리적인 가격으로 생산하려는 노력 속에 화장품 산업은 놀랄 만큼 성장했지만, 원가 절감을 위해 들어간 각종 화학 성분 때문에 피부는 고통받고 있다. 방부제로 널리 사용되어 온 파라벤은 화장품에도 많이 사용되는 성분 중 하나다. 최근 이 파라벤이 암을 유발하고 유전자 변이를 일으킬 가능성이 있다는 논문이 발표된 이후 그 위험성에 대한 논란이 계속되고 있다. 파라벤을 대체하기 위한 페녹시에탄올 역시 알레르기를 일으킬 수 있는 것으로 알려져 화장품 성분의 안전성에 대한 논란이 불거지고 있다.

무심코 체내에 흡수되어도 인체에 무해할 정도의 건강한 화장품을 만들어내는 것이 화장품 산업이 추구해야 할 올바른 미래가 아닐까? 우리는 이 문제에 대한 해답을 무슬림들의 종교적 가치관이자 건강함을 추구하는 문화 코드인 '할랄*'에서 찾아보았다. 유해한 화학 성분을 한국의 천연 원료로 대체한 한국형 할랄 화장품**, 즉 '코리아 할랄 코스메틱'은 태어날 때부터 종교적 규율 안에서 생활하는 무슬림들의 소비 요구를 정확히 파고들 것이라 생각한다. 중동 시장을 공략하기 위한 맞춤형 마케팅 전략으로 시작한 한국형 할랄 화장품은 세계인의 건강한 피부를 위한 하나의 웰빙 트렌드로 자리매김하게 될 것이다.

할랄 인증 기준에 대해 배울 수 있었던 ESMA

높은 온도와 해변의 습기가 더해져 잠시도 야외에 머무르기 힘들었던 날, 아랍에미리트를 떠나 이집트로 향했다. 이번 탐방 중 핵심 기관인 아랍에미리트 표

---

* **할랄_** 아랍어로 '허용된 것'이라는 뜻으로, 이슬람교도인 무슬림이 먹고 쓸 수 있는 제품을 총칭함
** **할랄 화장품_** 할랄은 좁은 의미에서 '허용된 음식'을 가리키는 말이지만, 넓은 의미로는 음식뿐 아니라 금융, 화장품 등 허용할 수 있는 모든 것을 뜻함. 최근에는 할랄 인증의 대상이 식품을 넘어 의료와 화장품까지 확장되고 있음. 이에 돼지 콜라겐, 젤라틴 등의 동물성 물질이 배제되는 것은 물론, 건강에 나쁜 유해성분을 철저히 배제한 원료로 구성한 화장품을 할랄 화장품으로 정의할 수 있으며 할랄 화장품의 개념은 단지 제품뿐 아니라 할랄 성분, 제조 방법, 저장 용기, 물류 등의 모든 구성 요소가 고려됨

준측량청(ESMA, Emirates Authority for Standardization and Metrology)은 공항에서 멀지 않아 일찌감치 공항에 짐을 맡기고 가벼운 마음으로 향했다.

할랄 인증을 담당하는 기관은 말레이시아, 터키 등에도 있지만 정부 산하 기관으로 신뢰성이 보장된 인증 기관은 많지 않다. 정부 산하 기관인 ESMA는 품질 관리와 할랄 인증 분야의 선두 주자로 국제 무대에서 인정받고 있다. 이슬람교를 국교로 하는 국가에서는 무슬림 소비자들을 위해 필요한 품목에 할랄 인증 마크를 부여하고 있다. 나라별로 인증 기준이 다르지만, 기관 간 인증 공유를 통해 터키의 짐데스(GIMDES), 말레이시아의 자킴(JAKIM)과 같은 공신력 있는 기관에서 인증을 받으면 모든 협력 국가에서 편리하게 상품을 유통시킬 수 있다. 우리는 중동 지역 유통의 허브인 ESMA의 유세프 알 마르주키(Yousef Al Marzooqi) 씨와 어렵게 자리를 마련했다.

최근 중동 시장에서 할랄 인증 체계가 확립됨에 따라 화장품 역시 할랄 인증의 한 분야로 주목받고 있다. 우리가 생각한 할랄 코스메틱은, 화장품이 피부를

마르주키 씨와의 인터뷰는 우여곡절 끝에 성사된 자리라 더욱 값졌다

통해 체내로 흡수될 가능성이 높기 때문에 할랄 인증이 필수적이라는 점에서 출발한다. 이에 대해 공신력 있는 할랄 인증기관의 견해를 들어보기 위해 ESMA를 찾았다. 마르주키 씨는 전통적으로 중동에서는 '화장품은 색조'라는 인식이 강하기 때문에 화장품의 할랄 인증 필요성에 대한 인식이 부족한 상태라고 밝혔다. 색조 화장품은 스킨케어 화장품보다 상대적으로 체내 흡수율이 낮기 때문이다. 그러나 그는 스킨케어 제품은 물론, 색조 화장품 또한 소량이지만 피부에 흡수될 가능성이 충분히 있기에 화장품도 할랄 인증이 중요하다는 것에 동의했다. 그는 이러한 사실을 무슬림 소비자들이 인지하도록 해야 하며, ESMA에서도 할랄 화장품 인증을 전담하는 부서를 만들어 중동 내 화장품 소비 트렌드의 변화를 위해 힘쓰고 있다고 했다. 그는 마지막으로 우리에게 한국에서 화학 성분을 대체할 만한 천연 원료를 찾아 건강한 피부를 위한 화장품을 만들기를 바란다고 응원하며, 화장품 제조 강국인 한국의 역할이 기대된다고 덧붙였다.

● 한국형 할랄 화장품의 가능성을 본 한국문화원

기관 탐방과 더불어 우리가 가장 중요하게 생각한 것은 할랄 인증을 받은 화장품의 필요성을 소비자에게 인식시키는 것이었다. 전통적 의미에서의 할랄은 식품에만 해당되기 때문이다. 중동 국가 중 1억 명에 가까운 인구로 넓은 수요층이 확보된 이집트에서 현지인들의 반응을 살펴보는 과정은 우리에게 필수적이었다. 하지만 이집트는 2011년 <u>아랍의 봄</u>* 이후 민주화가 진행 중이어서 각종 선전 활동에 대한 정부 당국의 경계가 삼엄하다.

　민주적인 선거를 통해 대통령을 선출했지만 다시 군부 쿠데타가 일어나 국가

---

* **아랍의 봄**_ 2010년 12월, 북아프리카 튀니지에서 촉발되어 아랍·중동 국가 및 북아프리카 일대로 확산된 반정부 시위 운동

지도자가 바뀌면서 정치·경제적 불안이 가중되고 있다. 한국의 화장품과 할랄 화장품에 대해 설문 조사를 하려 했지만 준비 과정에서 치안이 불안한 국가에서 시민들과 직접 부딪치는 것이 위험할 수 있다고 판단했다. 이러한 상황에서 가장 안전하게 할랄 화장품을 무슬림 여성들에게 소개할 창구로 선택한 곳이 카이로에 위치한 한국문화원(Korea Cultural Center in Cairo)이었다. 이집트는 에인샴스대학교(Ain Shams University)에 한국어학과가 있을 정도로 한국과의 관계가 좋은데, 한류 열풍과 현지인들의 관심에 힘입어 지난 2014년 한국문화원이 개원했다. 한국문화원은 대사관에 속한 부설 기관으로서 한국의 문화를 알리는 데 앞장서고 있다.

우리는 한국문화원에서 인터뷰를 진행한 것이 아니라, 현지 청년들을 대상으로 한국의 스킨케어와 케이뷰티(K-Beauty)에 대해 강의를 했다. 할랄 화장품이라는 주제로 탐방한 중동 3개국 중 이집트는 중동에서 가장 큰 시장임에도 아직 할랄 화장품에 대한 개념이 정립되지 못한 나라였다. 할랄이라는 개념을 화장품에도 적용하기 위해서는 까다로운 조건을 통과해야 하는 만큼 그 과정에서 비교적 높은 가격대를 형성하게 되는데, 이집트는 아직 이를 수용할 만한 경제적 수준에 도달하지 못했기 때문이다. 무슬림에게 가장 중요한 가치 중 하나인 할랄을 화장품에 적용했을 때 얼마나 그들에게 매력적으로 다가갈지 알아보는 것은 '한국형 할랄 화장품' 연구에서 필수적인 단계였다. 우리는 한국 문화원이라는 기관만을 탐방한 것이 아니라 한국문화원을 방문하는 현지 소비자들과 직접 소통했다.

전반부에는 한국 화장품 산업의 현황에 대해 아랍어로 설명했고, 후반부에는 직접 화장 시연회를 열어 한국의 건강한 화장법이 어떤 것인지, 유행하는 화장법에는 어떤 것들이 있는지 소개했다. 결과는 성공적이었다. 한국문화원에서 한국어 선생님으로 재직 중인 한 선생님은 '현지인들의 긍정적인 반응에 부응해 2차, 3차 강연도 기획하려고 한다'며 아이디어를 내준 것에 대해 고마움을 표했다.

카이로 한국문화원에서 코리아 할랄 코스메틱 시연회를 열어 이집트인들과 소통하는 시간을 가졌다

항상 새로운 시도는 어렵다. 새로운 생각을 다른 사람에게 전달하는 것은 더 어렵다. 그래서 우리는 진심으로 현지인들에게 다가가 소통하고자 노력했다. 장소가 협소해 20명을 대상으로 강의를 진행했지만, 참가 인원을 모집하는 게시글에 하루 만에 100개가 넘는 댓글이 달린 것으로 보아 더 많은 사람들이 관심을 가지고 있었을 것이라 생각한다. 모두가 함께하지 못한 것이 아쉬움으로 남았다.

🔴 요르단 의약품이 반드시 거쳐야 하는 요르단 식품의약청

요르단 암만은 도시 끝에서 끝까지 택시를 타도 1시간밖에 걸리지 않는 작은 도시다. 그렇게 작은 도시를 30분 남짓 달려 암만 외곽에 위치한 요르단 식품의약청(JFDA, Jordan Food and Drug Administration)에 도착했다. JFDA는 요르단 내에서 유통되는 수입품을 포함한 전체 식품 및 의약품의 안전성을 검사하고 관리하는 곳이다.

우리를 반갑게 맞아준 JFDA의 루브나 쿠소스(Lubna Qusous) 씨는 요르단 사람임에도 히잡을 쓰지 않은 금발의 중년 여성이었다. 회의실로 안내받은 우리는 예상치 못했던 쿠소스 씨의 배려에 놀랐다. 실험실 리더인 자신이 대부분의 질문에 대답해줄 것이지만, 전문적인 의견을 위해 약학 파트의 전문가를 소개해주겠다는 것이었다.

우리가 가장 궁금했던 건 성분에 대한 검사와 규제에 관한 것이었기에 이런 내용을 집중적으로 질문했다. 또 화장품 할랄 인증의 필요성, 구체적인 성분 규정과 검사 방법, 할랄 인증 기관의 부재 등에 대해서도 물어봤다. JFDA 측에서는 우리의 질문을 듣고 지금까지 미처 생각해보지 못한 부분이라며 흥미로워했다. 그리고 화장품 할랄 인증의 필요성에 대해 다시 한 번 검토해보겠다고 답했다. 인터뷰가 끝난 후 이곳 실험실에서 어떤 과정을 통해 화장품과 의약품 성분을 검사하는지도 직접 살펴볼 수 있었다.

요르단에서 가장 중요한 기관인 JFDA에서의 인터뷰를 마치니 큰 숙제를 해결한 기분이었다. 인터뷰를 위해 준비한 질문을 끝내고서도 새로운 궁금증이 생기는 건 인터뷰가 그만큼 우리 팀에 도움이 되었다는 증거가 아닐까 생각했다.

JFDA에서 인터뷰에
빠져드는 '모래폭풍'팀

루브나 쿠소스
[Jordan Food and Drug Administration]

Q 이슬람 문화에서는 돼지 섭취를 금하는데, 립밤처럼 먹을 수도 있는 제품이 돼지에서 추출한 콜라겐으로 만들어지는 것에 대해서는 어떻게 생각하시나요?

A 식물성 성분이면 더 좋고, 금기시되는 돼지로부터 추출된 콜라겐 대신 낙타 콜라겐 등을 사용하는 것 또한 좋은 방법입니다. 제조사나 화장품 회사가 더 관심을 기울여야 한다고 생각합니다. 우리도 돼지 콜라겐 성분을 다른 것으로 대체하도록 제의하고 있지만, 일단 안전성이 최우선이기 때문에 대체제가 없다면 수용하는 편입니다. 입증되지 않은 성분을 쓰는 것보다는 안전성이 훨씬 중요하기 때문입니다. 예전에 한 제품을 검사하던 중 돼지 성분을 발견해 대체하라고 했지만 대체제를 연구 중이었기 때문에 바꾸지는 못했습니다. 비타민 제품 같은 경우엔 실제로 우리가 돼지 성분을 발견해 회사 측에서 성분을 바꾼 적이 있습니다.

Q '스킨케어 제품은 피부에 흡수된다'는 주장에 대해 약사로서의 의견을 듣고 싶습니다. 피부를 통해 체내로 흡수된다면 화장품 성분도 할랄이어야 하지 않을까요?

A 할랄 성분이면 더 좋을 것 같습니다. 예를 들어 여드름 약 같은 경우, 피부층을 통해 더 깊이 흡수되기 때문입니다. 이슬람교에서는 돼지에 관한 어떠한 것도 섭취를 금하고 있기 때문에 피부에 흡수되는 화장품의 경우 돼지 성분이 들어가지 않아야 합니다. 우리는 국제법을 주로 따르고 있기 때문에 만약 요르단에서 할랄 인증을 받은 제품을 제조하려 한다면 역시 성분 검사를 받아야 합니다. 여러 대체재가 있을 수 있습니다. 대표적 예로, 낙타는 돼지 추출 성분을 대체하는 데 활용할 수 있다는 연구 결과가 있습니다. 만약 할랄 의약품을 출시한다면 기준에 부합하도록 요구하기가 쉽지 않을 것입니다. 새롭게 사용한 대체제가 충분히 안전한지에 대한 연구가 필요하기 때문입니다. 할랄 화장품을 만들 때 가장 주의해야 하는 점은 의약품과 철저히 구분된 화장품을 만들어야 한다는 것입니다. 화장품은 의약품과 달리 건강한 사람들이 쓰는 것이기 때문입니다.

● 요르단대학교 캠퍼스에 뿌린 할랄 화장품의 씨앗

요르단대학교(University of Jordan)는 암만 북부 스웨일레에 위치해 있다. 방학 중임에도 계절학기에 참여하는 학생들로 캠퍼스는 북적거렸다. 이곳에서 우리는 설문 조사를 진행했는데, 요르단 최고의 교육기관답게 학생들의 학술 활동을 위한 설문 조사에 비교적 관대했다. 학생 지원처와 미리 이야기가 되어 있었지만 현장에서 보안 요원이 제지할 가능성도 있어 걱정이 이만저만이 아니었다.

다행히 큰 어려움 없이 중앙 광장에 이젤을 세우고 준비해 간 하드보드지를 그 위에 세웠다. 나란히 세운 이젤에는 첫 번째로 우리가 왜 할랄 코스메틱을 연구하려는지에 대한 설명을 넣었다. 할랄은 무슬림들에게 익숙한 개념이지만 화장품에 할랄의 개념을 넣고 그 필요성을 인지시키기 위한 노력이 필요했다. 두 번째로는 한국에 한방 재료를 포함한 기능성 스킨케어 원료가 있음을 알리고, 그 선호도를 조사하기 위한 보드를 세웠다. 아랍인에게는 생소하지만 한국에는 아름다운 피부를 가꾸기 위해 홍삼과 쑥과 같은 천연 재료들을 활용하고 있음을 소개하고, 이런 재료로 만든 화장품이 요르단의 문화 코드에도 부합하다는 점을 피력했다.

모르는 사람에게 다가가서 생소한 이야기를 건네는 건 쉽지 않았다. 더구나 외국인이라면 오죽할까. 그래도 대학 내 한국학과 친구들의 도움을 받아 꽤 많은 학생들을 대상으로 설문을 진행할 수 있었다. 약 100명에 달하는 현지 학생들이 설문에 응답해주었으며, 대부분의 학생들이 할랄 화장품에 대해 긍정적인 반응을 보였다. 관심 있게 다가와 준 요르단대학교 학생들 덕분에 힘들지만 즐거운 하루였다.

1_ 요르단의 타지몰에서 소비자들과 직접 만나 이야기를 나누고 있다
2_ 자유로운 캠퍼스에서 요르단과 한국의 대학생이 만났다

● 아랍인들이 지갑을 여는 쇼핑몰을 찾아가다

우리 팀이 인천공항을 떠나면서 외친 말은 "백병전을 준비하자"였다. 유명 기관들과의 인터뷰 약속을 사전에 잡았지만 현지 소비자들의 선호도를 파악하기 위한 활동도 무시할 수 없었기 때문이다. 해외 신시장을 개척하는 입장에서 표본을 알맞게 수집해서 믿을 수 있는 조사 결과를 내보이는 것이 우리의 중요한 임무라고 생각했다. 낯선 땅에서 현지 소비자들에게 스스럼없이 다가갈 수 있을지 걱정이 앞섰지만 어려운 상황에 도전해서 성과를 낼 수 있다면 그보다 값진 일은 없을 것이라는 생각으로 서로를 응원했다.

당일 약속된 인터뷰가 끝나고 나면 우리는 미리 제작한 설문지와 홍보 유인물을 들고 사람들이 가장 많이 붐빌 만한 곳을 찾아 나섰다. 더운 날씨에 현지인들이 즐겨 찾는 복합 문화 공간인 쇼핑몰을 돌아다니면서 사람들과 직접 이야기를 나누었다. 쇼핑몰 행정 부서와 이야기를 했음에도 매순간마다 보안 직원이 방해하는 탓에 기대보다 많은 표본을 얻지는 못했다. 팀원들 모두 실망스러운 마음을 감추지 못했지만 새로운 일에는 언제나 고통이 따른다는 말을 되새기면서 다음 날의 일정을 위해 마음을 다잡았다.

공항에서 벌어진 뜻밖의 질주

UAE에서 이틀을 지냈을 뿐인데 벌써 카이로로 떠나는 날이 되었다. 인터뷰를 하다 보니 질문 내용과 관련된 부서에서 또 다른 사람이 나와 이야기를 이어갔고, 그렇게 서로의 이야기에 빠져들었다. 이야기꽃을 피우다 보니 어느새 1시였다. 준비해 간 LG글로벌챌린저 부채와 기관에서 준비한 기념품을 교환하면서 즐거운 시간을 보내다가 공항에 갈 시간을 잊고 있었던 것이다.

허겁지겁 공항에 도착해서 시계를 보니 2시, 비행기 출발까지는 1시간이 남았다. 급하면 안하던 실수도 한다더니 설상가상 다른 터미널에 도착했다. 여행 가방을 들고 뛰어 체크인 카운터에 도착했는데, 항공사 직원이 하는 말에 말문이 막혔다. "지금 이 항공편이 오버부킹되었으니 다음 항공편을 타면 무료 항공권을 드리겠습니다." 탑승 게이트까지 뛰어가도 비행기를 탈 수 있을지 아슬아슬했기에 제안을 받아들이고 싶었지만, 카이로에서의 탐방 스케줄이 있었기에 잠시도 망설이지 않고 거절했다. "3터미널은 정말 넓어서 전속력으로 뛰어야 해요. 시간이 30분밖에 남지 않았습니다. 뛸 수 있겠어요?" 항공사 직원은 걱정하는 듯한 표정으로 말했다. "꼭 가야만 합니다." 우리는 한숨을 크게 내쉬고 말했다. 항공사 직원도 평소 같으면 수하물 무게를 꼼꼼하게 체크했겠지만 이번에는 곧장 티켓을 쥐어주면서 빨리 뛰라고 말했다.

탐방대원 후기

성윤지

2017년은 LG글로벌챌린저에 도전했다는 것만으로도 의미 있는 한 해였습니다. 우선 함께한 팀원들에게 고마운 마음을 전하고 싶습니다. 그리고 LG글로벌챌린저는 정말 대학 시절 꼭 도전해볼 만한 가치가 있다고 생각합니다. 세상을 바꿀 아이디어를 가진 대학생이라면 모두 도전해보세요.

이동현

2012년에 처음 공고문을 본 LG글로벌챌린저, '졸업하기 전에 꼭 도전해봐야지' 하는 생각은 현실이 되어 팀원 모집부터 시작해 해외 탐방, 마지막 보고서 작성까지 쉴 틈 없이 2017년을 달려왔습니다. 힘들었지만 그만큼 보람도 가득합니다. 그리고 부족하지만 팀장인 저를 믿어준 팀원들 모두 고생 많았고, 도움 주신 운영사무국 직원분들과 23기 대원들 모두에게 감사의 말을 전합니다.

정하영

문화도 특성도 다른 아랍의 세 나라를 탐방하는 것은 상상 이상으로 설레는 일이었습니다. 파병 생활을 했던 UAE, 교환학생으로 공부했던 요르단, 인턴 근무를 했던 이집트를 4학년이 되어 새로운 관점과 주제를 가지고 둘러보니 감회가 남달랐습니다. 더 넓은 비전을 가지고 성장할 수 있게 한 LG글로벌챌린저는 잊지 못할 감동이었습니다.

조예진

실제 탐방을 다녀온 2주간의 기간뿐만 아니라 팀을 이루고 같이 탐방을 준비하고, 보고서를 작성했던 LG글로벌챌린저 활동의 모든 시간들이 잊지 못할 추억입니다. 물론 그 과정에서 힘들고 어려운 일들도 많았지만, 그것을 극복하고 탐방을 마무리하면서 스스로도 더욱 성장할 수 있었습니다. 아직 LG글로벌챌린저 지원을 망설이고 있다면 주저 말고 도전하라고 말해주고 싶습니다!

절실하거나, 끈기 있거나, 독특하거나

① 섭외 기관과 한국과의 연결점을 찾아라

LG글로벌챌린저는 세계를 상대로 도전하는 프로그램이다. 여러 도전 중에서도 우리는 인터뷰 약속을 잡기 위한 도전이 가장 어려웠다. 모르는 사람에게 말을 붙이는 것도 쉽지 않은 일인데 유명 인사와 만날 약속을 하다니! '우리가 생각하는 주제가 매력적이고 그쪽 기관과의 협력이 절실하다'는 내용의 메일을 수도 없이 보냈지만 답장 한 통 받기도 쉽지 않았다. 이럴 땐 관련 기관이 참여하는 국제 포럼이 한국에서 개최되는지 확인해보자. 운이 좋아 한국에서 개최된다면 그곳에서 기관의 담당자를 만나거나 연락이 닿을 수도 있다. 인터뷰 약속을 잡기 위해 포럼을 돌아다니는 정도로 노력한다면 여러분은 이미 LG글로벌챌린저라고 할 수 있다. 지성이면 감천이라는 말이 있지 않던가! 마지막 수단으로는 주한 외국 대사관에 공문을 보내 도움을 요청하는 방법도 있다. 탐방 기관과 약속을 잡는 데 어려움을 느낄 후배 대원들에게 도움이 되길 바란다.

② 이슈가 되는 주제라면 독특한 나만의 색을 찾아라

예전에 이런 이야기를 들은 적이 있다. "내가 생각한 참신한 아이디어는 누군가 시도했거나 실현 불가능한 아이디어일 가능성이 높다." 주제를 선정하는 데 있어서 수십 번 계획서를 수정한 팀도 많다. 우리 팀도 주제를 정하는 데만 몇 개월씩 걸릴 정도로 고생했다. 주제는 일반적으로 사람들이 생각하지 못하는 분야에서 찾아야 한다. 각고의 노력 끝에 면접장에 서면, 우리 팀과 비슷한 주제를 가진 팀이 또 있다는 걸 확인할 수 있다. 그해 이슈가 되었던 주제는 다른 사람들도 생각할 수 있고 대학생들의 생각이 크게 다르지 않다는 걸 명심하자!

초음파로 질병 조기 진단의
새로운 패러다임을 찾다

팀명(학교) 푸른빛소리 (부산대학교)

팀원 김정원, 박성진, 박세진, 송광섭

기간 2017년 8월 7일~2017년 8월 20일

장소 독일, 오스트리아, 프랑스
1. 프랑크푸르트 (일반건강보험 AOK, Allgemeine Ortskrankenkasse)
2. 멜중겐 (비 브라운 B. Braun)
3. 에를랑겐 (지멘스 의료공학박물관 Siemens Museum of Medical Technology)
4. 빈 (자리온 Xarion)
5. 그래노블 (프랑스 국립과학연구소 CNRS, Centre National de la Recherche Scientifique)

대부분의 질병이 조기 진단만 이뤄진다면 치료할 수 있을 정도로 의학 기술은 발전했다. 하지만 정밀한 조기 진단에 유용한 의료 영상 기기들은 대부분 고가로, 예방 목적으로 정기검진에 활용하기에는 비용 부담이 큰 것이 현실이다. 이에 우리는 '촬영 비용이 저렴하면서도 정밀한 진단이 가능한 의료영상기기는 없는 걸까?' 하는 의문을 갖게 되었다.

의료영상기기 중 우리가 주목한 것은 초음파 영상기기였다. 우리의 아이디어는 초음파 영상기기의 낮은 해상도 문제를 해결해 조기 진단에 활용할 수 있는 정밀한 영상 기기를 만드는 것이다. 이를 위해 우리는 공공보험체계가 잘 갖춰져 있고, 의료공학이 발달한 기업과 초음파의 진화에 필요한 기술을 보유하고 있는 유럽으로 향했다.

● 독일의 공공보험제도에 대해 배우다

우리는 맨 처음 독일의 공공보험제도에 대해 알아보기 위해 독일 공공보험사 중 하나인 일반건강보험(AOK, Allgemeine Ortskrankenkasse)을 탐방했다. 미리 연락도 했고, 나름대로 준비도 철저히 했지만, 첫 탐방지가 주는 긴장감은 생각보다 무거웠다. 하지만 AOK에서 만난 젤레나 왓슨(Jelena Watson) 씨의 친절함 덕분에 우리는 점점 긴장을 풀 수 있었다. 왓슨 씨는 인터뷰 리스트에 없던 추가 질문에도 성의껏 대답해줬고, 덕분에 우리는 독일 공공보험제도의 구조를 한결 수월하게 파악할 수 있었다. 독일의 공공보험제도는 우리나라와 비슷한 시스템을 가지고 있지만, 보장 범위가 더 넓은 것이 특징이다.

인터뷰가 끝날 무렵에는 왓슨 씨에게 주변 맛집을 추천해달라고 물을 정도로 여유가 생겼다. 잠시 곰곰이 생각하던 그녀는 "학센을 먹어본 적 있느냐?"고 물었고, 우리는 마침 '독일식 족발인 학센은 독일 여행 중 반드시 먹어야 한다'고 가이드북에 쓰여 있었던 걸 기억해냈다. 그렇게 왓슨 씨의 추천으로 먹어본 학센은 이국적이면서도 정말 기가 막히게 맛있었다. 우리의 첫 탐방 일정은 이렇듯 성공적으로, 그리고 맛있게 마무리 되었다.

🔴 170년 역사의 의료기기 제작 내공, 비 브라운

두 번째 탐방지인 비 브라운(B. Braun)은 멜중겐이라는 독일의 소도시에 위치해 있었다. 비 브라운으로 가기 위해선 프랑크푸르트에서 풀다로, 풀다에서 멜중겐으로 가는 환승 과정이 한 번 포함돼 있었다. 우리의 계산대로라면 환승 시간은 넉넉했는데, 풀다행 기차가 5분 지연되는 바람에 전력질주 끝에 멜중겐행 기차에 간발의 차로 탑승할 수 있었다.

멜중겐에서 19세기 후반 시작된 비 브라운은 178년의 역사를 가진 전문 의료기기 및 의약품 생산 기업이다. 이곳에 위치한 공장에서는 유럽 전역에 공급하는 의료기기들을 생산하고 있다. 멜중겐 본사 정문에서 탐방을 도와줄 공장 관리자 크리티안 슈라이너(Christian Schreiner) 씨를 만나 2시간 동안 공장과 연구소를 탐방하고 난 후 인터뷰를 진행했다. 슈라이너 씨는 인터넷에서는 찾아볼 수 없던, 의료 기기의 제작 과정과 필요한 기술 및 관련 분야에 대해 상세하게 설명해줬다.

많은 공정 과정을 견학했지만 대부분 촬영 금지 구역이어서 사진을 많이 남기지 못한 것이 아쉽다. 탐방이 끝나고 한국에서 준비해 온 선물을 슈라이너 씨에게 건네고 훈훈하게 두 번째 탐방을 마무리 했다.

🔴 의료 영상 기기의 역사를 한눈에

세 번째 탐방 장소는 에를랑겐에 위치한 지멘스 의료공학박물관(Siemens Museum of Medical Technology)이었다. 전날 장시간의 이동으로 지쳐 있던 우리는 오전에 휴식을 취하고 오후부터 본격적인 탐방을 시작했다.

지멘스는 독일 베를린과 뮌헨에 본사를 둔 세계적인 전기·전자 기업으로, 우리나라에서도 유명하다. 지멘스는 특히 의료영상과 임상진단 분야에서 글로벌

선두 기업으로 손꼽히는데, 의료영상기기의 개발 및 연구에서 독보적인 존재감을 갖고 있다. 이를 바탕으로 만들어진 지멘스 의료공학 박물관에서 우리는 최초의 엑스레이(X-ray) 장치를 비롯해 CT, MRI와 같은 여러 의료영상기기들을 볼 수 있었다. 또 앞으로의 연구 동향 및 개발 과정도 한눈에 살펴볼 수 있어 뜻깊은 일정이었다.

● 세계 최초로 광학적 방식의 음파 측정기를 상용화한 자리온

독일에서의 긴 탐방을 끝낸 후, 우리는 비행기를 타고 오스트리아 빈으로 이동했다. 비행기에서 내려다본 빈의 야경은 탐방 중 다섯 손가락에 꼽을 만큼 인상적인 장면이었다.

다음 날 우리는 빈 시내에 위치한 자리온(Xarion) 본사를 탐방했다. 자리온은 광학적 방식*의 음파 측정기를 발명해 세계 최초로 상용화에 성공한 기업이다. 유명 제조기업인 필립스와 함께 공동 연구를 진행하고 있으며, 베리톨트 라이빙어 혁신상(Berthold Leibinger Innovation Award), 신생 국제 챔피언상(Born Global Champion Award) 등의 대회에서 입상을 거듭하고 있는 유망한 벤처 회사다.

우리는 자리온의 대표 발타사르 피셔(Balthasar Fischer) 씨와 인터뷰를 한 후 기업 답사를 진행했다. 피셔 씨와의 인터뷰를 통해 현재 상용화된 광학 마이크**의 가격, 작동에 있어서의 한계점, 초음파 영상기기에 적용하기 위한 광학 마이크의 배열 방법 및 구성 등 우리가 해결해야 할 과제에 대한 방향을 잡을 수 있었다.

---

* **광학적 방식_** 레이저와 같은 빛을 이용해 물리적 신호를 분석하고 변환하는 방식
** **광학 마이크_** 기존 마이크와 달리 레이저를 이용해 음파를 광학 신호로 측정, 변환해 분석하는 마이크

1_ 자리온으로 가는
   길에 본 분수대

2_ 광학 마이크에
   대해 열정적으로
   설명하시는
   자리온의 대표님

3_ CNRS의 비알
   교수님이 직접
   광학 실험 과정을
   보여주시는 중

316

● 초음파 영상 기기의 미래를 목격하다

그래노블은 아름다운 풍경을 가진 프랑스의 도시로, 유럽 대도시와는 사뭇 다른 느낌을 자아냈다. 프랑스 국립과학연구소(CNRS, Centre National de la Recherche Scientifique)에는 물리학, 화학, 생명과학, 사회과학, 환경공학, 정보과학 등 6개 부서가 있는데, 우리는 그중 그래노블에 있는 물리학 연구실인 LiPhy(Laboratoire Interdisciplinaire de Physique)를 탐방했다.

CNRS는 연구 실적, 논문 인용 횟수 등을 종합한 세계 연구 기관 랭킹에서 상위권을 차지하고 있으며, 광학적으로 초음파 이미지의 해상도를 향상시키는 최첨단 연구를 진행하고 있다. 우리는 이곳에서 세계적 석학인 진클로드 비알(Jean-Claude Vial) 교수님을 만나 우리가 생각하는 새로운 초음파 영상기기의 실현 가능성과 추가적으로 필요한 이론은 무엇인지, 또 초음파 영상기기 개발 시 고려해야 할 점과 광학식 초음파 영상기기(Ultrasound Optical Microscopy)*의 기대 해상도에 대해 알아볼 수 있었다.

---

* **광학식 초음파 영상기기_** 기존 초음파 영상기기에 광학 소자를 접목한 새로운 영상기기로, 부담 없는 가격에 정밀 영상 촬영이 가능하도록 '푸른빛소리' 팀이 고안했음

진클로드 비알
[Centre National de la Recherche Scientifigue]

Q CNRS에서는 초음파 영상 해상도를 높이기 위해 어떤 연구를 진행하고 있나요?

A CNRS에서는 송신부를 향상시키는 연구를 진행 중입니다. '초음파의 공간 분해능'은 초음파 음속의 방향을 따라 전후에 존재하는 두 점을 식별하는 능력을 의미하는데, 이는 초음파의 주파수가 높을수록 좋아집니다. 초음파의 주파수와 분해능의 관계를 자로 비유하자면 최소 눈금이 1센티미터인 자보다 1밀리미터인 자가 더욱 정밀한 길이 측정이 가능한 것과 같습니다. 그러나 파장이 짧아지면 초음파가 크게 <u>감쇠(減衰)</u>*돼 깊은 곳까지 음파가 충분히 도달하지 못한다는 한계가 있습니다.

Q 그렇다면 초음파 영상 해상도에 영향을 주는 요소들에는 무엇이 있나요?

A 초음파 영상에서 해상도를 결정히는 요소는 송신부에서는 초음파의 결맞음성(Coherence), 주파수(Frequency), 펄스 파수(Pulse Width), 초점거리(Focusing) 등이 있으며, 수신부에서는 민감도(Sensitivity), 주파수 응답 대역(Frequency Response Band), 응답 시간(Response Time) 등이 있습니다.

---

* **감쇠_** 파동이나 입자가 물질을 통과할 때 흡수, 산란되면서 에너지나 입자의 수가 감소하는 현상

인터뷰를 마치고 비알 교수님과 함께하는 맛있는 점심식사!

우리에게 생수를 달라!

대부분의 한국인이 그렇듯, 우리 팀원들은 모두 순수한 생수만 마시는 사람들이었다. 하지만 유럽에서는 지반 특성상 탄산수가 생수만큼이나 흔하게 식수로 인식되는 것 같았다. 탄산수의 목 넘김이 익숙지 않았던 우리는 탄산수를 피해 물을 구매하는 데 많은 공을 들였고, 프랑크푸르트에서 아무것도 모르고 실수로 구매했던 2병을 제외하면 일주일이 넘도록 우리는 탄산수를 잘 피해가고 있었다.

하지만 요리조리 잘 피해 다니던 어느 날, 마트에서 3일치 식량을 구매할 일이 생겼다. 여느 때와 같이 우리는 물이 쌓여 있는 매대 앞에서 생수를 골라내기 위해 신중을 기하고 있었다. 그때 김 모 대원이 우리에게 다가와서 "미네랄워터(Mineral Water)는 탄산수가 아니니 이 물을 사면 된다"고 말했다. 우리는 한 번 더 조사가 필요하다고 말했지만 그 대원은 이 물은 탄산수가 아니라고 여러 번 강조하며 '미네랄워터' 라벨이 붙어 있는 물을 카트에 담았다. 확신에 찬 목소리에 설득된 우리는 2리터짜리 여섯 병, 그러니까 총 12리터의 물을 구매해 숙소로 돌아왔다. 그리고 물병을 열고 한 모금 넘기는 순간, 목에서 강렬한 탄산이 느껴졌다. 우리는 잘 피해다니던 탄산수를 12리터나 구매한 것이었다. 이 사건 이후 미네랄워터가 일반 생수라던 김 모 대원의 신뢰도는 바닥으로 떨어졌고 그는 자신의 실수를 만회하기 위해 이번에는 탄산을 모두 제거하는 노력을 시도했지만 그 노력은 무용지물이었다.

김정원

LG글로벌챌린저와 함께했던 뜨거운 여름은 즐거운 추억과 행복한 기억들로 가득 찬, 잊지 못할 여름으로 남았습니다. 값진 경험과 추억들을 원동력으로 삼아 2017년을 즐겁게 마무리할 수 있을 것 같습니다. 이러한 경험을 함께해 준 팀원들에게 감사합니다.

박성진

LG글로벌챌린저를 통해 2017년 한 해를 정말 바쁘고 알차게 보냈습니다. 힘들었던 부분을 팀원들과 함께 헤쳐 나가며 팀워크의 중요성에 대해 다시금 느꼈기에 팀원 모두에게 감사드립니다.

박세진

탐방을 준비하기 전까지만 해도 탐방 주제인 의료 제도에 대해 전혀 알지 못했습니다. 그래서 많이 공부해야 했고, 시간과 열정도 힘껏 쏟아 부었습니다. 서로를 앞에서 끌어주고 뒤에서 밀어주며 함께해온 친구들과의 소중한 추억뿐 아니라 미지의 세계에 도전하는 용기까지 얻었습니다.

송광섭

LG글로벌챌린저는 대입 수험생 시절 이후 처음으로 밤을 새우며 이겨낸 큰 시련이자, 성장하게 해준 원동력이었습니다. 아마도 팀원들이 없었으면 성공하지 못했을 것입니다. 팀원들 모두에게 고맙다고 전하고 싶습니다.

시간과 동선,
누가 누가 더 잘 쓰나?

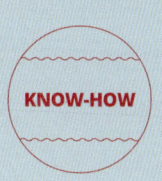

① 자투리 시간도 잘 꿰면 보배다!

보고서 작성부터 면접 준비, 그리고 탐방 준비까지 모든 성공은 시간을 적절하게 배분하는 데서 시작된다. LG글로벌챌린저의 1차 보고서 작성 기간은 대학교 중간고사와 겹친다. 우리 팀의 경우 모두 공대 4학년생으로, 시험 준비 및 졸업 과제를 해야 하는 바쁜 와중에 1차 보고서를 마무리해야만 했다. 우리는 최대한 자투리 시간을 활용했는데, 모두 수업이 있는 날에는 강의가 끝난 후 바로 모여 보고서를 작성할 수 있도록 미리 준비해왔다. 또 팀원마다 보고서 중 맡을 부분을 미리 배분해 각자 공강 시간에 할당량을 채우는 방식으로 진행했다. 이런 자투리 시간 활용으로 팀원 모두 성공적인 학교 생활과 LG글로벌챌린저 합격이라는 두 마리 토끼를 잡을 수 있었다.

② 긴 동선도 잘 짜면 여행이다!

LG글로벌챌린저들에게 주어지는 해외 탐방 기간은 2주, 이 기간 안에 모든 팀들은 기관 탐방을 마쳐야 한다. 이때 너무 많은 지역 및 국가를 방문하려 하다가는 말 그대로 탐방만 하다가 끝날 수도 있다. 이왕 외국으로 떠난 김에 여행도 즐겨야 하지 않겠는가?

탐방 기관을 선정할 때는 보고서 작성을 위해 꼭 필요한 기관인지도 고려해야 하지만, 지역 및 나라 간의 거리도 반드시 확인해야 한다. 꼭 가야만 하는 기관이 서로 멀리 떨어져 있다면 대륙 내 항공권을 최대 2회 지원해주니, 동선을 효율적으로 활용해 유익함도 즐거움도 함께 누리자.

Culture

Part 5   [문화]

콘텐츠가 콘텐츠를 만든다

팀명(학교) 트랜져스 (가톨릭대학교)

팀원 김준호, 박사임, 이하은, 주광수

기간 2017년 7월 17일~2017년 7월 31일

장소 미국
1. 로스앤젤레스 (한국콘텐츠진흥원 LA 지사 Korea Creative Content Agency LA)
2. 로스앤젤레스 (넥슨 아메리카 Nexon America)
3. 로스앤젤레스 (미국작가협회 WGA, Writers Guild America)
4. 로스앤젤레스 (20세기 폭스 20th Century Fox)
5. 로스앤젤레스 (드림웍스 Dreamworks)
6. 로스앤젤레스 (애스트로노미컬 엔터테인먼트 Astro-Nomical Entertainment)
7. 샌디에이고 (2017 샌디에이고 코믹콘 2017 Comic-Con International: San Diego)
8. 뉴욕 (한국문화원 Korean Cultural Center NY)
9. 뉴욕 (CJ 아메리카 CJ America)
10. 뉴욕 (국제라이선싱산업무역협회 LIMA, The International Licensing Industry Merchandisers' Association)
11. 뉴욕 (유비엠 UBM)
12. 워싱턴 D.C. (조지워싱턴대학교 George Washington University)

다양한 미디어가 넘쳐나는 시대, 우리는 생활 속 어디에나 있는 미디어를 통해 다양한 콘텐츠를 만난다. 경제 및 정치 위기 속에서도 콘텐츠 산업은 막대한 부가 가치를 창출하며 끊임없이 성장해왔다. 우리나라도 그동안 한류를 통해 괄목할 만한 성장을 이루어왔지만, 2017년 현재 대한민국 콘텐츠 시장은 한한령(限韓令, 중국 내 한국 콘텐츠 금지령), 혐한류 등으로 인해 위기에 직면해 있다.

이러한 상황 속에서 우리는 지금이 바로 한국 콘텐츠 산업의 청신호를 다시 한 번 밝혀야 할 때라고 생각했다. 한국의 콘텐츠가 트랜스미디어를 통해 다양한 미디어를 넘나들며 확장되어 더 큰 스토리를 만들어내고, 라이선싱(Licensing)* 전략을 통해 여러 연계 산업으로 뻗어 나가려면 어떻게 해야 할까? 훗날 전 세계의 모든 세대가 공감하고 사랑하는 콘텐츠가 한국에서 탄생하길 기대하며 세계 콘텐츠 시장을 선도하는 미국을 방문했다.

● 영상통화로 첫 인터뷰를 시작하다

탐방 시작 20일 전, 인터뷰를 부탁드렸던 조지워싱턴대학교(George Washington University)의 폴 스위르츠(Paul Swiercz) 교수님으로부터 메일이 도착했다. 갑작스러운 해외 출장으로 인해 원래 예정되어 있던 미국에서의 만남이 힘들 것 같다는 내용이었다. 하지만 다행히도 인터뷰를 영상통화로 대체하는 것이 어떻겠냐는 감사한 제안이 함께 담겨 있었다. 그렇게 우리는 두렵고도 설레는 마음으로 첫 인터뷰를 영상통화로 진행하게 되었다.

한국 시간 오후 10시, 미국 시간으로는 오전 9시, 인터뷰가 시작됐다. 처음엔 모두가 잔뜩 긴장하고 있었지만, 편한 복장과 인자한 웃음으로 첫 인사를 건네주신 스위르츠 교수님 덕분에 곧 긴장을 내려놓고 인터뷰를 진행할 수 있었다.

---

* **라이선싱_** 등록상표(Trademarks) 소유자(Licensor)가 계약(License Agreement)에 의해 제3자(Licensee)에게 특정 상품 또는 서비스와 관련된 상표, 로고, 그래픽 등을 사용할 수 있도록 허용하는 것

스위르츠 교수님은 문화 콘텐츠, 엔터테인먼트 산업은 미국뿐 아니라 한국에서도 매우 경쟁력 있고 중요한 산업이라는 말씀과 함께, 콘텐츠 라이선싱 활용의 중요성을 강조하셨다. 특히 4차 산업혁명*으로 인해 발전되고 융합될 다양한 기술들과, 그 기술을 활용한 콘텐츠를 연구하고 제작하

LG 그램 노트북을 사용해 진행된 영상 인터뷰에
진지하게 임해주시는 폴 교수님의 모습

는 데 많은 노력이 필요하다고 말씀해주셨다. 교수님은 마지막으로 콘텐츠 분야를 발전시키기 위해 노력하는 사람들이 더 많아졌으면 좋겠다는 바람과 함께, 트랜져스 팀의 탐방을 진심으로 응원해주셨다. 이 응원으로 이번 탐방이 더욱 뜻깊게 느껴졌고, 앞으로의 탐방이 더 기대되고 기다려지기 시작했다.

● 한국 콘텐츠 진출의 발판을 찾다

미국에 도착하자마자 짐을 풀고 가장 먼저 찾아간 기관은 LA 한국콘텐츠진흥원 미국 비즈니스 센터(Korea Creative Content Agency LA)였다. 한국 콘텐츠 기업의 미국 진출을 위한 창구 기능을 담당하는 이곳은 콘텐츠 관련 산업 동향과 수출 정보 제공, 국내 콘텐츠의 미국 내 마케팅 지원, 한국 콘텐츠 사업 홍보 및 쇼케이스 개최 등 콘텐츠 산업 활성화에 관한 업무를 맡고 있다. 최근에는 가상현실, 증강현실 등 첨단 IT 융합 기술을 기반으로 한국 콘텐츠가 부상하고 있는 만큼 이를 더욱 육성할 방안을 찾기 위해 노력하고 있다.

이곳에서 우리는 김철민 센터장님과 담당자인 제이든 조(Jaden Joe) 씨를 만났

---

* **4차 산업혁명_** 인공지능, 로봇 기술, 생명과학 분야가 주도하는 정보 통신 기술(ICT)의 융합으로 이뤄지는 차세대 산업혁명

다. 한국과 미국의 문화 수용력의 차이점, 국내 콘텐츠 현지화의 어려움 등과 관련된 이야기를 들으며 한국 콘텐츠 시장이 나아가야 할 방향성에 대해 깊이 고민해보는 시간을 가졌다. 인터뷰를 마치고 나오니 해가 지고 난 후의 선선한 LA 날씨가 신기하게 느껴졌다. 김철민 센터장님께서 이곳은 사막 기후 때문에 낮에는 햇볕이 내리쬐지만, 밤이 되면 온도가 내려가 비교적 시원한 편이라고 말씀해주셨다. 기대와 설렘이 가득했던 첫날의 일정은 그렇게 마무리되었다.

● 다양한 방식으로 미래의 작가들을 지원하는 미국작가협회

미국작가협회(Writers Guild America)는 작가들의 노동조합으로, 작가들이 훌륭한 스토리를 만들 수 있도록 창작 활동과 관련된 교육과 컨설팅을 제공하는 한편, 이를 상업화할 수 있도록 지원을 아끼지 않는 곳이다. 이곳은 작가들의 지식재산권(IP, Intellectual Property)**을 보호하고, 결과물이 안전하게 세상 밖으로 나올 수 있도록 스튜디오와 연결해주는 비즈니스 플랫폼 기능까지 담당하고 있다. LA에 도착한 이튿날, 우리는 미국작가협회의 매니저 하비에르(Javier) 씨를 만나 작가협회의 시스템에 대해 자세한 설명을 들을 수 있었다.

미국작가협회를 탐방할 때 가장 인상 깊었던 것은 도서관에서 다양한 영화, TV, 코믹스, 소설, 웹 에피소드 등의 스토리 대본(Script)을 열람하고 있는 창작자들의 모습이었다. 이렇게 다양하고 훌륭한 스토리 대본을 자유롭게 제공하는 공간이 있다는 점이 무척 흥미로웠다. '모방은 창조의 어머니다'라는 말이 있듯, 스토리를 많이 접할 수 있는 환경이 잘 갖추어져 있고 이를 기꺼이 활용하는 많은 창작자들이 있기에 미국이 지금과 같은 스토리 강국이 되지 않았나 하는 생각이 들었다.

** **지식재산권_** 발명·상표·디자인 등의 산업 재산권과 문학·음악·미술 작품 등에 관한 저작권을 총칭함

B2B 라이선싱 플랫폼, UBM

UBM은 매년 300개 이상의 B2B 이벤트를 조직하는 회사로, 이곳에서는 세계적인 라이선스 관련 뉴스와 트렌드를 전 세계 라이선싱 산업 종사자들과 소비자들에게 전달하는 「라이선스 글로벌(License Global)」을 발간하고 있다.

「라이선스 글로벌」은 라이선싱 산업 관련 고위 간부들과 결정권자들이 깊이 있는 뉴스와 분석을 접하기 위해 필수로 구독하는 잡지 중 하나다. 「라이선스 글로벌」은 아트 디자인, 기업 브랜드, 엔터테인먼트 산업, 출판, 유통 트렌드, 장난감과 게임에 이르기까지 라이선싱과 관련된 다양한 소식을 전하는 라이선싱 엑스포(Licensing Expo)를 매년 개최하고 있다. 우리는 뉴욕 펜 플라자 15층에 위치한 UBM 본사에서 미디어 부서 총괄 매니저인 샤론 와이즈먼(Sharon Weisman) 씨를 만나 라이선스 글로벌과 라이선싱 엑스포에 대해 자세한 설명을 들었다.

와이즈먼 씨와의 인터뷰에서 가장 인상 깊었던 점은 라이선싱을 철저하게 비즈니스 관점에서 바라본다는 점이었다. 매년 B2C 중심으로 개최되는 한국의 캐릭터 라이선싱 페어와는 달리, 라이선싱 엑스포는 오직 산업 종사자가 정보를 얻을 수 있는 B2B 플랫폼으로서의 역할을 담당하고 있었다. 또한 전 세계적인 저작권자(Licensor, 해당 재산권에 대한 소유 권리를 보유한 사람)들의 순위를 매겨 공개함으로써 관련 종사자들이 쉽게 라이선싱과 관련된 정보를 얻을 수 있도록 돕고 있었다.

한국콘텐츠진흥원 미국 지사에서 이뤄진 두근두근 첫 탐방 인터뷰 현장

'V'를 부탁드리니 환한 잇몸 미소로 화답해 주신 미국 작가 협회 하비에르 매니저님

샤론 와이즈먼
[UBM]

Q UBM에서는 라이선싱 산업 활성화를 위해 어떤 노력을 하고 있나요? 또 콘텐츠 기반이 아닌 회사들은 어떻게 콘텐츠를 적용하고 이를 통해 발전할 수 있을까요?

A UBM은 라이선싱에 관한 정보를 전달하는 일을 하고 있으며, 비즈니스적으로 라이선싱 거래에 대해 논의할 수 있는 장을 만듭니다. 브랜드나 엔터테인먼트 회사들의 IP 소유자(Holder)를 찾아내 온라인을 비롯한 다양한 채널을 통해 노출시킴으로써 소비자들이 IP를 체험할 수 있는 플랫폼을 만들어가고 있습니다. 최근에는 온라인과 오프라인을 넘나들 수 있는 디지털 기술을 활용한 D2C(Digital to Consumer) 모델을 주목하고 있습니다. 자체 콘텐츠가 없는 회사들이 라이선싱을 하기 위해서는 브랜드가 중요합니다. 브랜드 자체가 잘 정립되어 있다면 라이선스 인(License In)*과 라이선스 아웃(License Out)**, 둘 다 가능하다고 생각합니다. 이미 기업이 브랜드 파워를 가지고 있다면 콘텐츠 기반이 아닌 회사에도 라이선싱은 유용하며, 더 큰 시장 형성을 위해 필요하다고 생각합니다.

Q 한국의 라이선싱 산업의 미래에 대해 어떻게 생각하십니까?

A 한국은 SNS가 활성화되어 있고, 이를 바탕으로 한 캐릭터 라이선싱 산업이 정착되어 있어 성장 가능성이 크다고 생각합니다. 일례로 라인 프렌즈나 카카오 프렌즈 스토어에서는 소비자들에게 좋아하는 캐릭터와 관련된 경험을 제공하고, 이를 구매까지 이어지게 하고 있습니다. 콘텐츠 산업의 역사가 길지 않지만 한국은 이미 충분히 라이선싱 산업의 기반이 마련되어 있다고 생각합니다. 그동안은 기업이 라이선싱을 할 수 있는 능력이 갖추어져 있었지만 활용하지 않은 것뿐이라고 생각합니다. 적극적으로 라이선싱 활용 가치를 높이기 위해 노력한다면 충분히 발전할 수 있을 것입니다.

---

* **라이선스 인**_ IP 소유자들과 계약을 해서 로열티를 지급하고 IP를 활용하는 것
** **라이선스 아웃**_ 브랜드 자체를 라이선싱 하는 것

● 엠파이어 스테이트 빌딩에서 라이선싱 산업을 배우다

뉴욕 타임스 스퀘어의 화려한 조명을 뒤로한 채, 엠파이어 스테이트 빌딩에 위치한 국제라이선싱산업무역협회(LIMA, The International Licensing Industry Merchandisers' Association)의 사무실을 방문했다. 빌딩에 들어가자마자 방문자 허가증을 받기 위해 줄 서 있는 사람들을 발견할 수 있었다. 여권을 소지해야 하고 미리 약속된 방문이 아니면 허용되지 않는 철저한 보안 시스템이 조금 무섭기도 했지만, 우리를 위해 1층까지 직접 마중 나오신 마우라(Maura) 부사장님의 환한 미소 덕분에 긴장을 풀 수 있었다.

LIMA는 라이선싱 산업을 글로벌화하기 위한 라이선싱산업협회로, 34개국의 120여 개 회원사를 가지고 있다. 라이선싱과 IP에 관련한 전반적인 교육 기회 제공 및 국제적인 라이선싱 관련 사업들을 담당하고 있으며, IP 산업의 활성화를 위해 국제 라이선싱 엑스포도 개최한다. 우리는 이곳에서 미국의 IP에 대한 인식과 활용에 관한 이야기를 들었다. 그중에서도 특히 IP의 글로벌화를 위해 IP를 브랜드의 관점으로 바라봐야 한다는 이야기가 인상적이었다. 또 콘텐츠 산업이 발전하려면 정부와 기업의 협력이 중요하다는 점도 배울 수 있었다.

마우라 부사장님은 타임스 스퀘어에 오픈한 한국의 라인 프렌즈 스토어를 언급하시며 한국은 이미 콘텐츠 경쟁력과 라이선싱 기반이 마련되어 있다고 말씀해주셨다. 엠파이어 스테이트 빌딩 67층에서 뉴욕 전경을 내려다보며 한국인이라는 사실이 어쩐지 뿌듯해졌다.

● 장기적인 전략과 준비만이 성공의 지름길

20세기 폭스(20th Century Fox)는 〈스타워즈〉, 〈에일리언〉, 〈아바타〉 등 전 세계적으로 성공을 거둔 작품의 IP를 소유한 글로벌 미디어 콘텐츠 기업이다. 우리는

1_ LG글로벌챌린저의 부채 선물을 마음에 들어 하는 20세기 폭스의 키스 씨와 함께
2_ 허현 팀장님과 드림웍스 사내 상징과 같은 분수 앞에서

20세기 폭스의 IP들을 육성해 게임 개발자 및 퍼블리셔들과 전략적 파트너십을 체결하고 있는 라이선싱 매니저 션 키스(Sean Keith) 씨를 만났다.

　동아시아의 콘텐츠에 관심이 많고 한국 가수 '소녀시대'를 좋아한다는 키스 씨는 시종일관 유쾌한 답변으로 즐거운 분위기를 만들었다. 키스 씨는 오랜 세월 동안 사랑받는 글로벌 IP를 탄생시키기 위한 전략과 라이선싱의 중요성, 그리고 장기적인 관점으로 IP를 꾸준히 관리할 수 있는 사전기획의 중요성에 대해 설명했다. 그중에서도 흥미로웠던 것은 특히 라이선싱을 준비하는 데 적어도 1년이 걸린다는 점이었다. 〈아바타 2〉 제작 기간이 7년이라는 이야기를 들으면서, 장기적인 관점에서 기획한 IP만이 성공해서 막대한 부가가치를 창출할 수 있음을 확신하게 되었다.

　테마파크, 가상현실, 증강현실, 게임 등 다양한 미디어 채널을 넘나들며 대중들과 소통하기 위해 힘쓰는 폭스에게 트랜스미디어(Transmedia)* 라이선싱 전략은 필수적이고 당연한 모델이었다. 그들은 IP 활용성을 높여 다양한 기술과 콘텐츠를 융합한 ICT 콘텐츠**를 통해 소비자들에게 다가가기 위해 노력하고 있었다.

---

* **트랜스미디어_** 트랜스미디어 스토리텔링은 이야기의 구성 요소인 미디어들이 모여 하나의 거대한 스토리 체계와 세계관을 완성하는 것으로 영화에서 게임으로 게임에서 만화로 자연스럽게 넘어올 수 있도록 기획 단계에서부터 설계함
** **ICT 콘텐츠_** 문화와 예술을 활용, ICT와 결합하여 대중에게 전달하는 상품

● 상상의 나래가 펼쳐지는 꿈의 직장, 드림웍스

드림웍스는 할리우드에서 손꼽히는 애니메이션 스튜디오로, 〈슈렉〉, 〈쿵푸팬더〉를 비롯해 최근 〈보스 베이비〉 등의 작품으로 우리에게 친숙한 기업이다. 입구부터 아기자기한 동화 속 세상으로 들어가는 느낌을 주는 드림웍스 스튜디오를 둘러보며 '이곳이 정말 회사일까' 하는 생각을 떨칠 수가 없었다. 마치 대학 캠퍼스 같은 이곳에서 스토리텔러로 근무하고 있는 마테우스 매클루어 (Mattheus McClure) 씨는 회사 내부에 분수와 개울이 흐르는 환경이 조성되어 있어 창작자들이 최적의 조건에서 창작에 집중할 수 있다고 말씀했다.

스튜디오 내부 또한 예쁜 전구 조명들이 편안한 분위기를 자아내고 있었고, 창작자들의 작업 공간은 각기 다른 조형물들로 꾸며져 있었다. 회사 식당에는 채식주의자들을 위한 음식부터 초밥, 다양한 디저트까지 없는 메뉴가 없었다. 꿈의 직장답게 마음껏 상상의 나래를 펼칠 수 있도록 해주는 곳이라는 생각이 들었다.

외형뿐 아니라 내부 시스템도 흥미로웠다. 특히 작품 준비에 오랜 시간을 투자하고, 이런 시스템을 바탕으로 기획 단계부터 라이선싱을 전략적으로 준비한다는 점이 놀라웠다. 이런 시스템을 바탕으로 부가가치가 어마어마한 애니메이션을 탄생시키고 있었다.

드림웍스에서 캐릭터 크리에이션 모델링을 담당하고 계신 허현 팀장님은 콘텐츠 산업에 시간과 비용을 지속적으로 투자해야 한다는 점을 강조하셨다. 그리고 한국은 콘텐츠진흥원 등 정부 기관이 지원에 힘쓰고 있는 만큼 앞으로의 발전이 더욱 기대된다고 덧붙이셨다.

군대에 있을 때 '전역하면 같이 LG글로벌챌린저에 도전하자'는 광수 대원의 전화에 당시에는 아무 생각 없이 좋다고 말했는데 시간이 지나고 보니 어느새 진짜 LG글로벌챌린저 대원이 되어 있었습니다. 복학을 하고, 팀원을 모으고, 주제 선정과 계획서 작성, 그리고 탐방을 하고, 복학 후 첫 학기를 모두에 걸쳤고, 도전할 수 있어서 행복한 한 해였습니다.

김준호

LG글로벌챌린저는 가슴속에 깊이 새겨져 절대 사라지지 않을 순간들을 선물해주었습니다. 처음 팀이 구성된 순간부터 후기를 쓰는 지금까지 도전이 두려울 때도 있었지만 팀원들만을 믿고 정신없이 앞만 보고 달려온 시간, 그 끝엔 훌쩍 성장한 지금의 제가 있었습니다. 기쁨도 시련도 함께 견딘 팀원들과 아낌없는 조언을 해주신 모든 전문가들께 감사합니다.

박사임

다양한 선택의 기회가 주어졌던 이번 학기, LG글로벌챌린저에 많은 도움을 주시고 인터뷰에 응해주신 모든 분들에게 큰 감사를 느꼈습니다. 더 넓은 세상을 볼 소중한 기회와 좋은 인연을 얻었고 긴 여정을 무사히 잘 마무리할 수 있어서 기쁩니다. 학교에서 이론으로는 배울 수 없는 것들을 직접 부딪히며 배웠습니다.

이하은

전공 수업을 열 번 듣기보다는 한 번이라도 실제 콘텐츠 산업의 1번지에 가보자는 생각에서 시작된 LG글로벌챌린저 활동은 틀에 갇혀 있던 저에게 새로운 방향을 제시해준 고마운 프로그램입니다. '할리우드 스튜디오에 다 가보자'는 무모한 미션은 이를 달성하기 위해 최선을 다해준 팀원들이 있기에 가능했습니다. 대학 생활 마지막 방학에 돈으로 살 수 없는 경험을 얻어 더 의미 있는 활동이었습니다.

주광수

'안 된다'는 버리고
'된다'만 생각하자!

① 준비의 기본은 긍정적인 마인드

완벽한 계획, 완벽한 실행이 이뤄진다면 더할 나위 없이 좋겠지만, 완벽하게 되는 것은 없다. 아무리 철저하게 계획했더라도 발생하는 변수를 극복할 수 있는 최고의 방법은 '긍정적인 마인드를 갖는 것'이다. 우리 팀원들은 예측 불가능한 변수가 생기더라도 항상 "잘 될 거야!", "될 사람은 된다!"를 외치면서 역경을 헤쳐 나갔다.

회의를 하다 지칠 때면, 미국에 도착해 캘리포니아 해변에 누워 있는 상상을 하면서 이겨냈다. 때로는 말도 안 되는 일명 '아무 말 대잔치'로 모든 팀원이 웃으며 회의를 진행하기도 했다. 팀원 모두가 '안 된다'고 생각하기보다는 '된다'고 생각하면서 서로를 이끌고 격려해주었기 때문에 준비부터 탐방까지 계획보다 오히려 더 좋은 결과를 얻을 수 있었다.

② 예의 있는 진심은 통한다!

가장 힘들고 어려웠던 도전을 꼽자면 바로 '기관 섭외'다. 한 번도 본 적이 없는 분께 인터뷰나 방문 요청을 하기란 여간 어려운 일이 아니다. 기관 섭외의 어려움을 극복하고자 메일은 물론 SNS 메시지를 통해서 계속 연락을 시도하기도 했다.

답장이 없다고 실망하거나 상처받지 말라고 말하고 싶다. 우리는 담당자와 연락이 잘 안 될 경우 무작정 회사로 찾아가 직접 부딪쳐 보기도 했다. 그렇게 열 번 시도하면 한 번은 인터뷰가 성사되었고, 그 한 번의 인터뷰가 그동안의 상처를 치유해주었다. 미국 현지에서 만난 한 전문가는 무작정 인터뷰를 요청했음에도 흔쾌히 응해주기도 했다. 서면 요청도 좋지만, 예의에 벗어나지 않는 선에서 대면해 부탁하는 것도 하나의 방법이다.

소통으로
지식을 만끽하라

팀명(학교) 소시지 (원광대학교)

팀원 김숙경, 이신영, 이혜빈, 전도훈

기간 2017년 7월 27일~2017년 8월 9일

장소 독일, 영국
1. 베를린 (과학소통연구소 WID, Wissenschaft Im Dialog)
2. 베를린 (사이언스 슬램 Science Slam)
3. 베를린 (독일 연방교육연구부 주관 '과학의 해' Wissenschaftsjahre)
4. 함부르크 (과학발전연구소 GWUP, Gesellschaft zur Wissenschaftlichen Untersuchung von Parawissenschaften)
5. 런던 (테드엑스 TEDx)
6. 에든버러 (프린지 페스티벌 Fringe Festival)

어려운 단어로만 설명된 전공 서적, 쉽게 설명할 수 없는 전공 지식, 수동적으로 받아들이기만 하는 수업 방식… 우리는 '이러한 지식이 과연 진정한 지식일까?'라는 의문을 가지게 됐고 즐기면서 상호 교류 할 수 있는 '지식 소통의 장'을 만들어보고 싶었다. 만약에 어려운 지식을 재밌고 쉽게, 함께 즐기며 받아들일 수 있다면 어떨까? 그렇다면 지식은 더 이상 굳어 있는 화석으로 존재하는 것이 아니라, 활발하게 교류되는 유동적인 상태로 융합적인 사고를 가능하게 할 것이다.

우리는 지식을 재밌고 쉽게 소통할 수 있는 플랫폼, 이른바 '지식 버스킹'을 만들 예정이다. 그리고 소통 플랫폼 활용 방법과 기대 효과, 홍보 방법 등에 대해 배우기 위해 이미 다양한 소통 플랫폼이 존재하고 그것을 학문이라는 분야에서 활용하고 있는 독일과 영국을 탐방 국가로 선정했다. 직접 경험해본 그들과의 인터뷰를 통해, '지식 버스킹'을 어떻게 진행하고 운영해야 할지 배우고, 어떤 식으로 효과를 극대화할 수 있을지 들어보는 기회를 가졌다.

● 대중과의 소통을 위한 다양한 방법을 연구하는 WID

독일의 수도 베를린의 중심가에 위치한 과학소통연구소(WID, Wissenschaft Im Dialog)는 우리가 주제로 선정한 '<u>사이언스 슬램(Science Slam)</u>*'을 비롯해 다양한 방식으로 대중들과의 소통을 연구하고 궁극적으로 대중들이 과학을 친숙하게 받아들일 수 있도록 하는 것을 목적으로 하는 기관이다.

인터뷰 질문이 적힌 종이를 들고 첫 번째 탐방 기관으로 향하는 길은 떨렸지만 한편으론 설레기도 했다. 긴장한 우리를 반갑게 맞이해준 사람은 비아트 랑홀프(Beate Langholf) 씨였다. 랑홀프 씨는 우리를 위해 소개 프레젠테이션과 책자를 준비해 WID란 기관이 무엇을 하는 곳인지 설명해줬다.

---

* **사이언스 슬램_** 독일 과학교육부의 산하기관으로 과학자들이 자신의 연구 주제를 대중 앞에서 10분간 자유롭게 발표하는 과학 대회

과학이라 하면 딱딱하고 어렵게만 생각하는 것이 대중의 일반적인 생각이다. WID는 이 고정관념을 깨기 위해 대중에게 친숙하게 다가갈 다양한 방법들을 기획하고, 성인뿐만 아니라 어린아이들을 위한 프로그램도 연구하고 있었다. 또한 정부로부터 자금을 지원받아 과학 박람회를 개최, 무료 입장을 통해 국민이 낸 세금이 다시 국민을 위해 쓰일 수 있도록 하고 있었다.

이후 사이언스 슬램 발표자로 활동하고 있는 안드레 람프(Andre Lampe) 씨와 과학과 대중의 거리를 좁히는 방법에 대해 인터뷰했다. 그는 무엇보다 권위적이고 딱딱한 분위기가 아닌, 자연스럽고 친근하게 접근해 '우리 주위의 모든 것이 과학이다'란 인식을 형성해나가는 것이 중요하다고 설명했다. 인터뷰 막바지에 한국에서 준비해 온 전통 부채를 선물했는데 부채를 받은 사람들이 매우 좋아해 우리도 흐뭇했다. 독일의 따사로운 날씨와 기관 담당자들의 배려와 친절함 덕분에 기분 좋게 탐방을 시작할 수 있었다.

1_ 선물로 준비한 부채를 들고 환하게 웃는 WID의 비아트 랑홀프, 안드레 람프 씨
2_ 친근한 미소로 대중에게 다가가는 프레드릭 피터슨 씨와의 인터뷰를 마치고

비아트 랑홀프
[Wissenschaft Im Dialog]

Q 독일은 과학과 대중의 거리를 좁히기 위해 노력해왔는데, 그 이유는 무엇인가요?

A 과학은 단순한 학문이 아니라 우리의 삶과 밀접한 연관을 가지고 삶을 변화시키는 역할을 합니다. 그래서 우리는 지난 25년간 대중이 과학과 친숙해지게 하기 위해 꾸준히 노력해왔습니다. 4차 산업뿐 아니라 경제, 사회, 문화 전반에 걸쳐 과학적으로 사고하는 것은 매우 중요합니다. 따라서 어린아이들부터 성인에 이르기까지 모두가 이해하고 참여할 수 있는 흥미로운 방법을 연구·개발하고 있습니다.

Q 과학이라 하면 어렵다고 생각하는 사람들이 많은데 어떻게 이런 인식을 바꿀 수 있을까요?

A 실제로 많은 사람들이 과학을 어렵게 생각합니다. 과학을 전문적인 영역으로 인식해왔기 때문입니다. 단시간에 이러한 인식을 바꾸기는 쉽지 않습니다. 독일도 마찬가지로 오랜 기간 꾸준히 노력해왔습니다. 무엇보다 가볍게 접근해 조금씩 과학에 관한 이야기를 해나가는 것이 중요합니다. 무작정 들이밀기보다는 일상적이고 가벼운 주제나 관심사를 통해 서로 교감한 후 그 모든 이야기들 속에 과학이 연관돼 있다고 풀어나가는 것이 중요합니다. 또한 강당이나 교실 같은 공간에서, 사무적인 분위기가 아닌 카페나 식당 같은 공간에서 편안하게 대화하며 부드럽게 시작하는 것이 좋습니다.

● 한 가지 주제를 정해 대중과 소통하는 '과학의 해'

우리가 두 번째로 방문한 기관은 독일 연방교육연구부 산하기관으로, 이곳에서는 매년 대중과 공유하고 싶은 주제를 한 가지 정해 전문가와 시민이 대화하는 '과학의 해(Wissenschaftsjahre)*' 사업을 운영하고 있다.

담당자 프레드릭 피터슨(Friderike Petersen) 씨는 우리를 위해 프레젠테이션 자리와 소개 책자, 명패까지 준비해주었다. 그는 '과학의 해' 프로그램을 운영해 얻은 수익이나 정부 지원금, 크라우드 펀딩으로 얻은 수익을 다시 새로운 소통 플랫폼 개발과 연구에 재투자함으로써 장기적 홍보 효과를 얻을 수 있다고 설명했다. 그의 이야기를 들으며 한 기관의 정책이 시민들의 지속적인 관심을 이끌어낼 수 있다는 점이 인상 깊었다. 또한 그는 연방교육연구부가 초등학교 때부터 아이들이 과학에 관심을 가질 수 있도록 흥미로운 교육 프로그램을 개설하고 있으며, 이들이 성인이 될 때까지 지속적으로 공부할 수 있도록 연계된 프로그램을 진행하고 있다고 말했다.

인터뷰를 진행하면서 우리는 학문 그 자체가 어렵다기보다는 해당 분야의 전문가들이 얼마나 적극적으로 정보를 공개하고 대중들을 이해시키는지가 관건이라고 생각했다. 우리 앞에 많은 숙제가 놓인 기분이지만 또 한편으로 큰 기대와 희망을 안고 문을 나섰다.

● 사이언스 슬램의 구체적인 운영 방식을 배우다

함부르크로 출발하기로 한 날, 아침부터 비가 많이 내려 조짐이 좋지 않았는데,

---

* **과학의 해_** 독일 연방교육연구부 산하기관이 추진하는 프로그램으로, 해마다 과학, 교육, 문화, 미디어, 정치 분야의 내용들을 주제로 아동 및 청소년, 학생 및 젊은 과학자 등 주제에 관심이 있는 대중들이 서로 소통하는 자리를 만듦

줄리아 오페 씨를 만나기 위해 함부르크 행! 왕복 9시간에 걸친 먼 여정이었지만 많은 것들을 배울 수 있었다

대원 중 한 명이 길을 잃어 버스를 타지 못할 뻔 했다. 다행히 버스가 연착하는 바람에 함부르크까지 모두 같이 갈 수 있었다. 베를린에서 함부르크까지는 버스로 3시간 20분이 걸리는데, 역에 내려서 약속 장소인 카페까지 또 버스를 타고 10분 정도 가야 했다.

우리가 만나기로 한 줄리아 오페(Julia Offe) 씨는 함부르크에서 열리는 사이언스 슬램을 기획하고 관장하는 업무를 맡고 있었다. 오페 씨는 사이언스 슬램을 운영하며 어린아이부터 80세가 넘는 노인까지 다양한 연령대의 사람들이 모여 대화하는 장면을 보는 것이 굉장히 흥미로웠다. 이곳에선 대회가 하나의 문화로 자리매김했다는 의미다. 오페 씨는 우리에게 한국에서 사이언스 슬램을 시행할 때는 전문가의 연구 결과만 다룰 것이 아니라 일상생활의 가벼운 주제들도 함께 다뤄야 대회를 보편화하는 데 용이할 것이라고 조언해줬다.

인터뷰를 통해 각종 노하우들을 배우자 한국에 돌아가 지식 버스킹을 성공적으로 개최하고 싶다는 담대한 포부가 생겼다. 우리는 꿈이 이루어질 그날을 상상하며 베를린으로 향하는 버스에 몸을 실었다.

● 발표자의 명성이나 권위에 의존하지 않는 소통 플랫폼, 테드엑스

런던에서 기차로 1시간 거리에 위치해 있는 레딩이라는 도시에서 테드엑스(TEDx)*가 열렸다. 테드엑스는 강연 형식의 플랫폼으로, 강연을 열려는 사람들이 테드(TED)의 판권을 구매해 독자적으로 지역사회의 대중들과 소통하는 방식이다. 입장료는 70파운드(한화 10만 원 정도)로 저렴한 편은 아니지만 워낙 세계적으로 유명하고 우리에게도 익숙한 소통 플랫폼이다 보니 홍보 방안이나 운영 방식을 배우고 싶었다. 또한 사이언스 슬램과 비교해보고 싶기도 했다.

테드엑스 레딩의 총괄 책임자인 마크 빈스(Mark Binns) 씨와 이야기를 나누며 가장 인상 깊었던 점은 발표자의 명성이나 권위가 아니라 그 내용을 보고 선정한다는 것이었다. 발표 능력을 향상시키기 위해 운영자는 발표자를 트레이닝시킨다고도 했다. 발표자들의 멋진 테크닉 뒤에는 이런 비결이 숨어 있었던 것이다.

우리는 아침 9시부터 오후 5시까지 긴 시간 진행된 이벤트에 직접 참여했다. 사람들이 중간중간 쉬는 시간에 모여 발표 내용에 대해 자신의 의견을 주고받는 모습이 굉장히 흥미로웠다. 우리도 사람들에게 여기에 온 이유와 목적을 설명하며 짧은 시간이었지만 서로 친구가 되어 이야기를 나눴다.

● 제한과 경계가 없는 자유로운 축제, 프린지 페스티벌

스코틀랜드의 수도 에든버러에선 세계적인 축제 프린지 페스티벌(Fringe Festival)이 매년 8월에 3~4주 동안 개최된다. 프린지 페스티벌은 1947년 여덟 명의 배

---

* **테드엑스**_ 테드는 미국의 비영리 재단에서 운영하는 강연회로 정기적으로 기술, 오락, 디자인, 과학, 국제적인 이슈까지 다양한 분야를 폭넓게 다루고 있음. 그리고 테드엑스란 형식으로 각 지역에서 약 20분 정도의 독자적인 강연회를 개최하기도 하는데, 이는 강연을 열려는 사람들이 테드의 라이선스를 사서 개최하는 것이며, 우리나라에서는 테드엑스 부산, 테드엑스 유니버시티 등 지역사회를 구성하는 다양한 단체들이 주체가 되어 개최한 바 있음

우들이 공터에서 무허가로 공연한 것으로부터 출발했다. 당시 에든버러 국제 페스티벌(Edinburgh International Festival)이 처음 열렸는데, 이때 초청받지 못한 작은 단체들이 축제의 주변부(Fringe)에서 자생적으로 공연한 것이다. 이 공연들은 사전에 기획된 것도 아니었고 조직적인 체계도 없었지만, 독특하고 참신한 형식을 선보임으로써 관객과 언론의 주목을 끄는 데 성공했다. 프린지 페스티벌은 다양한 문화, 예술인들의 자유로운 상상력과 실험 정신을 엿볼 수 있는 대안 문화 축제로, 특정 기준에 따라 작품을 선정하지 않으며 아마추어에서 전문 예술 단체에 이르기까지 누구나 자유롭게 참여할 수 있다. 각자 제작한 공연과 작품을 축제 프로그램으로 구성하고 공동으로 운영하는 것이 특징이다.

우리는 이곳에서 LG글로벌챌린저 페이스북 라이브 방송을 했다. 비가 와서 아쉬웠지만 거리에서 열심히 공연하는 사람들의 모습을 생생하게 담아 시청자들에게 보여주고 싶었다. 한국에서 공연하러 온 팀도 다섯 팀 정도 됐는데, 다들 공연을 준비하는 데 여념이 없었다. 공연을 하고 싶은 사람이라면 누구나 사전 예약 또는 당일 10시간 전에 와서 등록을 하면 된다.

궂은 날씨도 거리에서 공연하는 사람들의 열정을 식히지 못했다. 우리도 탐방을 마치고 한국에 돌아가 더 열정적으로 살아야겠다고 다짐하며 축제를 즐겼다.

🎈 다사다난했던 탐방을 마치며

1년에 가까운 장기 프로젝트의 핵심은 역시 탐방이다. 2주간의 탐방 기간 동안 웃지 못할 해프닝도 많았고, 기관에 직접 찾아가 인터뷰를 하며 배운 점도 많았다. 우리는 시민들이 사회, 경제, 문화 전반에 걸친 이슈들에 더 관심을 가지고 적극적으로 참여하길 원한다. 그리고 이를 위해 대중이 자발적으로 참여할 수 있는 참신하고 흥미로운 발판을 마련해보고자 한다. 독일과 영국에서 배운 것들이 이를 뒷받침해주리라 믿는다.

김숙경

2017년 첫 시작을 LG글로벌챌린저와 함께 열었습니다. 네 가지의 생각이 모여 하나의 의견으로 통합되던 그때의 짜릿함은 아직도 잊을 수 없습니다. 여행만으론 얻을 수 없는 경험들로 저 스스로도 성장할 수 있었고, 행복했습니다. 서류 심사부터 면접까지 어느 하나 쉬운 게 없었지만, 서로 격려한 팀원들 덕분에 해낼 수 있었습니다. 모두 감사합니다.

이신영

책상 앞에 앉아 책 속의 지식을 받아들이기만 해왔던 제게, 아무것도 주어지지 않은 상황 속에서 '무에서 유'를 만들어내는 작업은 참 낯설었습니다. 그래서 더욱 이 값진 경험은 평생 잊지 못할 것 같습니다. LG글로벌챌린저의 정신을 끝까지 이어나가 언제나 도전하는 삶을 살아갈 것입니다.

이혜빈

아이디어를 내고, 탐방 기관들과 연락을 하고, 세계 곳곳을 누비며 인터뷰를 진행하는 이 모든 것이 인생을 살아가면서 필요한 배움을 얻는 도전이었습니다. 다양한 사람들의 아이디어와 이야기를 접하면서 저 역시 한층 성장했습니다. 대학생으로서 경험해볼 수 있는 진정한 도전이었다고 말하고 싶습니다.

전도훈

20대의 시작을 LG글로벌챌린저와 함께해서 너무도 영광이었습니다. 관광이 아닌 정확한 목적 의식을 가지고 해외에 나가는 값진 경험을 하고, 이를 바탕으로 앞으로 사회에 도움이 되는 일을 할 수 있다고 생각하니 더욱 뿌듯합니다. 앞으로 오랜 전통과 역사를 가진 LG글로벌챌린저를 통해서 더 많은 인재들이 배출되길 바랍니다.

최선도 좋지만
차선, 차차선도 필요하다

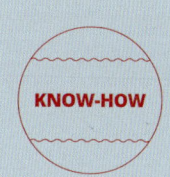

1 진인사대천명(盡人事待天命), 차선, 차차선의 방안까지 고려하자!

LG글로벌챌린저의 모든 과정이 힘든 도전이지만 우리는 관련 기관에 연락을 하고 실제로 인터뷰를 진행하기까지를 가장 힘든 시간으로 꼽는다. 관련 기관에 연락해 메일을 주고받고 약속 시간까지 정했지만 며칠 뒤 갑자기 '미안하지만 인터뷰는 어려울 것 같습니다'고 하는 경우도 있다.

이런 일을 방지하기 위해 플랜 B(Plan B)와 플랜 C(Plan C)까지 마련해두는 것이 좋다. 인터뷰가 확정되었다고 해도 사정이 생겨 인터뷰가 취소될 수도 있기 때문이다. 이것이 우리 팀이 강조하는 '최선의 노력'이다. 섭외 실패의 가능성을 항상 고려해야 한다.

앞서 언급했던, 인터뷰에 실패한 기관은 우리에게 꼭 필요한 정보를 제공할 수 있는 곳이었다. 우리는 그 거절을 받아들일 수 없어 공문까지 보내 간절함을 전했다. 결국 며칠 뒤에 연락이 와서 인터뷰가 성사되었다. 최선을 다하고 기다리면 순리대로 모든 일이 진행될 것이다.

2 합격의 파랑새는 우리 팀 곁에 있다

LG글로벌챌린저로 선정된 팀들 중 몇 번이나 주제를 바꾼 팀도 있을 만큼 주제 선정은 중요하고 어려운 작업이다. 하지만 우리 팀은 순조롭게 주제를 선정했다. '합격할 수 있는 주제'보다는 '우리나라의 현안'에 집중하려고 노력했기 때문이다. '합격할 수 있는 주제가 뭘까?'라는 생각을 갖고 선배들의 보고서를 보면 이미 재기발랄한 아이디어는 다 나왔다고 해도 과언이 아니다. 그러니 '가장 시급한 현안'에 집중하고 거기에 해당되는 주제를 선정하는 것이 좋다.

름발란스
서강대학교

체계적인 번역 시스템으로
언어의 균형을 맞추다

팀명(학교) 흠발란스 (서강대학교)

팀원 김다영, 서지윤, 장윤지, 전한별

기간 2017년 7월 22일~2017년 8월 4일

장소 영국, 룩셈부르크, 벨기에, 스웨덴
1. 에든버러 (에든버러대학교 Edinburgh University)
2. 노리치 (영국문학번역센터 BCLT, British Center for Literary Translation)
3. 런던 (영국예술위원회 Art Council England)
4. 룩셈부르크 (유럽연합 번역지원센터 Center de Traduction)
5. 브뤼셀 (유럽연합의회 번역총국 EU Parliament Directorate for Translation)
6. 스톡홀름 (스웨덴예술위원회 Swedish Art Council)

"자막을 잘 이해하지 못하겠어. 그래서 드라마를 볼 때 영상만 보고 어떤 상황인지 유추해서 보곤 해."

외국인 교류 봉사 동아리 소속인 우리 팀원들이 외국인 친구들에게 한 번씩은 들어본 말이다. 우리는 웹툰의 텍스트나 드라마, 뉴스 등의 자막 오류처럼 일상에서 빈번하게 번역의 문제에 직면하면서, 공통적으로 '한국의 번역 체계'라는 큰 나무에 문제가 있음을 느끼게 됐다. 이에 따라 우리는 <u>문화 콘텐츠 번역</u>*과 <u>공공 번역</u>**을 아우르는 '국가적 차원의 번역 시스템 문제'에 대한 심도 있는 분석을 통해 각국의 번역 산업을 파악하고, 이를 바탕으로 한국 번역의 부족한 점을 살펴보기로 했다. 그리고 '한국의 번역 국력을 강화해 그 힘이 일상에서까지 느껴지게 만들자!'는 목표 아래, 다언어주의를 바탕으로 번역 전담 기구와 전문 번역가 양성 기관이 많이 상주해 있는 유럽의 번역 관련 기관들을 탐방하기로 했다.

● 번역가 양성을 위해 입체적인 노력을 시도하는 에든버러대학교

호그와트를 연상시키는 웅장한 성과 흐린 날씨마저 배경으로 만들어버리는 운치 있는 도시 에든버러에서 우리는 설레는 첫 탐방을 시작했다. 방문 기관인 에든버러대학교(Edinburgh University)는 스코틀랜드에서 가장 오래된 대학으로, 우리가 탐방할 곳은 그 안에 있는 번역 대학이었다. 이곳에서는 전반적인 번역학을 가르치는 것과 동시에 문학 번역을 따로 분리해 전문적으로 가르친다. 또한 학생들이 졸업 후 프리랜서 번역가로 활동할 수 있는 기반을 마련해주는 프로그램도 진행하고 있다.

---

* **문화 콘텐츠 번역**_ 텍스트의 정보 전달 기능보다 문장의 표현 형태, 문맥 전달을 중요시하는 번역. 문학 서적이나 잡지 같은 출판물, 방송 콘텐츠나 영화 같은 영상물 외에 다양한 문화 기반 콘텐츠를 한국과 상대국의 문화 차이를 고려해 적절하게 표현하는 것을 목적으로 함

** **공공 번역**_ 텍스트의 정보 전달 기능이 표현의 형태보다 우선된 번역. 공문서, 국제조약 및 정관, 통신문, 법령·행정·국토·교통·관광상의 공공 용어 등 공적 목적을 위한 글을 직역하는 방식으로 정확한 정보 전달을 목적으로 함

에든버러에 머문 동안 내내 하늘에 구멍이 뚫린 것처럼 비가 왔는데, 탐방 가는 날 거짓말처럼 날이 갰다. 첫 탐방이라 긴장한 우리에게 "의자가 부족한데 한 명은 여기 짐볼에 앉지 않겠느냐"며 농담을 던지는 세브넴 수잠 세레바(Sebnem Susam Saraeva) 교수님의 센스 덕분에 즐거운 분위기 속에서 인터뷰가 진행됐다. 세레바 교수님은 번역학과의 학과장님으로, 에든버러대학교 번역학과의 커리큘럼과 특징, 외부 기관과의 협력 상황 뿐 아니라 영국 번역 체계의 다양한 양상에 대해서도 말씀해주셨다.

이곳에서 학생들이 어떻게 하면 현지의 문화를 이해해 번역에 녹일 수 있을지, 관련 커리큘럼을 어떻게 구성해야 효과적인지를 지속적으로 고민하고 있었다. 우리는 교수님과 입체적인 번역가 양성을 위한 대학의 역할에 대해 논의하는 동시에, 국가가 나서서 번역 사업에 많은 투자를 할 때 생기는 장점과 역효과에 대해서도 배울 수 있었다.

세레바 교수님은 번역을 통해 다양한 언어가 서로 활발하게 교류해야 인류가 언어의 다양성을 잃지 않는다며, 번역 산업에 기울이는 모든 노력이 곧 인류 전체를 위한 것이라는 인상적인 말씀을 해주셨다. 그와 함께 본인의 딸들이 케이팝을 사랑한다는 말도 잊지 않았다.

번역계 네트워크의 장, 영국문학번역센터

두 번째로 방문한 기관은 노리치에 위치한 동앵글리아대학교(UEA, University of East Anglia) 산하의 영국문학번역센터(BCLT, British Centre for Literary Translation)였다. 점심 즈음 도착한 영국문학번역센터에서는 여름 세션으로 '문학 번역 워크숍' 진행되고 있다. 우리는 던컨 라지(Duncan Large) 박사님과 인터뷰를 진행한 후 함께 식사를 했는데, 박사님은 우리에게 워크숍에 참가 중인 다양한 번역가들과도 자유롭게 이야기를 나눠보라고 권하셨다.

에든버러대학교에서 인터뷰를 마치고

점심 식사는 뷔페식으로, 다양한 국적의 번역가들과 교수진이 테이블에 앉지 않고, 삼삼오오 모여 서서 이런저런 얘기를 나누며 식사를 하는 모습이 정말 인상 깊었다. 우리가 주로 얘기를 나눈 번역가들은 대부분 한국 문학 번역 세션에 속한 분들이었다. 외국인이지만 마치 한국인처럼 능숙하게 한국어를 구사하는 분도 있었고, 한국문학번역원에 소속된 프리랜서 번역가, 한국외국어대학교 통번역대학원 교수님도 계셨다.『채식주의자』번역으로 2016년 맨부커상(Man Booker Prize)을 수상한 데보라 스미스(Deborah Smith) 씨도 발견할 수 있었다. 우리는 이들과 각자의 입장과 위치에서 느끼는 한국 문학 번역의 현주소에 대해 열띤 토론을 벌였다. 번역계의 개선 방향을 다양한 시각에서 생각해보게 된 매우 유익한 자리였다.

● 영국예술위원회에서 펀딩 체계에 대해 배우다

『해리 포터』시리즈를 출간해 더 널리 알려진 세계적인 출판사, 블룸스버리 출판사(Bloomsbury Publishing)의 맞은편에는 영국예술위원회(Art Council England)가

위치해 있다. 이곳은 탐방이 시작되고 나서야 운 좋게 최종 섭외가 된 기관이었다. 탐방 직전까지도 계속해서 스카이프로 섭외를 시도했는데 결국 에든버러에 있는 동안 인터뷰가 확정됐다.

우리는 영국에서 이루어지고 있는 문화 콘텐츠에 대한 번역 지원 방식과 지원금 규모 등을 알아보고자 이곳을 찾았다. 우리를 도와준 분은 국제 협력 부서에서 일하고 있는 수잔 버그스트롬 라르손(Susanne Bergstrom Larsson) 씨였다. 라르손 씨는 사무실 로비에서 기다리고 있던 우리 팀을 반갑게 맞이해주고 창가가 보이는 테이블로 데려갔다.

라르손 씨는 영국예술위원회에서 진행하고 있는 펀딩 사업 분야의 선정 과정과 평가 기준, 규모 등에 대해 자세하게 설명해줬다. 영국예술위원회는 영국 정부로부터 지원금을 받아 그 지원금을 예술 단체, 기관 혹은 개인에게 펀딩하는 식으로 사용하고 있는데, 매년 정부로부터 받는 지원금의 규모가 변동된다는 점이 인상적이었다. 그리고 고정적인 지원을 받지는 못하지만 오히려 그런 상황이 영국예술위원회로 하여금 지원금을 요청하는 작업에 더 많은 공을 들이게 만든다고 덧붙였다.

우리는 인터뷰를 통해 예산을 관리하고 지원금을 받는 일을 담당하는 마케팅 부서의 업무가 핵심이라는 사실을 알 수 있었다. 마케팅 부서는 양질의 문화 콘텐츠가 전문적인 번역을 거쳐 해외로 수출되는 것이 사회적으로 왜 중요한지를 가시적으로 보여주기 위한 수치화 작업에 공을 들이고 있었다. 문화 콘텐츠가 사회에 미치는 영향을 수치화하는 것은 쉽지 않은 작업임에도 영국예술위원회에서는 이를 잘 해내고 있었다.

갑작스럽게 방문하게 되었지만, 미리를 해놓은 인터뷰 준비 덕분에 알찬 정보를 얻고 돌아올 수 있었다.

● 올바른 공공 번역의 현주소, 유럽번역센터

벨기에에서 기차로 3시간 정도 떨어진 곳에 위치한 룩셈부르크는 도시 한 개 정도의 면적을 지닌 작은 나라다. 하지만 유럽사법재판소, 유럽연합위원회 등 각종 EU 산하 기관들이 위치해 있다. 그중 우리가 방문한 유럽번역센터(CDT, Centre de Traduction) 역시 EU 산하의 번역 기구다.

EU는 27개 회원국으로 구성된 만큼, 그 안에서 사용하는 공용어 또한 23개로 다양하다. EU는 다언어주의를 표방하는 만큼 모든 시민은 자신이 사용하는 언어로 자유롭게 소통하고 정보를 습득할 권리를 가지는데, 이에 따라 번역 작업이 굉장히 중시되고 있었다.

우리가 사전에 관심을 가졌던 것은 CDT의 주도로 만들어진 유럽연합 공공 용어 데이터베이스(IATE, Inter-Active Terminology for Europe) 시스템이었다. 우리의 취재 요청을 승낙해준 파울라 조릴라(Paula Zorrila) 씨는 직접 CDT와 IATE에 관련된 자료를 준비해 체계적으로 설명해주셨다. 덕분에 우리는 이곳의 시스템에 대해 자세히 파악할 수 있었고, 공공 번역의 일관성과 정확성을 추구하기 위한 해결 방향도 배울 수 있었다.

브뤼셀 예술의 언덕에서
다 같이 한 컷

던컨 라지
[British Centre for Literary Translation]

Q BCLT의 설립 목적과 대학 외에 BCLT와 같은 연구 기관이 필요한 이유가 궁금합니다.

A BCLT는 1989년 UEA의 교수이자 작가인 W.G. 제발트(W.G. Sebald) 씨에 의해 설립되었습니다. 독일에 위치한 '번역가의 집(Translator House)'처럼 전 세계 번역가들이 모여 교류하고 번역 프로젝트를 수행하는 기관을 영국에도 마련하는 것이 목적이었습니다. 번역가의 집은 영국을 방문한 번역가들이 영국에 체류하는 동안 생활 전반의 문제나 비자 발급과 같은 업무를 도와주고, 번역 업무별로 필요한 인력을 찾고 섭외하는 일을 주로 했습니다. BCLT는 현재도 해당 업무를 지속적으로 하고 있을 뿐만 아니라, 문화 콘텐츠 번역과 관련된 심화된 연구를 진행하고 있습니다. 또한 BCLT만의 독자적인 번역 프로그램을 운영하고 국제 세미나를 개최하면서 활발한 네트워킹을 하는 것으로 유명합니다.

Q BCLT에서 주력하는 교육 프로그램 중 '창의적 글쓰기(Creative Writing Class)'는 다른 교육 과정들에 비해 어떤 특징이 있나요?

A 창의적 글쓰기는 번역가들의 창의성 함양을 위한 글쓰기 교육입니다. 현재 BCLT는 문화 콘텐츠 번역학을 전공하는 UEA의 대학원생들과 현직에서 일하는 실무 번역가들을 대상으로 매년 여름 세션을 통해 창의적 글쓰기 프로그램을 진행하고 있습니다. 모든 문화는 그 문화만의 고유한 특수성을 가지고 있고, 문화 콘텐츠 역시 작품의 배경이 되는 사회의 문화적 맥락이 녹아 있습니다. 복잡한 화합물인 문화 콘텐츠는 단순히 사전을 들여다보면서 번역을 할 수 있는 것이 아닙니다. 이러한 어려움을 극복하기 위해서는 번역가 개인의 뛰어난 언어학적 감각뿐만 아니라 해당 작품의 배경이 되는 문화적인 맥락을 이해할 수 있는 교육 과정이 필요합니다.

조릴라 씨와의 인터뷰는 약 3시간이라는 긴 시간 동안 진행됐다. 귀국한 후에도 궁금한 점이 생기면 언제든 서면으로 물어보라고 말해준 조릴라 씨의 적극적이고 호의적인 태도가 아직도 기억에 남는다. 그렇게 룩셈부르크는 우리에게 작지만 강한, 그리고 따뜻한 나라로 기억에 남았다.

EPISODE

고생, 어디까지 해봤니?

집 나가면 개고생이라 했던가. 그게 우리 이야기는 아닐 줄 알았다. 그러나 지난 여름, 유럽에서 머문 2주 동안 우리 팀은 집 밖에서 할 수 있는 고생이란 고생은 다 겪었다.

먼저 비가 따라다녔다. 도착한 날부터 떠나기 전날까지 비가 왔는데, 마지막 날이 되니 거짓말처럼 눈이 부시도록 화창해졌다. 또 지하철, 기차, 공항버스 등 놓칠 수 있는 모든 교통수단을 다 놓쳐

기차를 놓쳤지만 운 좋게 다음 열차를 타게 돼 감격한 순간을 기념하며

봤다. 다행히 북유럽으로 가는 비행기는 놓치기 직전에 탑승했다. 인터뷰에 응했던 인터뷰이가 당일 아침에 약속을 취소한 일도 있었다. 또 팀원 네 명 중 두 명이 5분 간격으로 소매치기를 당했으며, 또 다른 팀원의 휴대폰은 거센 바람 때문에 땅에 떨어져 운명하기도 했다. 하지만 이 모든 일들은 마지막 사건에 비하면 우스운 수준이었다. 관광을 하고 숙소로 돌아왔는데, 비밀번호를 아무리 입력해도 숙소 문이 열리지 않았다. 호스트와 연락이 닿지 않아 결국 복도에서 노숙을 하게 됐다!

그래서 불행했느냐 묻는다면, 전혀 아니다. 물론 그 당시엔 당황스럽고 하늘이 원망스러웠지만 우린 참 긍정적이었던 것 같다. 떠나는 날 잠깐 만난 영국의 화창한 하늘을 보고 우리는 사소한 것에 감사하는 마음을 가질 수 있었다. 표 값이 비싼 차편을 놓쳐 절망에 빠졌지만 고맙게도 역무원이 다음 차편을 무료로 이용할 수 있게 도와주었다. 출국 당일까지 답장이 오지 않던 취재처와 극적으로 연락이 닿아, 당일 취소된 인터뷰로 인해 비어버린 일정을 기적적으로 채울 수도 있었다. 돌이켜보니 넷이 함께여서 이 모든 사건이 추억으로 남았다는 생각이 든다.

김다영

'2017 LG글로벌챌린저' 공고를 본 순간을 잊을 수 없습니다. '와 꼭 하고 싶다.' 내 일상에 특별한 일이 생길 것만 같은 설렘과 새로운 일에 도전할 때의 스릴이 공존하던 그때 그 마음으로 여기까지 달려왔고, 팀원들과 함께 평생 간직할 특별하고 벅찬 13박 14일을 선물받았습니다. 지윤, 윤지, 한별과 함께 지샌 수많은 밤들은 행복한 추억이 됐습니다.

서지윤

'21:1'의 경쟁을 뚫고자 매일 밤 열띤 토의를 하던 빈 강의실, 토의를 끝내고 막차를 놓칠세라 부랴부랴 뛰어가던 때가 엊그제 같은데 벌써 우리의 피와 땀이 녹아든 보고서를 제출하게 되었습니다. 수많은 아이디어 회의, 합격의 감격, 유럽에서의 탐방까지 잊지 못할 추억을 만들어준 LG글로벌챌린저 사무국에 감사하고, 우리 팀 모두 앞으로 꽃길만 걷게 되기를 간절히 소망합니다.

장윤지

대학교를 졸업하기 전에 꼭 LG글로벌챌린저가 되겠다는 것이 버킷리스트 중 하나였는데 벌써 탐방을 마치고 돌아왔다니 새삼 놀랍습니다. LG글로벌챌린저 활동으로 '이걸 내가, 우리가 할 수 있을까?' 싶었던 일들을 해냈고, 혼자만의 여행에서는 절대 얻을 수 없는 특별한 기억들을 남겨준 팀원들에게도 고맙습니다.

전한별

LG글로벌챌린저 대원이 됐기에 2017년 스물둘의 여름은 가장 치열하고, 또 가장 찬란했던 여름으로 남았습니다. 탐방 계획서를 만들 때부터 탐방을 다녀와 보고서를 작성하기까지 때론 순탄하지만은 않았지만 든든한 팀원들이 있었기에 '마음먹으면 할 수 있다'는 조금은 추상적인 말이 현실이 되었습니다. 앞으로의 삶에도 힘이 될 것 같습니다. 우리 팀원들, 정말 고생했고 감사합니다.

팀워크란 부끄러움도 도전도 함께 하는 것

❶ 기관 섭외, 겁먹지 말고 과감하게 시도하자

기관 섭외는 속된 말로 '맨땅에 헤딩'하는 격이다. 전문 기관과 전문가들에게 무작정 인터뷰 요청을 하는 것은 쉬운 일이 아니다. 메일을 쓸 때 어미 하나, 조사 하나에도 온 신경이 곤두선다. 하지만 겁먹지 말고 과감하게 시도해보자. 적극적으로 우리의 의지를 피력하면 문이 생각보다 쉽게 열린다. 기관의 공식 홈페이지에 장문의 프로젝트 설명을 쓴 적은 허다하고 이메일, 전화, 스카이프, 심지어 페이스북 메시지까지 동원해서 섭외를 시도했다. '스카이프를 통해 과연 연결이 될까?' 반신반의하면서 떨리는 가슴으로 연락을 시도하던 그 순간은 아직도 잊지 못한다. 속으로 "He... He... Hello?"를 몇 번이나 외쳤는지 모른다.

❷ 큰 틀은 함께 정하고, 작은 것은 각자 책임진다!

우리 팀은 뒤늦게 주제를 바꿔서 준비 시간이 매우 부족했다. 마감일을 2주도 채 남기지 않은 상태였기에 시간이 갈수록 마음은 급해지고 어디서부터 수정을 해야 할지 막막했다. 이런 상황에서 우리가 찾은 돌파구는 팀원 간의 협력을 바탕으로 한 '효율적인 분배'였다. 큰 틀은 함께 머리를 맞대어 짜고 나머지 파트를 정확히 나눠서 서로 책임감을 가지고 맡은 분량을 완성했다. 그러다 보니 각자의 아이디어를 확장시켜 더 좋은 결론을 도출했고 시간도 절약할 수 있었다. 팀원 네 명의 시너지 효과는 대단했다. 누군가 가 지쳐 있을 때는 다른 사람이 분위기를 주도하고, 섭외에 실패했을 땐 다 함께 다시 시도해보는 과정을 통해 탐방이라는 큰 미래를 더 구체적으로 그릴 수 있었다.

IVR,
새로운 세상을 창조하다

팀명(학교) 천지창조 (고려대학교)

팀원 서강욱, 정소영, 정재호, 하희승

기간 2017년 8월 7일~2017년 8월 20일

장소 미국
1. 로스앤젤레스 (유니버설 스튜디오 Universal Studio)
2. 로스앤젤레스 (서던캘리포니아대학교 아르마니 연구실 University of Southern California Armani Laboratory)
3. 로스앤젤레스 (서던캘리포니아대학교 창의적기술연구소 University of Southern California Institute for Creative Technologies)
4. 샌프란시스코 (버클리대학교 레드우드 신경과학연구소 Redwood Center for Theoretical Neuroscience University of California, Berkeley)
5. 샌프란시스코 (스탠퍼드대학교 SOH 연구실 Stanford University SOH Laboratory)
6. 샌프란시스코 (스탠퍼드대학교 가상인간상호작용연구소 Stanford University Virtual Human Interaction Laboratory)
7. 뉴욕 (원 월드 트레이드 센터 One World Trade Center)

"페이스북, 23억 달러에 가상현실(VR, Virtual Reality)* 기기 업체 '오큘러스(Oculus) VR' 인수." 2013년을 뜨겁게 달군 키워드였다. 오큘러스로 인해 불이 붙기 시작한 VR 시장은 현재 수많은 기업들이 뛰어들어 거대한 시장이 됐고, 4차 산업의 핵심 기술들과도 밀접한 연관성을 가지고 있어 국가 산업으로도 주목받고 있다. 개인용 HMD(Head Mount Display)**기기가 상용화되었고, 가상현실을 체험할 수 있는 VR룸이 생겼으며, 놀이공원에서는 VR 어트랙션(VR Attraction)***을 즐길 수 있게 됐다. 몇 년 전까지만 해도 소설, 영화 속에서만 등장했던 VR 산업이 수면 위로 부상하기 시작한 것이다.

지금의 VR 기술은 3차원 영상 구현에는 성공했지만 아직 시각을 제외한 다른 네 감각에 대한 연구는 미흡한 상태다. 시각적인 부분에 있어서는 개인용 HMD만으로도 마치 3차원 공간에 있는 것처럼 느낄 수 있게 되었지만, 다른 감각으로 사용자가 가상공간의 오브젝트와 상호작용을 하려면 특별한 공간과 기기가 필요하다.

우리는 이를 어떻게 해결할지 오랜 시간 고민한 끝에 감각을 해석하고 신체의 움직임을 제어하는 주체인 뇌를 떠올렸다. 뇌 과학**** 기술을 가상현실에 접목하면 외부 감각 기관을 거치지 않고도 가상의 데이터를 바로 뇌로 전달하거나, 사용자의 몸을 직접 움직이지 않아도 생각만으로 가상의 아바타를 움직일 수 있게 된다.

뇌 과학 기술을 접목한 가상현실 기술을 완전 몰입형 가상현실(IVR, Immersive Virtual Reality)***** 기술이라 하는데, IVR은 이미 미국에서 어느 정도 연구가 진행된 상태다. 우리는 뇌 과학 기술을 이용해 완전한 몰입감을 느낄 수 있는 선진 가상현실 기술에 대해 더 알아보기 위해 미국으로 탐방을 떠났다.

---

* **가상현실_** 어떤 특정한 환경이나 상황을 컴퓨터로 만들어, 그것을 사용하는 사람이 마치 실제 주변 상황·환경과 상호작용을 하고 있는 것처럼 느끼게 하는 인간과 컴퓨터 사이의 인터페이스
** **HMD_** 안경처럼 머리에 쓰고 대형 영상을 즐길 수 있는 영상 표시 장치
*** **VR 어트랙션_** 3D, 4D, VR, MR 등의 요소를 추가해 현실에서 구현하기 어려운 가상의 체험을 보다 현실감 있게 제공하는 놀이기구
**** **뇌 과학_** 기초과학 분야는 물론, 의학·공학·인지과학 등을 복합적으로 적용해 뇌의 신비를 밝히고, 이를 통해 인간이 갖는 물리적·정신적 기능성 전반을 심층적으로 탐구하는 응용 학문
***** **완전 몰입형 가상현실_** VR에서 사용자의 몰입감을 증대시켜 주변 환경이 현실이라고 느낄 정도로 실감을 주는 것. 사용자는 시각, 청각, 촉각 등의 감각 요소를 통해 생생한 현실감을 느끼게 됨

● 탐방의 시작, 유니버설 스튜디오에서 경험한 VR

한국의 VR 기술을 개선하기 위해선 가장 먼저 VR의 기술적인 현실을 짚어보고, 산업 현황을 직접 체험한 다음 사용자들의 목소리를 들어봐야 한다고 생각했다. 우린 상용화가 완료된 VR 중 매출이 높은 것을 체험하고 그에 대한 의견을 들을 수 있는 장소를 찾았다. 이를 모두 만족할 수 있는 장소 중 하나가 바로 유니버설 스튜디오(Universal Studios)였다.

유니버설 스튜디오에서 우리는 총 다섯 종류의 VR 어트랙션을 체험했다. 그중 가장 현실적이었던(유일하게 만족스러웠던) 어트랙션은 '해리 포터 존(The Wizarding World of Harry Potter)'이었다. 해리 포터 존은 VR보다는 <u>MR(Mixed Reality, 혼합현실)</u>*의 특성을 많이 띠고 있는 어트랙션이다. HMD 기기를 통한 화면에만 의존하지 않고 어트랙션 자체가 실제로 움직여 속도감을 생성했고 디멘터(해리 포터 시리즈에 등장하는 악마)나 드래곤 등의 오브젝트도 100% 가상의 오브젝트로 대체하지 않아 현실감을 높였다.

3D 안경과 디스플레이를 통해서 3차원 영상을 관람하면 화면의 밝기와 시야의 왜곡으로 눈이 피로해지는 단점이 있다. 하지만 해리 포터 어트랙션은 3D 안경과 디스플레이에 의존하는 비중이 적어 눈의 피로감이 덜했다. 또한 좌석을 충분히 움직이고 기울이는 방식으로 속도의 변화와 기울어짐을 느끼게 함으로써 뇌가 받아들이는 정보와 실제 몸의 움직임이 일치하게 만들어 어지러움을 최소화했다. 하지만 이를 제외한 다른 네 종류의 어트랙션은 기대 이하였고, 어지럼증과 멀미를 동반했다.

VR 기기의 상용화 현황에 대해 보다 객관적인 정보를 얻기 위해 우리가 체험

---

* MR_ 현실과 가상을 결합해 실물과 가상 객체들이 공존하는 새로운 환경을 만들고 사용자가 해당 환경과 실시간으로 상호작용을 함으로써 다양한 디지털 정보들을 보다 실감나게 체험할 수 있도록 하는 기술

했던 어트랙션을 중심으로 유니버설 스튜디오를 찾은 관광객들에게 어트랙션 만족도에 대한 설문조사를 진행했다. 그 결과 대다수의 사용자들이 우리와 같은 의견을 표했다.

61%의 달하는 사람들이 해리 포터 존에서는 몰입감을 느낄 수 있었으나 다른 VR에서는 크게 몰입감을 얻지 못했다고 답했다. 해리 포터 존을 제외한 어트랙션들은 입체감, 현실감을 제공할 때 3D 안경과 디스플레이에 크게 의존한다는 공통점을 가지고 있었다. 이 경우 시각은 가상공간의 격렬한 흔들림을 인지하지만 실제 어트랙션은 작은 진동 정도에서 그쳐 뇌가 받아들이는 정보에 혼동이 오게 된다. 이러한 현상이 반복되면 우리의 몸은 어지러움, 멀미 등을 느끼게 되는 것이다. 그렇게 VR 어트랙션을 연달아 경험한 우리도 무사하진 못했다. 세 번째 어트랙션을 체험한 후에는 팀장이 어지럼증을 호소했다. VR 어트랙션을 모두 체험한 뒤엔 팀원 모두가 어지럽고 컨디션이 나빠졌다. 그렇게 상용화된 VR을 체험하고 난 뒤 VR 기술의 발전이 필요함을 다시 한 번 실감했다.

🔴 오큘러스가 피어난 곳, ICT

유니버설 스튜디오 방문 후 우리는 미국에서 상용화된 VR 기술이 한국과 크게 다르지 않다는 사실을 알고 적잖이 실망했다. 그렇다면 VR의 상용화에는 미래가 없는 것일까? 우린 현재 연구 중인 VR 기술을 알아보기 위해 서던캘리포니아대학교(University of Southern California) 창의적기술연구소(ICT, Institute for Creative Technologies)를 방문했다. ICT는 교육 및 시뮬레이션 분야의 최첨단 기술을 발전시키기 위해 만들어진 연구소로, 가상인간(Virtual Human), 컴퓨터 그래픽, MR, 의료 가상현실 등의 분야에서 두각을 나타내고 있다. 오큘러스 VR, 삼성 기어 VR 등의 제품이 이곳의 기술을 바탕으로 만들어졌다.

ICT의 데이비드 크럼(David Krum) 박사님은 VR 콘텐츠와 VR 기기 사이에 이

1_ 유니버설 스튜디오에서
가장 만족스러웠던
해리 포터 어트랙션의
모습

2_ 많은 분야의 전문가
인터뷰이를 만났던
아르마니 연구실에서
찍은 단체 사진

질감이 없는 최적화된 시스템을 개발하는 데 집중하고 있다고 하셨다. 우리는 아직 개발 단계인 VR 콘텐츠를 직접 체험해보았는데, 드론에 부착된 카메라를 이용해 작전 구역을 스캔하고 그대로 가상공간을 구현하는 군사 프로젝트였다. HMD를 착용하면 이렇게 구현된 공간을 공중에서 내려다볼 수 있었고, 핸드 컨트롤러를 이용해 지면을 끌어당기는 방식으로 시점을 이동할 수도 있었다. 굉장히 직관적인 방식이어서 시점을 옮기면서 발생하는 이질감이 적었다.

3D 프린터로 출력한 지지대와 두 개의 렌즈, 아이패드만을 이용해 VR을 구현한 교육 프로그램도 있었다. 지지대와 렌즈를 만드는 데는 10달러면 충분하고, 따로 HMD를 구매하지 않아도 VR을 체험할 수 있어 실용적인 프로그램이었다.

데이비드 크럼 박사님은 VR을 이용한 프로그램을 설계할 때 이용자의 입장에서 콘텐츠를 바라보라고 조언해주셨다. 콘텐츠를 통해 이용자가 얻을 수 있는 경험과 만족감이 무엇인지 확실히 인식하고, 그에 맞춰 프로그램을 설계해야 한다는 것이었다. 크럼 박사님은 그렇게 이용자를 만족시킬 수 있다면 분명

VR이 더 대중적인 시장이 될 것이라 확신한다고 덧붙이셨다.

하지만 HMD 기기를 이용하는 이상, 시각 이외의 감각을 만족시켜 주지 못한다는 근본적인 한계가 있음을 깨달았다. VR 군사 프로젝트 역시 이전의 VR 체험보다 이질감이 줄어들긴 했지만, 시각 이외의 정보를 얻기는 힘들다는 점에서 여전히 생생한 몰입감을 느끼기 힘들었다. 우리는 혁신적인 IVR 기술의 발전을 위해서는 HMD 기기를 수반한 현재 연구 과정을 넘어선, 또 다른 관점에서 접근할 필요가 있음을 다시 한 번 깨달았다.

기술의 융합을 엿본 아르마니 연구실

IVR을 구현하기 위해서는 수많은 분야의 융합이 필요하다. IVR 구현의 핵심 기술은 뇌 과학 분야의 기술이지만, 뇌 과학 기술의 발전만으로 곧바로 VR 기술이 발전하는 것은 아니다. VR 기술은 다양한 분야의 전문가들이 서로 협력했을 때만 가능하기 때문이다. 우리는 뇌 과학 기술 탐방과 더불어, 다양한 분야를 함께 연구하는 기술 융합의 가능성을 서던캘리포니아대학교의 아르마니 연구실(Armani Research Lab)에서 찾을 수 있었다.

우리를 반겨준 인터뷰이는 총 다섯 명이었다. 한국에서 미리 미팅 약속을 한 사람은 생명공학과 박사 과정 재학생인 사하르 엘야후다얀(Sahar Elyahoodayan)씨였지만, 운 좋게도 동료들이 함께 인터뷰에 응해주었다. 그들은 계산 모델링, 인지 보철, 뉴럴 코드 등 서로 다른 분야를 연구·공유하고 있었다.

아르마니 연구실에서는 뇌 신호에 대한 수학적 모델을 만들고, 실제 동물에 사용 가능한 디바이스를 제작하는 연구를 진행 중이다. 이를 위해선 뇌 신호 기록, 신경계 분석, 하드웨어 제작 등의 다양한 작업이 필요한데, 이곳의 연구원들은 각자의 전문 분야에 맞는 작업을 맡아 진행하고 있었다. 그리고 다른 사람의 연구 분야를 이해하고 연구 과정에서 생기는 변화에 유동적으로 대응할 수 있도록 서로의 연구를 공유하고 있었다.

아르마니 연구실은 우리가 처음으로 방문한 뇌 과학 관련 탐방 기관이었다. 우린 IVR을 구현하기 위한 다양한 방법을 떠올렸고 실현 가능성이 얼마나 될지, 어떤 연구가 추가적으로 필요할지 등에 대해 수많은 궁금증을 가지고 있었다. 모든 궁금증을 해결하고 돌아가겠다는 마음가짐으로 다섯 명의 인터뷰이들에게 수많은 질문을 던졌는데, 질문마다 가장 관련성이 깊은 전공을 가지고 있는 박사님이 전문적인 답변과 의견을 들려주셨다. 또 미래의 VR에서는 자극 전극을 통해 시각 피질로 바로 신호를 받을 수 있을 것이라고 예측하며, 그를 위해 디지털 이미지를 전송해주는 기술이 필요하다고 이야기했다. 뇌 과학 기술에 대해 가지고 있던 기대와 궁금증을 대부분 해소할 수 있었기에 가장 많은 걸 묻고, 얻어갈 수 있었던 탐방이었다.

EPISODE

미국 경찰서의 풍경

버클리대학교의 레드우드 센터를 탐방한 후 돌아오는 길, 재호 대원은 자는 사이에 타고 있던 우버에 아이폰을 떨어뜨렸다. 우버 기사님께 연락드렸을 때는 이미 많은 손님이 이 차를 이용한 후였고, 아이폰의 행방은 알 수 없었다. 떠나기 전 다행히 여행자보험을 들어놓았기에 미국 현지에서 '폴리스 리포트(Police Report, 물건을 도난당했을 때 육하원칙에 입각해 기재하는 일종의 조서)'를 작성하면 보험금을 받을 수 있었다.

여행하면서 미국 경찰서에 가는 한국인이 몇 명이나 될까? 혹시 모르니 살짝 그 절차를 알려주자면, 경찰서에 가면 먼저 접수장을 쓰고 한참을 기다려야 한다. 차례가 되면 폐쇄된 방에서 분실 당시의 상황과 분실 물품에 관한 정보들에 대해 묻고 케이스 넘버를 준다. 그 후 일주일 정도 지나면 보험사에 제출하기 위한 폴리스 리포트를 직접 받아 가거나 메일로 받을 수 있다.

재호 대원은 결국 아이폰을 찾을 수 없었고, 새로운 핸드폰을 구매하기 전까지 메신저를 사용하기 위해 무거운 노트북을 핸드폰처럼 사용하는 수고를 겪어야 했다. 2주간의 탐방, 짧고도 긴 시간 동안 많은 사건, 사고가 있었지만 그중에서도 가장 잊을 수 없는 사건이었다.

사하르 엘야후다얀
[University of Southern California Armani Laboratory]

Q 뇌와 컴퓨터의 의사소통 수단은 무엇인가요?

A 뉴런은 활동 전위라고 부르는 일련의 '펄스 코딩' 신호를 사용해 뉴런에 의해 인코딩된 정보를 나타냅니다. 구조를 설명하자면, 뉴런에 의해 인코딩된 정보는 시간에 따른 스파이크 트레인(Spike Train)의 형태로 나타납니다. 스파이크 트레인이란 뉴런의 활동 전위 '스파이크'가 개시된 발생 시간을 점으로 근사해 단순화한 것의 세트입니다. 수학적으로, 점은 유한한 시간이나 공간을 나타내지 않고 구간 내에서 어떤 지점을 지칭합니다. 모든 활동 전위는 동일한 진폭과 너비를 갖고 있으므로 신호의 진폭 등에는 의미가 없고, 시간이 신호에서 큰 의미를 갖는다고 할 수 있지요. 뉴럴 코드는 의도한 활동 패턴을 모방하기 위해 시냅스 출력의 신호를 유도해 얻고, 의도한 동작과 유도한 동작의 비교로 얻어낼 수 있고, 얻기 위해 다중 입력 다중 출력(MIMO, Multiple Input Multiple Output) 시스템을 사용합니다.

LG글로벌챌린저 활동을 시작한 지 얼마 되지 않은 것 같은데 벌써 활동 막바지에 이르렀다는 게 꿈만 같습니다. 소중한 인연을 만나게 해주었을 뿐 아니라 용기와 열정을 가지고 더 넓은 세상을 보게 해준 기회였습니다.

서강욱

'진짜 될까?' 하면서 도전했고, 이루어냈을 때의 뿌듯함은 평생 잊지 못할 것 같습니다. LG글로벌챌린저라는 이름에 걸맞게 도전했기에 그만큼 더 뜨겁고 열정적인 여름을 보낼 수 있었습니다.

정소영

기회가 된다면 또 한 번 LG글로벌챌린저에 도전하고 싶을 만큼, 더 이상 도전할 수 없다는 사실이 가장 안타깝습니다. 머리를 싸매며 고민한 주제였고, 쉽지 않은 탐방이었지만 그래서 더 즐거웠던 시간이었습니다. 마음 가는 대로 주제를 정하고 이런저런 고민을 거듭했던 그 시간으로 돌아가고 싶습니다.

정재호

친구들과 소중한 추억을 만들 수 있어서 좋았습니다. LG글로벌챌린저를 계기로 더 넓은 세상을 경험했고, 여러 가지 일에 도전하면서 한 단계 성장할 수 있었습니다. 팀원들 모두에게 감사하단 말을 전하고 싶습니다.

하희승

주제 선정은 합리적으로,
섭외는 꼬리 물기로

❶ 주제에 얽매이지 마라

우리 팀은 수도 없이 주제를 변경했다. 국내 탐방을 갔다 와서 주제를 바꾸기도 했고, 그 주제로 지도 교수님과 면담을 진행했다가 바로 반려당하기도 했다. 결국 우리는 서류 제출 하루 전 주제를 완전히 뒤집었는데, 다행히도 LG글로벌챌린저에 선정될 수 있었다. 주제를 빠르게 확정하고 계획서를 만드는 것도 좋지만 주제와 관련된 자료 조사에 심혈을 기울이고 사전 탐방을 최대한 많이 다니면서 가장 합리적인 주제를 선택할 것을 추천한다.

❷ 꼬리 물기 섭외를 해라!

탐방 계획서를 제출할 때 섭외 기관의 수와 타당성은 선발에 큰 영향을 끼친다. 우린 주제와 연관이 조금이라도 있는 기관은 모두 섭외를 시도해봤다. 메일, 전화, SNS 등 가능한 모든 수단을 동원했다. 하지만 여러 번 시도해도 거절당하는 일은 생기기 마련이다. 그렇다고 해서 바로 포기해선 안 된다. 우린 방문을 거절당한 모든 기관에 아쉽다는 인사와 함께 다른 기관을 추천해줄 수 있는지 물어봤다. 그렇게 다른 기관의 추천을 받아 탐방하고 싶다고 연락한 곳에서는 대부분 긍정적인 답변이 돌아왔다. 일정이 맞는다면 국내에서 열리는 해당 주제와 관련된 컨퍼런스 등에 참여해 직접 섭외를 시도하는 것도 좋은 방법이다.

Global Korea

Part 6

[글로벌 한국]

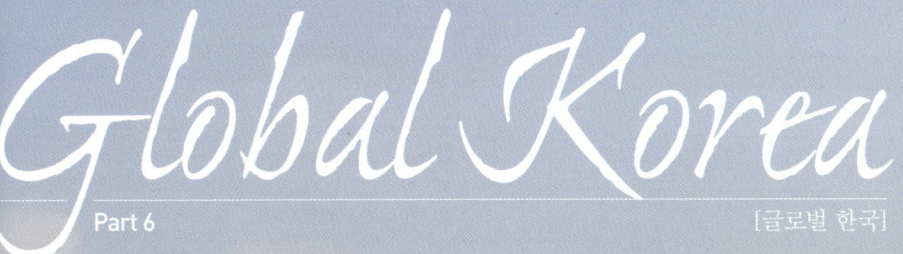

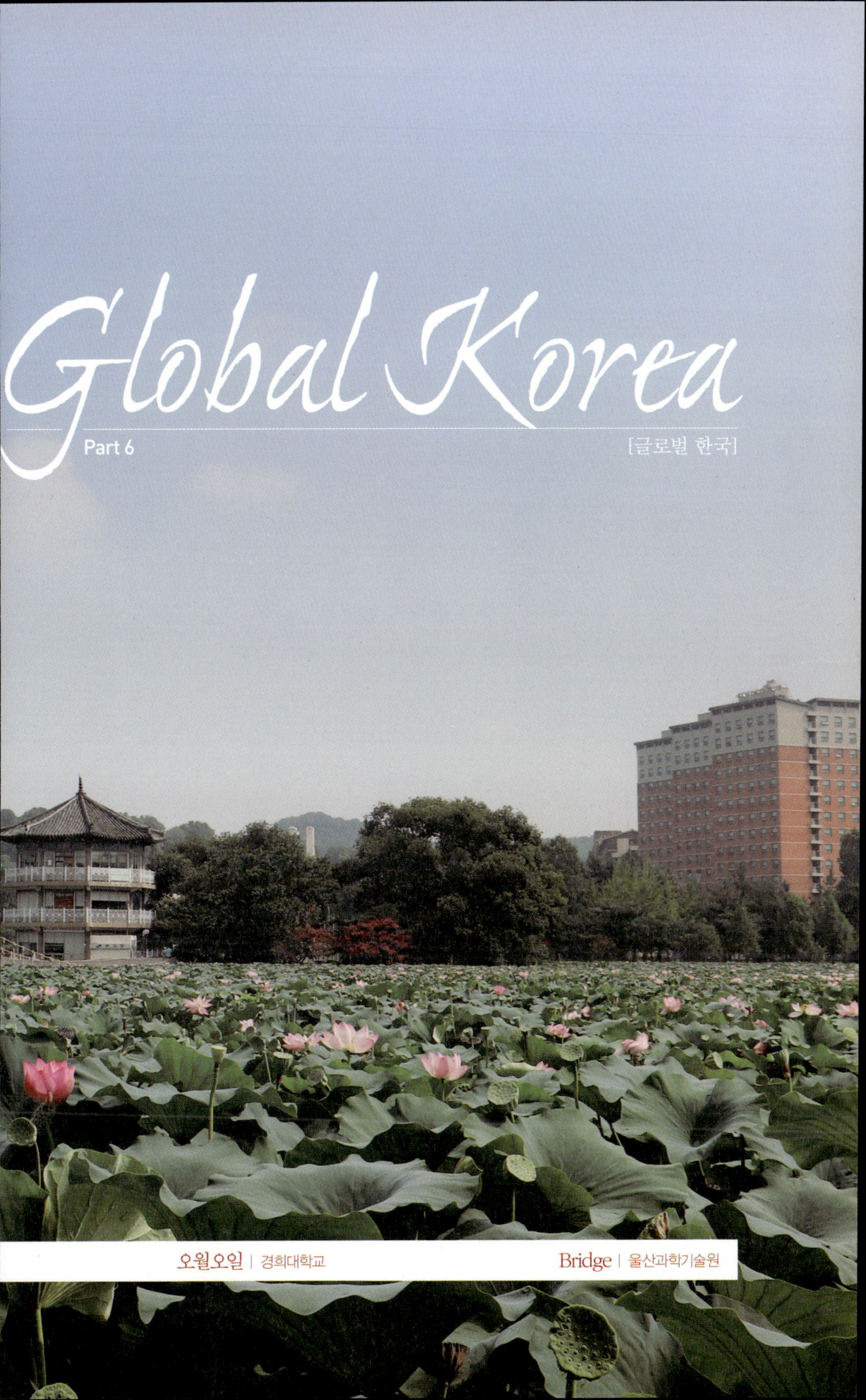

오월오일 | 경희대학교

Bridge | 울산과학기술원

신기방기
고려대학교

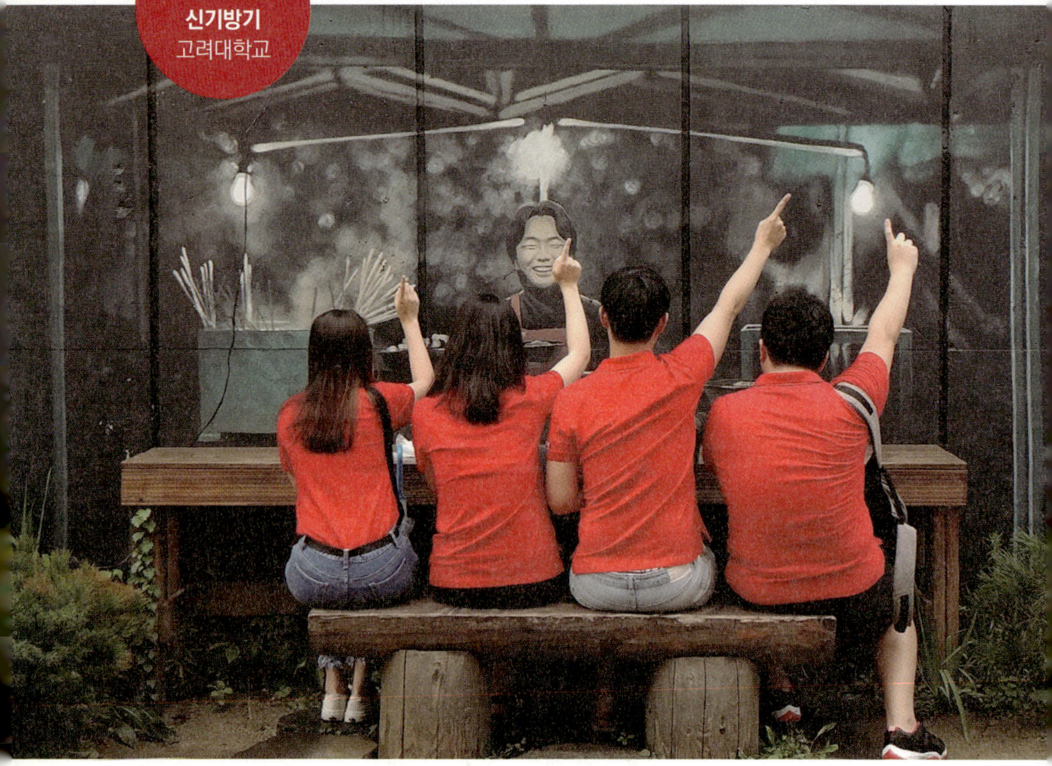

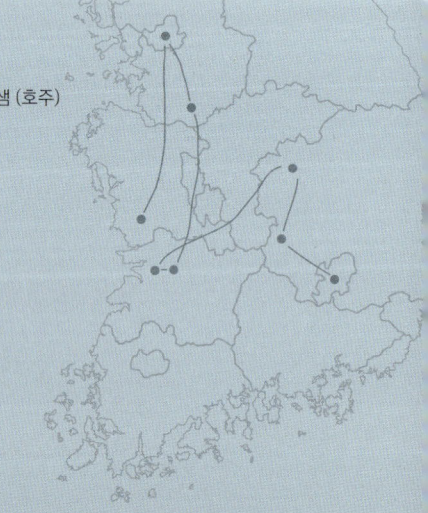

한국의 혼을 담은 그릇, 방짜유기

팀명(학교) 신기방기 (고려대학교)

팀원 선가녕 (중국), 손효동 (중국), 이젠 (말레이시아), 조은샘 (호주)

기간 2017년 8월 15일~2017년 8월 25일

장소 대한민국

1. 대구 (대구방짜유기박물관)
2. 김천 (김천고려방짜유기)
3. 문경 (납청방짜유기촌)
4. 김제 (이종덕 방짜유기 개인 공방)
5. 전주 (이종덕 방짜놋전)
6. 안성 (안성맞춤박물관)
7. 서울 (페노메노)
8. 서울 (놋이: 놋그릇 가지런히)
9. 부여 (한국전통문화대학교)

대다수의 외국인들이 그렇듯, 우리는 그동안 '한국 문화'라 하면 으레 한복, 한식, 한옥 등을 떠올려왔다. 하지만 우연히 황금빛 그릇, 방짜유기에 대해 알게 된 후부터 유기의 매력에 푹 빠져버렸다. 한국인만이 만들 수 있지만 정작 한국인들은 잘 알지 못하는 방짜유기는 살균 효과, 보온·보냉 효과 등을 가지고 있는 우수한 그릇이다. 왜 많은 사람들이 방짜유기에 대해 잘 알지 못하는지 의문이 든 우리는 전국을 돌아다니며 방짜유기에 대해 더 자세히 배워보기로 했다. 그리고 탐방을 통해 방짜유기를 만드는 전통 기법을 보존하고 대중화할 수 있는 방법에 대해 알아보기로 했다.

🔴 방짜유기 장인을 만나다

선가녕 | 중국

납청방짜유기촌의 이봉주 선생님을 만나러 가는 날, 너무 긴장해서 가는 길에 계속 인터뷰 질문을 되새겨보았다. 중요무형문화재 77호 방짜유기장이신 이봉주 선생님은 평생 방짜유기를 만들어오신 분으로, 한국에서 방짜유기를 논할 때 가장 먼저 언급된다. 1948년에 북한에서 남한으로 월남해 유기 기술을 배우기 시작하셨고, 편리한 스테인리스 스틸과 플라스틱 때문에 놋그릇이 사람들의 관심에서 멀어졌을 때도 유기 사업을 포기하지 않고 지속적으로 기술을 개발해 오셨다. 이봉주 선생님의 방짜유기는 은은한 광택과 멋스러운 망치 자국을 가지고 있는 것이 특징이다.

걱정 반 기대 반인 마음으로 만난 이봉주 선생님은 생각과는 좀 다르셨다. 92세의 연세에도 매일 공방에 나와 일하고 공부하시는 모습을 보면서 정말 대단하고 존경스러운 분이라는 생각이 들었다. 우리는 인터뷰를 마친 후 공방에 있는 식당에서 이봉주 선생님과 함께 점심을 먹었다. 그 덕분에 공방에서 일하는 직원들의 일상도 체험할 수 있었는데, 그들이 일에 몰두하는 모습을 보면서 많은 배움을 얻었다.

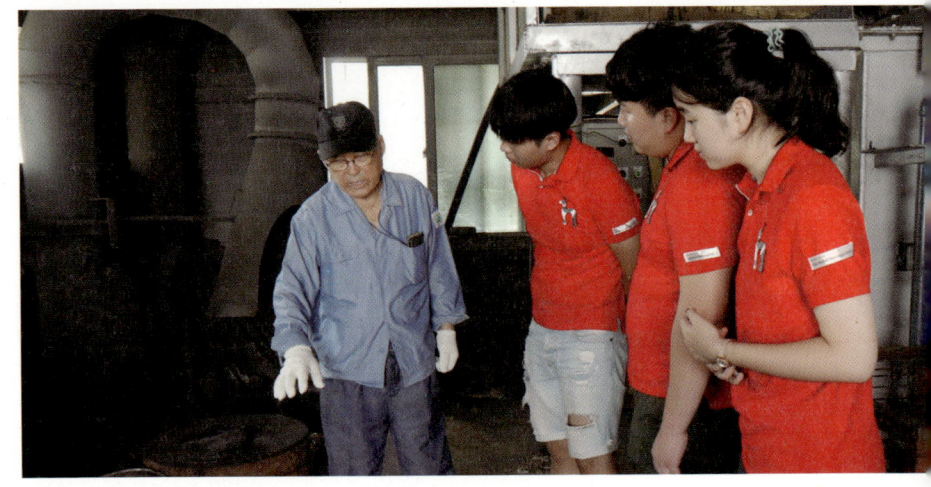

납청방짜유기촌에서 열심히 설명을 듣고 있는 '신기방기' 팀

今天的安排是去纳清鍮器村见李凤周老师。在去的路上我一直在想等下采访的时候应该提问些什么，就这样怀着紧张而又激动的心情见到了李凤周老师本人。老师和我想象的不大一样。虽说是92岁的高龄但依旧每天穿着工作服来到工坊上班工作并在办公室看书学习。老师说他是从北韩过来的，现在再也回不去了。听到这里我们都有些伤心，因为可以感受到老人对自己故乡的那种思念。虽然采访过程中老师没有回答上一些我们的问题但是他很努力的听，并且给我们做答复。我们从这次的采访中了解到在鍮器这个行业没落的时候是老师重新救活了这个行业，让我们感到尊敬。午餐是和工坊的员工们一起在食堂吃，因为老师说先要带我们看下工人们的生活，老师也很朴素在食堂就餐。虽说大家都看起来有些疲惫，但是每个人回到自己的岗位上就非常专注并认真工作，这样的态度实在是令人敬佩。可能这就是匠人精神吧。十年如一日的这样兢兢业业。

전통과 현대를 잇는 방짜유기

조은샘 | 호주

페노메노의 조기상 대표님은 이탈리아에서 럭셔리 요트 디자이너로 활동하다가 한국으로 돌아와 유기장, 옹기장, 사기장, 옻칠장 등 전통 공예 장인들의 기술을 활용해 현대화된 제품을 만드는 분이다. 페노메노의 모던한 유기 반상기는 세계 각국의 전시회에서 좋은 반응을 얻었고, 청와대 정상회담 만찬 때 쓰이기도 했다. 인터뷰 중 대표님은 전통과 현대가 따로 존재하는 것이 아니며, 과거와 현대는 끊임없이 소통해야 한다고 말씀하셨다. 또 한 사람을 위한 디자인이 아닌, 많은 사람들을 위한 디자인을 하고 싶다고도 하셨다.

인터뷰를 마친 후 우리는 모든 메뉴가 방짜유기에 담겨 나오는 서촌의 한 카페, '놋그릇 가지런히'를 찾아갔다. 카페에 들어서자 여기저기 전시되어 있는 방짜유기가 눈에 띄었다. 본인을 '놋이 엄마'라고 부르는 이곳의 김순영 대표님은 외국인들이 방짜유기에 관심을 가져줘서 고맙다며 카페의 인기 메뉴인 오미자차와 홍시 단팥을 내어주셨다. 방짜유기에 음식이 담겨 나오니 대접받는다는 느낌이 들었고, 보냉 효과 덕분에 음식 역시 청량한 느낌이 들었다.

인터뷰가 끝난 후 카페 2층에 있는 방짜유기 전시관도 관람했는데, 파스타 접시나 와인 잔같이 현대화적인 디자인의 방짜유기를 보고 감탄을 금치 못했다. 방짜유기의 변신은 실로 무궁무진했다. 김 대표님은 경남무형문화재 제14호 징장이자 시아버지인 이용구 선생님과 남편인 이경동 선생님이 함께 운영하는 방짜유기 공방에 우리를 초대하고 선물도 주

놋그릇 가지런히 카페에 있는 방짜유기 전시장

시면서 카페에 자주 놀러 오라고 하셨다. 방짜유기의 현대화를 이끄시는 두 분을 만나 새로운 관점을 배울 수 있어 매우 유익한 날이었다.

Our first interview was with Fenomeno CEO Kisang Gio, who used to be a luxury yacht designer before coming back to Korea and collaborating with various artisans to make modernised designs of traditional items like the bangjja bronzeware. During the interview, he shared his belief that tradition is not something that just remains in the past. Rather it becomes something traditional when it interacts with the past and the present. Also he wanted to make a design for many people rather than for one person.

After that, we went to a café called 'Notgeureut Gajireonhi, Noshi' in Seochon as we had found that everything was served in bangjja bronzeware. As soon as we entered the café we were greeted by the CEO who thanked us for being interested in Korean bronzeware. She then gave us omija tea, and ripe persimmon and sweet red-beans, most popular menus at the café. Because the food was served in bronzeware, we felt as though we were important guests and because of Korean bronzeware's ability to retain heat and coolness well, the food was very cool and refreshing.

After the interview, she showed us around the Noshi Gallery upstairs and we were surprised to find very modern designs of Korean bronzeware, including cutlery, cupcake holders and plates of various sizes. We felt that there could be an infinite number of transformations that Korean bronzeware could make. Finally, the CEO invited us to her family workshop where the bronzeware are made and we exchanged phone numbers and gifts. She also encouraged us to come to the café often. Unlike the interviews we have had so far with bronzeware artisans, today's interviews were with younger CEOs. We were thus able to hear different perspectives and got to think about the modernisation and popularisation of traditional Korean bronzeware.

방짜유기를 직접 만들어보다

이젠 | 말레이시아

방짜유기 장인인 이종덕 선생님의 개인 공방을 탐방하기 위해 김제로 향했다. 이종덕 선생님은 방짜유기 제작 과정을 보여주시고 직접 체험할 수 있는 기회까지 마련해주셨다. 방짜유기를 직접 만들어본 우리는 제작이 생각보다 훨씬 어렵고 힘이 정말 많이 필요하다는 사실을 알게 되었다. 우리는 방짜유기의 가치를 다시 한 번 느끼면서 장인들을 존경하게 되었고, 방짜유기의 가격이 왜 높은지도 이해할 수 있게 되었다.

이종덕 선생님과 이야기를 나누며 방짜유기가 어떤 역사를 가지고 있는지, 또 현대에는 어떤 존재로 그 가치를 인정받고 있는지 깊이 이해할 수 있었다. 수십 번의 열처리와 수천 번의 두들김으로 완성되는 방짜유기는 유해 미생물 살균 효과를 가지고 있는 것은 물론, 몸에 이로운 무기물까지 배출하는 것으로 알려져 있다. 이 때문에 건강을 중요시하는 현대인들에게 다시 인기를 얻고 있다.

마지막으로 이종덕 선생님은 100명의 제자를 키워내는 꿈을 가지고 있다고 말씀하셨다. 사람들이 방짜유기 기술을 배울 수 있는 좋은 환경을 만들기 위해 방짜 공예학교를 준비하고 계신 것이었다. 우리는 선생님의 꿈에 깊은 감명을 받았고, 진심으로 그 꿈이 이루어지기를 응원한다.

Pada awal pagi, kami bertolak dari Seoul ke Gimjae untuk melawat sambil belajar dengan Mr Lee tentang bangjja. Dalam sesi temu ramah ini, kami mendapati Mr Lee seorang yang mesra. Beliau telah menceritakan banyak peristiwa yang menarik dan perkembangan pelan dia dalam mendirikan sebuah institut untuk mempelajari bangjja.

Kemudian, Mr Lee memberi peluang kepada kami untuk cuba membuat bangjja selepas beliau mendemonstrasi langkah-langkah. Kami memakai sarung tangan sebelum memegang tukul untuk menukul bangjja yang kemerahan panas. Proses ini nampak mudah tetapi sebenarnya tidak sedangkan tukulnya berat sangat. Tambahan pula, suhu bilik yang sudah tinggi kerana musim panas menjadi lebih panas disebabkan oleh langkah pemanasan bangjja. Walaupun langkah pemrosesan mudah, kami mesti menumpukan perhatian agar kemalangan dapat dielakkan. Melalui bengkel ini, kami memahami kepahitan perkerjaan tukang-tukang bangjja. Bengkel ini memang satu pengalaman yang akan kita ingati buat selama-lamanya.

Pada waktu malam, kami tiba di Jeonju untuk bermakan malam dengan para jurugambar. Kami dengan bangganya berpeluang menikmati wain beras tempatan. Berbeza dengan wain beras yang lain, wain beras di Gimjae lebih mellow, lebih sedap. Hari ini, kami telah diperkayai dengan pertemuan dengan orang-orang yang istimewa dan pengalaman yang unik, iaitu membuat bangjja.

● 방짜유기가 가지는 학술적 의미

손효동 | 중국

부여에 있는 한국전통문화대학교는 문화재 보존 연구와 기술 지원을 하고 있는 최고의 연구 기관이다. 우리는 수십 년간 문화재 보존과 관련된 연구를 진행하고 계신 정광용 교수님을 만나 방짜유기의 학술적인 이해와 정보를 얻기 위해 한국전통문화대학교를 찾아갔다. 전통적인 분위기의 카페에서 2시간 넘게 인터뷰가 진행되는 동안 우리는 방짜유기의 과학적 특성에 대해 배울 수 있었다.

그동안 방짜유기가 잘 깨지지 않는 이유에 대해서는 여러 가지 이론이 있었는데, 교수님은 몇 년 전 실험을 통해 그 비결을 밝혀내셨다. 방짜유기는 구리와 주석을 78대 22의 비율로 합금해 만드는데, 주석 분자와 구리 분자 사이에는 큰 공간이 존재한다. 그러나 방짜유기의 제작 과정 중 가장 중요한 메질(망치질)

과정에서 분자 사이의 공간이 줄어들고, 그때 사이사이에 있던 공기도 사라진다. 이렇게 하면 재질의 밀도가 더욱 높아져 잘 깨지지 않게 된다.

우리는 정 교수님의 설명을 통해 방짜유기에 관한 다양한 지식을 습득했지만, 그보다 더 중요한 것이 있었다. 바로 정 교수님이 보여주신 문화재에 대한 사랑과 열정에 큰 감동을 받았다는 점이다.

位于扶餘的韓國传统文化大学作为专门的文化研究机构,不仅从人文历史的方面研究文化遗产,更重要的是运用现代科学技术对文化遗产中难以解释的部分用科学的角度加以说明.接受我们采访的郑光龙教授便是这样的一位'大家'.采访在学次的古色古香的咖啡店里进行的,主要以我们提问,教授回答的方式来进行,同时对于我们没有考虑到的于方子鍮器的特性用科学分析的方法部分郑教授也给予了详细的讲述.

例如,从古代以来对于的不容易摔碎的特点有着众多的说法,郑教授在几年前的研究向世人展现了其中的奥秘,原来在单纯合金的过程中,锡与分子之间有着很大的空隙,而作为最重要的反复敲打的过程中分子之间的空隙缩小,里面的空气被排除,这样以来,方子鍮器的质地变得更加紧密,自然也就拥有了不怕摔的特性了.

郑教授介绍的诸如此类的说明还有很多,原本预定40分钟的采访整整进行了2个小时,不仅了解到了许多关于方子鍮器的知识让我们感到兴奋,更重要的是教授对于文化遗产保护的热情更是让我们感动.

조기상
[페노메노]

Q 많은 사람들이 방짜유기에 대해 잘 모릅니다. 이 점에 대해 어떻게 생각하시나요?

A 교류가 활발할수록 문화는 글로벌화되고 지역 색은 축소됩니다. 한국은 문화적으로 거의 100년 가까이 완전히 오픈되어 있었습니다. 우리 것을 쌓아온 수백 년, 수천 년의 시간을 뒤로한 채 단기간에 새로운 것들이 많이 들어왔기 때문에 우리 것이 많이 잊힌 것 같습니다. 각 나라마다 독특한 색이 있는데 우리나라는 없습니다. 없다는 의미는 '생활 속에' 없다는 것입니다. 어느 지역을 가도 그 지역을 대표할 수 있는 소재는 있지만, 단지 관광상품이 아니라 지역 사람들이 그 소재를 직접 쓰고 있어야 진짜 문화적인 요소가 된다고 생각합니다. 예를 들어 북유럽의 디자인에는 전통이라는 말이 굳이 붙지 않습니다. 그냥 자연스럽게 시대에 맞춰서 계속 변해갈 뿐입니다. 그런데 우리는 전통을 따로 분류해요. 전통이란 말도 현재와 과거가 계속 소통하는 것, 그 자체인데 우리에게는 아직도 전통은 옛날 것, 현대는 현대 것이라는 잘못된 인식이 있다고 봅니다.

Q 방짜유기의 가격을 좀 더 낮춰 널리 보급할 방법은 없을까요?

A 높은 가격은 아직도 숙제인 부분입니다. 소비자는 방짜유기가 왜 비싼지를 알아야 비싸더라도 기꺼이 살 수 있습니다. 또 생산자 측에서는 소비자들이 생각하는 가격을 맞추기 위해 필요 없는 부분은 걷어내고 공정상 효율성을 높일 수 있는 방법을 도입할 필요가 있다고 생각합니다.

인터뷰이 중 가장 젊은 피, 페노메노의 조기상 대표님과 찍은 기념사진

이번 탐방을 통해 굉장히 친절한 분들을 많이 만났습니다. 한국의 정을 보여주신 여러 분들에게 감사하고, LG글로벌챌린저에게도 감사합니다. 좋은 인연을 많이 쌓아서 행복했습니다.

선가녕

LG글로벌챌린저가 아니었으면 불가능했을 일들을 경험하며 성장했습니다. 탐방을 통해 얻은 자신감과 용기를 가지고 앞으로도 계속 더 넓은 세상으로 나아갈 것입니다.

손효동

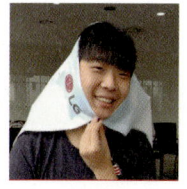

'청춘 시절은 누구에게나 시련과 갈등의 이어지는 시간입니다. 사명이 크면 그만큼 고난도 큽니다. 그렇기 때문에 크게 성장할 수 있습니다. 다른 사람의 괴로움이나 슬픔에 동고할 수 있는 경애가 열립니다. 젊은 시절의 노고는 한평생 행복을 이루는 토대가 되고 승리하는 힘이 됩니다.'라는 이케다 다이사쿠의 명언이 있습니다. LG글로벌챌린저로 활동하며 이 말을 떠올렸고, 더욱더 성장했습니다. 감사합니다.

이젠

10박 11일 동안 대한민국 각지를 다니면서 어려움도 있었지만 그때마다 사람들의 도움을 받으며 한국인의 '정'을 느꼈습니다. 탐방 중에 만난 모든 분들께 감사를 드리고 잊지 못할 추억을 만들게 해준 LG글로벌챌린저에게도 감사합니다.

조은샘

Mud쟁이s
건국대학교

한국의 갯벌 : 자연과 유산의 조화

팀명(학교) Mud쟁이s (건국대학교)

팀원 게르게이 (헝가리), 밀리짜 (세르비아), 스리단야 (인도), 안드레아 (헝가리)

기간 2017년 7월 17일~2017년 7월 27일

장소 대한민국

1. 인천광역시 (강화 나들길)
2. 인천광역시 (동막해변 갯벌체험장)
3. 인천광역시 (강화갯벌센터)
4. 인천광역시 (인천환경운동연합)
5. 화성시 (제부도 갯벌체험장)
6. 부령시 (보령머드축제)
7. 장항읍 (월하성갯벌마을)
8. 장항읍 (국립해양생물자원관)
9. 해제면 (무안생태갯벌센터)
10. 증도면 (신안갯벌센터 및 슬로시티센터)
11. 순천시 (순천만습지)

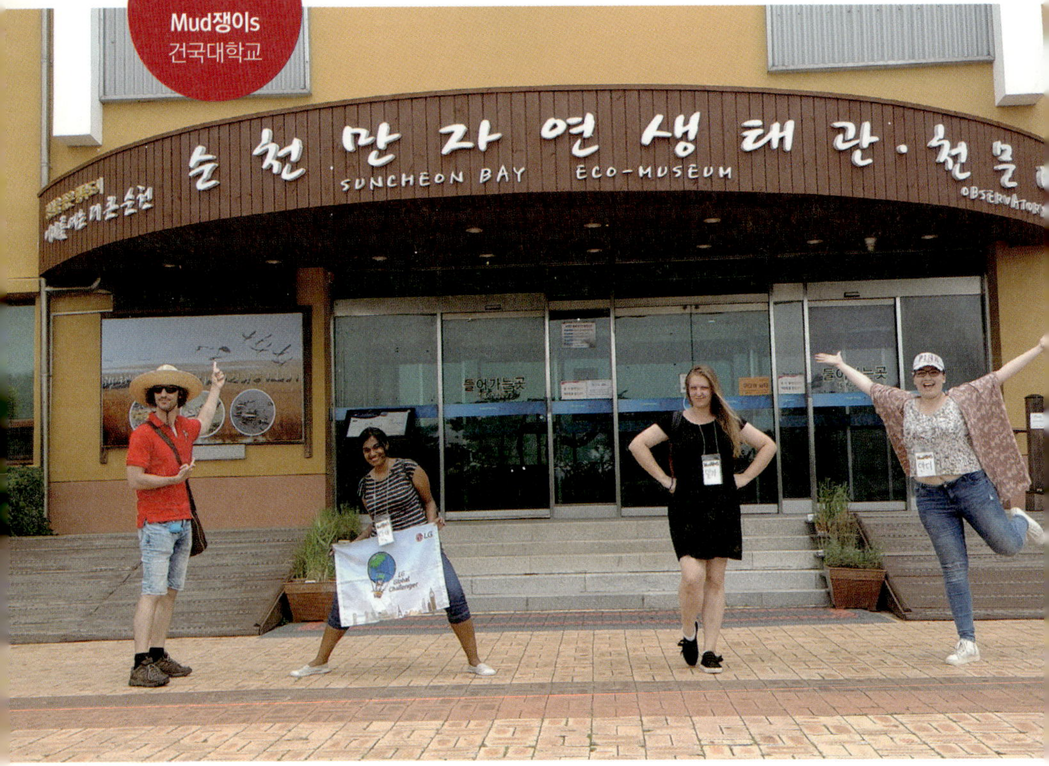

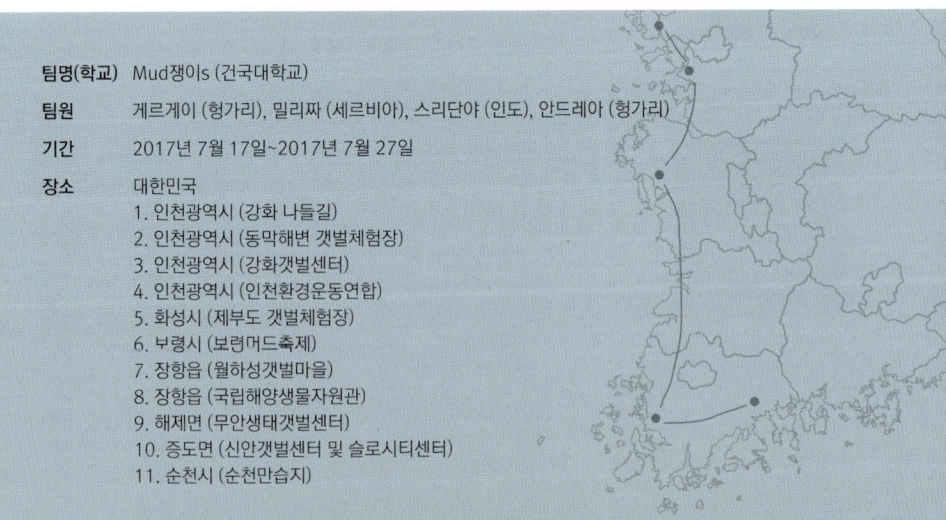

사람들은 일반적으로 '진흙'이라고 하면 더럽다고 여기거나 당장 치우려고 한다. 조수가 드나드는 갯벌도 마찬가지다. 한국에서 갯벌은 한동안 쓸모없는 땅으로 여겨져 간척·매립 사업의 대상이 되었다. 하지만 최근 생태적 가치가 밝혀지면서 갯벌 보전 운동이 일어나고 있다. 갯벌이 삶의 터전인 낙지나 게 등의 동물들, 그 게를 먹으려고 잠깐 머물다 날아가는 철새들, 바다의 물, 그리고 우리가 마시는 공기까지, 갯벌은 보이지 않게 우리의 삶 구석구석에 영향을 미치고 있다.

인간과 갯벌 생태계가 조화를 이루길 바라는 마음에서 우리 팀은 탐방 주제를 '한국의 갯벌: 자연과 유산의 조화'로 정했다. 이에 갯벌의 생태적인, 그리고 문화적인 특징을 공부한 후 한국에서 진행 중인 갯벌 보호 운동과 대중화 캠페인을 각자의 나라에서 어떻게 이용할 수 있을지 알아보고자 했다.

● 인간의 이기심, 갯벌을 파괴하다

스리단야 | 인도

우리는 이른 아침에 일어나 인천으로 출발, 인천환경운동연합의 강숙현 씨를 만났다. 강숙현 씨는 인천에서 갯벌 및 철새 보호 활동을 적극적으로 하고 있으며, 많은 경험과 끝없는 노력을 통해 갯벌의 대한 깊은 지식을 갖게 된 분이다. 우리 팀의 주제에 대해 잘 알고 있는 전문가를 만날 수 있어서 영광이었다.

이날 우리는 인천시 곳곳을 돌아보며 인간의 인위적 간섭이 갯벌 생태계를 돌이킬 수 없게 파괴한다는 사실을 알게 되었다. 특히 고층 빌딩으로 둘러싸인 남동유수지의 상태를 보고는 몹시 울적해졌다. 멸종 위기 종인 저어새나 도요새 서식지로 알려진 남동유수지를 습지보호지역으로 만들기 위해 노력하고 있는 분들이 정말 대단하다고 느껴졌다.

인천 주변의 80%가 넘는 갯벌이 간척 사업으로 말미암아 사라졌다고 해도 과언이 아니다. 송도 신도시는 물론이고, 인천국제공항도 한때 갯벌이었다는 사

강화 나들길에서 첫 인터뷰를 마친 'Mud쟁이s' 팀과 구자환 가이드

실에 우리는 놀랄 수밖에 없었다. 인간의 부주의로 인한 과실과 개발의 부작용으로 인한 환경 피해의 심각성을 인식할 수 있었다.

우리가 만난 강숙현 씨와 인천환경운동연합은 환경 파괴를 막기 위해 수많은 활동과 교육 프로그램을 진행하고 있었다. 강숙현 씨는 특히 아이들에게 갯벌 생태 보전과 철새 보호에 대한 교육을 할 때, 아이들이 애틋한 마음을 가지고 집중해서 듣는다고 말해주었다. 그 말을 듣고 안심이 되기도 하고 가슴 한편에 희망도 생겼다.

ఈ రోజు మాకు చాలా కీలకమైత విషయాలు తెలిసాయి. అందరమూ వేరొదున్నే లేచి తయారు అయ్యి ఇంచేన్ కి బయలుదేరాము. అక్కడ 'Green United Incheon' ఎన్.జీ.ఓలో

పర్యావరణవేత్తగా పని చేసిన కాంగ్ సుక్ హ్యోయిన్ (강숙현) గారిని కలిసాము. కాంగ్ సుక్ హ్యోయిన్ గారు బురద మైదానాలు మరియు వలస పక్షుల యొక్క పరిరక్షణ మద్దతుదారి. అనుసరించ వలసిన అడుగుజాడలను వదలిన ఒక ఉన్నతమైన వ్యక్తిని కలవడం గొప్ప గౌరవంగా భావిస్తున్నాను.

ఈ నాడు ఇంచేన్ చుట్టూ ఉన్న బురద మైదానాల సంరక్షణానికి సంబంధించిన పరిశ్రమ మరియు అనుభవం చాలా కలిగిన వారుగనుక, మేము మానవ జోక్యం వలన

ఈ పర్యావరణానికి జరిగే ఖండిత హాని గూర్చి తెలుసుకో గలిగాము. వ్రతల్యేకంగా మహానగర మధ్యలేనే ఆకాశ హర్మ్యయలు ఉన్న నందింగయునిజి వ్రంఠాన్నే చూసి మేము కొంఫించాము. ఈ విధంగా 'Black Faced Spoonbill' మరియు 'Snipe' లాంటి అంతరించిపోతున్న పక్షుల నివాస స్థలంగా తెలియపరచబడిన నందింగయునిజిను చిత్తడి పరిరక్షణ జోన్ క్రిందికి మార్చిన వారందరు చాలా గొప్పవారు అని కూడా భావించగలిగాము.

యెదిగాక ఇంచేన్ లో ఉన్న మట్టి మైదానాలు భూమి పునరుద్ధరణ వలె 80శాతం నశించ బడినవి అనేన వాస్తవాన్ని కూడా తెలుసుకున్నాము. ఈ పునరుద్ధరణ ప్రదేశాల్లో ఆశ్చర్యంగా ఇంచేన్ అంతర్జాతీయ విమానాశ్రయం మరియు సొంగ్దో నవనగరం కూడా ఉన్నాయి. ఇటువంటి సందర్భాలలో మేము అభివృద్ధి వలన దుష్ప్రభావాలు మరియు మానవల ఉదాసీనత వాళ్ళ జరుగుతున్నా పర్యావరణ విధ్వంసాన్ని గుర్తిస్తున్నాము.

ఇటువంటి పరిస్థితుల్లో, కొంగ్ సుఖ్ హ్యయాన్ గారు, 'Green United Incheon' తో కలిసి పర్యావరణ విధ్వంసంను నియంత్రించుటకు అనేక కార్యకలావాలు మరియు విద్య కార్యక్రమాలు నిర్వహిస్తున్నారు. వీటిల్లో పిల్లలకు మట్టి మైదానాలు మరియు వలస పక్షుల సంరక్షణగూర్చి నేర్పించే కార్యక్రమాలు. ఈ బేధనాల్లో పిల్లలు నానుభీతికలిగి వవిశేహస దృష్టితో వాటలు వింటున్నారు అని తెలుసుకొని మాకు ఉపశమనం మరియు ఆశాజనకం కలిగింది.

제부도 갯벌체험장에서 보낸 하루

게르게이 | 헝가리

제부도 갯벌체험장에서 우리는 갯벌에 사는 동물을 잡는 전통 방법을 배웠다. 아침 일찍 나가서 밀물이 들어오기 전에 한국식 게 잡기 방법을 탐색하는 것이 목표였다. 미리 선크림을 바르고, 모자를 쓰고, 장화를 신은 후 가이드인 최준 씨를 따라 갯벌에 들어갔다.

큰 돌 밑에 숨어 있는 게 종류에 대해 배우고 운 좋게도 여러 마리를 잡았다. 그 후에는 조금 더 먼 곳까지 들어가 조개를 쉽게 찾을 수 있는 곳도 발견했다. 마지막으로는 해변 가까이에서 쏙을 잡았는데, 아주 재미있었다. 얇은 나뭇가지를 갯벌에 있는 구멍에 넣고 위아래로 움직여 쏙의 관심을 끈 다음 구멍 속에 있는 쏙이 나뭇가지를 잡으면 재빨리 나뭇가지를 위로 빼는 것이다. 쏙은 갯벌 위로 잘 나오지 않기 때문에 전문가의 도움 없이는 쏙을 발견하기 어려웠다.

갯벌 체험은 정말 신기한 경험이었다. 체험을 끝내고 그동안 잡은 게를 놓아 줬는데, 쏙은 아무 데도 가지 않고 있었다. 나중에 알게 된 사실인즉슨, 한번 잡힌 쏙은 방류해도 아무 소용 없다는 것이었다. 일단 구멍 밖으로 나온 쏙은 다시 돌아갈 수 없어 죽는다고 하는데, 나쁜 마음으로 한 짓은 아니었지만 정말 미안하고 안타까웠다.

제부도는 섬으로, 육지와 이어진 하나뿐인 출입로가 신기하게도 밀물 때 물속에 잠긴다고 했다. 따라서 제부도에 가려면 이 길을 건널 수 있는 정확한 시간을 알아야 한다. 우리도 물이 빠질 때까지 기다리느라 어쩔 수 없이 카페에서 시간을 보내다 썰물 때 갯벌에 다시 들어가 사진과 영상을 찍고 난 후 보령으로 가는 차를 탔다.

A Csebu-szigeten töltött napon végre megismerkedhettünk az üledékben élő állatok foglyul ejtésének fortélyaival. Reggel terv szerint távoztunk a szállásról, elég korán, hogy még a dagály érkezése előtt nekiláthassunk a hagyományos koreai rákászat titkainak feltárásához. Bekentük magunkat naptejjel, felhúztuk gumicsizmáinkat, és Cshve Un Úr kalauzolásával belegyalogoltunk a sárba.

Megtanultuk, hogy a kövek alatt milyen rákok rejtőznek és gondosan be is gyűjtöttünk párat. Azután, kicsit beljebb haladva, megkerestük a helyeket, ahol a legkönnyebb levadászni a sárban rejtőző kagylókat. Végezetül garnélákat fogtunk a parthoz közel eső helyen. Mivel a garnélarák nem szokott feljönni a felszínre, szakértő segítsége nélkül biztosan nem láthattuk volna. Csve Úrat követve mi is fogtunk egy-egy vékony fapálcát és a sárban lévő lyukakba dugtuk őket. Fel-le mozgatva a pálcákat felkeltettük a rákok figyelmét. Az odú mélyén lévő garnélarák elkapja a pálca végét és ha ilyenkor gyorsan a felszínre rántjuk azt, vele együtt a rák is előbújik.

Nagyon érdekes tapasztalat volt ez számunkra, de mikor a program végén szabadon eresztettük a rákokat, észrevettük, hogy a garnélarákok nem mozdulnak sehova.

1_ 제부도 갯벌 체험장에서 쏙 잡기 체험을 하는 게르게이, 안드레아, 스리단야 대원과 최준 가이드
2_ 보령머드축제에서 머드 씨름을 하는 밀리짜와 안드레아 대원
3_ 갑작스러운 인터뷰 요청에 응해주신 임희경 씨와 무안갯벌에서 보낸 유익한 시간

Később megtudtuk, hogy az egyszer foglyul ejtett garnélákat nincs értelme szabadon engedni. A garnélarák nem képes visszabújni az odújába és meghal. Nem volt rossz szándékunk, így nagyon elszomorított ez a tény.

A sziget egyik érdekessége, hogy a dagály teljesen elárasztja a szigetre vezető egyetlen utat. Azaz ha Csebu-szigetre tart valaki, csak bizonyos időközönként tud áthaladni ezen az úton. Így mi is egy kávéházban töltöttük a következő pár órát, várva míg visszahúzódik a víz. Később kimentünk a partra még készíteni pár felvételt és késő délután útnak eredtünk Borjongba.

🎈 무안생태갯벌센터에서 농게의 미스터리를 풀다

안드레아 | 헝가리

무안생태갯벌센터 방문은 생각보다 즐거웠다. 미리 인터뷰 약속을 잡지 못해 많은 기대를 하진 않았지만, 그날 관리를 맡고 있던 임희경 씨 덕분에 아주 유익한 시간을 보냈다.

전국의 갯벌을 다녀보니 농게가 한국 갯벌에 거주하는 대표 주민임을 알게 됐는데, 무안의 갯벌에서도 역시나 농게를 만날 수 있었다. 농게는 한쪽 집게발이 매우 큰데, 처음 농게를 봤을 땐 다른 게와 싸우다 다쳐서 한쪽이 작다고 생각했다. 그러나 다른 쪽 다리를 자세히 보니 다친 것이 아니라 그냥 원래 작은 것이었다. 우리는 내내 그 이유가 의아했는데, 임희경 씨의 설명을 듣고 나서야 이 미스터리를 풀 수 있었다. 한쪽 집게발이 큰 것은 수컷으로 큰 집게발은 암컷을 유혹하기 위한 수단이었던 것이다.

우리는 이곳에서 갯벌 친구들이 어떻게 사는지에 대해서뿐 아니라 그 동식물들의 집, 즉 갯벌이 어떻게 생겼는지에 대해서도 공부했다. 예를 들어 무안갯벌의 나이는 약 3,000년 정도로, '비교적 젊은' 갯벌이었다. 우리는 이 말을 듣고 많이 놀랐다. 생각만으로도 아주 긴 시간을 '비교적'이라는 단어로 설명하다니, 갯벌이 얼마나 대단한지 느낄 수 있었다.

'젊은' 무안갯벌은 생태 환경이 다른 갯벌보다 풍부하다고 한다. 그래서인지 이 갯벌은 한국의 습지보호지역 1호가 되었다. 센터 곳곳을 탐방하느라 거의 4시간이 걸렸는데, 갯벌과 관련된 신기한 정보를 많이 얻느라 시간 가는 줄을 몰랐다. 탐방 후에도 해변의 아름다운 풍경 때문에 떠나기가 정말 싫었다. 하지만 저녁에는 우리 팀의 한식 도전 페이스북 라이브가 예정되어 있어서 어쩔 수 없이 길을 나서야 했다. 그리고 우리는 낙지볶음과 막걸리를 먹으면서 저녁에도 아주 즐거운 시간을 보냈다.

A muani látogatásunk sokkal érdekesebb volt a vártnál. Sajnos nem sikerült interjú időpontot kapnunk, így csapatunk nem is várt túl sokat e naptól, de a helyben dolgozó Im Higjong asszonynak köszönhetően páratlanul eredményes napot tudtunk magunk mögött.

Beutazván Korea árapálysíkságait, azt hiszem kijelenthetjük, hogy az Uca rákok jellemző lakói ezeknek a síkságoknak, és természetesen, Muanban is fellelhetőek. De kísérőnknek köszönhetően végre fény derült a minket már régóta foglalkoztató kérdésre. Az Uca-fajok egyik ollója jelentősen nagyobb a másiknál és mikor ezt először észrevettük, azt hittük, hogy sebesülés miatt van ez a különbség. Azonban közelebbről megfigyelve rájöttünk, hogy a másik ollója nem sérült, csak eleve ilyen kicsi. Kiderült, hogy a hímek a nagy ollóval csábítják magukhoz a nőstényeket.

De ez alkalommal nem csak arról szereztük tudomást, hogyan élnek a különböző állatfajok az árapálysíkságon, hanem arról is, hogyan is keletkezett maga a síkság. Például nagy meglepetésként ért

갯벌 매립 사업이 진행되는 현장도 가끔 만났다

bennünket a tény, hogy a muani síkság 3000 évesen viszonylag fiatalnak számít. Mikor a 'mindössze' szóval jellemezték a síkság korát, érezni lehetett mennyire hihetetlen dolog is egy árapálysíkság.

A 'fiatal' muani árapálysíkság ökológiai szempontból nézve más helyekhez képest sokkal gazdagabb élővilággal rendelkezik. Lehet épp ez az oka annak, hogy a síkságot Korea elsőszámú védett vizenyős területének nyilvánították. Legalább négy órán át barangoltunk a központ területén, de annyi érdekes, új dolgot tanultunk, hogy észre sem vettük az idő múlását. A gyönyörű kilátás halmozottan elbűvölt bennünket, nagyon nem akartunk továbbindulni. De nem volt mit tenni, estére volt betervezve csapatunk élő facebookos közvetítése. Napunkat így vidám polipos és koreai rizsbor, makkollis vacsora zárta!

● 신안 증도에서 발견한 최고의 풍경

밀리짜 | 세르비아

서울에 돌아가기 전날, 우리 팀은 마지막으로 신안군 증도라는 섬을 찾았다. 많은 사람들이 이 섬에 가보라고 추천해주었는데, 섬에 도착해보니 사람들이 왜 그렇게 추천해줬는지 알 것 같았다. 이 일대는 주요 소금 생산 지역 중 하나라, 신안갯벌센터로 가는 길에 수많은 소금밭을 볼 수 있었다. 재미있는 점은 이 소금밭들은 그저 물에 잠긴 듯이 보였다는 것이었다.

신안갯벌센터에는 해안과 바다에 사는 생물에 대해 알려주는 프로그램이 많았는데, 특히 조개껍데기 퍼즐 맞추기처럼 아이들을 위한 프로그램들이 잘 갖춰져 있었다.

센터 2층의 카페에서는 특이한 메뉴를 만날 수 있었는데, 바로 함초를 넣어 만든 주스와 쿠키였다. 소금을 생산하고 있는 곳답게 함초주스에서 짠맛이 났고 함초쿠키는 이 카페에서만 찾을 수 있는 특산물이라고 했다. 카페에서 내다 보이는 풍경은 그 어떤 곳과도 비교할 수 없을 정도로 아름다웠다. 그 경치에 이끌려 우리는 해변으로 내려갈 수밖에 없었다.

카페에서 보낸 시간은 탐방 기간 중 가장 마음을 느긋하게 해주는 순간이었다. 힐링이 필요한 사람들에게 에너지를 충전해주는 곳이라는 생각이 들었다.

Претпоследњи дан смо посетили место које се зове Шинан, и то острво Ђунгдо, за које смо много чули, и које су нам сви препоручивали да посетимо. Кад смо стигли тамо, схватили смо и зашто су сви били толико узбуђени. Осим што се овде налазе разни едукациони центри, такође је једно од главних места где се производи со у Кореји, и на путу ка Шинан центру смо успели да видимо бројна поља соли. Оно што је занимљиво јесте то да поља соли изгледају као поплављена поља, међутим то је начин на који се со производи, што је била прилично занимљива ствар коју смо научили. Шинан центар има многобројне занимљивости које привлаче децу, а и старије, да се упознају са обалама, и створењима која у њима и од њих живе. Неке од њих су бојење и цртање створења која живе на и у овим обалама, пузле од шкољки и многе друге. На последњем спрату смо открили занимљив кафић, у коме служе слан сок, прављен од биљке за коју сам тада први пут и чула, али шта очекивати од места који производи со, него да га ставља у све? Осим сланог сока, понудили су нам и кекс направљен од ове биљке, и он се може купити само у овом кафићу. Додуше, поглед одавде се не може поредити ни са чим. Кафић, чији су зидови од стакла, са две стране гледа на велику плажу, и можете сести било где унутра, а да опет имате прелеп пејзаж испред себе. Управо нас је ово и натерало да сиђемо доле, и посетимо плажу и ми сами. Једно од лепших поподнева на нашем путовању, инакон радног дана, провести сат времена на оваквом месту је и више него довољно да се напуне батерије.

강숙현

[인천환경운동연합]

Q 강화 지역의 갯벌은 지난 30년 동안 거의 그대로 유지되어 왔다고 들었는데, 인천의 경우 갯벌의 상태가 어떻습니까?

A 인천의 갯벌은 약 80%가 개발되었습니다. 인천환경운동연합이 해안선을 간직하기 위해 노력한다고 하더라도 해안선은 이미 1%밖에 남아 있지 않습니다. 반대하는 사람이 없으니 땅을 만들기 위해 가장 개발하기 좋은 곳이 바로 갯벌이기 때문입니다.

Q 한국에서 갯벌 보호 활동은 언제부터 시작되었나요?

A 매립 사업은 1980년대에 시작됐는데, 2000년경부터 환경단체들이 매립 사업을 반대하기 시작했습니다. 하지만 무엇보다 사람들의 인식이 먼저 바뀌어야 합니다. 그러지 않으면 매립은 계속 진행될 겁니다. 어부들의 말에 따르면 예전보다 물고기가 덜 잡히고, 물을 거르는 역할을 하는 갯지렁이도 점점 없어지고 있다고 합니다. 갯벌의 상태가 나빠졌기 때문입니다. 현재 인천 지역의 갯벌은 색이 검고 냄새가 심합니다. '갯지렁이 없는 갯벌은 죽은 갯벌'이라고 할 수 있습니다.

탐방대원 후기

LG글로벌챌린저에 도전할지를 두고 오래 고민했는데, 팀원들과 같이 준비를 시작하면서 역시 도전하길 잘했다고 느꼈습니다. 넷이 함께했기에 어려운 일도 쉽게 해낼 수 있었습니다. 탐방을 하면서 많이 배우고 또 많이 성장했습니다. 어려운 순간도 있었지만 그만큼 보람도 컸습니다.

체르게이

LG글로벌챌린저를 통해서 많은 것을 알게 되었습니다. 팀워크가 얼마나 중요한지 배웠고, 열정을 가져야 한다는 것과 노력하면 멀리 갈 수 있다는 것도 깨달았습니다. 10박 11일의 탐방은 쉽지 않은 여정이었지만, 좋은 교훈을 남겨주었습니다.

밀리짜

북마남선(北馬南船)이라는 사자성어처럼 LG글로벌챌린저 활동을 하며 한국의 지형을 실감했고, 많은 것을 배웠습니다. 학업과 탐방을 병행하며 때로는 밥도 잘 챙겨 먹지 못할 정도로 바빴지만, 이번 탐방을 하면서 환경 의식을 키웠을 뿐만 아니라 친구들과 강한 유대를 만들고 평생 잊지 못할 추억도 새겼습니다.

스리단야

유학 생활을 하는 동안 LG글로벌챌린저라는 활동을 하게 될 줄은 상상하지도 못했습니다. 이런 경험을 하게 해준 LG에 깊은 감사를 드리고 싶습니다. 그리고 이 길을 끝까지 함께 걸어준 우리 팀, 고맙고 사랑합니다!

안드레아

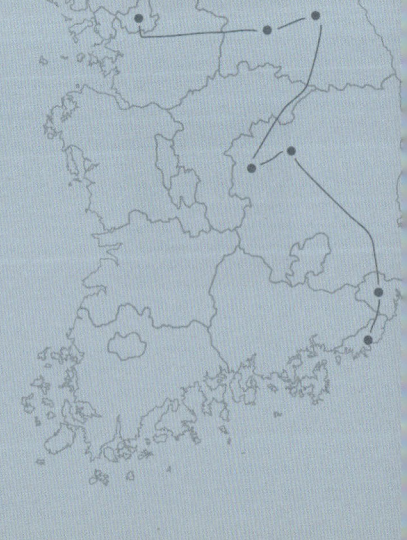

Happy Hanwoo!
아주대학교

음식을 넘어선, 문화 아이콘으로서의 한우를 만나다

팀명(학교)	Happy Hanwoo! (아주대학교)
팀원	브렛 (미국), 빈센트 (캐나다), 조르조 (이탈리아)
기간	2017년 8월 17일~2017년 8월 27일
장소	대한민국

1. 서울 (마장축산물시장)
2. 서울 (대도식당)
3. 횡성 (횡성문화재단)
4. 횡성 (횡성축협 한우프라자)
5. 횡성 (우하하 횡성한우시장)
6. 평창 (대관령한우타운)
7. 평창 (국립축산과학원 한우연구소)
8. 상주 (부흥농장)
9. 상주 (명실상감한우)
10. 예천 (지보참우마을)
11. 울산 (봉계한우마을)
12. 부산 (해운대전통시장)
13. 부산 (일품한우식당)

입 안에 넣으면 사르르 녹으면서 씹었을 때 터져 나오는 육즙. 감탄사가 절로 나오는 깊은 풍미가 한우의 매력이다. 우리는 한우를 맛보고 나서 한국인들이 왜 한우에 열광하는지 알게 되었다. 한우의 맛과 식감은 한국인의 입맛에 최적화되어 있으며, 다른 수입 소고기와는 확연히 차별화된다. 사실 한우는 단순한 고기가 아니다. 한국인의 역사 속에서 소는 가족의 일부였으며 농경 문화에서 매우 중요한 존재였다. 우리는 이런 역사적 사실을 토대로 한우를 훌륭한 맛을 가진 식재료로서뿐 아니라, 문화와 경제의 다양한 측면에서 다각적으로 바라보고자 했다. 이를 위해 우리는 한우로 유명한 전국 각지로 탐방을 떠났다.

● 전 세계인이 즐기고 지역 상권도 살리는 한우 축제

조르조 | 이탈리아

우리는 한우의 역사와 문화적 중요성에 대한 인터뷰를 하기 위해 횡성문화재단을 찾았다. 2017년 8월에 정식으로 출범한 횡성문화재단은 횡성의 각종 문화와 예술에 관련된 전반적 업무를 담당하는 곳으로, 횡성한우축제를 기획·총괄하는 곳이다. 우리는 횡성한우축제의 전반을 총괄하는 한성현 씨를 만나 한우의 현 주소, 한우가 경제에 미치는 효과, 한우 축제가 개최되기까지의 역사 등 많은 이야기를 나누었다.

인터뷰가 진행되는 동안 한성현 씨는 한국의 젊은 세대들이 알아야 할 한우의 역사적 중요성에 대해 설명해주었다. 또 현재 한우축제는 횡성의 한우를 맛볼 수 있는 기회를 제공할 뿐만 아니라 다양한 먹거리와 놀거리, 그리고 해체 퍼포먼스 등과 같은 공연들로 구성되어 있어 한우에 관한 문화적·역사적 사실을 배울 수 있는 좋은 기회라고 설명했다. 이제 한우축제는 지역 상권을 살릴 뿐 아니라 전 세계인이 하나가 되어 즐기는 축제로 자리 잡아가고 있다.

인터뷰가 끝나고 한성현 씨는 우리에게 작은 부탁이 하나 있다고 했는데, 그

것은 바로 외국인들을 위한 '횡성한우축제'의 새로운 네이밍이었다. 외국인들에게 '횡성'은 발음하기 힘들기 때문이다. 고심 끝에 우리 팀의 이름인 'Happy Hanwoo!'를 활용하면 어떻겠냐는 제안을 했다. 한성현 씨는 이 이름을 마음에 들어 하며 횡성한우축제의 부제로 'Happy Hanwoo!'를 넣고, 내년부터 횡성한우축제에서 네이밍에 대한 설명도 볼 수 있을 것이라 하셨다. 우리는 나중에 '해피한우송(Happy Hanwoo Song)'을 짧은 영상으로 제작해 보내드렸는데, 자랑스럽게도 그 영상은 현재 횡성한우축제 홈페이지에 올라와 있다. 한우에 대해 많은 것을 배우게 된 것은 물론 팀의 이름을 지역 축제에 선물할 수 있어 뜻깊었다.

일정이 끝나고 우리는 한성현 씨의 추천으로 횡성축협 한우프라자에 직접 한우를 맛보러 갔다. 횡성에 있다고 해서 다 같은 한우가 아니기 때문에 횡성에서 진짜 횡성 한우를 맛보고 싶다면 횡성축협으로 가는 것을 추천한다. 정말 맛있는 한우를 맛볼 수 있을 것이다.

Nella provincia di Gangwon, ho visitato la Fondazione Culturale Hoengseong e abbiamo intervistato riguardo la storia e il significato culturale di Hanwoo. La Fondazione Culturale Hoengseong, ufficialmente lanciata nell'agosto 2017, sovrintenderà al Hoengseong Hanwoo Festival e prenderà la carica degli affari generali legati alla cultura e alle arti di Hoengseong. Abbiamo incontrato la persona responsabile del Festival Hoengseong Hanwoo e abbiamo compreso l'effetto dell'Hanwoo sull'economia e la storia, fino al Festival Hanwoo. Abbiamo anche fatto domande sul marchio internazionale di Hanwoo, e il responsabile ha detto che potrebbe essere Happy Hanwoo, come abbiamo proposto. E 'stato un momento molto significativo per me: imparare quello che non pensavo sulla carne coreana. Attraverso questa esperienza ho potuto sentire la passione coreana per Hanwoo.

Durante l'intervista con il responsabile del Festival di Hoengseong Hanwoo, Han

Sung-Hyun ha spiegato che le generazioni più giovani dei coreani non comprendono l'importanza culturale e storica di Hanwoo in Corea. Per questo motivo, questo evento è una grande opportunità per condividere questa cultura attraverso i pasti, le attività e le prestazioni. Han Sung-Hyun ha anche informato la nostra squadra che questo festival gourmet è un evento che non solo ti permetterà di assaggiare il famoso Hanwoo di Hoengseong, ma anche godere di performance culturali come la macellazione in vita o l'aratura del campo. Inoltre, attraverso questa celebrazione di Hanwoo, è anche un'opportunità per i residenti locali di condividere e godere del loro mercato locale con il resto della Corea.

Dopo l'intervista, la persona responsabile ci ha detto che abbiamo avuto una piccola richiesta, che doveva trovare un nuovo nome per il 'Hoengseong Hanwoo Festival' attrezzato per gli stranieri. Per gli stranieri, 'Hoengseong' è una parola difficile da pronunciare. Dopo aver pensato a questo, abbiamo finalmente suggerito il nome del nostro team 'Happy Hanwoo'. Ha detto che avrebbe voluto usare 'Happy Hanwoo' come 'titolo internazionale' del Hoengseong Hanwoo Festival. Per questo motivo, 'Happy Hanwoo' è possibile vedere sul festival di quest'anno. Inoltre, abbiamo composto una piccola canzone che sarebbe stata mostrata durante il festival, oltre che condivisa sulla homepage del sito web della Fondazione Culturale Hoengseong. È stato un momento felice e significativo per conoscere Hanwoo e per collegare il nome della squadra e LG Global Challenger al festival locale.

Dopo aver visitato la Fondazione Culturale Hoengseong, siamo andati alla Hanwoo Plaza a Hoengseong per il ristorante raccomandato di Hanwoo. Se vuoi assaggiare l'autentico Hoengseong Hanwoo a Hoengseong, è consigliabile andare in Hoengseong Farmland perché non è lo stesso Hanwoo. Come marchio di qualità di Hanwoo, il gusto era eccellente.

봉계한우마을에서
맛본 한우.
양보다는 질!

품종 유지를 위한 끊임없는 연구의 중심지, 한우연구소

브렛 | 미국

2018 평창 동계 올림픽이 개최되는 강원도 평창도 한우로 유명한 지역 중 하나
다. 우리는 한우에 대해 좀 더 전문적인 지식을 얻기 위해 대관령에 위치한 국립
축산과학원 한우연구소를 방문했다. 사무실에서 우리는 장선식 농업연구사님
과 정기용 농학박사님과 함께 긴 인터뷰를 진행했다. 인터뷰를 통해 우리는 이
곳에서 한우의 품종 유지를 위해 어떤 노력을 기울이고 있는지, 더 맛있는 한우
를 위해 어떤 연구를 하는지에 대해 들었고, 구제역 예방을 위한 대책 등에 대해
서도 배울 수 있었다.

인터뷰 이후, 우리는 한우연구소의 끝자락에 위치한 팔각정에서 드넓은 대관
령 초원의 풀을 뜯는 소들을 바라보며 박사님들과 함께 한우에 대한 이야기를
나누었다. 이곳의 경치는 그동안 보아왔던 한국의 모습과는 달랐다. 날씨는 완
벽했고, 하늘은 아름다웠다. 단순한 여행으로는 만나기 어려운 경치라는 생각
이 들었다.

한우연구소 방문 후에도 대관령 지역의 한우를 맛볼 수 있는 한우타운을 방

문했다. 대관령한우타운은 특이한 시스템을 갖고 있었는데, 정육점에서 직접 고기를 고르고 계산한 후 식당으로 가져가서 구워 먹게 되어 있었다. 이를 통해 손님은 좋은 한우를 직접 고를 수 있고, 식당 입장에서는 노동 시간을 단축하는 효과가 있다고 한다. 또 대관령한우타운에서는 한우육개장, 육회냉면, 한우치즈 등 다양한 한우 관련 식품들이 판매되고 있었다.

평창대관령한우는 횡성한우와 함께 2018 평창 동계 올림픽을 공식 후원하며, 한우의 홍보 역할을 톡톡히 하고 있다고 한다. 우리는 평창 동계올림픽의 대표 음식이 될 한우 메뉴를 하나씩 시켜 다양하게 맛보았다.

2018 Pyeongchang Winter Olympic but is also reputed for its good quality Hanwoo. On the 7th day of our expedition, we visited the Hanwoo Research Institute, based in Daegwallyeong, to get a more professional and scientific opinion on Hanwoo. At their office, we conducted a long interview with researchers Dr. Jeong Gi-Yong and Jang Seon-Sig. In the interview, we talked about what efforts they have made to keep the good quality of the breed, about how their research might impact the taste of Hanwoo, and even about how to prevent contagious diseases like foot-and-mouth disease and mad cow disease. After the interview, we went to the observatory. Many days during the trip I got to see, do, and taste things that were first time experiences for me in Korea. I remember particularly, standing on top of the hill in Daegwallyeong at the Hanwoo Research Institute looking out over the countryside and thinking, 'this is something not a lot of foreigners get to see or experience. It is a different side of Korea that I had not seen before.' In the distance, we could see the Hanwoo cows and some farm facilities. The weather was perfect, the sky clear and the grass was brilliant green. It was picturesque. Pyeongchang, in the Gangwon Province, is famous for being the region that will hold the After visiting the Hanwoo Research Institute, we went to eat at Hanwoo Town, a nearby restaurant. It has an interesting system that separates the restaurant into two section: a dining area, and a bargain counter. Though this system, customers can choose themselves the quality and cuts of Hanwoo desired which also saved time and labor to the restaurant. However, there are still many different kinds of meals made of Hanwoo available to order. We tasted a wide variety of these meals that Pyeongchang Daegwallyeong Hanwoo are advertising to support the upcoming Olympics with Hoengseong's Hanwoo.

한우를 체계적으로 관리하는 소고기 이력제

빈센트 | 캐나다

한우와 관련된 여러 지역에 가보았지만, 방역 문제로 소를 직접 보기는 힘들었다. 하지만 지인의 도움으로 경상북도 상주시에 위치한 한우 농장인 부흥농장에 방문해 드디어 소를 직접 보았다.

상주는 전국에서 단위 면적당 가장 많은 수의 소를 사육하고 있는 지역이다. 그곳에서 우리는 전국한우협회 상주시지부 이홍규 지부장님과 인터뷰를 진행

대관령에서 한 마리 소가 되어 '음메~'

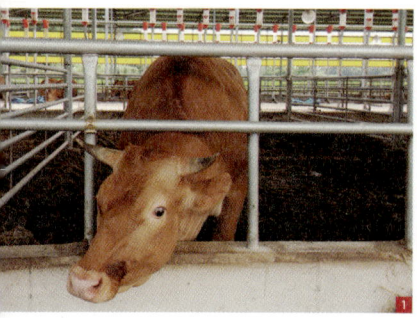

1, 2_ 지인 찬스를 이용해 방문한 상주의 한우 농장

하고, 한우가 농장에서 어떻게 사육되고 유통되는지에 대해 배웠다. 이곳에서는 시간마다 자동 시스템을 통해 소들에게 사료를 자동으로 공급하고 있었는데, 특히 상주의 특산물인 감 껍질을 사료와 함께 제공한다는 특징이 있었다. 그리고 이 '감 먹은 한우'는 상주 고유 브랜드로 자리 잡았다.

또 소의 귀를 자세히 보면 노란 표가 하나씩 달려 있는데, 사람으로 따지면 신분증과 같은 것이다. 이는 '소고기 이력제'를 위한 것으로, 스마트폰 애플리케이션에서 소의 고유 번호를 입력하면 그 소가 어디서 사육되고 도살되고 유통되었는지에 대한 모든 정보를 조회할 수 있다. 사육장에서는 이러한 체계적인 시스템을 통해 한우의 품종을 유지하고 관리하고 있었다.

농장을 탐방하며 인상 깊었던 것은 소의 사육 환경에 심혈을 기울이고 있다는 점이었다. 동물의 권리를 위해 단위 면적당 사육할 수 있는 소의 수가 법적으로 제한되어 있었으며, 더운 여름과 겨울을 잘 버틸 수 있도록 시설까지 잘 갖추어져 있었다.

소를 보고 나서는 한우를 맛볼 차례였다. 상주에서 가장 유명한 '한우탕'이라 하면 '명실상감한우'라고 해도 과언이 아니라고 한다. 명실상감한우는 '상주 감 먹은 한우'의 줄임말로, 최고 브랜드상을 수상한 경력도 있으며 G20 정상회의 만찬의 주인공이기도 했다.

1_ 명실상감한우의 위엄이 느껴지는 조형물
2_ 횡성문화재단에서 인터뷰를 마치고

우리는 주민의 추천으로 상주에서 가장 유명한 명실상감한우 맛집을 찾아갔다. 이곳에서는 매일 한우탕 200그릇을 한정 판매 하고 있는데, 오전 10시쯤에 와서 예약표를 받지 않으면 맛보기 힘든 인기 메뉴였다. 물론 그 맛은 명성에 걸맞게 아주 좋았다. 탕에는 1등급 고기의 여러 부위가 들어가는데, 한국에서 맛본 한우탕 중 가장 고기가 많았고 특히 씹는 맛과 진한 국물이 일품이었다.

Au cours de l'expédition, l'équipe Happy Hanwoo s'est rendue à divers endroits liés à Hanwoo. Par contre, durant la planification du projet, j'ai éprouvé une immense difficulté à trouver un endroit où nous pourrions être près du bétail. Cependant, avec l'aide de mes connaissances établies en Corée, nous avons finalement eu l'opportunité de visiter une ferme de Hanwoo à Sangju, dans la province de Gyeongbuk.

On dit que Sangju a le plus grand nombre de Hanwoo par unité de surface dans tout le pays. Sur place, nous avons interviewé Lee Heung-Gyu, chef de la branche de l'Association nationale de Hanwoo à Sangju, qui nous a renseignés sur la nutrition et la distribution de Hanwoo en Corée du Sud. Entre autres, nous avons appris que le bétail est nourri automatique à toutes les heures à l'aide d'un système automatisé et que du kaki, provenant de Sangju, est mixé à la nourriture. Par conséquent, 'Hanwoo Hanwoo' est devenu une marque de commerce unique de Sangju. De plus, il est possible d'apercevoir sur une attache jaune sur une oreille de chaque Hanwoo sur laquelle un numéro d'identification y est inscrit. Avec cette information, et à l'aide d'une application disponible sur téléphone intelligent, il est possible de retracer l'arbre généalogique de l'animal et d'obtenir plus d'information sur sa vie. Grâce à ce système RFIDesque, les éleveurs peuvent mieux gérer et anticiper la qualité de leur bétail. Une grande surprise pour moi est que je suis très à l'aise dans un environnement agricole. En matière de qualité de vie des animaux, le nombre de Hanwoo par unité de surface est limité par la loi, et l'infrastructure et l'habitation en place à Sangju est d'une grande qualité, autant en été qu'en hiver. Finalement, après notre visite notre équipe a pensé que nous devrions goûter au met typique de Sangju fait avec la viande de Hanwoo.

Nous avons donc visité le restaurant le plus célèbre d'Hanwoo à Sangju, recommandé par les résidents locaux. Kwangsil Inlaid Hanwoo, faisant partie de Changwon-kwon Hanwoo, est un restaurant porteur du Prix de la Meilleure Marque qui a été servie lors du dîner du G20. Afin de pouvoir goûter à ce populaire Hanwoo Tang, il faut arriver avant 10h du matin parce que seulement 200 portions sont produites par jour. Le fait que la viande soit d'une très bonne qualité et que la soupe ait un goût riche en saveur a rendu mon expérience à ce restaurant à la hauteur de sa réputation.

한성현
[횡성문화재단]

Q 한우에 대해 잘 알려지지 않은 사실이나, 한국인들에게 한우에 대해서 알려주고 싶은 것이 있다면 무엇인가요?

A 한우는 옛날부터 '1두 100미'라 했습니다. 한우는 그만큼 버릴 것도 없고 다양한 부위에서 각기 다른 맛이 납니다. 또한 한우는 고기 이상의 의미를 갖고 있습니다. 옛날 농경 사회에서 한우는 우리 가족의 일부였고, 같이 생활을 했기 때문에 문화적으로도 중요한 위치에 있습니다. 알려드리고 싶은 것은 한우의 등급입니다. 흔히 1등급이 제일 좋다고 생각하기 쉬운데, 5등급 중 가운데가 1등급이고 '1+', '1++'로 1등급 위에 두 등급이 더 있다는 걸 모르는 분들이 많습니다.

Q 값싼 수입산 소고기에 대해 어떻게 생각하시나요? 또한 그것이 한우에 미치는 영향은 무엇인가요?

A 모든 현상에는 긍정적인 면과 부정적인 면이 공존한다고 봅니다. 긍정적인 면은 위기의식 덕분에 농가가 사육 체제와 품질 관리 등에 관심을 가져 장기적인 경쟁력을 확보하게 된 것이고, 부정적인 면은 가격 면에서 우위를 차지하기 어렵기 때문에 주의를 기울이지 않으면 산업이 붕괴될 위험에 처할 수도 있다는 점입니다. 하지만 전화위복이라는 말도 있듯이, 한우의 브랜드화와 지자체의 노력에 의해 충분히 극복할 수 있다고 봅니다.

한국에서는 매일의 일상이 모험이었는데, 특히 LG글로벌챌린저를 통해 한국 곳곳을 탐방한 시간들은 무엇보다 값진 경험이었습니다. 더불어 한우를 맛보고 공부하면서 한국의 역사와 문화에 대해서도 많이 배웠습니다. LG글로벌챌린저에 도전함으로써 세계를 발견했습니다.

브렛

LG글로벌챌린저 탐방을 통해 한우와 한국의 문화를 깊이 탐구했고 더불어 한국의 시골을 경험하는 특별한 기회도 가졌습니다. 더불어 스스로에 대해서도 생각해볼 수 있는 계기가 되었고, 팀원들과 함께하며 한층 더 성장했다고 생각합니다. 끝으로 LG글로벌챌린저라는 좋은 기회를 주신 LG에게 깊은 감사를 드립니다.

빈센트

진부한 말이지만 이번 탐방은 기대했던 것보다 훨씬 더 즐거웠고, LG글로벌챌린저 대원이 되어 탐방을 무사히 마친 것에 대해 매우 자랑스럽게 생각합니다. 한우를 테마로 한국을 탐방하고 새로운 사람들을 만나는 것 또한 멋진 일이었습니다. 팀원들과 함께하면서 스스로에 대해 알고 변화했고, 많은 것들을 배웠습니다.

조르조

오월오일
경희대학교

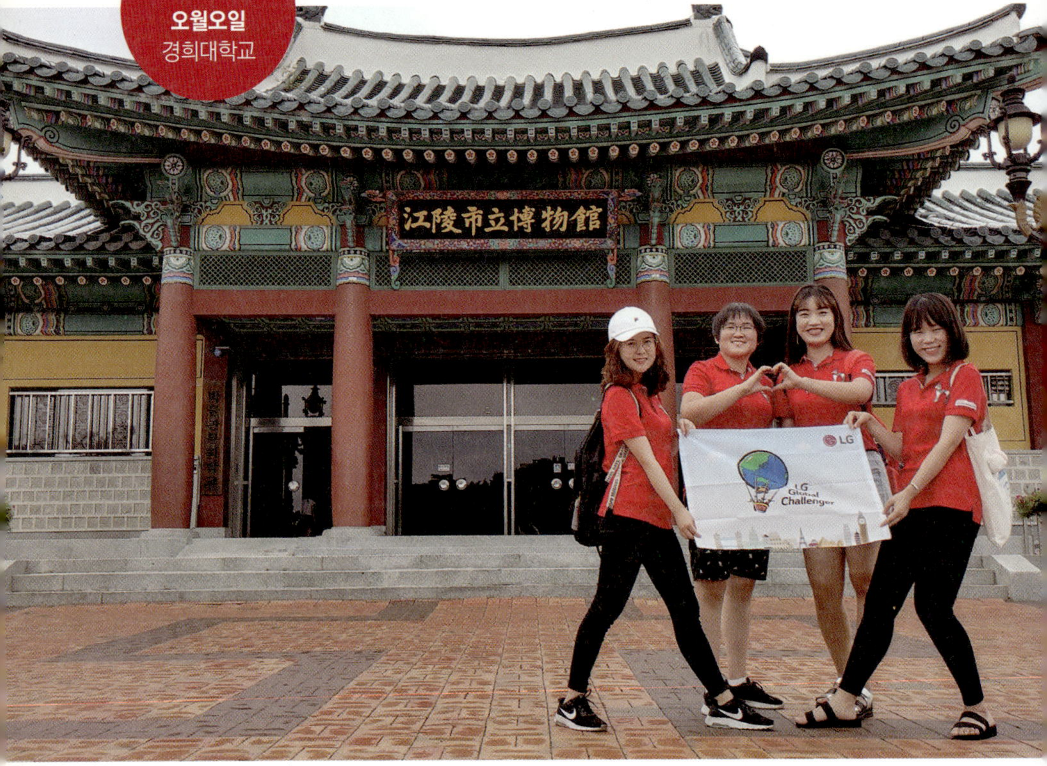

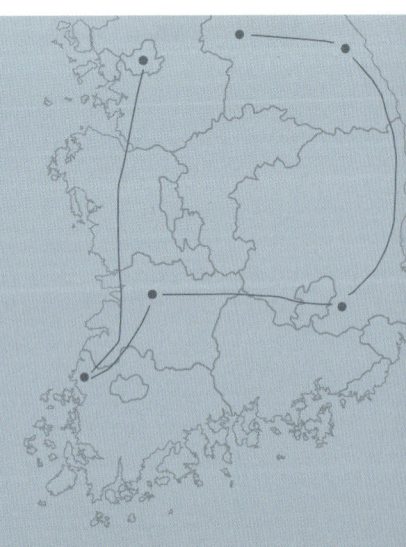

다채로운 한국의 단오제 문화를 만나다

팀명(학교) 오월오일 (경희대학교)

팀원 왕문혜 (중국), 팽소질 (중국), 호련자 (중국), 황염시 (중국)

기간 2017년 8월 8일~2017년 8월 18일

장소 대한민국
1. 서울 (국립민속박물관)
2. 영광 (법성포단오제보존회)
3. 전주 (국립무형유산원)
4. 전주 (덕진공원)
5. 경산 (경산시립박물관)
6. 강릉 (단오문화관)
7. 강릉 (오죽헌시립박물관)
8. 강릉 (취떡마을)
9. 강릉 (강릉원주대학교)
10. 화천 (화천민속박물관)

지난 1971년, 경산자인단오제가 제44호 중요무형문화재로 지정된 이래 2012년에는 법성포단오제가 제123호 중요무형문화재로, 2005년에는 강릉단오제가 유네스코 인류무형문화유산으로 지정됐다. 우리는 한국에서 공부하고 있는 중국 유학생으로서, 한국에서 단오를 쇠는 방식이 중국의 단오절 풍습과 많이 다르다는 것에 큰 흥미를 느꼈다. 중국에서는 용선 경기나 종자(대나무 잎에 찹쌀, 대추, 돼지고기, 팥 등을 넣고 찐 음식) 먹기 등을 하며 단오절을 보내는 한편, 한국에서는 창포물에 머리를 감거나 수리취떡을 먹고, 그네뛰기와 씨름을 하며 단오절을 보냈다. 우리는 한국의 단오제 문화를 더 구체적으로 알아보기 위해 전국 각지로의 탐방을 시작했다.

● 경산에서 따뜻한 마음을 만나다

호련자 | 중국

우리 팀의 탐방 주제는 한국의 다채로운 단오제 문화다. 당연히 국가중요무형문화재 제44호로 지정된 경산자인단오제를 놓칠 수 없었다. 그런데 우리 팀이 탐방을 시작했을 때엔 이미 경산자인단오제 축제 기간이 지나서 직접 체험해볼 수 없었다. 우리는 경산시립박물관에서 경산자인단오제에 관한 자료를 보존하고 있다는 정보를 입수, 그곳에 방문하기로 결정했다.

　박물관에 도착했을 때, 직원들이 굉장히 열정적이고 따뜻하게 우리를 맞아주셔서 감동을 많이 받았다. 우리가 이곳에 들른 목적을 잘 알고 계신 해설자께서 박물관 가이드를 해주셨다. 덕분에 우리는 경산자인단오제와 한국 단오제의 역사에 대해 예상했던 것보다 훨씬 더 많은 정보를 얻게 됐다. 경산시립박물관 상설전시관 바로 옆에는 체험관이 있다. 그곳에서는 단오제 제사 용기 조각 맞추기도 할 수 있고, 경산자인단오제에서 탈춤을 출 때 쓰는 여러 가지 탈도 체험해볼 수 있다. 우리는 이런 체험을 통해 뜻밖의 수확을 많이 얻고, 잊을 수 없는 추억을 만들었다. 경산자인단오제의 역사에 관한 자료를 많이 봐서인지, 체험하는 동안 머릿속에 제사 장면이 생생하게 떠오를 정도였다. 이번 탐방에서 우리는 단순히 지식을 얻은 것이 아니라 많은 사람들의 따뜻한 마음을 느낄 수 있었다. 앞으로 더 좋은 사람이 되기 위해 노력해야겠다고 다짐하는 계기가 되었다.

我们组这次的探访主题是韩国多姿多彩的端午祭文化, 我们当然不能错过作为国家重要无形文化财第44号的庆山慈仁端午祭了。但是很遗憾, 我们在进行探访的时候已经错过了端午祭的时间, 所以不能直接亲自体验端午祭。但幸运的是, 我们得知庆山市立博物馆收藏着关于庆山慈仁端午祭的珍贵历史资料, 所以我们决定在8月12号这一天来到庆山市立博物馆进行探访。那天我们其实打算去看看博物馆的历史资料, 但是博物馆的工作人员们非常亲切热情地迎接了我们, 在了解了我们的来意后, 一位职员带领我们参观了博物馆。多亏讲解员非常详细的解说, 我们意外的获得了好多关于韩国端午祭和庆山慈仁端午祭的历史知识。虽然我们没能直接

경산자인단오제에서 탈춤을 출 때 쓰는 탈도 쓰고 '얼쑤'

感受到庆山慈仁端午祭，但在解说员生动的解说下，端午祭的场景活灵活现地浮现在我们的脑海里。

庆山市立博物馆展览室旁边还设有一个体验馆。我们队员们在那里体验了端午祭祭祀容器拼接和佩戴端午祭跳假面舞时戴的假面具并且照了很多照片。这次庆山探访成为了我们不会忘记的珍贵回忆，收获了很多预料之外的知识，特别是看了庆山慈仁端午祭的各种珍贵历史资料，慈仁端午祭的场面在我们的脑海里大致有了画面感。博物馆职员们的亲切和热情让我们很受感动，对我们来说，这次探访不止是单单的探访旅行，我们感受到很多温暖的内心，也使我们不断提醒自己要努力成为更好的人。

법성포에서 만난 굴비와 홍어의 추억

황염시 | 중국

법성포단오제에 대해 더 깊이 알기 위해 우리는 법성포단오제보존회 김한균 회장님과 인터뷰를 진행했다. 그중 가장 기억에 남는 이야기는 축제 기간 동안 모든 근심과 걱정을 벗어던지고 조상들의 정신과 혼이 담긴 전통을 체험해보라는 것이었다. 축제는 일상생활에서 벗어날 수 있는 출구인 만큼 단오제와 같은 전통문화를 잘 전승해나가는 것은 우리의 숙제라고 생각한다.

우리는 법성포에 도착하자마자 영광 특산물인 굴비를 맛보기도 했는데 기대했던 대로 맛은 최고였다. 함께 나온 음식 중 기억에 가장 남는 것은 바로 한국에 와서 처음 먹어본 홍어였다. 한국에서 홍어와 삼겹살, 김치를 함께 먹는 것을 '삼합'이라고 부른다. 홍어는 냄새가 너무 강하고 독특해 두리안처럼 호불호가 분명한 음식이라는 설명을 접했었지만 다른 사람들을 보며 용기를 내서 한입 먹었다. 입에서 무언가가 폭발하는 듯한 맛과 향, 정말 신기한 체험이었다.

为了更深入的了解法圣浦端午祭，我们采访了法圣浦端午祭保存会的金汉均会长，感受到了保护传统文化的重要性。节庆可以说是能暂时逃离日常生活的一个出口。在如今高龄化社会中，如何更好地传承传统无形文化，对于我们来说也是一个重要的课题。

当地最出名的特产是黄花鱼干。刚到法圣浦就能看到各种各样的黄花鱼干店，我们在网上搜索到了一家好评度最高的黄花鱼干正食店，果然味道没有让我们失望。每道小菜都按照规定的顺序上菜及摆盘，其中让我最印象深刻的就是来韩国第一次吃了斑鳐!斑鳐和五花肉，泡菜并称为'三合'，是个像榴莲一样喜好非常分明的食物。斑鳐的味道十分的刺鼻，看着别的小伙伴自己鼓起勇气尝试了一口，感觉斑鳐就在自己的嘴里爆炸一般，真的是一次很神奇的体验。

영광에서 맛본 굴비 정식이 무척 맛있어서 신이 났다

● 전주 국립무형유산원에서 받은 감동

왕문혜 | 중국

전주에 있는 국립무형유산원은 건물도 예쁘고 주변 환경도 좋아서 우리는 관광객처럼 여유롭게 여기저기를 구경했다. 국립무형유산원은 인류의 무형 문화유산을 체계적으로 보존하고 후손들에게 온전히 전승하기 위해 설립된 복합 행정 기관이다. 한국의 모든 무형 문화유산이 이곳에 다 정리, 기록되어 있었다.

우리의 탐방 주제인 단오제와 관련된 내용도 찾을 수 있었다. 각 단오제의 예능보유자와 그 주요 공로가 기록되어 있었는데, 강릉단오제 예능보유자 박용녀 님이 '부정굿', '서낭굿', '성주굿', '군웅굿', '세존굿'의 전승에 기여했다는 것과 김도근 보유자가 경상자인단오제의 한장군놀이를 복원 및 재현했음을 알 수 있었다.

이곳에서 작은 간판 하나를 발견했는데 '사라지지 않는 빛: 한국 무형 유산의 어제와 오늘을 이어준 국가무형문화재 작고 보유자, 더 큰 울림이 되어 우리 무형 유산의 미래를 함께할 것입니다'라고 쓰여 있었다. 큰 감동에 다양한 무형문화를 창조하고 전승한 선조들을 존경해야 한다는 마음이 들었다.

探访的第二个目的地，是韩国的历史名城，类似于中国的西安南京这样的城市。全州最关键的行程就是国立无形遗产院了，这里汇集了韩国所有的无形文化遗产，印象最深的是展览厅的中央有一块巨大的环形屏幕，对每一项遗产进行全天候的介绍和宣传，当然我们这次的探访主题端午节也包含在其中。还记着一块小牌子上写着，无形文化遗产的传承者是永远不会消逝的光辉，看到这句话瞬间泪目。在人类历史发展长河中，正是这些无形文化的创造者和传承者，造就了我们今天如此美好又灿烂的人类文明。不仅如此，也为韩国国家和社会对无形文化遗产的这份重视所动容。希望全世界的无形文化遗产都能受到重视和传承，在经济发展欣欣向荣的今天，不被人们所遗忘。

● 시대에 따라 변해온 강릉단오제

팽소질 | 중국

강릉은 우리의 탐방 여정에서 제일 중요한 도시였다. 인터뷰도 세 번이나 진행했다. 강릉단오제를 연구하는 전문가들과 대화하고 좋은 정보를 많이 얻는 과정에서 마음속에 가지고 있던 몇 가지 의문도 풀 수 있었다. 예를 들어 강릉단오제보존회 임한택 사무국장님은 우리에게 강릉단오제의 특색과 다른 지역의 단오제보다 강릉단오제를 더 완전하게 전승할 수 있던 이유를 자세하게 설명해주셨고, 강릉원주대학교 사학과 이규대 교수님은 현대사회에서 단오제가 갖는 의미에 대해 알려주셨다.

모든 단오제는 한 해 농사의 파종 때 이루어지던 기원제로부터 출발했다. 그러나 단오제의 주술적인 기능이 제거된 현대에 이르러서는 많은 지역에서 단오 풍습이 사라졌다. 이러한 시대 변화 속에서 강릉단오제는 매년 그 규모가 더 커지고 있다. 예전의 세시풍속으로 강릉단오제를 해석하려 한다면 현재의 강릉단오제를 제대로 읽을 수 없을 것이다. 강릉단오제는 시대에 따라 성격을 달리해왔고, 그렇게 해서 현재까지 살아남을 수 있었다.

지금의 강릉단오제는 여타의 문화제들과 마찬가지로 '1년 동안의 문화적 성과'를 집합해놓은 것이다. 단오의 전통적인 제례가 중심이 되면서 현대의 문화 활동이 첨가되는 방식이다. 각종 체육 행사와 예술 행사에 동호인들이 적극적으로 참여하는 강릉단오제는 이제 민속 축제가 아니라 종합 축제로 자리 잡았다는 생각이 들었다.

1_ 전주 국립무형유산원의 로고와 함께
2_ 강릉단오제위원회 상임이사님과 인터뷰 중

江陵是我们这次探访中最重要的城市，在这里我们采访了3位研究江陵端午祭的专家。在与各个专家对话之后，我们都收获颇丰，心中埋藏已久的疑惑也得到了解答。例如，江陵端午祭保存会的林韩泽事务局长向我们详细的讲解了江陵端午祭的特色及江陵端午祭可以完整传承的原因。我们还与江陵原州大学历史学科的李圭大教授一起讨论了在现代社会中端午祭的意义。

　　不管是哪个地方的端午祭都是起源于播种之后的祈祷祝愿活动。随着端午祭祈福功能的逐渐淡化，许多地方的端午风俗也日渐消失，但是江陵端午祭却在年年扩张。所以如果只以传统岁时风俗来解释江陵端午祭的话，就无法理解现如今的江陵端午祭。正因为江陵端午祭的性质内涵是随着时代而变化的，才使得它可以延续流传至今。

　　现在的江陵端午祭其实和其他的文化庆典活动很相似，有着将地区一年的文体方面的成果展现出来的功能。以传统祭礼为中心，再加上可以让有不同兴趣爱好的人都可以参与进来的活动，我认为现如今的江陵端午祭与其说是民俗祭祀活动，不如说是一个综合性庆典活动。

이규대
[강릉원주대학교]

Q 시대의 변화에 따라 단오제에는 어떤 변화가 있었습니까?

A 단오제라는 축제는 늘 국가의 관찰 대상이었습니다. 한국이든 중국이든 역사상 불교를 열심히 믿었던 시대가 있고, 유교를 열심히 믿었던 시대가 있습니다. 불교를 믿는 사람들과 유교를 믿는 사람들이 살아가는 방법도 많이 달랐죠. 그래서 문화의 변화는 무엇을 믿던 시대냐에 따라서 다릅니다. 예를 들면 많은 사람들이 불교를 믿던 시절에는 단오제도 거의 불교의 풍습으로 진행했습니다. 지금의 대한민국은 불교 시대도, 유교 시대도 아니고 다양한 사람들이 다 같이 살아가는 시대이기 때문에 축제의 모습도 아주 다양합니다. 단오제는 시대마다 풍습이 달랐지만, 변화하지 않는 게 하나 있습니다. 바로 사람들이 단오제를 참 즐거워한다는 사실입니다.

Q 앞으로 단오제가 어떤 식으로 발전 혹은 변화하게 될까요?

A 우리가 지금 살고 있는 사회는 예전과 많이 다릅니다. 예를 들어 옛날에는 한국이나 중국이나 여성은 대부분 학교에 안 보냈고, 여자들은 외출이 어려웠기 때문에 거의 집에만 있었습니다. 그래서 단오제는 여자들이 제일 기대하는 명절이었습니다. 집 밖으로 나가서 그네를 뛸 수도 있고, 친구랑 게임도 할 수 있었기 때문이죠. 그런데 지금은 여성도 학교에 다니고 유학도 가는 시대입니다. 단오제의 풍습 역시 시대가 흐르면서 남녀가 평등한 모습으로 발전해왔습니다.

앞으로 국가에서 문화 정책을 얼마나 발전시키려고 하는지 그 의지에 따라 달라지겠지만, 정부의 정책과 지방의 문화가 잘 연결된다면 단오제 축제도 지방의 소도시 마을까지 발전할 수 있을 거라 생각합니다. 전통문화가 잘 발전할수록 사회가 더 행복하기 때문입니다.

2017년 여름이 LG글로벌챌린저 덕분에 빛나고 더 아름다워졌습니다. 앞으로 제가 살아가는 동안 언제라도 2017년 여름을 떠올리면 LG글로벌챌린저가 떠오를 것입니다. 다들 고맙습니다.

왕문혜

LG글로벌챌린저로 활동하는 동안 패기 있고 훌륭한 친구들을 정말 많이 만났습니다. 탐방을 하면서 많이 배웠을 뿐만 아니라 다른 팀의 탐방을 보고도 많이 배웠습니다.

팽소질

이번 활동을 통해 새로운 세계와 새로운 나 자신의 용감한 모습을 만났습니다. 팀원들이 힘을 합쳐 이번 탐방을 무사히 끝낼 수 있었기에 팀워크가 얼마나 중요한지 많이 느낀 시간이었습니다.

호련자

LG글로벌챌린저는 2017년의 저에게 주는 최고의 선물이라고 할 수 있습니다. 오래전부터 꿈꾸어온 일이었기 때문입니다. 절대 잊을 수 없는 소중한 경험을 선물해준 모두에게 감사합니다.

황염시

한국의 스타트업에서
기업가 정신을 배우다

팀명(학교) Bridge (울산과학기술원)

팀원 무라트 (키르기스스탄), 브라드 (키르기스스탄), 아클 (키르기스스탄), 친그스 (키르기스스탄)

기간 2017년 8월 20일~2017년 8월 31일

장소 대한민국
1. 서울 (스트롱 벤처스 Strong Ventures)
2. 서울 (서울글로벌창업센터 Seoul Global Startup Center)
3. 서울 (프라이머창업기업 Primer Club)
4. 서울 (한국청년기업가정신재단 Korea Entrepreneurship Foundation)
5. 서울 (은행권청년창업재단 D. Camp)
6. 서울 (마루180 MARU 180)
7. 서울 (네이버 D2 스타트업 팩토리 Naver D2 Startup Factory)
8. 성남 (케이큐브 벤처스 K Cube Ventures)
9. 서울 (원티드 Wanted)
10. 서울 (소프트 뱅크 벤처스 코리아 Soft Bank Ventures Korea)

대한민국은 세계에서 손꼽히는 IT 강국이자 시대의 흐름을 빠르게 읽어내고 이끌어가는 국가다. 우리는 대한민국에서 스타트업을 이끌어가는 청년사업가들을 만나, 현재 젊은 세대들이 주목하고 있는 미래의 신사업에 대해 배워보고자 했다. 이곳에서 보고 느낀 다양한 정보들을 키르기스스탄에 적용한다면, 향후 눈부신 성장의 원동력이 될 것이라는 확신했기 때문이다.

🔴 스타트업, 좋은 리더와 자본이 필요하다

무라트 | 키르기스스탄

탐방 첫날, 머리맡으로 부서져 내리는 햇살에 깨어 아침을 맞았다. 오랫동안 손꼽아 기다리던 인터뷰에 우리는 지체 없이 스트롱 벤처스로 향했다. 다양한 스타트업을 지원하는 해커톤 대회의 심사위원이자 서울 스타트업 생태계에 이바지한 배기홍 씨가 우리를 반갑게 맞아주었다. 회사에 대한 간단한 설명과 함께 시작한 인터뷰는 다양하고 재미있는 질문들에 대한 답을 받을 수 있는 뜻깊은 기회였다. 배기홍 씨는 자신의 풍부한 경험에 대해 알려주었고, 우리는 흥미로운 정보들을 얻을 수 있었다. 배기홍 씨와의 인터뷰 일부를 적어본다.

Q. 스타트업을 시작할 때 가장 중요한 요소들은 무엇이라고 생각하십니까?

A. 좋은 지도자와 투자라고 생각을 합니다. 왜냐하면 초기 자본은 곧 사업의 시작이기 때문입니다. 해당 산업 전문 지도자의 도움도 중요합니다.

Q. 스트롱 벤처스는 어떤 산업 분야에 중점을 두고 있습니까?

A. 요즘에는 iCloud, 인공지능, IoT, AR, VR 등 새롭게 등장하고 있는 산업들이 많은 벤처기업들의 관심을 끌고 있습니다.

우리 팀은 인터뷰를 통해 어떻게 하면 사업에 효과적인 모델을 만들 수 있는지, 어느 분야가 투자자들의 관심을 얻을 수 있는지와 더불어, 벤처기업의 내부 및 외부의 중요한 기능 등에 대해 많이 배울 수 있었다. 우리는 배기홍 씨의 성공을 기원하며 감사 인사를 하고 돌아섰다.

Жай. Мына эми, узун убакыт кутуп жургон экспедициябызды н биринчи куну дагы келип калды. Бир дагы мунотубузду жо н кетирбестен, эн биринчи бара турчу жерибиз, Seoul Campus та жайгашкан Strong Ventures аттуу венчурдык капитал коздо й жол салдык. Сеул стартап экосистемасына копсалымын ко шкон, ар кандай стартап хакатондорунда жюри болуп жургон, Кихонг Бе мырзабыз колун жайык ачып, бизди кутуп турган э кен. Офистин ичин кыскача тушундуруп кеткен сон, байкеби зден интервью алганга шашылдык. Интервью учурунда копто гон кызыктуу суроолор суралды. Кихонг Бе мырзабыз озунун бай тажрыйбасы менен болушуп, кызыктуу жана маалыматт уу жоопторду берди. Ар бир айтылган жооптору жаны суроол орду жаратып атты. Анда эми, суралган кээ бир суроолорун у гуза кетейин:

Q. Кихонг Бе мырза, жаны осуп жаткан стартаптарга кайсыл факторл ор эн маанилуу деп ойлойсуз?

A. Жаны осуп келе жаткан стартаптарга эн маанилуусу, менин оюмча, ментор жана инвестиция маанилуу деп ойлойм. Себеби ар бизнес капитал менен башталат. Андан сырткары дагы, озунун индустри ясында эксперт болгон ментордын коп жардамы тиет.

Q. Strong Ventures кайсыл индустриядагы стартаптарга кобуроок кону
л бурат?

A. Биздин компаниянын озгочо инвестиция жасай турчу индустрияс
ы жок, бирок азыркы кундо iCloud, AI, IoT, AR, VR деген жаны торо
луп жаткан индустрия коп венчурдык компаниялардын конулун аз
гырып жатышат.

Бул интервьюдан коптогон нерселерди уйрондук: кантип жакшы бизн
ес модель тузушту, кайсыл индустрия инвесторлорду кызыктырып жа
ткынын, венчурдык компаниянын ички жаны сырткы маанилуу функ
цияларын жана андан башка. Коптогон бийик тоолордун башын багы
ндырган адамдын муноозун коруп, айтылган созун угуп, озубуз дагы б
ул кишиден куч жана жаны дем алып жаткандай сезим келип жатты.
Ушинтип Кихонг Бе мырзабызга чон ийгиликтерди каалап, ыраазычы
лыгыбызды билгизип, кийинки жолугушуубузга жонодук.

● 세계를 변화시킬 아이디어와 열정만 있다면

아클 | 키르기스스탄

우리 팀은 또 다시 두 곳의 흥미로운 회사를 방문해 인터뷰를 이어나갔다. 첫
번째 방문한 곳은 은행권청년창업재단(D. Camp)으로, 초창기 벤처 기업을 발
굴하고 투자하여 파트너 조직을 함께 양성하는 젊은 기업가를 위한 은행 재단
(Banks Foundation for Young Entrepreneurs)의 자회사였다. 은행권청년창업재단은
서울 강남의 중심부에 위치한 5층 건물이었다. 우리는 각 층과 모든 사무실을
탐방하며 회사 전체를 대략 파악할 수 있었다. 이곳에서는 투자 산업 외에도 기

업가와 멘토 및 투자자 매칭, 구직자의 정보를 연결하기 위해 다양한 종류의 프로그램 및 네트워킹 이벤트를 조직하고 있었다. 은행권청년창업재단에서 가장 기억에 남는 곳이었는데, 말 그대로 회사 내의 모든 사무실, 직원과 각 부서에서 기업가 정신을 느낄 수 있었기 때문이다.

두 번째 목적지는 한국 기업가들의 중추적 허브 중 하나인 구글 캠퍼스 서울 (Google Campus Seoul)이었다. 이름에서 알 수 있듯이 이곳은 2015년 5월에 설립된, 구글에서 운영하는 공동 작업 공간 중 하나다. 서울, 마드리드, 텔아비브, 런던, 바르샤바, 상파울루 등 전 세계에 6개의 구글 캠퍼스가 있는데, 서울 캠퍼스는 런던과 텔아비브 다음으로 설립됐다.

먼저 사무실을 둘러보았는데, 회사 내 분위기와 모든 공간이 정말 매력적이었고, 공동 작업 공간에서 일하는 많은 스타트업 팀을 만날 수 있었다. 우리 모두가 구글 캠퍼스 서울의 구성원이 될 수 있고, 무료로 공동 작업 공간을 사용할 수 있다는 사실에 놀랐다. 우리 팀은 세계를 변화시킬 아이디어와 열정을 가진 기업가들로 가득한 환경을 느껴보고자 인터뷰를 마친 후에도 몇 시간을 더 구글 캠퍼스 서울에 머물렀다.

은행권청년창업재단이 자리한 빌딩 가득한 스타트업들의 간판

공동 작업공간이 많은 구글 캠퍼스 서울의 내부

We were lucky enough to visit two interesting organizations and have the personal meetings with representatives of the companies. The first one was D. Camp, which is a subsidiary of the Banks Foundation for Young Entrepreneurs that finds and invests in early-stage startups, incubate them with partner organizations, invests in the 'Growth Ladder Fund' and takes part in indirect investment with asset management companies. During our visit, we had a chance to have an overview of the whole center, by visiting each floor and every office. D. Camp building consists of five floors and is located in the heart of Gangnam, Seoul. As the interviewer noted, besides from investments, D. Camp organizes a different kind of programs and networking events in order to connect entrepreneurs with mentors and investors, and job-seekers with positions and information. This center was the most memorable place that we have visited in Seoul. We literally felt the spirit of entrepreneurship in every room, person and startup of the organization.

The second destination point was Google Campus Seoul–one of the widely used entrepreneurial hub across the South Korea. As the name indicates, Google Campus

Seoul is one of the networks of co-working spaces operated by Google that was established in May of 2015. During the overview session, interviewer noted that there are six Google Campuses around the world: Seoul, Madrid, Tel Aviv, London, Warsaw, Sao Paulo. Seoul Google Campus is one of the first co-working spaces established after London and Tel Aviv and followed by Warsaw and Sao Paulo.

And as in the first meeting we met the manager that met us and showed around the offices of campus. The atmosphere was extremely fascinating in every corner of the campus, and we saw a lot of startup teams working in the co-working space, as we usually imagined. We were very impressed by the fact that everyone can become a member of Google Campus Seoul and use the open co-working space without any payment.

After the overview of the Google Campus Seoul, we decided to stay there for a couple of hours to enjoy the environment surrounded by entrepreneurs who are passionate about the ideas that will change the world.

🔴 해커톤 행사 참여로 인사이트를 얻다

친그스 | 키르기스스탄

탐방 6일째 날, 우리는 '기술 혁신 해커톤' 행사가 열리는 판교 밸리를 방문해 그러한 종류의 이벤트가 스타트업의 생태계에 어떤 영향을 미치는지, 그리고 어떤 방법으로 발전에 기여하는지 확인할 수 있었다.

해커톤과 같은 경쟁 행사는 스타트업 생태계 전체에 중요한 영향을 미친다. 첫째, 혁신을 위한 하나의 장려책이 된다. 둘째, 참여자 간에 훌륭한 네트워킹을 쌓는 계기가 된다. 셋째, 개발 단계의 스타트업들은 전문적인 멘토와 심사위원들로부터 실질적인 조언을 얻을 수 있다.

처음 판교에 도착했을 때, 우리는 조금 걱정이 되었다. 전 세계에서 온 사람들과 48시간 동안 밤낮없이 경쟁하는 일이 좀 힘들어보였기 때문이다. 그래서 처음엔 그냥 탐방 차원에서의 참여를 생각했지만 생각을 고쳐 직접 참가했고, 우승을 목표로 잡게 되었다. LG글로벌챌린저가 되니 모든 면에서 도전의식이 생기는 것 같았다.

비록 참가자나 주최측과의 인터뷰는 진행할 수는 없었지만, 스페셜 게스트를 보며 통찰력을 얻을 수 있었고, 이런 인사이트를 배우는 것만으로도 무척이나 유익했다. 하루가 끝날 때쯤, 우리는 사람들이 기업가 정신에 흥미를 갖게 하려면 이런 행사가 더 자주 열려야 된다는 필요성을 깨달았다.

Это был уже шестой день нашей экспедиции с LG Global Challenger, и мы посетили долину Панге, где проходил хакатон технологий и инновационных идей, чтобы узнать как можно больше о том, как такие соревнования способствуют развитию стартап экосистемы. Такие вещи значительно имеют положительный эффект в развитии предпринимательства. Во-первых, такие мероприятия дают людям стимул развивать и вводить новшества. Во-вторых, все участники расширяют горизонт своих связей и знакомятся друг с другом, что очень немаловажно. Более того, это отличный шанс для начинающих стартапов услышать профессиональные мнения от компетентных менторов и жюри. Когда мы прибыли в Панге на хакатон, мы сразу почувствовали легкий страх, что это будет совсем нелегко. Только мысль, что нам придется не спать ближайшие 48 часов уже пугала нас. В начале это казалось всего лишь еще одной галочкой в нашей экспедиции, но затем это превратилось для нас в настоящий вызов. Все превращается в вызов с LG Global

1_ 아직 초기 단계인 스타트업 RoRNets와의 인터뷰

2_ 직접 해커스 행사에 참여해 수상하기도 했다

3_ 인터뷰를 마칠 때마다 우리 딤 명인 'Bridge'를 몸소 표현했다

Challenger. Пусть мы и не смогли взять интервью у организаторов и гостей, но за то мы получили ценные советы, которые на вес золота. Под конец дня, мы все знали что для того чтобы разжечь огонек интереса людей в предпринимательстве надо часто проводить такого рода мероприятий.

진정한 기업가 정신을 가진 사람들

브라드 | 키르기스스탄

음식 배달 플랫폼인 플레이팅(Plating)과의 인터뷰가 있던 날, 우리는 장소를 혼동하는 바람에 미팅에 한참을 늦고 말았다. 감사하게도 인터뷰가 예정된 개발자가 이런 상황을 이해해 주었고, 우리는 유쾌하게 인터뷰를 마칠 수 있었다.

플레이팅은 매우 흥미로운 기업이었다. 스타트업에서 개발자로서 일하는 방법과 스타트업이 초기에 직면하는 주요 문제에 대해 배울 수 있었다는 점에서 그랬다. 특히 그들의 기업가 정신에 깊은 인상을 받았는데, 차별점과 독창성을 가지고 스타트업을 운영하는 것에 중점을 두고 있었다. 현재 시장에는 많은 음식 배달 서비스가 있는데, 플레이팅은 전반적인 공급 업체 관리와 매주 특별한 식단 제공을 통해 다른 서비스들과 차별화된 지점을 만들어내고 있었다. 처음에는 가장 수요가 많은 강남 지역에서만 서비스를 제공했는데, 현재는 푸드플라이와의 제휴를 통해 서비스 지역을 확대했다. 이 인터뷰로 팀원 모두 세상에 긍정적인 변화를 가져오기 위해 노력하자고 다짐하는 계기가 되었다.

이어서 이직정보공유 플랫폼, 원티드(Wanted)와의 인터뷰도 진행했다. 원티드의 이복기 대표님은 인터뷰를 하는 동안 회사를 설립한 초기 스토리와 피해야 할 실수들에 대해 알려주셨다. 더불어 우리 팀이 목표를 달성할 수 있는 몇 가지 방법들도 제안해주셨다. 이 대표님의 표현대로 스타트업을 운영하는 것은 꿍장히 힘이 드는 일이다. 매일 다양한 종류의 문제들이 생겨나고, 그것을 빠른 시간 내에 처리해야 한다. 열정이 없으면 구성원들은 일이 진행되기도 전에 앞으로 나아갈 동기를 잃고 포기하기 때문이다. 아이디어와 그 가치에 진정으로 매달리는 사람만이 목표를 달성한다는 말이다.

또 하나의 흥미로운 사실은, 원티드 사무실이 우리가 5일 전에 방문한 위워크(Wework)라는 회사에 있었다는 것이다. 한국의 스타트업 생태계가 밀접하게 연관되어 있다는 사실을 체감했다.

원티드와의 인터뷰 후까지 마친 후, 사고를 넓히기 위해 서울창조경제혁신센터를 방문했다. 과학기술은 놀라운 속도로 발전하고 있었고, 서울에 있는 스타트업들과 최신 기술을 보는 것은 흥미로웠다.

On this day we had two scheduled meeting and the visit to 'Seoul Creative Economy & Innovation Center'. First, we had a meeting with a developer of 'Plating' startup based in Seoul. We learned a lot how it is to work as a developer in startup and what are the main problems startup companies face at the early-stage phases. I was extremely impressed by entrepreneurial spirit of developer from Plating, with whom we had a meeting. Specifically, he noted about bringing differentiation and uniqueness to the world by running a startup. Even though there is a huge number of food delivery services in the market, 'Plating' differentiates itself from other 'players' by the total control of supply chain management and the creation of unique recipes of meals every week. At first, they were delivering food only in the Gangnam area as it was most highly demanded region, but after a partnership with FoodFly, they extended service area. This meeting was very motivation for every member of our team for making bringing positive changes to the World.

We had approximately one hour before our next meeting with the CEO of 'Wanted,' the leading job recruitment platform in South Korea. The second meeting was very crucial for our team and the idea of our organization because the CEO suggested several ways of achieving our goal. It was fascinating to hear the initial history of the company and learn about mistakes that we should avoid. We were also impressed by the hustle of the CEO. As he expressed: Running a startup is tough. Every day entre-preneurs are facing various kinds of obstacles that are needed to be solved in a short period. Without passion, individuals lose motivation to move forward and give up without making decent progress. However, the ones who are truly obsessed with the idea and value it can bring will reach their goals.

An interesting fact was that their office is located in the startup company 'Wework' that we visited five days ago. Everything is tightly connected to the startup ecosystem of South Korea-another lesson that we learned today!

Even though we did not have an official appointment after the second meeting, we decided to visit 'Seoul Creative Economy & Innovation Center' for broadening our mindset. Technological development is accelerating very fast and we were fascinated to see latest inventions of startups around South Korea.

파울 야다브
[RoRNets]

Q 대학에서 공부를 하면서 스타트업을 시작한 이유는 무엇인가요?

A 어떤 사람들은 돈을 벌기 위해 사업을 시작하고, 또 어떤 사람들은 세상에 새로운 아이디어를 소개할 수 있다는 데 열정을 느껴 사업을 하기도 합니다. 저 같은 경우 도전을 좋아해서 시작하게 되었습니다. 스타트업을 시작하는 것은 힘든 일입니다. 많은 일들과 중요한 결정들을 감내해야 하고, 인생의 방향을 바꿔야 하며, 안정적인 수익 없이 살아남아야 합니다. 압박감이 상당하죠. 그러나 이러한 도전들은 저를 매일 아침 일어나게 하고, 계속해서 실패하면서도 앞으로 나아가게 하는 동기가 됩니다. 저는 매일 매혹적인 사람들을 만나며 성장하고 있고, 또 전 세계에 기여하고 있다고 생각합니다.

Q 스타트업의 경우 초기 단계에 사업 방향을 얼마나 조정합니까?

A 'RoRNets' 역시 아직 초기 단계입니다. 스타트업 기업은 초기 단계에서 사업 방향을 바꿀 수도 있고, 하룻밤 사이에 근본적인 개념을 바꿀 가능성도 있죠. 시장의 적합성, 생산성, 적절한 타이밍 등 많은 요인들이 회사의 거대한 흐름에 영향을 미치기 때문에 초기 단계라 해도 단기간에 중대한 도약을 할 가능성도 충분합니다.

저희 회사도 지금 개발하고 있는 아이디어가 처음과는 다릅니다. 하지만 회사의 목표 혹은 사명은 비즈니스 운영의 마지막 날까지 유지되어야 한다고 생각합니다. 창업자들이 분명한 열정을 가지고 설립한 초기의 동기를 잃지 않는 것이 중요하죠. 저희는 이익을 내고 목표와 연관되어 있는 한, 사업의 혁신과 확장에 개방적입니다.

만약 누군가 과거로 돌아가도 다시 LG글로벌챌린저에 도전하겠냐 묻는다면 'Yes' 라고 답할 것입니다. LG글로벌챌린저는 한국을 탐사할 수 있는 기회를 주었고, 이 멋진 세상을 완전히 다른 각도로 바라볼 수 있도록 시야를 넓혀주었기 때문입니다. 다양한 사람들을 만났고, 많은 친구를 사귀고, 팀 동료들과 잊을 수 없는 시간을 보냈다는 데 정말 감사합니다.

무라트

탐방과 그 준비 과정은 진심으로 정말 힘들었습니다. 하지만 우리가 얼마나 많은 노력을 기울였는지, 얼마나 많은 것을 배웠는지, 얼마나 많은 사람들을 만났는지, 그리고 얼마나 많은 곳을 발견했는지 되돌아봤을 때 LG글로벌챌린저라는 이름으로 한 탐방은 성공적이었다고 말하고 싶습니다. 그리고 인생은 끝없는 도전임을 깨우쳤습니다.

브라드

LG글로벌챌린저. 이 단어를 떠올리면 묘한 기분이 듭니다. 세세히 담아두는 편이 아닌데도 이번 탐방은 놀랍도록 모든 것들이 기억에 남고, 6개월 동안 많은 것을 배우고 경험했다는 면에서도 특별함으로 남았기 때문입니다. 이런 기회를 얻게 된 것에 진심으로 감사하며, 마지막으로 이런 말을 남기고 싶습니다. 꼭 도전하고, 경험하고, 이기세요!

아클

LG글로벌챌린저 활동은 저의 부족함을 완성해 나가는 과정이었었습니다. 함께 많은 곳을 방문하고, 새로움을 발견하며 팀이라는 단어의 의미를 다시 한 번 깨닫기도 했습니다. 이로써 우리 팀이 도전에 성공했다고 생각하며, 이런 기회를 주신 LG글로벌챌린저에 진심으로 감사 드립니다.

친그스

역대 LG글로벌챌린저 보기

LG글로벌챌린저를 빛낸 1기(1995년)부터 23기(2017년)까지의 팀원들과 그들의 탐방을 통해 공부한 주제를 소개합니다.

1기 | 1995년 팀 구성 인원 5명, 총 40팀, 대원 수 200명

대상 한국형 실버 서비스 모델에 관한 탐방보고서
청주대학교 | 안병렬, 정재성, 김민경, 송옥현, 전하연
탐방국 | 일본

금상 지역 문제 해결에 기여하는 지리정보체계(GIS)
서울대학교 | 김종연, 김현미, 정현주, 최선영, 신성희
탐방국 | 미국

은상 미국 동부 지역 장애인 종합 재활 센터
부산대학교 | 김남숙, 윤성현, 여정인, 정선희, 장철호
탐방국 | 미국

은상 한국 쌍방향 케이블 텔레비전 사업의 국가 경쟁력 제고를 위한 발전적 대안 제시
국민대학교 | 윤정구, 반대현, 김판수, 권규석, 신선주
탐방국 | 미국

동상 냄새 측정 기술과 그 응용
울산대학교 | 김현정, 허경욱, 심광훈, 김영우, 이길수
탐방국 | 일본

동상 21세기 미술을 통한 새로운 문화 교육-아동 미술관
덕성여자대학교 | 김희성, 김승민, 한지현, 임선희, 최은정
탐방국 | 미국

동상 정보 흐름의 전략적 활용을 위한 한국형 일류 (Work flow) 시스템의 기능 구조
연세대학교 | 이근상, 김용우, 한정필, 정철범, 문재윤
탐방국 | 미국

지하 공간 개발을 위한 암석의 물성 측정
강원대학교 | 오선환, 정성윤, 최예권, 유영준, 성대현
탐방국 | 미국

암 치료의 최첨단 동향 관찰 및 실험
가톨릭대학교 | 주지현, 문장석, 이진, 임현미, 장정원
탐방국 | 미국

독일 제약 회사의 의약 스크리닝 연구 방법 및 기술 습득
충남대학교 | 이재흥, 이수정, 김응배, 양희정, 박선희
탐방국 | 독일

김치 세계화를 위한 미각 센서의 기본 원리 및 응용 가능 분야 연구
서울여자대학교 | 김정진, 이선민, 정예선, 정윤선, 황용우
탐방국 | 일본

과학 선진국으로 진입하기 위한 기초 과학 정책 방안 제시
서울대학교 | 김석형, 박성호, 신영기, 김상덕, 최윤라
탐방국 | 미국

21세기 한국 생명 과학의 도약을 위한 방안 모색
연세대학교 | 윤성원, 김범철, 이인명, 김정은
탐방국 | 미국, 캐나다

Research on Agile Manufacturing
포항공과대학교 | 김유한, 최제호, 이광구, 이종혁, 차수현
탐방국 | 미국

멀티미디어와 미래 유통
서울대학교 | 김무성, 신철희, 손종솔, 강동원, 구진희
탐방국 | 미국

네덜란드 수출 원예 산업의 기반을 찾아서
중앙대학교 | 박성효, 강지은, 강남길, 이은승, 최규동
탐방국 | 네덜란드

지방자치제와 통일 시대를 대비한 지역 사회 중심 범죄 예방 정책
경찰대학교 | 신성권, 이현준, 전재근, 정범균, 한상훈
탐방국 | 프랑스, 영국, 독일

환경 보존을 통한 생태 건축과 도시 개발
경북대학교 | 변혜선, 박몽섭, 이승엽, 장희창, 박해주
탐방국 | 독일, 스위스

통일에 대비한 농촌 지역 사회 개발 모형 연구
건국대학교 | 김상균, 이호필, 김은주, 김주현, 이경화
탐방국 | 이스라엘

직장 탁아
연세대학교 | 구영범, 탁양현, 원신보, 민자경, 양혜선
탐방국 | 캐나다, 영국

지방 자치 단체의 기업 정책과 환경 정책
숙명여자대학교 | 이혜정, 박진경, 김시현, 최윤형, 정지윤
탐방국 | 미국

유럽 3개국 박물관과 고고학 유적지 탐방-교육 프로그램과 보존 실태 중심
서울대학교 | 유용욱, 고성필, 김지인, 김혜원, 이윤아
탐방국 | 영국, 프랑스, 독일

베니스 비엔날레와 그 연관 효과
전남대학교 | 이창훈, 이금주, 오상훈, 김진태, 송경자
탐방국 | 이탈리아

영상 산업과 멀티미디어

경희대학교 | 김호성, 박성용, 정희권, 유영숙, 이남희
탐방국 | 미국

산업 교육에 있어서 기업·대학·연구소의 전략적 제휴

한양대학교 | 김승중, 한진수, 김병준, 이은경, 전수현
탐방국 | 미국

발전된 언어 교육이 국가의 문화 교류 확대에 미치는 영향

고려대학교 | 홍성호, 김상호, 박영민, 박종호, 홍승우
탐방국 | 영국, 프랑스

이상적인 한국형 기업 메세나를 찾아서

홍익대학교 | 한현정, 정형탁, 박미란, 이장희, 윤혜영
탐방국 | 영국, 프랑스, 이탈리아

새로운 커뮤니케이션 기술 발전에 따른 한국 언론의 발전 방안

성균관대학교 | 백승천, 김희경, 김정숙, 한상희, 백은희
탐방국 | 미국

전통 문화를 이용한 이집트의 산업화 전략

한양대학교 | 이창호, 이경희, 장준희, 진성원, 윤정아
탐방국 | 이집트

미국 박물관의 문화 소개 방법과 사회 교육 전략

서울대학교 | 고동욱, 김재석, 이경묵, 정유선, 민정홍
탐방국 | 미국

멀티미디어와 원격 교육 시스템을 활용하는 학교 및 사회 교육 기관

전남대학교 | 노석준, 민혜영, 오선아, 이동훈, 이순덕
탐방국 | 미국

세계 초우량 기업의 인도 진출 사례 및 인도 지역의 잠재성 검토

전북대학교 | 전진우, 시재영, 김경훈, 박준영, 이진열
탐방국 | 인도

인간 공학 분야의 기업 활용 사례

고려대학교 | 이행렬, 성도현, 방철환, 장훈, 전민호
탐방국 | 미국, 캐나다

Wal-Mart의 물류 혁명

숭실대학교 | 지성찬, 우종균, 최영민, 이형강, 임재오
탐방국 | 미국

21세기 초고속 정보통신망의 미래 진단을 위한 사례 연구

상명여자대학교 | 김영희, 박호수, 백소영, 이보라미, 한혜미
탐방국 | 미국

지역 경제 활성화를 위한 지방 자치 단체의 기업 유치 전략과 성공 요인 분석

한국외국어대학교 | 송정식, 조종명, 김정섭, 양태순, 권오설
탐방국 | 미국

정보화 전략을 통한 고객 만족 경영의 구체적 실천 방안

이화여자대학교 | 윤영미, 장수경, 김양경, 성은숙, 손수경
탐방국 | 미국, 일본

Facility Management를 통한 사무 환경 개선

연세대학교 | 구아현, 김성은, 소윤경, 이승은, 이우형
탐방국 | 미국

자본 시장 개방에 대비한 미국의 금융 기관 설립과 운영

고려대학교 | 진현, 이장훈, 김욱, 이유정, 박흥권
탐방국 | 미국, 일본

환경 창조 기업

서울대학교 | 김문웅, 김영규, 김진우, 서정모, 김승모
탐방국 | 영국, 독일, 핀란드

2기 1996년 팀 구성 인원 4명, 총 50팀, 대원 수 200명

대상 21세기 반도체 산업을 주도할 Nanostructure Device

포항공과대학교 | 구우석, 최선미, 전상미, 허영규
탐방국 | 일본

대상 지역문제 해결에 기여하는 지리정보체계(GIS)의 초고속 정보통신 기반 구축 현황과 추진 체계, 그에 따른 서비스 연구

충남대학교 | 김종석, 정윤기, 조희령, 최승호
탐방국 | 미국

대상 세계의 복합 영상 문화 공간, 한국형 영상 문화 중심지의 내일

연세대학교 | 채희승, 권혜진, 김주연, 유송
탐방국 | 미국, 프랑스, 벨기에

대상 모듈 기업의 아웃소싱 전략

전북대학교 | 김윤모, 김준수, 임설규, 윤성중
탐방국 | 미국

우수 클린 에너지 실용화를 위한 태양 전지의 개발과 그 응용

울산대학교 | 서정일, 김광호, 박재석, 최형기
탐방국 | 일본

우수 동양적 효 사상에 입각한 한국형 노인 복지 서비스의 모델–다세대 복합 시설 중심

경북대학교 | 박순미, 박소현, 최영희, 이성민
탐방국 | 일본

우수 '감'을 키우는 놀이방

고려대학교 | 최수정, 김은자, 정명희, 최애순
탐방국 | 미국

우수 신개념 물류 센터–지하 저장 시설 중심

명지대학교 | 김태곤, 김재학, 정호진, 이가희
탐방국 | 미국

장려 The Future Trend Toward Design of New Drugs

서울대학교 | 송건형, 정재훈, 정해연, 천광훈
탐방국 | 미국

장려 삶의 질 향상을 위한 한국형 보행자 공간

한양대학교 | 김병철, 김학용, 김삼중, 강도선
탐방국 | 덴마크, 네덜란드, 독일

장려 학교 정보화

한양대학교 | 권동혁, 김정태, 김봉, 김주연
탐방국 | 영국, 독일, 네덜란드

장려 한국형 위탁 급식 산업의 미래

이화여자대학교 | 정서진, 국주현, 김보은, 은수정
탐방국 | 미국, 영국, 덴마크, 스위스

21세기 의료에서의 정보 공학의 역할
가톨릭대학교 | 고석범, 김명원, 김효신, 석윤
탐방국 | 미국

차세대 반도체 기술 개발의 한국형 전략 모델
부산대학교 | 전장은, 이명재, 손혜영, 김재문
탐방국 | 벨기에, 독일, 네덜란드

21세기 신약 개발에서의 CADD의 응용
충남대학교 | 박소영, 박진희, 황지선, 정진상
탐방국 | 스위스, 독일

자동화 시스템
서울대학교 | 최재진, 한상현, 최성훈, 백장균
탐방국 | 미국, 일본

Actuator의 연구 개발과 응용
울산대학교 | 안종혁, 김은성, 최성호, 최해주
탐방국 | 미국, 일본

단체 급식의 위탁 경영
덕성여자대학교 | 김수진, 길현경, 김선영, 현윤정
탐방국 | 미국

한국형 지하 구조물 도입을 위한 노르웨이의 지하 구조물 탐방
서울대학교 | 길민정, 서연진, 조민수, 이선아
탐방국 | 노르웨이

마이크로 머시닝에 대한 연구 기술과 응용 사례
고려대학교 | 최은호, 김병석, 김봉수, 서성규
탐방국 | 미국

카오스 이론의 현주소와 유체 혼합에의 적용
국민대학교 | 남주현, 장우석, 우경범, 조주행
탐방국 | 미국

그린라운드에 대비한 청정 기술(Clean Technology)
아주대학교 | 신성기, 노정기, 이대환, 최용석
탐방국 | 미국

광우병과 노인성 뇌질환 그리고 물질과 정신의 상보적 통합체로서의 뇌에 관한 분자생물학적 접근
경희대학교 | 김성희, 곽민정, 이여정, 오주은
탐방국 | 영국, 미국

생명을 연장하는 인공 장기의 현주소
인제대학교 | 최영철, 김영석, 김광중, 김성현
탐방국 | 미국

폐기물의 재활용 시스템을 중심으로 한 폐기물 관리 체계 현황
울산대학교 | 최준명, 박현구, 이수곤, 현동혁
탐방국 | 미국

쓰레기 소각 발전 & 상하수도 시스템
동아대학교 | 노정택, 강청운, 이기엽, 조소영
탐방국 | 영국, 독일

미국의 장애인 고용 재활 프로그램
국민대학교 | 박현주, 이우호, 조성만, 전혜정
탐방국 | 미국

한국 대학생의 외국어 의사 소통 능력 향상을 위한 해외 연구 현황과 개선 방안
부산대학교 | 김수정, 김태경, 윤수경, 윤은주
탐방국 | 미국

초우량 쓰레기 재생 사업의 제시
고려대학교 | 신지현, 신욱, 조인직, 이정도
탐방국 | 스위스, 독일, 프랑스

일본 지자체의 국제화 경향과 민간 기업의 참여
연세대학교 | 김주영, 배종찬, 정진이, 이장수
탐방국 | 일본

첨단 도로 교통 체계에서 인간 공학의 역할
금오공과대학교 | 최영수, 박웅규, 이경호, 이종주
탐방국 | 미국

21세기 건전한 청소년 문화 형성을 위한 청소년 비행 예방책 모색
경찰대학교 | 박세희, 서정호, 장동률, 김영미
탐방국 | 일본, 미국

스위스 ZSCHOKKE의 건설 현장 탐방-환경 이슈 중심
이화여자대학교 | 이영은, 서나영, 최지인, 이혜원
탐방국 | 스위스

물의 효율적 이용과 오염 관리
한양대학교 | 김민규, 고석채, 조윤예, 이용욱
탐방국 | 독일, 스위스, 프랑스

케이블 TV의 활성화 방안
서울대학교 | 김의태, 류현주, 박선경, 이한나
탐방국 | 미국

옥외 광고와 도시 환경
홍익대학교 | 안빈, 박민희, 김회수, 신지원
탐방국 | 미국, 캐나다

영국의 대학 교육과 중등 교육의 실태
고려대학교 | 남진우, 서영설, 이태수, 김철
탐방국 | 영국

브로드웨이 뮤지컬의 저변 문화와 문화 산업 시스템 분석
연세대학교 | 이동선, 박천휘, 최도인, 강병태
탐방국 | 미국, 일본

패션 트렌드의 본고장 탐방-패션 정보 회사 중심
가톨릭대학교 | 육심현, 고은정, 구영미, 조화경
탐방국 | 프랑스, 이탈리아, 영국

장애아를 위한 조기 통합 교육
성신여자대학교 | 이지향, 김주례, 김세진, 이현진
탐방국 | 미국

환태평양 시대의 선물 산업 발전 가능성
경남대학교 | 전승일, 신정욱, 서윤희, 황정민
탐방국 | 미국, 싱가포르

지방 세계화 모형 연구-일본 지방 자치 단체 세계화 경제 전략
건국대학교 | 정영욱, 김정필, 김홍재, 정충근
탐방국 | 일본

일본의 해양 개발 사례 연구
서울대학교 | 박광필, 양정석, 윤해동, 윤대규
탐방국 | 일본

21세기 가상 기업 구현을 위한 인트라넷 활용 방안
연세대학교 | 남지원, 유병곤, 박래성, 장기건
탐방국 | 미국

컨벤션 산업의 국내 발전 모형 제시
건국대학교 | 야정수, 장영규, 양인하, 황세연
탐방국 | 영국, 포르투갈

중국 진출 기업의 조선족 활용 방안
연세대학교 | 김태형, 이성희, 이영기, 맹주열
탐방국 | 중국

사이버 마케팅-인터넷을 통한 증권사의 투자 유도 전략
이화여자대학교 | 권희영, 김은정, 박미나, 최희은
탐방국 | 미국, 일본

21세기 초일류 로지스틱스
고려대학교 | 최준락, 김병인, 이지철, 김현수
탐방국 | 미국

인간 존중 경영의 현장
서울대학교 | 김규석, 신은정, 이종명, 임효경
탐방국 | 미국

Futurekids를 찾아서
조선대학교 | 조석봉, 이경섭, 조재익, 임권진
탐방국 | 미국

3기 | 1997년 | 팀 구성 인원 4명, 총 50팀, 대원 수 200명

대상 생물리의 오늘과 비전
포항공과대학교 | 남규현, 최경진, 김재욱, 윤건수
탐방국 | 미국

최우수 21세기 신기술 패러다임 시대를 선도할 생명공학 전문 벤처 기업의 국내 육성 방안
부산대학교 | 구선영, 박한수, 이유경, 차정호
탐방국 | 미국, 영국

최우수 Techno Park를 찾아서
충남대학교 | 박정우, 박병선, 이중원, 차상룡
탐방국 | 영국

최우수 스포츠 마케팅
연세대학교 | 강신봉, 김영기, 이지현, 허장원
탐방국 | 미국, 캐나다, 일본

최우수 동구 유럽 시장 진출을 위한 해외 광고 전략 및 활성화 방안-러시아 중심
한국외국어대학교 | 권용태, 지미선, 이나연, 김정인
탐방국 | 러시아

우수 Speech Recognition in Mobile Computing
포항공과대학교 | 황재인, 김길연, 박세원, 심준혁
탐방국 | 미국, 영국

우수 독일 통일 후 내적 통합을 위한 독일인의 노력
연세대학교 | 홍367상, 전병준, 전주영, 김보경
탐방국 | 독일

우수 전략적 문화 산업으로서의 캐릭터 산업
한국외국어대학교 | 이정현, 김태현, 김용균, 박정규
탐방국 | 일본, 미국

우수 Eco-Design for Computer Industry
명지대학교 | 장훈철, 조재호, 최상호, 장상열
탐방국 | 미국, 일본

장려 우리나라의 효율적인 유류 오염 대응 제도
한국해양대학교 | 박영철, 김석진, 서동민, 박충식
탐방국 | 미국, 캐나다, 일본

장려 선진 응급 의료 체계에서 배운 한국 응급 의료 체계의 문제점 해결 방안 및 대안
경북대학교 | 강민규, 김현호, 이강, 이경진

장려 열린 교육-소학교 중심
덕성여자대학교 | 이정아, 이명선, 오현경, 박주란
탐방국 | 일본

장려 비즈니스 경쟁의 새 지평-Mass Customization
전북대학교 | 이용철, 김영이, 최병수, 김철민
탐방국 | 미국

특별 한국형 관광 안내소의 미래
연세대학교 | 차문희, 김재영, 황윤성, 박정훈
탐방국 | 영국, 프랑스, 홍콩

21세기에 대비한 핵폐기물 처리 방법에 관한 연구
한양대학교 | 배만섭, 오현덕, 이성훈, 유동석
탐방국 | 미국

치매에 대한 21세기적 진단과 치료
가톨릭대학교 | 임현수, 이성종, 김승훈, 염진호
탐방국 | 미국

미래의 기능성 식품
고려대학교 | 박정수, 박영선, 최현정, 허명옥
탐방국 | 일본, 미국

저온 플라즈마의 산업적 응용
포항공과대학교 | 송정욱, 서혜진, 황준호, 안용환
탐방국 | 미국

새로운 경쟁 체제하에서의 국내 자동차 산업의 발전 방향-자동차 리사이클링
경희대학교 | 추민수, 이종선, 박기현, 마민영
탐방국 | 독일, 스웨덴, 영국

사회 기반 시설물의 내진 및 보강 기술
한양대학교 | 신민철, 이용욱, 김윤배, 이동영
탐방국 | 미국, 일본

대상 지식 경영의 성공 요인
연세대학교 | 이영수, 이병욱, 한다윗
탐방국 | 미국

우수 **특별** 21세기 Brain Hunt 시대 뇌 과학의 위상과 비전
서울대학교 | 채영광, 최형진, 한승석
탐방국 | 미국

우수 21세기 기업의 전략적 사회 공헌 활동-기업의 자원
봉사
서강대학교 | 정철규, 임지영, 박민희
탐방국 | 미국

우수 상호 문화적 관점의 도입을 통한 외국어 교육 개선
방안
서울대학교 | 선혜윤, 이미생, 임진희
탐방국 | 독일, 오스트리아

우수 폐광 지역의 카지노 성공 열쇠
경희대학교 | 김호기, 심교헌, 편유진
탐방국 | 미국

장려 환경 보존을 위한 축산 폐기물 처리 방안
건국대학교 | 김창한, 유지호, 강승기
탐방국 | 미국

장려 한국의 신호 교통 체계의 향후 발전 방향
경찰대학교 | 이광렬, 김한철, 변재원
탐방국 | 영국, 프랑스, 이탈리아

장려 21세기 특수교육의 대변환, 전환교육-미국 캘리포
니아 지역 사회 모형을 찾아서
단국대학교 | 김민정, 김지연, 장순덕
탐방국 | 미국

장려 21세기 식량 문제-오스트레일리아의 식량 기지화
건국대학교 | 김준호, 남경민, 최지영
탐방국 | 호주

21세기 식품으로 부상하는 유전자 재조합 식품의 동향
파악
덕성여자대학교 | 김경해, 이지혜, 조유경
탐방국 | 영국

신원 확인의 기초인 Facial Reconstruction
가톨릭대학교 | 김지희, 황정택, 김동석
탐방국 | 미국

에너지와 환경을 고려한 Green Building
홍익대학교 | 백상흠, 신수현, 이정로
탐방국 | 미국

심해저 광물의 경제성 분석 및 개발 방법
동아대학교 | 이대성, 이학준, 이한림
탐방국 | 미국

중앙아시아 범투르크계 경제권의 발전 가능성
한국외국어대학교 | 오종진, 박현아, 김자옥
탐방국 | 카자흐스탄, 우즈베키스탄, 터키

더불어사는 21세기-주거 공간에서의 Universal Design
적용
한양대학교 | 최윤형, 정나래, 최정윤
탐방국 | 미국

미국의 직업 교육 훈련
충남대학교 | 김홍화, 고원석, 최장석
탐방국 | 미국, 캐나다

장애인 보조 기구와 휠체어 리프트의 인간공학적 연구
한양대학교 | 이정후, 이준혁, 박민경
탐방국 | 미국

Waterfront의 개발에 따른 지역 경제의 파급 효과
부경대학교 | 박신영, 김상욱, 김호경
탐방국 | 미국

21세기 초우량 기업의 창출을 위한 기업 교육의 역할 탐구
한양대학교 | 장우진, 정훈, 신승훈
탐방국 | 미국

21세기 경쟁력 제고를 위한 디자인 교육의 방향 및 디자
인 인프라
부산대학교 | 이동규, 송재형, 최나리
탐방국 | 영국, 독일

축제 산업의 진흥을 위한 지방 자치 단체의 지원 체제 및
산학연 협동 체제 구축 방안
조선대학교 | 김미혜, 전현정, 신봉호
탐방국 | 중국

월드컵 미디어를 통한 문화 알리기
이화여자대학교 | 박소현, 김희정, 김애리
탐방국 | 프랑스

한국적 상황에 적합한 전자 상거래의 고찰
인하대학교 | 이치훈, 정한호, 김기세
탐방국 | 미국, 캐나다

한국 선물 산업의 발전적 대안 탐색
한양대학교 | 이상헌, 김상범, 양대용
탐방국 | 일본, 싱가포르

Management Buy-Out과 기업 구조 조정
연세대학교 | 김학우, 이영섭, 이성준
탐방국 | 영국

해외 직접 투자 유치의 초우량
연세대학교 | 강성호, 최병훈, 장원식
탐방국 | 싱가포르, 일본

프랑스 파리를 넘보는 '춘향 N°5'를 꿈꾸며
숙명여자대학교 | 김선원, 민진숙, 송혜란
탐방국 | 영국, 프랑스, 독일

중남미인들의 소비 성향 조사를 통한 시장 개척 방안 모색
한국외국어대학교 | 김인욱, 이택선, 김유진
탐방국 | 멕시코, 칠레, 아르헨티나

해외 고급 인력 활용을 통한 국내 경기 활성화의 한국형
TBI 모델 제시
전남대학교 | 김명수, 정연수, 이명준
탐방국 | 이스라엘

중국·베트남 국경 무역 지대 해외 시장 개척 조사
동서대학교 | 조창희, 이윤혁, 류승수
탐방국 | 중국, 베트남

5기 1999년 | 팀 구성 인원 3명, 총 30팀, 대원 수 90명

대상 네트워킹 분야의 첨단 기술 혁신 전략
서강대학교 | 정진용, 성열호, 박수현
탐방국 | 미국

우수 인간수명 120세 시대, 21세기 노인의학의 위상과 비전
서울대학교 | 이세원, 이종윤, 신동욱
탐방국 | 일본

우수 외국어로서의 한국어 발전 가능성
서강대학교 | 박현숙, 손건일, 조연희
탐방국 | 미국

우수 누군가는 바꿔야 할 한국의 장묘 문화
충남대학교 | 장재원, 한대섭, 서민정
탐방국 | 영국, 프랑스, 독일

우수 21세기 경영 전략으로서의 환경 경영
연세대학교 | 이종형, 정형일, 정영철
탐방국 | 미국, 캐나다

장려 생체 시스템(의공학)의 개발 현황 및 성장 분석
서울대학교 | 강신우, 류찬열, 조우제
탐방국 | 미국

장려 21세기 다매체시대에서의 한국형 미디어 교육 모델
경희대학교 | 이연진, 김미정, 김효진
탐방국 | 캐나다, 미국

장려 빛깔 있는 삶터, 서울을 꿈꾸며
이화여자대학교 | 우희정, 이자경, 최윤영
탐방국 | 일본

장려 전자상거래 최후의 장애물, 물류
인하대학교 | 공경철, 임장혁, 경석현
탐방국 | 미국

특별 디지털상품을 위한 비즈니스 프로세스 개발
연세대학교 | 김호영, 정준, 오혜림
탐방국 | 미국

Digital/Network에서의 기술 급변에 따른 Business Model 변화
KAIST | 배재현, 김재형, 박명제
탐방국 | 미국

청년 실업 문제 해결을 위한 영국의 노력-New Deal 정책 중심
연세대학교 | 양희승, 박지원, 유능한
탐방국 | 영국

Glycobiology를 이용한 신약 개발
경희대학교 | 김병진, 김지윤, 임민영
탐방국 | 영국, 네덜란드, 독일, 스위스

대체에너지로서의 지열에너지
전북대학교 | 이은기, 김성주, 나보연
탐방국 | 일본, 스웨덴, 프랑스, 그리스

포항 방사광가속기의 21세기 발전 전략
포항공과대학교 | 황재석, 김필원, 이지희
탐방국 | 미국

선진 의료 전달 체계
서울대학교 | 김주혁, 전우석, 최수진
탐방국 | 독일

일본의 이지매(왕따) 문화 진단
경찰대학교 | 배성열, 이치훈, 고준수
탐방국 | 일본

축구신동의 보고, 중남미
경희대학교 | 김승일, 임승필, 장유성
탐방국 | 브라질, 아르헨티나, 멕시코

2002년 월드컵을 대비한 GIS 활용 방안
인하대학교 | 최승식, 조현홍, 이장규
탐방국 | 호주

발도르프 체제하에서의 특별 활동과 방과 후 활동
성균관대학교 | 변조민, 최현애, 황령
탐방국 | 독일, 스위스, 오스트리아

퇴행성 질환 예방·치료를 위한 공예 교육 프로그램
조선대학교 | 김이슬, 정혜원, 김재홍
탐방국 | 미국

공학과 디자인의 만남-홀로그램의 활용과 발전 방향
홍익대학교 | 박형우, 오종훈, 김시내
탐방국 | 미국

한국의 바람직한 장묘 문화 정착을 위한 개선 방안
덕성여자대학교 | 김선우, 나의정, 최유정
탐방국 | 스페인

21세기 인간과 도시-영국의 신도시 개발과 도심 재개발 사업
홍익대학교 | 이종훈, 이성재, 김영진
탐방국 | 영국

오락을 넘어 산업으로
부산대학교 | 김수정, 문현정, 권정희
탐방국 | 미국

고도성장의 촉매제, 벤처캐피털리스트 육성 방안
경희대학교 | 이충렬, 손국호, 김대중
탐방국 | 미국

선진 IR 활동을 찾아서
연세대학교 | 김진경, 최동혁, 최세민
탐방국 | 미국

디자인 경영-창조적 디자인에서 비즈니스 성공으로
서울대학교 | 김종화, 정유성, 서재훈
탐방국 | 미국

고객만족 극대화를 위한 미국 일류호텔의 서비스 보증 제도
경기대학교 | 신유섭, 김난희, 심가영
탐방국 | 미국

KOREA의 힘, 국가경쟁력 강화를 위한 전략적 PR 방안 연구
숙명여자대학교 | 임현영, 이윤주, 김여주
탐방국 | 미국

대상 **마지막까지 아름다운 삶을 위하여**
서울대학교 | 이은경, 이혜경, 정경은
탐방국 | 영국, 아일랜드

우수 특별 **잃어버린 학교를 찾아서**
한동대학교 | 임채덕, 윤영덕, 신은혜
탐방국 | 일본

우수 **미국의 응급의학과 응급의료시스템**
인제대학교 | 박종하, 배상모, 박상언
탐방국 | 미국

우수 **21세기 한국 공연장의 생존 전략**
한국외국어대학교 | 이안호, 이희현, 한정호
탐방국 | 일본

우수 **독일 전시 산업의 경쟁력 원천**
건국대학교 | 박효균, 김정호, 차상엽
탐방국 | 독일

장려 **한국형 인터넷 선거 모델**
연세대학교 | 김성일, 최정진, 정찬석
탐방국 | 미국

장려 **DNA 칩과 21세기**
서울대학교 | 정영태, 김정현, 김석준
탐방국 | 미국

장려 **가고 싶은 공중화장실**
성균관대학교 | 강경원, 이완민, 김지수
탐방국 | 덴마크, 독일, 스위스

장려 **이업종 공동브랜드 'Will'**
KAIST | 강명주, 배준상, 김태경
탐방국 | 일본

전자 치료(Gene Therapy)
서울대학교 | 최태웅, 최주현, 한민석
탐방국 | 미국

지진에 대비한 내진 설계
연세대학교 | 김인성, 박주완, 안병무
탐방국 | 일본

가축 전염병의 예방책
충북대학교 | 김용일, 윤성진, 황혜중
탐방국 | 영국, 벨기에, 프랑스, 독일, 이탈리아

21세기의 새로운 수자원 기술
서울대학교 | 장ియ석, 박지원, 이현실
탐방국 | 이스라엘

무한한 가능성의 탄소나노튜브
고려대학교 | 윤여운, 김상준, 김동준
탐방국 | 미국

사회 안전망으로서의 재해 대책
대구대학교 | 강재국, 김동옥, 이병희
탐방국 | 미국

위성방송을 통한 영어 사용 능력 향상
공주교육대학교 | 김묘진, 조혜진, 채정희
탐방국 | 스웨덴, 노르웨이

푸드뱅크의 한국적 정착
서강대학교 | 김서현, 홍세미, 정창우
탐방국 | 미국, 캐나다

21세기 시위 관리의 뉴 패러다임
경찰대학교 | 정준선, 김현민, 김원태
탐방국 | 독일, 프랑스, 영국

아이들의 가능성을 발견하는 Mentoring Program
이화여자대학교 | 김해은, 김수미, 민윤경
탐방국 | 미국

장애인의 인간적인 삶을 위하여
이화여자대학교 | 김민정, 김영인, 유나리
탐방국 | 미국

한국의 주거문화 정착
서울대학교 | 김수현, 이진희, 신동현
탐방국 | 일본

유니버설 디자인
KAIST | 박도연, 고은혜, 임세정
탐방국 | 프랑스, 독일, 스웨덴

한국형 링컨센터
연세대학교 | 김현동, 손은정, 김효정
탐방국 | 미국

오타쿠, 일본 사회를 이끄는 힘
포항공과대학교 | 인민영, 서영실, 김한옥
탐방국 | 일본

살아 숨 쉬는 지하철 공간
이화여자대학교 | 조수경, 이진여, 이민선
탐방국 | 미국

병원의료서비스의 경쟁력 향상
연세대학교 | 최원준, 홍성배, 함혜정
탐방국 | 미국

21세기 비디오 게임기 산업의 가능성
고려대학교 | 송현석, 오한솔, 하민우
탐방국 | 일본

유럽 중소기업의 인큐베이터, 프라운호퍼
건국대학교 | 이상탁, 지현욱, 강민식
탐방국 | 독일

도약하는 농업
서울대학교 | 김미선, 김미란, 김혜진
탐방국 | 일본

남한 기업의 성공적 북한 진출
연세대학교 | 신안식, 정동식, 한신남
탐방국 | 독일

433

대상 의료의 맥도날드화
가톨릭대학교 | 정석원, 나경선, 정수진
탐방국 | 미국

우수 미생물과 인간의 생존 경쟁
서울대학교 | 곽수헌, 김기갑, 정우진
탐방국 | 미국

우수 일본 집합주택의 커뮤니티 공간
부산대학교 | 강민지, 오정화, 하정남
탐방국 | 일본

우수 내셔널트러스트 운동의 활성화
서울대학교 | 김상석, 김희성, 문수영
탐방국 | 영국

우수 한국 인턴 제도의 활성화 방안
이화여자대학교 | 주미경, 이현정, 안지영
탐방국 | 미국

장려 공룡화석지의 자연사 교육장화
전남대학교 | 김보성, 홍희정, 김은혜
탐방국 | 중국

장려 장애인 자립생활운동의 현장
연세대학교 | 김동은, 정혜진, 이윤택
탐방국 | 미국, 캐나다

장려 살기 좋은 집합주거단지의 건설
성균관대학교 | 김민영, 이주욱, 임도훈
탐방국 | 영국

장려 여성 인력, 21세기 기업의 성공 요인
연세대학교 | 이병희, 주민혜, 박상준
탐방국 | 미국, 캐나다

특별 한류를 통해 본 중국의 소비 문화
한국외국어대학교 | 김교욱, 김근욱, 이정협
탐방국 | 중국

컴퓨터 리사이클링-귀금속 회수
고려대학교 | 권영후, 김우성, 윤지욱
탐방국 | 미국

미래 사회의 힘, 건강한 아기
가톨릭대학교 | 최형선, 윤선영, 박윤정
탐방국 | 미국

T-commerce의 한국적 적용 가능성
연세대학교 | 신기해, 황순욱, 김지연
탐방국 | 영국, 프랑스

종자산업, 유전 자원의 활용
경희대학교 | 이건호, 김수호, 이용승
탐방국 | 미국

일본 10대 문화의 한국 유입 가능성
명지대학교 | 강윤호, 김현우, 이정화
탐방국 | 일본

10대 미혼모를 위한 교육 프로그램
한동대학교 | 강지원, 윤지원, 김태규
탐방국 | 미국, 캐나다

제3섹터를 이용한 지방 재정 확충
고려대학교 | 배수경, 홍희경, 노우제
탐방국 | 영국, 아일랜드

한민족 공동체의 미래
연세대학교 | 구문회, 이제욱, 정욱
탐방국 | 미국

장애학생을 위한 대학 생활 지원 서비스
서울대학교 | 나재선, 김미순, 배효성
탐방국 | 미국

보육 정책의 성공 정착
숙명여자대학교 | 김유경, 최현, 임진
탐방국 | 스웨덴

폐광지역, 생태 건축으로 되살리기
연세대학교 | 김하예, 박세윤, 서유경
탐방국 | 독일

중화문화권에서 한국 문화 산업의 전망
숭실대학교 | 한형민, 구재호, 손재선
탐방국 | 중국, 대만

라틴 아메리카 기와를 통해 본 한옥의 미래
한국외국어대학교 | 최명호, 고광필, 남궁곤
탐방국 | 멕시코, 과테말라, 콜롬비아

아름다운 도시를 위한 슈퍼그래픽
충남대학교 | 박민아, 한충식, 이경길
탐방국 | 미국

전통 승계를 통한 문화 경쟁력 확보
한국외국어대학교 | 이민수, 곽새라, 김윤정
탐방국 | 이란

우리나라 가구 산업의 미래
성신여자대학교 | 주영혜, 박수미, 정진희
탐방국 | 스웨덴, 영국

환경을 생각하는 의류 산업
서울대학교 | 윤상윤, 김승연, 정상원
탐방국 | 영국, 덴마크, 독일, 스위스

성공적인 모바일 비즈니스의 키워드
한동대학교 | 박성규, 김현중, 이미경
탐방국 | 캐나다, 미국

21세기 컨벤션 산업의 발전
연세대학교 | 김지영, 우정열, 김남인
탐방국 | 영국

Digital Divide의 감소
고려대학교 | 전희경, 이용석, 김태한
탐방국 | 싱가포르, 홍콩, 베트남

대상 21세기 도시 교통문제 해결을 위한 신개념 버스 조사·연구
동국대학교 | 김동군, 김형환, 정현주
탐방국 | 브라질, 콜롬비아

우수 크레용을 든 의사-미술치료
가톨릭대학교 | 주현수, 오민진, 유주현
탐방국 | 미국

우수 그린투어리즘 도입 초기의 문제점과 해결 방안
경기대학교 | 김인준, 서승덕, 정재선
탐방국 | 일본

우수 지역재단을 통한 기부문화의 활성화
이화여자대학교 | 김민정, 황민정, 유지연
탐방국 | 미국

우수 Credit Bureau의 성공적 정착
연세대학교 | 문지현, 이승환, 박진수
탐방국 | 미국

장려 미세유체제어기술 BioMEMS의 미래
고려대학교 | 민지현, 노태균, 황은주
탐방국 | 미국

장려 세계를 놀라게 한 브라질의 참여 예산 제도
한국외국어대학교 | 한춘성, 이주희, 안보라
탐방국 | 브라질

장려 사회환원 디자인
KAIST | 노사라, 조나정, 김수현
탐방국 | 미국

장려 월드컵 경기장의 효율적인 사후 활용 방안
연세대학교 | 김승식, 윤영란, 전현무
탐방국 | 영국, 프랑스, 독일

특별 중국 교판 기업의 경쟁력
한동대학교 | 박지혁, 이제열, 김지영
탐방국 | 중국

환경친화적 댐 건설 성공 스토리
한국기술교육대학교 | 김군태, 이용석, 조석호
탐방국 | 미국

꺼져가는 삶의 마지막 희망
서울대학교 | 조범주, 박효은, 배기정
탐방국 | 미국

합리적인 도로 유지 보수를 위한 도로포장관리시스템
연세대학교 | 장항배, 이홍주, 권유정
탐방국 | 미국

반사회적 청소년을 다시 사회로
한국교원대학교 | 최지영, 최기복, 정재산
탐방국 | 영국, 독일

보는 '엘리트스포츠'에서 뛰는 '생활스포츠'로
건국대학교 | 박병선, 강태영, 천봉귀
탐방국 | 독일

지능형 교수학습 프로그램의 교육적 활용
고려대학교 | 김원식, 권은주, 최정
탐방국 | 미국

이혼가정 자녀를 위한 사회복지 프로그램
한국외국어대학교 | 박정효, 윤설영, 김정림
탐방국 | 영국

미국 차터스쿨(charter school)을 통해 본 한국 공교육의 방향
서울대학교 | 박하나, 서정연, 정지윤
탐방국 | 미국

장애인들의 날개옷 사업
이화여자대학교 | 윤소영, 이재령, 송주현
탐방국 | 미국

안전한 장난감이 가득한 세상
고려대학교 | 윤수호, 이세종, 전종일
탐방국 | 영국, 벨기에, 덴마크, 스웨덴

21세기 생태관광의 미래
경동대학교 | 김명기, 최성택, 김수용
탐방국 | 미국

문화적 예외라는 시각에서 본 자국영화 발전 방안
고려대학교 | 강리브가, 김민선, 정현진
탐방국 | 프랑스

변화를 읽는 디지털 건축의 디자인 프로세스
홍익대학교 | 이주병, 강현일, 신지호
탐방국 | 영국, 네덜란드

어린이 놀이공간 개선 방안
홍익대학교 | 이준오, 성우정, 임청란
탐방국 | 스웨덴, 덴마크, 네덜란드, 프랑스

신화와 전래동화를 활용한 관광 상품 개발
홍익대학교 | 김진경, 강민정, 김현민
탐방국 | 독일, 스위스, 이탈리아, 그리스

선진 사례를 통해 본 e-CRM
연세대학교 | 박재현, 김규원, 최민석
탐방국 | 미국

금융권의 고객 가치 혁신과 그 핵심
이화여자대학교 | 이의수, 이혜수, 이수희
탐방국 | 미국

의료보험의 재정난 해결을 위한 민영의료보험의 역할
연세대학교 | 민경업, 현지아, 신웅섭
탐방국 | 미국

e-비즈니스 환경의 기업보안관, Computer Forensics
연세대학교 | 장원석, 김리나, 전수빈
탐방국 | 미국

CRM 환경하에서의 텔레마케터 역할 제고
서울대학교 | 박계영, 김지경, 박소윤
탐방국 | 미국

9기 | 2003년 | 팀 구성 인원 3명, 총 30팀, 대원 수 90명

대상 Virtual city of Helsinki의 연구
성균관대학교 | 장윤화, 성현수, 오충식
탐방국 | 핀란드, 러시아

대상 스페이스 캠프의 성공적 정착을 통한 체험과학교육의 활성화

연세대학교 | 윤성원, 김범철, 이인명, 김정은
탐방국 | 미국, 캐나다

최우수 IT시대의 새로운 경영 패러다임 RTE

KAIST | 강영은, 최은정, 김희동, 이은주
탐방국 | 미국

최우수 신용불량자 문제 해결을 위한 선진국의 신용 상담 기구

서울대학교 | 김율영, 임다사롬, 이은영, 이상호
탐방국 | 미국

최우수 교실 속 청소년 탐방-우리나라 고등학교 상담 체계

이화여자대학교 | 강민주, 박윤지, 정주원, 우수원
탐방국 | 미국

우수 Who steals our nest?

이화여자대학교 | 조희선, 김수라, 김민경, 박유영
탐방국 | 영국, 폴란드, 독일

우수 Sabermetrics를 통한 한국야구산업 발전 방향 모색

연세대학교 | 민용헌, 이용설, 오중석, 이재웅
탐방국 | 미국

우수 한국의 Frodo economy를 꿈꾸며

연세대학교 | 강석모, 류연택, 이요찬, 이준영
탐방국 | 뉴질랜드

우수 Street Furniture를 통한 도시경관 고품격화를 위한 로드맵

한국외국어대학교 | 김지우, 김은영, 박선아, 한혜수
탐방국 | 네덜란드, 영국, 이탈리아, 프랑스

우수 체계적인 음악예술 교육프로그램을 통한 클래식 공연 미래 관객 확보

고려대학교 | 유대진, 채정수, 이은미, 김지영
탐방국 | 미국, 이탈리아

특별 은퇴 과학기술 인력을 활용한 청소년 과학교육 활성화 프로그램

한동대학교 | 최원규, 김은우, 오승택, 주은혜
탐방국 | 미국

장려 21C 한국형 외국인노동자 정책

영남대학교 | 안창기, 김현철, 성민영, 허영윤
탐방국 | 영국, 스웨덴, 독일

Biomimetics의 무한 가능성, 생체모방공학

KAIST | 최우식, 윤광선, 정서영, 양성호
탐방국 | 미국

줄기세포를 알면 암이 보인다

가톨릭대학교 | 심유진, 백지원, 박지혜, 천용준
탐방국 | 미국

IT-Port-대한민국을 국제 허브로

KAIST | 노창현, 정승기, 강서연, 도재명
탐방국 | 일본, 중국, 싱가포르

재료를 연구하는 또 하나의 방법, 재료과학 전산 모사

서울대학교 | 김홍석, 오승수, 오용태, 유승석
탐방국 | 미국

RFID로 이루는 유비쿼터스 물류 혁명

KAIST | 이정훈, 오은정, 김솔, 이홍기
탐방국 | 미국

스마트 무인로봇 기술강국을 향한 힘찬 발걸음

울산대학교 | 신영훈, 박상경, 이창원, 류제철
탐방국 | 미국

웹에서 한걸음 더 진화한 인터넷, 그리드 컴퓨팅

한양대학교 | 김선교, 정세훈, 연양미, 이연준
탐방국 | 미국

나노강국을 꿈꾸며-나노 Fab이 가야 할 길

KAIST | 김찬구, 강호석, 김철, 박태훈
탐방국 | 미국

BcN의 성공적 시행과 선도를 위해-Me, too가 아닌 Follow Me!

인제대학교 | 강정예, 박효진, 송지영, 양진홍
탐방국 | 스위스, 이탈리아, 독일, 영국

부드러운 것이 온다-꿈의 디지털 디스플레이, 전자종이

포항공과대학교 | 지솔근, 최우석, 김영준, 류준수
탐방국 | 미국

미국 교육저축제도를 통해 본 국내 간접투자시장의 활성화 가능성

연세대학교 | 최민정, 박현진, 김재은, 박세웅
탐방국 | 미국

가상 심포지엄으로 살펴본 2006 날씨 위험관리 심포지엄

서울대학교 | 조연서, 최고은, 김명길, 이현재
탐방국 | 미국

유럽에서 찾아보는 에너지 한국의 미래

포항공과대학교 | 차화륜, 장지은, 김서준, 고재윤
탐방국 | 독일, 영국, 프랑스, 스웨덴

지속가능한 개발을 위한 교육-BALTIC 21 사례 중심

경희대학교 | 조장은, 곽수민, 장소영, 정성훈
탐방국 | 덴마크, 노르웨이, 핀란드, 스웨덴

고아원 없는 한국의 미래

연세대학교 | 서승현, 김수미, 조나영, 이서원
탐방국 | 영국, 독일, 스웨덴

POSITIVE SUM, NOT ZERO SUM-노사 문제 인식의 새 지평

연세대학교 | 조대곤, 박항미, 백지선, 채혜조
탐방국 | 독일, 아일랜드

세계 속 한국문학의 르네상스를 꿈꾸며

이화여자대학교 | 노아실, 안선영, 이현진, 백가윤
탐방국 | 프랑스, 독일

문화 원형 복구를 통한 콘텐츠화

성균관대학교 | 홍승범, 김소영, 서은성, 이철우
탐방국 | 중국, 대만

에코디자인과 에코문화의 정착
국민대학교 | 천신호, 이옥희, 이해영, 이지혜
탐방국 | 독일, 스위스, 프랑스, 영국

대상 PAV(Personal Air Vehicle) 시대
건국대학교 | 이준호, 윤성욱, 조국현, 박강호
탐방국 | 미국

최우수 살아 있는 시약–실험동물 21C Portfolio
충북대학교 | 김수향, 오한택, 박기혜, 백철
탐방국 | 미국

최우수 A Challenge for Terabyte–Holographic Data Storage
서울대학교 | 배준범, 이윤석, 임인홍, 한명수
탐방국 | 미국

최우수 Let There Be Light! 조명을 통한 야간 경관의 관광 자원화
이화여자대학교 | 김연우, 김현정, 정지혜, 조대은
탐방국 | 프랑스, 체코, 영국

최우수 Come, See and Enjoy! It's our pleasure! 기업 박물관
고려대학교 | 김혜진, 최민, 현선영, 홍상은
탐방국 | 미국

최우수 도심 속 GREENWAYS를 통한 삶의 질 향상
서울대학교 | 양석우, 이원철, 박재민, 송지현
탐방국 | 미국

우수 노령화 사회에서 치매 연구와 치매 노인에 대한 복지
이화여자대학교 | 박지윤, 박지현, 조가은, 조현아
탐방국 | 영국, 스위스, 스웨덴

우수 세포 하나가 환자 하나가 된다–나노의학
연세대학교 | 김은정, 김한상, 조수현, 노성민
탐방국 | 미국

우수 혁신클러스터의 성장원동력, 한강의 기적에서 대덕의 기적으로
서울대학교 | 이은호, 김시내, 김희연, 최형표
탐방국 | 미국

우수 모노레일 타고 동북아 허브의 길로 가자
연세대학교 | 유형석, 정순형, 김용수, 이상엽
탐방국 | 일본, 인도네시아, 말레이시아

우수 한국 지역 축제, 그 성공의 청사진
한국외국어대학교 | 서지원, 유형민, 백찬규, 이세미
탐방국 | 스페인

특별 대체 냉매로서 나노유체의 성공적 활용
경희대학교 | 김재완, 이광호, 정청우, 정준영
탐방국 | 미국

캐나다의 무인도 개발을 통해 본 우리나라 무인도 개발의 비전
동서대학교 | 최재영, 김휘일, 전상민, 최홍철
탐방국 | 캐나다

장기기증 네트워크를 통한 장기기증의 체계화 및 활성화
가톨릭대학교 | 이자영, 김은경, 박주혜, 서우석
탐방국 | 스페인, 네덜란드, 벨기에, 독일

우주를 정복해 지구를 지배하라–초소형 위성의 연구
KAIST | 장지윤, 정연지, 신창용, 유인영
탐방국 | 영국, 독일, 오스트리아, 이탈리아

세상을 바꾸는 청정 파워, 수소에너지
연세대학교 | 박준호, 전진원, 양유진, 김진혁
탐방국 | 캐나다, 미국

유비쿼터스의 핵심 임베디드 시스템
고려대학교 | 김도형, 이기협, 김용세, 김정수
탐방국 | 미국

주파수 활용의 아나바다, Cognitive Radio
ICU | 강동협, 신우람, 이건국, 이남정
탐방국 | 캐나다, 미국

RTE 환경에서 변화 관리 방안에 관한 연구
KAIST | 김가은, 김형준, 오유진, 이은정
탐방국 | 미국

New Paradigm of Healthcare, E-Health
연세대학교 | 정승민, 김일훈, 이준민, 엄정환
탐방국 | 영국, 프랑스

인류를 위한 세계 최대의 퍼즐, 항공 사고 조사
한국항공대학교 | 이현호, 박용군, 박용오, 신정훈
탐방국 | 미국, 캐나다

新바젤협약(Basel II)–한국 중소기업 생존 전략
부산대학교 | 권오근, 윤필재, 정성표, 정재식
탐방국 | 독일, 스위스

NPO와 기업의 지속 가능 경영, 자선을 위한 WIN–WIN 파트너십
숙명여자대학교 | 김지은, 정누리, 배연주, 인정은
탐방국 | 영국

코리아 재탄생의 중요한 실마리, 유럽 지역 한국학 진흥 도모
한국외국어대학교 | 김미라, 정성희, 윤혜영, 송선재
탐방국 | 스웨덴, 영국, 프랑스, 독일, 체코, 이탈리아

도시 하천의 친환경적 복원 방향에 관한 제안
고려대학교 | 이큰별, 주민석, 김소희, 염선영
탐방국 | 영국, 네덜란드, 독일, 스위스, 프랑스

도로안내표지판 개혁을 통한 REBIRTH OF SEOUL–THE GLOBAL CITY
이화여자대학교 | 김유라, 신지연, 윤새봄, 조민경
탐방국 | 홍콩, 일본

한국 이공계 리더 탄생의 미래
서강대학교 | 이휘찬, 서동욱, 황윤교, 박문성
탐방국 | 중국

미술은행의 활성화 방안
성균관대학교 | 황순재, 이한상, 김정현, 김수현
탐방국 | 영국, 프랑스

디지털 미디어 시대, 라디오의 부활
홍익대학교 | 오륭진, 김찬일, 당현선, 최혜은
탐방국 | 영국, 프랑스, 스위스

한국음식의 세계화를 통한 국가 브랜드 상승
홍익대학교 | 김현주, 박환철, 조애리, 주하나
탐방국 | 영국, 프랑스, 이탈리아, 오스트리아

12기 | 2006년 | 팀 구성 인원 4명, 총 30팀, 대원 수 120명

대상 대중음악의 輿를 위하여
중앙대학교 | 김수민, 도경우, 유윤태, 윤민상
탐방국 | 일본

최우수 See the world-누가 내 백사장을 옮겼을까
연세대학교 | 박희대, 이혜은, 장연주, 최석진
탐방국 | 미국

최우수 e-Court 사법 체계와 선진 IT 기술의 융합
KAIST | 김현태, 손장한, 이윤주, 이은경
탐방국 | 미국

최우수 미래의 에너지, 불타는 얼음-Methane Hydrate
서울대학교 | 오송희, 유명식, 이경선, 이상호
탐방국 | 일본

최우수 유럽의 Death Care Industry
성균관대학교 | 권병민, 박웅기, 이은혜, 최하연
탐방국 | 영국, 독일, 스위스

최우수 R&D 혁신의 최전선, Innovation Lab
연세대학교 | 강성주, 김우상, 김태일, 양진철
탐방국 | 미국

우수 아동 성폭력의 정신의학적 치료와 사회적 대처
연세대학교 | 송제은, 윤예지, 임선민, 전여름
탐방국 | 미국

우수 기술의 한계에 날개를 달아 줄 차세대 블루오션 –감성공학
아주대학교 | 김아람, 김재환, 이원, 이종철
탐방국 | 미국

우수 CDM사업 시스템의 한국형 모델
중앙대학교 | 강희성, 마상선, 윤현수, 최미지
탐방국 | 일본

우수 Community Collaborative, 행복한 아이들이 사는 동네
고려대학교 | 손철수, 이경휘, 임은지, 한수진
탐방국 | 미국

우수 여행자 거리 조성을 통한 배낭여행객 유치 방안
한국외국어대학교 | 김원녕, 손수남, 심진, 채우리
탐방국 | 태국, 중국, 베트남

특별 다니엘 헤니를 만지고 싶을 때, 실감방송
ICU | 남은혜, 방옥경, 배영인, 이은미
탐방국 | 스위스, 독일, 영국, 네덜란드

Is Your Child Safe?-아동 발달장애의 Early Intervention
가톨릭대학교 | 강혜라, 김종호, 이미진, 이승훈
탐방국 | 영국, 프랑스, 스위스, 독일

차세대 암 조기 진단법-바이오마커
가톨릭대학교 | 곽현정, 전재섭, 최정원, 최호준
탐방국 | 미국

아시아 임상시험의 허브로
서울대학교 | 장원, 정율리, 주영석, 허세범
탐방국 | 호주, 뉴질랜드

Robot, New Paradigm Shift
KAIST | 구윤모, 김주희, 윤성준, 이안나
탐방국 | 미국

한국 U-헬스케어 기술을 도입한 가정용 비만관리시스템
경희대학교 | 김의연, 이영명, 이지준, 장진원
탐방국 | 미국

도로에서 평화를 이루다
경원대학교 | 이영경, 장진주, 전유미, 최성구
탐방국 | 스웨덴, 네덜란드, 독일, 영국

하늘의 고속도로 CNS/ATM
한국항공대학교 | 김국재, 오정훈, 한성아, 홍종범
탐방국 | 영국, 네덜란드, 벨기에, 프랑스, 스위스

2011년을 뒤덮을 RFID 서비스 세계
연세대학교 | 박건우, 박승복, 손진범, 이기헌
탐방국 | 미국

홈 네트워크를 기반으로 한 스마트 홈
국민대학교 | 김남석, 박남천, 오현인, 주학철
탐방국 | 중국

농촌관광활성화를 위한 한국형 농촌관광단지 조성
건국대학교 | 박지현, 최상희, 최지연, 허지현
탐방국 | 영국, 프랑스, 독일

한국형 MBA의 Repositioning 전략
성균관대학교 | 김수민, 이경진, 정낙일, 정두영
탐방국 | 네덜란드, 독일, 프랑스, 영국

유럽의 수목장 특성 및 운영 조사
고려대학교 | 김홍립, 우영준, 최인영, 최철군
탐방국 | 독일, 스위스, 스웨덴

21세기형 인재 육성 방안으로서의 디자인 조기교육
이화여자대학교 | 박신형, 이유리, 이현영, 인채린
탐방국 | 영국

일과 가정의 양립을 통한 저출산 해결 방안
전남대학교 | 박용석, 조은애, 최새롬, 황기환
탐방국 | 핀란드, 스웨덴, 노르웨이

우리나라 출산 문화의 발전 방향 모색
한국외국어대학교 | 김정은, 송재인, 정창환, 진우현
탐방국 | 프랑스, 영국, 스웨덴

한국형 숲 유치원(Eco-kids school)의 제안
숙명여자대학교 | 김민정, 이세은, 이승민, 이지현
탐방국 | 독일

한국골프산업의 미래, 우리가 책임진다
경희대학교 | 권혁, 안홍기, 이동욱, 이정희
탐방국 | 미국

Architecture + Marketing-The 3rd Space
동국대학교 | 나성욱, 성민주, 장정모, 장푸름
탐방국 | 영국, 독일, 오스트리아

13기 | 2007년 | 팀 구성 인원 4명, 총 30팀, 대원 수 120명

대상 에너지 혁신기술 스마트 그리드
성균관대학교 | 이경민, 이정훈, 최형식, 추승우
탐방국 | 미국

최우수 병원 감염 위험 없는 新의료 환경 조성
고려대학교 | 김성완, 김수옥, 박동수, 이여림
탐방국 | 미국

최우수 한국의 바이오에너지 마을의 미래상
포항공과대학교 | 김은선, 김혜진, 서상우, 이응주
탐방국 | 독일, 덴마크, 노르웨이, 스웨덴, 핀란드

최우수 한국형 마이크로크레딧의 정착과 발전 방안
서울대학교 | 김세일, 김세화, 안재균, 오성택
탐방국 | 미국

최우수 **특별** 도심 속 어울림의 장, 재래시장의 Revitalization
한국외국어대학교 | 김승필, 김연준, 원지예, 이지원
탐방국 | 스페인, 영국, 덴마크

최우수 한미 FTA 타결, 한국 농업의 새로운 도전, 유기농
한동대학교 | 김경욱, 유승범, 이용명, 최동철
탐방국 | 독일, 오스트리아

우수 한국형 친환경 축산업 발전
건국대학교 | 김병환, 김현영, 박선영, 백성민
탐방국 | 영국, 스위스, 오스트리아, 독일

우수 신의 눈을 훔치다-전지구관측시스템을 통한 이상 기후 예측
인하대학교 | 김규동, 백영효, 조경학, 하준용
탐방국 | 미국

우수 한국형 마이크로크레딧
경북대학교 | 김병두, 박경로, 우지은, 정예라
탐방국 | 미국

우수 한국형 ODA 모델의 방향
한국기술교육대학교 | 김지연, 김현문, 유호영, 편준우
탐방국 | 탄자니아, 케냐

우수 버스킹 문화의 도입 및 활성화를 통한 거리 예술의 대중화
광운대학교 | 강지은, 김정훈, 유승혜, 이선행
탐방국 | 영국, 프랑스

유럽형 기상산업 민·관 협력 체제 연구 및 활용
부산대학교 | 김지웅, 문상석, 송보경, 한득천
탐방국 | 독일, 영국

식이장애의 현황 분석과 한국형 Role-Model 제시
경희대학교 | 김미령, 문상우, 안혜준. 윤은경
탐방국 | 미국

제약산업의 미래상
성균관대학교 | 김신애, 박승영, 서현진, 허성훈
탐방국 | 미국

일본의 선진화된 RFID의 물류분야 사례 탐방
부경대학교 | 김형석, 문보라, 정대훈, 정순규
탐방국 | 일본

무선전력 송신기술에 대한 우리나라의 발전 방향
아주대학교 | 김진욱, 문성호, 임미령, 허진영
탐방국 | 미국

무인자동차의 개발 동향과 사회무인화에 끼칠 영향
KAIST | 김종훈, 박준석, 변문정, 현혜선
탐방국 | 미국

Ubiquitous Sensor Networks
연세대학교 | 김세욱, 김희진, 박철현, 이동원
탐방국 | 미국

u-Eco City-자연과 인간이 어우러지는 첨단도시
KAIST | 류승균, 장아침, 조혁일, 홍정현
탐방국 | 독일, 핀란드, 덴마크

디지털 포렌식-정보보안을 위한 디지털 증거 분석
고려대학교 | 박신화, 박춘화, 유회석, 정재성
탐방국 | 미국

TUI 실현을 위한 촉감 인터페이스
상명대학교 | 김경남, 백소현, 육현수, 이인성
탐방국 | 미국

건강한 습지, 건강한 인간-성공적인 람사협약 당사국 총회
이화여자대학교 | 권유미, 노채원, 최영인, 황주영
탐방국 | 스위스, 네덜란드, 영국

북유럽 산학 협력 사례 탐방을 통한 산학 클러스터 활성화 방안
한양대학교 | 김범, 이상현, 이형준, 정두선
탐방국 | 덴마크, 스웨덴, 핀란드

독일 대학식당 탐방을 통한 한국 대학식당의 급식서비스 개선
서울여자대학교 | 김희진, 이연희, 이지미, 홍진희
탐방국 | 독일

칠레 농업의 경쟁력과 수출 마케팅 사례
경희대학교 | 나성주, 나한나, 심창욱, 정효찬
탐방국 | 칠레

한국형 ODA가 나아가야 할 방향
KAIST | 김재민, 김준연, 이슬기, 최윤정
탐방국 | 일본, 베트남

청소년을 위한 Death Education 도입
한국외국어대학교 | 김판기, 김호성, 윤지현, 정진경
탐방국 | 미국

우리나라 아이스 공연 콘텐츠 발전 방안
경기대학교 | 문지록, 이희, 최창혁, 황민솔
탐방국 | 러시아

장애인스포츠 및 선진국형 통합스포츠 활성화 방안
이화여자대학교 | 박인혜, 박주희, 조영희, 최진선
탐방국 | 프랑스, 네덜란드, 스웨덴, 영국

Sportainment를 통한 한국 프로스포츠의 활성화
충북대학교 | 김원석, 김혜령, 이광규, 임재석
탐방국 | 미국

14기 2008년 | 팀 구성 인원 4명, 총 30팀, 대원수 120명

대상 BIPV SYSTEM, 태양 도시의 꿈
서울시립대학교 | 고인석, 남궁융, 박민용, 전형준
탐방국 | 스페인, 독일

최우수 안심하고 약을 사용할 수 있는 그날까지
성균관대학교 | 강수연, 김미연, 진연지, 차지선
탐방국 | 미국

최우수 우리의 문화유산, 디지털 복원으로 세계를 향하다
숙명여자대학교 | 박민서, 서원경, 이예진, 최연화
탐방국 | 영국, 벨기에, 스위스, 터키

최우수 대학의 재정건전성 제고를 위한 기금 운용 메커니즘
연세대학교 | 김효임, 박상은, 이희원, 임승혁
탐방국 | 미국

최우수 기업의 참여를 통한 통합적 알코올중독 재활 시스템 구축
한동대학교 | 김상연, 김향기, 임준수, 조용혁
탐방국 | 미국

최우수 응급의료서비스(EMS)의 민관파트너십 구축 방안
한양대학교 | 김진석, 안중혁, 유기원, 최승규
탐방국 | 미국

우수 RNAi를 통한 새로운 질병 치료제 탐구
연세대학교 | 박세웅, 성승윤, 신혜지, 윤자경
탐방국 | 미국

우수 한국형 인간 동력의 도입과 발전 방향
서울대학교 | 김동준, 김우람, 이정재, 최혁준
탐방국 | 일본, 중국

우수 성공적인 한국형 웨딩 오픈마켓의 정착
건국대학교 | 윤희욱, 임현균, 정종규, 황예지
탐방국 | 미국

우수 국내 공개 입양 가정의 성공적인 적응을 위한 지원 방안
성균관대학교 | 김상원, 류현, 전신영, 정병수
탐방국 | 미국

우수 DAC(Design Against Crime) 디자인이 경찰력이다
국민대학교 | 김나리, 김민준, 정예원, 홍혜란
탐방국 | 영국, 네덜란드

특별 신 에너지원, 인간 동력의 한국형 모델
동국대학교 | 김재영, 박효선, 오남정, 유준곤
탐방국 | 독일, 네덜란드, 영국

대한민국 Blue Ocean, 실버푸드 시장
이화여자대학교 | 김선미, 우소영, 이조은, 정은영
탐방국 | 일본

로스쿨 시대, 한국형 과학 전문 법조인의 생존 전략
KAIST | 김정우, 남재현, 박유림, 임지민
탐방국 | 미국

재난 생존자의 정신 보건을 위한 보고서
가톨릭대학교 | 김은정, 성수윤, 윤혁진, 최승용
탐방국 | 미국

한국형 CCS 기술 제안
KAIST | 박진은, 서용범, 이선우, 이천규
탐방국 | 노르웨이, 독일, 프랑스, 영국

의료기기 산업을 제2의 반도체로
연세대학교 | 강민석, 이영훈, 이주원, 이진영
탐방국 | 미국

Robot, Bio Technology를 만나다
건국대학교 | 박병용, 장경민, 홍승지, 홍승진
탐방국 | 미국

대한민국 무인항공기의 선진화를 위한 방안
서울대학교 | 구창모, 권범진, 김종원, 노희권
탐방국 | 미국

유휴 철도부지는 재생 혁명 중
고려대학교 | 곽윤석, 우병규, 최재은, 최탄일
탐방국 | 미국

탄소나노튜브(CNT) 실용화에 앞선 점검
성균관대학교 | 김민경, 김태형, 김태훈, 복다미
탐방국 | 미국

CSR(기업의 사회적 책임), 지속 가능 경영의 길
한양대학교 | 박уㅗ현, 박진환, 안성호, 이문휘
탐방국 | 미국

일본의 남미 해외식량기지 확보 사례 벤치마킹
서울대학교 | 김나리, 김지훈, 노민하, 이지원
탐방국 | 브라질, 아르헨티나

일본에서 한국 야생동물의 미래를 꿈꾸다
강원대학교 | 박민호, 이호산, 정은선, 조성관
탐방국 | 일본

미국의 사례를 통한 한국 홈스쿨링의 발전 방향
명지대학교 | 박미라, 백충임, 최다운, 허원
탐방국 | 미국

시민이 만드는 공원
서울대학교 | 강대욱, 안미선, 이상은, 이원미
탐방국 | 미국, 캐나다

공교육에서 활용 가능한 ADHD 교육 콘텐츠 개발
춘천교육대학교 | 배수진, 전성곤, 최은아, 홍세미
탐방국 | 미국

한국 바둑 세계화를 위한 탐색
명지대학교 | 김미라, 김준상, 이세미, 정준수
탐방국 | 스웨덴

다양한 문화콘텐츠 기반으로서의 '문학'의 역할
홍익대학교 | 김규상, 김도용, 김승환, 안은경
탐방국 | 프랑스

실버세대를 위한 문화콘텐츠 개발
중앙대학교 | 김쥬리, 박혜은, 서진실, 이우리
탐방국 | 네덜란드, 독일, 덴마크, 스웨덴

대상 개별 주택에 적합한 빗물 관리 시스템 확산 방안
한동대학교 | 이재규, 이혜주, 정대장, 최준희
탐방국 | 일본, 싱가포르

최우수 한국형 Passive House의 성공적 정착
KAIST | 문재윤, 이동영, 이화영, 정윤화
탐방국 | 독일, 스위스, 오스트리아

최우수 지속 가능 개발을 위한 한국형 Green Village 발전 방향
부산대학교 | 김철우, 이용희, 조해인, 천재호
탐방국 | 영국, 네덜란드, 독일

최우수 Wearable Computer 산업 경쟁력 제고를 위한 전략 방안
이화여자대학교 | 김수연, 김희진, 손수경, 신은지
탐방국 | 미국

최우수 도시마케팅, 21C 도시의 필수 생존 전략
성균관대학교 | 공병재, 손산하, 이원수, 이지현
탐방국 | 미국

최우수 전략적 분석을 통한 한식의 세계화 방안 모색 프로젝트
중앙대학교 | 김현영, 박한솔, 신동이, 이지민
탐방국 | 미국

우수 자연의 중심에서 모방을 외치다—자연모사공학
연세대학교 | 김온누리, 서민호, 정준영, 하소영
탐방국 | 미국

우수 한국형 마을 만들기 운동—YAP(Yourself Attractive Peculiar)
경북대학교 | 김민지, 서윤규, 서현철, 허희정
탐방국 | 일본

우수 Fair Trade, 지속 가능한 성장의 모멘텀
서울대학교 | 김진영, 노태우, 이성은, 조태호
탐방국 | 미국, 코스타리카, 엘살바도르

우수 국내 유기농 화장품 시장 활성화를 통한 안전한 화장품 시장 형성
동국대학교 | 권경신, 성은이, 이미진, 장진영
탐방국 | 프랑스, 독일

우수 특별 한국 TV프로그램을 전 세계로 수출하기 위한 방안
고려대학교 | 나지웅, 오용호, 유종훈, 최인환
탐방국 | 영국, 프랑스, 네덜란드

iPS cell의 미래
서강대학교 | 우현민, 정보람, 조순지, 최지영
탐방국 | 미국

국내 신약 연구 분야의 방향—시스템생물학
건국대학교 | 김호진, 송혜진, 조은상, 현지예
탐방국 | 미국

캠페인을 통한 빛공해의 인식 변화 및 개선 방안
충남대학교 | 박성훈, 이주미, 임이랑, 천감찬
탐방국 | 영국, 벨기에, 오스트리아, 이탈리아

AT(보조공학)를 활용한 장애인 교육 기회 확대
KAIST | 김성실, 김혜린, 정용재, 최원희
탐방국 | 미국

한국형 Cloud Computing의 성장 방향
숙명여자대학교 | 김연희, 신지혜, 최윤희, 최재연
탐방국 | 미국

Green Data Center
인하대학교 | 김민정, 박준영, 성주엽, 이준영
탐방국 | 미국

한국형 클라우드 컴퓨팅
KAIST | 강바수, 강설아, 김대형, 장은제
탐방국 | 미국

열전을 통한 에너지 효율 극대화 방안
한양대학교 | 김경미, 부현석, 서성호, 전우열
탐방국 | 미국

하이드로젤 지지체를 통해 본 조직공학의 가능성
KAIST | 김수영, 박주연, 조용정, 지하연
탐방국 | 미국

자이언트 켈프 바이오에탄올을 통한 에너지·환경문제의 해결
KAIST | 강동원, 김지나, 김찬미, 목정완
탐방국 | 영국, 프랑스, 독일, 벨기에, 덴마크, 스웨덴

한국법률전문가의 동남아시아 시장 진출 방안
충북대학교 | 구민선, 김범수, 정성영, 조규백
탐방국 | 홍콩, 싱가포르, 말레이시아, 중국

집현전의 부활을 꿈꾸며
한양대학교 | 강보희, 고경민, 이정윤, 최소연
탐방국 | 미국

봉이 김선달과 풀어 가는 조선팔도의 물산업 강국 구현 전략
한동대학교 | 변지혜, 이주연, 임지훈, 허동희
탐방국 | 독일, 네덜란드, 프랑스, 이탈리아

한국형 토론리그 도입을 통한 한국의 토론 르네상스
연세대학교 | 김신일, 김지수, 박준영, 지성현
탐방국 | 미국

외국어로서의 한국어–세종학당 구출 작전
고려대학교 | 강한모, 김소희, 김유림, 윤지윤
탐방국 | 영국, 독일

의료용 기능성게임의 개발 및 진흥
서울대학교 | 강연호, 김경호, 박희은, 정영찬
탐방국 | 미국

세계는 아직 한식에게 반하지 않았다
부경대학교 | 김경민, 김승하, 민승미, 유은희 탐방국 | 미국

공연, 그 이상의 감성 체험을 위한 Site-Specific Theatre
한국예술종합학교 | 구슬지, 이금자, 한수지, 한자인
탐방국 | 영국, 오스트리아, 프랑스

한국의 새로운 다문화정책과 진정한 다문화사회로의 개진
한국외국어대학교 | 노병용, 오상호, 윤시내, 황지훈
탐방국 | 우즈베키스탄, 카자흐스탄

16기 2010년 | 팀 구성 인원 4명, 총 30팀, 대원 수 120명

대상 CO2 제로의 꿈이 현실이 된다
경북대학교 | 서보열, 전은명, 강연희, 이미희
탐방국 | 영국, 독일, 스위스, 덴마크

최우수 반도체, 실리콘을 버리고 그래핀을 담다
성균관대학교 | 원승욱, 배상훈, 황지환, 이길용
탐방국 | 미국

최우수 오감으로 책 읽기, 모두를 위한 독서를 말하다
숙명여자대학교 | 이재화, 김태은, 이경희, 김소영
탐방국 | 영국, 스웨덴, 프랑스

최우수 전자폐기물, 애물단지가 자원이 되다
명지대학교 | 서은성, 김지현, 김경난, 박미나
탐방국 | 스웨덴, 스위스, 독일, 벨기에

최우수 유해한 화학물질, REACH가 잡는다
중앙대학교 | 심홍서, 백송이, 긴동견, 이서진
탐방국 | 독일, 스웨덴, 영국, 프랑스

최우수 간판공해, 생각을 바꿔야 답이 보인다
연세대학교 | 최유라, 신현상, 이정원, 조은정
탐방국 | 프랑스, 영국, 핀란드

우수 안전한 의약품, 천연 식물에 비밀이 있다
성균관대학교 | 전하은, 전가경, 이소희, 박지선
탐방국 | 미국

우수 건물 설계부터 관리까지, BIM이 책임진다
고려대학교 | 이경주, 정진영, 한경수, 문수인
탐방국 | 독일, 영국, 핀란드

우수 사람을 위한, 사람에 의한 공간을 만들다
숙명여자대학교 | 이혜진, 김선희, 백승경, 김정현
탐방국 | 미국

우수 사람을 위한 집, 희망의 씨앗을 짓다
한동대학교 | 신기준, 이은우, 김은혜, 김이연
탐방국 | 미국

우수 누구나 배우가 되어 사람과 사회를 치유하다
서강대학교 | 송한아, 황승민, 이지은, 정태환
탐방국 | 미국

특별 아프리카와 휴대전화, 새로운 세상을 열다
연세대학교 | 이종택, 박경준, 최윤호, 손소현
탐방국 | 나이지리아, 남아프리카공화국

숲이 된 도시, 디자인의 옷을 입다
경원대학교 | 홍근학, 한보영, 서정화, 박하나
탐방국 | 네덜란드, 독일, 스위스

그린시티, 자연을 도시에 녹아 내다
공주대학교 | 정지윤, 이희정, 고수연, 정경록
탐방국 | 미국

날씨도 바꿀 수 있는 미래가 온다
부산대학교 | 최유미, 황덕현, 이은정, 김혜수
탐방국 | 미국

건축물의 탄생, 성장, 죽음에 CO2는 없다
고려대학교 | 류재호, 장혜진, 우승기, 이영은
탐방국 | 영국, 스위스, 핀란드

테크놀로지의 미래, 사람 속에서 답을 구하다
연세대학교 | 고은경, 박지훈, 소중희, 이지영
탐방국 | 미국

운송의 변화, 환경과 유통을 살린다
서울시립대학교 | 황지은, 장성만, 육상도, 서동환
탐방국 | 독일, 벨기에, 영국, 네덜란드

CO2 없는 대체 에너지의 열쇠를 찾다
연세대학교 | 탁영주, 한지원, 박태현, 남재훈
탐방국 | 영국, 네덜란드, 프랑스, 벨기에, 독일

차세대 태양전지의 미래를 그리다
UNIST | 남희진, 신연란, 허미희, 윤영심
탐방국 | 미국

홈 헬스케어, 집이 곧 병원이 된다
KAIST | 김소라, 이소영, 강보배, 최인혜
탐방국 | 벨기에, 스웨덴, 독일, 영국

폐수에서 인을 찾아내다
KAIST | 김정헌, 신희선, 예성지, 김재관
탐방국 | 벨기에, 독일, 네덜란드, 핀란드

초고층 빌딩, 관리 못하면 모두 허사이다
건국대학교 | 김규완, 권정윤, 이승원, 김남진
탐방국 | 미국

녹색금융, 경제와 환경의 두 토끼를 잡다
KAIST | 천창욱, 김부성, 김경훈, 김영곤
탐방국 | 영국, 프랑스, 네덜란드

기부가 일상인 나라, 뗄레똔에서 답을 찾다
고려대학교 | 손지혜, 안윤철, 전혜미, 박민섭
탐방국 | 칠레, 멕시코

인문사회 영재가 이끄는 미래를 꿈꾸다
성균관대학교 | 김미숙, 어지현, 설경은, 이지윤
탐방국 | 미국

친환경 수산물, 인증만이 살 길이다
부경대학교 | 서정대, 윤상훈, 이헌호, 박재실
탐방국 | 영국, 독일, 덴마크, 벨기에, 이탈리아

뉴 미디어아트, 상상력이 기술과학을 이끌다
홍익대학교 | 송연주, 최이주, 손부경, 이진
탐방국 | 독일, 네덜란드, 영국, 프랑스, 오스트리아

브로드웨이에서 공연 랜드마크의 미래를 보다
청운대학교 | 변민정, 조주선, 최인아, 김예진
탐방국 | 미국

그린스포츠, 환경과 재미를 살리다
경희대학교 | 최대훈, 이종규, 김한솔, 윤상욱
탐방국 | 미국, 캐나다

17기 2011년 | 팀 구성 인원 4명, 총 30팀, 대원 수 120명

대상 독일의 PFANT 제도를 통한 한국 공병방환제도 활성화 방안
서강대학교 | 류승백, 김용석, 김현철, 박선태
탐방국 | 노르웨이, 독일, 영국

최우수 특별 나고야 의정서, 그 후폭풍 속 생존 전략
연세대학교 | 김용희, 김민정, 심진, 임정훈
탐방국 | 영국, 프랑스, 스위스, 이탈리아

최우수 해수담수화 플랜트의 핵심 기술
KAIST | 김현민, 명노준, 안윤호, 함수비
탐방국 | 스페인, 독일, 네덜란드, 영국

최우수 투명 풍악을 울려라-투명전극의 미래
성균관대학교 | 박세진, 박영훈, 김지운, 유승룡
탐방국 | 미국

최우수 국가 재난형 질병의 해답 '바이오시큐리티 시스템'
부산대학교 | 박재용, 명재민, 이경민, 강태경
탐방국 | 이탈리아, 네덜란드, 영국

최우수 특별 한국형 주소 체계를 찾아서
경희대학교 | 임하영, 김미경, 임재빈, 정영훈
탐방국 | 이탈리아, 프랑스

우수 안개 수집을 통한 수자원 확보
부경대학교 | 정수원, 박소라, 김수정, 이송이
탐방국 | 독일, 프랑스, 스페인

우수 한국형 Vertical Farm 도입
인천대학교 | 백언하, 박준영, 최광호, 이지현
탐방국 | 미국, 캐나다

우수 특별 덴마크형 정부 기업 대학 공존 모델
성균관대학교 | 강한용, 김학영, 이원태, 정진원
탐방국 | 덴마크

우수 46점짜리 민주주의를 구하라-호주 선거문화 탐방
고려대학교 | 채민석, 홍수현, 최현주, 이지혜
탐방국 | 호주

특별 긴급 재난 시 지속적 생존을 위한 구호 키트 디자인 연구
홍익대학교 | 성소라, 윤인영, 김현정, 이소영
탐방국 | 영국, 아일랜드, 덴마크, 프랑스, 스위스

특별 그린에너지 기반 한국형 수소 생산 인프라
인하대학교 | 서성호, 강대훈, 임종범, 권혁
탐방국 | 스위스, 독일, 덴마크, 아이슬란드

특별 소수 90%를 위한 버네큘러 디자인
국민대학교 | 구경완, 홍혜진, 심유경, 류이든
탐방국 | 남아프리카공화국, 모잠비크, 케냐

특별 PPP(민관 협력) 사업의 한국형 발전 방향
국민대학교 | 장두수, 채진석, 홍명기, 박수진
탐방국 | 미국

특별 해리포터의 나라 영국, 그 인문학적 토양을 찾아서
경희대학교 | 한지수, 정보옥, 박초은, 마미연
탐방국 | 영국

특별 서울시가 모르는 진정한 혼잡 통행료의 효과
서울시립대학교 | 이승도, 전상익, 고봉수, 이지담
탐방국 | 이탈리아, 스웨덴, 영국

신경 질환에 빛을 밝히다
KAIST | 전지웅, 김유나, 김보경, 곽기욱
탐방국 | 미국

생물 자원의 효율적 데이터베이스화를 통한 종자 산업의 비전
중앙대학교 | 임정택, 이진원, 진보경, 윤소리
탐방국 | 미국

미래를 위한 첨단농업, 식물공장
서울대학교 | 최선영, 김진솔, 민병수, 김정원
탐방국 | 스웨덴, 네덜란드, 벨기에, 영국

위기의 방사성, 심지층 처분이 답이다
홍익대학교 | 우상균, 심동설, 박종명, 송정섭
탐방국 | 영국, 프랑스, 스웨덴, 핀란드, 스위스

시스템바이오정보학 기반의 개인맞춤의학 산업화 모델 개발
KAIST | 임재현, 조형찬, 안소영, 조민지
탐방국 | 미국

유럽 자연순환 모방형 설비 도입으로 실현하는 블루시스템
세종대학교 | 정새롬, 김가현, 윤희경, 서현준
탐방국 | 독일, 스웨덴, 스위스

인공 광합성을 이용한 신 재생에너지 개발
경북대학교 | 김동현, 차지원, 정호연, 송준수
탐방국 | 미국

성공적인 전기 자동차 충전 인프라 구축
고려대학교 | 김영훈, 나유호, 윤여울, 김정현
탐방국 | 미국

벤처, 생태계를 꿈꾸다
성균관대학교 | 박동희, 이지수, 강정은, 남수균
탐방국 | 미국

MICE 선두주자, 유럽 컨벤션 도시로 가자
서울대학교 | 김우석, 오창훈, 정송연, 조희은
탐방국 | 영국, 프랑스, 독일

국립공원에서 배우는 자연의 소중함-플레내듀케이션
서울대학교 | 최재훈, 노주철, 김정인, 권용희
탐방국 | 미국

미국에서 찾는 뮤지엄 학교 연계 교육 활성화 방안
서울교육대학교 | 최예경, 김주희, 윤여경, 조은아
탐방국 | 미국

아시아 역사문화도시의 허브 경주
경희대학교 | 이재형, 이금희, 김보미, 김태경
탐방국 | 중국, 태국, 라오스, 베트남

Patrocinio Coreano-한국 예술의 대중화(Artelizacion)
고려대학교 | 도승혜, 이보영, 곽지산, 고민섭
탐방국 | 콜롬비아, 베네수엘라, 브라질

18기 2012년 | 팀 구성 인원 4명, 총 30팀, 대원 수 120명

대상 갈라파고스에서 한국 보전생물학의 길을 묻다
이화여자대학교 | 이원희, 장하늘, 임수정, 김미선
탐방국 | 에콰도르

최우수 적정기술, 다시 고민하기
한국기술교육대학교 | 박한용, 한영혜, 배옥화, 김상우
탐방국 | 에티오피아, 케냐, 탄자니아, 남아프리카공화국

최우수 Phytoremediation, 자연으로 자연을 정화하다
고려대학교 | 박지은, 이재강, 임수빈, 김진
탐방국 | 미국

최우수 폐기물의 재탄생, 업사이클링
동국대학교 | 최유리, 이태훈, 이효진, 함형택
탐방국 | 영국

최우수 지속 가능한 독일의 1인 창조기업 정책 및 혁신 요소
성균관대학교 | 강두석, 김용준, 이바우, 정다혜
탐방국 | 독일

최우수 'Unsafe is Safe' Shared Space의 한국식 도입 모색
한양대학교 | 이준호, 강서나, 김재협, 전하영
탐방국 | 영국, 벨기에, 네덜란드, 독일, 스위스

우수 독일의 물 절약 시스템을 찾아서!
한국외국어대학교 | 신승훈, 김태영, 이아름, 유가은
탐방국 | 독일

우수 IT와 미디어의 융합, 저널 퍼블리싱의 미래를 보다
숙명여자대학교 | 최자령, 원지현, 서승희, 홍지연
탐방국 | 미국

우수 청년실업, 유럽의 노동정책에서 해법 찾기
한동대학교 | 김현진, 김진솔, 이소량, 김현수
탐방국 | 독일, 영국, 덴마크, 벨기에, 네덜란드

우수 대학생 주거 문제 대안
고려대학교 | 현소영, 김지혜, 김효선, 김성은
탐방국 | 미국, 캐나다

우수 전방 문화재미터를 사수하라-문화재 주변 경관 보전 연구
이화여자대학교 | 김민영, 남유선, 권수진, 한은지
탐방국 | 독일, 영국, 프랑스

특별 M2M으로 소通하라
동국대학교 | 김원호, 유민철, 황희재, 김동욱
탐방국 | 네덜란드, 덴마크, 영국

STEAM 교육을 위한 디자인 기반 과학융합 교육 컨텐츠 개발 및 활용 방안
중앙대학교 | 김다운, 김수형, 박찬아, 이진성
탐방국 | 핀란드, 영국, 프랑스

폐의약품의 효율적인 수거 시스템 정립
서강대학교 | 이병철, 안현수, 조혜진, 이상지
탐방국 | 스웨덴, 벨기에, 프랑스

미생물에 의한 문화재 훼손-훈증법을 대체할 보존과학
숙명여자대학교 | 조민지, 이가람, 최지혜, 이유나
탐방국 | 스웨덴, 덴마크, 영국, 프랑스, 이탈리아

미세조류를 이용한 바이오디젤 생산 공정의 경제성 확보
KAIST | 정희영, 이재호, 김현규, 김한새
탐방국 | 미국

Trash turns into Treasure
서울시립대학교 | 김은영, 임혜민, 김보현, 임은숙
탐방국 | 영국, 스웨덴, 독일

미생물 연료전지, 폐수에서 빛을 찾아라
성균관대학교 | 박연욱, 김수빈, 박우주, 노다승
탐방국 | 미국

과학의 물감으로 생명을 그리다
KAIST | 정필명, 박재선, 이유민, 정희정
탐방국 | 미국

생각을 현실로! 차세대 인터페이스, BMI
한양대학교 | 박찬희, 남창모, 권성근, 임소연
탐방국 | 미국

바이오 플라스틱 산업의 활성화 방안
성균관대학교 | 이진영, 서이레, 박서영, 신수빈
탐방국 | 이탈리아, 독일, 영국, 덴마크

대한민국 협동조합의 미래
인하대학교 | 이은혜, 문승훈, 곽대호, 곽나린
탐방국 | 이탈리아, 스위스, 영국

지속 가능 발전을 위한 마이다스의 손, 레미다에서 키우자
숙명여자대학교 | 조예운, 홍정아, 엄나연, 이유영
탐방국 | 호주, 뉴질랜드

생산적 복지국가의 구현-자활사업을 통한 접근
연세대학교 | 양선제, 이선우, 이나라, 오환철
탐방국 | 미국

다문화에 대처하는 우리의 자세-통합을 넘어 화합으로
아주대학교 | 이승학, 이홍엽, 민준호, 신은영
탐방국 | 미국, 캐나다

해외 사례 분석을 통한 국내 슬로패션 활성화 방안
고려대학교 | 오보람, 유인지, 김다연, 이지은
탐방국 | 영국, 아일랜드, 스위스

고령 운전자로 인한 문제와 대책
서울시립대학교 | 주영광, 김현길, 이유정, 도하원
탐방국 | 미국

시민과의 소통을 찾아-미디어파사드콘텐츠의 발전 방향
성신여자대학교 | 김경진, 권다영, 김희정, 송화연
탐방국 | 영국, 오스트리아, 독일, 핀란드

해외소재 한국문화재를 이용한 한국의 문화 경쟁력 강화
경북대학교 | 구본학, 송윤상, 최재웅, 서호연
탐방국 | 영국, 프랑스, 네덜란드, 독일

한국 다문화 축제의 올바른 방향
명지대학교 | 조동희, 조한솔, 윤다혜, 김신혜
탐방국 | 호주

19기 | 2013년 | 팀 구성 인원 4명, 총 30팀, 대원 수 120명

대상 **사막의 회복을 위한 치료법, 미생물에서 찾다**
한동대학교 | 방성제, 김주예, 조윤제, 박경원
탐방국 | 프랑스, 독일, 네덜란드, 영국

최우수 **열전소자를 활용한 친환경 데이터센터 프로젝트**
동국대학교 | 심현철, 박태연, 강경석, 이희재
탐방국 | 미국

최우수 **아동완화의료 도입-아동완화의료 본고장 영국 탐방**
연세대학교 | 이가영, 김은민, 강원석, 박재영
탐방국 | 영국, 아일랜드, 스코틀랜드

우수 **진실을 밝히는 과학의 힘, 한국 법과학 발전 방안 탐구**
이화여자대학교 | 권소영, 이소민, 임초아, 최연지
탐방국 | 영국, 네덜란드, 프랑스, 스위스

우수 **그린 게이미피케이션, 친환경에 '재미'라는 상상력을 더하다**
고려대학교 | 백지연, 김진희, 이한별, 김현
탐방국 | 미국

우수 **서체와 타이포그라피로 본 기업 및 국가의 아이덴티티**
건국대학교 | 조중현, 이기탁, 이다은, 이서우
탐방국 | 독일, 네덜란드

특별 **애플리케이션을 활용한 박물관의 혁신적인 서비스 모델**
서강대학교 | 김요한, 김세영, 김예빈, 천용희
탐방국 | 미국

특별 **한국 수용자 자녀 지원 시스템을 찾아서**
국민대학교 | 박상미, 정참, 주영호, 김선웅
탐방국 | 미국

특별 **바다의 청정에너지, 해상풍력발전의 첫걸음**
KAIST | 노현채, 송영훈, 정유진, 강필웅
탐방국 | 독일, 덴마크, 노르웨이

특별 **IT-패션 융합기술을 이용한 글로벌 패션 브랜드 만들기**
건국대학교 | 김종민, 박준희, 박다정, 송태진
탐방국 | 독일, 영국, 스페인, 프랑스, 이탈리아

우주 선진국으로 가는 길, Way to Universe
KAIST | 이지은, 강재영, 손하늘, 오서희
탐방국 | 미국

빅데이터, 질병 예측의 미래를 이야기하다
아주대학교 | 김재형, 송선혜, 이현진, 김세진
탐방국 | 미국

게임 속에서 밖으로! 기능성 게임
한경대학교 | 유승훈, 권선아, 김지은, 이기상
탐방국 | 미국

감성을 요리하라-국내 감성 ICT 발전 방안
숭실대학교 | 원종진, 김민재, 김상현, 양훈석
탐방국 | 미국

카운트다운, 원전해체-그 시스템을 진단한다
부산대학교 | 이서린, 김수빈, 김정현, 이민주
탐방국 | 오스트리아, 독일, 프랑스, 영국

노인 복지용 Wearable Robot
성균관대학교 | 박규식, 정연수, 한충희, 홍나영
탐방국 | 미국

유리화기술과 방사성 폐기물 처리에 관한 새로운 방향
부산대학교 | 차건일, 박경관, 지승영, 고슬기
탐방국 | 프랑스

특허분쟁에 대응하여 국내 기업이 나아갈 방향
서울대학교 | 구상본, 김현승, 배원근, 이호영
탐방국 | 미국

지하에서 미래를 보다
숭실대학교 | 임혜진, 박성주, 안보영, 양선우
탐방국 | 캐나다, 미국

폐가전 제품으로부터의 희유금속 추출 방안
KAIST | 박재현, 이세찬, 이종범, 지민수
탐방국 | 영국, 벨기에, 독일, 오스트리아

중소기업 M&A 활성화를 위한 중개기관 발전 방향
한동대학교 | 양진욱, 김윤주, 장미롬, 신희수
탐방국 | 일본

사회 혁신의 길, 한국형 SIB 운영의 발전 방향
숙명여자대학교 | 이보라, 문샛별, 임정연, 장지원
탐방국 | 영국

성공창업 육성을 위한 방안
연세대학교 | 이누리, 김유식, 손열, 최준석
탐방국 | 이스라엘

감춰진 95%의 아이디어를 위하여
한동대학교 | 구혜빈, 황유선, 송시완, 채승찬
탐방국 | 스페인, 네덜란드, 영국, 노르웨이

수용자 자녀를 위한 멘토링 프로그램
연세대학교 | 이규원, 표지수, 백준욱, 한선아
탐방국 | 미국

환경, 경제의 앙상블 DMZ 생태관광 코스타리카에서 찾기
서울대학교 | 조효림, 봉하진, 지민규, 김정은
탐방국 | 코스타리카

베이비부머의 은퇴 후 삶의 질을 높이는 타임뱅크
한국외국어대학교 | 황은비, 권정은, 서보연, 전인혜
탐방국 | 영국

사회혁신채권의 창조적 적용, 그 +@를 찾아서
중앙대학교 | 차한솔, 최승환, 이재은, 최지영
탐방국 | 미국

국외소재 문화재 관리의 한국형 신모델 구축
서강대학교 | 채승권, 주희준, 김지연, 안재윤
탐방국 | 영국, 프랑스, 독일, 이탈리아

모두를 위한 음악교육-특수교육의 특별한 음악시간
서울대학교 | 이지예, 백고은, 석상아, 허정은
탐방국 | 영국, 스코틀랜드, 핀란드

20기 2014년 | 팀 구성 인원 4명, 총 35팀, 대원 수 140명

대상 **해양 환경 보호 – 하얀 바다에 버섯을 심다**
한동대학교 | 이규리, 이주연, 임평화, 한예정
탐방국 | 미국

최우수 **모듈러건축, 삶을 지속시키는 네모난 희망**
숭실대학교 | 김현수, 유슬기, 윤중연, 조종주
탐방국 | 호주, 뉴질랜드

최우수 **벌들을 지켜주세요**
인하대학교 | 박철진, 신정윤, 양지혜, 최동일
탐방국 | 프랑스, 영국, 벨기에, 헝가리

우수 **전기자동차 상용화를 위한 제도적 기술적 방안 탐색**
국민대학교 | 김민주, 김영민, 유준상, 이준범
탐방국 | 독일

우수 **모두가 편한 민원서식 리디자인**
건국대학교 | 김영현, 박기쁨, 심미현, 홍석인
탐방국 | 네덜란드, 영국

우수 **번지다, 공유경제**
부산대학교 | 김동영, 김영준, 김행덕, 최현정
탐방국 | 미국

특별 **압전 에너지 하베스팅, 미세 진동을 전기에너지로**
서울대학교 | 구현정, 김지원, 신선혜, 오유진
탐방국 | 미국

특별 **무한한 전통 원형에 기반한 실험적 문화예술 콘텐츠 개발**
서울예술대학교 | 최누리, 최영순, 현서연, 홍석훈
탐방국 | 영국, 그리스

특별 **뇌과학과 마케팅의 만남, 뉴로마케팅의 새로운 길을 찾아서**
성균관대학교 | 김홍지, 정혜민, 차민지, 홍다예
탐방국 | 영국, 독일, 스위스, 헝가리

특별 **E-Bike 활성화 방안**
한국항공대학교 | 구재준, 김현재, 민보미, 박다래
탐방국 | 영국, 네덜란드, 독일

글로벌 **막걸리의 세계화를 위한 글로벌 전략**
서강대학교 | 리사, 마헬, 아미카, 투르칸
탐방국 | 대한민국

수은 함유 폐기물, 100% 적정처리를 위한 방안 모색
부산외국어대학교 | 김민찬, 김유진, 이기훈, 김민찬
탐방국 | 일본, 대만

내 손 안의 식물, IOT와 식물양육이 접목된 힐링 서비스
동국대학교 | 권기현, 심민선, 유주원, 한성철
탐방국 | 네덜란드, 프랑스, 스위스, 스웨덴

초등학생 코딩교육 활성화
경희대학교 | 권지혜, 박민경, 장은지, 장혜진
탐방국 | 영국, 에스토니아

병든 마음을 치료하는 가상의 공간, Healing Space
아주대학교 | 김성래, 조성민, 조영윤, 조은정
탐방국 | 미국

한국형 해안 안전 시스템 필요성
성균관대학교 | 김재근, 이석희, 최진국, 한동욱
탐방국 | 네덜란드, 프랑스, 영국

시각 장애인을 위한 인공 시각 전달 시스템
서울과학기술대학교 | 김아름, 김언지, 박찬형, 신양재
탐방국 | | 미국, 캐나다

BIM 시장 활성화를 위한 솔루션, BIM Cloud
세종대학교 일반대학원 | 신상윤, 안။규, 임진강, 정상아
탐방국 | 미국

지속 가능한 식품, 환경오염의 새로운 해결책이 되다
이화여자대학교 | 박수은, 윤시지, 이기은, 차지원
탐방국 | 미국

하늘에서 내려다본 녹색 도심, 옥상녹화
홍익대학교 | 박성연, 박우현, 신지혜, 이화진
탐방국 | 미국

3D프린터의 발전방향에 대한 연구
경희대학교 | 강상원, 김현, 박성준, 봉혜원
탐방국 | 미국

CLT의 국내도입 방안 모색
건국대학교 | 권종은, 김하정, 나호철, 박민규
탐방국 | 미국

실버 화장품 산업의 국내 시장 활성화를 위한 방안 제시
경북대학교 | 김지희, 박은미, 박지혜, 이수경
탐방국 | 영국, 프랑스

식용곤충 시장의 활성화를 위한 상품화 전략 모색
서울여자대학교 | 권소망, 마강희, 손소희, 이소정
탐방국 | 영국, 네덜란드, 벨기에, 프랑스

한국형 Industry 4.0의 인프라와 시스템 구축
연세대학교 | 양상윤, 유하림, 윤동규, 조정한
탐방국 | 독일, 이탈리아

고가도로와 Lost Space, 지속가능한 활용 방안 모색
성신여자대학교 | 김지연, 김지원, 전예슬, 한승희
탐방국 | 미국, 캐나다

인간공학적 시선으로 본 장애인의 이동권
울산과학기술대학교 | 신슬이, 이지현, 임정민, 장다희
탐방국 | 독일

상처받지 않을 권리, '대리외상'의 해결 방안을 찾아서
한동대학교 | 박유나, 이장희, 조마리아, 주환
탐방국 | 미국

산업유산 재활용을 통한 지역재생
카이스트 | 공서영, 연지수, 이종민, 임근우
탐방국 | 영국, 독일, 프랑스

한국의 고액기부 활성화를 위한 방안 제시
연세대학교 | 구세모, 박형은, 이혜민, 오정석
탐방국 | 미국

작가가 숨쉬는 문학생태계 조성을 위하여
이화여자대학교 | 고주연, 백고은, 석상아, 홍성민
탐방국 | 독일, 프랑스, 영국, 노르웨이

한국 중공업의 발전을 통해 산업·경제 시스템을 배우다
이화여자대학교 | 바쿠, 범, 에라, 엔자
탐방국 | 대한민국

환경 파괴 없이 얻은 에너지
배재대학교 일반대학원 | 라마, 루시, 제니스, 파울라
탐방국 | 대한민국

한국프로야구 마케팅 전략의 세계 스포츠산업 도입 방안
서울대학교 | 아크바르, 아식, 이르판, 조심열
탐방국 | 대한민국

한국 전통역사 축제 탐방기, 지역축제의 세계화 방안 모색
연세대학교 | 루이, 모니카, 요코, 유우키
탐방국 | 대한민국

21기 2015년 | 팀 구성원 인원 4명, 총 35팀, 대원 수 140명

대상 **살아있는 식물에서 전기에너지를 얻다**
한동대학교 | 안정환, 손단아, 강윤하, 김예슬
탐방국 | 프랑스, 독일, 네델란드

최우수 **떡 시크릿 : The revealing of Tteok's secrets**
연세대학교 | SORANAKOM RACHATA, BAATARNYAM
ANUJIN, NGUYEN PHUONG DUNG, GRUDINSHI SABINA
탐방국 | 한국

최우수 **실크 + 엽록소 = 미세먼지 해결공식**
한동대학교 | 김대현, 김승윤, 김태신, 황지영
탐방국 | 미국

최우수 **커피찌거기를 활용한 바이오매스 에너지**
명지대학교 | 이가희, 박장우, 공민지, 강지호
탐방국 | 영국, 스위스

우수 **동물매개 프로그램을 활용한 재범방지책**
연세대학교 | 김우정, 류현재, 김형민, 고유리
탐방국 | 미국

우수 **세계를 하나로 잇는 길 World Wide Water Grid**
KAIST | 김예은, 천선정, 최승주, 박미소
탐방국 | 인도, 싱가포르, 중국

우수 **한국 맞춤형 소방드론 도입 방향 연구**
서강대학교 | 박경록, 현재훈, 남성현, 서동찬
탐방국 | 영국, 네델란드, 독일, 스페인

특별 **불가사리 단백질을 이용한 접착제**
동아대학교 | 박혜진, 이현주, 이창우, 김동우
탐방국 | 미국

특별 **3D Printer를 이용한 고령자식품 상품화 방향 모색**
중앙대학교 | 신택수, 윤석현, 이경석, 안태혁
탐방국 | 덴마크, 독일, 네델란드, 오스트리아, 이탈리아

특별 **BOP시장 진출 활성화를 위한 비즈니스 플랫폼 구축**
홍익대학교 | 표동열, 유형규, 조서희, 김선미
탐방국 | 페루, 칠레

특별 **솔라키오스크 사례를 통한 신재생에너지 개발협력 사업**
경희대학교 | 엄주석, 허준, 윤정혜, 이선주
탐방국 | 독일, 영국

바이오촤(Bio-Char) : 음식물폐기물 자원화
서울여자대학교 | 박지아, 조민지, 이주은, 김나연
탐방국 | 독일, 벨기에, 영국, 프랑스

닭털 플라스틱으로 지구를 치유하다
서강대학교 | 김혜린, 이서영, 이윤석, 정원우
탐방국 | 미국, 멕시코

노인복지를 위한 IoT, Smart Bed
인하대학교 | 라웅균, 박영범, 김형필, 강지웅
탐방국 | 핀란드, 스웨덴, 영국, 프랑스, 독일

사회적 유대감을 높여주는 도시 Playable City
아주대학교 | 염태훈, 김성진, 최지원, 정희성
탐방국 | 영국

사물인터넷(IoT)을 활용한 도시환경 문제의 '해결책'
한양대학교 | 변보선, 이동영, 조인영, 장혜린
탐방국 | 영국, 아일랜드, 스페인

Self Healing Road를 통한 도로 환경 및 경제성 확보
서울과학기술대학교 | 김보석, 이보미, 정인웅, 이혜진
탐방국 | 네델란드, 영국, 독일

마비환자들을 위한 국내 엑소스켈레톤 발전방안
경북대학교 | 김수연, 우병준, 박성희, 이유정
탐방국 | 미국, 캐나다

딥러닝 기술적용의 국내 활성화 방안
중앙대학교 | 성원기, 이태중, 한지민, 임지윤
탐방국 | 미국

공학교육 패러다임의 터닝포인트, 2015
이화여자대학교 | 박슬기, 문지현, 임수영, 조수정
탐방국 | 핀란드, 독일, 스위스, 프랑스

핵융합 에너지 상용화를 앞당기기 위한 기술과 제도 탐색

KAIST | 서다솔, 진승욱, 홍세원, 김상현
탐방국 | 미국, 캐나다

농촌형 마이크로 브루어리 사업을 통한 농가 소득 증진

서울대학교 | 주민지, 노정우, 윤재윤, 이지예
탐방국 | 미국

서바이벌 스타트업, 서식지에 안착

한동대학교 | 이민아, 조한길, 허수진, 최현우
탐방국 | 미국

주민참여형 Zero Energy Village

한림대학교 | 김찬미, 이명진, 김재남, 권태은
탐방국 | 덴마크, 독일

비콘, 장애인의 길을 밝히다

단국대학교 | 김용현, 조연희, 김준호, 고병학
탐방국 | 독일, 네덜란드, 영국

행복한 공유주거, 시니어 콜렉티브 하우징

한양대학교 | 신예은, 이서연, 최수원, 임다영
탐방국 | 일본

핀테크로 실천하는 기부의 일상화

경북대학교 | 이창훈, 유현지, 김수현, 김도연
탐방국 | 독일, 네덜란드, 영국

Reverse Vending Machine을 통한 재활용 패러다임

서울과학기술대학교 | 원서윤, 김윤아, 여수진, 이유진
탐방국 | 독일, 네덜란드, 영국

한국 패션 정체성 확립을 위한 K-패션박물관 건립 방안

경희대학교 | 서수영, 민송주, 이연수, 최가은
탐방국 | 영국, 프랑스, 이탈리아

공중전화부스 재사용을 통한 문화예술 소통 프로젝트

가천대학교 | 최웅식, 임우일, 허주연, 강수경
탐방국 | 영국, 독일

이끼, 회색도시를 물들이다

한국교통대학교 | 김진호, 허현석, 손현경, 장승혁
탐방국 | 미국

작은 화장실로 보이는 넓은 세상

동국대학교 | ZHANG CHU, JIN HONG SHI, VAIDULLAEVA
ZUKHRA, FOFANA ALGASSIMOU
탐방국 | 한국

한방약재를 통해 꿈꾸는 한국화장품의 미래

서울대학교 | Andra Cristina Albusoiu, Jorge Enrique
Mardones Carpanetti, Sithiphone Sithoumphalath, Gabriel
Ruiz Benito
탐방국 | 한국

교통강국 대한민국의 도로 운영 시스템

대구대학교 | Franck Kimetya, Sunduijav Chantsaldulam,
Bauma Frigeant Bitamba, Destalem Tesfay
탐방국 | 한국

다문화 가정 자녀의 한국사회 적응 문제 및 해결방안

이화여자대학교 | PengXiaoyi, YANG FEIFEI, ZHANG YIHONG,
ZHAO QING
탐방국 | 한국

대상 골칫거리 해파리의 변신 : 친환경 기저귀
부산대학교 | 권여민, 김동희, 서민규, 송해린
탐방국 | 일본, 중국, 이스라엘

최우수 21세기형 질병의 해답, 마이크로바이옴
가톨릭대학교 | 김민선, 박준범, 오현주, 이은혜
탐방국 | 미국

최우수 태양광 페인트를 활용한 에너지 빈곤층 지원 모델 제안
연세대학교 | 권유정, 김윤성, 최창우, 황유미
탐방국 | 캐나다, 미국

최우수 한국의 장(醬)문화 : 그 의미와 저력을 찾아서
동국대학교 | 바하, 송종근, 아나라, 크알
탐방국 | 대한민국

우수 필름 경작으로 농업의 혁명을 꿈꾸다
부산대학교 | 고은이, 도경민, 박현지, 이재홍
탐방국 | 일본, 중국, 아랍에미리트

우수 건자재은행, Surplus를 Plus로 만들다
아주대학교 | 김송이, 오진섭, 한지민, 한지우
탐방국 | 영국

우수 장애인과 비장애인이 함께 즐기는 음악축제, 감각의 꽃을 피우다
경희대학교 | 강혜린, 김정은, 박혜리, 서정화
탐방국 | 영국, 독일

특별 못난이 과일과 채소, 세상 밖으로 나오다
이화여자대학교 | 이은진, 조민주, 최지혜, 한승연
탐방국 | 영국, 네덜란드

특별 경제와 환경, CLT에서 만나다!
한동대학교 | 김지효, 박예담, 엄예은, 지현성
탐방국 | 오스트리아, 영국

특별 나무빌딩, 목조건축 1000년 역사를 다시 세우다
동국대학교 | 국가연, 문아현, 조민수, 최승준
탐방국 | 영국, 오스트리아, 핀란드, 스위스, 독일

특별 토끼의 나라에서 거북이 찾기: Slow City Life of Korea
이화여자대학교 | 누리, 로르, 리가, 인디라 히메네즈
탐방국 | 대한민국

한국산 참나무 수피 추출물의 화장품 천연 방부제 도입

경희대학교 | 김보현, 김성철, 이강한, 정종훈
탐방국 | 영국, 이탈리아, 독일

굴 껍데기를 재활용한 친환경 방파제

충북대학교 | 손슬기, 이민영, 조아해, 하대혁
탐방국 | 미국

배양육으로 식품산업과 축산업의 미래를 보다

경북대학교 | 김혜인, 노경진, 안서연, 이정인
탐방국 | 미국

해양 부유쓰레기에서 플라스틱의 미래를 보다

한국외국어대학교 | 김성현, 김웅진, 류제영, 최재호
탐방국 | 스페인, 슬로베니아

토륨 원자로 : 대한민국 에너지 독립을 위해
한양대학교 | 이승선, 전수민, 최성탁, 현승훈
탐방국 | 캐나다

소외계층 없이 모두가 행복한 스마트 쇼핑, 쇼핑 QoLT
숙명여자대학교 | 박예림, 박지연, 이무늬, 임유림
탐방국 | 미국

플로팅댐, 바다를 쓰다듬다
홍익대학교 | 김형수, 서병찬, 전미래, 채수현
탐방국 | 네덜란드

재생 에너지 저장방식을 P2G에서 찾다
서울과학기술대학교 | 김철현, 이은혜, 진기욱, 한다은
탐방국 | 독일, 덴마크, 벨기에

자폐아를 위한 소통가능 보조로봇, Socially Assistive Robot
한양대학교 | 박판기, 유해지, 정소이, 한지연
탐방국 | 미국

우주건축디자인 도입 방안 연구
서울과학기술대학교 | 나준휘, 안영채, 정상훈, 정성민
탐방국 | 미국

세상을 바꾸는 연결고리, 블록체인 활성화 방안
연세대학교 | 김지휘, 김호정, 김홍욱, 최재필
탐방국 | 영국, 독일, 에스토니아

대한민국 전기차, 인프라 구축으로부터
중앙대학교 | 김명, 박완희, 양혜원, 염양수
탐방국 | 미국

도심 속의 과학관, 과학카페
포항공과대학교 | 김세림, 노진우, 전정민, 정진아
탐방국 | 미국

정밀농업으로 한국 농업의 미래를 그리다
서강대학교 | 박민우, 박재상, 이은정, 최재혁
탐방국 | 네덜란드, 덴마크, 스페인, 벨기에, 영국

제2의 메르스를 막기 위한 첫 걸음, 감염관리디자인
이화여자대학교 | 김민지, 박소현, 박주원, 황보람
탐방국 | 영국

전시동물들의 행복을 위한 동물행동풍부화
가천대학교 | 김경은, 이은영, 정유영, 황혜진
탐방국 | 캐나다, 미국

예술가 주도형 민관협력으로 극복하는 아트 젠트리피케이션
숙명여자대학교 | 김예린, 예은진, 윤희라, 홍주연
탐방국 | 캐나다, 미국

도시문화에서 도시정체성을 찾다
성신여자대학교 | 김해련, 이예지, 조예진, 조정민
탐방국 | 미국

다중채널 네트워크(MCN) 3.0, 토탈비디오의 시대
서울예술대학교 | 박수민, 임승언, 이승훈, 최왕훈
탐방국 | 미국

천년의 사랑, 한지
경희대학교 | 관약미, 등천방, 준우선, 한욱단
탐방국 | 대한민국

한식의 이슬람 세계 도달
서울대학교 | 로산, 림, 세피드, 아크람
탐방국 | 대한민국

한국의 스마트시티 기술 연구 및 적용
인하대학교 | 굴료라, 다니야, 민징, 효진
탐방국 | 대한민국

국민의 중심에 서다 : 에너지 프로슈머 시스템
인하대학교 | 반수연, 정소영, 조현주, 최현근
탐방국 | 영국, 프랑스, 독일

23기 | 2017년 | 팀 구성 인원 4명, 총 35팀, 대원 수 139명

대상 **스무 살, 정치와 친해지길 바라**
경희대학교 | 박수진, 심지민, 이다슬, 이재혁
탐방국 | 핀란드, 독일, 영국

최우수 **똑똑한 T세포, 자가면역질환을 치료하다**
한동대학교 | 김정민, 김휘, 이소정, 황기근
탐방국 | 프랑스, 스페인, 독일, 영국

최우수 **업사이클링으로 섬마을에 식수를 공급하다**
명지대학교 | 양승현, 이건호, 조찬송, 허윤정
탐방국 | 이탈리아, 스페인, 영국, 독일

우수 **똥의 기똥찬 변신, 인분으로 에너지를 만들다**
한양대학교 | 박미린, 박유경, 박지은, 이윤정
탐방국 | 미국, 캐나다

우수 **괭생이모자반, 골칫덩어리에서 펄프로 재탄생하다**
한국산업기술대학교 | 강민지, 박혜린, 이도경, 이은하
탐방국 | 독일, 네덜란드, 스웨덴

우수 **장애와 관계없이 여행은 누구나 갈 수 있어야 한다**
연세대학교 | 양주희, 윤혜지, 이희영, 정규록
탐방국 | 영국, 벨기에, 스페인

특별 **도시의 빈집, 누구의 것인가**
한국외국어대학교 | 박정현, 이재선, 전찬혁, 주도성
탐방국 | 일본

특별 **폐태양광 패널, 새로운 가치를 찾다**
경희대학교 | 권호진, 박다원, 엄태균, 허다은
탐방국 | 이탈리아, 독일, 벨기에

특별 **Don? Don't! 현금 없는 사회를 꿈꾸다**
성균관대학교 | 김민경, 김지현, 노혜진, 손새미
탐방국 | 스웨덴, 덴마크

특별 **아기와 양육자 모두를 위한 울음 개선 솔루션**
계명대학교 | 권문기, 김채은, 이상민, 이성찬
탐방국 | 스웨덴, 영국, 프랑스, 이탈리아

글로벌 **한국의 혼을 담은 그릇, 방짜유기**
고려대학교 | 선가녕, 손효동, 이젠, 조은샘
탐방국 | 대한민국

인공지능, 정신 건강의 새로운 길잡이가 되다
연세대학교 | 노승아, 문지희, 이순봉, 이영섭
탐방국 | 미국

청춘, 세상에
옳은 미래의
씨앗을 뿌리다

초판 1쇄 인쇄   2018년 1월 10일
초판 1쇄 발행   2018년 1월 15일

지은이   2017년 LG글로벌챌린저 대원들
발행   (주)조선뉴스프레스
발행인   김창기
편집인   우태영
기획편집   김화(팀장), 박영빈
판매   방경록(부장), 최종현
디자인   ALL designgroup
교정교열   김현지

편집문의   724-6726, 6729
구입문의   724-6796, 6797
등록   제301-2001-037호
등록일자   2001년 1월 9일
주소   서울시 마포구 상암산로 34 DMC 디지털큐브 13층 (주)조선뉴스프레스 (03909)

값   16,000원
ISBN   979-11-5578-465-5 13810

삶을 아름답고 풍요롭게 만드는 도서를 출판하는 조선앤북에서는
예비 작가분들의 소중한 원고를 기다립니다.
블로그 blog.naver.com/chosunnbook
이메일 chosunnbook@naver.com